Über Dorothy L. Sayers (1893–1957)

Ich bin in Oxford geboren, im vierten Jahr vor Queen Victoria's diamantenem Jubiläum. Mein Vater war damals Headmaster der Schule des Domchors, wo es zu seinen Pflichten gehörte, kleine Teufel mit Engelsstimmen in den Grundlagen des Lateinischen zu unterrichten. Als ich viereinhalb Jahre alt war, erhielt er die Pfarre von Bluntishamcum-Earith, in Huntingdonshire – eine einsame Landgemeinde, die einer der alten Häfen oder Brücken der Isle of Ely war und zu der bis heute die Wälle des römischen Lagers gehören. Ich erinnere mich sehr gut an die Ankunft im Pfarrhaus, ich hatte einen langen braunen Mantel und eine mit Federn besetzte Mütze an und war vom Kindermädchen und einer unverheirateten Tante begleitet, die einen Papagei im Käfig trug. Das Kind, dessen gelehrter Vater der Sechsjährigen den ersten Lateinunterricht erteilte, hieß Dorothy L. Sayers. Das L. steht für Leigh, den Mädchennamen der Mutter, und war ihr ein wichtiger Teil des Namens, der millionenfach auf Buchtiteln verbreitet werden sollte. Sie war nicht die erste berühmte Schriftstellerin, die in einem englischen Pfarrhaus heranwuchs, dessen Fortwirken in den Eigenheiten ihrer Person ebenso wahrnehmbar ist wie in ihrer Bildung, ihren Interessen und ihren Büchern.

Vielleicht ist der milde Pfarrer Venables in *The Nine Tailors* (1934) ein Abbild des Vaters, gewiß aber ist die weite Landschaft, die das Buch schildert, die Landschaft ihrer Kindheit, so wie das Frauencollege in *Gaudy Night* (1935) die Züge des Somerville College zu Oxford trägt, in das Dorothy L. Sayers 1912 eintrat. Sie war wohlgerüstet, vortrefflich im Lateinischen und Französischen, gut im Deutschen, musikalisch und mit poetischem Sinn begabt, von dem frühe, jetzt rar gewordene Gedichte zeugen; sie haben eine theologische Substanz, die lebenslang wirksam bleibt. Die Aneignung des damals noch geforderten Griechischen machte ihr keine Schwierigkeiten, das durch ein Stipendium ermöglichte Studium galt der Romanistik; sie schloß es als eine der ersten Frauen mit einem akademischen Grad ab. Damit war die Grundlage gelegt einer beständig bewahrten Neigung zur Literatur und zu den philologischen und historischen Wissenschaften, von denen nicht nur Essay-Bände wie *Unpopular Opinions* (1946) und *The Poetry of Search and the Poetry of Statement* (posthum 1963) Zeugnis geben, sondern auch ihre Untersuchungen über Dante (1954 und 1957), Seitenflügel des Riesenbauwerkes ihrer Dante-Übersetzung (1949 bis 1963). Die schönsten Zeugnisse ihres literarischen Sinnes aber finden sich als Anspielung und Zitat versteckt in ihren Erzählungen.

Eine gelehrte Frau also, deren Ruhm sich allerdings auf ganz anderen Hervorbringungen gründen sollte. Nach einem kurzen Zwischenspiel als Lehrerin an einer Mädchenschule (1915) und einer Gastrolle in der berühmten Oxforder Buchhandlung Blackwell's verließ Dorothy L. Sayers den akademischen Bereich und arbeitete für zehn Jahre in einer

Londoner Werbeagentur, deren Atmosphäre und Tätigkeiten in *Murder Must Advertise* (1933) aufgehoben sind. Es war eine Detektivgeschichte mit Lord Peter Wimsey, der mit seinem Diener Bunter zum ersten Mal in *Whose Body?* (1923) aufgetreten war. Mit ihr hatte eine der großen Detektiv-Figuren das Licht der Welt erblickt, aber nichts wäre falscher als die Reduktion der Romane auf ein solches Muster. Wimsey ist der Held in *Clouds of Witness* (1926), *Unnatural Death* (1927), *The Unpleasantness at the Bellona Club* (1928), *Strong Poison* (1930), *The Five Red Herrings* (1930), *Hangman's Holiday* (1932), bis zu den drei letzten *The Nine Tailors* (1934), *Gaudy Night* (1935) und *Busman's Honeymoon* (1938). Die Aufzählung der Titel verbirgt die Vielfalt der Lebensbereiche und Handlungen, die sich zu einer Art Wimsey-Saga verflechten. Eine solche Folge von Erzählungen, verknüpft durch die Gestalt des (bei Miss Sayers keineswegs heldischen) Helden war seit Conan Doyle nichts Ungewöhnliches. Ungewöhnlich ist die meisterliche Vereinigung der besten Traditionen des angelsächsischen Romans mit den Bedingungen der Detektivgeschichte. Das Rätsel, mit dem sich Detektiv und Leser gleichermaßen konfrontiert sehen und das der Detektiv stellvertretend für den Leser löst, geht hervor aus den Umständen täglichen Lebens, die mit so viel Scharfsinn wie Menschenfreundlichkeit lebendig vorgestellt werden. Derjenige wird am meisten Freude an der Sayers-Lektüre haben, für den sich Unterhaltung und Ernst so wenig ausschließen wie Ironie und Problematik.

Das gewichtigste aller Probleme bleibt dabei das allen Menschen gemeinsame: der Tod. *Jeder Tod ist unwiderruflich, deshalb empfinden wir seine Gewalt als kränkend* – dieser Satz der Autorin steht unausgesprochen auch hinter ihren Romanen, unter deren Gestalten man manchen Freund gewinnen kann. Er steht nicht minder hinter ihren um Glaubensdinge bemühten, immer weltoffenen Werken. Die Verbindung zwischen Schöpfung und schöpferischer Tätigkeit, über die sie in *The Mind of the Maker* (1942) nachgedacht hat, liegt auch ihren religiösen Dramen zugrunde; die Folge von Hörspielen, die das Leben Jesu darstellen, *The Man Born to Be King* (1941), hat keine geringere Verbreitung gefunden als ihre Erzählungen. Von ihren vorzüglichsten Werken gilt, was sie in einem Vortrag bemerkt hat: *Ein Werk der Erzählkunst besitzt poetische Wahrheit, vorausgesetzt, der Autor habe recht erkannt, welche Dinge so miteinander in Beziehung gesetzt werden können, daß sie sich zu einer überzeugenden Einheit verbinden – vorausgesetzt weiter, das Werk sei ein Akt folgerechter Phantasie.* Diese konsequente, aber durchaus menschliche Phantasie war Dorothy L. Sayers eigen. Der Tod, über den sie soviel nachgedacht hat und ohne den es ihre Bücher, auch die unterhaltendsten und lebendigsten, nicht gäbe, überraschte die berühmte Autorin, Ehrendoktor der Universität Durham, in ihrem Hause, im Alter von 64 Jahren, kurz vor Weihnachten 1957. *Ich bin ein Autor und kann mein Handwerk* hat sie mit Stolz gesagt und sagen dürfen. W. K.

Hochzeit kommt vor dem Fall

Dorothy L. Sayers
Sämtliche Detektivgeschichten und Romane
in Einzelausgaben

Dorothy L. Sayers

Hochzeit kommt vor dem Fall

Busman's Honeymoon

Eine Liebesgeschichte
mit detektivischen Unterbrechungen

Aus dem Englischen von Otto Bayer
Mit einem Nachwort von Walther Killy

Erschienen im
Rainer Wunderlich Verlag
Hermann Leins
Tübingen

1. Auflage 1.– 7. Tsd. 1954
2. Auflage 8.–13. Tsd. 1962
3. Auflage 14.–28. Tsd. 1969
4. Auflage 28.–33. Tsd. 1971
5. Auflage 33.–39. Tsd. 1976

Erste vollständige deutsche Ausgabe in neuer Übersetzung
1. Auflage 1.– 5. Tsd. 1982
2. Auflage 6.– 7. Tsd. 1984

ISBN 3 8052 0362 4

Das wird einige Tränen kosten bei einer wahrhaftigen Vorstellung. Wenn ichs mache, laßt die Zuhörer nach ihren Augen sehn! Ich will Sturm erregen, ich will einigermaßen lamentieren ... ich könnte einen Herakles kostbarlich spielen oder eine Rolle, wo man alles kurz und klein schlagen muß ... Ein Liebhaber ist schon mehr lamentabel.

William Shakespeare: EIN SOMMERNACHTSTRAUM

AN MURIEL ST. CLARE BYRNE,
HELEN SIMPSON UND
MARJORIE BARBER

Liebe Muriel, Helen und Bar,

der Himmel allein weiß, mit welch grenzenloser fraulicher Geduld Ihr Euch die Geschichte *Hochzeit kommt vor dem Fall* angehört habt, während ich sie schrieb. Ich mag mir gar nicht vorstellen, wie oft ich wohl die Sonne selbst mit meinem Gerede ermüdet habe – und wenn man mir irgendwann mitgeteilt hätte, daß Ihr gestorben wärt, hätte ich ohne weiteres geglaubt, ich hätte Euch ins Grab geredet. Aber Ihr seid sonderbarerweise noch am Leben und könnt somit diesen meinen Dank entgegennehmen.

Du, Muriel, warst gewissermaßen zum Opfer vorbestimmt, hast doch Du mit mir zusammen das Stück verfaßt, zu dem dieser Roman nur Zutaten und Verzierungen beisteuert; um so größer meine Schuld und Deine Leiden. Ihr, Helen und Bar, wurdet unbarmherzig auf dem Altar der Freundschaft geopfert, zu der das weibliche Geschlecht angeblich nicht fähig ist; möge die Lüge sich selbst richten.

Euch allen dreien widme ich demütig und in Tränen diese sentimentale Komödie.

Es wurde schon – von mir und anderen – gesagt, Liebesgeschichten würden in einem Kriminalroman nur störend empfunden. Für die Personen der Handlung aber könnte der kriminalistische Aspekt umgekehrt eine ärgerliche Störung in ihrer Liebesgeschichte sein. Mit einer solchen Situation hat dieses Buch zu tun. Auch beantwortet es gewissermaßen die vielen freundlichen Anfragen, wie Lord Peter und seine Harriet denn wohl ihr Eheproblem gelöst haben. Wenn also nur für einen halben Penny Detektivarbeit in dieser unbilligen Menge Saccharin steckt, möge dies als Entschuldigung herhalten.

In aller Dankbarkeit, Eure
Dorothy L. Sayers

Inhalt

Prothalamion

HEIRATEN

WIMSEY – VANE. 8. Oktober, St. Cross-Kirche, Oxford, Peter Death Bredon Wimsey, zweiter Sohn des verstorbenen Gerald Mortimer Bredon Wimsey, 15. Herzog von Denver, mit Harriet Deborah Vane, einziger Tochter des verstorbenen Dr. med. Henry Vane aus Great Pagford, Hertfordshire.

MIRABELLE
KOMTESSE VON SEVERN UND THAMES,
AN HONORIA LUCASTA,
HERZOGINWITWE VON DENVER

Liebe Honoria,

nun ist Peter also wirklich verheiratet. Ich habe für meine halbe Bekanntschaft Weidenkränze bestellt. Soviel ich weiß, ist das ein laubwechselnder Baum; aber selbst wenn nur noch die blanken Ruten zu haben sind, werde ich sie verteilen, damit sie sich besser damit an die Brust schlagen können.

Sag mal – von einer offenherzigen alten Frau zur andern – ganz ehrlich, wie Dir dabei zumute ist. Ein Zyniker hätte ja allen Grund, sich zu freuen, denn Deinen liebeslustigen, charmanten Sohn mit einem Oxforder Blaustrumpf verheiratet zu sehen, dürfte einiges zur Belebung der Saison beitragen. Ich bin ja nicht zu blind, um Peter mit all seinen Affektiertheiten nicht zu durchschauen, und wenn ich fünfzig Jahre jünger wäre, hätte ich ihn selbst geheiratet, schon um des Spaßes willen. Aber ist diese Frau denn überhaupt aus Fleisch und Blut? Du sagst, sie sei ihm leidenschaftlich zugetan, und ich weiß natürlich, daß sie einmal eine halbgare Affäre mit einem Dichter hatte – aber der Himmel bewahre uns, was ist schon ein Dichter? Einer, der nicht ins Bett gehen kann, ohne eine Hymne darauf zu machen! Peter braucht mehr als eine hingebungsvolle Anbeterin, die ihm das Händchen hält und Gedichte deklamiert; und er hat ja diese dumme, wenn auch liebenswerte Angewohnheit, immer nur eine Frau auf einmal zu haben, was er in einer dauerhaften Bindung mit der Zeit ein wenig ungelegen finden könnte. Ich weiß, man kann nicht allzu viele Ehen heutzutage dauerhaft nennen, aber ich kann mir auch nicht vorstellen, daß Peter sich zum eigenen Amüsement vor dem Scheidungsrichter produzieren würde, obwohl er, um die Gefälligkeit gebeten, zweifellos auch das mit Anstand über sich ergehen lassen würde. (Dabei fällt mir ein, daß mein Großneffe Hughie, dieser Tölpel, wie immer alles vermasselt hat. Nachdem er sich als Kavalier bereit gefunden hatte, die Schuld auf sich zu nehmen, ist er mit irgendeinem bezahlten Nichts nach Brighton davongeschlichen, und der Richter hat weder der Hotelrechnung noch dem Stubenmädchen geglaubt – sie kamen ihm allzu bekannt vor. Das heißt nun also, daß alles noch mal von vorn losgeht.)

Nun, meine Liebe, wir werden ja sehen, und Du kannst sicher sein, daß ich für Peters Frau mein Bestes tun werde, und sei es nur um Helen zu ärgern, die es ihrer neuen Schwägerin sicher so schwer wie möglich machen wird. Natürlich gebe ich nichts auf ihr snobistisches Geschwätz über Mesalliancen, denn das ist albern und überholt. Verglichen mit dem Gesindel vom Film und aus Nachtclubs, das wir jetzt in unsere Kreise bekommen, ist die Tochter eines Landarztes, auch mit einem Dichter in ihrer Vergangenheit, ein wahrer Ausbund an Tugend. Wenn die junge Frau Grips und Mumm hat, ist sie gerade recht. Glaubst Du, daß sie Kinder haben wollen? Helen wäre ja wütend, weil sie doch immer damit gerechnet hat, daß Peters Geld einmal an Saint-George fällt. Wenn ich aber Denver halbwegs kenne, geht es ihm mehr um die Nachfolge für den Fall, daß Saint-George sich mit diesem Auto, das er fährt, doch noch mal den Hals bricht. Irgend jemand wird also verstimmt sein, egal was sie tun, und so werden sie wohl nach ihrem eigenem Gutdünken verfahren.

Es hat mir so leid getan, daß ich nicht zum Empfang kommen konnte – Ihr scheint ja die Presse blitzsauber an der Nase herumgeführt zu haben – aber mein Asthma war in letzter Zeit sehr schlimm. Immerhin muß ich aber dankbar sein, daß ich mir meine Kräfte und meinen Humor noch so lange bewahrt habe. Sage Peter, er soll mich einmal mit seiner Harriet besuchen, wenn sie aus ihren geheimnisvollen Flitterwochen zurück sind, und glaube mir, liebe Honoria, daß ich (ungeachtet meiner giftigen alten Zunge) Dir stets und immer zugetan bin, Deine

Mirabelle Severn und Thames

MRS. CHIPPERLEY JAMES AN DIE EHRENWERTE MRS. TRUMPE-HARTE

... So, meine Liebe, und nun mach Dich auf einen Schock gefaßt! Peter Wimsey ist verheiratet – ja, tatsächlich *verheiratet* – mit dieser unmöglichen jungen Frau, die einmal mit einem Bolschewiken oder Musiker oder dergleichen zusammengelebt und ihn ermordet hat oder so etwas – ich weiß es nicht mehr genau, das ist ja alles so eine Ewigkeit her, und es passieren doch alle Tage so komische Dinge, nicht wahr? Es ist so ein Jammer, um das ganze Geld und so – aber es beweist einem eigentlich nur wieder, daß mit den Wimseys irgend etwas nicht ganz stimmt, oder? – Dieser Vetter dritten Grades, du weißt ja, der sich in Monte so in einer kleinen Villa einschließt, der ist ja nun *mehr* als exzentrisch – und jedenfalls muß Peter mindestens schon fünfundvierzig sein. Weißt Du, meine Liebe, ich habe es ja schon immer ein wenig unklug von Dir gefunden, als Du versuchtest, ihn für Monica zu angeln, was ich Dir damals natürlich nicht sagen mochte, als Du Dir solche Mühe gabst ...

MRS. DALILAH SNYPE
AN MISS AMARANTH SYLVESTER-QUICKE

... Natürlich ist diese Heirat Wimsey-Vane *die* Sensation. Ich denke, es muß so eine Art soziologisches Experiment sein, denn wie *Du* ja weißt, mein Schatz, ist er der kälteste Einfaltspinsel der *Welt*, und mir tut das Mädchen *ganz entschieden* leid, trotz Geld und Titel und allem, denn an einen schwatzhaften Eiszapfen mit Monokel gebunden zu sein, dafür kann einen nichts entschädigen, meine Liebe, das ist *zu* arg. Es wird ja sowieso nicht von Dauer sein ...

HELEN, HERZOGIN VON DENVER
AN LADY GRUMMIDGE

Liebe Marjorie,

Hab Dank für Deine freundliche Nachfrage. Dienstag war in der Tat ein äußerst strapaziöser Tag, aber heute fühle ich mich doch schon wieder etwas ausgeruhter. Es war allerdings eine sehr anstrengende Zeit für uns alle. Peter war natürlich so unausstehlich wie er nur konnte, und das will allerhand heißen. Als erstes bestand er darauf, in der Kirche zu heiraten, obwohl ich in Anbetracht der Umstände das Standesamt für angemessener gehalten hätte. Schließlich haben wir uns aber mit St. George am Hanover Square abgefunden, und ich war sogar bereit, alles in meinen Kräften Stehende zu tun, damit die Sache so ablief, wie es sich gehörte, wenn es nun schon einmal sein mußte. Aber dann hat mir meine Schwiegermutter alles aus der Hand genommen, und dabei hatte man uns doch deutlich zu verstehen gegeben, daß die Hochzeit an dem von *mir* vorgeschlagenen Tag stattfinden werde, und das wäre nächsten Mittwoch gewesen. Aber wie Du sehen wirst, war das nur wieder eine von Peters Finten. Die Kränkung trifft mich *sehr,* zumal wir uns alle Mühe gegeben hatten, höflich zu sein, und das Mädchen sogar schon zum Abendessen eingeladen hatten.

Also! Als wir vorigen Montagabend in Denver waren, bekamen wir ein Telegramm von Peter, das kurz und bündig lautete: »Wenn Ihr wirklich zu meiner Hochzeit kommen wollt, versucht's mal morgen um zwei Uhr in der St. Cross-Kirche in Oxford.« Ich war außer mir – dieser weite Weg, und mein Kleid noch nicht fertig, und um alles noch schlimmer zu machen, mußte Gerald, der sechzehn Leute zur Jagd eingeladen hatte, auch noch lachen wie ein Idiot und sagen: »Gut gemacht, Peter!« Er bestand darauf, wir sollten beide hinfahren, einfach so, und die Gäste sich selbst überlassen. Ich habe den starken Verdacht, daß Gerald von Anfang an Bescheid wußte, obwohl er es entschieden abstreitet. Jerry wußte es jedenfalls, darum ist er auch in London geblieben. Ich sage immer zu Jerry, daß sein Onkel ihm anscheinend mehr bedeutet als seine eigenen Eltern; und *Dir* brauche ich ja nicht zu sagen, daß ich Peters Einfluß auf einen Jungen in seinem Alter für höchst verderblich halte. Gerald meinte nach typischer Männerart, Peter habe das Recht, zu heiraten wo und wann er wolle; er kümmert sich nie um die Peinlichkeiten und Ungelegenheiten, die er anderen Leuten mit seinen Exzentrizitäten bereitet.

Wir sind also nach Oxford gefahren und haben die angegebene Stelle gefunden – ein unscheinbares Kirchlein in einer Nebenstraße, sehr düster und feucht aussehend. Wie sich herausstellte, sollte die Braut (die *zum Glück* keine lebenden Verwandten mehr hat) ausgerechnet von einem Mädchencollege in die Ehe gegeben werden. Ich war schon erleichtert, Peter wenigstens im Cut zu sehen, wie es sich gehört; allmählich hatte ich nämlich schon gefürchtet, er werde in Talar und Barett heiraten. Jerry war als Brautführer da, und meine Schwiegermutter erschien im großen Staat und strahlte nach allen Seiten, als ob sie alle miteinander etwas besonders Kluges angestellt hätten. Und sie hatten Onkel Paul Delagardie – ächzend vor Arthritis, die arme Kreatur – angeschleppt, mit einer Gardenie im Knopfloch und sichtlich bemüht, spritzig zu wirken, was in seinem Alter abstoßend ist. Es waren alle möglichen sonderbaren Leute in der Kirche – praktisch keiner aus unserm eigenen Freundeskreis, dafür aber diese lächerliche Miss Climpson und so ein paar Schmarotzer, die Peter bei seinen »Fällen« aufgegabelt hat, sowie mehrere Polizisten. Charles und Mary erschienen im letzten Moment, und Charles zeigte mir einen Mann in Heilsarmee-Uniform, einen bekehrten Einbrecher, wie er behauptet – aber *das* kann ich denn doch nicht glauben, nicht einmal von Peter.

Die Braut wurde von einem unmöglichen Sortiment von Brautjungfern begleitet – lauter Professorinnen! – und eine merkwürdige dunkelhaarige Frau, angeblich die Rektorin des College, übergab sie dem Bräutigam. Ich kann nur dankbar anmerken, daß Harriet (so muß ich sie ja von jetzt an wohl nennen) angesichts ihrer Vergangenheit wenigstens soviel Sinn für Schicklichkeit bewies, nicht in weißer Seide und Orangenblüten zu erscheinen; trotzdem fand ich, daß ein einfaches Kostüm passender gewesen wäre als ein Kleid aus Goldlamé. Ich sehe schon, daß ich bald einmal mit ihr über ihre Kleider sprechen muß, aber ich fürchte, sie wird sich schwierig stellen. Noch nie habe ich einen Menschen so schamlos triumphierend wirken sehen – auf eine Weise hatte sie wohl ein Recht dazu: Man muß ja zugeben, daß sie ihr Blatt sehr klug gespielt hat. Peter war weiß wie Papier; ich hatte das Gefühl, er müsse sich jeden Augenblick übergeben. Wahrscheinlich war ihm aufgegangen, worauf er sich da einließ. Niemand kann sagen, ich hätte nicht *alles* versucht, um ihm die Augen zu öffnen. Sie wurden nach dem alten derben Ritus getraut, und die Braut sagte tatsächlich »gehorchen«. – Anscheinend ist das beider Art von Humor, denn sie sieht so störrisch aus wie ein Maulesel.

Danach gab es ein wildes Durcheinandergeküsse in der Sakristei, und dann wurde die ganze bunte Schar in Wagen verfrachtet (zweifellos auf Peters Kosten), und wir fuhren zurück in die Stadt, auf den Fersen gefolgt von den dortigen Zeitungsleuten. Wir fuhren zum Stadthaus meiner Schwiegermutter – *alle*, einschließlich Polizisten und Ex-Einbrecher – und nach einem Hochzeitsfrühstück (das, wie ich zugeben muß, sehr gut war) hielt Onkel Delagardie eine Ansprache, gespickt mit Blüten französischer Eloquenz. Es gab eine Menge Geschenke, darunter etliche groteske; der Ex-Einbrecher schenkte ihnen ein dickes Buch mit schwülstig-frommen Sprüchen und vulgären Liedern! Kurz darauf verschwanden Braut und Bräutigam, und wir warteten lange auf sie, bis meine Schwiegermutter herunterkam, ihr Gesicht ein einziges Lächeln, und uns mitteilte, daß sie vor einer halben Stunde abgereist seien, ohne eine Adresse zu hinterlassen. Noch in diesem Augenblick weiß ich nicht, *wo* sie sind, und sonst weiß es auch niemand.

Die ganze Geschichte hat uns in eine äußerst peinliche und lächerliche Lage gebracht. Für mich bedeutet sie den schändlichen Schlußpunkt einer höchst unglückseligen Affäre, und es ist mir kein Trost, mir vorzustellen, daß ich diese schreckliche junge Frau als meine Schwägerin werde präsentieren müssen. Marys Polizist war schon schlimm, aber er ist wenigstens ein stiller Mensch und weiß sich zu benehmen, wohingegen wir bei Peters Frau von einem Tag zum andern wohl mit Aufsehen, wenn nicht gar mit einem offenen Skandal rechnen müssen. Aber nun müssen wir gute Miene machen, so gut es geht; ich würde so etwas natürlich niemand anderem anvertrauen als Dir.

Voll Dankbarkeit für Dein Mitgefühl bin ich in liebevoller Zuneigung, Deine Helen Denver

MR. MERVYN BUNTER AN MRS. BUNTER SEN.

Liebe Mutter,

ich schreibe Dir von einem »unbekannten Ziel« auf dem Lande und hoffe, daß dieser Brief Dich so gesund und munter antrifft, wie er mich hier verläßt. Aufgrund einer gelinden häuslichen Katastrophe kann ich Dir nur bei Kerzenlicht schreiben, also entschuldige bitte meine schlechte Schrift.

Nun, Mutter, wir haben also heute morgen glücklich geheiratet, und es war eine schöne Hochzeit. Ich wünschte, Du hättest der freundlichen Einladung Seiner Lordschaft folgen können, aber wie ich schon zu ihm sagte, muß man sich mit siebenundachtzig Jahren mit einigen körperlichen Gebrechen abfinden. Ich hoffe, Dein Bein ist wieder besser.

Wie ich Dir in meinem letzten Brief schon berichtete, war es unsere feste Absicht, den Einmischungsversuchen Ihrer Gnaden, der Herzogin, ein Schnippchen zu schlagen, und das ist uns gelungen. Es lief alles ab wie ein Uhrwerk. Unsere neue Lady, die vormalige Miss Vane, fuhr am Vortag nach Oxford, und Seine Lordschaft folgte am Abend mit Lord Saint-George und mir und stieg im Hotel Mitre ab. Seine Lordschaft hat sehr freundlich zu mir von meinen zwanzigjährigen Diensten gesprochen und die Hoffnung ausgedrückt, daß ich mich im neuen Haushalt wohlfühlen werde. Ich habe geantwortet, ich hoffte stets zu wissen, wo es mir gutgehe, und wollte bemüht sein, ihn jederzeit zufriedenzustellen. Ich fürchte, ich habe mehr gesagt, als meiner Stellung zukommt, denn Seine Lordschaft war ernstlich gerührt und sagte, ich solle nicht albern sein. Ich habe mir dann die Freiheit genommen, ihm ein Bromid zu verordnen, und konnte ihn so endlich zum Schlafen bringen, nachdem ich dem jungen Lord Saint-George klargemacht hatte, er solle ihn in Ruhe lassen.

Rücksichtsvoll ist nicht eben das Wort, das ich auf Seine junge Lordschaft anwenden würde, aber man muß seine Hänseleien zum Teil wohl auch dem Champagner zuschreiben.

Seine Lordschaft erschien mir am Morgen ruhig und gefaßt, worüber ich sehr erleichtert war, denn es gab noch viel zu tun. Da wir etliche Freunde aus bescheidenen Verhältnissen mit einem Sondertransport erwarteten, mußte ich dafür sorgen, daß sie sich wohlfühlten und sich nicht verloren vorkamen.

Nun, liebe Mutter, wir haben also schon früh einen leichten Lunch zu uns genommen, und dann mußte ich Ihre Lordschaften ankleiden und zur Kirche bringen. Mein Herr war fügsam wie ein Lamm und machte mir keinerlei Schwierigkeiten, scherzte nicht einmal wie üblich, aber Lord Saint-George war die Ausgelassenheit selbst, und ich hatte mit ihm alle Hände voll zu tun. Fünfmal tat er so, als ob er den Ring verlegt hätte, und gerade als wir aufbrechen wollten, verlegte er ihn wirklich; aber Seine Lordschaft fand ihn mit seinem gewohnten detektivischen Spürsinn wieder und nahm ihn persönlich an sich. Trotz dieses Mißgeschicks bekam ich sie pünktlich in die Kirche, und ich muß sagen, sie machten mir beide Ehre. Ich weiß nicht, wer Seine junge Lordschaft in gutem Aussehen übertreffen sollte, aber für meinen Geschmack ist es gar keine Frage, wer von beiden der feinere Herr ist.

Die Dame ließ uns, wie ich dankbar vermerke, nicht warten; und sehr gut sah sie aus, ganz in Gold gekleidet und mit einem schönen Chrysanthemenstrauß. Sie ist ja nicht eigentlich hübsch, aber eindrucksvoll, wie ich es einmal nennen möchte, und sicher ist, daß sie für niemand anderen einen Blick hatte als für Seine Lordschaft. Begleitet wurde sie von vier Damen des College, nicht als Brautjungfern gekleidet, sondern alle recht adrett und damenhaft. Seine Lordschaft war während der ganzen Zeremonie sehr ernst.

Danach begaben wir uns alle zu einem Empfang ins Stadthaus Ihrer Gnaden, der Herzoginwitwe. Ich war sehr angetan vom Verhalten Ihrer neuen Ladyschaft gegenüber den Gästen; sie war offen und freundlich zu allen Ständen, aber natürlich hätte Seine Lordschaft auch nie eine andere gewählt als eine Dame in jeder Beziehung. Ich erwarte von ihrer Seite keinerlei Unannehmlichkeiten.

Nach dem Empfang schafften wir Braut und Bräutigam heimlich durch die Hintertür hinaus, nachdem wir sämtliche Zeitungsreporter in den Salon gesperrt hatten. Und nun, liebe Mutter, muß ich Dir erzählen . . .

MISS LETITIA MARTIN, DEKANIN DES SHREWSBURY COLLEGE ZU OXFORD, AN MISS JOAN EDWARDS, DOZENTIN UND TUTORIN FÜR NATURWISSENSCHAFTEN AM SELBEN INSTITUT

Liebe Teddy,

So! Wir hatten also unsere Hochzeit – ein Tag, der in der Collegegeschichte rot angestrichen gehört! Miss Lydgate, Miss de Vine, die kleine Chilperic und meine Wenigkeit waren die Brautjungfern, und die Rektorin hatte die Rolle des Brautvaters übernommen. Nein, meine Liebe, wir haben uns *nicht* kostümiert. Ich persönlich finde ja, wir hätten in akademischer Tracht symmetrischer gewirkt, aber die Braut meinte, der »arme Peter« werde auch so schon genug unter den Schlagzeilen zu leiden haben. Wir sind also einfach im Sonntagsstaat hingegangen, ich in meinem neuen Pelz. Es erforderte unser aller gemeinsame Bemühungen, Miss de Vines Haare hochzustecken und oben zu *halten.*

Die ganze Familie Denver war auch da; die Herzoginwitwe ist süß, eine richtige kleine Marquise aus dem achtzehnten Jahrhundert, aber die Herzogin kam mir vor wie ein Drachen, *sehr* verstimmt und steif wie ein Schürhaken. Es war köstlich zu beobachten, wie sie die Rektorin von oben herab zu behandeln versuchte – unnötig zu sagen, daß sie bei *ihr* nicht landete! Dafür schlug der Rektorin dann in der Sakristei die Stunde der Verlegenheit. Sie wollte gerade mit ausgestrecken Händen und einer Gratulationsrede auf den Lippen dem Bräutigam entgegengehen, da packte er sie einfach und gab ihr einen Kuß, und nun werden wir nie erfahren, was sie hatte sagen wollen! Dann küßte er uns alle der Reihe nach (tapferer Mann!), und Miss Lydgate wurde so von ihren Gefühlen übermannt, daß sie den Kuß herzhaft erwiderte. Danach war dann der Brautführer an der Reihe – der schöne Saint-George –, und nach dieser Umarmungsorgie mußten wir Miss de Vines Haare wieder hochstecken. Der Bräutigam schenkte jeder Brautjungfer eine wunderschöne Kristallkaraffe mit einem Satz geschliffener Gläser dazu (für Sherry-Partys – hoch lebe seine frivole Seele!) und die Rektorin bekam einen Scheck über 250 Pfund für das Latymer-Stipendium, was ich eine hübsche Summe nenne.

Aber nun vergesse ich in meiner Aufregung ganz die Braut! Ich hätte nie gedacht, daß Harriet Vane so eindrucksvoll aussehen könnte. Ich sehe sie immer noch als die ungelenke, zerzauste kleine Studienanfängerin, mit knochiger Figur und ewig unzufriedenem Gesicht. Gestern sah sie aus wie ein Renaissanceporträt, das aus dem Rahmen gestiegen war. Zuerst schrieb ich das dem Goldlamé zu, aber bei näherem Hinsehen glaube ich doch, es war die *Liebe.* Es war schon irgendwie großartig zu sehen, wie diese beiden einander nahmen, als ob nichts und niemand sonst zählte oder auch nur existierte; ich habe zum erstenmal einen Bräutigam gesehen, der genau zu wissen schien, was er tat, und es tun wollte.

Auf dem Weg nach London – ach, übrigens hat Lord

Peter sich energisch gegen Mendelssohn und Lohengrin verwahrt, und wir wurden mit Bach aus der Kirche gespielt – hatte man den Herzog gnädig von seiner verstimmten Herzogin erlöst und mir zur Unterhaltung anvertraut. Er sieht sehr gut aus und ist dumm auf die landadlige Art; äußerlich ist er ein in die heutige Zeit versetzter Heinrich VIII, nur nicht so aufgedunsen und ohne Bart. Er fragte mich ein wenig besorgt, ob ich denn glaubte, »das Mädchen« habe wirklich etwas für seinen Bruder übrig, und als ich antwortete, ich sei mir dessen völlig sicher, vertraute er mir an, er habe Peter nie ganz verstanden und nie damit gerechnet, daß er einmal seßhaft werden würde, und nun hoffe er sehr, daß es gutgehe. Ich glaube, irgendwo in einem Eckchen seines Gehirns lauerte der stille Verdacht, Bruder Peter könne vielleicht dieses kleine gewisse Etwas haben, das ihm selbst fehlt und das er ganz gut brauchen könnte, wenn er nur nicht immer auf die Leute Rücksicht nehmen müßte.

Der Empfang bei der Herzoginwitwe war ein Riesenspaß – und endlich kriegte man bei einer Hochzeit einmal genug zu essen – und zu trinken! Schlecht kamen dagegen die armen Reporter weg, die inzwischen etwas gewittert hatten und in Bataillonsstärke anrückten. Sie wurden gleich an der Tür von zwei hünenhaften Dienern gepackt und mit dem Versprechen, daß »Seine Lordschaft gleich zu ihnen kommen« werde, in einen Raum gepfercht. Schließlich ging »Seine Lordschaft« dann auch hin – allerdings nicht Lord Peter, sondern Lord Wellwater vom Außenministerium, der eine ausführliche und hochwichtige Erklärung zu Abessinien abgab, die nicht anzuhören keiner gewagt hätte. Bis er damit fertig war, hatten *unsere* Lord- und Ladyschaft sich durch die Hintertür davongeschlichen, und so blieben für die Reporter nur noch ein Zimmer voller Hochzeitsgeschenke und die Reste vom Kuchen. Aber die Herzoginwitwe sah sie dann und war sehr nett zu ihnen, und so trollten sie sich schließlich einigermaßen zufrieden, allerdings ohne Photos und ohne irgendwelche Informationen über die Flitterwochen. Ich glaube überhaupt, daß niemand außer der Herzoginwitwe weiß, wohin Braut und Bräutigam wirklich gefahren sind.

So – das war's; ich hoffe von Herzen, daß die beiden so richtig glücklich sind. Miss de Vine findet, es sei zuviel Intelligenz auf beiden Seiten im Spiel – aber ich habe ihr gesagt, sie soll nicht so ein eingefleischter Pessimist sein. Ich kenne haufenweise Ehepaare, die beide so dumm sind wie die Eulen und gar nicht glücklich dabei – also hat wohl weder das eine noch das andere wirklich etwas zu bedeuten, nicht?

Herzliche Grüße,
Letitia Martin

AUSZÜGE AUS DEM TAGEBUCH DER HONORIA LUCASTA, HERZOGINWITWE VON DENVER

20. Mai. – Peter rief heute morgen an, furchtbar aufgeregt, der Ärmste, um mir zu sagen, daß er und Harriet wirklich und wahrhaftig verlobt sind und das alberne Außenministerium ihn nach dem Frühstück gleich wieder schnurstracks nach Rom geschickt hat – sieht denen ähnlich – man sollte meinen, sie tun es mit Absicht. Vor lauter Empörung und Glück redete er vollkommen durcheinander. Legt allergrößten Wert darauf, daß ich mich mit Harriet in Verbindung setze und ihr zu verstehen gebe, daß sie willkommen ist – das arme Kind, es muß hart für sie sein, hier alleingelassen zu werden und sich mit uns abgeben zu müssen, wo sie doch weder mit sich selbst noch mit irgend etwas anderem so ganz im reinen sein kann. Habe ihr nach Oxford geschrieben und ihr so klar gemacht wie möglich, wie sehr es mich freut, daß sie Peter so glücklich macht, und sie gefragt, wann sie mal in

London sein wird, damit ich sie besuchen kann. Lieber Peter! Ich hoffe und bete, daß sie ihn wirklich so liebt, wie er es braucht; ich werde es auf den ersten Blick sehen, wenn ich sie vor mir habe.

21. Mai. – Las gerade nach dem Tee in *Die Sterne blicken herab* (Anm. sehr deprimierend und gar nicht das, was ich vom Titel erwartet hatte – muß wohl ein Weihnachtslied im Sinn gehabt haben, erinnere mich aber jetzt, daß es etwas mit dem Heiligen Grab zu tun hat – muß Peter fragen und mich vergewissern), als Emily plötzlich »Miss Vane« melden kam. War so überrascht und erfreut, daß ich aufsprang und Ahasverus ganz vergaß, der auf meinem Schoß schlief und furchtbar beleidigt war. Ich sagte: »Meine Liebe, wie schön von Ihnen, daß Sie kommen« – sie sah so anders aus, daß ich sie gar nicht erkannt hätte – aber es ist ja auch schon fünfeinhalb Jahre her, und auf der Anklagebank in diesem tristen Old Bailey sieht sicher niemand besonders gut aus. Sie kam geradewegs auf mich zu, fast als ob sie vor ein Erschießungskommando träte, und sagte mit dieser merkwürdig tiefen Stimme, die sie hat, ganz ohne Umschweife: »Ihr Brief war so freundlich – ich wußte nicht recht, wie ich darauf antworten sollte, da hielt ich es für besser, gleich herzukommen. Sind Sie auch wirklich nicht allzu böse wegen Peter und mir? Ich habe ihn nämlich ganz furchtbar lieb, und daran kann man einfach nichts machen.« Worauf ich sagte: »Oh, dann haben Sie ihn nur weiter lieb, weil er es sich doch so sehr wünscht, und er ist mir von meinen Kindern eigentlich am liebsten, obwohl es sich für Eltern ja nicht gehört, so etwas zu sagen – aber *jetzt* darf ich es *Ihnen* sagen, und ich bin froh darüber.« Daraufhin gab ich ihr einen Kuß, und Ahasverus wurde so wütend, daß er ihr seine sämtlichen Krallen kräftig in die Waden schlug, so daß ich mich entschuldigen mußte und ihm einen Klaps gab, und dann haben wir uns beide aufs Sofa gesetzt, und sie sagte:

»Wissen Sie, ich habe mir auf dem ganzen Weg von Oxford bis hier gesagt: ›Wenn ich ihr nur ins Gesicht sehen kann und alles in Ordnung ist, dann habe ich endlich jemanden, mit dem ich über Peter reden kann.‹ Das hat mich als einziges davon abgehalten, auf halbem Wege wieder umzukehren.« Armes Kind, mehr wollte sie wirklich nicht – sie war noch ganz benommen, denn anscheinend ist das alles ziemlich spät am Sonntagabend passiert; dann haben sie die halbe Nacht in einem Puntkahn gesessen und sich wie verrückt geküßt, die armen Dinger, und dann mußte er fort und konnte überhaupt nichts mehr in die Wege leiten, und wenn sie nicht seinen Siegelring gehabt hätte, den er ihr noch rasch im letzten Moment an den Finger gesteckt hatte, wäre ihr alles vorgekommen wie ein Traum. Und nachdem sie ihm die ganzen Jahre widerstanden hatte, schien sie jetzt völlig kapituliert zu haben, wie wenn man in einen Brunnen stürzt, und wußte nun anscheinend nichts mit sich anzufangen. Sie sagte, sie könne sich nicht erinnern, seit ihrer Kindheit je so restlos und zum Zerspringen glücklich gewesen zu sein, und nun fühle sie sich innerlich ganz leer. Auf Nachfrage bekam ich heraus, daß sie im wahrsten Sinne des Wortes innen leer sein mußte, denn soweit ich feststellen konnte, hatte sie seit Sonntag weder etwas gegessen noch nennenswert geschlafen. Ich schickte Emily nach Sherry und Keksen und überredete sie – ich meine H. –, zum Abendessen dazubleiben. Wir redeten über Peter, bis ich ihn förmlich sagen hörte: »Aber Mutter, du feierst ja regelrechte Orgien« (oder schreibt man das Orgyen?) . . . H. entdeckte Peters Photo, das von David Bellezzi, das er nicht leiden kann, und ich fragte sie, was sie davon halte. Sie sagte: »Hm, das ist ein recht netter englischer Gentleman, aber weder der Wahnsinnige noch der Liebhaber noch der Poet, finden Sie nicht?« Bin ganz ihrer Meinung. (Weiß gar nicht, warum ich das Ding noch aufbewahre, höchstens David zuliebe). Holte das Familienalbum. *Gott sei*

Dank fing sie nicht gleich an, über Peterchen mit strampelnden Beinen auf dem Teppich zu glucken – kann mütterliche junge Frauen nicht ausstehen, obwohl Peter wirklich ein sehr drolliges Kind war mit seinen widerspenstigen Haaren, die er aber jetzt ganz gut im Griff hat, warum also die Vergangenheit wieder aufrühren? Sie stürzte sich gleich auf die beiden Bilder, denen Peter die Titel »Tunichtgut« und »Der verlorene Akkord« gegeben hat, und sagte: »Die hat jemand aufgenommen, der Peter kennt – war es Bunter?« – was mir wie Hellseherei vorkam. Dann gestand sie mir, daß sie Bunters wegen ein furchtbar schlechtes Gewissen habe und seine Gefühle nicht zu sehr zu verletzen hoffe, denn wenn er kündige, werde es Peter das Herz brechen. Ich sagte ihr ganz offen, das komme ausschließlich auf sie selbst an, und Bunter würde bestimmt niemals von selbst gehen, wenn man ihn nicht geradezu fortdrängte. H. sagte: »Aber Sie werden doch nicht glauben, daß ich so etwas täte. Gerade das ist es ja. Ich möchte nicht, daß Peter *irgend etwas* verliert.« Sie sah ganz verzweifelt aus, und wir weinten ein bißchen zusammen, bis es uns plötzlich ziemlich komisch vorkam, daß wir beide dasaßen und Tränen um Bunter vergossen, der über die Maßen schockiert gewesen wäre, wenn er es gewußt hätte. Also faßten wir wieder Mut, und ich schenkte ihr die Photos und fragte, was sie für Pläne hätten, falls sie so weit überhaupt schon gekommen seien. Sie sagte, Peter wisse nicht, wann er zurückkomme, aber sie finde, sie sollte ihr augenblickliches Buch lieber schnell zu Ende schreiben, um zu gegebener Zeit damit fertig zu sein und genug Geld für Kleider zu haben. Sie fragte, ob ich ihr den richtigen Schneider empfehlen könne – sie zeigt sich sehr verständig und ist bereit, für wirklich *inspirierte* Kleidung Geld auszugeben, aber ich muß mit meinen Ratschlägen vorsichtig sein, weil ich keine Ahnung habe, wieviel man mit Bücherschreiben verdient. Wie dumm und unwissend von mir – ich darf doch um keinen Preis ihren Stolz verletzen ... Alles in allem ein rundum erfreulicher Abend. Habe vor dem Zubettgehen ein langes, begeistertes Telegramm an Peter geschickt. Hoffentlich ist es in Rom nicht zu schwül und heiß, denn Hitze bekommt ihm nicht.

24. Mai. – Harriet zum Tee. Helen kam dazu – sehr ungezogen und kratzig, als ich ihr Harriet vorstellte. Sagte: »Ach, wirklich? Und wo *steckt* Peter? Wieder ins Ausland durchgebrannt? Wie dumm und unverantwortlich von ihm!« Dann hechelte sie die ganze Bekanntschaft hier und zu Hause durch und fragte immer wieder dazwischen: »Kennen Sie die So-und-so's, Miss Vane? Nein? Das sind *sehr* alte Freunde von Peter.« – »Gehen Sie zur Jagd, Miss Vane? Nein? Wie schade! Hoffentlich hat Peter nicht vor, es aufzugeben. Es tut ihm so gut, wenn er an die Luft kommt.« Harriet antwortete auf alles sehr vernünftig mit »Nein« und »Gewiß«, ohne irgendwelche Erklärungen oder Entschuldigungen vorzubringen, die ja immer gefährlich sind (guter Disraeli!). Ich fragte Harriet, wie sie mir ihrem Buch vorankomme und ob Peters Ratschläge ihr geholfen hätten. Helen meinte: »Ach richtig, Sie schreiben ja,« – als ob sie noch nie von ihr gehört hätte, und dann fragte sie, wie das Buch heißen werde, damit sie es sich in der Bibliothek ausleihen könne. Harriet sagte todernst: »Das ist sehr freundlich von Ihnen, aber erlauben Sie mir, Ihnen eines zu schicken – ich bekomme nämlich sechs Freiexemplare.« Erstes Anzeichen von Verärgerung, aber ich kann es ihr nicht verdenken. Habe mich für Helen entschuldigt, nachdem sie fort war, und gesagt, ich sei froh, daß mein *zweiter* Sohn aus Liebe heiratet. Ich fürchte, mein Wortschatz ist und bleibt hoffnungslos altmodisch, trotz sorgfältig ausgewählter Lektüre. (Darf nicht vergessen, Franklin zu fragen, was ich mit *Die Sterne blicken herab* gemacht habe.)

1. Juni. – Brief von Peter, der vorhat, ab Oktober das Haus der Belchesters am Audley Square zu nehmen und einzurichten. H. Gott sei Dank bereit, alter Eleganz den Vorzug vor Chromröhren zu geben. H. erschrocken über Größe des Hauses, aber erleichtert, daß ihr nicht zugemutet wird, »ein Zuhause für Peter« zu schaffen. Habe ihr erklärt, daß es seine Sache ist, ein Zuhause daraus zu machen und seine Braut hineinzuführen – ein Privileg, das heutzutage nur noch für Aristokraten und Pfarrer zu gelten scheint, die sich ihre Pfarrhäuser ja selten aussuchen können, die armen Kerle, und dann sind sie meist viel zu groß für sie. H. wies darauf hin, daß Fürstenbräute nach landläufiger Auffassung immerzu herumlaufen und Kretonne auswählen müßten, aber ich sagte ihr, das seien sie nur der Regenbogenpresse schuldig, die häusliche Frauen zu schätzen wisse – Peters Frau sei glücklicherweise ohne derartige Verpflichtungen. Muß mich nach einer Haushälterin für sie umsehen – jemand Tüchtiges – Peter legt Wert darauf, daß die Arbeit seiner Frau nicht durch Ärger mit Dienstboten gestört wird.

5. Juni. – Plötzlicher Ausbruch von Familiensinn in seiner übelsten Form. Zuerst Gerald – natürlich aufgestachelt von Helen – will wissen, ob das Mädchen präsentabel ist und ob sie moderne Ansichten hat, womit er natürlich Kinder meint, vielmehr *keine* Kinder. Habe Gerald gesagt, er soll sich um seine eigenen Angelegenheiten kümmern, nämlich Saint-George. Dann Mary mit der Mitteilung, daß Klein-Peter die Windpocken hat, und ob das Mädchen wirklich für Peter sorgen werde? Habe ihr gesagt, daß Peter gut genug für sich selbst sorgen kann und wahrscheinlich gar keine Frau will, die nur Windpocken und die beste Art der Fischzubereitung im Kopf hat. Fand bei Harrison wunderhübschen Chippendale-Spiegel und Polstergarnitur.

25. Juni. – Liebestraum gestört durch ernstes Gespräch mit Murbles über Ehevertrag – abschreckend langes Schriftstück, das für jede vorstellbare und unvorstellbare Situation eine Regelung enthält und mit Querverweisen jeweils auf des einen oder anderen Tod oder Wiederverheiratung Bezug nimmt, was laut Murbles alles »durch das TESTAMENT« (Großbuchstaben) »abgedeckt ist.« Hatte gar nicht gewußt, daß Peter an seinem Londoner Besitz so gut verdient. H. immer kribbliger bei jedem Paragraphen. Habe sie mir schließlich im Zustand tiefster Depression gegriffen und zum Tee ins Rumpelmayer geführt. Schließlich sagte sie: »Seit ich vom College abgegangen bin, habe ich noch nie einen Penny ausgegeben, den ich nicht selbst verdient hatte.« Ich antwortete: »Nun, meine Liebe, dann sagen Sie Peter, wie Sie empfinden, aber vergessen Sie nicht, daß er ebenso eitel und dumm ist wie die meisten Männer und kein Chamäleon, das um so besser riecht, wenn man drauftritt.« Bei näherem Hinsehen muß ich wohl »Kamille« gemeint haben. (Shakespeare? Muß Peter fragen). Habe schon überlegt, ob ich es Peter schreiben soll, lasse es aber lieber – junge Leute müssen ihre Kämpfe selbst ausfechten.

10. August. – Gestern vom Lande zurückgekehrt, um Sache mit Ehevertrag geregelt vorzufinden. H. zeigte mir dreiseitigen, intelligent mitfühlenden Brief von Peter, der anfing: »Natürlich hatte ich diese Schwierigkeit vorhergesehen« und endete: »Entweder muß Dein Stolz geopfert werden oder meiner – ich kann nur an Deine Großmut appellieren und bitten, daß es Deiner sei.« H. sagte: »Peter sieht immer alle Schwierigkeiten voraus – das ist das Entwaffnende an ihm.« Muß ihr von ganzem Herzen recht geben – kann Leute nicht leiden, die »nicht verstehen, was das Theater soll.« H. jetzt nachgiebig und bereit, angemessenes Einkommen anzunehmen, hat aber ihren Stolz gleich getröstet, indem sie in der Burlington-Arkade zwei Dutzend Seidenhemden kaufte und bar bezahlte. Verrät eigensinnige Entschlossenheit, wenn sie schon etwas tut, es auch richtig zu machen – hat begriffen, daß Peter es ausbaden muß, wenn Helen ein Haar in der Suppe findet, und ist wild entschlossen, intelligent an die Sache heranzugehen. Es spricht doch offenbar einiges für Bildung – sie lehrt einen, Tatsachen zu begreifen. Zur Zeit ringt H. darum, Peters Stellung als Tatsache zu begreifen – interessant zu beobachten. Langer Brief von Peter, hat große Zweifel am Völkerbund und schickt detaillierte Anweisungen für Regale in der Bibliothek und ein Barockbett; ist außerdem verärgert darüber, daß man ihn in Rom läßt »wie einen Klempner, um die diplomatischen Löcher zu stopfen«. Engländer sehr unbeliebt in Italien, aber P. hatte wohltuende Diskussion mit Papst über ein historisches Manuskript – muß für beide eine angenehme Abwechslung gewesen sein.

16. August. – Harriet war auf dem Lande, um sich eine Wassermühle anzusehen (hat etwas mit ihrem neuen Buch zu tun), und erzählt, daß sie auf der Rückfahrt durch Hertfordshire gekommen ist und ihrem alten Zuhause in Great Pagford einen Besuch abgestattet hat. Erzählte von ihrer Familie – stiller Landarzt mit Frau. Vater verdiente ganz gut, hat aber nie daran gedacht, etwas auf die Seite zu legen (muß wohl geglaubt haben, er lebe ewig) – aber sehr besorgt um eine gute Ausbildung für H. – sehr vernünftig, wie sich zeigte. H. sagt, ihr Kindheitstraum sei es gewesen, einmal genug Geld zu verdienen, um ein wunderliches kleines Bauernhaus namens Talboys im Nachbardorf zu kaufen. Sie habe es auf ihrer Fahrt wiedergesehen. Elisabethanisch, sehr hübsch. Sagte, wie anders doch immer alles kommt, als man erwartet. Ich sagte, das scheine genau das richtige Wochenendhäuschen für sie und Peter zu sein. H. mußte ein bißchen nach Luft schnappen – meinte, das könne schon sein. Beließ es dabei.

19. August. – Fand genau die richtigen Vorhänge für das Bett. Helen findet so etwas höchst unhygienisch. Berichtet von Gerald, daß er unerfreuliche Meldungen über die Rebhühner erhalten hat und findet, es gehe mit dem Land bergab.

20. August. – H. hat wegen Kauf von Talboys an Peter geschrieben. Erklärt mir, sie habe den Eindruck, daß Peter »gern schenkt« – stimmt genau, armer Kerl! Tatsachen jetzt anscheinend ein für allemal akzeptiert – scheint fünfeinhalb Jahre Geduld jetzt auf einen Schlag zurückgezahlt zu bekommen. Antwortete nachsichtig, ich könnte mir keine größere Freude für Peter vorstellen. Tanzte im Salon einen stummen Freudentanz, als sie fort war – sehr zu Franklins Verwunderung (dummes Frauenzimmer – sie dürfte mich doch inzwischen kennen).

21. August. – Harriets Buch fertig und an Verleger geschickt. Das läßt ihr leider Zeit und Muße, sich wegen Abessinien Sorgen zu machen – wie lästig! Ist überzeugt, daß die Zivilisation untergehen und man von Peter nie mehr etwas sehen wird. Wie eine Katze auf heißen Ziegeln; behauptet, Peter fünf Jahre seines Lebens gestohlen zu haben, was sie sich nie verzeihen kann, und es hilft gar nichts, ihr zu sagen, daß er über das Militärdienstalter hinaus ist, denn sein Gewissen trägt den Stempel »Geheimdienst«, und wenn er siebzig wäre, könnte er immer noch bei einem Gas- oder Luftangriff ums Leben kommen. Hoffe ernstlich, daß wir *keinen* neuen Krieg bekommen, mit Fleischmarken und Zuckerknappheit und so vielen Toten – lächerlich und unnötig. Frage mich, ob Mussolinis Mutter dem Jungen zuviel oder zuwenig die Hosen strammgezogen hat. Erinnere mich noch genau, daß ich Peter die Hosen strammgezogen habe, und es scheint ihm nicht allzusehr geschadet zu haben, also haben diese Psychologen wahrscheinlich alle miteinander unrecht.

24. August. – Peter hat Makler angewiesen, mit gegenwärtigem Besitzer – einem gewissen Noakes – über Kauf von Talboys zu verhandeln. Sein Brief an mich sehr zurückhaltend – aber er *ist* begeistert. Lage in Rom klärt sich anscheinend, soweit es seine Aufgabe betrifft. H. immer noch besorgt wegen Kriegsgefahr.

30. August. – Harriet völlig aus dem Häuschen nach Brief von Peter, in dem steht: »Und sollte dieser Welt der Abend dämmern: Bevor es Nacht wird, werde ich in Deinen Armen schlafen.« ... (Wie erkenne ich darin den alten, wortgewaltigen Peter von vor zwanzig Jahren wieder!) ... und außerdem sei seine Klempnerarbeit getan und er habe um seine Entlassung nachgesucht, was der Sache schon näher kommt.

4. September. – Die Kerzenleuchter für die Diele und den großen Salon sind gut geworden. Gerald sagt, sie können die Wandbehänge aus dem Blauen Zimmer haben – sie werden sich auf dem oberen Treppenabsatz gut machen, glaube ich – habe sie zum Ausbessern und Reinigen weggegeben, was sie dringend nötig hatten. (Peter würde sagen, das sei auch bei meinen Pronomina der Fall, aber *ich* weiß ganz genau, was ich meine.) Ahasverus hat sich in Franklins Zimmer übergeben – komisch, wie er an ihr hängt, wo sie doch Katzen eigentlich nicht leiden kann.

7. September. – Peter telegraphiert, daß er nächste Woche zurückkommt. Harriet bestand darauf, mich zum Essen auszuführen und mir Champagner zu spendieren. Sagte übermütig, dies sei ihre letzte Gelegenheit, da Peter keinen Champagner möge. Habe ihr mit einer kurzen (kurz für mich jedenfalls), witzigen Ansprache zum Verlust ihrer Freiheit kondoliert. Möchte mal erleben, daß Helen mich zum Essen ausführt und sich eine Rede von mir anhört.

14. September. – Peter ist wieder da. Ist mit Harriet irgendwohin zum Essen gegangen und dann zu mir gekommen – allein, wie nett von ihnen, denn ich hatte natürlich gesagt, er soll sie mitbringen. Er sieht abgemagert und müde aus, aber ich glaube, das muß Mussolini oder das Wetter oder irgendwas sonst sein, denn er ist offensichtlich von keinerlei Zweifeln geplagt (außer denen am Völkerbund natürlich) – und es hat mich sehr überrascht, daß er fast zwei Stunden lang absolut still dasaß, ohne herumzuzappeln oder viel zu sagen, was so ungewöhnlich an ihm ist, denn in aller Regel ist ein Sack Flöhe nichts gegen ihn. Er hat sich sehr über alles gefreut, was ich hinsichtlich des Hauses unternommen habe. Will die Einstellung von Personal mir überlassen, da Harriet zu unerfahren. Sie werden etwa acht Dienstboten brauchen, außer Bunter und der Haushälterin – werde also ganz schön beschäftigt sein.

15. September. – Harriet heute morgen hier, um mir ihren Ring zu zeigen – großer Solitärrubin – der alte Abrahams hat ihn eigens nach Anweisung schneiden und einfassen lassen. Arme H. mußte über sich selbst lachen, denn als Peter ihn ihr gestern gab, hat sie *ihn* angesehen, und als sie zehn Minuten später danach gefragt wurde, wußte sie nicht einmal, welche Farbe der Stein hatte. Sie hat gesagt, sie wird wohl nie lernen, sich so zu benehmen wie andere Leute, aber Peter hat nur geantwortet, das sei das erstemal gewesen, daß sein Antlitz mehr galt als selbst Rubine. Peter kam dann zum Lunch dazu – Helen auch, die den Ring sehen wollte und bissig sagte: »Du lieber Himmel! Hoffentlich ist er versichert.« Um ihr Gerechtigkeit angedeihen zu lassen, muß ich zugeben, daß ich mir nicht vorstellen kann, was sie noch Gemeineres hätte sagen können, selbst wenn sie vierzehn Tage lang ausschließlich darüber nachgedacht hätte. Sie sagte dann noch, sie nehme doch an, daß die beiden in aller Stille auf dem Standesamt heiraten würden, aber Peter antwortete, dann könne er ebensogut in einem Bahnhofswartesaal heiraten, und wenn Helen neuerdings religiöse Skrupel habe, brauche sie die Zermonie ja nicht mit ihrer Anwesenheit zu beehren. Darauf meinte Helen: »Ach so, verstehe – wahrscheinlich St. George am Hanover Square« – und sofort fing sie an, alles für sie zu arrangieren, einschließlich Datum, Pfarrer, Gästen und Musik. Als sie zu der »Stimme, die über Eden weht« kam, sagte Peter: »Laß um Gottes willen den Völkerbund aus dem Spiel!« Woraufhin er und Harriet unartige Verse zu dichten anfingen und Helen sich ziemlich überflüssig vorkam, denn in Gesellschaftsspielen war sie noch nie sehr gut.

16. September. – Helen hat uns entgegenkommenderweise ein Exemplar des neuen Trauungsritus besorgt, bei dem die ganzen derben Stellen herausgestrichen sind – was ein Spiel mit dem Feuer war. Peter nahm es spaßig auf und meinte, er wisse über die Zeugung von Kindern bestens Bescheid, theoretisch zumindest, wenn auch nicht praktisch, aber die »Vermehrung der Menschheit« nach irgendeiner anderen Methode sei ihm zu fortschrittlich, und wenn er sich je solch gefährlichen Vergnügungen hingeben sollte, wolle er mit Erlaubnis seiner Frau lieber bei dem alten Verfahren bleiben. Was das »Geschenk der Keuschheit« angehe, sagte er, die wolle er nicht einmal geschenkt haben, das gebe er ohne weiteres zu. An diesem Punkt stand Helen auf und verließ das Haus, und P. und Harriet durften sich über das Wort »gehorchen« streiten. P. sagte, er sehe es als Verstoß gegen die guten Sitten an, seiner Frau Befehle zu erteilen, aber H. antwortete, er werde ihr schon noch schnell genug Befehle erteilen, wenn nämlich das Haus brenne oder ein Baum umstürze und er sie in Sicherheit bringen wolle. P. sagte, in diesem Falle müßten sie beide »gehorchen« sagen, aber das sei ein zu saftiger Bissen für die Zeitungen. Ich ließ sie den Streit allein ausfechten. Als ich wiederkam, hatte Peter inzwischen eingewilligt, sich gehorchen zu lassen, aber nur unter der Bedingung, daß er ihr seine irdischen Güter schenken dürfe, nicht nur mit ihr teilen. Schockierender Sieg der Gefühle über das Prinzip.

18. September. – Muß jetzt wirklich mal »Verdammt« sagen! Da haben doch diese widerlichen Zeitungen die alte Geschichte von Harriet und Philip Boyes wieder ausgegraben! Peter ist *wütend.* Harriet sagt: »War ja nicht anders zu erwarten.« Ich hatte fürchterliche Angst, sie könne Peter anbieten, von der Verlobung zurückzutreten, aber sie beherrschte sich tapfer – wahrscheinlich ist ihr klar, daß es ihn umbringen würde, das alles noch einmal durchzumachen. Ich glaube, dahinter steckt nur diese Sylvester-Quicke, die sich seinerzeit so bemüht hat, Peter einzufangen – ich hatte sie schon immer im Verdacht, daß sie für die Klatschspalten der Sonntagszeitungen schreibt. Helen ergriff (plump, aber energisch) Partei für die Familie und meinte, man solle jetzt am besten eine ganz große Hochzeit abhalten und es ihnen zeigen. Sie hat – aus Gründen, die mir unerfindlich sind – den 16. Oktober als das geeignetste Datum gewählt. Hat auch freundlicherweise die Auswahl der Brautjungfern übernommen – lauter Freunde von uns, da Harriets Freunde ja »offenbar unmöglich« seien – und angeboten, ihr Haus für den Empfang zur Verfügung zu stellen – außerdem zehn Villen im Besitz verarmter Adelsfamilien zur Auswahl für die Flitterwochen. Peter verlor die Geduld und fragte: »Wer heiratet hier eigentlich, Helen – du oder wir?« Gerald versuchte, das Oberhaupt der Familie herauszukehren – gründlich abgeblitzt. Helen gab erneut ihre Meinung zum besten und endete mit den Worten: »Dann darf ich also den 16. Oktober als beschlossen ansehen.« Peter antwortete: »Du darfst ansehen, was du willst.« Helen erklärte, sie werde sich zurückziehen, bis es ihm einzusehen beliebe, daß sie doch nur sein und Harriets *Bestes* wolle – und Gerald machte so ein flehendes Gesicht, daß Peter sich für die Unhöflichkeit entschuldigte.

20. September. – Makler berichtet, daß Preis für Talboys geregelt ist. Viele Umbauten und Reparaturen nötig, Haus aber im Kern gesund. Kaufvertrag sieht sofortigen Besitzwechsel vor – derzeitiger Besitzer darf bis nach Flitterwochen drinbleiben, dann will Peter hinfahren, um zu sehen, was gemacht werden soll, und die Handwerker schicken.

25. September. – Helen und Zeitungen machen Situation allmählich unerträglich. Peter außer sich beim Gedanken an St. George und großes Trara. Harriet erneut von Minderwertigkeitskomplexen geplagt; bemüht sich tapfer, sie nicht zu zeigen. Habe alle Einladungen vorerst zurückgehalten.

27. September. – Peter kam zu mir und sagte, wenn das noch lange so weitergehe, würden sie noch beide verrückt. Er und H. haben beschlossen, in aller Stille zu heiraten und nur ihren eigenen engsten Freunden etwas zu sagen. Kleine Hochzeit in Oxford, Empfang *hier,* Flitterwochen irgendwo an einem friedlichen Ort auf dem Lande. Habe mich gern bereit erklärt, ihnen dabei behilflich zu sein.

30. September. – Sie haben mit Noakes ausgemacht, daß sie die Flitterwochen in Talboys verbringen werden, ohne daß jemand etwas davon weiß. N. kann kurzfristig ausziehen und ihnen das Mobiliar und so weiter leihweise überlassen. Ich fragte: »Und die Kanalisation?« Peter sagte, die Kanalisation könne ihm gestohlen bleiben – auf Denver sei in seiner Kindheit auch nicht viel an Kanalisation gewesen (wie gut ich das noch weiß!). Trauung (mit Zustimmung des Erzbischofs) am 8. Oktober, und Helen soll bis zuletzt denken, was sie will – Zeitungen ebenfalls. Harriet sehr erleichtert. Peter sagt, Flitterwochen in Hotels seien sowieso widerwärtig – eigenes Dach (besonders wenn elisabethanisch) gezieme sich besser für englischen Gentleman. Viel Lärm um Hochzeitskleid – von Worth – historisches Gewand aus steifem Goldbrokat, lange Ärmel, viereckiger Halsausschnitt, gesichtsfreie Kopfbedekkung, kein Schmuck, außer langen Ohrringen von mir, die einmal Großtante Delagardie gehört haben. (Anm.: Verleger muß mit neuem Buch ganz gut auf seine Kosten gekommen sein.) H. soll vom College in die Ehe gegeben werden (finde ich ganz reizend) – endlose Telegramme und Verschwiegenheitsgelübde. Bunter soll vorausfahren und in Talboys nach dem Rechten sehen.

2. Oktober. – Müssen Bunter aus dem Spiel lassen. Er wird auf Schritt und Tritt von Reportern verfolgt. Einen hat er erwischt, wie er sich durch den Warenaufzug in Peters Wohnung schleichen wollte. B. knapp um Anzeige wegen Körperverletzung herumgekommen. P. will Talboys (einschließl. Kanalisation) lieber auf gut Glück nehmen. Bezahlung erledigt, und Noakes hat versprochen, alles vorzubereiten – ist es gewöhnt, sein Haus an Sommergäste zu vermieten, dürfte also in Ordnung gehen ... Helen aufgeregt, weil noch keine Einladungen für den 16. hinausgegangen sind. Habe ihr gesagt, daß der 16. meines Wissens noch nicht offiziell festliegt (!). Helen fragt, was Verzögerung soll. Ob Peter kalte Füße bekommen hat, oder ob das Mädchen ihn wieder hinhält? ... Habe geantwortet, Hochzeit sei ihre eigene Sache, beide volljährig ... Sie nehmen keine Dienstboten mit außer Bunter, der ein vollkommener Gastgeber für sich allein ist und mit Hilfe von Leuten aus dem Dorf alles erledigen kann, was sie brauchen. Ich glaube, Harriet hat Angst davor, gleich mit fremdem Personal anzufangen, und Peter möchte sie schonen. Dienstmädchen aus der Stadt sind ja auf dem Lande auch die reinste Plage. Wenn Harriet erst einmal mit Bunter zurechtkommt, wird sie mit Dienstboten keine Scherereien mehr haben!

4. Oktober. – War bei Peter, um ihn bei der Fassung einiger Steine zu beraten, die er aus Italien mitgebracht hat. Während ich dort war, brachte die Post einen eingeschriebenen, großen flachen Umschlag – Harriets Handschrift. Hätte gern gewußt, was sie ihm da lieber schickte, statt es zu bringen (meine Neugier!). Beobachtete Peter beim Öffnen, während ich so tat, als ob ich ein Stück Zirkon untersuchte (so eine wunderhübsche Farbe!). Er errötete auf diese komische Art, die er an sich hat, wenn ihm jemand etwas recht Persönliches sagt, und stand da und starrte das Ding an, bis ich nicht mehr an mich halten konnte und frage: »Was ist es denn?« Er sagte mit sonderbarer Stimme: »Das Geschenk der Braut an den Bräutigam.« Ich hatte mir schon seit einiger Zeit den Kopf darüber zerbrochen, wie sie sich da aus der Affäre ziehen würde, denn man kann einem sehr wohlhabenden Mann ja nun *wirklich* nicht besonders viel schenken, sofern man nicht selbst ziemlich wohlhabend ist, und das Falsche ist immer schlechter als gar nichts, aber trotzdem hat es niemand gern, wenn ihm freundlich gesagt wird, er könne einem kein schöneres Geschenk machen als seine bezaubernde Person – sehr hübsch, aber so herablassend und gönnerhaft – denn schließlich haben wir alle so unsere menschlichen Triebe, und Schenken ist einer davon. Ich sauste also hin, um es mir anzusehen, und da war es ein Brief, nur ein einziges Blatt, in einer sehr schönen Handschrift aus dem 17. Jahrhundert. Peter sagte: »Das Komische ist, daß mir der Katalog nach Rom nachgesandt wurde und ich gleich ein Telegramm danach losgeschickt und mich sehr geärgert habe, als ich erfuhr, daß es schon verkauft sei.« Ich sagte: »Aber du sammelst doch gar keine

Handschriften.« Darauf er: »Nein, aber ich wollte es für Harriet haben.« Und dann drehte er das Blatt um, und ich sah die Unterschrift: »John Donne«, was mir so einiges erklärte, denn für Donne hatte Peter schon immer eine Schwäche gehabt. Es scheint ein sehr schöner Brief von Donne an ein Gemeindemitglied zu sein – eine Lady So-und-so – über göttliche und menschliche Liebe. Ich habe versucht, ihn zu lesen, aber ich komme mit dieser komischen alten Schrift nie zurecht (möchte wissen, was Helen dazu sagen wird – sicher wird sie finden, ein goldenes Feuerzeug sei sehr viel angemessener gewesen) – da merkte ich, daß Peter ans Telefon gegangen war und sagte: »Hör mal, mein Herz« – aber mit einer Stimme, die ich sein Leben lang noch nie an ihm gehört habe. Ich also nichts wie raus aus dem Zimmer und geradewegs Bunter in die Arme, der gerade zur Wohnungstür hereinkam. Ich fürchte, Peter läuft ein wenig aus dem Gleis, denn als er nach dem Telefonat herauskam, meldete Bunter, daß er auftragsgemäß für den Abend des 16. Oktober »das beste Zimmer im Lord Warden gebucht habe, Mylord, sowie Zug- und Schiffspassage nach Menton.« P. fragte, ob die Höllenhunde ihm auf der Spur gewesen seien. B. bejahte – Oberhund habe sich erwartungsgemäß an ihn herangemacht und ihn auszuhorchen versucht. Warum das Lord Warden und nicht das Nachtschiff oder Flugzeug, habe er wissen wollen. B. habe geantwortet, weil Ihre Ladyschaft zu Luft- und Seekrankheit neige. Höllenhund sei zufrieden gewesen und habe B. 10 Shilling geben, die er an die Gesellschaft für Strafgefangenenhilfe weiterzuleiten sich gestatten werde. Ich sagte: »Aber wirklich, Peter!« Da fragte er, warum er einem wohlverdienten Ehepaar nicht mal eine Europareise spendieren dürfe. Damit schickte er die Reservierungen an Miss Climpson zur Weitergabe an einen tuberkulosekranken Buchhalter und seine Frau, die in beschränkten Umständen leben. (Frage: Wie beschränkt man einen Umstand?)

5. Oktober. – Worth hat wunderbar gearbeitet und Kleid geliefert. Wenige erlesene Freunde eingeladen, um Brautaustattung zu besichtigen – einschließlich Miss Climpson, die angesichts des Nerzmantels, den Peter der Braut schenkte, auf wundersame Weise *sprachlos* war – 950 Guineen sind ja auch zugegebenermaßen ein wenig extravagant, aber es war sein *einziger* Beitrag, und er machte so ein verängstigtes und schuldbewußtes Gesicht bei der Übergabe wie damals, als er noch ein kleiner Junge war und sein Vater ihn mit einer Tasche voller Karnickel erwischte, nachdem er eine Nacht mit diesem nichtsnutzigen alten Wilddieb Merryweather fortgewesen war, an den er sein Herz so gehängt hatte – und *wie* es in der Hütte dieses Mannes *stank!* Aber es ist wirklich ein wunderschöner Mantel, und H. bekam nichts weiter heraus als »Oh, Mr. Rochester!« – zum Scherz, was eine Anspielung auf Jane Eyre sein sollte, die sich für meinen Geschmack so undankbar gegenüber dem armen Mann benommen hat – es muß schon bedrückend sein, wenn die Braut, und sei sie auch nur zur linken Hand, immer grauen Alpaka oder Merinowolle oder dergleichen verlangt – da kann einem Mann die Liebe schon vergehen ... Artikel von Höllenhund im *Morning Star* – diskreterweise anonym, aber unverkennbar. Helen rief an und wollte wissen, ob das wahr sei. Ich antwortete vollkommen wahrheitsgemäß, die Meldung sei von vorn bis hinten frei erfunden! Abends ging ich mit Peter und Harriet zum Cheyne Walk, um mit Paul zu Abend zu essen – der es sich trotz Zipperlein nicht nehmen lassen will, zur Hochzeit zu kommen. Bemerkte ungewöhnliche Befangenheit zwischen P. und H., die mir gestern abend, als sie sich zum Essen und Theater verabschiedeten, noch völlig normal vorgekommen waren. Paul warf ihnen nur einen Blick zu und begann sofort über seinen ewigen *cloisonné* und die Überlegenheit natürlich gereifter französischer Weine über Portwein zu schwatzen. Ungemütlicher

Abend, keiner so recht bei der Sache. Paul schickte schließlich P. und H. allein mit einem Taxi fort, indem er sagte, er habe mit mir über Geschäfte zu reden – ganz klar ein Vorwand! Ich fragte, ob er glaube, daß etwas nicht stimme. Paul antwortete: *»Au contraire, ma soeur, c'est nous qui sommes de trop. Il arrive toujours le moment où l'on apprend à distinguer entre embrasser et baiser«* – und fuhr grinsend fort: »Ich habe mich schon gefragt, wie lange Peter durchhält, bis er die Schranken fallen läßt – er ist ganz sein Vater, mit einer Spur von mir, Honoria, mit einer Spur von mir!« Mochte weder Zeit noch Atemluft damit verschwenden, mich über Paul zu ärgern – der immer der vollkommene Polygamist war – wie Peters Vater natürlich auch, so lieb ich ihn hatte – also sagte ich: »Ja, Paul, aber meinst du, daß Harriet – ?« Paul antwortete: »Pah, der Wein, den sie trinkt, ist aus Trauben gemacht. *Il y a des femmes qui ont le génie* –« Ich hätte es *wirklich* nicht ertragen, Paul jetzt noch über *le génie de l'amour* reden zu hören, denn dann hört er nicht mehr auf und wird von einer Sekunde zur andern immer französischer, gespickt mit erhellenden Anekdoten aus seiner eigenen Laufbahn und so weiter – und dabei ist er nicht französischer als ich – genau zu einem Achtel – also sagte ich rasch, seine Diagonale sei sicher richtig (ob ich nicht doch eigentlich »Diagnose« gemeint habe?), und das ist sie sicher auch – in Liebesdingen habe ich Paul noch nie sich irren sehen. Erkenne darin jetzt auch Erklärung dafür, daß er sich mit Harriet auf Anhieb so gut verstanden hat, obwohl man das eigentlich nicht erwartet hätte, wenn man ihre Reserviertheit und seinen Geschmack in puncto Frauen kennt. Ich sagte zu Paul, es sei Zeit für ihn, zu Bett zu gehen, und er antwortete geknickt: »Ja, Honoria – ich werde sehr alt, und die Knochen tun mir weh. Meine Sünden lassen mich im Stich, und wenn ich mein Leben noch einmal leben dürfte, würde ich alles daransetzen, mehr von ihnen zu begehen. Zum Kuckuck mit Peter! *Il ne sait pas vivre. Mais je voudrais bien être dans ses draps.«* – »Du wirst bald im eigenen Leintuch liegen«, sagte ich ärgerlich. »Kein Wunder, daß Peter dich immer Onkel Pandarus nennt, du nichtsnutziger alter Sünder.« Paul erwiderte: »Aber du kannst nicht leugnen, daß ich ihn sein Handwerk gelehrt habe, und er macht keinem von uns beiden Schande.« Darauf gab es nichts zu antworten, also fuhr ich nach Hause ... Versuchte mich erneut an *Die Sterne blicken herab* und fand nur lauter unangenehme Leute darin ... Tatsache ist, daß man nie eine richtige *Vorstellung* von seinem eigenen Sohn hat ... Aber ich hätte nicht so grob zu Paul sein müssen.

7. Oktober. – Harriet kam mich noch einmal besuchen, bevor sie nach Oxford abfuhr – sehr nett zu mir. Ich glaube, sie wird Peter *alles* geben, was er braucht – doch, das glaube ich wirklich. Wenn das überhaupt jemand kann ... Fühlte mich trotzdem eine halbe Stunde lang ganz deprimiert ... Als ich später mit den Vorbereitungen für das Hochzeitsfrühstück beschäftigt war – die Heimlichtuerei macht alles um so schwerer –, wurde ich durch einen Anruf von Peter gestört, der plötzlich ganz unleidlich war, weil es in der Nacht geregnet hatte und die Straßen glitschig seien und Harriet auf dem Weg nach Oxford ganz bestimmt ins Schleudern geraten und umkommen werde. Ich sagte ihm, er solle sich nicht aufführen wie ein Halbverrückter, und wenn er eine vernünftige Beschäftigung brauche, solle er herkommen und Emily helfen, den Zierat in den Vitrinen im Salon zu putzen. Kam aber nicht – dafür Jerry, ganz aus dem Häuschen vor Freude, daß er Brautführer sein darf, und zerbrach eine Schäferin aus Meißner Porzellan.

Später. – Peter und Jerry (Gott sei Dank) endlich von der Bildfläche und unterwegs nach Oxford. Vorbereitungen abgeschlossen, alle erwünschten Gäste verständigt und

Transport für Unbemittelte arrangiert ... Am Abend wütender Anruf von Helen aus Denver, die Telegramm von Peter erhalten hatte und wissen wollte, was dieses rücksichtslose Benehmen bedeuten soll. Habe ihr mit großem Vergnügen (und sehr ausführlich, weil auf ihre Kosten) auseinandergesetzt, daß sie sich dafür bei sich selbst und ihrer eigenen Taktlosigkeit bedanken darf.

8. Oktober. – Peters Hochzeitstag. Bin zu erschöpft, um mehr zu schreiben, als daß alles sehr gut geklappt hat. H. sah wirklich wunderhübsch aus, wie ein Schiff, das in den Hafen einläuft, tipptopp und voll geflaggt am – wo moderne Schiffe eben ihre Flaggen haben. Peter schrecklich blaß, der arme Junge, wie an dem Tag, an dem er seine erste Armbanduhr geschenkt bekam und nicht wußte, was er mit sich selbst anfangen sollte vor lauter Angst, sie könne ihm in den Händen kaputtgehen oder sich als unecht entpuppen oder sonstwas – aber er riß sich zusammen und war besonders nett zu allen Gästen (ich glaube, er würde noch vor dem Inquisitionsgericht seine gesellschaftlichen Talente entfalten und den Henker bestens unterhalten) ... Halb sechs wieder in der Stadt (Peters Gesicht Gold wert, als ihm klar wurde, daß er 60 Meilen weit über volle Straßen in einem geschlossenen Wagen mit jemand anderem am Steuer zurückfahren sollte. Aber man konnte ihn wirklich nicht mit Harriet im offenen Daimler fahren lassen, im vollen Hochzeitsstaat mit Zylinder!) ... Habe sie um Viertel vor sieben aus dem Haus geschmuggelt – Bunter wartete mit dem Wagen auf der anderen Seite des Parks auf sie ...

11 Uhr abends. – Hoffentlich hat wirklich alles geklappt – muß jetzt aufhören und ein bißchen schlafen, sonst bin ich morgen zum Auswringen. Finde *Die Sterne blicken herab* als Bettlektüre nicht beruhigend genug – werde mir noch einmal *Alice hinter den Spiegeln* vornehmen.

I

Frischvermählt

Ich stimme mit Dryden darin überein, daß »die Ehe ein nobles Wagnis« ist.

SAMUEL JOHNSON: TABLE TALK

Mr. Mervyn Bunter saß geduldig wartend auf der anderen Seite des Regent's Park im Wagen und fand, daß es allmählich Zeit wurde. Im Fond des Wagens stand, in eine Daunendecke gewickelt, eine Kiste mit zweieinhalb Dutzend Flaschen erlesenen Portweins, und diesem galt seine Sorge. Nach schneller Fahrt würde er zwei Wochen lang ungenießbar sein, nach sehr schneller Fahrt sogar ein halbes Jahr lang. Er sorgte sich auch um die Vorbereitungen – beziehungsweise die fehlenden Vorbereitungen – in Talboys. Er konnte nur hoffen, daß sie alles in bester Ordnung vorfinden würden – denn wenn nicht, bekämen seine Herrschaften womöglich bis Gott weiß wann nichts zu essen. Zwar hatte er reichlich Proviant von Fortnum & Mason im Wagen, aber wenn es nun im Haus keine Messer und Gabeln und Teller gab? Er wünschte, er wäre doch, wie zunächst geplant, vorausgefahren, um nach dem Rechten zu sehen. Zwar fand Seine Lordschaft sich jederzeit mit etwas ab, was sich nicht ändern ließ, aber es gehörte sich einfach nicht, daß Seine Lordschaft sich mit irgend etwas abfinden müssen sollte – und außerdem war Ihre Ladyschaft noch sozusagen eine unbekannte Größe. Was Seine Lordschaft in den letzten fünf bis sechs Jahren alles von *ihr* hatte hinnehmen müssen, das wußte nur Seine Lordschaft allein. Aber Mr. Bunter konnte es sich denken. Jetzt schien die Dame zwar sehr angemessene Wiedergutmachung zu leisten; aber welches Verhalten sie unter dem Druck kleiner Unannehmlichkeiten an den Tag legen würde, mußte sich erst noch zeigen. Mr. Bunter pflegte Menschen von Berufs wegen nach ihrem Verhalten zu beurteilen, und zwar nicht nach ihrem Verhalten in schweren Krisen, sondern angesichts der kleinen Ärgernisse des Alltags. Er hatte schon erlebt, wie einer Dame die Entlassung aus den Diensten Seiner Lordschaft (einschließlich aller Bezüge und der Nutzung eines *appartement meublé* in der Avenue Kléber) gedroht hatte, nur weil sie in seiner Gegenwart eine Zofe grundlos angefahren hatte; aber Ehefrauen konnte man nicht so mir nichts dir nichts entlassen. Überdies machte Mr. Bunter sich Sorgen, ob im Haus der Herzoginwitwe alles nach Plan ablaufen würde; eigentlich glaubte er nicht recht daran, daß ohne seine Mitwirkung etwas so organisiert und durchgeführt werden konnte, wie es sich gehörte.

Darum war er unsagbar erleichtert, als er das Taxi ankommen sah und sich vergewissern konnte, daß kein Reporter auf dem Ersatzrad kauerte oder in einem nachfolgenden Wagen auf der Lauer lag.

»Da sind wir, Bunter. Alles klar? Gut gemacht! Ich fahre selbst. Wirst du auch sicher nicht frieren, Harriet?«

Mr. Bunter legte der Braut eine Decke über die Knie.

»Werden Eure Lordschaft auch bedenken, daß wir den Portwein befördern?«

»Ich werde so vorsichtig fahren, als ob's ein Baby auf dem Arm wäre. Was ist denn mit dieser Decke los?«

»Ein paar Getreidekörner, Mylord. Ich war so frei, etwa eindreiviertel Pfund davon zwischen dem Handgepäck herauszulesen, nebst einer Auswahl Fußbekleidungen aller Art.«

»Das muß Lord Saint-George gewesen sein«, meinte Harriet.

»Vermutlich, Mylady.«

»Mylady« – sie hatte es eigentlich nie für möglich gehalten, daß Bunter die Situation akzeptieren würde. Jeder andere vielleicht, aber nicht Bunter. Augenscheinlich tat er es aber doch. Und demnach mußte das Unglaubliche Wirklichkeit geworden sein. Sie war tatsächlich mit Peter Wimsey verheiratet. Da saß sie nun und sah Peter an, während der Wagen sich geschmeidig durch den Verkehr schlängelte. Das hohe Profil mit der vorspringenden Nase, die langen Hände am Steuer waren ihr doch jetzt schon so lange vertraut; aber plötzlich waren es doch Gesicht und Hände eines Fremden. (Peters Hände; sie hielten die Schlüssel der Hölle und des Himmels ... die alte Angewohnheit der Schriftstellerin, alles in literarischen Anspielungen zu sehen.)

»Peter!«

»Ja, mein Liebes?«

»Ich wollte nur mal wissen, ob ich deine Stimme noch erkenne – dein Gesicht erscheint mir irgendwie weit weg.«

Sie sah den Winkel seines breiten Mundes zucken.

»Nicht mehr ganz derselbe Mensch?«

»Nein.«

»Keine Sorge«, sagte er unbeirrt, »heute nacht renkt sich das alles wieder ein.«

Zuviel Erfahrung, um sich zu wundern; zuviel Ehrlichkeit, um Unverständnis vorzutäuschen. Sie erinnerte sich an die Geschichte vor vier Tagen. Er hatte sie nach dem Theater nach Hause gebracht, und wie sie vor dem Feuer standen, hatte sie irgend etwas gesagt – etwas ganz Belangloses – und ihn dabei angelacht. Er hatte sich plötzlich umgedreht und ganz heiser gesagt:

»Tu m'enivres!«

Sprache und Stimme zusammen hatten ihr wie ein Blitzschlag Vergangenheit und Zukunft erhellt, in einer einzigen flammenden Sekunde, die in den Augen schmerzte, gefolgt von einer Dunkelheit gleich dickem, schwarzem Samt ... Als seine Lippen sich widerstrebend lösten, hatte er gesagt:

»Entschuldige. Ich wollte nicht gleich den ganzen Zoo wecken. Aber mein Gott, wie freut es mich zu wissen, daß er da ist – und keine lahmen Tiger darin!«

»Hattest du geglaubt, mein Tiger sei lahm?«

»Ich dachte, er sei vielleicht ein bißchen verschüchtert.«

»Ist er aber nicht. Er scheint ein völlig neuer Tiger zu sein. Ich hatte noch nie einen – war immer nur tierlieb.«

»Mein Liebchen gab mir einen Tiger,
Einen geschmeidigen, prächtigen Tiger,
Einen streifigen, glänzenden Tiger,
Wohl unterm Lebensbaum.«

Niemand sonst, dachte Harriet, schien den Tiger vermutet zu haben – außer dem alten Paul Delagardie natürlich, dessen spöttische Augen alles sahen.

Peter hatte abschließend gesagt:

»Jetzt habe ich mich vollends verraten. Kein englisches Vokabular. Keine andere Engländerin. Und das ist alles, was ich zu meinen Gunsten vorbringen kann.«

Nach und nach ließen sie das Lichtermeer Londons hinter sich. Der Wagen wurde schneller. Peter warf einen Blick über die Schulter.

»Wecken wir auch das Baby nicht auf, Bunter?«

»Die Erschütterungen sind gegenwärtig nur geringfügig, Mylord.«

Das führte die Erinnerung weiter zurück.

»Diese Kinderfrage, Harriet. Ist sie dir sehr wichtig?«

»Hm, ich weiß nicht. Jedenfalls heirate ich dich nicht, um welche zu haben, falls du das meinst.«

»Dem Himmel sei Dank! Der Mann sieht sich nicht gern in dieser landwirtschaftlichen Funktion und läßt sich da auch nicht gern hineindrängen. Dir liegt nicht viel an Kindern?«

»Nicht an Kindern allgemein. Aber ich halte es gerade noch für denkbar, daß ich mir eines Tages wünschen könnte –«

»Dein eigenes zu haben?«

»Nein, deins.«

»Oh!« machte er, überraschend verlegen. »So so. Das ist ja ziemlich – hast du dir je Gedanken darüber gemacht, was ich für einen Vater abgeben würde?«

»Das weiß ich ziemlich genau. Zwanglos, nachsichtig, zaudernd und liebenswert.«

»Zaudernd aber nur, weil ich mir selbst zutiefst mißtraue, Harriet. Mit unserer Familie geht es schon ziemlich lange bergab. Sieh dir Saint-George an, so völlig ohne Charakter, und seine Schwester, die gar kein Leben in sich hat – ganz zu schweigen von einem Vetter dritten Grades, der in der Erbfolge gleich nach Saint-George und mir kommt und vollkommen verblödet ist. Und wenn du nun erst mich betrachtest – nur Nerven und Nase, wie Onkel Paul sagt –«

»Da fällt mir etwas ein, was Clare Clairemont einmal zu Byron gesagt hat: ›Ich werde mich stets der Sanftheit Eures Betragens und der wilden Originalität Eures Antlitzes erinnern.‹«

»Nein, Harriet – ich meine es ernst.«

»Dein Bruder hat seine Kusine geheiratet. Deine Schwester hat einen Bürgerlichen geheiratet, und *ihre* Kinder sind völlig in Ordnung. Du wärst ja schließlich nicht allein beteiligt – *ich* bin bürgerlich genug. Was gibt es an *mir* auszusetzen?«

»Nichts, Harriet. Und das ist wahr. Bei Gott, das ist wahr! Tatsache ist nur, daß ich ein Feigling bin und immer war, und daß ich Verantwortung scheue. Also, mein

Schatz – wenn du es möchtest und bereit bist, das Risiko auf dich zu nehmen –«

»Für *so* ein großes Risiko halte ich das gar nicht.«

»Nun gut. Ich überlasse es dir. Wenn und wann du willst. Als ich dich fragte, hatte ich eigentlich ein Nein erwartet.«

»Aber du hattest auch schreckliche Angst, ich könnte ›Ja, natürlich!‹ sagen.«

»Hm, vielleicht. Mit deiner Antwort hatte ich jedenfalls nicht gerechnet. Es macht einen verlegen, ernst genommen zu werden – als Mensch.«

»Aber Peter, einmal abgesehen von meinen Empfindungen und deiner morbiden Vorstellung von Gorgonenzwillingen oder neunköpfigen Hydras oder was du sonst befürchtest – möchtest *du* denn Kinder haben?«

Der Widerstreit in seinem verlegenen Gesicht hatte sie belustigt.

»Als der egoistische Trottel, der ich bin«, hatte er schließlich gesagt, »ja. Ja, ich möchte. Weiß der Himmel warum. Warum wünscht man sich Kinder? Um zu beweisen, daß man's kann? Und mit ›meinem Sohn in Eton‹ angeben zu können? Oder weil –«

»Peter! Als Mr. Murbles dieses ellenlange Testament für dich aufgesetzt hat, nach unserer Verlobung –«

»O Harriet!«

»Wie hast du da über deinen Besitz verfügt? Ich meine den Haus- und Grundbesitz.«

»Na schön«, antwortete er mit einem tiefen Seufzer, »der Mord ist entdeckt. Unveräußerliches Familiengut – ich geb's zu. Aber Murbles erwartete eben, daß jeder Mann – Himmel, lach doch nicht so! Darüber war mit Murbles einfach nicht zu reden – und es wurde eben für *jede* Eventualität vorgesorgt.«

Eine Ortschaft mit breiter Steinbrücke und spiegelnden Lichtern auf dem Fluß – das führte die Erinnerung nicht weiter zurück als bis zum heutigen Vormittag. Der geschlossene Wagen der Herzoginwitwe, diese selbst diskret neben dem Chauffeur; Harriet im goldenen Kleid und Pelzmantel, neben ihr Peter, so komisch aufrecht sitzend in seinem Cut, eine Gardenie am Revers und den seidenen Zylinder auf dem Schoß.

»Nun haben wir also den Rubikon überschritten, Harriet. Irgendwelche Bedenken?«

»Nicht mehr als seinerzeit, als wir nachts den Cherwell hinauffuhren und am gegenüberliegenden Ufer festmachten – und du mir dieselbe Frage stelltest.«

»Gott sei Dank! Laß es so bleiben, mein Schatz. Nur noch der letzte Fluß.«

»Und das ist der Jordan.«

»Wenn ich dich jetzt küsse, verliere ich den Kopf, und es passiert etwas nicht wieder Gutzumachendes mit diesem vermaledeiten Hut. Benehmen wir uns also wie wohlerzogene Fremde – als ob wir gar nicht verheiratet wären.«

Noch ein Fluß.

»Sind wir nicht schon irgendwo in der Nähe?«

»Doch – das ist Great Pagford, wo wir früher gewohnt haben. Sieh mal! Das ist unser altes Haus, das mit den drei Stufen zur Eingangstür. Es wohnt noch immer ein Arzt darin, wie du an der Lampe siehst ... Nach zwei Meilen biegt man rechts ab nach Pagford Parva, und dann sind es noch drei Meilen bis Paggleham. Dort geht es bei der großen Scheune scharf nach links und geradeaus weiter den Weg hinauf.«

Als sie noch ein Kind war, hatte Dr. Vane einen Einspänner besessen, genau wie die Ärzte in diesen altmodischen Büchern. Sie war so viele Male mit ihm diese Straße entlanggefahren, und manchmal hatte sie die Zügel halten und so tun dürfen, als ob sie das Pferd lenkte. Später war es dann ein Auto gewesen – ein kleines, das sehr laut war, ganz anders als dieses geschmeidige, langgestreckte Monstrum. Der Arzt hatte seine Runden immer frühzeitig beginnen müssen, um für eventuelle Pannen gerüstet zu sein. Der zweite Wagen war zuverlässiger gewesen – ein Vorkriegs-Ford. Den hatte sie zu fahren gelernt. Wenn ihr Vater noch lebte, würde er jetzt auf die Siebzig zugehen – und sein wunderlicher neuer Schwiegersohn würde »Sir« zu ihm sagen. Eigenartig, nun so nach Hause und doch nicht nach Hause zu kommen. Dies war Paggleham, wo die alte Frau gewohnt hatte, die mit der schlimmen Gicht in den Händen – die alte Mrs. – Mrs. – Mrs. Warner, ja, so hieß sie – und *sie* mußte nun schon lange tot sein.

»Da ist die Scheune, Peter.«

»Richtig. Ist das da vorn das Haus?«

Das Haus, wo die Batesons gewohnt hatten – ein liebenswertes altes Paar, gebrechlich und freundlich. Philemon und Baucis, die sich immer freuten, wenn die kleine Miss Vane sie besuchen kam, und ihr Erdbeeren und Gewürzkuchen anboten. Ja – das Haus – eine Gruppe schwarzer Giebel mit zwei aufgesetzten Schornsteinkästen vor dem Sternenhimmel. Man öffnete die Tür und ging geradewegs hinein, kam durch den sandgescheuerten Vorraum in die große Küche mit den Holzbänken und dem prächtigen Eichengebälk, an dem die selbstgeräucherten Schinken hingen. Aber Philemon und Baucis waren inzwischen tot, und Noakes (sie erinnerte sich nur undeutlich an ihn – ein verkniffener, habgieriger Mensch, der Fahrräder verlieh) würde sie statt ihrer erwarten. Aber – aus keinem der Fenster von Talboys schien Licht.

»Wir kommen ein bißchen spät«, sagte Harriet nervös. »Vielleicht hat er uns schon aufgegeben.«

»Dann werden wir uns ihm energisch zurückgeben«, meinte Peter gutgelaunt. »Leute wie dich und mich wird man so schnell nicht los. Ich habe ihm gesagt, jederzeit nach acht Uhr. Das sieht nach einem Gatter aus.«

Bunter stieg aus und näherte sich in beredtem Schweigen dem Gatter. Er hatte es doch gewußt; er hatte es in den Knochen gespürt; alle Vorbereitungen waren schiefgelaufen. Er hätte um jeden Preis, und wenn er die Reporter eigenhändig hätte erwürgen müssen, vorauskommen und nach dem Rechten sehen sollen. Im grellen Scheinwerferlicht war jetzt deutlich ein weißer Zettel am oberen Querbalken des Gatters zu sehen; er beäugte ihn mißtrauisch, zog mit behutsamen Fingern die Reißzwekke, mit der er am Holz befestigt war, heraus und brachte ihn, immer noch wortlos, seinem Herrn.

»Biß auf weiters Keine Milch und Kein Brot«, stand darauf.

»Hm!« machte Peter. »Der bisherige Bewohner hat sich demnach schon verabschiedet. Der Zettel sieht aus, als ob er schon ein paar Tage dort gehangen hätte.«

»Er muß aber da sein, um uns einzulassen«, sagte Harriet.

»Wahrscheinlich hat er jemand andern beauftragt. Das hier hat er nicht selbst geschrieben – in seinem Brief an uns kommen solche Schreibfehler nicht vor. Dieser ›Jemand‹ erscheint mir jedenfalls ein bißchen gedankenlos, sonst hätte er sich denken können, daß *wir* vielleicht Brot und Milch brauchen würden. Aber das läßt sich ja leicht beheben.«

Er drehte den Zettel um und schrieb mit Bleistift auf die Rückseite: *»Brot und Milch, bitte«*, und reichte ihn Bunter zurück, der ihn wieder an den Balken heftete und mit finsterer Miene das Gatter öffnete. Der Wagen fuhr langsam an ihm vorbei und weiter einen kurzen, lehmigen Pfad hinauf, den beiderseits Blumenbeete säumten, liebevoll gepflegt und mit Chrysanthemen und Dahlien bestückt, während sich dahinter die dunklen Umrisse einiger schützender Sträucher erhoben.

»Eine Fuhre Kies hätte hier auch nicht geschadet«, dachte Bunter bei sich, während er sich naserümpfend einen Weg durch den Lehm bahnte. Als er die Tür erreichte – massiv und unnachgiebig, umgeben von einer eichenen Veranda mit Bänken beiderseits – spielte Seine Lordschaft bereits eine muntere Fantasie auf der Autohupe. Keine Antwort; nichts rührte sich im Haus; keine Kerze verstreute ihr Licht; kein Fensterflügel wurde aufgerissen; keine schrille Stimme verlangte zu wissen, was sie hier zu suchen hätten; in der Ferne bellte nur wütend ein Hund.

Mr. Bunter griff mit finsterer Selbstbeherrschung nach dem schweren Türklopfer und ließ sein Begehr laut durch die Nacht donnern. Der Hund bellte wieder. Mr. Bunter versuchte die Klinke, aber die Tür war verschlossen.

»Ach du meine Güte!« sagte Harriet.

Das war ihre Schuld, fand sie. Es war ja zunächst ihre Idee gewesen. Ihr Haus. Ihre Flitterwochen. Ihr – und das war der unkalkulierbare Faktor in der Rechnung – ihr Mann. (Ein bedrückendes Wort, bestehend aus einer einzigen gebieterischen Silbe!) Ihr Gebieter. Der Mann mit Rechten – einschließlich dem Recht, von seinem Besitz nicht zum Narren gehalten zu werden. Die Armaturenbeleuchtung war ausgeschaltet, und sie konnte sein Gesicht nicht sehen; aber sie fühlte, wie er den Körper drehte und sein Arm sich über die Sitzlehne schob, während er sich zu ihr herüberlehnte, um an ihr vorbei zu rufen:

»Versuchen Sie's mal hinten!« Sein selbstsicherer Ton erinnerte sie daran, daß er auf dem Lande aufgewachsen war und recht gut wußte, daß Bauernhäuser stets eher von hinten zugänglich waren. »Wenn Sie dort niemanden finden, gehen Sie mal dahin, wo der Hund bellt.«

Er tutete wieder auf der Hupe herum; der Hund antwortete mit wütendem Gekläff, und die dunkle Gestalt, die Bunter war, schob sich um die Hausecke.

»Das«, fuhr Peter befriedigt fort, indem er den Hut auf den Rücksitz warf, »wird ihn eine Weile beschäftigen.

Jetzt werden wir einander die Aufmerksamkeit zukommen lassen, die in den letzten sechsunddreißig Stunden auf Trivialitäten verschwendet wurde ... *Da mihi basia mille, deinde centum.* Ist dir eigentlich klar, Weib, daß ich es geschafft habe? ... Daß ich dich bekommen habe? ... Daß du mich jetzt nicht mehr loswerden kannst, außer durch Tod oder Scheidung? ... *Et tot millia millies Quot sunt sidera caelo* ... Vergiß Bunter. Es ist mir völlig egal, ob er den Hund kriegt oder der Hund ihn.«

»Armer Bunter!«

»Ach ja, armer Teufel! Keine Hochzeitsglocken für Bunter ... Ganz schön ungerecht, wie? Alle Tritte für ihn, alle Küsse für mich ... Weiter so, mein Alter! Klopf Duncan aus dem Schlaf. Aber in den nächsten Minuten hat's noch keine Eile.«

Das Gehämmer an Türen hatte wieder eingesetzt, und der Hund wurde langsam hysterisch.

»Irgend jemand muß ja irgendwann mal kommen«, sagte Harriet, immer noch voller Schuldgefühle, die keine Umarmung besänftigen konnte, »denn wenn nicht –«

»Wenn nicht ... Letzte Nacht hast du in einem Daunenbett geschlafen und so weiter. Aber Daunenbett und frischvermählter Lord sind nur in Balladen untrennbar. Würdest du lieber die Daunen heiraten und mit der Gans zu Bett gehen – ich meine mit dem Ganter? Oder würdest du mit dem Lord auch unter freiem Himmel vorlieb nehmen?«

»Der Lord wäre nicht unter freiem Himmel gestrandet, wenn ich mich nicht so unvernünftig gegen St. George am Hanover Square gesträubt hätte.«

»Nein ... und wenn ich Helens zehn Villen an der Riviera nicht verschmäht hätte! Hurra! Jemand hat den Hund erwürgt – das ist ein Schritt in die richtige Richtung ... Kopf hoch! Die Nacht ist noch jung, und vielleicht finden wir sogar ein Daunenbett im Dorfgasthaus – oder wenn alle Stricke reißen, schlafen wir in einem

Heuschober. Ich glaube, wenn ich dir nichts als einen Heuschober hätte bieten können, hättest du mich schon vor Jahren geheiratet.«

»Es würde mich nicht wundern.«

»Hölle und Schwefel! Was mir alles entgangen ist!«

»Mir auch. Ich könnte jetzt mit fünf Kindern und einem blauen Auge hinter dir hertrotten und zu einem mitfühlenden Schutzmann sagen: ›Lassen Sie ihn gefälligst in Ruhe – er ist mein Mann, verstanden? Er darf mich prügeln, soviel er will.‹«

»Mir scheint«, sagte ihr Gatte vorwurfsvoll, »du weinst dem blauen Auge noch mehr nach als den fünf Kindern.«

»Natürlich. Von dir werde ich ja nie ein blaues Auge bekommen.«

»Nichts, was so leicht heilt, fürchte ich. Harriet – ich möchte wissen, wie ich es schaffen werde, dich immer anständig zu behandeln.«

»Mein lieber Peter –«

»Ja, ich weiß. Aber ich habe mich – wenn ich mir's jetzt überlege – noch nie einem Menschen für so lange Zeit auf einmal aufgeladen. Außer Bunter natürlich. Hast du Bunters Urteil über mich eingeholt? Meinst du, er würde mir ein gutes Charakterzeugnis ausstellen?«

»Ich habe das Gefühl«, sagte Harriet, »daß Bunter sich eine Freundin zugelegt hat.«

Und wirklich waren hinter dem Haus die Schritte zweier Menschen zu vernehmen. Jemand rechtete in schrillen Tönen mit Bunter:

»Das glaub ich erst, wenn ich es sehe, nicht eher. Mr. Noakes ist in Broxford, sag ich Ihnen, und da ist er schon seit vorigem Mittwoch, und keinem Menschen hat er was davon gesagt, daß er das Haus verkaufen will, und von einem Lord und einer Lady schon gar nichts.«

Die Sprecherin, die jetzt ins helle Scheinwerferlicht trat, war eine eckige Frau undefinierbaren Alters, mit hartem Gesicht und angetan mit einem Regenmantel, gestricktem Schal und einer Männermütze, die sie mit großen glänzenden Hutnadeln verwegen auf dem Kopf festgesteckt hatte. Weder die Größe des Wagens, der Glanz der Chromverzierungen noch die Helligkeit der Lampen schien sie zu beeindrucken, denn sie trat mit einem verächtlichen Schnauben an Harriets Seite und sagte kampflustig:

»So, und wer sind Sie nun und was wollen Sie, daß Sie so einen Lärm machen? Lassen Sie sich doch mal ansehen!«

»Aber gern«, sagte Peter. Er schaltete die Armaturenbeleuchtung ein. Sein gelbes Haar und das Monokel schienen einen ungünstigen Eindruck zu machen.

»Hm!« machte die Dame. »Filmschauspieler, wie ihr ausseht. Und« (mit einem vernichtenden Blick auf Harriets Pelzmantel) »kein bißchen besser, als man euch kennt.«

»Es tut uns sehr leid, Sie gestört zu haben«, begann Peter. »Mrs. – äh –«

»Ruddle ist mein Name«, antwortete die bemützte Dame. »Mrs. Ruddle, und ich bin eine anständige verheiratete Frau mit einem erwachsenen Sohn. Er kommt jetzt gleich mit seiner Flinte rüber, wenn er nur erst die Hose wieder anhat, die er gerade ausgezogen hatte, um zeitig ins Bett zu gehen, denn er muß früh aufsteh'n und zur Arbeit geh'n. Also dann! Mr. Noakes ist drüben in Broxford, wie ich schon zu dem andern von euch gesagt hab, und von mir kriegen Sie nichts, denn das ist nicht meine Sache, außer daß ich manchmal für ihn putze.«

»Ruddle?« fragte Harriet. »Hat Ihr Mann nicht mal bei Mr. Vickey in Five Elms gearbeitet?«

»Ja, das hat er«, antwortete Mrs. Ruddle rasch, »aber das ist schon fünfzehn Jahre her. Vor fünf Jahren zu Michaeli hab ich meinen Mann begraben, und er war so ein guter Mann, das heißt, wenn er nüchtern war. Woher kennen Sie ihn?«

»Ich bin die Tochter von Dr. Vane, der in Great Pagford wohnte. Erinnern Sie sich nicht mehr an ihn? Ich kenne Ihren Namen, und ich glaube mich auch an Ihr Gesicht zu erinnern. Aber Sie haben damals nicht hier gewohnt. Die Farm gehörte den Batesons, und im Cottage wohnte eine Frau namens Sweeting, die Schweine hielt und eine Nichte hatte, die nicht ganz richtig im Kopf war.«

»Ach du lieber Gott!« rief Mrs. Ruddle. »Das muß man sich vorstellen! Dr. Vanes Tochter sind Sie, Miss? Ja, jetzt wo ich Sie anseh, haben Sie tatsächlich Ähnlichkeit mit ihr. Aber das ist doch jetzt schon an die siebzehn Jahre her, daß Sie und der Doktor aus Pagford weggezogen sind. Ich hab gehört, daß er gestorben ist, und richtig leid hat mir das getan, Miss – Ihr Vater war ein wunderbarer Arzt, Miss – ich hatte ihn hier, als ich meinen Bert kriegte, und das war ein Segen, sag ich Ihnen, weil er doch sozusagen verkehrtrum auf die Welt gekommen ist, und das ist immer hart für eine Frau. Und wie *geht's* Ihnen denn nun, Miss, nach all der Zeit? Wir haben ja mal gehört, daß Sie Ärger mit der Polizei hatten, aber wie ich damals schon zu Bert gesagt hab, man kann ja nicht alles glauben, was die so in den Zeitungen schreiben.«

»Es stimmte schon, Mrs. Ruddle – man hatte nur die Falsche erwischt.«

»Sieht denen ähnlich!« sagte Mrs. Ruddle. »Sehen Sie mal, da ist doch dieser Joe Sellon. Wollte der doch glatt meinem Bert unterschieben, er hätte Aggie Twittertons Hühner geklaut! ›Hühner!‹ sag ich. ›Gleich behauptest du auch noch, er hätte die Brieftasche von Mr. Noakes gestohlen, um die er so ein Geschrei macht. Nach den Hühnern kannst du mal in George Withers' Küche suchen‹, sag ich, und bitte, da waren sie auch. ›Du willst Polizist sein, Joe Sellon‹, sag ich. ›Da wär ich alle Tage ein besserer Polizist.‹ So hab ich's ihm gegeben. Ich glaub nie, was die Polizei sagt, Miss, nicht wenn ich dafür bezahlt würde, das dürfen Sie mir glauben, Miss. Freut mich sehr, Sie wiederzusehen, Miss, und so gut sehen Sie aus, aber wenn Sie und der Herr Mr. Noakes sprechen wollen –«

»Wir wollten zwar zu ihm, aber ich glaube, jetzt können Sie uns auch helfen. Das hier ist mein Mann, und wir haben Talboys gekauft und mit Mr. Noakes vereinbart, daß wir hier unsere Flitterwochen verbringen.«

»Was Sie nicht sagen!« stieß Mrs. Ruddle hervor. »Da muß ich Ihnen aber wirklich gratulieren, Madam – und Ihnen, Sir.« Sie wischte ihre knochige Hand am Regenmantel ab und streckte sie nacheinander Braut und Bräutigam hin. »Flitterwochen – na so was! – Ich brauch keine Minute, um frische Wäsche auf die Betten zu ziehen – liegt alles frisch gewaschen und gelüftet im Cottage – wenn Sie mir also mal rasch den Schlüssel geben –«

»Genau da ist der Haken«, sagte Peter. »Wir haben keinen Schlüssel. Mr. Noakes wollte alles vorbereiten und hier sein, um uns einzulassen.«

»Oho!« sagte Mrs. Ruddle. »Also, mir hat er davon nie ein Wort gesagt. Ab nach Broxford ist er, mit dem Zehnuhrbus am Mittwochabend, und zu keinem Menschen hat er einen Ton gesagt, und mein Wochengeld hat er mir sowieso nicht dagelassen.«

»Aber«, sagte Harriet, »wenn Sie für ihn putzen, haben Sie dann keinen Schlüssel zum Haus?«

»Nein, den hab ich *nicht*«, entgegnete Mrs. Ruddle. »Das erleben Sie nicht, daß der mir einen Schlüssel daläßt. Hat wohl Angst, ich klau ihm was. Nicht daß er besonders was herumliegen lassen würde, was sich zu klauen lohnt. Aber bitte, so ist er nun mal. *Und* einbruchsichere Riegel an allen Fenstern. Wie oft hab ich schon zu Bert gesagt, stell dir vor, da bricht mal Feuer im Haus aus, und er nicht da und der nächste Schlüssel in Pagford!«

»Pagford?« fragte Peter. »Ich meine, Sie hätten gesagt, er sei in Broxford.«

»Ist er auch – schläft über seinem Radiogeschäft. Aber wenn Sie an ihn rankommen wollten, da hätten Sie was zu tun, denn ein bißchen taub ist er auch, und die Klingel ist im Laden. Am besten fahren Sie mal eben nach Pagford und klopfen Aggie Twitterton raus.«

»Ist das die Dame mit den Hühnern?«

»Genau, das ist sie. Kennen Sie noch das kleine Cottage unten am Fluß, Miss – Madam, sollte ich wohl sagen –, wo der alte Blunt gewohnt hat? Also, da ist es, und sie hat einen Schlüssel zum Haus – kommt immer nach dem Rechten sehen, wenn er weg ist, aber wenn ich mir's jetzt überlege, letzte Woche hab ich sie nicht gesehen. Vielleicht geht's ihr nicht gut, denn eigentlich hätte er doch Aggie Twitterton sicher Bescheid gesagt, wenn er gewußt hätte, daß Sie kommen.«

»So wird es sein«, meinte Harriet. »Vielleicht hatte sie Ihnen Bescheid sagen wollen, und dann ist sie krank geworden und konnte sich nicht mehr darum kümmern. Wir fahren mal hin. Vielen Dank jedenfalls. Meinen Sie, Miss Twitterton könnte uns auch einen Laib Brot und etwas Butter überlassen?«

»Aber ich bitte Sie, Miss – Madam – das kann ich doch auch. Ich habe einen schönen Laib Brot daheim, kaum angeschnitten, und ein halbes Pfund Butter auch. Und«, sagte Mrs. Ruddle, die keine Sekunde den Blick für das Wesentliche verlor, »das saubere Bettzeug ist auch im Nu da, wie gesagt. Ich lauf mal gleich rüber und hole alles, und im Handumdrehen ist alles frisch bezogen, sowie Sie und Ihr lieber Mann mit dem Schlüssel wieder da sind. Entschuldigen Sie, Madam, aber wie heißen Sie denn jetzt als verheiratete Frau?«

»Lady Peter Wimsey«, antwortete Harriet, nicht ganz sicher, ob sie jetzt wirklich so hieß.

»Na so was!« rief Mrs. Ruddle. »Das hat der da auch gesagt« – sie deutete mit einer Kopfbewegung auf Bunter – »aber ich hab nichts darauf gegeben. Nichts für ungut,

Madam, aber manche von diesen Vertretern, wissen Sie, die erzählen einem ja alles, nicht wahr, Sir?«

»Auf Bunter sollte man immer hören«, erwiderte Wimsey. »Er ist der einzige von uns, auf den man sich wirklich verlassen kann. Also, Mrs. Ruddle, wir fahren jetzt mal hin und holen den Schlüssel von Miss Twitterton, und in zwanzig Minuten sind wir wieder da. Bunter, Sie bleiben besser hier und helfen Mrs. Ruddle ein bißchen bei allem. Kann man hier irgendwo wenden?«

»Sehr wohl, Mylord. Nein, Mylord. Ich glaube, hier kann man *nirgends* wenden. Ich werde Ihnen das Gatter öffnen. Gestatten Sie – Eurer Lordschaft Hut.«

»Geben Sie ihn mir«, sagte Harriet, denn Peters Hände waren mit Zündschlüssel und Startknopf beschäftigt.

»Sehr wohl, Mylady. Vielen Dank, Mylady.«

»Woraufhin«, sagte Peter, nachdem sie rückwärts durch das Gatter gestoßen und wieder auf der Straße nach Great Pagford waren, »Bunter der Dame – falls sie es noch nicht mitbekommen hat – ein für allemal klarmachen wird, daß man Lord und Lady Peter Wimsey mit Mylord und Mylady anredet. Armer Bunter! Noch nie wurde so auf seinen Gefühlen herumgetrampelt. Filmschauspieler, wie ihr ausseht! Kein bißchen besser, als man euch kennt! Diese Vertreter erzählen einem ja alles!«

»O Peter! Ich wollte, ich hätte Bunter heiraten können. Ich liebe ihn so.«

»*Geständnisse in der Hochzeitsnacht. Adliger Lebemann entleibt Diener und sich selbst.* Freut mich, daß dir Bunter zusagt – ich habe ihm viel zu verdanken . . . Weißt du etwas über diese Twitterton, zu der wir jetzt fahren?«

»Nein – aber ich erinnere mich dunkel, daß in Pagford Parva ein älterer Landarbeiter dieses Namens gewohnt hat, der seine Frau immer geschlagen hat oder so was. Es waren keine Patienten meines Vaters. Es ist aber merkwürdig, selbst wenn sie krank ist, daß sie Mrs. Ruddle keine Nachricht hat zukommen lassen.«

»Und *wie* merkwürdig! Ich mache mir allmählich so meine Gedanken über Mr. Noakes. Simcox –«

»Simcox? Ach ja, der Makler, nicht?«

»Er hatte sich schon gewundert, daß dieses Anwesen so billig zu haben war. Gewiß, es ist nur das Haus mit ein paar Wiesen drumherum – Noakes scheint Teile des Besitzes schon verkauft zu haben. Ich habe Noakes vorigen Montag bezahlt, und der Scheck wurde am Dienstag in London eingelöst. Es würde mich nicht wundern, wenn bei der Gelegenheit noch einiges andere eingelöst worden wäre.«

»Inwiefern?«

»Daß Freund Noakes sich verzogen hat. Unsern Hauskauf berührt das nicht – die Besitzurkunde war in Ordnung, und eine Hypothek war auch nicht darauf; da habe ich mich vergewissert. Aber daß keine Hypothek darauf war, kann zweierlei bedeuten: Wenn er in Schwierigkeiten gewesen wäre, hätte man eine Hypothek erwarten sollen; wenn er aber in großen Schwierigkeiten gewesen wäre, hätte er das Anwesen vielleicht hypothekenfrei gehalten, um es schnell verkaufen zu können. Als du noch hier wohntest, hatte er ein Fahrradgeschäft. Ist er damit je in die Klemme geraten?«

»Das weiß ich nicht. Ich glaube, er hat es verkauft, und der Käufer hat hinterher gesagt, er sei betrogen worden. Noakes galt als geschäftstüchtig.«

»Hm. Nach allem, was Simcox sagt, scheint er Talboys seinerzeit spottbillig erworben zu haben. Er hatte die alten Leute irgendwie in der Hand und ist ihnen mit einer Pfändung auf den Leib gerückt. Ich könnte mir vorstellen, daß er gern mit Immobilien spekulierte.«

»Die Leute hielten ihn für ziemlich durchtrieben. Immer irgendwo die Nase drin.«

»Kleine Geschäftchen aller Art, wie? Sachen billig aufkaufen in der Hoffnung, sie zusammenflicken und mit Gewinn wieder verkaufen zu können – in der Art?«

»Ja, so ungefähr.«

»Hm. Manchmal klappt das, manchmal nicht. Einer meiner Mieter in London hat vor etwa zwanzig Jahren in einem Keller angefangen, mit Gebrauchtwaren aller Art zu handeln. Jetzt habe ich ihm soeben ein schönes Mietshaus mit Sonnenterrassen und Uviolglas und allen Schikanen hingestellt. Er wird was daraus machen. Aber als Jude weiß er immer genau, was er tut. Ich werde mein Geld zurückbekommen, und er das seine auch. Er versteht es, Geld arbeiten zu lassen. Wir werden ihn einmal abends zum Essen einladen, dann wird er dir erzählen, wie er es macht. Angefangen hat er im Krieg, mit dem doppelten Nachteil eines leichten Körperfehlers und eines deutschen Namens. Aber wenn er mal stirbt, wird er um einiges reicher sein als ich.«

Harriet stellte noch ein paar Fragen, die ihr Gatte auch beantwortete, aber sein abwesender Ton sagte ihr, daß er mit den Gedanken nur zu einem Viertel bei dem tugendhaften Juden und gar nicht bei ihr war. Vermutlich beschäftigte ihn das seltsame Gebaren des Mr. Noakes. Sie war diese plötzlichen Rückzüge in seine eigene Gedankenwelt inzwischen so gewöhnt, daß sie ihm so etwas nicht übelnahm. Sie hatte schon erlebt, daß er mitten in einem seiner Heiratsanträge abbrach, weil er plötzlich etwas gesehen oder gehört hatte, was als Teilchen in irgendein kriminalistisches Puzzle paßte. Seine Meditationen dauerten aber nicht lange, denn fünf Minuten später kamen sie nach Great Pagford, und er mußte in die Gegenwart zurückkehren, um seine Gefährtin nach dem Weg zu Miss Twittertons Cottage zu fragen.

2

Daunenbetten

Fürs Brautbett aber, was taugt denn da,
Wovon noch nicht die Rede war?
MICHAEL DRAYTON: EIGHTH NYMPHALL

Das Cottage, das drei Mauern aus gelben und eine aus roten Ziegeln hatte wie so ein Puppenhaus von der häßlicheren Sorte, stand ein wenig außerhalb des Dorfs, so daß es vielleicht gar nicht so unvernünftig von Miss Twitterton war, ihre Besucher in scharfem, erregtem Ton aus einem der oberen Fenster nach ihrem Begehr und ihren ehrlichen Absichten zu fragen, bevor sie ihnen vorsichtig die Tür öffnete. Sie war eine zierliche, blonde, aufgeregte alte Jungfer in den Vierzigern, eingemummt in einen Morgenmantel aus rosa Flanell, in der einen Hand eine Kerze, in der andern eine große Tischglocke. Sie verstand gar nicht, was überhaupt *los* war. Onkel William habe *nichts* zu ihr gesagt. Sie wisse nicht einmal, daß er fort sei. Er gehe *nie* fort, ohne ihr Bescheid zu sagen. Er würde *nie* das Haus verkauft haben, ohne ihr etwas davon mitzuteilen. Sie ließ die Sicherheitskette vorgelegt, während sie diese Beteuerungen wiederholte, und hielt die Tischglocke fest in der Hand, um damit Alarm zu schlagen, sollte dieser merkwürdig aussehende Mensch mit dem Augenglas gewalttätig werden und sie nötigen, Hilfe herbeizurufen. Schließlich nahm Peter den letzten Brief von Mr. Noakes aus der Brieftasche (wohin er ihn beim Aufbruch in weiser Voraussicht für den Fall gesteckt hatte, daß es hinsichtlich der Vereinbarungen irgendwelche Meinungsunterschiede gab) und reichte ihn ihr durch den offenen Türspalt. Miss Twitterton nahm ihn vorsichtig, als wär's eine Bombe, schlug Peter prompt die Tür vor der Nase zu und zog sich mit der Kerze ins vordere Zimmer zurück, um das Dokument in aller Ruhe zu studieren. Anscheinend fiel die Prüfung zu ihrer Zufriedenheit aus, denn als sie endlich wiederkam, öffnete sie die Tür weit und bat ihre Besucher ins Haus.

»Ich bitte um Verzeihung«, sagte Miss Twitterton, während sie ihnen ins Wohnzimmer voranging, in dem es neben einer grünsamtenen Polstergarnitur und Nußbaummöbeln eine erstaunliche Vielfalt von Nippes zu bewundern gab, »daß ich Sie so empfangen habe – aber nehmen Sie doch bitte Platz, Lady Peter – ich hoffe, Sie werden mir beide mein Benehmen verzeihen – ach du meine Güte! – aber mein Haus steht ein wenig einsam, und es ist noch *gar* nicht lange her, daß in meinen Hühnerstall eingebrochen wurde – und wirklich, das Ganze ist so *unerklärlich*, daß ich kaum weiß, was ich davon halten soll – es ist wirklich *sehr* beunruhigend – so *eigenartig* von Onkel – und was Sie von uns beiden halten müssen, mag ich mir gar nicht *vorstellen.*«

»Nur daß es ein schändliches Benehmen von uns ist, Sie um diese nachtschlafende Zeit aus dem Bett zu klopfen«, sagte Peter.

»Es ist doch erst viertel vor zehn«, erwiderte Miss Twitterton mit einem mißbilligenden Blick auf die kleine Porzellanuhr in der Form eines Stiefmütterchens. »Das ist für *Sie* natürlich noch nicht spät – aber Sie wissen ja, wie wir es auf dem Lande mit der frühen Stunde halten. Um *fünf* muß ich aufstehen, um meine Hühner zu füttern, darum gehe ich selbst also buchstäblich mit den Hühnern zu Bett – außer wenn wir Chorprobe haben – das ist mittwochs, und so ein ungünstiger Tag für mich, wo doch donnerstags Markttag ist, aber es ist eben bequemer so für den lieben Herrn Pfarrer. Wenn ich natürlich auch nur die *leiseste* Ahnung gehabt hätte, daß Onkel William so etwas *Ungewöhnliches* tun würde, wäre ich dagewesen, um Sie ins Haus zu lassen. Wenn Sie noch fünf – oder vielleicht zehn – Minuten warten möchten, damit ich mich ein bißchen schicklicher anziehen kann, würde ich gleich mitkommen – da Sie, wie ich sehe, Ihr schönes *Auto* bei sich haben, könnte ich vielleicht –«

»Bitte, bemühen Sie sich nicht«, sagte Harriet, ein wenig erschrocken über diese Vorstellung. »Wir haben reichlich Proviant bei uns, und Mrs. Ruddle und unser Diener können uns für heute abend bestens versorgen. Wenn Sie uns nur eben die Schlüssel geben könnten –«

»Die Schlüssel –ach ja, natürlich. Wie *gräßlich* für Sie, nicht einmal ins Haus zu kommen, und es ist so eine kalte Nacht für die Jahreszeit – was *kann* Onkel William sich nur dabei gedacht haben – und er hat noch gesagt – du meine Güte, sein Brief hat mich so durcheinandergebracht, daß ich kaum mitbekommen habe, was ich las – Ihre Flitterwochen, sagten Sie? Wie entsetzlich für Sie – und ich will doch wenigstens hoffen, daß Sie schon zu Abend gegessen haben? Kein *Abendessen*? Ich verstehe einfach nicht, wie Onkel so etwas – aber Sie nehmen doch *sicher* ein Stück Kuchen und ein Schlückchen von meinem selbstgemachten Wein.«

»O nein, wir dürfen Ihnen wirklich keine Umstände –«, begann Harriet, aber Miss Twitterton kramte bereits in einem Schrank herum. Hinter ihrem Rücken führte Peter in einer stummen Geste erschrockener Resignation die Hand zum Kopf.

»So!« sagte Miss Twitterton triumphierend. »Nach einer kleinen Erfrischung werden Sie sich bestimmt besser fühlen. Mein Pastinakwein ist dieses Jahr *besonders* gut. Dr. Jellyfield trinkt immer ein Gläschen, wenn er kommt – was nicht oft der Fall ist, darf ich sagen, weil ich mich einer *außerordentlich* robusten Gesundheit erfreue.«

»Das soll mich nicht davon abhalten, trotzdem auf Ihre Gesundheit zu trinken«, sagte Peter, wobei er sein Glas mit einer Geschwindigkeit leerte, die man für Gier hätte halten können, auf Harriet aber eher den Eindruck machte, als wollte er das Zeug nur so kurz wie möglich auf der Zunge haben. »Darf ich auch Ihnen selbst ein Gläschen einschenken?«

»Wie freundlich von Ihnen!« rief Miss Twitterton. »Also – es ist ja schon *ziemlich* spät am Abend – aber ich sollte *wirklich* auf das Glück des jungen Paares trinken, nicht? – *Bitte* nicht zuviel, Lord Peter. Der liebe Herr Pfarrer sagt immer, mein Pastinakwein ist nicht *halb* so harmlos, wie er aussieht – du meine Güte! – Aber *Sie* vertragen sicher noch ein bißchen mehr, ja? Die Herren haben doch einen stabileren Kopf als die Damen.«

»Vielen, vielen Dank«, sagte Peter matt, »aber vergessen Sie nicht, daß ich meine Frau noch nach Paggleham zurückfahren muß.«

»*Ein* Gläschen mehr schadet Ihnen bestimmt nicht. – Also gut, dann nur ein halbes, bitte sehr! Und jetzt möchten Sie natürlich die Schlüssel haben. Ich laufe gleich nach oben und hole sie – ich weiß, ich darf Sie nicht aufhalten – es dauert *keine* Minute, Lady Peter, also nehmen Sie doch *bitte* noch ein Stückchen Kuchen – er ist selbstgebacken – ich backe immer alles selbst – auch für Onkel – wenn ich doch nur wüßte, was in ihn gefahren ist!«

Miss Twitterton eilte aus dem Zimmer, und die beiden sahen im Kerzenschein einander an.

»Peter, mein armer, leidgeprüfter, tapferer Peter – gieß ihn auf die Aspidistra.«

Wimsey betrachtete die Pflanze mit hochgezogener Augenbraue.

»Sie sieht so schon ziemlich krank aus, Harriet. Ich glaube, ich habe von uns beiden die bessere Konstitution. Weg damit! Aber du könntest mir einen Kuß geben, um den Geschmack zu töten ... Unsere Gastgeberin scheint eine gewisse feine Bildung zu haben (so nennt man das, glaube ich), die ich nicht erwartet habe. Sie hat auf Anhieb deinen richtigen Titel genannt, was ziemlich ungewöhnlich ist. In ihrem Leben war ein Funken Ehre. Wer war ihr Vater?«

»Ich glaube, er war Kuhhirte.«

»Dann hat er über seinem Stand geheiratet. Seine Frau war vermutlich eine geborene Noakes.«

»Jetzt fällt mir wieder ein, daß sie Dorfschulmeisterin in irgendeinem Ort bei Broxford war.«

»Das ist die Erklärung ... Miss Twitterton kommt wieder herunter. An dieser Stelle erheben wir uns, schnallen den Gürtel des alten Ledermantels zu, ergreifen den Filzhut des Herrn und machen alle Anstalten unverzüglichen Aufbruchs.«

»Die Schlüssel«, sagte Miss Twitterton, die atemlos mit einer zweiten Kerze nach unten kam. »Der große ist für die *Hinter*tür, aber die werden Sie auch noch *verriegelt* finden. Der *kleine* ist für die *Vorder*tür – es ist ein einbruchssicheres *Patent*schloß – Sie werden es vielleicht ein bißchen schwierig zu öffnen finden, wenn Sie nicht wissen, wie es funktioniert. Vielleicht sollte ich doch mitkommen und Ihnen zeigen –«

»Nicht im mindesten, Miss Twitterton. Ich kenne diese Schlösser ganz gut. Wirklich. Haben Sie recht vielen Dank. Gute Nacht. Und entschuldigen Sie bitte vielmals.«

»*Ich* muß mich für Onkel entschuldigen. Ich verstehe *wirklich* nicht, wie er Sie so *unachtsam* behandeln kann. *Hoffentlich* finden Sie alles in Ordnung. Mrs. Ruddle ist nicht die Klügste.«

Harriet versicherte Miss Twitterton, daß Bunter sich schon um alles kümmern werde, und sie konnten endlich den Rückzug antreten. An ihrer Rückfahrt nach Talboys war nur Peters Feststellung bemerkenswert, daß »unvergeßlich« die richtige Bezeichnung für Miss Twittertons Pastinakwein sei, und wenn einem schon in der Hochzeitsnacht schlecht werden müsse, hätte man das ebensogut zwischen Southhampton und Le Havre haben können.

Bunter und Mrs. Ruddle hatten inzwischen Gesellschaft von dem saumseligen Bert erhalten (mit Hosen an, jedoch ohne seine Flinte); trotz dieser Rückendeckung aber wirkte Mrs. Ruddle, als ob sie einen gehörigen Dämpfer bekommen hätte. Nachdem die Tür geöffnet war und Bunter eine elektrische Taschenlampe zum Vorschein gebracht hatte, traten alle miteinander in einen breiten, mit Steinplatten belegten Gang, in dem es stark nach Trockenfäule und Bier roch. Rechter Hand führte eine Tür in eine große Küche mit niedriger Decke, Fliesenboden, altersgeschwärztem Gebälk und einem riesigen, altmodischen Herd, der sauber und hübsch verziert unter einem weit ausladenden Kaminabzug stand. Auf der gekalkten Grundplatte stand ein kleiner Petroleumkocher und davor ein Sessel, dessen Sitz von Alter und Gebrauch tief durchhing. Auf dem Kiefernholztisch befanden sich die Überreste zweier gekochter Eier, eine alte Brotkruste und ein Stück Käse nebst einer Tasse, aus der Kakao getrunken worden war, sowie eine halb heruntergebrannte Kerze in einem Standleuchter.

»Da!« rief Mrs. Ruddle. »Mr. Noakes hätte mir doch bloß was zu sagen brauchen, dann hätte ich die Sachen alle weggeräumt. Das muß sein Abendbrot sein, das er noch schnell gegessen hat, bevor er den Zehnuhrbus nahm. Aber wenn ich nichts weiß und keinen Schlüssel habe, kann ich natürlich auch nichts machen, oder? So, aber das haben wir jetzt gleich, Mylady, nachdem wir alle drin sind. Mr. Noakes hat hier immer seine Mahlzeiten gegessen, aber Sie werden es im Wohnzimmer gemütlicher finden, Mylady, wenn Sie mal eben mitkommen wollen – das ist ein viel freundlicheres Zimmer und schön möbliert, wie Sie sehen werden, Mylord.« Und an dieser Stelle vollführte Mrs. Ruddle sogar so etwas wie einen Knicks.

Das Wohnzimmer war in der Tat viel »freundlicher« als die Küche. Zwei uralte Eichensessel, die den Kamin in rechten Winkeln flankierten, und eine altmodische amerikanische Achttageuhr an der Innenwand waren alles, was von den alten Bauernmöbeln noch übriggeblieben war, an die sich Harriet erinnerte. Die Küchenkerze, die Mrs. Ruddle angezündet hatte, warf ihren flackernden Schein auf eine edwardianische karmesinrote Polstergarnitur, eine kopflastige Anrichte, einen runden Mahagonitisch mit einem Wachsapfel darauf, eine Etagere aus Bambus mit Spiegeln und kleinen Regalen, die nach allen Seiten daraus hervorsprossen, eine Reihe Aspidistras in Töpfen auf der Fensterbank, über der ein paar seltsame Hängepflanzen in Drahtkörben hingen, eine große Radiotruhe mit einem darüber hängenden, verformten Kaktus in einer messingnen Benares-Schale, ein paar Spiegel mit aufgemalten Rosen, ein mit elektrischblauem Plüsch bezogenes Chesterfieldsofa, zwei Teppiche mit einander heftig befehdenden Farben und Mustern, die so aneinandergelegt waren, daß sie die schwarzen Eichendielen zudeckten – alles in allem eine Kollektion, die vermuten ließ, daß Mr. Noakes sein Haus mit Gelegenheitskäufen aus Versteigerungen möbliert hatte, die er nicht hatte weiterverkaufen können, nebst ein paar Überbleibseln von dem echten alten Mobiliar und ein paar Anleihen aus dem Sortiment des Radiogeschäfts. Sie hatten ausreichend Gelegenheit, diese Schundsammlung zu begutachten, denn Mrs. Ruddle machte mit der Kerze in der Hand die Runde durch das ganze Zimmer, um auf alle seine Schönheiten hinzuweisen.

»Gut!« sagte Peter, um Mrs. Ruddles Lobgesang auf die Radiotruhe abzukürzen (»man kann es wunderbar bis drüben zum Cottage hören, wenn der Wind richtig steht«). »Aber was wir im Augenblick brauchen, Mrs. Ruddle, ist Feuer und etwas zu essen. Wenn Sie uns noch ein paar Kerzen besorgen und Ihren Bert bitten könnten,

Bunter beim Ausladen unseres Proviants aus dem Wagen zu helfen, machen wir ein Feuer an und –«

»Feuer?« fragte Mrs. Ruddle in zweifelndem Ton. »Also, Sir – Mylord, meine ich –, ich bin nicht sicher, ob hier noch irgendwo ein Stäubchen Kohle zu finden ist. Mr. Noakes hat hier so lange kein Feuer mehr gemacht. Er sagt, die großen Kamine fressen zuviel von der Wärme. Ein Petroleumöfchen zum Kochen hatte Mr. Noakes, und daran hat er abends auch gesessen. Ich weiß gar nicht mehr, wann hier zuletzt ein Feuer gebrannt hat – vielleicht als wir im August vor vier Jahren dieses junge Paar hier hatten – das war so ein kalter Sommer, und sie kriegten das Feuer nicht in Gang. Muß ein Vogelnest im Kamin sein, haben sie gedacht, aber Mr. Noakes hat gesagt, er gibt kein gutes Geld aus, um die Schornsteine fegen zu lassen. Also, Kohlen. Im Ölschuppen sind keine, das weiß ich – es könnten höchstens noch ein paar in der Waschküche sein – aber die würden dann auch schon sehr lange da liegen«, schloß sie skeptisch, als ob die Qualität der Kohle durch lange Lagerung gelitten haben könnte.

»Ich könnte doch ’nen Eimer Kohlen aus dem Cottage holen, Mama«, schlug Bert vor.

»Das könntest du wirklich, Bert«, pflichtete seine Mutter ihm bei. »Mein Bert ist so ein heller Kopf. Das könntest du wirklich. Und ein bißchen Anmachholz dazu. Du kannst den kurzen Weg hintenrum nehmen – und paß mal auf, Bert – mach doch mal die Kellertür zu, wenn du daran vorbeigehst – da kommt so eine elende Zugluft rauf. Und noch was, Bert, ich glaub, ich hab tatsächlich den Zucker vergessen – im Schrank findest du ein Päckchen, das kannst du in die Tasche stecken. Tee wird sicher in der Küche sein, aber Mr. Noakes hat nie Zucker dazu genommen, nur Tee ohne was, und das ist nicht das Richtige für Ihre Ladyschaft.«

Inzwischen hatte der findige Bunter die Küche nach Kerzen durchwühlt und sie auf ein paar messingne Kerzenleuchter (sie gehörten zu Mr. Noakes' akzeptableren Besitztümern) gesteckt, die auf der Anrichte standen; soeben kratzte er mit der Miene eines Mannes, für den Ordnung und Sauberkeit selbst in Krisenzeiten an erster Stelle stehen, gewissenhaft das Tropfwachs von den Sockeln ab.

»Und wenn Ihre Ladyschaft einmal mitkommen wollen«, sagte Mrs. Ruddle, indem sie zu einer Tür in der Wandtäfelung eilte, »zeige ich Ihnen die Schlafzimmer. Schöne Zimmer sind das, aber nur das eine wird natürlich benutzt, außer wenn Sommergäste da sind. Geben Sie auf die Stufen acht, Mylady – aber was denn, ich vergesse immerzu, daß Sie das Haus ja kennen. Ich hänge nur mal eben das Bettzeug vors Feuer, wenn wir es anhaben, aber feucht kann es ja eigentlich nicht sein, wo es doch bis vorigen Mittwoch benutzt worden ist, und die Laken sind schön durchgelüftet, obwohl sie aus Leinen sind, was die meisten Herrschaften ja lieber haben, wenn sie nicht gerade an Rheuma leiden. Hoffentlich haben Sie nichts gegen so ein altes Himmelbett, Miss – Madam – Mylady. Mr. Noakes wollte es ja verkaufen, aber der Herr, der hier war, um es sich anzusehen, hat gemeint, er nennt das kein Original mehr, weil es schon mal repariert worden war, wegen der Holzwürmer, und darum wollte er Mr. Noakes nicht den Preis bezahlen, den er dafür haben wollte. Häßliche alte Dinger sind das, sage ich – bei meiner Heirat hab ich zu meinem Mann gesagt: ›Messingknäufe oder nichts‹, hab ich gesagt, und weil er sich's nicht mit mir verderben wollte, gab's Messingknäufe, und schön waren sie.«

»Wie hübsch«, sagte Harriet, als sie durch ein unbenutztes Schlafzimmer kamen, wo ein abgezogenes Himmelbett stand und ein starker Mottenkugelgeruch dem zusammengerollten Bettzeug entströmte.

»Das kann man wohl sagen, Mylady«, antwortete Mrs. Ruddle. »Und manche Gäste haben solche altmodischen Sachen ja auch gern – das finden sie originell – und die Vorhänge werden Sie in bester Ordnung finden, wenn Sie sie brauchen, denn die machen Miss Twitterton und ich am Ende des Sommers immer schön frisch, und ich kann Ihnen versichern, Mylady, wenn Sie und Ihr lieber Mann – Ihr Herr Gemahl, meine ich – ein bißchen Hilfe im Haus brauchen, finden Sie Bert und mich immer gern bereit, wie ich eben erst zu Mr. Bunter gesagt habe. Ja, Mylady, danke sehr. Und hier –« Mrs. Ruddle öffnete die gegenüberliegende Tür – »das ist Mr. Noakes' Zimmer, wie Sie sehen können, und gleich bezugsfertig, bis auf die paar Sachen, die noch herumliegen, aber die hab ich im Handumdrehen weggeräumt.«

»Er scheint alles hiergelassen zu haben«, bemerkte Harriet mit Blick auf das altmodische Nachthemd, das gebrauchsfertig auf dem Bett lag, sowie das Rasierzeug und den Schwamm auf dem Waschständer.

»O ja, Mylady, er hat alles noch mal in doppelter Ausfertigung in Broxford, damit er nur noch in den Bus zu steigen braucht. Er ist ja mehr in Broxford als hier und kümmert sich um sein Geschäft. Aber das hab ich im Nu alles in Ordnung – muß nur schnell das Bettzeug wechseln und mal eben mit dem Staubtuch über alles gehen. Möchten Sie vielleicht, daß ich Ihnen einen Kessel Wasser auf dem Petroleumofen heiß mache, Mylady? *Und* –« Mrs. Ruddles Ton ließ erkennen, daß dies schon oft die Entscheidungsfreudigkeit wankelmütiger Sommergäste beeinflußt hatte – »hier *unten*, diese eine Treppe runter – passen Sie auf Ihren Kopf auf, Mylady – alles modern, alles von Mr. Noakes eingebaut, als wir anfingen, Sommergäste zu nehmen.«

»Ein Badezimmer?« fragte Harriet hoffnungsvoll.

»Nun, Mylady, ein *Bade*zimmer nicht gerade«, antwortete Mrs. Ruddle, als ob das nun wirklich zuviel verlangt wäre, »aber sonst ist alles so modern, wie Sie es sich nur wünschen können – man muß nur morgens und abends das Wasser aus der Spülküche heraufpumpen.«

»Aha, verstehe«, sagte Harriet. »Wie schön.« Sie schaute durchs Gitter. »Ob die Koffer wohl schon ins Haus gebracht worden sind?«

»Ich kümmere mich gleich darum«, sagte Mrs. Ruddle, indem sie Mr. Noakes' Toilettenartikel geschickt in ihrer Schürze einsammelte, als sie an der Kommode vorbeikam, und das Nachthemd gleich folgen ließ. »Und bevor Sie sich umgesehen haben, ist schon alles fertig.«

Es war dann aber Bunter, der das Gepäck brachte. Harriet fand, er sah ein bißchen erschöpft aus, und lächelte ihn abbittend an.

»Danke, Bunter. Ich fürchte, das macht Ihnen alles eine Menge Arbeit. Ist Seine Lordschaft –«

»Seine Lordschaft ist mit dem jungen Mann, der auf den Namen Bert hört, in den Holzschuppen gegangen, um ihn leerzuräumen und den Wagen hineinzustellen, Mylady.« Er sah sie an, und sein Herz schmolz dahin. »Er singt Lieder in französischer Sprache, Mylady, und ich habe die Beobachtung gemacht, daß dies ein Zeichen von guter Stimmung bei Seiner Lordschaft ist. Ich habe mir gedacht, Mylady, daß dieses Zimmer hier nebenan, falls Sie und Seine Lordschaft freundlicherweise einige vorübergehende Mängel in dieser Regelung übersehen wollten, sich am besten als Ankleidezimmer für Seine Lordschaft eignen könnte, so daß hier mehr Platz für Eure Ladyschaft bleibt. Gestatten Sie.«

Er öffnete die Tür des Kleiderschranks, inspizierte Mr. Noakes' darin hängende Kleider, schüttelte bei ihrem Anblick den Kopf, nahm sie von den Bügeln und trug sie über dem Arm hinaus. Fünf Minuten später hatte er die Kommode von ihrem gesamten Inhalt geleert, und noch einmal fünf Minuten später hatte er alle Schubladen mit Blättern der *Morning Post* ausgelegt, die er aus der Jakkentasche geholt hatte. Aus der anderen Tasche nahm er zwei frische Kerzen, die er auf die beiden Halter rechts und links des Spiegels steckte. Er trug Mr. Noakes' gelbe

Seife, Handtücher und Wasserkanne hinaus und kehrte kurz darauf mit frischen Handtüchern und Wasser, einem jungfräulichen, in Zellophan gewickelten Stück Seife, einem kleinen Kessel und einem Spirituskocher zurück, und während er ein Zündholz an den Spiritus hielt, bemerkte er, Mrs. Ruddle habe einen Fünfliterkessel Wasser auf den Petroleumofen gestellt, der seines Erachtens eine halbe Stunde brauchen werde, um dieses Wasser zu wärmen, und ob sie im Moment noch Wünsche habe, denn es scheine unten ein paar kleine Schwierigkeiten mit dem Feuer im Wohnzimmer zu geben und er möchte noch gern den Koffer Seiner Lordschaft auspacken, ehe er hinuntergehe und sich darum kümmere.

Unter den gegebenen Umständen machte Harriet gar nicht erst den Versuch, sich umzuziehen. Das Zimmer war zwar geräumig und in seinem Fachwerkstil sogar hübsch, aber kalt. Sie fragte sich, ob Peter sich, alles in allem gesehen, nicht doch im Hotel Gigantic irgendwo auf dem europäischen Kontinent wohler gefühlt hätte. Sie hoffte, er werde nach der Schlacht im Holzschuppen wenigstens ein großes, brüllendes Feuer zur Begrüßung vorfinden und endlich in Ruhe sein verspätetes Abendessen verzehren können.

Das hoffte Peter Wimsey auch. Es nahm lange Zeit in Anspruch, den Holzschuppen zu leeren, obwohl nicht viel Holz darin war, dafür allerdings unendlich viel Krimskrams: kaputte Wäschemangeln und Schubkarren nebst den Überresten eines alten Ponywagens, mehreren ausrangierten Rosten und einem galvanisierten Eisenkessel mit einem Loch darin. Aber er mißtraute dem Wetter und mochte Mrs. Merdle (den neunten Daimler dieses Namens) nicht gern die ganze Nacht draußen stehen lassen. Beim Gedanken an die ausdrückliche Vorliebe seiner Herzensdame für Heuschober sang er französische Lieder; manchmal aber unterbrach er seinen Gesang und fragte sich, ob sie sich im Hotel Gigantic irgendwo auf dem europäischen Kontinent nicht doch wohler fühlen würde.

Die Kirchturmuhr unten im Dorf schlug Viertel vor elf, als er Mrs. Merdle endlich in ihr neues Quartier bugsierte und sich auf dem Rückweg ins Haus die Spinnweben von den Händen wischte. Als er über die Schwelle trat, packte ihn eine dicke Rauchwolke an der Kehle und drohte ihn zu ersticken. Unbeirrt drang er weiter bis zur Küche vor, wo er nach einem ersten hastigen Blick die Überzeugung gewann, daß das Haus in Flammen stand. Er wich ins Wohnzimmer zurück und sah sich von einer Art Londoner Nebel umfangen, durch den er undeutlich ein paar dunkle Gestalten wahrnahm, die am Kamin herumhantierten wie Nebelgeister. Er rief einmal »Hallo!« und wurde prompt von einem Hustenanfall geschüttelt. Aus den dicken Rauchschwaden tauchte eine Gestalt auf, die zu lieben und zu ehren er, wie er sich dunkel erinnerte, früher am Tage gelobt hatte. Ihre Augen tränten, und sie tastete sich blind voran. Er streckte einen Arm aus, und sie ließen sich gemeinsam vom Husten schütteln.

»O Peter!« sagte Harriet. »Ich glaube, hier sind sämtliche Kamine verhext.«

Die Wohnzimmerfenster waren geöffnet worden, und die Zugluft trieb neue Rauchschwaden in den Flur. Mit ihnen kam Bunter, taumelnd, aber noch im Vollbesitz seiner Kräfte, denn er riß Vorder- und Hintertür weit auf. Harriet torkelte auf die Veranda hinaus und setzte sich in der süßen, kühlen Abendluft auf eine der Bänke, um wieder zu sich zu kommen. Als sie wieder sehen und atmen konnte, bahnte sie sich einen Weg ins Wohnzimmer zurück, wo sie Peter begegnete, der in Hemdsärmeln aus der Küche kam.

»Es hilft nichts«, sagte Seine Lordschaft. »Alles vergebens. Die Schornsteine sind verstopft. Ich war in beiden drin und habe nicht einen einzigen Stern gesehen, und auf den inneren Kaminsimsen liegt zentnerweise Ruß, denn ich habe ihn gefühlt.« (Sein rechter Arm legte Zeugnis dafür ab.) »Ich glaube, die Schornsteine sind seit zwanzig Jahren nicht mehr gefegt worden.«

»Die sind noch nie gefegt worden, so lange ich zurückdenken kann«, sagte Mrs. Ruddle, »und nächste Weihnachten wohne ich schon elf Jahre drüben im Cottage.«

»Dann wird es mal Zeit dafür«, erklärte Peter kurz und bündig. »Schicken Sie morgen nach dem Schornsteinfeger, Bunter. Machen Sie uns jetzt etwas Schildkrötensuppe auf dem Petroleumofen warm, und bringen Sie uns die Leberpastete, die Wachteln in Aspik und eine Flasche Rheinwein in die Küche.«

»Gewiß, Mylord.«

»Und ich möchte mich waschen. Habe ich nicht eben einen Kessel Wasser in der Küche gesehen?«

»Ja, Mylord«, trillerte Mrs. Ruddle. »O ja – ein schöner Kessel voll, und ganz heiß. Und wenn ich nur noch rasch das Bettzeug runterbringen und vor den Petroleumofen im Wohnzimmer hängen und frische Laken auflegen kann –«

Peter flüchtete mit dem Wasserkessel in die Spülküche, wohin seine Angetraute ihm folgte.

»Peter, ich weiß schon nicht mehr, wie ich mich für mein ideales Heim entschuldigen soll.«

»Entschuldige dich, wenn du es wagst, und umarme mich auf eigene Gefahr. Ich bin so schwarz wie Bellocs Skorpion. Ein sehr unangenehmes Tierchen, wenn man ihm nachts in seinem Bett begegnet.«

»Zwischen den frischen Laken. Und, Peter – o Peter, die Ballade hat recht behalten. Es *ist* ein Daunenbett!«

3

Der Jordan

Das Festmahl ist mit gierigem Verzug
Gegessen . . . . . . die Nacht ist da; und dennoch sehen
Wir Förmlichkeiten Euch im Wege stehen . . .
Die Braut, bevor ein »Gute Nacht« gesprochen,
Aus ihren Kleidern sei ins Bett gekrochen,
Wie Seelen aus dem Körper schlüpfen, ungesehn.
Doch da nun liegt sie; was noch mehr?
Schon gibt es weiteren Verzug, denn wo bleibt er?
Er kommt und dringt durch Sphäre über Sphäre:
Das Laken, dann die Arme, wo sie es gewähre.
Nicht dieser Tag dann, diese Nacht sei dein;
Der Tag war Vorspiel nur, o Valentine.

JOHN DONNE: AN EPITHALAMION ON THE LADY ELIZABETH AND COUNT PALATINE

Peter, der soeben von Mr. Noakes' bunt zusammengewürfeltem Geschirr Suppe, Pastete und Wachteln verteilte, hatte zu Bunter gesagt:

»Wir bedienen uns schon selbst. Besorgen Sie sich um Himmels willen etwas zu essen, und lassen Sie sich von dieser Ruddle etwas zum Schlafen herrichten. Mein Egoismus hat heute abend ein akutes Stadium erreicht, aber Sie brauchen ihn nicht auch noch zu fördern.«

Bunter hatte milde gelächelt und sich zurückgezogen, nachdem er versichert hatte, daß er »sehr gut zurechtkommen werde, vielen Dank, Mylord«.

Dann kam er aber bei den Wachteln doch noch einmal zurück, um zu verkünden, daß der Kamin im Zimmer Ihrer Ladyschaft frei sei, vermutlich dank der Tatsache (meinte er), daß darin seit der Regentschaft Elizabeths I. noch nie etwas verbrannt worden sei. Infolgedessen sei es ihm gelungen, auf dem Rost ein kleines Holzfeuer anzuzünden, das allerdings mangels Feuerböcken in Größe und Ausdehnung beschränkt sei, aber er hoffe dennoch, daß es der Atmosphäre etwas von ihrer Unfreundlichkeit nehmen werde.

»Bunter«, sagte Harriet, »Sie sind großartig.«

»Bunter«, sagte Wimsey, »Sie werden hier gründlich verdorben. Ich habe Ihnen gesagt, Sie sollen sich um Ihr *eigenes* Wohlergehen kümmern. Das ist das erste Mal, daß Sie mir den Gehorsam verweigern. Ich hoffe, Sie machen sich das nicht zur Angewohnheit.«

»Nein, Mylord. Ich habe Mrs. Ruddle nach Hause geschickt, nachdem ich mich ihrer Dienste für morgen versichert habe, das Einverständnis Ihrer Ladyschaft vorausgesetzt. Ihre Manieren sind unpoliert, aber ihr Messing ist es nicht, wie ich bemerkt habe, und bisher hat sie das Haus in einem Zustand lobenswerter Reinlichkeit gehalten. Sofern Eure Ladyschaft nicht eine andere Regelung vorziehen –«

»Behalten wir die Frau, wenn wir können«, sagte Harriet, ein wenig verwirrt, daß die Entscheidung an ihr sein sollte (denn wahrscheinlich hatte Bunter selbst am meisten unter Mrs. Ruddles Eigenheiten zu leiden). »Sie hat hier schon immer gearbeitet, weiß wo alles ist und scheint sich die größte Mühe zu geben.«

Sie warf Peter einen skeptischen Blick zu; der meinte:

»Ich weiß über sie nichts Schlimmeres zu sagen, als daß ihr mein Gesicht nicht gefällt, aber das ist ärger für sie als für mich. Ich meine, sie ist ja diejenige, die es ansehen muß. Soll sie weitermachen ... Im Augenblick müssen wir aber noch über Bunters Ungehorsam reden, und davon werde ich mich weder durch Mrs. Ruddle noch durch sonstige Finten ablenken lassen.«

»Mylord?«

»Wenn Sie sich nicht sofort hierhersetzen und zu Abend essen, Bunter, lasse ich Sie in Schimpf und Schande aus dem Regiment jagen. Mann Gottes!« fuhr Peter fort, indem er ein ansehnliches Stück Leberpastete auf einen gesprungenen Teller tat und diesen seinem Diener reichte, »können Sie uns eigentlich sagen, was aus uns werden soll, wenn Sie hier Hungers sterben oder an Vernachlässigung zugrunde gehen? Es scheint hier nur zwei Gläser zu geben, also werden Sie zur Strafe den Wein aus einer Teetasse trinken und hinterher eine Rede halten. Sonntag abend hat es bei meiner Mutter unten im Gesindetrakt ein kleines Abendessen gegeben, soviel ich weiß. Die Rede, die Sie da gehalten haben, Bunter, dürfte – mit ein paar kleinen Abwandlungen für unsere keuschen Ohren – gerade richtig sein.«

»Darf ich mich in allem Respekt erkundigen«, fragte Bunter, indem er sich gehorsam einen Stuhl holte, »woher Eure Lordschaft davon wissen?«

»Sie kennen doch meine Methoden, Bunter. Es war übrigens James, der, wenn ich es so ausdrücken darf, nicht dichtgehalten hat.«

»Aha, James!« sagte Bunter in einem Ton, der James nichts Gutes verhieß. Er grübelte ein wenig über dem Essen, doch als es dann soweit war, erhob er sich ohne große Umschweife, die Teetasse in der Hand.

»Ich habe die Aufgabe«, sagte Mr. Bunter, »auf das Wohl des glücklichen Paares zu trinken, das in Kürze – des glücklichen Paares, das wir hier vor uns sehen. In dieser Familie Aufgaben zu erfüllen ist seit zwanzig Jahren mein Privileg – ein Privileg, das zugleich ein Vergnügen ohnegleichen war, außer vielleicht, wenn es sich um das Photographieren verstorbener Personen in unvollkommenem Erhaltungszustand handelte.«

Er machte eine Pause und schien auf etwas zu warten.

»Hat das Küchenmädchen an dieser Stelle geschrien?« fragte Harriet.

»Nein, Mylady – das Hausmädchen; das Küchenmädchen war schon hinausgeschickt worden, weil es bei Miss Franklins Rede gekichert hatte.«

»Schade, daß Mrs. Ruddle schon fort ist«, meinte Peter. »In ihrer Abwesenheit betrachten wir den Schrei als pflichtschuldigst ausgestoßen. Fahren Sie fort.«

»Danke, Mylord ... Ich sollte mich vielleicht«, nahm Mr. Bunter die Rede wieder auf, »dafür entschuldigen, daß ich die Damen mit so einer unerfreulichen Anspielung erschrecke, doch hat Ihre Ladyschaft mit ihrer Feder dieses Thema bereits so erfreulich ausgestaltet, daß der Korpus eines ermordeten Millionärs dem sinnenden Verstand so bekömmlich ist wie ein gereifter Burgunder dem Gaumen des Genießers. (*Hört, hört!*) Seine Lordschaft ist bekannt als Kenner sowohl eines schönen Korpus (*Sauber bleiben, Bunter!*) – in jedem Sinne des Wortes (*Gelächter*) – als auch eines guten Geistes (*Beifall*) – ebenfalls in jedem Sinne des Wortes. (*Erneutes Lachen und Applaus.*) Darf ich der Hoffnung Ausdruck geben, daß diese Verbindung glücklich für alles das stehen möge, was wir in einem erstklassigen Portwein finden – Kraft des Körpers, gestärkt durch einen erstklassigen Geist, und mit den Jahren die Milde edler Reife. Mylord, Mylady – auf Ihr ganz besonderes Wohl!« (*Anhaltender Applaus, während der Redner seine Tasse leerte und sich wieder hinsetzte.*)

»Auf mein Wort«, sagte Peter, »ich habe selten eine Tischrede gehört, die so durch Kürze und – alles in allem – Schicklichkeit bestach.«

»Du wirst darauf erwidern müssen, Peter.«

»Ich bin kein Redner wie Bunter, aber ich will's versuchen ... Irre ich mich übrigens, wenn ich mir einbilde, daß dieser Petroleumofen zum Himmel stinkt?«

»Jedenfalls raucht er«, sagte Harriet, »und zwar wie verrückt.«

Bunter, der mit dem Rücken zum Ofen saß, sprang erschrocken auf.

»Ich fürchte, Mylord«, bemerkte er nach ein paar Minuten stummen Kampfes, »daß dem Brenner ein schweres Unglück zugestoßen ist.«

»Sehen wir mal nach«, sagte Peter.

Der nun folgende Kampf war weder stumm noch erfolgreich.

»Stellen Sie das vermaledeite Ding ab und schaffen Sie es weg«, sagte Peter zuletzt. Er kehrte an den Tisch zurück, nicht eben verschönert durch ein paar ölige Streifen von dem Ruß, der jetzt überall im Zimmer herabsank. »Unter den herrschenden Umständen, Bunter, kann ich auf Ihre guten Wünsche für unser Wohlergehen nur erwidern, daß meine Frau und ich Ihnen aufrichtig danken und hoffen, daß sie voll in Erfüllung gehen. Für mich selbst möchte ich hinzufügen, daß einer reich an Freunden ist, der eine gute Frau und einen guten Diener hat, und daß ich eher sterben, zumindest aber eher zur Hölle fahren will, bevor ich einem von euch beiden einen Grund gebe, mich (wie man so sagt) um eines andern willen zu verlassen. Auf Ihr Wohl, Bunter – und möge der Himmel meiner Frau und Ihnen die Kraft geben, mich zu ertragen, solange wir alle leben. Ich für meinen Teil möchte noch die Warnung anfügen, daß ich so lange zu leben gedenke wie nur eben möglich.«

»Vorausgeschickt«, sagte Bunter, »daß es der Kraft wohl nicht bedürfen wird, möchte ich darauf nur ein Wort erwidern, sofern der Ausdruck gestattet ist: Amen.«

Sie gaben sich reihum die Hand, und es trat Stille ein, bis Bunter ein wenig verlegen und ziemlich hastig meinte, er solle sich wohl besser noch einmal um das Feuer im Schlafzimmer kümmern.

»Und in der Zwischenzeit«, sagte Peter, »können wir vor dem Spirituskocher im Wohnzimmer noch eine letzte Zigarette rauchen. Ich nehme doch an, daß man darauf auch ein bißchen Wasser zum Waschen wärmen kann?«

»Zweifellos, Mylord«, sagte Bunter, »sofern wir einen

neuen Docht dafür finden. Der jetzige erscheint mir, so leid es mir tut, ein wenig unzulänglich.«

»Oh!« machte Peter resigniert.

Und als sie ins Wohnzimmer kamen, sahen sie den Spirituskocher dann auch wirklich mit einem letzten bläulichen Aufflackern verlöschen.

»Sie müssen versuchen, sich mit dem Feuer im Schlafzimmer zu behelfen«, schlug Harriet vor.

»Sehr wohl, Mylady.«

»Immerhin«, sagte Peter, als er die Zigaretten anzündete, »lassen die Streichhölzer sich noch an der Reibfläche entzünden; anscheinend sind doch nicht alle Naturgesetze uns zum Trotz außer Kraft getreten. Wir werden uns in Mäntel hüllen und einander nach der bewährten Art nächtlicher Reisender in einem schneereichen Lande wärmen. ›Wär ich an Grönlands Küste‹ und so weiter. Das heißt nicht, daß ich mit einer sechs Monate währenden Nacht rechne; schön wär's ja; es ist schon Mitternacht vorbei.«

Bunter begab sich mit dem Kessel in der Hand nach oben.

Ein paar Minuten später sagte Ihre Ladyschaft: »Wenn du dieses Ding vielleicht mal aus dem Auge nähmst, könnte ich dir wenigstens den Nasenrücken säubern. Tut es dir eigentlich leid, daß wir nicht doch nach Paris oder Menton gefahren sind?«

»Nein und abermals nein. Hier sind wir von solider Wirklichkeit umgeben. Sie hat so etwas Überzeugendes an sich.«

»Mich beginnt sie jedenfalls zu überzeugen, Peter. So viele häusliche Katastrophen auf einmal können nur verheirateten Leuten zustoßen. Hier sieht man nichts von dem künstlichen Honigmondgeflitter, das die Leute im allgemeinen davon abhält, einander richtig kennenzulernen. Du bestehst die Prüfung der Drangsal bemerkenswert gut. Das ist sehr ermutigend.«

»Danke – aber ich wüßte wirklich nicht, was es hier besonders viel zu klagen gäbe. Ich habe dich, das ist die Hauptsache; ich habe zu essen, ein bißchen Wärme und ein Dach über dem Kopf. Was kann ein Mann sich mehr wünschen? – Außerdem hätte ich mir ungern Bunters Rede und Mrs. Ruddles Unterhaltung entgehen lassen – sogar Miss Twittertons Pastinakwein gibt dem Leben eine deutliche Würze. Vielleicht wäre mir etwas mehr warmes Wasser und weniger Öl am Körper lieber. Wenn Petroleum auch nichts ausgesprochen Weibisches an sich hat – ich bin nun einmal prinzipiell gegen Männerparfüm.«

»Ich finde, es ist ein netter, sauberer Geruch«, tröstete ihn seine Frau, »viel urwüchsiger als alle Puder der Welt. Und Bunter wird es schon von dir runterkriegen.«

»Hoffentlich«, sagte Peter. Er erinnerte sich, daß einmal jemand – eine Dame zudem, die zum Urteil reichlich Gelegenheit hatte – über *»ce blond cadet de famille ducale anglaise«* gesagt hatte, daß *»il tenait son lit en Grand Monarque et s'y demenait en Grand Turc.«* Das Schicksal hatte offenbar beschlossen, ihn aller Eitelkeiten bis auf eine zu entkleiden. Sollte es doch. Er konnte seine Schlacht nackt schlagen. Plötzlich mußte er lachen.

»Enfin, du courage! Embrasse-moi, chérie. Je trouverai quandmême le moyen de te faire plaisir. Hein? tu veux? dis donc!«

»Je veux bien.«

»Liebste!«

»Peter!«

»Entschuldige – habe ich dir weh getan?«

»Nein. Doch. Küß mich noch einmal.«

Irgendwann in den nächsten fünf Minuten hörte man Peter dann flüstern: »Kein schwacher Kanarienwein, sondern Ambrosia.« Und es ist bezeichnend für Harriets Gemütsverfassung, daß sie bei dem Wort »Kanarien« an die lahmen Tiger denken mußte und erst zehn Tage später auf die Quelle des Zitats stieß.

Bunter kam die Treppe herunter. In der einen Hand hielt er einen dampfenden Krug, in der andern eine Schale mit Rasierzeug und einen Beutel mit einem Badeschwamm. Über seinem Arm hingen Badetuch und Pyjama nebst seidenem Morgenmantel.

»Das Feuer im Schlafzimmer brennt zufriedenstellend. Ich konnte für Eure Ladyschaft ein wenig Wasser wärmen.«

Sein Gebieter machte ein furchtsames Gesicht.

»Doch was ist mir, mein Lieb, doch was ist mir?«

Bunter antwortete nicht mit Worten, aber sein Blick in Richtung Küche war beredt genug. Peter sah nachdenklich auf seine Fingernägel und schauderte.

»Madame«, sagte er, »geht Ihr zu Bett und überlaßt mich meinem Schicksal.«

Das Holz auf dem Rost flackerte fröhlich vor sich hin, und das Wasser kochte, wenn es auch nur wenig war. Die beiden messingnen Kerzenhalter trugen tapfer ihre flammenden Priesterinnen, beiderseits des Spiegels je eine. Das große Himmelbett mit dem verblaßten blau-roten Steppmuster und den von Alter und häufigem Waschen gebleichten Chintzvorhängen wirkte vor der hellen, gegipsten Wand so würdevoll wie eine königliche Hoheit im Exil. Harriet, gewärmt und gepudert und endlich vom Rußgeruch befreit, hielt mit der Haarbürste in der Hand inne und fragte sich, wie es Peter wohl erging. Sie huschte durch das dunkle, kalte Ankleidezimmer, öffnete die gegenüberliegende Tür und lauschte. Von irgendwo tief unten war das bedrohliche Scheppern von Blech zu hören, gefolgt von einem lauten Quietscher und halbersticktem Lachen.

»Mein armer Schatz!« sagte Harriet . . .

Sie blies die Schlafzimmerkerzen aus. Die mit der Zeit dünn gewordenen Laken waren aus feinem Leinen, und von irgendwoher im Zimmer strömte Lavendelduft . . .

Der Jordan ... Ein Scheit zerbrach und fiel in einem Funkenregen auf den Rost, und die großen Schatten tanzten an der Decke.

Die Türklinke klickte, und ihr Gemahl kam mit abbittender Miene ins Zimmer geschlichen. Das Bild gedemütigten Triumphes machte sie lachen, obwohl ihr das Blut wie wild in den Adern pochte und mit ihrem Atem irgend etwas los zu sein schien. Er sank neben dem Bett auf die Knie.

»Liebste«, sagte er mit einer Stimme, die zwischen Lachen und Leidenschaft hin und her gerissen schien, »nimm deinen Bräutigam. Er ist ganz sauber und riecht kein bißchen mehr nach Petroleum, dafür ist er schrecklich feucht und kalt. Abgeschrubbt wie ein junger Hund unter der Pumpe in der Spülküche!«

»Lieber Peter!«

(»... en Grand Monarque ...«)

»Ich glaube«, fuhr er hastig und kaum verständlich fort, »ich *glaube*, es hat Bunter richtig Spaß gemacht. Zur Strafe habe ich ihm aufgetragen, den großen Waschkessel von Küchenschaben zu säubern. Was tut's? Was soll uns überhaupt noch kümmern? Wir sind hier. Lache, mein Herz! Das ist das Ende der Reise und der Beginn aller Freuden.«

Mr. Mervyn Bunter füllte den Kessel, nachdem er die Schaben verjagt hatte, schichtete ein Feuer auf, um es morgens anzuzünden, hüllte sich in zwei Mäntel und eine Decke und machte es sich auf zwei Sesseln bequem. Aber er schlief nicht gleich ein. Es war nicht direkt Sorge, die ihn erfüllte, aber wohlwollende Anteilnahme. Er hatte (und unter welchen Mühen!) seinen Favoriten ans Startband geführt und mußte ihn nun allein das Rennen machen lassen; aber kein Respekt vor Schicklichkeit vermochte seine mitfühlende Phantasie daran zu hindern, dem geliebten Wesen auf jedem Schritt des Weges zu folgen. Mit einem leisen Seufzer zog er die Kerze näher zu sich, nahm Füllfederhalter und Schreibblock und begann einen Brief an seine Mutter. Von dieser Erfüllung einer Sohnespflicht ehoffte er sich Beruhigung für sein Gemüt.

»Liebe Mutter, – ich schreibe von einem ›unbekannten Ziel‹ –«

»Wie hast du mich genannt?«

»Ach, Unsinn, Peter! Ich war nicht ganz mit den Gedanken da.«

»*Wie* hast du mich genannt?«

»Mylord!«

»Das eine Wort in unserer Sprache, von dem ich zuletzt erwartet hätte, daß es mir je etwas geben würde! Man weiß doch die Dinge nie zu schätzen, bevor man sie sich verdient hat, nicht wahr? Und daß du's weißt, mein Herz – bevor ich fertig bin, will ich König und Kaiser sein.«

Es ist nicht des Chronisten Pflicht, von dem zu berichten, was ein Kritiker »interessante Enthüllungen des Ehebettes« nannte. Genug, daß der pflichtbewußte Bunter zu guter Letzt seine Schreibutensilien fortlegte, die Kerze ausblies und seinen Gliedern Ruhe gönnte; und daß von allen Schläfern unter diesem Dach der mit dem härtesten und kältesten Bett den ruhigsten Schlaf genoß.

4

Hausgötter

Herr, er hat eine Feueresse in meines Vaters Hause gebaut, und die Backsteine leben noch bis an diesen Tag, die es bezeugen können.

WILLIAM SHAKESPEARE: II. HEINRICH VI; IV, 2

Lady Peter Wimsey stemmte sich vorsichtig auf einem Ellbogen hoch und betrachtete ihren schlafenden Herrn und Gebieter. Da seine spöttischen Augen geschlossen waren und der kühne Mund entspannt, verliehen die große, kräftige Nase und das wirre Haar ihm das linkische, unfertige Aussehen eines Schuljungen. Und das Haar selbst war fast so hell wie Werg – es wollte einen lächerlich anmuten, daß ein männliches Wesen derart blond war. Aber angefeuchtet und für den Tag geglättet würde sein Kopf wohl wieder die gewohnte Gerstenfarbe zeigen. Gestern abend, nach Bunters schonungslosem Schrubben, hatte sein Anblick sie so sehr gerührt wie des ermordeten Lorenzos Handschuh Isabelle, so daß sie den Kopf erst mit einem Handtuch hatte trocken rubbeln müssen, bevor sie ihn dort bergen konnte, »wohin er gehört«, wie der Volksmund meint.

Bunter? Ihm widmete sie einen verirrten Gedanken ihres von Schlaf und schläfrigem Wohlbehagen trunkenen Sinnes. Bunter hantierte schon im Haus herum; ganz schwach hörte sie, wie unten Türen auf- und zugingen und Möbel gerückt wurden. Was war das doch alles für ein heilloses Durcheinander gewesen! Aber er, der wundervolle Bunter, würde alles wie von Zauberhand an seinen richtigen Platz bringen, so daß man Zeit zum Leben hatte und sich nicht immerzu den Kopf zu zerbrechen brauchte. Man hoffte flüchtig, daß Bunter nicht die ganze Nacht auf Küchenschabenjagd gewesen war, aber im Augenblick konzentrierten sich alle Gedanken, die man noch hatte, auf Peter – man wollte ihn nach Möglichkeit nicht wecken, hoffte vielmehr, er werde bald von selbst aufwachen, und versuchte sich auszumalen, was er dann wohl sagen würde. Wenn seine ersten Worte französisch waren, durfte man wenigstens sicher sein, daß er von den Vorgängen der Nacht einen angenehmen Eindruck zurückbehalten hatte; im ganzen gesehen wäre Englisch aber doch vorzuziehen, weil es zeigte, daß er sich noch genau erinnerte, wer man war.

Als ob dieser beunruhigende Gedanke seinen Schlaf gestört hätte, regte er sich in diesem Augenblick; ohne die Augen zu öffnen, tastete er mit der Hand nach ihr und zog sie zu sich. Und sein erstes Wort war weder französisch noch englisch, sondern nur ein langgezogenes, fragendes: »Hmmmm?«

»Hm!« machte auch Harriet, sich ergebend. *»Mais quel tact, mon dieu! Sais-tu enfin qui je suis?«*

»Ja, meine Sulamith, ich weiß es, du brauchst meiner Zunge also keine Fallen zu stellen. Im Laufe meines vertanen Lebens habe ich gelernt, daß es die erste Pflicht eines Gentleman ist, sich am Morgen zu erinnern, wen er am Abend mit ins Bett genommen hat. Du bist Harriet und schwarz, doch anmutig. Ganz nebenbei bist du auch meine Frau, und falls du das vergessen hast, wirst du es noch einmal lernen müssen.«

»Aha!« sagte der Bäcker. »Hab ich mir doch *gedacht*, daß Gäste hier sind. Denn daß der alte Noakes oder Martha Ruddle ein »Bitte« auf die Brotbestellung schreibt, das war noch nie da. Wieviel darf's denn sein? Ich komme jeden Tag vorbei. Richtig! Ein schwarzes und ein weißes.

Und noch ein kleines braunes. Alles klar, Chef. Hier, bitte.«

»Wenn Sie so freundlich wären«, antwortete Bunter, indem er in den Flur zurücktrat, »kurz hereinzukommen und sie auf den Küchentisch zu legen, wäre ich Ihnen sehr dankbar, denn meine Hände sind ganz voll Petroleum.«

»Ist gut«, antwortete der Bäcker gefällig. »Ärger mit dem Ofen?«

»Ein wenig«, räumte Bunter ein. »Ich war genötigt, den Brenner auseinanderzunehmen und wieder zusammenzusetzen, aber jetzt darf ich hoffen, daß er richtig funktioniert. Angenehmer wäre uns allerdings, wenn wir Feuer im Kamin machen könnten. Wir haben schon den Milchmann nach einem gewissen Puffett geschickt, von dem ich hörte, er biete seine Dienste als Schornsteinfeger an.«

»Das geht klar«, bestätigte der Bäcker. »Eigentlich ist Tom Puffett ja Maurer, aber er ist sich nicht zu schade, auch mal einen Kamin zu fegen. Bleiben Sie lange hier? Einen Monat? Dann wollen Sie das Brot vielleicht anschreiben lassen? Wo ist der alte Noakes denn hin?«

»Nach Broxford, soviel ich gehört habe«, sagte Mr. Bunter, »und wir wüßten gern, was er sich dabei gedacht hat. Nichts vorbereitet und die Kamine verstopft, und das, nachdem er genaue schriftliche Anweisungen erhalten und die entsprechenden Zusagen gemacht hatte, an die er sich aber *nicht* gehalten hat.«

»Ah, ja!« sagte der Bäcker. »Versprechen geht leicht, wie?« Er kniff ein Auge zu. »Versprechen kosten nichts, aber ein Schornstein kostet anderthalb Shilling, und der Ruß ist gratis. So, aber ich muß jetzt weiter. Kann ich im Dorf noch was für Sie erledigen?«

»Wenn Sie so freundlich wären«, antwortete Mr. Bunter, »könnten Sie den Lehrjungen aus dem Lebensmittelgeschäft mit ein paar Scheiben durchwachsenem Speck und ein paar Eiern schicken, damit wir den Mängeln des Frühstücksangebots abhelfen können.«

»Wird gemacht«, sagte der Bäcker. »Das haben wir gleich. Ich sage Willis, er soll seinen Jimmy herschicken.«

»Aber«, bemerkte Mrs. Ruddle, die plötzlich in blaugewürfelter Schürze und aufgekrempelten Ärmeln aus dem Wohnzimmer kam, »deswegen braucht George Willis sich nicht einbilden, er kann Seine Lordschaft von jetzt an immer beliefern, denn im Kolonial kostet der Speck einen Penny weniger das Pfund, und besser und magerer ist er auch, und ich kann ihn leicht abfangen, wenn er hier vorbeikommt.«

»Aber heute werden Sie mit Willis vorliebnehmen müssen«, erwiderte der Bäcker, »wenn Sie mit dem Frühstück nicht bis mittags warten wollen, denn die vom Kolonial kommen erst um elf oder zwölf hier vorbei. Ist das alles für heute? Gut. Morgen, Martha. Bis demnächst, Chef.«

Der Bäcker eilte den Weg hinunter, rief sein Pferd an und ließ Bunter mit dem Eindruck stehen, daß man hier in nicht allzu großer Entfernung ein Lichtspielhaus sein eigen nannte.

»Peter!«

»Geliebte meines Herzens?«

»Da brät jemand Speck.«

»Unsinn! Im Morgengrauen brät niemand Speck.«

»Nach der Kirchturmuhr war es eben acht Uhr, und die Sonne strahlt zum Fenster herein.«

»Du alter Narr, geschäft'ge Sonne – aber mit dem Speck hast du recht. Der Duft ist unverkennbar. Er kommt durchs Fenster, glaube ich. Die Sache muß geklärt werden ... Sag mal, das ist ein herrlicher Morgen ... Hast du Hunger?«

»Wie ein Wolf.«

»Unromantisch, aber beruhigend. Ich könnte übrigens selbst ein kräftiges Frühstück vertragen. Immerhin muß ich schwer arbeiten für mein Essen. Ich werde mal nach Bunter rufen.«

»Um Himmels willen, zieh dir was an – wenn Mrs. Ruddle dich so aus dem Fenster hängen sieht, trifft sie tausendmal der Schlag.«

»Es wird eine Augenweide für sie sein. Nichts ist so reizvoll wie das Neue. Der alte Ruddles ist sicher mit Stiefeln ins Bett gegangen. Bunter! Bun-ter! . . . Himmel, da ist die Ruddle wirklich! Hör auf zu lachen und wirf mir meinen Morgenmantel rüber . . . Äh – guten Morgen Mrs. Ruddle. Könnten Sie Bunter bitte sagen, daß wir zum Frühstück bereit sind?«

»Selbstverständlich, Mylord«, antwortete Mrs. Ruddle (denn schließlich *war* er ein Lord). Aber im Laufe des Tages machte sie bei Mrs. Hodges, ihrer Freundin, ihrem Herzen Luft.

»Splitterfasernackt, Mrs. Hodges, ob Sie's glauben oder nicht. Ich sag Ihnen, geschämt hab ich mich, ich wußte kaum noch, wo ich hingucken sollte. Und nicht mehr Haare auf der Brust als ich.«

»Typisch Aristokratie«, sagte Mrs. Hodges, auf den ersten Teil der Klage eingehend. »Sehen Sie sich doch nur mal die Bilder von diesen sogenannten Sonnenanbetern auf dem Li-do an. Der erste Mann von meiner Susan, also, der war vielleicht behaart! Einen richtigen Pelz hatte der, wenn Sie verstehen. Aber«, fügte sie geheimnisvoll hinzu, »daraus folgt noch gar nichts, denn Kinder hat sie nie gehabt, erst als er starb und sie den jungen Tyler drüben vom Pigott heiratete.«

Als Mr. Bunter diskret an die Tür klopfte und mit einem hölzernen Eimer voll Brennholz eintrat, war Ihre Ladyschaft verschwunden, und Seine Lordschaft saß auf dem Fenstersims und rauchte eine Zigarette.

»Tag, Bunter. Wunderschöner Morgen.«

»Schönes Herbstwetter, Mylord, ganz jahreszeitgemäß. Ich hoffe, Eure Lordschaft konnten mit allem zufrieden sein.«

»Hm. Kennen Sie die Bedeutung des Wortes *arrière-pensée*, Bunter?«

»Nein, Mylord.«

»Freut mich zu hören. Haben Sie daran gedacht, den Wasserbehälter vollzupumpen?«

»Ja, Mylord. Ich habe den Petroleumofen in Ordnung gebracht und den Schornsteinfeger bestellt. Das Frühstück wird in wenigen Minuten fertig sein, Mylord, wenn Sie heute morgen freundlicherweise mit Tee vorliebnehmen möchten, da der hiesige Lebensmittelhändler Kaffee nur im Glas kennt. Während Sie frühstücken, werde ich versuchen, ein Feuer im Ankleidezimmer zu machen, was ich gestern nacht nicht mehr versucht habe, weil die Zeit so kurz war und ein Brett im Kamin steckt – sicherlich um Zugluft und Tauben abzuhalten. Ich nehme jedoch an, daß man es leicht entfernen kann.«

»Gut. Gibt es heißes Wasser?«

»Ja, Mylord – obwohl ich darauf hinweisen möchte, daß der Kupferkessel ein Leck hat, was gewisse Schwierigkeiten bereitet, weil es dazu neigt, das Feuer auszulöschen. Ich würde dann das Badewasser in etwa vierzig Minuten heraufbringen, Mylord.«

»Badewasser? Gott sei Dank! Ja – ausgezeichnet. Noch keine Nachricht von Mr. Noakes, nehme ich an?«

»Nein, Mylord.«

»Wir werden ihn uns demnächst vornehmen. Ich sehe, Sie haben die Feuerböcke gefunden.«

»Im Kohleschuppen, Mylord. Möchten Sie heute den Lovats oder den grauen Anzug tragen?«

»Weder, noch – suchen Sie mir ein offenes Hemd und eine Flanellhose heraus und – haben Sie meinen alten Blazer eingepackt?«

»Selbstverständlich, Mylord.«

»Dann schwirren Sie ab und bringen Sie das Frühstück, bevor meine Knochen zu klappern anfangen ... Hören Sie, Bunter!«

»Mylord?«

»Es tut mir furchtbar leid, daß Sie soviel Arbeit haben.«

»Nicht der Rede wert, Mylord. Solange Eure Lordschaft nur zufrieden sind –«

»O ja. Schon in Ordnung, Bunter. Danke.«

Er legte seinem Diener kurz die Hand auf die Schulter, was sowohl Zuneigung als auch Entlassung bedeuten konnte, ganz wie man es sehen wollte; dann stand er da und blickte nachdenklich ins Kaminfeuer, bis seine Frau wieder zu ihm hereinkam.

»Ich war auf Entdeckungsreise – in diesem Teil des Hauses war ich noch nie. Wenn man fünf Stufen hinuntergeht zu der ›modernen Einrichtung‹, kommt man um eine Ecke, geht sechs Stufen hinauf, stößt sich den Kopf an und findet einen weiteren Durchgang mit ein paar Abzweigungen und noch zwei Schlafzimmer sowie einen dreieckigen Verschlag und eine Leiter, die zur Mansarde hinaufführt. Der Wasserbehälter wohnt in einem Abstellraum für sich allein – man öffnet die Tür, fällt zwei Stufen hinunter, schlägt sich noch einmal den Kopf an und landet mit dem Kinn auf dem Kugelschwimmer.«

»Mein Gott! Du wirst doch nicht den Kugelschwimmer kaputtgemacht haben? Ist dir eigentlich klar, Frau, daß mit dem Kugelschwimmer im Wasserbehälter und dem Küchenboiler das Landleben steht und fällt?«

»Mir schon – aber ich wußte nicht, daß du so etwas weißt.«

»Ich? Wenn du deine Kindheit in einem Haus mit hundertfünfzig Zimmern und einer Festlichkeit nach der andern verlebt hättest, wo jeder Tropfen Wasser mit der Hand hochgepumpt und alles warme Wasser hinaufgetragen werden mußte, weil es nur zwei Badezimmer und ansonsten nur Sitzwannen gab, und wo der Boiler gerade in dem Moment platzte, wenn man den Prinzen von Wales zu Gast hatte, wüßtest du über mangelhafte Installationen alles, was zu wissen sich lohnt.«

»Peter, ich glaube, du bist ein Hochstapler. Du spielst nur den großen Detektiv und Gelehrten und Salonlöwen, aber im Grunde bist du ein einfacher englischer Landedelmann, mit dem Herzen im Stall und dem Verstand bei der Dorfpumpe.«

»Gott steh' allen Ehemännern bei! Du mußtest mein Geheimnis natürlich lüften. Nein – aber mein Vater war ein Mann der alten Schule, der fand, daß all dieser neumodische Luxus einen nur verweichlichte und das Personal verdarb. ... Herein! ... Ah, ich habe dem verlorenen Paradies nie nachgetrauert, nachdem ich entdeckt hatte, daß es dort keine Eier mit Speck gab.«

»Die Sache mit den Schornsteinen hier«, stellte Mr. Puffett orakelhaft fest, »ist nur, daß sie mal gefegt werden müssen.«

Er war ein ungewöhnlich dicker Mann, den seine Kleidung noch voluminöser machte. Diese hatte das Stadium erreicht, das man im neuesten Sprachgebrauch der Medizin als »hochgradige Verzwiebelung« bezeichnet, denn sie bestand aus einem grünlich-schwarzen Anzug und einer Anzahl verschiedenfarbiger Pullover, einer über den andern gezogen, so daß sie am Hals ein farblich abgestuftes Dekolleté bildeten.

»Bessere Schornsteine gibt's in der ganzen Gegend nicht«, fuhr Mr. Puffett fort, indem er die Jacke auszog, unter der in quergestreifter Pracht der äußere Pullover in Rot und Gelb zum Vorschein kam, »man muß ihnen nur 'ne klitzekleine Chance geben, das weiß hier keiner besser als ich, weil ich als junger Bursche so manches Mal darin herumgestiegen bin, denn mein Vater war Schornsteinfeger.«

»So?« meinte Mr. Bunter.

»Das Gesetz erlaubt das ja jetzt nicht mehr«, sagte Mr. Puffett, indem er sein mit einer Melone gekröntes Haupt schüttelte. »Aber meine Figur würd's wohl auch nicht mehr zulassen. Jedenfalls kenne ich diese Schornsteine sozusagen vom Rost bis zur Kappe, und bessere kann man sich überhaupt nicht wünschen. Wenn man sie anständig fegt, heißt das. Aber wenn ein Schornstein nicht gefegt wird, kann er auch nicht gut sein, das ist genau wie mit einem Zimmer, da werden Sie mir sicher recht geben, Mr. Bunter.«

»Sehr richtig«, sagte Mr. Bunter. »Würden Sie denn nun so freundlich sein und mit dem Fegen anfangen?«

»Ihnen zu Gefallen, Mr. Bunter, und der Dame und dem Herrn auch, will ich's gern tun. Eigentlich bin ich ja Maurer von Beruf, aber ich helfe gern auch mal bei einem Schornstein aus, wenn Not am Mann ist. Hab eine Schwäche für Schornsteine, weil ich doch sozusagen darin aufgewachsen bin, und wenn ich es auch selbst sage, Mr. Bunter, es gibt keinen, der mit einem Schornstein besser umzugehen weiß als ich. Kennen muß man sie, darauf kommt's nämlich an – man muß genau wissen, wo man sanft und nett mit ihnen umgehen muß, und wo man seine ganze Kraft hinter den Stoßbesen setzen muß.«

Mit diesen Worten krempelte Mr. Puffett seine diversen Ärmel hoch, beugte und streckte den Bizeps ein paarmal, nahm seinen Stoßbesen, den er im Flur abgelegt hatte, und fragte, wo er anfangen solle.

»Das Wohnzimmer wird als erstes benötigt«, sagte Mr. Bunter. »In der Küche komme ich für den Augenblick noch mit dem Petroleumofen aus. Hier entlang, Mr. Puffett, wenn ich bitten darf.«

Mrs. Ruddle, für die Wimseys zumindest ein neuer Besen, hatte das Wohnzimmer einmal gründlich durchgefegt und die häßlicheren Möbelstücke alle besonders gewissenhaft mit Tüchern abgedeckt, die grellbunten Teppiche mit Zeitungspapier belegt, zwei ausnehmend scheußliche bronzene Reiter auf Sockeln, die beiderseits den Kamin flankierten und zu schwer zum Forttragen waren, mit Papierhüten bekleidet und das welke Pampasgras in dem bemalten Abflußrohr bei der Tür mit Staubtüchern zugedeckt, weil, wie sie dazu bemerkte, »diese Dinger solche Staubfänger sind.«

»Ah!« sagte Mr. Puffett. Er zog den äußeren Pullover aus, und darunter kam ein blauer zum Vorschein; er breitete seine Utensilien auf der freien Fläche zwischen den Sesseln aus und tauchte unter der Sackleinwand durch, mit der die Feuerstelle zugehängt war. Strahlend vor Zufriedenheit kam er wieder heraus. »Was hab ich Ihnen gesagt? Voller Ruß ist dieser Schornstein. Der ist seit Jahr und Tag nicht mehr gefegt worden, schätze ich.«

»Das vermuten wir auch«, sagte Mr. Bunter. »Wir würden über diese Schornsteine gern einmal mit Mr. Noakes ein Wörtchen reden.«

»Ah!« wiederholte Mr. Puffett. Er stieß den Besen in den Schornstein empor und schraubte einen neuen Stab ans hintere Ende. »Wenn ich Ihnen –« der Besen zuckte aufwärts, und er schraubte einen weiteren Stab an – »ein Pfund für jeden Penny gebe, Mr. Bunter –« er schraubte ein neues Stück an – »für jeden Penny, den Mr. Noakes mir bezahlt hat –« noch ein Stab – »oder meinetwegen auch irgendeinem anderen Schornsteinfeger –« er schraubte wieder ein Stück an – »in den letzten zehn Jahren oder länger –« er schraubte noch ein Stück an – »fürs Fegen dieser Schornsteine –« er schraubte den nächsten Stab an – »dann sind Sie, auf mein Wort, Mr. Bunter –« er schraubte wieder ein neues Stück an und drehte sich in der Hocke herum, um seinen Worten mehr Nachdruck zu verleihen – »keinen Penny reicher als vorher.«

»Ich glaub's Ihnen«, sagte Mr. Bunter. »Und je eher dieser Schornstein jetzt gefegt wird, desto glücklicher werden wir alle sein.«

Er verzog sich in die Spülküche, wo Mrs. Ruddle, mit einer Schöpfkelle bewaffnet, kochendes Wasser aus dem Kupferkessel in eine große Kanne füllte.

»Sie überlassen es besser mir, Mrs. Ruddle, die Badewannen die Treppe hinaufzubefördern. Sie können mir mit den Kannen folgen, wenn Sie so freundlich sein wollen.«

Als die Prozession in der genannten Reihenfolge wieder durchs Wohnzimmer kam, sah Bunter zu seiner Erleichterung nur noch Mr. Puffetts ausladendes Hinterteil unter der Kaminverkleidung hervorschauen und hörte ihn laut ächzen und sich selbst anfeuern, daß es hohl durch die ziegelsteinerne Röhre klang. Es war doch immer wieder schön zu sehen, wenn ein Mitmensch noch schwerer schuften mußte als man selbst.

Nirgends hat der Reigen der Zeit das Gleichgewicht zwischen den Geschlechtern so verändert wie beim morgendlichen Aufstehen. Sofern die Frau keine Anhängerin moderner Schönheitskulte ist, hat sie kaum mehr zu tun, als sich zu waschen, irgendein Kleidungsstück überzuziehen und hinunterzugehen. Der Mann, nach wie vor Sklave von Kragenknopf und Rasiermesser, klebt am alten Ritual des Zeittotschlagens und macht sich in Raten fertig. Harriet band sich schon die Krawatte, ehe aus dem Nebenzimmer auch nur ein Plätschern zu hören war. Also reihte sie ihre Neuerwerbung in die Kategorie der Saumseligen ein und machte sich auf jenen Weg, den Peter bereits mit mehr Treffsicherheit denn Schicklichkeit »Lokustreppe« getauft hatte. Diese führte auf einen schmalen Gang und dieser wiederum zu der oben erwähnten modernen Einrichtung, einem Schuhständer nebst Besenschrank und am Ende durch die Spülküche zur Hintertür.

Der Garten war jedenfalls gut gepflegt. Hinterm Haus wuchsen Kohl und Sellerie und sogar Spargel in einem strohgedeckten Beet sowie ein paar fachmännisch gepfropfte Apfelbäume. Ein kleines Kalthaus beherbergte einen winterfesten Weinstock, an dem ein halbes Dutzend schwarzer Trauben hing, und ein paar halbwegs winterfeste Topfpflanzen. Vor dem Haus lieh ein buntes Sortiment von Dahlien, Chrysanthemen und ein Beet blutroter Salbei dem Sonnenschein Farbe. Mr. Noakes war offenbar ein Gartenfreund oder hatte wenigstens einen guten Gärtner; und das, dachte Harriet, ist von allem, was wir bisher über Mr. Noakes wissen, noch das Beste. Sie erkundete den Werkzeugschuppen, wo sie das Werkzeug in guter Ordnung vorfand, darunter eine Gartenschere, die sie an sich nahm, um sich den zu lang geratenen Weinranken und den starren, bronzefarbenen Chrysanthemen zu widmen. Sie mußte ein wenig grinsen bei dem Gedanken, daß sie dem Haus mit ihrem Tun die vielzitierte »weibliche Note« gab, und als sie aufsah, wurde sie durch den Anblick ihres Gatten belohnt. Er saß zusammengekauert im Morgenmantel auf dem Sims des offenen Fensters, die *Times* auf den Knien, eine Zigarette zwischen den Lippen, und feilte so hingebungsvoll an seinen Fingernägeln herum, als ob er Zeit und Welt genug zu seiner Verfügung hätte. Am anderen Ende der Fensterbank saß, von Gott weiß woher gekommen, eine große rötliche Katze, damit beschäftigt, ihre eine Vorderpfote gründlich anzulecken, bevor sie sich damit hinterm Ohr bearbeitete. So saßen die beiden geschmeidigen Tiere selbstversunken in mandarinartiger Beschaulichkeit nebeneinander, bis das menschliche von beiden mit der Ruhelosigkeit des Unterlegenen den Blick von seiner Tätigkeit hob, Harriet sah und laut »He!« rief – worauf die Katze sich beleidigt erhob und ins Zimmer sprang.

»Aha«, sagte Peter, der manchmal die unheimliche Gabe hatte, anderer Leute Gedanken auszusprechen, »ich sehe dich bei artig-damenhaftem Tun.«

»Ja, nicht?« antwortete Harriet. Sie stand auf einem Bein und begutachtete die ein bis zwei Pfund Gartenerde, die an ihrem derben Schuh hingen. »So ein Garten ist was Schönes, weiß Gott.«

»Die Füßchen lugten wie die Mäuschen unterm Kleide hervor, als wär's ihr Häuschen«, erwiderte Seine Lordschaft gemessen. »Kannst du mir sagen, rosenfingrige Aurora, ob die unglückselige Person im Zimmer unter mir langsam abgemurkst wird oder nur einen Anfall hat?«

»Das frage ich mich allmählich selbst«, antwortete Harriet, denn aus dem Wohnzimmer erklangen seltsame, halberstickte Schreie. »Vielleicht sollte ich mal nachsehen gehen.«

»Mußt du gehen? Du verschönerst die Landschaft so. Ich liebe Landschaften mit Figuren ... Mein Gott! Was für ein schauderhafter Ton – wie Nell Cook unter dem Pflasterstein! Er schien geradewegs in das Zimmer neben mir heraufzukommen. Ich werde noch ein richtiges Nervenbündel.«

»Das sieht man dir aber nicht an. Du wirkst ekelhaft selbstzufrieden und mit der Welt im reinen.«

»Das bin ich ja auch. Aber man sollte in seinem Glück nicht nur an sich denken. Ich bin überzeugt, daß irgendwo in diesem Haus ein Mitgeschöpf in Nöten ist.«

In diesem Augenblick trat Bunter aus der Haustür, schritt rückwärts über den Rasen, den Blick in die Höhe gerichtet, als warte er auf eine himmlische Erleuchtung, und schüttelte wie Lord Burleigh in der Komödie ernst den Kopf.

»Sind wir noch nicht da?« rief Mrs. Ruddles Stimme aus dem Fenster.

»Nein«, sagte Bunter, indem er wieder zurückging, »wir scheinen überhaupt nicht vorwärtszukommen.«

»Mir scheint«, sagte Peter, »wir sehen einem freudigen Ereignis entgegen. *Parturiunt montes.* Jedenfalls scheint die ganze Schöpfung in heftigen Wehen zu liegen.«

Harriet verließ das Blumenbeet und kratzte sich mit einem Schaber die Erde von den Schuhen.

»Ich werde jetzt mal aufhören, die Landschaft zu verschönern, und statt dessen ins Haus gehen und einen Teil der Innenausstattung bilden.«

Peter stieg gemächlich von der Fensterbank, streifte

den Morgenmantel ab und zog seinen Blazer unter der rötlichen Katze hervor.

»Dieser Schornstein, Mr. Bunter«, verkündete Mr. Puffett, »hat nichts als Ruß.« Damit entstieg er dem Kamin gewissermaßen auf demselben Wege, auf dem er hineingekrochen war, und zog seinen Besen heraus, den er in aller Seelenruhe Stück für Stück wieder auseinanderschraubte.

»So etwas hatten wir bereits vermutet«, antwortete Mr. Bunter mit einem Anflug von Ironie, die jedoch bei Mr. Puffett nicht ankam.

»Genau«, fuhr Mr. Puffett fort. »Festgebackener Ruß. Da kann ja kein Schornstein ziehen, wenn die Kappe so voll mit festgebackenem Ruß ist wie bei dem hier. Das geht nicht. Das ist einfach zuviel verlangt.«

»Ich verlange es ja gar nicht«, entgegnete Mr. Bunter. »Ich bitte Sie nur, ihn zu säubern.«

»Also, Mr. Bunter«, erklärte Mr. Puffett leicht gekränkt, »Sie können sich ja gern mal diesen Ruß hier ansehen.« Er streckte eine sehr schmutzige Hand aus, in der sich so etwas wie schwarzer Klinkerstein befand. »Hart wie Stein ist das Zeug, festgebacken und hart. Und der ganze Schornsteinaufsatz ist voll davon, da kriegt man keinen Besen mehr durch, und wenn man noch soviel Kraft dahintersetzt. An die zwölf Meter Stange hab ich in den Schornstein geschoben, Mr. Bunter, nur um durch den Aufsatz zu kommen, und ich finde das nicht recht gegen einen Menschen *und* seinen Besen.« Er zog einen weiteren Abschnitt seines Arbeitsgeräts heraus und bog liebevoll ein Stück Besenstange gerade.

»Irgendein Mittel muß gefunden werden, um das Hindernis zu durchstoßen«, sagte Mr. Bunter mit Blick zum Fenster, »und zwar unverzüglich. Soeben kommt Ihre Ladyschaft aus dem Garten. Sie können das Frühstückstablett hinaustragen, Mrs. Ruddle.«

»Ah!« sagte Mrs. Ruddle, indem sie rasch unter die Deckel schaute, bevor sie das Tablett von der Radiotruhe nahm, wo Bunter es abgestellt hatte. »Die haben aber kräftig zugelangt – ein gutes Zeichen bei einem jungen Paar. Ich weiß noch, wie Ruddle und ich geheiratet haben –«

»Und alle Lampen brauchen neue Dochte«, unterbrach Bunter sie streng, und die Brenner müssen gereinigt werden, bevor man sie füllt.«

»Mr. Noakes hat doch so lange keine Lampen benutzt«, rechtfertigte Mrs. Ruddle sich naserümpfend. »Er hat immer gesagt, er sieht gut genug bei Kerzenlicht. Ist wahrscheinlich billiger.« Sie stürmte mit dem Tablett aus dem Zimmer, und als sie Harriet an der Tür begegnete, machte sie einen Knicks, so daß die Deckel zu rutschen anfingen.

»Oh, Sie haben den Schornsteinfeger hier, Bunter – wie schön! Wir glaubten, hier schon irgend etwas gehört zu haben.«

»Ja, Mylady. Mr. Puffett will uns freundlicherweise behilflich sein. Aber wenn ich ihn recht verstanden habe, ist er auf ein unüberwindliches Hindernis im oberen Teil des Schornsteins gestoßen.«

»Wie nett, daß Sie gekommen sind, Mr. Puffett. Wir hatten keinen schönen Abend.«

Sie sah dem Blick des Schornsteinfegers an, daß ein Sühneopfer angezeigt war, und streckte die Hand aus. Mr. Puffett sah die Hand an, schaute auf die seine, zog seine diversen Pullover hoch, um an die Hosentasche zu kommen, entnahm dieser ein frischgewaschenes rotes Baumwolltaschentuch, schüttelte es langsam aus seinen Falten, schlang es sich um die Hand und ergriff Harriets Finger gleichsam wie des Königs Stellvertreter, der seines Gebieters Braut mit einem Laken zwischen ihnen beiwohnt.

»Also, Mylady«, sagte Mr. Puffett, »ich bin ja immer

gern gefällig. Aber wenn ein Schornstein so verstopft ist wie der hier, ist das nicht recht gegen einen Mann *und* seinen Besen, das müssen Sie zugeben. Aber wenn *einer* diesen festgebackenen Ruß hier aus dem Schornstein bekommt, dann ich, dafür mache ich mich stark. Auf die Erfahrung kommt es nämlich an, verstehen Sie, und auf die Kraft, die man dahintersetzt.«

»Das glaube ich gern«, antwortete Harriet.

»Wenn ich recht verstanden habe, Mylady«, warf Bunter ein, »ist lediglich der Schornsteinaufsatz verstopft – es ist kein baulicher Defekt im Kaminkörper.«

»Richtig«, sagte Mr. Puffett, durch die Anerkennung seiner Autorität besänftigt. »Das Übel sitzt in der Kappe.« Er zog den nächsten Pullover aus und präsentierte sich nun in Smaragdgrün. »Ich versuch's jetzt mal mit den Stangen allein, ohne Besen. Wenn ich meine Kraft dahintersetze, kriegen wir vielleicht wenigstens die Stange durch den Ruß. Wenn nicht, müssen wir die Leiter holen.«

»Leiter?«

»Um über das Dach heranzukommen, Mylady«, erklärte Bunter.

»Viel Spaß!« sagte Harriet. »Aber Mr. Puffett wird es sicher irgendwie schaffen. Können Sie mir irgendwo eine Vase für diese Blumen besorgen, Bunter?«

»Sehr wohl, Mylady.«

(Nichts, dachte Mr. Bunter, nicht einmal ein Studium in Oxford konnte einen Frauenverstand daran hindern, auf Nebensächlichkeiten auszuweichen; aber er sah mit Wohlgefallen, daß sie sich bisher noch bewundernswert gut in der Gewalt hatte. Eine Vase mit Wasser war ein geringer Preis für den häuslichen Frieden.)

»Peter!« rief Harriet die Treppe hinauf. (Wäre Bunter dageblieben und Zeuge geworden, so hätte er ihr zu guter Letzt doch noch einen Sinn für das Wesentliche zugestehen müssen.) »Peter! Der Schornsteinfeger ist da!«

»O Freudentag! Ich komme! Schornsteinfeger am Morgen bannt alle Sorgen!« Er kam rasch die Treppe heruntergesprungen. »Wie unfehlbar du doch immer genau das Richtige sagst! Mein Leben lang habe ich darauf gewartet, diese herrlichen Worte zu hören: *Peter, der Schornsteinfeger ist da.* Mein Gott, wir sind verheiratet! Wir sind verheiratet! Ich hatte es mir schon fast einmal gedacht, aber jetzt weiß ich es.«

»Manche Leute sind schwer zu überzeugen.«

»Man traut sich eben nicht, an sein Glück zu glauben. Der Schornsteinfeger! Ich hatte meine keimenden Hoffnungen schon wieder erstickt. Ich sagte mir: Ach nein, das ist nur ein Gewitter oder ein kleines Erdbeben, höchstens aber eine altersschwache Kuh, die im Schornstein zentimeterweise vor sich hin stirbt. Ich wollte doch keine Enttäuschung erleben. Es ist so lange her, daß jemand mich des Schornsteinfegers wegen ins Vertrauen zieht. Meist schmuggelt Bunter ihn ins Haus, wenn ich ausgegangen bin, nur damit meine Lordschaft sich nicht belästigt fühlt. Niemand anders als eine Ehefrau kann mich mit der Respektlosigkeit behandeln, die ich verdiene, und mich rufen, damit ich mit eigenen Augen – großer Gott!«

Er hatte sich bei dieser Rede umgedreht, um Mr. Puffett anzusehen, von dem aber nur die Schuhsohlen sichtbar waren. Und in diesem Augenblick ertönte aus dem Kamin ein so lautes, langgezogenes Gebrüll, daß Peter ganz blaß wurde.

»Er wird doch nicht steckengeblieben sein?«

»Nein – das ist nur die Kraft, die er dahintersetzt. Der Kaminaufsatz ist von festgebackenem Ruß oder so etwas Ähnlichem verstopft, und das erschwert die Arbeit sehr ... Ach Peter, ich wünschte, du hättest das Haus sehen können, bevor Mr. Noakes es so mit bronzenen Reitern und Bambusregalen und Aspidistras vollgestopft hat.«

»Pst! Kein Wort gegen die Aspidistras. Das bringt Unglück. Irgend etwas Schreckliches wird durch den Kamin herunterkommen und dich holen – huh! ... O mein Gott, sieh dir dieses stachelige Scheusal da über der Radiotruhe an!«

»Manch einer würde für so einen schönen Kaktus ein Vermögen bezahlen.«

»Dann müßte er ein Mensch mit sehr wenig Phantasie sein. Das ist doch keine Pflanze – es ist ein krankhaftes Gewächs – etwas Heimtückisches, was man an den Nieren kriegt. Außerdem frage ich mich bei seinem Anblick, ob ich mich schon rasiert habe. Habe ich?«

»Hm – ja – wie Seide – halt, genug! Aber ich fürchte, wenn wir das abscheuliche Ding hinausschmeißen, geht es uns aus lauter Bosheit ein. Die sind nämlich sehr empfindlich, obwohl man's nicht glauben sollte, und Mr. Noakes würde ihn sich in Gold aufwiegen lassen. Für wie lange haben wir diese gräßlichen Möbel gemietet?«

»Für einen Monat, aber wir können sie früher loswerden. Es ist schon eine Sünde, so ein schönes altes Haus mit solchem Unrat zu verschandeln.«

»Gefällt dir denn das Haus, Peter?«

»Es ist wunderschön. Wie ein herrlicher Körper, in dem ein böser Geist wohnt. Und damit meine ich nicht nur das Mobiliar. Ich habe gegen unsern Hauswirt, oder Mieter oder was er sonst ist, eine tiefe Abneigung gefaßt. Ich habe das Gefühl, daß er nichts Gutes im Schilde führt und das Haus froh sein wird, wenn es ihn los ist.«

»Ich glaube, es haßt ihn. Er hat es sicher vernachlässigt und gekränkt und schlecht behandelt. Sieh doch mal, sogar die Schornsteine –«

»Ach ja, natürlich, die Schornsteine. Meinst du, ich könnte mich unserm guten Hausgott bemerkbar machen, unsern kleinen *lar familiaris*? ... Äh – entschuldigen Sie einen Augenblick, Mr. – äh –«

»Puffett heißt er.«

»Mr. Puffett – he, Puffett! Einen Augenblick, ja?«

»Na hören Sie mal!« entrüstete sich Mr. Puffett, indem

er in der Hocke herumfuhr. »Was denken Sie sich dabei, einem Mann die eigenen Besenstangen in den Rücken zu bohren? Das ist nicht recht gegen den Mann *und* seinen Besen.«

»Ich bitte sehr um Vergebung«, sagte Peter. »Aber ich habe gerufen, und es ist mir nicht gelungen, Ihre werte Aufmerksamkeit auf mich zu ziehen.«

»Na ja, macht nichts«, sagte Mr. Puffett, offenbar der Flitterwochenstimmung einiges zugute haltend. »Dann sind Sie wohl Seine Lordschaft? Alles zum Besten, ja?«

»Danke, wir können nicht klagen. Aber dieser Schornstein scheint sich etwas unwohl zu fühlen. Atembeschwerden oder so.«

»Kein Grund, den Schornstein zu beschimpfen«, sagte Mr. Puffett. »Der Fehler steckt im Aufsatz, das hab ich schon zu Ihrer Gattin gesagt. Sehen Sie, der Aufsatz paßt nämlich nicht zur Größe des Kamins, und er ist so mit festgebackenem Ruß verstopft, daß man keine Zahnbürste durchbekommt, geschweige einen Besen. Egal wie breit man einen Schornstein baut, am Ende muß der ganze Rauch ja doch durch den Aufsatz, und da – wenn Sie mir folgen können – steckt der Fehler.«

»Ich kann Ihnen folgen. Selbst einem Tudorkamin schlägt irgendwann die Stunde des Aufsatzes.«

»Jawohl«, sagte Mr. Puffett, »genau so ist es. Wenn wir die Tudoraufsätze noch hätten, wäre ja alles in Ordnung. Ein Tudoraufsatz ist ein Aufsatz, da geht jeder Schornsteinfeger mit Freude heran, denn da kann er sich *und* seinen Besen beweisen. Aber Mr. Noakes, der hat ein paar von den Tudoraufsätzen abmontiert und verkauft, damit sie Sonnenuhren daraus machen.«

»Verkauft, für Sonnenuhren?«

»So ist es, Mylady. Raffgierig nenne ich das. Sieht ihm ähnlich. Und diese mickrigen modernen Aufsätze, die er dann draufgesetzt hat, taugen nicht für so einen hohen, breiten Schornstein wie den hier. Kann gar nicht ausbleiben, daß die in einem Monat ganz mit Ruß verstopft sind. Wenn wir den Aufsatz erst mal frei haben, ist alles andere ganz einfach. In den Krümmungen steckt natürlich noch loser Ruß – aber der tut nicht weh – höchstens daß er mal Feuer fangen könnte, deswegen gehört er da nicht hin, und den hab ich auch im Handumdrehen draußen, wenn wir erst mit dem Aufsatz fertig sind – aber solange der Ruß im Aufsatz so festgebacken ist, kriegen Sie in diesem Kamin kein Feuer in Gang, Mylord, und das ist schon das ganze Geheimnis.«

»Das haben Sie wunderbar erklärt«, sagte Peter. »Ich sehe, Sie verstehen Ihr Fach. Zeigen Sie uns nur weiter, was Sie können – kümmern Sie sich nicht um mich – ich bestaune nur Ihr Handwerkszeug. Was ist das da für ein Ding, das aussieht wie ein paläontologischer Korkenzieher? Da kriegt man ja richtig Durst, wie?«

»Danke, Mylord«, antwortete Mr. Puffett, der das offenbar als Einladung verstand. »Erst die Arbeit, dann das Vergnügen. Wenn ich fertig bin, sage ich nicht nein.«

Er strahlte beide freundlich an, schälte sich aus seiner grünen Außenhaut und wandte sich, jetzt in einem bunten Pullover mit kompliziertem Muster, erneut dem Schornstein zu.

5

Donner der Kanonen

Und so gingen Henne-Wenne, Gockel-Wockel, Ente-Wente, Gans-Wans, Puter-Wuter und Fuchsi-Wuxi alle miteinander zum König, um ihm zu sagen, daß der Himmel niederstürzte.

JOSEPH JACOBS: ENGLISCHE MÄRCHEN

»Hoffentlich *störe* ich Sie nicht«, rief Miss Twitterton besorgt. »Ich dachte nur, ich *muß* mal rüberkommen und nachsehen, wie alles so läuft. Ich konnte gar nicht schlafen, soviel habe ich an Sie denken müssen – so ein merkwürdiges Betragen von Onkel – so schrecklich gedankenlos!«

»Aber bitte!« sagte Harriet. »Es ist sehr nett von Ihnen, herzukommen – bitte nehmen Sie doch Platz. ... Oh, *Bunter*, konnten Sie wirklich nichts Besseres finden?«

»*Was*!« rief Miss Twitterton. »Sie haben ja die Bonzo-Vase! Onkel hat sie einmal in einer Tombola gewonnen. So *lustig*, finden Sie nicht? Wie der die Blumen im Maul hält, und dieses rosa Jäckchen! – Sind die Chrysanthemen nicht herrlich? Frank Crutchley kümmert sich darum, er ist *so* ein guter Gärtner ... Oh, danke, vielen Dank – ich darf Ihnen aber wirklich nur eine Sekunde lästig fallen. Ich mußte mir nur immerzu Sorgen um Sie machen. *Hoffentlich* hatten Sie eine angenehme Nacht.«

»Danke«, sagte Peter gemessen. »Zeitweise sogar ausgezeichnet.«

»Ich finde immer, das *Bett* ist das wichtigste –«, begann Miss Twitterton, doch Mr. Puffett, dem sich die Haare sträubten, zumal er sah, wie Lord Peters Mundwinkel allmählich außer Kontrolle gerieten, brachte sie mit einem sanften Rippenstoß von diesem Thema ab.

»Oh!« entfuhr es Miss Twitterton. Der Zustand des Zimmers und Mr. Puffetts Anwesenheit ließen ihr mit einemmal ein Licht aufgehen. »Ach du liebes bißchen, was ist denn *hier* los? *Sagen* Sie ja nicht, daß der Kamin schon wieder geraucht hat! Der macht doch *immerzu* Ärger.«

»Jetzt hören Sie aber mal!« sagte Mr. Puffett, der zu dem Kamin ein Verhältnis zu haben schien wie eine Tigerin zu ihrem Jungen. »Das ist ein guter Kamin, jawohl. Einen besseren könnte ich selbst nicht bauen, wenn man an die oberen Feuerkanäle und die Höhe und Neigung des Dachs denkt. Aber wenn so ein Schornstein nie gefegt wird, weil gewisse Leute zu geizig sind, dann ist das nicht recht gegen den Schornstein *und* den Schornsteinfeger. Das wissen Sie aber auch selbst.«

»Ach Gott!« rief Miss Twitterton und ließ sich in einen Sessel sinken, um aber gleich wieder aufzuspringen. »Was müssen Sie nur von uns denken! Wo *kann* Onkel denn sein? Wenn ich das gewußt hätte, wäre ich doch bestimmt – Oh, da ist ja Frank Crutchley! Da bin ich aber froh. Vielleicht hat Onkel etwas zu ihm gesagt. Er kommt nämlich jeden Mittwoch, um den Garten zu machen. So ein *tüchtiger* junger Mann! Soll ich ihn hereinrufen? Er kann uns bestimmt helfen. Ich schicke immer nach Frank, wenn irgendwo etwas schiefgeht. Er ist so klug und findet *immer* einen Ausweg aus allen Schwierigkeiten.«

Miss Twitterton war ans Fenster geeilt, ohne Harriets »Ja, bitten Sie ihn herein« abzuwarten, und rief aufgeregt:

»Frank! Frank! Was kann nur passiert sein? Wir können Onkel nicht finden!«

»Wieso nicht finden?«

»Er – er ist nicht hier, und er hat das Haus an diese Dame und den Herrn verkauft, und wir wissen einfach nicht, *wo* er ist, und der Schornstein raucht und alles ist drunter und drüber; wo *kann* er nur geblieben sein?«

Frank Crutchley sah zum Fenster herein, kratzte sich am Kopf und machte ein ratloses Gesicht, was ja kein Wunder war.

»Zu mir hat er keinen Ton gesagt, Miss Twitterton. Höchstwahrscheinlich ist er drüben in seinem Laden.«

»War er denn vorigen Mittwoch hier, als Sie kamen?«

»Ja«, sagte der Gärtner, »da war er hier.« Er überlegte kurz, und da schien ihm ein Gedanke zu kommen. »Eigentlich müßte er heute auch hier sein. Sie können ihn nicht finden, sagen Sie? Was ist denn mit ihm los?«

»Das möchten wir ja auch wissen. Geht einfach weg, ohne irgendwem Bescheid zu sagen! Was hat er denn zu Ihnen gesagt?«

»Ich dachte, ich würde ihn hier antreffen – zumindest –«

»Kommen Sie am besten mal rein, Crutchley«, sagte Peter.

»In Ordnung, Sir!« sagte Crutchley, und es schien, als ob er erleichtert sei, daß er es mit einem Mann zu tun bekam. Er verschwand in Richtung Hintertür, wo er, den Geräuschen nach zu urteilen, von Mrs. Ruddle mit einer langatmigen Erklärung empfangen wurde.

»Frank wird sicher mal nach Broxford rüberfahren«, sagte Miss Twitterton, »und nachsehen, was mit Onkel los ist. Er könnte ja krank sein – dann sollte man allerdings annehmen, daß er nach mir geschickt hätte, nicht? Frank könnte sich einen Wagen aus der Garage holen – er fährt nämlich für Mr. Hancock in Pagford, und heute morgen, bevor ich herkam, habe ich ihn zu erreichen versucht, aber da war er gerade mit einem Taxi unterwegs. Er kann sehr gut mit Autos umgehen, und er ist *so* ein guter Gärtner. Sie haben sicher nichts dagegen, wenn ich davon spreche, aber wenn Sie das Haus nun mal gekauft haben und jemanden für den Garten suchen –«

»Er hat ihn sehr gut in Ordnung gehalten«, sagte Harriet. »Ich finde den Garten wunderhübsch.«

»Freut mich, daß Sie das sagen. Er ist so fleißig und will es unbedingt zu etwas –«

»Kommen Sie rein, Crutchley«, sagte Peter.

Der Gärtner, der zögernd in der Tür stand, das Gesicht zum Licht, entpuppte sich als ein hellwacher und gutgebauter junger Mann von etwa dreißig Jahren; er trug einen adretten Arbeitsanzug und hielt die Mütze respektvoll in der Hand. Sein gewelltes dunkles Haar, die blauen Augen und die kräftigen weißen Zähne machten einen vorteilhaften Eindruck, obschon er im Augenblick ein wenig verstimmt wirkte. Aus dem Blick, den er Miss Twitterton zuwarf, schloß Harriet, daß er sein Loblied mitgehört hatte und nicht sehr erbaut davon war.

»Tja«, fuhr Peter fort, »das kommt ein bißchen unerwartet, nicht?«

»Hm, ja, Sir.« Der Gärtner lächelte, während sein flinker Blick kurz über Mr. Puffett huschte. »Wie ich sehe, ist es der Schornstein.«

»Es ist *nicht* der Schornstein«, begann der Schornsteinfeger entrüstet, als Miss Twitterton dazwischensprach:

»Aber Frank, verstehen Sie denn nicht? Onkel hat das Haus verkauft und ist fortgegangen, ohne irgendwem Bescheid zu sagen. Ich verstehe das nicht, das sieht ihm überhaupt nicht *ähnlich*. Nichts getan und nichts vorbereitet und gestern abend niemand hier, um die Leute ins Haus zu lassen, und Mrs. Ruddle wußte *auch* nichts, nur daß er nach Broxford gefahren ist –«

»Und, haben Sie denn mal jemanden hingeschickt, um nach ihm zu sehen?« versuchte der junge Mann sich vergeblich gegen die Flut zu stemmen.

»Nein, noch nicht – oder – Sie vielleicht, Lord Peter? Aber nein, dazu war ja noch gar keine Zeit, nicht wahr? Es war nicht einmal ein Schlüssel da, und ich habe mich so geschämt, daß Sie gestern abend so empfangen wurden, aber ich hätte mir natürlich nie *träumen* lassen – und Sie hätten heute morgen so leicht einmal hinfahren können, Frank – oder ich selbst mit dem Fahrrad – aber Mr. Hancock sagte, Sie wären mit einem Taxi unterwegs, und da habe ich gedacht, ich komme besser mal her und sehe nach.«

Frank Crutchley schickte seinen Blick durchs Zimmer, als suchte er guten Rat in den Staublaken, den Aspidistras, dem Kamin, den bronzenen Reitern, Mr. Puffetts Melone, dem Kaktus und der Radiotruhe, bevor er ihn endlich in einer stummen Bitte auf Lord Peter ruhen ließ.

»Wir sollten einmal am richtigen Ende anfangen«, schlug Wimsey vor. »Mr. Noakes war vorigen Mittwoch hier und ist noch am selben Abend fortgegangen, um den Zehnuhrbus nach Broxford zu nehmen. Das war, soviel ich weiß, nichts Ungewöhnliches. Aber er hatte angenommen, er werde wieder hier sein, um sich bei unserer Ankunft um uns zu kümmern, und Sie haben eben auch erwartet, ihn heute hier anzutreffen.«

»Stimmt, Sir.«

Miss Twitterton schrak ein wenig zusammen, und ihr Mund formte sich zu einem angstvollen O.

»Ist er für gewöhnlich hier, wenn Sie mittwochs kommen?«

»Nun, das kommt darauf an, Sir. Nicht immer.«

»Frank!« rief Miss Twitterton außer sich. »Das ist Lord Peter Wimsey. Sie müssen ›Mylord‹ zu ihm sagen.«

»Das ist jetzt nicht wichtig«, sagte Peter freundlich, aber verärgert ob der Störung bei seiner Zeugenvernehmung. Crutchley sah Miss Twitterton an wie ein kleiner Junge, der öffentlich ermahnt worden war, sich hinter den Ohren zu waschen; dann sagte er:

»Manchmal ist er hier, manchmal nicht, Sir.« (Miss Twitterton zog die Brauen hoch.) »Wenn er nicht hier ist, bekomm ich den Schlüssel von ihr –« (er deutete mit dem Kopf nach Miss Twitterton) »– damit ich reinkann und die Uhr aufziehen und nach den Topfpflanzen sehen. Aber ich hatte wirklich damit gerechnet, ihn heute anzutreffen, weil ich etwas Bestimmtes mit ihm zu regeln hatte, geschäftlich. Darum bin ich ja auch zuerst hierhin gekommen – hier*her*, wenn Sie wollen«, verbesserte er sich unwirsch, als er Miss Twittertons belehrenden Blick sah. »Das ist doch dem Mylord ganz egal.«

»Seiner Lordschaft«, sagte Miss Twitterton matt.

»Hat er Ihnen ausdrücklich gesagt, daß er hier sein werde?«

»Ja – Mylord. Zumindest hat er gesagt, er will mir das Geld zurückgeben, das ich in sein Geschäft gesteckt habe. Für heute hat er's mir versprochen.«

»O Frank! Haben Sie Onkel schon *wieder* damit in den Ohren gelegen? Ich habe Ihnen doch *gesagt*, daß Sie sich um das Geld ganz *dumme* Sorgen machen. Ich *weiß*, daß es bei Onkel sicher ist.«

Peter und Harriet sahen sich über Miss Twittertons Kopf hinweg kurz an.

»Er hat also gesagt, daß er es Ihnen heute morgen zurückgeben will. Darf ich fragen, ob es eine größere Summe war?«

»Es geht um vierzig Pfund«, sagte der Gärtner, »die er sich von mir für sein Radiogeschäft hat geben lassen. Für Sie ist das sicher nicht viel«, fuhr er ein wenig unsicher fort, als versuchte er die finanzielle Beziehung zwischen Peters Titel, seinem alten, abgetragenen Blazer, seinem Diener und der saloppen Sportkleidung seiner Frau zu ergründen, »aber ich habe einen besseren Verwendungszweck dafür, und das hab ich ihm auch gesagt. Vorige Woche habe ich ihn um das Geld gebeten, und da hat er herumpalavert wie gewöhnlich und gesagt, solche Summen pflegt er nicht im Haus zu haben – nur um mich abzuwimmeln –«

»Aber Frank, natürlich hatte er es nicht hier. Es hätte ihm doch gestohlen werden können. Einmal sind ihm zehn Pfund abhanden gekommen, in einer Brieftasche –«

»Aber ich hab darauf bestanden«, fuhr Crutchley fort,

ohne sie zu beachten. »Ich hab gesagt, ich brauch das Geld, und schließlich hat er dann gesagt, er will es mir heute geben, weil er inzwischen Geld bekommt –«

»Das hat er gesagt?«

»Ja, Sir – Mylord – und ich hab gesagt, ›das will ich auch hoffen, und wenn Sie es nicht haben, schicke ich Ihnen die Polizei auf den Hals‹.«

»Oh, Frank, das hätten Sie nicht sagen sollen!«

»Ich hab's aber gesagt. Können Sie mich nicht endlich mal Seiner Lordschaft sagen lassen, was er wissen will?«

Harriets und Peters Blicke waren sich wieder begegnet, und er hatte genickt. Das Geld für das Haus. Aber wenn er Crutchley das gesagt hatte –

»Hat er auch gesagt, woher dieses Geld kommen soll?«

»*Er* doch nicht. Das ist keiner von denen, die einem mehr erzählen als nötig. In Wirklichkeit hab ich auch gar nicht geglaubt, daß er irgendwelches Geld erwartet. Ausreden waren das. Er zahlt immer erst im letzten Moment, und auch dann nur, wenn es sich nicht vermeiden läßt. Er könnte ja die Zinsen für einen halben Tag verlieren, verstehen Sie?« fügte Crutchley mit einem plötzlichen, halb widerstrebenden Grinsen an.

»Soweit ein ganz gesundes Prinzip«, meinte Wimsey.

»Stimmt; auf diese Weise hat er immer seinen Schnitt gemacht. Mr. Noakes ist mit allen Wassern gewaschen. Na ja, trotzdem hab ich ihm gesagt, daß ich meine vierzig Pfund für meine neue Garage haben will –«

»Ja, die Garage!« warf Miss Twitterton ein. »Frank spart nämlich schon lange für eine eigene Garage.«

»*Also*«, wiederholte Crutchley mit Nachdruck, »weil ich das Geld für die Garage brauch, hab ich gesagt. ›Ich will nächsten Mittwoch mein Geld sehen‹, hab ich gesagt, ›sonst schick ich Ihnen die Polizei auf den Hals.‹ So war's, und dann bin ich kurzerhand rausgegangen, und seitdem hab ich ihn nicht mehr gesehen.«

»Aha. Schön – « Peter sah von Crutchley zu Miss Twitterton und wieder zurück – »wir werden gleich mal nach Broxford fahren und dem Herrn einen Besuch abstatten, dann können wir das in Ordnung bringen. Inzwischen möchten wir aber auch gern den Garten in Ordnung haben; Sie sollten also vielleicht weitermachen wie gewöhnlich.«

»Gern, Mylord. Soll ich mittwochs kommen, wie bisher? Mr. Noakes hat mir fünf Shilling pro Tag gegeben.«

»Die gebe ich Ihnen auch. Verstehen Sie übrigens etwas vom Betrieb einer elektrischen Anlage?«

»Ja, Mylord. Wir haben eine in der Garage, wo ich arbeite.«

»Denn«, sagte Peter mit einem Lächeln, das seiner Frau galt, »Kerzen und Petroleumöfen sind zwar ganz romantisch und so weiter, aber ich glaube doch, wir werden Talboys elektrifizieren müssen.«

»Dann elektrifizieren Sie Paggleham, Mylord«, sagte Crutchley mit einem plötzlichen Anflug von Schlagfertigkeit. »Ich bin jedenfalls gern bereit –«

»Frank versteht *alles* von Technik!« erklärte Miss Twitterton strahlend.

Der unglückliche Crutchley stand kurz vor einer Explosion, aber er fing Peters Blick und lächelte nur verlegen.

»Also gut«, sagte Seine Lordschaft. »Wir unterhalten uns demnächst darüber. Inzwischen tun Sie das, was Sie auch sonst immer mittwochs tun.« Worauf der Gärtner sich dankbar zurückzog und Harriet den Gedanken nicht loswurde, daß die Schulmeisterei wohl irgendwie Miss Twitterton ins Blut geraten sein mußte, und dem Männergeschlecht ist doch im allgemeinen nichts ärger, als wenn man sie mit so einer Mischung aus Schelte und Prahlerei behandelt.

Ein Klicken am fernen Gatter und Schritte auf dem Weg unterbrachen die etwas verlegene Stille, die nach Crutchleys Abgang eingetreten war.

»Vielleicht kommt da mein Onkel!« rief Miss Twitterton.

»Ich will nur von ganzem Herzen hoffen«, sagte Peter, »daß es keiner von diesen elenden Reportern ist.«

»Es ist keiner«, sagte Harriet, die ans Fenster gelaufen war. »Es ist vielmehr ein Pfarrer – er scheint uns besuchen zu wollen.«

»Oh, der liebe Herr Pfarrer! Vielleicht weiß *er* etwas.«

»Ah!« machte Mr. Puffett.

»Das ist ja großartig«, meinte Peter. »Ich sammle nämlich Pfarrer.« Er gesellte sich zu Harriet auf ihrem Beobachtungsposten. »Es handelt sich um ein gut ausgewachsenes Exemplar, über einsneunzig, kurzsichtig, Gartenfreund, musikalisch, raucht Pfeife –«

»Du meine Güte!« rief Miss Twitterton. »Woher kennen Sie Mr. Goodacre?«

»– unordentlich, mit einer Frau, die aus einem kleinen Einkommen das Beste zu machen versteht; Produkt eines unserer älteren Horte der Gelehrsamkeit – Jahrgang 1890 – Oxford, würde ich auf den ersten Blick raten, aber nicht Keble-College, glaube ich, obwohl sehr hochkirchlich in seinen Ansichten, soweit es ihm seine Gemeinde gestattet.«

»Er wird dich noch hören«, warnte Harriet, als der hochwürdige Herr seine Nase aus einem Büschel Dahlien zog und durch die Brille einen leeren Blick in Richtung Wohnzimmerfenster warf. »Nach bestem Wissen und Gewissen, du scheinst übrigens recht zu haben. Aber wie kommst du auf die streng begrenzten hochkirchlichen Ansichten?«

»Der römische Kragen und das Emblem auf der Uhrkette weisen nach oben. Du kennst doch meine Methoden, Watson. Aber die Noten für das *Te Deum* unterm Arm deuten darauf hin, daß die Sonntagsgottesdienste in der etabliert-anglikanischen Weise zelebriert werden; außerdem haben wir zwar die Kirchturmuhr Acht schlagen hören, aber keine Glocke hat zum täglichen Meßopfer gerufen.«

»Wie du auf so etwas nur achten kannst, Peter!«

»Bedaure«, antwortete ihr Gemahl, leicht errötend. »Ich kann nun einmal nicht anders als meine Umwelt wahrnehmen, ganz gleich was ich tue.«

»Das wird ja immer schlimmer«, versetzte seine Angetraute. »Mrs. Shandy selbst wäre schockiert.« Unterdessen beeilte sich Miss Twitterton mit einer Erklärung:

»Heute abend ist Chorprobe, *natürlich*. Es ist ja Mittwoch. Die sind immer mittwochs. Sicher will er die Noten in die Kirche bringen.«

»Natürlich, Sie sagen es«, pflichtete Peter ihr genüßlich bei. »Chorproben sind *immer* mittwochs. *Quod semper, quod ubique, quod ab omnibus.* Auf dem englischen Lande ändert sich nie etwas. Harriet, dein Flitterwochenhaus ist ein Glückstreffer. Ich fühle mich zwanzig Jahre jünger.«

Er zog sich hastig vom Fenster zurück, als der Pfarrer näherkam, und deklamierte gefühlvoll:

»Nur ein Häuschen auf dem Lande, wo der Ruß der Jahre fällt,
Und sich zu des Morgens Krönung geistlicher Besuch einstellt!

Auch ich, Miss Twitterton, habe, ob Sie es glauben oder nicht, im Dorfchor Lieder von Maunder und Garrett geschmettert und des Dorfschmieds Töchterlein die von mir leicht abgewandelte Botschaft in den Nacken geblasen, daß die Rotte der Kriegerischen unter die Weidenmelker verstreut wird.«

»Ha!« machte Mr. Puffett. »Das ist gut, das mit den Weidenmelkern.«

Dann begab er sich, als ob das Wort »Ruß« ihn an etwas erinnert hätte, zögernd in Richtung Kamin. Der Pfarrer verschwand auf der Veranda.

»Mein lieber Peter«, sagte Harriet, »Miss Twitterton wird denken, wir wären beide total verrückt; und Mr. Puffett weiß es schon.«

»O nein, Mylady!« sagte Mr. Puffett. »Nicht verrückt. Nur glücklich. Ich kenne das Gefühl.«

»Unter Männern, Puffett«, sagte der Frischvermählte, »ich danke Ihnen für diese freundlichen und mitfühlenden Worte. Wohin sind *Sie* übrigens in die Flitterwochen gefahren?«

»Nach Herne Bay, Mylord«, antwortete Mr. Puffett.

»Großer Gott, ja! Wo George Joseph Smith seine erste Frau im Bad umgebracht hat. Darauf sind wir gar nicht gekommen! Harriet –«

»Ungeheuer!« sagte Harriet. »Tu dein Werk! Hier gibt es aber nur Sitzwannen.«

»Sehen Sie!« rief Miss Twitterton, auf das einzige Wort in dieser Unterhaltung eingehend, das sie verstanden zu haben schien. »Ich habe schon *immer* zu Onkel gesagt, daß er *wirklich* mal ein Bad einbauen lassen sollte.«

Ehe Peter weitere Beweise seiner Verrücktheit liefern konnte, kam gnädigerweise Bunter mit der Meldung herein:

»Hochwürden Simon Goodacre, Mylord.«

Der Pfarrer, hager, schon etwas älter, glattrasiert, mit ausgebeulten Taschen im »Priestergrauen«, aus dem der Tabaksbeutel herausschaute, und einem großen, aber säuberlich geflickten dreieckigen Triangel am linken Hosenbein etwa in Kniehöhe, näherte sich ihnen mit jener sanftmütigen Selbstsicherheit, die das Wissen um die geistliche Würde einem von Natur bescheidenen Menschen verleiht. Sein suchender Blick entdeckte Miss Twitterton in der sich ihm darbietenden Gruppe, und er begrüßte sie mit einem herzlichen Händedruck, wobei er gleichzeitig Mr. Puffetts Anwesenheit mit einem Kopfnicken und einem fröhlichen »Morgen, Tom« zur Kenntnis nahm.

»Guten Morgen, Mr. Goodacre«, antwortete Miss

Twitterton in klagendem Tschilpton. »Ach du meine Güte, hat man Ihnen schon gesagt –?«

»O ja, man hat«, antwortete der Pfarrer. »Jedenfalls *ist* das eine Überraschung.« Er rückte seine Brille zurecht, strahlte unsicher um sich und wandte sich an Peter. »Ich fürchte, ich störe. Wie ich gehört habe, ist Mr. Noakes – äh –«

»Guten Morgen, Sir«, sagte Peter, weil er es besser fand, sich selbst vorzustellen, als auf Miss Twitterton zu warten. »Freut mich, Sie kennenzulernen. Mein Name ist Wimsey. Meine Frau.«

»Hier geht es leider noch ziemlich drunter und drüber«, sagte Harriet. Sie fand, daß Mr. Goodacre sich in den letzten siebzehn Jahren kaum verändert hatte. Er war ein wenig grauer geworden, ein wenig dünner, sein Anzug ein wenig ausgebeulter an Schultern und Knien, aber im wesentlichen war er noch derselbe Mr. Goodacre, dem sie und ihr Vater früher gelegentlich begegnet waren, wenn sie die Kranken von Paggleham besuchten. Es war natürlich klar, daß er sich nicht mehr im entferntesten an sie erinnerte; doch als Mr. Goodacre sich gewissermaßen in der Umgebung zu orientieren versuchte, fiel sein Blick auf etwas Bekanntes – einen uralten dunkelblauen Blazer mit den aufgestickten Buchstaben »O.U.C.C.« (Oxford University Cricket Club) auf der Brusttasche.

»Ein alter Oxforder, wie ich sehe«, sagte der Pfarrer glücklich, als erübrige sich damit jede weitere Identifizierung.

»Balliol, Sir«, sagte Peter.

»Magdalen«, antwortete Mr. Goodacre, nicht ahnend, daß er mit dem schlichten Wörtchen »Keble« einen Ruf hätte vernichten können. Er ergriff Peters Hand und schüttelte sie von neuem. »Meine Güte! Wimsey vom Balliol. Also, womit bringe ich denn das nur –«

»Vielleicht mit Cricket«, versuchte Peter ihm auf die Sprünge zu helfen.

»Ja«, sagte der Pfarrer, »ja – ja. Cricket und – ah, Frank! Stehe ich Ihnen im Weg?«

Crutchley, der mit Trittleiter und Gießkanne forsch ins Zimmer gekommen war, sagte: »Nein, Sir, gar nicht« – allerdings in einem Ton, der hieß: »Ja, Sir, und wie!« Der Pfarrer trat also eilig beiseite.

»Nehmen Sie doch bitte Platz, Sir«, sagte Peter, indem er die Staubdecke von einer Ecke der Couch zurückschlug.

»Danke, danke«, sagte Mr. Goodacre, während die Trittleiter an genau der Stelle aufgestellt wurde, wo er eben noch gestanden hatte. »Ich dürfte Ihnen aber wirklich nicht die Zeit stehlen. Cricket, natürlich, und –«

»Jetzt tauge ich wohl nur noch für die Altherrenmannschaft, fürchte ich«, sagte Peter kopfschüttelnd. Aber der Pfarrer ließ sich nicht abbringen.

»Da ist noch etwas anderes, ich bin ganz sicher. Entschuldigen Sie – ich habe den Namen nicht ganz verstanden, den Ihr Diener nannte. Doch nicht *Lord Peter* Wimsey?«

»Ein übel klingender Titel, Sir, aber mein eigen.«

»Wahrhaftig!« rief Mr. Goodacre. »Natürlich, natürlich! Lord Peter Wimsey – Cricket und Kriminalistik! Mein Gott, ist das eine Ehre! Meine Frau und ich haben erst kürzlich einen Bericht in der Zeitung gelesen – hochinteressant – über Ihre Erlebnisse als Detektiv –«

»Detektiv!« kreischte Miss Twitterton in den schrillsten Tönen.

»Dabei ist er wirklich ganz harmlos«, sagte Harriet.

»Hoffentlich«, fuhr Mr. Goodacre in freundlich-scherzhaftem Ton fort, »sind Sie nicht hier, um in Pagglesham ein Verbrechen aufzuklären.«

»Das will ich aufrichtig nicht hoffen«, sagte Peter. »Eigentlich sind wir nämlich mit der Absicht hierhergekommen, friedliche Flitterwochen zu verleben.«

»Nein, so was!« rief der Pfarrer. »Ist das eine Freude!

Ich hoffe sagen zu dürfen: Gott segne Sie und mache Sie sehr glücklich.«

Der Gedanke an Schornsteine und Bettwäsche ließ Miss Twitterton erst einmal tief aufseufzen, bevor sie sich stirnrunzelnd an Frank Crutchley wandte, der, wie ihr schien, von seiner hohen Warte auf der Trittleiter herab höchst unziemliche Grimassen über den Köpfen seiner Arbeitgeber schnitt. Der junge Mann wurde sofort ganz unnatürlich ernst und machte sich daran, das Wasser aufzuwischen, das er im Augenblick der Ablenkung über den Rand der Kaktusschale hatte fließen lassen. Harriet versicherte dem Pfarrer feierlich, daß sie sehr glücklich seien, und Peter bestätigte dies, indem er bemerkte:

»Wir sind nun schon fast vierundzwanzig Stunden verheiratet und sind es immer noch; das kann man dieser Tage schon als Rekord ansehen. Aber wir sind eben altmodische Leute vom Lande, Herr Pfarrer. Mit anderen Worten, meine Frau war sozusagen einmal Ihre Nachbarin.«

Der Pfarrer, der nicht recht zu wissen schien, ob er über den ersten Teil dieser Bemerkung belustigt oder erschrocken sein sollte, machte sofort ein gespanntes Gesicht, und Harriet erklärte ihm rasch, wer sie war und was sie nach Talboys geführt hatte. Sollte Mr. Goodacre je von ihrem Mordprozeß gehört oder gelesen haben, so ließ er sich ein solches Wissen jedenfalls nicht anmerken; er äußerte nur seine große Freude darüber, daß er Dr. Vanes Tochter noch einmal wiedersehen und zwei neue Gemeindemitglieder begrüßen dürfe.

»Sie haben das Haus also gekauft! Meine Güte! Aber Ihr Onkel will uns doch hoffentlich nicht verlassen, Miss Twitterton?«

Miss Twitterton, die während dieses weitschweifigen Austauschs von Vorstellungen und Höflichkeiten kaum noch hatte an sich halten können, legte jetzt los, als ob die letzten Worte eine Sprungfeder gelöst hätten.

»Aber *verstehen* Sie denn nicht, Mr. Goodacre? Es ist

einfach *zu* fürchterlich. Onkel hat mir nie ein Wort davon gesagt. Nicht ein *Wort.* Er ist einfach nach Broxford oder sonstwohin gefahren und hat das Haus so zurückgelassen, wie es ist!«

»Aber er kommt doch sicher zurück«, sagte Mr. Goodacre.

»Er hat zu Frank gesagt, daß er heute hier sein wollte – nicht wahr, Frank?«

Crutchley, der von der Trittleiter gestiegen war und damit beschäftigt zu sein schien, die Radiotruhe peinlichst genau unter die Hängeschale mit dem Kaktus zu rücken, antwortete:

»*Gesagt* hat er das, Miss Twitterton.«

Dann kniff er die Lippen fest zusammen, als wollte er in Gegenwart des Pfarrers die Bemerkung lieber nicht machen, die ihm auf der Zunge lag, und zog sich mit seiner Gießkanne ans Fenster zurück.

»Aber er *ist* nicht hier«, sagte Miss Twitterton. »Es ist alles so furchtbar verworren. Und der arme Lord Peter und die arme Lady Peter –«

Es folgte eine ebenso langatmige wie aufgeregte Schilderung der Ereignisse des vorigen Abends, worin die Schlüssel, die Schornsteine, Crutchleys neue Garage, das Bettzeug, der Zehnuhrbus und Peters Absicht, eine Elektroanlage zu installieren hoffnungslos durcheinandergeworfen wurden. Der Pfarrer machte hin und wieder einen Zwischenruf und ein immer verwirrteres Gesicht.

»Ärgerlich, sehr ärgerlich«, sagte er schließlich, nachdem Miss Twitterton sich atemlos geredet hatte. »Es tut mir ja so leid. Wenn meine Frau und ich irgend etwas für Sie tun können, Lady Peter, hoffe ich, daß Sie nicht zögern werden, uns in Anspruch zu nehmen.«

»Das ist überaus lieb von Ihnen«, sagte Harriet. »Aber *wir* kommen ganz gut zurecht. Eigentlich macht es sogar Spaß, so zu picknicken. Nur Miss Twitterton macht sich natürlich Sorgen um ihren Onkel.«

»Bestimmt ist er irgendwo aufgehalten worden«, meinte der Pfarrer. »Oder –« ein Geistesblitz durchzuckte ihn – »oder ein Brief ist fehlgeleitet worden. Verlassen Sie sich darauf, so war es. Die Post ist ja eine wunderbare Einrichtung, aber zuweilen schlummert selbst Homer. Sie werden Mr. Noakes sicherlich gesund und munter in Broxford finden. Sagen Sie ihm bitte, daß ich es bedaure, ihn nicht angetroffen zu haben. Ich war nämlich gekommen, um ihn um eine Spende für das Konzert zu bitten, das wir zugunsten des Kirchenmusikfonds geben wollen – das ist der Grund, warum ich Sie hier so überfallen habe. Wir Pfarrer sind leider manchmal arme Bettler.«

»Singt der Kirchenchor noch fleißig?« erkundigte sich Harriet. »Erinnern Sie sich noch, wie Sie einmal mit ihm nach Great Pagford gekommen sind, als wir das Erntedankfest und den Waffenstillstand gleichzeitig gefeiert haben? Da saß ich beim Tee im Pfarrhaus neben Ihnen, und wir haben leidenschaftlich über Kirchenmusik diskutiert. Singen Sie immer noch den guten alten Bunnett in F-Dur?«

Sie summte den ersten Takt. Mr. Puffett, der sich die ganze Zeit diskret im Hintergrund gehalten hatte und im Augenblick Crutchley half, die Blätter der Aspidistra abzuwischen, schaute auf und fiel mit machtvollem Dröhnen in die Melodie ein.

»Ah!« sagte Mr. Goodacre erfreut. »Wir haben inzwischen schöne Fortschritte gemacht. Wir sind schon bei Stanford in C-Dur angelangt. Und beim letzten Erntedank haben wir mit großem Erfolg das Halleluja vorgetragen.«

»Halleluja!« schmetterte Mr. Puffett mit Stentorstimme. »Halleluja! Hal-le-lu-ja!«

»Tom ist einer meiner begeistertsten Sänger«, sagte der Pfarrer entschuldigend. »Und Frank auch.«

Miss Twitterton warf einen Blick zu Crutchley, wie um zu sehen, ob er vielleicht ebenfalls Anstalten machte, in ausgelassenen Gesang auszubrechen, doch zu ihrer Erleichterung sah sie, daß er sich von Mr. Puffett abgesetzt hatte und soeben auf die Trittleiter stieg, um die Uhr aufzuziehen.

»Und natürlich Miss Twitterton«, sagte Mr. Goodacre, »die uns auf der Orgel begleitet.«

Miss Twitterton lächelte sanft und schaute auf ihre Finger.

»Aber«, fuhr der Pfarrer fort, »wir brauchen dringend neue Blasebälge. Die alten sind schon so oft geflickt, daß es nicht mehr geht, und seit wir die neuen Pfeifen eingebaut haben, genügen sie hinten und vorn nicht mehr. Das Halleluja hat unsere Schwächen deutlich aufgedeckt. Mit einem Wort, die Orgel gab völlig den Geist auf.«

»Das war so *peinlich*«, sagte Miss Twitterton. »Ich wußte gar nicht, was ich *tun* sollte.«

»Solche Peinlichkeiten müssen Miss Twitterton um jeden Preis erspart bleiben«, sagte Peter, indem er seine Brieftasche zückte.

»O je!« sagte der Pfarrer. »Das hatte ich aber nicht ... Das ist wirklich sehr großzügig. Es ist einfach zu arg – Ihnen an Ihrem ersten Tag in unserer Gemeinde ... Ich – wirklich – ich schäme mich fast, das – wie gütig – so eine große Summe – vielleicht möchten Sie einmal einen Blick auf das Konzertprogramm werfen? Meine Güte!« Ein kindliches Strahlen erhellte sein Gesicht. »Wissen Sie, daß es schon eine ziemliche Weile her ist, seit ich zum letzten Mal einen *richtigen* Geldschein der Bank von England in der Hand gehabt habe?«

Für die Dauer eines Augenblicks sah Harriet alle Anwesenden wie erstarrt im Banne des Stückchens Papier, das zwischen den Fingern des Pfarrers knisterte. Miss Twitterton stand mit ehrfürchtig aufgerissenem Mund da; Mr. Puffett, den Schwamm in der Hand, hielt mitten in seinem Tun inne; Crutchley, der mit der Trittleiter auf der Schulter gerade aus dem Zimmer gehen wollte, warf den Kopf herum, um das Wunder zu bestaunen; Mr. Goodacre selbst lächelte vor Aufregung und Freude; Peter stand halb belustigt, halb verlegen da, wie ein guter Onkel, der den Kindern einen Teddybär mitgebracht hat; wie sie so alle miteinander dastanden, hätte man sie für das Umschlagbild eines Kriminalromans photographieren können: *Banknoten in der Pfarrei.*

Dann sagte Peter obenhin: »Ach was, keine Ursache.« Er nahm das Konzertprogramm, das der Pfarrer hatte fallen lassen, als er nach dem Geldschein griff, und die Erstarrung löste sich, als ob ein Film weiterliefe. Miss Twitterton hüstelte geziert, Crutchley ging aus dem Zimmer, Mr. Puffett ließ den Schwamm in die Gießkanne fallen, und der Pfarrer steckte behutsam die Zehnpfundnote in die Tasche und trug die Höhe der Spende in ein schwarzes Notizbüchlein ein.

»Das wird ja ein großartiges Konzert«, sagte Harriet, die ihrem Gatten über die Schulter sah. »Wann ist es? Werden wir da noch hier sein?«

»Am 27. Oktober«, sagte Peter. »Wir kommen natürlich. Ganz bestimmt.«

»Natürlich«, bekräftigte Harriet und lächelte den Pfarrer an.

Sie hatten sich dann und wann schon alle möglichen phantastischen Vorstellungen von ihrem Eheleben mit Peter gemacht, doch der Besuch eines Dorfkonzerts war darin nie vorgekommen. Aber natürlich würden sie hingehen. Sie verstand jetzt, warum er trotz all seiner Maskeraden, seiner weltgewandten Anpassungsfähigkeit, seiner merkwürdigen seelischen Reserviertheit und Sprunghaftigkeit so eine beständige Atmosphäre der Verläßlichkeit um sich verbreitete. Er war Teil einer geordneten Gesellschaft, daher kam das. Mehr als alle Freunde aus ihrer eigenen Welt sprach er die vertraute Sprache ihrer Kindheit. In London konnte jedermann jederzeit alles und jedes tun oder sein. Im Dorf aber – in jedem Dorf – war ein jeder unverrückbar er selbst: Pfarrer, Organist, Schornsteinfeger, Herzogssohn und Arzttochter, und alle bewegten sie sich wie Schachfiguren auf den ihnen zugewiesenen Feldern. Sie fühlte sich sonderbar erregt. »Ich habe England geheiratet«, dachte sie, und ihre Finger spannten sich um seinen Arm.

England, von seiner symbolischen Bedeutung nichts ahnend, antwortete mit einem sanften Druck des Ellbogens. »Hervorragend«, rief er begeistert. »Klaviersolo: Miss Twitterton – das dürfen wir um keinen Preis versäumen. Liedvortrag von Pfarrer Simon Goodacre: »Hybrias der Kreter.« Das ist so recht etwas für harte Männer, Herr Pfarrer. Volks- und Seemannslieder, dargeboten vom Chor . . .«

(Er verstand die Liebkosung seiner Frau als Zustimmung zu seiner Würdigung des Programms. Und in der Tat waren ihre Gedanken nicht sehr weit auseinander, denn er dachte: ›Wie diese alten Knaben sich selbst doch stets treu bleiben! »Hybrias der Kreter!« Als ich noch ein Junge war, sang der Pfarrer immer: »Mit meinem guten Schwerte pflüge, ernte, säe ich« – und dabei hätte dieser liebenswerte Mensch nie einer Fliege etwas zuleide getan . . . Merton, glaube ich, oder war es Corpus Christi? . . . mit einem Bariton, der größer war als sein ganzer Körper . . . er war in unsere Gouvernante verliebt . . .‹)

»Shenandoah« – »Rio Grande« – »Tief in Demerara«. Er sah sich in dem staubdeckenverhüllten Zimmer um. »Darin drücken sich genau unsere Gefühle aus. Das ist unser Lied, Harriet.« Er hob die Stimme:

»Wie im Busch die Vöglein so sitzen wir –«

Alle miteinander verrückt, dachte Harriet und stimmte mit ein:

»Vöglein so sitzen wir –«

Mr. Puffett konnte nicht länger an sich halten und dröhnte los:

»Vöglein so sitzen wir –«

Der Pfarrer öffnete den Mund:

»Wie im Busch die Vöglein so sitzen wir,
Tief in Demerara!«

Sogar Miss Twitterton tschilpte die letzte Zeile mit.

»Wuchs ein Alter fest und starb daran,
Fest und starb daran,
Fest und starb daran,
Wuchs ein Alter fest und starb daran,
Tief in Demerara!«

(Es war wie in diesem Gedicht: »Und plötzlich huben alle an zu singen.«)

»Und wie im Busch die Vöglein so sitzen wir,
Vöglein so sitzen wir,
Vöglein so sitzen wir!
Wie im Busch die Vöglein so sitzen wir,
Tief in Demerara!«

»Bravo!« sagte Peter.

»Ja«, sagte Mr. Goodacre, »das haben wir sehr schwungvoll vorgetragen.«

»Ah, ja!« sagte Mr. Puffett. »Nichts vertreibt so gut die Sorgen wie ein schönes Lied. Stimmt's, Mylord?«

»Stimmt!« bestätigte Peter. »Geht hin, eitle Sorgen! *Eructavit cor meum.*«

»Na, na«, protestierte der Pfarrer, »es ist wohl noch zu früh am Tage, um schon über Sorgen zu reden, meine lieben jungen Leute.«

»Wenn ein Mann heiratet«, entschied Mr. Puffett, »fangen seine Sorgen an. In Gestalt einer Familie zum Beispiel. Oder in Gestalt von Ruß.«

»Ruß?« rief der Pfarrer, als ob er sich erst jetzt Gedanken darüber machte, was Mr. Puffett in diesem häuslichen Chor zu suchen hatte. »Ach so, ja, Tom – Sie scheinen ein bißchen Ärger mit Mr. Noakes' – ich meine, mit Lord Peters – Schornstein zu haben. Was ist denn damit los?«

»Eine mittlere Katastrophe, so sieht es aus«, sagte der Hausherr.

»Nichts dergleichen«, widersprach Mr. Puffett in mißbilligendem Ton. »Nur Ruß. Festgebackener Ruß. Infolge Vernachlässigung.«

»Also wirklich –!« blökte Miss Twitterton los.

»Kein Vorwurf an Anwesende«, sagte Mr. Puffett. »Es tut mir leid für Miss Twitterton, und es tut mir leid für Seine Lordschaft. Aber der Ruß ist nun mal so festgebakken, daß man mit dem Besen nicht durchkommt.«

»Schlimm, schlimm!« entfuhr es dem Pfarrer. Doch dann wappnete er sich, wie es einem Pfarrer geziemt, um diesem Notstand in seiner Gemeinde zu Leibe zu rücken. »Ein Freund von mir hatte einmal Schwierigkeiten mit festgebackenem Ruß. Aber ich konnte ihm mit einem sehr alten Hausmittel aus der Klemme helfen. Jetzt muß ich mal überlegen – mal überlegen – ist eigentlich Mrs. Ruddle hier? Unsere unersetzliche Mrs. Ruddle?«

Harriet fand in Peters Miene höflicher Teilnahmslosigkeit keine Entscheidungshilfe, und so ging sie kurzerhand Mrs. Ruddle holen, die der Pfarrer sogleich in Beschlag nahm.

»Ah, guten Morgen, Martha. Ich überlege gerade, ob Sie uns nicht die alte Schrotflinte von Ihrem Sohn leihen könnten. Die, mit der er immer die Vögel verscheucht.«

»Ich kann ja mal rüberlaufen und nachsehen, Sir«, antwortete Mrs. Ruddle skeptisch.

»Schicken Sie Crutchley«, schlug Peter vor. Mit diesen Worten drehte er sich unvermittelt um und begann sich eine Pfeife zu stopfen. Harriet, die ihn dabei beobachtete, sah mit Schrecken, daß er vor spitzbübischer Vorfreude nahezu platzte. Mochte hier der Weltuntergang selbst drohen, er würde keinen Finger rühren, ihn zu verhindern; er würde den Himmel niederstürzen lassen und auf den Trümmern tanzen.

»Na, ja«, räumte Mrs. Ruddle ein, »Frank ist schneller auf den Beinen als ich.«

»Natürlich geladen«, rief der Pfarrer ihr noch nach, als sie durch die Tür verschwand. »Um festgebackenen Ruß zu lösen«, verkündete er der Welt im allgemeinen, »geht nichts über so eine alte Schrotflinte, die man im Schornstein abfeuert. Dieser Freund von mir –«

»Davon halte ich aber nichts, Sir«, sagte Mr. Puffett, mit jeder seiner Körperrundungen gerechte Empörung und entschiedene Unabhängigkeit seines Urteils zum Ausdruck bringend. »Die Kraft, die man hinter den Besen setzt, die allein macht's.«

»Ich versichere Ihnen, Tom«, sagte Mr. Goodacre, »daß die Schrotflinte den Schornstein meines Freundes auf der Stelle vom Ruß befreit hat. Und das war ein hartnäckiger Fall.«

»Das mag schon sein, Sir«, erwiderte Mr. Puffett, »aber so ein Heilmittel würde ich nur ungern anwenden.« Sprach's und stolzierte mit finsterer Miene zu der Stelle, wo er seine abgelegten Pullover aufgehäuft hatte. Er hob den oberen auf. »Wenn's der Besen nicht schafft, muß man mit der Leiter ran, nicht mit Sprengstoff.«

»Aber Mr. Goodacre«, rief Miss Twitterton besorgt, »sind Sie *sicher*, daß es auch ganz ungefährlich ist? Schußwaffen im Haus machen mich immer so nervös. Diese vielen Unfälle –«

Der Pfarrer beruhigte sie. Harriet sah zumindest die Hausbesitzer jeglicher Verantwortung für ihren Schornstein enthoben, dennoch hielt sie es für angezeigt, den Schornsteinfeger zu besänftigen.

»Verlassen Sie uns nicht, Mr. Puffett«, bat sie. »Wir möchten doch nur Mr. Goodacre nicht kränken. Aber wenn etwas schiefgehen sollte –«

»Haben Sie ein Herz, Puffett«, sagte Peter.

Mr. Puffetts blitzende Äuglein blickten in Peters graue Augen, zwei Zwillingsteiche von durchsichtiger Klarheit und trügerischer Tiefe.

»Na schön«, sagte Mr. Puffett langsam, »wenn ich Ihnen einen Gefallen damit tue. Aber sagen Sie nicht, ich hätte Sie nicht gewarnt, Mylord. Ich halte von dieser Sache nichts.«

»Der Schornstein wird doch nicht gleich zusammenstürzen, oder?« fragte Harriet.

»Oh, der *Schornstein* stürzt davon nicht zusammen«, antwortete Mr. Puffett. »Also, wenn Sie dem alten Herrn seinen Spaß lassen wollen, geht das auf Ihre Kappe. Nur so eine Redensart, Mylady.«

Peter hatte seine Pfeife endlich zum Ziehen gebracht und stand nun mit beiden Händen in den Hosentaschen da und beobachtete mit zufriedenem Gleichmut die Akteure auf der Bühne. Als Crutchley und Mrs. Ruddle mit dem Gewehr eintraten, begann er sich jedoch lautlos zurückzuziehen, wie eine Katze, die versehentlich in eine Pfütze verschütteten Parfüms getreten ist.

»Mein Gott!« hauchte er leise. »Das war schon bei Waterloo dabei.«

»Ausgezeichnet!« rief der Pfarrer. »Danke, danke, Martha. Jetzt sind wir gerüstet.«

»*Sie* waren aber schnell, Frank«, sagte Miss Twitterton. Sie beäugte ängstlich die Waffe. »Sind Sie *sicher*, daß es nicht von selbst losgeht?«

»Geht ein altes Maultier von selbst los?« fragte Peter.

»Mir sind Schußwaffen immer unheimlich«, sagte Miss Twitterton.

»Aber nicht doch«, sagte der Pfarrer. »Vertrauen Sie mir; es wird gar nichts Schlimmes passieren.« Er bemächtigte sich der Waffe und untersuchte Schloß und Sicherung wie jemand, für den die Theorie der Ballistik ein offenes Buch ist.

»Es ist geladen und schußbereit, Sir«, sagte Mrs. Ruddle, stolz auf die Verläßlichkeit ihres Sohnes.

Miss Twitterton stieß einen verhaltenen Quiekser aus, und der Pfarrer drehte rücksichtsvoll die Gewehrmündung von ihr fort und richtete sie damit unversehens auf Bunter, der soeben vom Flur hereinkam.

»Verzeihung, Mylord«, sagte Bunter mit bewundernswerter Gelassenheit, doch wachsamem Blick, »da ist jemand an der Tür –«

»Einen Moment, Bunter«, unterbrach ihn sein Herr. »Das Feuerwerk beginnt. Der Schornstein soll nämlich mittels natürlicher Gasausdehnung gereinigt werden.«

»Sehr wohl, Mylord.« Bunter schien im stillen einen Kräftevergleich zwischen Flinte und Pfarrer vorzunehmen. »Verzeihung Sir, aber wollen Sie nicht lieber mir erlauben –?«

»Nein, nein«, rief Mr. Goodacre. »Vielen Dank. Ich komme bestens zurecht.« Er tauchte, die Flinte in der Hand, mit Kopf und Schultern unter den Kaminvorhang.

»Hm!« machte Peter. »Ihr seid ein bess're Mann als ich, Gunga Din.«

Er nahm die Pfeife aus dem Mund und zog mit der freien Hand seine Frau zu sich. Miss Twitterton, die keinen Mann hatte, an den sie sich klammern konnte, suchte mit einem klagenden Schrei bei Crutchley Schutz:

»O Frank! Ich weiß, das ich bestimmt schreien muß, wenn es kracht.«

»Kein Grund zur Aufregung«, sagte der Pfarrer, der hinterm Vorhang hervorlugte. »So sind alle bereit?«

Mr. Puffett setzte seine Melone auf.

»*Ruat coelum!*« sagte Peter, und die Flinte ging los.

Es donnerte wie beim Jüngsten Gericht, und die Flinte schlug (wie Peter sehr wohl vorhergesehen hatte) nach hinten aus wie ein Karrengaul. Gewehr und Schütze rollten, unentwirrbar mit den Falten des Kaminvorhangs verknäuelt, zusammen auf die Grundplatte hinaus. Als Bunter zur Rettung herbeisprang, kam der gelockerte Ruß der Jahrhunderte mit Getöse den Schornstein herunter; er prasselte mit sanfter, tödlicher Gewalt auf den Boden und puffte in einer stygischen Wolke wieder empor, gefolgt von einem Regen von Steinen, Mörtel, Dohlennestern, Fledermaus- und Eulenskeletten, Stöcken, Ziegeln und Metallteilen nebst Dachpfannensplittern und Tonscherben. Miss Twitterton und Mrs. Ruddles gemeinsamer schriller Aufschrei ging im Donnergrollen unter, das durch die Windungen der zwölf Meter hohen Esse hallte.

»O Wonne!« rief Peter, die Gemahlin im Arm. »O gütiger Jehova! O Freude, aller vor'gen Schmerzen tausendfacher Lohn!«

»Da, bitte!« stieß Mr. Puffett triumphierend hervor. »Sie können nicht sagen, ich hätte Sie nicht gewarnt.«

Peter wollte schon den Mund öffnen, um etwas zu erwidern, als der Anblick Bunters, der schnaubend, blind und schwarz wie eine äthiopische Venus vor ihm stand, ihn sprachlos vor Verzückung machte.

»Ach du lieber Gott!« rief Miss Twitterton. Sie flatterte aufgeregt umher und versuchte sich mehrmals auf die vermummte Gestalt des Pfarrers zu stürzen. »Ach du lieber Gott! Du lieber Gott! O Frank! Ach du meine Güte!«

»Peter!« stöhnte Harriet.

»Ich hab's gewußt!« sagte Peter. »*Rums*! Ich hab's gewußt! Du hast die Aspidistra geschmäht, und es *ist* etwas Schreckliches den Schornstein heruntergekommen!«

»Peter! Da in dem Tuch, das ist Mr. Goodacre!«

»*Rums*!« machte Peter wieder. Dann riß er sich zusammen und eilte, Mr. Puffett beim Entwirren des klerikalen Kokons zu helfen, während Mrs. Ruddle und Crutchley den unglücklichen Bunter abführten.

Mr. Goodacre erhob sich, einigermaßen zerzaust.

»Sie haben sich hoffentlich nicht weh getan, Sir?« erkundigte Peter sich mit besorgter Miene.

»Überhaupt nicht, überhaupt nicht«, versicherte der Pfarrer, indem er sich die Schulter rieb. »Ein Tropfen Arnika bringt das rasch wieder in Ordnung.« Er fuhr sich mit den Händen über das schüttere Haar und tastete nach seiner Brille. »Ich hoffe nur, daß der Knall die Damen nicht über Gebühr erschreckt hat. Es scheint aber gewirkt zu haben.«

»Auffallend gut«, sagte Peter. Er zog einen Halm Pampasgras aus dem tönernen Rohr und stocherte damit vorsichtig in den Trümmern herum, während Harriet den Ruß vom Pfarrer abklopfte und sich dabei vorkam wie Alice, als sie den Weißen König abstaubte. »Es ist doch erstaunlich, was man in alten Schornsteinen alles findet.«

»Hoffentlich keine Leichen«, meinte der Pfarrer.

»Nur ornithologische. Sowie zwei Fledermausskelette. Und ein zweieinhalb Meter langes Stück von einer uralten Kette, wie sie früher die Bürgermeister von Paggleham trugen.«

»Aha!« rief Mr. Goodacre, von antiquarischem Eifer beseelt. »Sehr wahrscheinlich ein Kesselaufhänger.«

»So wird es sein«, pflichtete Mr. Puffett ihm bei. »Hing wahrscheinlich an einem der Simse. Sehen Sie mal! Hier ist ein Stück von so einem alten Bratenwender, wie man sie früher hatte. Da, sehen Sie! Das ist die Querstrebe mit dem Rad, wo die Kette drübergelaufen ist. Meine Großmutter hatte so ein Ding, das war das genaue Abbild von dem hier.«

»Na ja«, meinte Peter, »wir scheinen jedenfalls das Ganze etwas aufgelockert zu haben. Ob Sie jetzt mit Ihrem Besen bis zum Kaminaufsatz durchkommen, was meinen Sie?«

»Wenn der Aufsatz überhaupt noch da ist«, versetzte Mr. Puffett düster. Er tauchte unter die Kaminverkleidung, und Peter folgte ihm. »Geben Sie auf Ihren Kopf acht, Mylord – es könnten noch ein paar Ziegel locker sein. Immerhin kann man jetzt den Himmel sehen, wenn man nach oben schaut, und das ist jedenfalls mehr, als man heute morgen sehen konnte.«

»Verzeihung, Mylord!«

»Wie?« fragte Peter. Er kroch wieder nach draußen, und als er sich aufrichtete und den Rücken streckte, sah er sich Nase an Nase mit Bunter, den man offensichtlich einer groben, aber wirkungsvollen Reinigung unterzogen hatte. Er musterte seinen Diener von oben bis unten. »Bei Gott, Bunter, mein Bunter, ich bin für die Pumpe in der Spülküche gerächt!«

Der Schatten einer heftigen Gemütsbewegung huschte über Bunters Gesicht; aber seine Erziehung hielt stand.

»Da ist ein Individuum an der Tür, Mylord, und fragt nach Mr. Noakes. Ich habe ihm gesagt, daß Mr. Noakes nicht da ist, aber er will mir nicht glauben.«

»Haben Sie ihn gefragt, ob er Miss Twitterton sprechen möchte? Was will er überhaupt?«

»Er sagt, es handle sich um etwas Dringendes und Persönliches, Mylord.«

Mr. Puffett, der seine Anwesenheit wohl als störend empfand, begann gedankenverloren vor sich hin zu pfeifen; er sammelte seine Gerätschaften ein und band sie mit einer Schnur zusammen.

»Was ist das denn für ein ›Individuum‹, Bunter?«

Mr. Bunter hob leicht die Schultern und kehrte die Handflächen nach oben.

»Ein finanzielles Individuum, Mylord, nach dem Aussehen zu urteilen.«

»Oho!« machte Mr. Puffett *sotto voce.*

»Namens Moses?«

»Namens MacBride, Mylord.«

»Eine Unterscheidung ohne Unterschied. Nun, Miss Twitterton, möchten Sie diesen finanziellen Schotten empfangen?«

»Oh, Lord Peter, ich weiß *wirklich* nicht, was ich sagen soll. Ich verstehe doch *gar* nichts von Onkel Williams Geschäften. Und ich weiß auch nicht, ob es ihm *recht* ist, wenn ich mich da einmische. Wenn Onkel doch nur –«

»Wäre es Ihnen lieber, wenn *ich* mir den Burschen vornähme?«

»Das ist *zu* freundlich von Ihnen, Lord Peter. Ich dürfte Sie wirklich nicht damit belästigen. Aber wo doch Onkel fort ist und alles so verworren – und die Herren verstehen doch immer soviel mehr von Geschäften, nicht wahr, Lady Peter? Ach Gott!«

»Es wird meinem Mann ein Vergnügen sein«, antwortete Harriet und war boshaft versucht hinzuzufügen: »Er versteht *alles* von Geschäften«, aber da kam ihr glücklicherweise der Herr persönlich zuvor.

»Nichts würde mir mehr Vergnügen bereiten«, verkündete Seine Lordschaft, »als mich in anderer Leute Geschäfte einzumischen. Führen Sie ihn herein. Und – Bunter! Erlauben Sie mir, Ihnen für die versuchte Rettungstat gegen übermächtige Widrigkeiten den Schornsteinorden am Bande zu verleihen.«

»Danke, Mylord«, sagte Mr. Bunter steif und beugte den Nacken, um sich die Kette umhängen zu lassen und demütig den Bratenwender in Empfang zu nehmen. »Ich bin Eurer Lordschaft sehr verbunden. Wird sonst noch etwas benötigt?«

»Ja. Ehe Sie gehen – sammeln Sie die Leichen ein. Aber die Soldaten sind heute vom Schießen beurlaubt. Davon hatten wir genug für einen Vormittag.«

Mr. Bunter bückte sich, sammelte die Skelette mit einer Kehrschaufel auf und zog sich zurück. Doch als er hinter dem Sofa vorbeikam, sah Harriet ihn die Kette vom Hals nehmen und sie unauffällig in das Abflußrohr legen; den Bratenwender stellte er an die Wand. Ein Gentleman mochte seinen Spaß haben, aber der Diener eines Gentleman hatte seine Stellung zu wahren. Man konnte wißbegierigen Geldwechslern nicht gut in der Maske des Bürgermeisters von Paggleham und eines Provinzgroßmeisters vom Schornsteinorden gegenübertreten.

6

Zurück zu den Waffen

Der Tag erschlug den Tag,
Vergangen sind Jahreszeiten,
Und brachten den Sommer zurück;
Im Grase lieg ich nun hier,
Wie einstmals, als glücklich ich war,
Eh Recht ich von Unrecht wollt scheiden.

WILLIAM MORRIS: THE HALF OF LIFE GONE

Mr. MacBride entpuppte sich als ein forscher junger Mann mit Melone auf dem Kopf, einer sehr betrüblichen Krawatte und stechenden schwarzen Augen, die alles, was sie sahen, zu taxieren schienen. Mit einem Blick begutachtete er den Pfarrer und Mr. Puffett, schied beide aus seinen Berechnungen aus und steuerte geradewegs auf das Monokel zu.

»Guten Morgen«, sagte Mr. MacBride. »Lord Peter Wimsey, glaube ich. Bedaure, Sie stören zu müssen, Mylord. Ich höre, Sie wohnen zur Zeit hier. Es ist nämlich so, daß ich Mr. Noakes in einer kleinen geschäftlichen Angelegenheit sprechen muß.«

»Schon recht«, antwortete Peter gelassen. »War's heute früh neblig in London?«

»O nein«, entgegnete Mr. MacBride. »Ein schöner, klarer Tag.«

»Dachte ich mir. Ich meine, ich dachte mir, daß Sie aus London kommen. Ein Brombeerbusch war meine Wiege, Bruder Fuchs. Aber Sie hätten natürlich zwischendurch woanders gewesen sein können, darum meine Frage. Sie haben Ihre Visitenkarte nicht abgegeben, glaube ich.«

»Na ja, sehen Sie«, erklärte Mr. MacBride, dessen Aussprache – von geringfügigen Schwierigkeiten mit den Zischlauten abgesehen – rein londonerisch klang, »die Geschäfte betreffen eben Mr. Noakes. Persönlich und vertraulich.«

Hier begann nun Mr. Puffett, der ein langes Stück Bindfaden auf dem Boden gefunden hatte, dieses langsam und methodisch aufzuwickeln, ohne dabei den nicht sehr freundlichen Blick vom Gesicht des Fremden zu wenden.

»Nun gut«, fuhr Peter fort, »aber ich muß Ihnen leider sagen, daß Sie die Reise umsonst gemacht haben. Mr. Noakes ist nicht hier. Ich wollte, er wär's. Aber wahrscheinlich finden Sie ihn drüben in Broxford.«

»O nein«, sagte Mr. MacBride wieder. »So nicht! Nicht mit mir.« Ein Schritt an der Tür ließ ihn unvermittelt herumfahren, aber es war nur Crutchley, der mit Eimer, Besen und Kehrschaufel bewaffnet hereinkam. Mr. MacBride lachte. »In Broxford war ich nämlich schon, und da hat man mir gesagt, ich finde ihn hier.«

»So?« meinte Peter. »Ist schon gut, Crutchley. Fegen Sie den Dreck auf und schaffen Sie dieses Papier hinaus. Man hat Ihnen also gesagt, er sei hier? Dann hat man sich geirrt. Er ist nicht hier, und wir wissen nicht, wo er ist.«

»Aber das ist doch nicht möglich!« rief Miss Twitterton. »Nicht in Broxford? Wo kann er denn *dann* sein? Das ist doch sehr beunruhigend. Ach je! Mr. Goodacre, fällt Ihnen denn *auch* nichts ein?«

»Entschuldigen Sie den vielen Staub«, sagte Peter. »Wir hatten einen kleinen häuslichen Unfall mit Ruß. Ausgezeichnet für die Blumenbeete. Gartenschädlinge mögen ihn angeblich nicht. Tja. Also nun, dies hier ist Mr. Noakes' Nichte, Miss Twitterton. Vielleicht können Sie Ihr Anliegen ihr vortragen.«

»Bedaure«, sagte Mr. MacBride, »das geht nicht. Ich muß den alten Knaben schon persönlich sprechen. Und es ist völlig zwecklos, mich hinzuhalten, denn diese Tricks kenne ich alle.« Er hüpfte behende über den Besen, mit dem Crutchley sich um seine Füße herum zu schaffen machte, und nahm ungebeten auf dem Sofa Platz.

»Junger Mann«, sagte Mr. Goodacre tadelnd, »Sie sollten Ihre Zunge besser hüten. Lord Peter Wimsey hat Ihnen persönlich sein Wort gegeben, daß wir nicht wissen, wo Mr. Noakes zu finden ist. Sie werden doch nicht annehmen, daß Seine Lordschaft Ihnen eine Unwahrheit sagen würde?«

Seine Lordschaft war zu einer Kredenz gegangen und kramte in den persönlichen Habseligkeiten, die Bunter dort aufgestapelt hatte; er sah zu seiner Frau hinüber und zog bescheiden eine Augenbraue hoch.

»Ach nein, wirklich?« meinte Mr. MacBride. »Keiner kann so schön lügen, ohne mit der Wimper zu zucken, wie unsere britische Aristokratie. Das Gesicht Seiner Lordschaft wäre im Zeugenstand ein Vermögen wert.«

»Wo es im übrigen nicht unbekannt ist«, ergänzte Peter, wobei er ein Kistchen Zigarren aus dem Stapel zog und einen vertraulichen Ton anschlug.

»Na bitte«, sagte Mr. MacBride. »Die Karte sticht also nicht.«

Er streckte lässig die Beine von sich, um anzuzeigen, daß er zu bleiben beabsichtigte, wo er war. Mr. Puffett, der sich um seine Füße herum zu schaffen machte, entdeckte einen Bleistiftstumpf und steckte ihn sich ächzend in die Tasche.

»Mr. MacBride.« Peter war mit dem Kistchen in der Hand zurückgekehrt. »Nehmen Sie erst mal eine Zigarre. So. Und nun: Wen vertreten Sie?«

Er sah seinen Besucher mit so verschlagenem Blick und belustigtem Mund von oben herab an, daß Mr. MacBride, nachdem er die Zigarre genommen und ihre Qualität erkannt hatte, sich mit einem Ruck aufrecht hinsetzte und die intellektuelle Ebenbürtigkeit seines Gegenübers mit einem vertraulichen Augenzwinkern anerkannte.

»Macdonald & Abrahams«, sagte Mr. MacBride. »Bedford Row.«

»Aha. Diese versippte alte nordbritische Firma. Anwaltsbüro? Dachte ich mir. Etwas zu Mr. Noakes' Vorteil? Zweifellos. Also, Sie wollen ihn sprechen, und das wollen wir auch. Diese Dame hier ebenfalls . . .«

»O ja, wirklich«, sagte Miss Twitterton, »ich mache mir große Sorgen um Onkel. Seit vorigem Mittwoch haben wir ihn nicht mehr gesehen, und ich bin sicher –«

»Aber«, fuhr Peter fort, »Sie finden ihn nicht in meinem Haus.«

»*Ihrem* Haus?«

»*Meinem* Haus. Ich habe es soeben von Mr. Noakes gekauft.«

»Hui!« entfuhr es Mr. MacBride erregt, und er blies eine lange Rauchfahne von sich. »*Da* liegt der Hund also begraben. Das Haus gekauft, ja? Auch bezahlt?«

»Aber wirklich!« rief der Pfarrer entrüstet. Mr. Puffett, der sich soeben wieder in einen seiner Pullover zwängte, erstarrte mit den Armen in der Luft.

»Natürlich«, sagte Peter. »Ich habe es bezahlt.«

»Abgehauen ist er, zum Donnerwetter!« rief Mr. MacBride. Seine abrupte Geste fegte die Melone von seinem Schoß und ließ sie Mr. Puffett vor die Füße rollen. Crutchley ließ das Knäuel Papier fallen, das er gerade aufgelesen hatte, und stand mit offenem Mund da.

»Abgehauen?« kreischte Miss Twitterton. »Wie meinen Sie das? Lord Peter, was *meint* er damit?«

»Still doch«, sagte Harriet. »Er weiß in Wirklichkeit nicht mehr als wir.«

»Durchgebrannt«, erklärte Mr. MacBride. »Verduftet. Ausgerückt. Mit dem Geld verschwunden. Ist das deutlich genug? Mindestens tausendmal habe ich zu Mr. Abrahams gesagt, wenn er diesem Noakes nicht bald auf die Pelle rückt, geht er ihm noch durch die Lappen. Und bitte, jetzt ist er weg.«

»Es sieht gewiß so aus«, sagte Peter.

»Abgehauen?« Crutchley war empört. »Sie können leicht von abgehauen reden, aber was ist mit meinen vierzig Pfund?«

»O Frank!« rief Miss Twitterton.

»Ach, gehören Sie etwa auch dazu?« fragte Mr. MacBride mit herablassendem Mitleid. »Vierzig Pfund, wie? Aber wie steht es mit uns? Was ist mit dem Geld unseres Klienten?«

»Was für Geld denn?« stöhnte Miss Twitterton, von Ängsten gequält. »*Wessen* Geld? Ich verstehe das nicht. Was hat das alles mit Onkel William zu tun?«

»Peter«, sagte Harriet, »meinst du nicht –?«

»Hilft nichts«, antwortete Wimsey. »Es muß heraus.«

»Sehen Sie das hier?« fragte Mr. MacBride. »Das ist ein Zahlungsbefehl, bitte sehr. Über die Kleinigkeit von neunhundert Pfund.«

»Neunhundert?« Crutchley schnappte nach dem Papier, als wäre es eine börsenfähige Sicherheit über diese Summe.

»Neunhundert *Pfund*!« Miss Twittertons Stimme war die höchste im Chor. Peter schüttelte den Kopf.

»Kapital plus Zinsen«, sagte Mr. MacBride ruhig. »Levy, Levy und Levy. Laufzeit fünf Jahre. Die können nicht ewig warten, oder?«

»Das Geschäft meines Onkels –«, begann Miss Twitterton. »O Gott, da *muß* irgendwo ein Irrtum vorliegen.«

»Das Geschäft Ihres Onkels, Miss«, sagte Mr. MacBride unverblümt, aber nicht ganz bar jeden Mitgefühls, »stand auf tönernen Füßen. Eine Hypothek auf dem Laden und für nicht einmal hundert Pfund Waren im Lager – und ich bezweifle, ob *die* schon bezahlt sind. Ihr Onkel ist bankrott, jawohl. Bankrott.«

»Bankrott?« rief Crutchley erschüttert. »Und was ist mit den vierzig Pfund, die er mich in sein Geschäft hat stecken lassen?«

»Die sehen Sie bestimmt nicht wieder, Mr. – äh – wie Sie auch heißen«, versetzte der Anwaltsgehilfe kühl. Höchstens, wir erwischen den alten Knacker und bringen ihn dazu, das Geld auszuspucken. Aber selbst dann – darf ich fragen, Mylord, was Sie für das Haus bezahlt haben? Nichts für ungut, aber das ist wichtig.«

»Sechshundertfünfzig«, sagte Peter.

»Billig«, antwortete Mr. MacBride knapp.

»Das fanden wir auch«, erwiderte Seine Lordschaft. »Der Hypothekenwert wurde auf achthundert geschätzt; aber er hat unser Barzahlungsangebot angenommen.«

»Hatte er denn eine Hypothek beantragt?«

»Das weiß ich nicht. Ich habe mich nur gewissenhaft davon überzeugt, daß keine Belastung auf dem Anwesen war. Weiter habe ich mich nicht erkundigt.«

»Ha!« rief Mr. MacBride. »Da haben Sie jedenfalls ein gutes Geschäft gemacht.«

»Wir müssen noch ein schönes Stück Geld hineinstekken«, sagte Peter. »Aber wir hätten im Grunde bezahlt, was er dafür verlangt hätte; das Haus hatte es meiner Frau angetan. Da er unser erstes Angebot jedoch annahm, war es nicht an uns, nach dem Warum zu fragen. Geschäft ist Geschäft.«

»Hm!« machte Mr. MacBride respektvoll. »Und da gibt es Leute, die meinen, mit der Aristokratie sei leicht Schlittenfahren. Ich darf daraus also schließen, daß Sie nicht allzu überrascht sind?«

»Nicht im mindesten«, antwortete Peter.

Miss Twitterton machte ein bestürztes Gesicht.

»Na ja, um so schlimmer für unsern Klienten«, sagte Mr. MacBride ehrlich. »Sechshundertfünfzig decken unsere Forderung nicht, selbst wenn wir das Geld finden. Aber nun ist er ja auch noch futsch und hat das Geld mitgenommen.«

»Er hat mich reingelegt, dieser betrügerische Halunke!« stieß Crutchley wütend hervor.

»Gemach, Crutchley, gemach«, flehte der Pfarrer. »Vergessen Sie nicht, wo Sie hier sind. Denken Sie an Miss Twitterton.«

»Die Möbel sind ja auch noch da«, sagte Harriet. »Die gehören nämlich ihm.«

»Falls sie bezahlt sind«, versetzte Mr. MacBride, indem er verächtlich den Inhalt des Zimmers taxierte.

»Aber das ist doch *entsetzlich*!« jammerte Miss Twitterton. »Ich *kann* es nicht glauben! Und wir dachten immer, Onkel sei so fein heraus.«

»Ist er ja auch«, antwortete Mr. MacBride. »Fein heraus aus allem. Inzwischen wahrscheinlich tausend Meilen von hier. Seit letztem Mittwoch nichts mehr von ihm gehört, sagen Sie? Na bitte. Schöne Geschichte, wie? Die heutigen Verkehrsmittel machen es säumigen Schuldnern ja auch allzu leicht, sich zu verdrücken.«

»Hören Sie mal!« schrie Crutchley, der jetzt alle Beherrschung verlor. »Wollen Sie etwa sagen, daß ich meine vierzig Pfund nicht wiederkriege, selbst wenn wir ihn finden? Das ist eine gottverdammte Schande, eine Schande ist das!«

»Moment mal«, sagte Mr. MacBride. »Er hat Sie wohl nicht zufällig zu seinem Partner gemacht, wie? Nein? Dann können Sie ja noch von Glück reden. Wir können uns den Fehlbetrag nicht von Ihnen holen. Danken Sie Ihrem guten Stern, daß Sie mit vierzig Pfund davonkommen. Dafür sind Sie um eine Erfahrung reicher, nicht?«

»Zum Teufel mit Ihnen!« war Crutchleys Antwort. »Ich will von irgendwem meine vierzig Pfund wiederhaben. He, Sie, Aggie Twitterton – Sie wissen, daß er versprochen hat, mir das Geld zu geben. Ich bringe Sie vor den Kadi! Sie hinterhältige Schwind – ...«

»Jetzt ist es aber genug«, mischte der Pfarrer sich wieder ein. »Miss Twitterton kann doch nichts dafür. Sie dürfen sich nicht so gehenlassen, Frank. Wir müssen jetzt alle versuchen, in Ruhe nachzudenken –«

»Sehr richtig«, sagte Peter. »Und ob! Lasset uns Mäßigung üben, auf das Milde walte. Und da wir gerade von Mäßigkeit reden – wie wär's mit einem Schlückchen? Bunter! – Ah, da sind Sie ja. Haben wir etwas zu trinken im Haus?«

»Gewiß, Mylord. Rheinwein, Sherry, Whisky –«

Hier hielt Mr. Puffett seine Intervention für angezeigt. Wein und Spirituosen waren nicht sein Fall.

»Mr. Noakes«, sagte er bescheiden, »hatte immer ein gutes Fäßchen Bier im Haus, das muß man ihm lassen.«

»Ausgezeichnet. Eigentlich gehört das Bier ja wohl Ihren Klienten, Mr. MacBride. Aber wenn Sie keine Einwände erheben –«

»Na ja«, meinte Mr. MacBride, »ein Schlückchen Bier macht den Kohl auch nicht mehr fett, wie?«

»Dann bringen Sie einen Krug Bier, Bunter, und den Whisky. Ach ja, und Sherry für die Damen.«

Mr. Bunter trat seinen friedenstiftenden Botengang an, und die Atmosphäre schien sich etwas zu beruhigen. Mr. Goodacre, bemüht, ein weniger umstrittenes Thema anzuschneiden, griff die letzten Worte auf:

»Sherry habe ich schon immer für einen sehr schönen Wein gehalten«, sagte er liebenswürdig. »Ich war so froh, als ich neulich in der Zeitung las, daß er jetzt wieder zu Ehren kommt. Auch Madeira. Es heißt, Sherry und Madeira werden jetzt in London wieder beliebter. Und an den Universitäten. Das ist ein tröstliches Zeichen. Ich kann mir nicht vorstellen, daß diese modernen Cocktails gesund sind oder wenigstens gut schmecken. Bestimmt nicht. Aber gegen ein Gläschen ehrlichen Wein dann und wann kann man wirklich nichts sagen – er ist gut für den Magen, wie der Apostel sagt. Jedenfalls ist er sehr erquikkend in Augenblicken der Erregung, wie jetzt. Ich fürchte, das war für Sie ein böser Schrecken, Miss Twitterton.«

»Ich hätte so etwas nie von Onkel gedacht«, sagte Miss

Twitterton traurig. »Alle haben doch immer so zu ihm aufgesehen. Ich kann es einfach nicht glauben.«

»Ich schon – ohne weiteres«, flüsterte Crutchley dem Schornsteinfeger ins Ohr.

»Man kann nie wissen«, antwortete Mr. Puffett, während er sich in sein Jackett zwängte. »Für mich war Mr. Noakes schon immer mit Vorsicht zu genießen. Anscheinend war er ein regelrechter Halunke.«

»Abgehauen mit meinen vierzig Pfund!« Crutchley hob mechanisch das Papier vom Boden auf. »Und nicht mal zwei Prozent hat er mir gezahlt, der alte Gauner! Sein Radiogeschäft war mir ja noch nie geheuer.«

»Ah!« machte Mr. Puffett. Er schnappte nach dem Ende einer Schnur, das zwischen den Zeitungen heraushing, und begann sie über die Finger aufzuwickeln, so daß beide momentan an den komischen Anblick einer rundlichen alten Jungfer und ihrer Freundin beim Aufwickeln der Strickwolle erinnerten. »Trau, schau wem, Frank Crutchley. Mit Geld kann man nicht vorsichtig genug sein. Heb es auf, wo du es findest, und steck es gut weg, wie ich es mit diesem Stück Schnur hier mache, dann ist es immer da, wenn man es braucht.« Damit schob er die Schnur irgendwohin in eine tiefe Tasche.

Crutchley ging auf die Belehrung nicht ein. Er verließ das Zimmer und machte Bunter Platz, der mit undurchdringlicher Miene hereinkam, auf einem blechernen Tablett eine schwarze Flasche, eine Flasche Whisky, einen irdenen Krug, die beiden Gläser von gestern abend, drei Pokale aus geschliffenem Glas (einer davon mit angeschlagenem Fuß), einen Porzellankrug mit Griff und zwei verschieden große Zinnkrüge balancierend.

»Du lieber Himmel!« sagte Peter. (Bunter hob für eine Sekunde den Blick wie ein gescholtener Spaniel.) »Das muß Sherlock Holmes' letztes Aufgebot sein; aber Hauptsache, sie haben alle oben ein Loch. Ich höre, daß Mr. Woolworth eine sehr gute Auswahl an Glaswaren anbietet. Aber fürs erste, Miss Twitterton, möchten Sie lieber einen Sherry in einem Souvenir aus Margate oder Whisky in einem Bierkrug?«

»Oh!« sagte Miss Twitterton. »Es sind bestimmt noch Gläser in der Chiffonniere. – Oh, vielen Dank, aber um diese vormittägliche Stunde – und zuerst muß man sie auch mal auswischen, denn Onkel hat sie nie benutzt. – Also, ich weiß wirklich nicht –«

»Es wird Ihnen guttun.«

»Ich glaube auch, Sie könnten ein Schlückchen vertragen«, sagte Harriet.

»Meinen Sie *wirklich*, Lady Peter? Also gut, wenn Sie darauf bestehen – dann nur einen Sherry, und auch nur *ganz* wenig – Na ja, so früh ist es eigentlich gar nicht mehr. – O bitte, wirklich, das ist *viel* zuviel für mich!«

»Ich kann Ihnen versichern«, sagte Peter, »daß Sie ihn ebenso mild und bekömmlich finden werden wie Ihren Pastinakwein.« Er reichte ihr feierlich das Glas und schenkte seiner Frau ein wenig Sherry in einen Weinpokal, den diese mit der Bemerkung entgegennahm: »Du bist ein Meister der Meiosis.«

»Danke, Harriet. Womit darf ich Sie vergiften, Herr Pfarrer?«

»Mit Sherry, danke, mit Sherry. Auf Ihre Gesundheit, meine lieben jungen Leute.« Er stieß mit ernstem Gesicht zuerst mit Miss Twitterton an, die damit nicht gerechnet hatte. »Kopf hoch, Miss Twitterton. Es ist vielleicht gar nicht so schlimm, wie es jetzt aussieht.«

»Danke«, lehnte Mr. MacBride den Whisky mit einer entsprechenden Geste ab. »Ich warte lieber auf das Bier, wenn es Ihnen nichts ausmacht. Kein Alkohol im Dienst ist meine Devise. Es macht mir jedenfalls keinen Spaß, eine solche Unruhe in eine Familie zu bringen. Aber Geschäft ist Geschäft, nicht wahr, Mylord? Und wir müssen ja an unsere Klienten denken.«

»Ihnen macht niemand einen Vorwurf«, sagte Peter.

»Miss Twitterton weiß ja auch, daß Sie nur Ihre recht unangenehme Pflicht tun. Man soll den Mann von seinem Amte unterscheiden.«

»Wenn wir Onkel doch nur finden könnten«, rief Miss Twitterton, »würde er bestimmt *alles* erklären.«

»*Wenn*«, stimmte Mr. MacBride ihr bedeutungsvoll zu.

»Ja«, sagte Peter, »wenn das Wörtchen Wenn nicht wär'! Wenn wir Mr. Noakes finden könnten –« Die Tür ging auf, und er wechselte erleichtert das Thema. »Ah, Bier! Herrliches Bier!«

»Verzeihung, Mylord.« Bunter stand mit leeren Händen auf der Schwelle. »Ich fürchte, wir haben Mr. Noakes gefunden.«

»Sie *fürchten*, wir haben ihn gefunden?« Herr und Diener starrten einander an, und Harriet, die in ihren Blicken die unausgesprochene Botschaft las, kam zu Peter und legte ihm ihre Hand auf den Arm.

»Um Gottes willen, Bunter«, sagte Wimsey mit einem gequälten Unterton in der Stimme, »sagen Sie nicht, Sie haben – Wo? Im Keller?«

Plötzlich tönte Mrs. Ruddles Stimme in die Spannung hinein wie das Heulen einer Todesfee:

»Frank! Frank Crutchley! Es ist Mr. Noakes!«

»Ja, Mylord«, sagte Bunter.

Miss Twitterton begriff unerwartet schnell. Sie sprang auf. »Er ist tot! Onkel ist tot!« Das Glas fiel ihr aus der Hand und zersprang auf der Grundplatte des Kamins.

»Nein, nein«, sagte Harriet, »das kann doch nicht gemeint sein.«

»Das ist doch wohl nicht möglich«, sagte Mr. Goodacre. Er sah flehend zu Bunter, der den Kopf neigte.

»Ich fürchte doch, Sir.«

Crutchley kam ins Zimmer gestürzt und stieß ihn aus dem Weg. »Was ist los? Was schreit Mrs. Ruddle da? *Wo* ist – ?«

»Ich hab's gewußt! Ich hab's gewußt!« schrie Miss

Twitterton ungehemmt. »Ich wußte, daß etwas Schreckliches passiert war. Onkel ist tot, und das ganze Geld ist weg!«

Sie brach in hysterisches Lachen aus und schoß auf Crutchley zu, der mit allen Zeichen des Erschreckens zurückwich, dann riß sie sich von der stützenden Hand des Pfarrers los und warf sich verzweifelt Harriet in die Arme.

»Moment«, sagte Mr. Puffett. »Das müssen wir uns erst mal ansehen.«

Er wollte zur Tür, wo er aber mit Crutchley zusammenstieß. Bunter machte sich das momentane Durcheinander zunutze und schlug die Tür zu, um sich mit dem Rücken dagegen zu stellen.

»Einen Augenblick«, sagte Bunter. »Man sollte lieber nichts anrühren.«

Als ob diese Worte ein Signal gewesen wären, auf das er nur gewartet hatte, nahm Peter seine erkaltete Pfeife vom Tisch, klopfte sie auf dem Handteller aus und warf die Asche auf das Tablett.

»Vielleicht«, sagte Mr. Goodacre als ein Mann, der nie die Hoffnung aufgab, »vielleicht ist er nur ohnmächtig.« Er sprang eifrig auf. »Vielleicht können wir ihm helfen –«

Seine Worte erstarben.

»Er ist, wie es aussieht, schon mehrere Tage tot, Sir«, sagte Bunter. Sein Blick war dabei noch immer auf Peter geheftet.

»Hat er das Geld bei sich?« fragte Mr. MacBride. Der Pfarrer beachtete ihn nicht und ließ die nächste Frage wie eine Woge gegen die Mauer von Bunters Ungerührtheit anrollen:

»Wie ist es denn passiert, guter Mann? Ist er in einem Schwächeanfall die Treppe hinuntergestürzt?«

»Er wird sich wohl eher die Kehle durchgeschnitten haben«, meinte Mr. MacBride.

Bunter, noch immer den Blick auf Peter gerichtet, sagte

mit Nachdruck: »Es ist *kein* Selbstmord.« Er fühlte die Tür gegen seine Schulter drücken und trat beiseite, um Mrs. Ruddle einzulassen.

»Nein, so was! Nein, so was!« rief Mrs. Ruddle. In ihren Augen blitzte unheilvoller Triumph. »Sein armer Kopf ist ganz entsetzlich eingeschlagen!«

»Bunter!« sagte Wimsey, und endlich sprach er das Wort aus: »Wollen Sie etwa sagen, daß er ermordet wurde?«

Miss Twitterton glitt aus Harriets Armen und fiel zu Boden.

»Das kann ich nicht sagen, Mylord, aber es sieht sehr unangenehm danach aus.«

»Bitte ein Glas Wasser«, sagte Harriet.

»Sehr wohl, Mylady. Mrs. Ruddle! Ein Glas Wasser – sofort!«

»Schon gut«, sagte Peter. Er goß mechanisch Wasser in einen der Pokale und reichte ihn der Putzfrau. »Lassen Sie alles, wie es ist. Crutchley, Sie sollten am besten die Polizei holen.«

»Wenn Sie die Polizei wollen«, sagte Mrs. Ruddle, »können Sie den jungen Joe Sellon rufen – das ist der Konstabler hier, der steht gerade mit meinem Albert am Törchen und tratscht. Sind noch keine fünf Minuten, daß ich ihn da gesehen habe, und wie ich diese jungen Burschen kenne, wenn die erst ins Reden kommen –«

»Das Wasser«, sagte Harriet. Peter ging zu Crutchley, ein randvolles Glas Whisky in der Hand.

»Trinken Sie das, und dann reißen Sie sich mal zusammen. Laufen Sie zum Cottage und bringen Sie diesen Sellon oder wie er heißt hierher. Schnell!«

»Danke, Mylord.« Der junge Mann riß sich aus seiner Benommenheit und kippte den Whisky in einem Zug hinunter. »Das ist ja ein ziemlicher Schrecken.«

Er ging hinaus. Puffett folgte ihm.

»Sagen Sie mal«, meinte Mr. Puffett, indem er Bunter

freundschaftlich in die Rippen stieß, »Sie haben wohl nicht zufällig das Bier schon heraufgebracht, bevor – äh –? Na ja – im Krieg ist Schlimmeres passiert.«

»Es geht ihr jetzt besser, der Armen«, sagte Mrs. Ruddle. »Komm, laß dich jetzt nicht wieder gehen, sei schön brav. Du mußt dich jetzt erst mal hinlegen und brauchst ein Täßchen Tee. Soll ich sie nach oben bringen, Mylady?«

»Tun Sie das«, sagte Harriet. »Ich komme gleich nach.«

Sie ließ die beiden gehen und wandte sich Peter zu, der reglos dastand und auf den Tisch starrte. O mein Gott, dachte sie, erschrocken über sein Gesicht. Er ist nicht mehr der Jüngste – das halbe Leben vorbei – er darf nicht –

»Mein lieber, armer Peter! Und wir wollten hier ruhige Flitterwochen verleben.«

Er drehte sich, als er ihre Hand fühlte, um und lachte bitter.

»Verdammt!« sagte er. »Und dreimal verdammt! Wieder zurück in die alte Tretmühle. *Rigor mortis* und wer hat ihn zuletzt gesehen, und Blutflecken und Fingerabdrücke und Fußspuren, und Indizien zusammentragen und Es-ist-meine-Pflicht-Sie-zu-belehren. *Quelle scie, mon dieu, quelle scie*!«

Ein junger Mann in blauer Uniform steckte den Kopf zur Tür herein.

»Also«, sagte Polizeikonstabler Sellon, »was ist denn nun hier los?«

7

Lotos und Kaktus

Ich weiß was ist, was einstmals war;
Nichts gibt es, was mir unbekannt,
Da ich gesehn so viele Jahr
Und Wandel aller Art bestand.
Ich weiß, ob Menschen gut, ob schlecht,
Ob krank, ob wohl, es langsam sprach;
Ob froh, ob trüb, ob falsch, ob recht,
Ob Schlaf, ob Tod die Augen brach . . .

Und durch die ganze schwarze Nacht,
Bis daß der kalte Morgen kam,
Das alte Bett mit Zaubermacht
Das Zimmer hielt in seinem Bann;
Es sprach aus seinem langen Sein
Von Freuden, Glück und Ungemach,
Von Fieberstöhnen, Kinderschrein,
Geburt und Tod und Hochzeitsnacht.

JAMES THOMSON: IN THE ROOM

Harriet ließ Miss Twitterton, mit Wärmflasche und Kopfwehtablette wohlversorgt, auf dem Ehebett liegen und ging leise ins Nebenzimmer, wo ihr Herr und Gebieter sich gerade das Hemd über den Kopf zog. Sie wartete, bis sein Gesicht wieder zum Vorschein kam, dann sagte sie: »Na?«

»Na? Alles klar?«

»Besser jetzt. Was tut sich unten?«

»Sellon hat vom Postamt aus angerufen, und der Polizeidirektor kommt mit dem Polizeiarzt aus Broxford. Darum bin ich heraufgekommen, um mich in Schlips und Kragen zu werfen.«

Natürlich, dachte Harriet, im stillen belustigt. In unserm Haus ist jemand gestorben, also ziehen wir Schlips und Kragen an. Nichts könnte näherliegen. Wie komisch die Männer doch sind! Und wie raffiniert sie sich mit einem Schutzpanzer zu umgeben verstehen! Was für eine Krawatte wird es sein? Schwarz wäre sicherlich übertrieben. Ein stumpfes Violett oder ein unaufdringliches Tüpfelmuster? Nein – eine Regimentskrawatte! Passend wie sonst nichts. Rein offiziell und zu nichts verpflichtend. Vollendet albern und bezaubernd.

Sie glättete das Lächeln von ihren Lippen und beobachtete den feierlichen Umzug der persönlichen Siebensachen aus den Taschen des Blazers an die entsprechenden Stellen in Jackett und Weste.

»Ärgerlich ist das alles«, bemerkte Peter. Er setzte sich auf den Rand des leeren Bettgestells, um die Pantoffeln gegen ein Paar braune Schuhe zu vertauschen. »Es geht dir aber hoffentlich nicht allzu nahe, oder?« Seine Stimme klang ein wenig gequetscht vom Bücken, weil er sich gerade die Schuhe zuband.

»Nein.«

»Es hat ja wenigstens nichts mit uns zu tun. Ich meine, er wurde nicht des Geldes wegen umgebracht, das wir ihm gezahlt haben. Er hatte noch alles in der Tasche. Bar.«

»Du meine Güte!«

»Es dürfte kaum zu bezweifeln sein, daß er damit verduften wollte, als ihm dabei jemand in die Quere kam. Ich kann nicht behaupten, daß es mir persönlich besonders leid um ihn tut. Dir vielleicht?«

»Keineswegs. Es ist nur –«

»Hm? ... Also doch. Hol's der Teufel!«

»Nicht so. Nur wenn ich mir vorstelle, daß er die ganze Zeit da unten im Keller lag. Ich weiß, es ist vollkommen idiotisch von mir – aber ob ich will oder nicht, ich wünschte, wir hätten nicht in seinem Bett geschlafen.«

»Genau das hatte ich gefürchtet.« Er stand auf, blieb am Fenster stehen und sah hinaus über die Wiesen und Wälder, die sich hinter dem Weg ins Tal senkten. »Trotzdem – weißt du, dieses Bett muß schon fast so alt sein wie das Haus – die Originalteile zumindest. Es könnte dir so manche Geschichte von Geburt und Tod und Hochzeitsnächten erzählen. Vor diesen Dingen gibt es kein Entrinnen – dazu müßte man schon in einer nagelneuen Villa wohnen und sich seine Möbel in der Tottenham Court Road kaufen . . . Trotzdem, ich gäbe Gott weiß was darum, wenn das nicht passiert wäre. Ich meine, wenn dir bei dem Gedanken daran jedesmal unbehaglich wird –«

»O nein, Peter, das nicht! So habe ich das nicht gemeint. Es ist nicht so, als ob . . . Ich meine, es wäre etwas anderes, wenn wir auf andere Weise hierhergekommen wären –«

»Genau das ist der springende Punkt. Wenn ich zum Beispiel mit irgendeiner Frau, an der mir nicht für zwei Penny liegt, hierhergekommen wäre, um mich zu amüsieren, käme ich mir jetzt vor wie ein vollendetes Ferkel. Gegen jede Vernunft, das weiß ich, aber ich kann genauso unvernünftig sein wie jeder andere, wenn ich mir Mühe gebe. Wie die Dinge jedoch liegen – nein! Du und ich, wir haben beide nichts getan, was eine Verunglimpfung des Todes wäre – höchstens wenn du so dächtest, Harriet. Ich meine, wenn es etwas gibt, was hier die stickige Atmosphäre reinigen kann, die dieser unselige Alte hinterlassen hat, dann sind es die Gefühle, die wir – die zumindest ich für dich hege, und du für mich, wenn du ebenso empfindest. Was mich betrifft, so kann ich dir versichern, daß daran nichts Triviales ist.«

»Das weiß ich. Du hast ja auch vollkommen recht. Ich werde es nicht mehr so sehen. Peter – es waren doch – keine Ratten im Keller?«

»Nein, mein Schatz. Keine Ratten. Und völlig trocken. Es ist eben ein hervorragender Keller.«

»Da bin ich aber froh. Irgendwie habe ich immerzu an Ratten gedacht. Ich glaube zwar nicht, daß es einem noch etwas anhaben kann, wenn man erst tot ist, aber alles andere stört mich nicht annähernd so sehr, wie wenn ich mir auch noch Ratten vorstellen müßte. Es macht mir jetzt eigentlich gar nichts aus. Nicht mehr.«

»Ich fürchte nur, wir werden bis nach der gerichtlichen Voruntersuchung hierbleiben müssen, aber wir können uns natürlich ohne weiteres woanders einquartieren. Das wollte ich dich unter anderem fragen. Es gibt wahrscheinlich ein anständiges Hotel in Pagford oder Broxford.«

Harriet ließ sich das durch den Kopf gehen.

»Nein. Davon halte ich nichts. Ich glaube, ich möchte lieber hierbleiben.«

»Ganz bestimmt?«

»Bestimmt. Es ist unser Haus. Es war nie seines – nicht richtig. Und du sollst nicht den Eindruck haben, daß es zwischen deinen und meinen Gefühlen einen Unterschied gäbe. Das wäre ja noch schlimmer als Ratten.«

»Mein Schatz, ich habe nicht die Absicht, unser Hierbleiben zum Prüfstein für deine Liebe zu machen. Nicht Liebe, Eitelkeit allein stellt Lieb' auf solche Probe. Für mich ist das ja alles ganz einfach. Ich wurde in einem Bett gezeugt und geboren, in dem zwölf Generationen meiner Ahnen zur Welt kamen, Hochzeit hielten und starben – und mit manchem von ihnen hat es aus der Sicht des Pfarrers ein schlimmes Ende genommen –, also leide ich nicht über Gebühr unter solchen Spukvorstellungen. Aber ich wüßte keinen Grund, warum du da nicht ganz anders empfinden solltest.«

»Sag jetzt kein Wort mehr davon. Wir bleiben hier und werden die Gespenster kurzerhand austreiben. Es ist mir lieber so.«

»Gut, aber wenn du deine Meinung änderst, sag es mir«, antwortete er, noch immer unsicher.

»Ich werde meine Meinung nicht ändern. Und wenn du

fertig bist, sollten wir jetzt lieber hinuntergehen, denn Miss Twitterton sollte ein bißchen schlafen, sofern sie kann. Da fällt mir übrigens ein, daß *sie* nicht um ein anderes Zimmer gebeten hat, und dabei ist es ihr eigener Onkel.«

»Auf dem Lande haben die Leute ein ziemlich nüchternes Verhältnis zu Leben und Tod. Sie sind der Wirklichkeit so nahe.«

»Das ist genauso mit Leuten deines Schlages. Nur unsereiner ist so auf Hygiene und Zivilisation bedacht und heiratet in Hotels und entbindet und stirbt in Heimen, wo man niemandem zur Last fällt. Sag mal, Peter, müssen wir eigentlich diese ganzen Ärzte und Polizisten durchfüttern? Und macht Bunter das alles selbständig, oder muß ich ihm Anweisungen dazu geben?«

»Die Erfahrung hat mich gelehrt«, antwortete Peter, als sie die Treppe hinuntergingen, »daß keine Situation Bunter unvorbereitet trifft. Daß er uns heute morgen eine *Times* besorgt hat, einfach indem er den Milchmann beauftragte, die Posthalterin zu bitten, in Broxford anzurufen und dem Busschaffner eine mitgeben zu lassen, damit dieser sie auf der Post hinterlegte und das kleine Mädchen, das die Telegramme zustellt, sie uns hierher brachte, ist nur ein unbedeutendes Beispiel für seine Tatkraft und Findigkeit. Aber er wird es wahrscheinlich als Kompliment auffassen, wenn du ihm das Problem unterbreitest und ihn, nachdem er dir gesagt hat, daß bereits bestens für alles vorgesorgt ist, beglückwünschst.«

»Gern.«

In der kurzen Zeit, die sie oben gewesen waren, hatte Mr. Puffett den Schornstein offenbar fertig gefegt, denn die Staublaken waren aus dem Zimmer entfernt, und auf dem Rost war ein Feuer entzündet. Man hatte einen Tisch in die Mitte des Zimmers gerückt, und darauf stand ein Tablett mit Tellern und Bestecken. Als Harriet weiter auf den Flur ging, sah sie, daß dort reger Betrieb herrschte.

Vor der geschlossenen Kellertür stand die uniformierte Gestalt des Polizeikonstablers Sellon wie ein Gardesoldat unter der Bibermütze, bereit, gegen jedwede Widerstände seine Pflicht zu tun. In der Küche schnitt Mrs. Ruddles Brot für Sandwichs. In der Spülküche räumten Crutchley und Mr. Puffett eine Unzahl Kessel und Pfannen und alte Blumentöpfe von einem langen Brettertisch, wohl um ihn (worauf der danebenstehende Eimer mit dampfendem Wasser hindeutete) gründlich zu säubern und den Leichnam seines dahingegangenen Besitzers daraufzulegen. An der Hintertür regelte Bunter irgend etwas Geschäftliches mit zwei Männern, die mit einem Lieferwagen von irgendwoher aus dem Nichts gekommen waren. Dahinter sah man Mr. MacBride im Garten umhergehen; er sah aus, als ob er eine Bestandsaufnahme von allem machte, was sich darin befand, um seinen Verkaufswert zu taxieren. Und in diesem Augenblick klopfte es laut an die Vordertür.

»Das wird die Polizei sein«, sagte Peter. Er ging öffnen, und im selben Moment hatte Bunter die finanzielle Transaktion mit den beiden Männern abgeschlossen und kam ins Haus zurück, wobei er laut die Hintertür zuschlug.

»Oh, Bunter«, sagte Harriet, »wie ich sehe, machen Sie uns etwas zu essen.«

»Ja, Mylady. Ich konnte den Lieferwagen vom Kolonial abfangen und uns etwas Schinken für die Sandwichs besorgen. Wir haben auch noch etwas von der Leberpastete und dem Cheshirekäse, die wir aus London mitgebracht haben. Da an das Faßbier im Keller momentan nicht ohne weiteres heranzukommen ist, habe ich mir die Freiheit genommen, Mrs. Ruddle ins Dorf zu schicken, um ein paar Flaschen zu holen. Falls sonst noch etwas gewünscht werden sollte, haben wir auch noch ein Gläschen Kaviar im Korb, aber keine Zitronen, wie ich leider feststellen muß.«

»Oh, ich glaube nicht, daß Kaviar hier angebracht wäre, Bunter. Was meinen Sie?«

»Nein, Mylady. Soeben hat das Fuhrunternehmen Paterson das schwere Gepäck gebracht. Ich habe es im Ölschuppen abstellen lassen, bis wir die Muße finden, uns seiner anzunehmen.«

»Das Gepäck! Das hatte ich ganz vergessen.«

»Sehr verständlich, Mylady, wenn ich mir die Bemerkung erlauben darf... Die Spülküche«, fuhr Bunter mit kaum merklichem Zögern fort, »erschien mir passender als die Küche für – äh – die Arbeit des Mediziners.«

»Aber natürlich«, bekräftigte Harriet.

»Sehr wohl, Mylady. Ich habe Seine Lordschaft gefragt, ob er es unter Berücksichtigung aller Umstände wünscht, daß ich Kohlen bestelle. Er sagte, dies wolle er Ihnen anheimstellen.«

»Das hat er schon. Sie können die Kohlen bestellen.«

»Sehr wohl, Mylady. Ich hoffe, daß zwischen Mittag- und Abendessen Zeit genug bleibt, um auch den Küchenkamin zu fegen, sofern uns die Polizei nicht dazwischenkommt. Wünschen Eure Ladyschaft, daß ich mit dem Schornsteinfeger eine entsprechende Vereinbarung treffe?«

»Ja, bitte. Ich wüßte wirklich nicht, was wir ohne Sie und Ihren klaren Kopf anfangen sollten, Bunter.«

»Ich bin Eurer Ladyschaft sehr verbunden.«

Die Abordnung der Polizei war inzwischen ins Wohnzimmer geführt worden. Durch die halboffene Tür hörte man Peter mit hoher, elegant dahinfließender Stimme eine klare Darstellung der ganzen unglaublichen Geschichte geben, immer wieder mit geduldigen Pausen für Zwischenfragen, oder um dem ungelenken Bleistift eines Konstablers das Mitschreiben zu ermöglichen. Harriet seufzte ungehalten.

»Ich wollte, er müßte sich nicht mit so etwas abgeben. Es ist aber auch zu arg.«

»Ja, Mylady.« Bunters Gesicht zuckte, als ob eine menschliche Regung durchzubrechen versuchte. Er sagte nichts weiter, aber etwas schien von ihm auszuströmen, was Harriet als Mitgefühl erkannte. Sie fragte spontan:

»Sagen Sie, Bunter – finden Sie es richtig, daß ich Kohlen bestelle?«

Es war wohl nicht ganz fair, Bunter mit so einem heiklen Problem zu befassen, aber er verzog keine Miene.

»Das zu entscheiden steht mir nicht an, Mylady.«

»Aber Sie kennen ihn viel länger als ich, Bunter. Wenn Seine Lordschaft nur an sich selbst zu denken hätte, meinen Sie, er würde dann fortgehen oder hierbleiben?«

»Unter diesen Umständen, glaube ich, würde Seine Lordschaft sich zum Bleiben entschließen, Mylady.«

»Das wollte ich nur wissen. Dann bestellen Sie am besten Kohlen genug für einen Monat.«

»Sehr wohl, Mylady.«

Die Männer kamen soeben aus dem Wohnzimmer und wurden vorgestellt: Dr. Craven, Polizeidirektor Kirk, Sergeant Blades. Dann wurde die Kellertür geöffnet; jemand brachte eine Taschenlampe zum Vorschein, und sie gingen alle zusammen hinunter. Harriet, auf die Frauenrolle des Wartens und Schweigens verwiesen, ging in die Küche, um bei der Zubereitung der Sandwichs zu helfen. Diese Rolle war zwar langweilig, aber wenigstens nicht unnütz, denn Mrs. Ruddle stand mit einem großen Messer in der Hand an der Tür zur Spülküche, als gedächte sie alles, was da aus dem Keller heraufkommen mochte, kunstgerecht zu zerlegen.

»Mrs. Ruddle!«

Mrs. Ruddle schrak so heftig zusammen, daß sie das Messer fallen ließ.

»Mein Gott, Mylady! Haben Sie mir aber einen Schrekken eingejagt!«

»Sie sollten das Brot dünner schneiden. Und schließen Sie bitte die Tür.«

Langsame, schlurfende schwere Schritte. Dann Stimmen. Mrs. Ruddle unterbrach sich mitten in einer sprühenden Rede, um zu lauschen.

»Ja, Mrs. Ruddle?«

»Ach so, ja, Mylady. Ich sag also zu ihm: ›Du brauchst dir nicht einzubilden, daß du mich auf diese Weise drankriegst, Joe Sellon‹, sag ich. ›Du denkst wohl schon, du bist jemand, wie?‹ sag ich. ›Ich weiß nicht, woher du die Dreistigkeit nimmst, wenn man sich vorstellt, wie du dich bei der Geschichte mit Aggie Twittertons Hühnern blamiert hast. Nein‹, sag ich, ›wenn hier ein richtiger Polizist herkommt, kann er mich alles fragen, was er will. Aber du bilde dir bloß nicht ein, du könntest mich hier herumkommandieren‹, sag ich, ›wo ich alt genug bin, um deine Großmutter zu sein. Du kannst dein Notizbuch ruhig wieder wegstecken‹, sag ich, ›mach nur zu‹, sag ich, ›sonst muß ja meine alte Katze lachen, wenn sie dich sieht‹, sag ich. ›Keine Bange‹, sag ich, ›ich werde denen schon alles sagen, wenn's soweit ist.‹ – ›Sie haben kein Recht‹ , sagt er, ›einen Hüter des Gesetzes in der Ausübung seines Dienstes zu behindern.‹ – ›Hüter des Gesetzes?‹ sag ich. Wenn du das Gesetz hütest, kann das Gesetz mir gestohlen bleiben.‹ Knallrot ist er angelaufen. ›Sie hören noch von mir‹, sagt er. Und ich: ›Und du kriegst auch noch was zu hören‹, sag ich. ›Werd nur ja nicht frech. Die werden sich noch freuen, wenn sie hören, was ich ihnen zu erzählen hab, ohne daß du vorher hingehst und alles verdrehst‹, sag ich. Darauf er: –«

In Mrs. Ruddles Ton lag so eine Mischung aus Bosheit und Triumph, daß Harriet sie sich mit der Hühnerepisode allein nicht erklären konnte. Aber in diesem Augenblick kam Bunter vom Flur herein.

»Eine Empfehlung von Seiner Lordschaft, Mylady, und Polizeidirektor Kirk würde sich freuen, wenn er Sie kurz im Wohnzimmer sprechen dürfte, falls Sie einen Augenblick Zeit haben.«

Polizeidirektor Kirk war ein ungeschlachter Mensch mit sanftem, nachdenklichem Gesicht. Er schien von Peter schon die meisten Informationen bekommen zu haben, die er brauchte, und stellte nur noch einige Fragen, um sich einzelne Punkte – zum Beispiel ihre Ankunftszeit in Talboys und den Zustand des Wohnzimmers und der Küche bei ihrem Eintreffen – bestätigen zu lassen. Was er eigentlich von Harriet haben wollte, war eine Beschreibung des Schlafzimmers. Mr. Noakes' sämtliche Kleidungsstükke waren noch dagewesen? Seine Toilettengegenstände? Keine Koffer? Nichts, was darauf schließen ließ, daß er unverzüglich das Haus verlassen wollte? Nein? Nun, das bestätigte die Vermutung, daß Mr. Noakes zwar fortwollte, es aber nicht unmittelbar eilig zu haben schien. Zum Beispiel schien er nicht direkt mit einer unerfreulichen Begegnung an diesem Abend gerechnet zu haben. Der Polizeidirektor war Ihrer Ladyschaft sehr verbunden. Er würde es bedauern, Miss Twitterton stören zu müssen, und schließlich sei durch eine sofortige Untersuchung des Schlafzimmers nicht viel zu gewinnen, da sein Inventar ja alles andere als unberührt war. Das gelte natürlich ebenso für die übrigen Räume, leider. Aber daraus könne man ja wohl niemandem einen Vorwurf machen. Vielleicht werde Dr. Cravens Bericht sie ein Stückchen weiterbringen. Er könne ihnen vielleicht sagen, ob Mr. Noakes noch gelebt habe, als er die Kellertreppe hinunterfiel, oder ob er zuerst getötet und dann hinuntergeworfen worden sei. Es sei ja kein Blut geflossen, das sei der Haken, obwohl der Schlag den Schädel zertrümmert habe. Und nachdem so viele Leute den ganzen Abend und Morgen im Haus herumgelaufen seien, könne man auch kaum erwarten, Fußabdrücke oder Ähnliches zu finden. Man habe jedenfalls nichts gesehen, was auf einen Kampf schließen lasse? Nichts. Mr. Kirk dankte ergebenst.

Keine Ursache, sagte Harriet und erwähnte nebenbei etwas von einem Mittagsimbiß. Der Polizeidirektor hatte keine Einwände; er sei fürs erste mit dem Wohnzimmer fertig. Er wolle nur noch rasch mit diesem Mr. MacBride ein Wörtchen über die finanzielle Seite der Angelegenheit reden, ihn aber dann sofort hereinschicken, wenn er mit ihm fertig sei. Er selbst lehnte es taktvoll ab, mit der Familie zu essen, nahm jedoch das Angebot eines Käsehappens in der Küche an. Wenn der Arzt fertig sei, wolle er die Vernehmungen im Lichte der eventuellen medizinischen Erkenntnisse abschließen.

Jahre später pflegte Lady Peter Wimsey zu sagen, daß ihr die ersten Tage ihrer Flitterwochen als eine lange Folge verschiedenartigster Eindrücke im Gedächtnis geblieben seien, interpunktiert von den absonderlichsten Mahlzeiten. Die Erinnerungen ihres Gemahls waren noch unzusammenhängender: Er sagte, er habe immerzu das Gefühl gehabt, leicht betrunken zu sein und in einem Sprungtuch in die Höhe geschleudert zu werden. Das launische, tyrannische Geschick mußte dem Sprungtuch aber einen sehr kräftigen Ruck gegeben haben, daß es ihn gegen Ende dieses merkwürdigen, verlegenen Mahls gleich so hoch über die Welt schleuderte. Da stand er nämlich am Fenster und pfiff. Bunter, der im Zimmer herumhantierte, Sandwichs verteilte und die letzten Reste von Unordnung beseitigte, die der Weggang des Schornsteinfegers hinterlassen hatte, erkannte die Melodie. Es war dieselbe, die er am Abend zuvor im Holzschuppen gehört hatte. Nichts hätte der Situation weniger angemessen sein, nichts seinen angeborenen Sinn für Schicklichkeit tiefer kränken können; und doch erging es ihm wie dem Dichter Wordsworth: Er hörte und frohlockte.

»Noch ein Sandwich, Mr. MacBride?«

(Die frischvermählte Lady erfüllte zum erstenmal Gastgeberpflichten am eigenen Tisch. Seltsam, aber wahr.)

»Nein, danke, sehr freundlich.« Mr. MacBride schluckte den letzten Tropfen Bier hinunter und wischte sich wohlerzogen Mund und Fingerspitzen mit einem Taschentuch ab. Bunter stürzte sich sofort auf den abgegessenen Teller und das leere Glas.

»Ich hoffe, Sie haben auch schon etwas gegessen, Bunter?«

(Man mußte an die Dienstboten denken. Es gab nur zwei Fixpunkte im Universum: den Tod und das Essen der Dienerschaft; und hier waren beide zugleich.)

»Ja, Mylady, vielen Dank.«

»Ich glaube, man wird nachher dieses Zimmer brauchen. Ist der Arzt noch da?«

»Ich glaube, er hat seine Untersuchung beendet, Mylady.«

»Eine schöne Arbeit ist das auch nicht, denke ich«, sagte Mr. MacBride.

»La caill', la tourterelle
Et la joli' perdrix –
Auprès de ma blonde
Qu'il fait bon, fait bon, fait bon,
Auprès de ma blonde –

Mr. MacBride fuhr empört herum. Er hatte seine eigenen Vorstellungen von Schicklichkeit. Bunter machte einen Satz durchs Zimmer und versuchte die Aufmerksamkeit des entrückten Sängers auf sich zu lenken.

»Ja, Bunter?«

»Eure Lordschaft werden mir verzeihen. Aber im Hinblick auf den betrüblichen Anlaß –«

»Äh – wie? O Verzeihung. Habe ich irgendwelche Töne von mir gegeben?«

»Mein Lieber –!« Sein rasches, heimliches, erinnerungsseliges Lächeln war eine Herausforderung an sie; sie hielt ihr stand und fand den richtigen Ton für die ehefrauliche Zurechtweisung. »Die arme Miss Twitterton versucht zu schlafen.«

»Ach ja! Entschuldigung. Wie gedankenlos von mir! Und zu alledem noch in einem Trauerhaus und so weiter.« Eine plötzliche, eigenartige Ungeduld verdüsterte sein Gesicht. »Allerdings, wenn man mich fragt, bezweifle ich, daß hier irgend jemand – ich sage *irgend* jemand – besonders große Trauer empfindet.«

»Höchstens dieser Crutchley wegen seiner vierzig Pfund«, meinte Mr. MacBride. »Seinen Kummer halte ich für echt.«

»So gesehen«, sagte Seine Lordschaft, »müßten Sie selbst der Hauptleidtragende sein.«

»*Mich* bringt das nicht eine Nacht um den Schlaf«, versetzte Mr. MacBride. »Ist ja schließlich nicht mein Geld«, fügte er ehrlich hinzu. Er stand auf, öffnete die Tür und sah auf den Flur hinaus. »Ich hoffe nur, daß die da draußen sich mal ein bißchen beeilen. Ich muß ja noch nach London zurück und Mr. Abrahams Bescheid sagen. Schade, daß Sie kein Telefon haben.« Er machte eine kleine Atempause. »Wenn ich Sie wäre, würde ich mir darüber auch keine grauen Haare wachsen lassen. Nach meinem Eindruck war der liebe Verstorbene ein reichlich unangenehmer Kunde und ist kein großer Verlust.«

Er ging hinaus und hinterließ eine etwas klarere Atmosphäre, wie wenn man die Trauergebinde entfernt hätte.

»Ich fürchte, das stimmt«, sagte Harriet.

»Ist auch gut so, nicht wahr?« Wimsey bemühte sich um Leichtigkeit in seinem Ton. »Wenn ich einen Mord aufkläre, kann ich allzu große Sympathie für die Leiche nicht brauchen. Private Empfindungen verderben den Stil.«

»Aber Peter – *mußt* du ihn denn aufklären? Das wäre doch eine Zumutung für dich.«

Bunter, der gerade die Teller auf ein Tablett gestapelt hatte, strebte der Tür zu. Das mußte natürlich kommen. Sollten sie es untereinander ausmachen. Er hatte seine Warnung schon an den Mann gebracht.

»Nein, ich *muß* nicht. Aber ich werde wohl. Morde steigen mir in den Kopf wie Alkohol. Ich kann einfach nicht die Finger davon lassen.«

»Nicht einmal jetzt? Das kann doch nun niemand von dir erwarten! Manchmal hast auch du ein Recht auf dein eigenes Leben. Und es ist so ein gemeines Verbrechen – so niederträchtig und abscheulich.«

»Eben darum«, brach es mit unerwarteter Leidenschaft aus ihm heraus. »Darum kann ich ja nicht die Finger davon lassen. Es ist nichts Malerisches daran, nichts Aufregendes. Überhaupt nichts, was Spaß macht. Nur ein schmutziger, brutaler Totschlag, wie mit dem Schlachterbeil. Mir wird übel bei der Vorstellung. Aber wer zum Kuckuck bin ich, daß ich ein Recht hätte, mir auszusuchen, womit ich mich abgebe und womit nicht?«

»Verstehe. Aber schließlich ist uns das hier nur sozusagen zugeflogen. Es ist nicht so, daß dich jemand um Hilfe gebeten hätte.«

»Ich möchte wissen, wie oft ich überhaupt zu Hilfe gerufen werde«, antwortete er ziemlich verbittert. »Die halbe Zeit rufe ich mich selbst zu Hilfe, aus blankem Mutwillen und schierer Neugier. Lord Peter Wimsey, der aristokratische Spürhund – mein Gott! Der reiche Nichtstuer, der ein bißchen Detektiv spielt. So sagen die Leute doch, oder?«

»Manchmal. Einmal bin ich jemandem, der das sagte, über den Mund gefahren. Da waren wir noch nicht verlobt. Damals habe ich mich gefragt, ob ich mich vielleicht allmählich in dich verliebt hatte.«

»So? Dann sollte ich dieses Bild von mir lieber nicht bestätigen. Was kriechen solche Gesellen wie ich zwischen Himmel und Erde herum? Ich kann mir nicht von irgend etwas die Hände in Unschuld waschen, nur weil es meiner Lordschaft unbequem ist, wie Bunter es immer vom Schornsteinfeger behauptet. Ich hasse Gewalttätigkeit! Ich verabscheue Kriege und Gemetzel und das tierische

Aufeinanderschlagen von Menschen auf Menschen! Sage nicht, das geht mich nichts an. Es geht jeden etwas an.«

»Natürlich, Peter. Du sollst es ja auch tun. Ich wollte wohl nur die fürsorgliche Ehefrau spielen oder so ähnlich. Du sahst mir so aus, als ob du ein bißchen Ruhe und Frieden gebrauchen könntest. Aber du scheinst dich als Lotosesser nicht hervorzutun.«

»Wie soll ich Lotos essen, selbst mit dir?« rief er pathetisch. »Wenn überall ermordete Leichen herumliegen!«

»Sollst du auch nicht, mein Schatz, sollst du auch nicht. Nimm statt dessen eine kräftige Portion stachligen Kaktus und beachte meine schwachsinnigen Versuche nicht, deinen Pfad mit Rosenblättern zu bestreuen. Es wird nicht das erstemal sein, daß wir gemeinsam auf Fährtensuche gehen. Nur –« Sie stockte, denn eine andere verheerende Gefahr für ihre Ehe tauchte wie eine alptraumhafte Möglichkeit vor ihr auf – »was immer du tust, laß mich daran teilhaben, ja?«

Zu ihrer Erleichterung lachte er.

»Einverstanden, Domina. Ich verspreche es dir. Kaktus für beide oder für keinen, und Lotos auch dann erst, wenn wir ihn miteinander teilen können. Ich werde nicht den braven englischen Ehemann spielen – trotz deines erschreckenden Absturzes in ehefrauliche Verhaltensweisen. Der Mohr soll schwarz bleiben und der Leopardin ihre Flecken lassen.«

Er schien zufrieden, aber Harriet schalt sich eine Törin. Es war eben doch nicht so einfach, sich aneinander anzupassen. Daß man einen Menschen unsinnig liebte, hinderte einen nicht daran, ihm unbeabsichtigt weh zu tun. Sie hatte das unbehagliche Gefühl, daß sein Vertrauen erschüttert und dieses Mißverständnis noch nicht zu Ende war. Er war nicht der Mann, zu dem man sagen konnte: »Liebster, du bist wunderbar, und alles, was du tust, ist richtig –« ob man so dachte oder nicht. Er würde das nur töricht finden. Und umgekehrt gehörte er nicht zu den

Männern, die sagten: »Ich weiß schon, was ich tue, du mußt mir nur vertrauen.« (Dafür mußte man immerhin Gott danken!) Er wollte verständige Zustimmung oder keine. Und ihr Verstand stimmte ihm zu. Nur schienen ihre Gefühle nicht ganz mit ihrem Verstand am selben Strang zu ziehen. Aber ob es nun ihre Gefühle für Peter oder den verblichenen Mr. Noakes waren, der erschlagen worden war, um ihnen die Flitterwochen zu verderben, oder aber das rein egoistische Gefühl, in dieser Zeit nicht von Leichen und Polizei behelligt werden zu wollen, dessen war sie sich nicht ganz sicher.

»Kopf hoch, mein Schatz«, sagte Peter. »Vielleicht will man meine freundliche Unterstützung gar nicht. Vielleicht zerschlägt Kirk den gordischen Knoten, indem er mir einfach einen Tritt gibt.«

»Dann müßte er ein Idiot sein«, entrüstete Harriet sich prompt.

Plötzlich trat Mr. Puffett ohne anzuklopfen ein.

»Sie bringen Mr. Noakes jetzt weg. Soll ich mit dem Küchenkamin weitermachen?« Er ging zum Wohnzimmerkamin. »Jetzt zieht er prima, was? Ich hab ja gleich gesagt, daß dem Schornstein nichts fehlt. Ha! Wie gut, daß Mr. Noakes diesen Haufen Kohlen nicht sieht. Das ist ein Feuer, das jedem Schornstein Ehre macht.«

»Schon gut, Puffett«, sagte Peter abwesend. »Machen Sie nur weiter.«

Schritte auf dem Weg, und eine traurige kleine Prozession zog am Fenster vorbei: ein Polizeisergeant und noch ein uniformierter Polizist, dazwischen eine Bahre.

»Sehr wohl, Mylord.« Mr. Puffett sah aus dem Fenster und nahm seine Melone ab. »Und wohin hat seine ganze Knauserei ihn jetzt gebracht?« fragte er. »Nirgendshin.«

Er marschierte hinaus.

»*De mortius*«, sagte Peter. »Und so weiter.«

»Ja, der arme Alte scheint eine merkwürdige Sammlung von Nachrufen zu bekommen.«

Leiche und Polizei – da waren sie wieder; man wurde sie nicht los, egal wie man dazu stand. Da war es eben weitaus besser, man akzeptierte die Situation und versuchte das Beste daraus zu machen. Polizeidirektor Kirk kam ins Zimmer, gefolgt von Joe Sellon.

»So, so«, meinte Peter. »Und wo haben Sie die Daumenschrauben?«

»Die werden wir wohl nicht brauchen, Mylord«, antwortete Mr. Kirk leutselig. »Sie und Ihre Gattin hatten vorige Woche bestimmt etwas Besseres zu tun, als Morde zu begehen. Ist schon recht, Joe, kommen Sie nur rein. Zeigen sie mal, ob Sie noch ein bißchen stenographieren können. Meinen Sergeanten habe ich nach Broxford geschickt, um dort ein paar Erkundigungen einzuholen, und solange kann Joe uns helfen, die Aussagen aufzunehmen. Ich würde gern dieses Zimmer hier benutzen, wenn es Ihnen nicht ungelegen ist.«

»Keineswegs.« Peter sah den Blick des Polizeidirektors sich bescheiden auf ein dünnbeiniges Exempel edwardianischer Tischlerkunst richten und schob prompt einen kräftigen, hochlehnigen Sessel mit gichtigen Armlehnen und Beinen und üppiger Schnitzerei an der Lehne vor. »Der dürfte Ihrem Gewicht angemessener sein.«

»Sehr eindrucksvoll«, sagte Harriet.

Auch der Dorfpolizist mußte etwas dazu sagen:

»Das war der Sessel vom alten Noakes.«

»Dann wird Sir Galahad auf Merlins Platz sich setzen«, sagte Peter.

Mr. Kirk, der gerade seine soliden zwei Zentner auf den Sessel niederlassen wollte, fuhr wie elektrisiert wieder hoch.

»Alfred Lord Tennyson«, sagte er.

»Auf Anhieb getroffen«, stellte Peter mit gelinder Überraschung fest. Aus den Ochsenaugen des Polizeibeamten schimmerte sanft die Glut der Begeisterung. »Sie scheinen ein belesener Mann zu sein, Herr Polizeidirektor.«

»Na ja, ich lese gern ein bißchen in der Freizeit«, gestand Mr. Kirk verschämt. »Es besänftigt das Gemüt.« Er setzte sich. »Ich denke oft, der Polizeialltag macht einen gern ein bißchen engstirnig und stumpf, wenn Sie verstehen, was ich meine. Und wenn ich das merke, sage ich: James Kirk, was du jetzt brauchst, ist eine Begegnung mit einem großen Geist, so nach dem Abendessen. Lesen macht den ganzen Mann –«

»Das Gespräch den fertigen Mann«, sagte Harriet.

»Und Schreiben den genauen Mann«, ergänzte der Polizeidirektor. »Merken Sie sich das, Joe Sellon, und machen Sie mir die Aufzeichnungen so, daß man sie lesen und etwas damit anfangen kann.«

»Francis Bacon«, sagte Peter ein wenig verspätet. »Mr. Kirk, Sie sind ein Mann nach meinem Herzen.«

»Danke, Mylord. Bacon – den würden Sie doch als einen großen Geist bezeichnen, nicht? Und was noch mehr ist, er ist sogar Lordkanzler von England geworden, hat also auch ein bißchen was mit Recht und Gesetz zu tun. Na ja! Ich glaube, wir müssen jetzt zur Sache kommen.«

»Wie ein anderer großer Geist es so schön ausgedrückt hat: ›Wie sehr es auch entzücken mag, so ungehemmt durch einen Garten herrlicher Bilder zu wandeln, locken wir Euern Geist nicht fort von einem anderen Gegenstand, der kaum minder wichtig ist?‹«

»Woher ist denn das?« fragte der Polizeidirektor. »Das ist mir neu. ›Garten herrlicher Bilder‹, ja? Hübsch, das muß ich sagen.«

»*Kai-Lung*«, sagte Harriet.

»*Die goldenen Stunden des*«, ergänzte Peter. »Ernest Bramah.«

»Schreiben Sie mir das mal auf, Joe. ›Herrliche Bilder –‹ Genau das findet man ja in der Dichtung, nicht wahr? Bilder. Und dazu in einem Garten – man könnte sie wohl Blüten der Phantasie nennen. Na ja –« Er gab sich einen Ruck und wandte sich an Peter. »Wie gesagt, wir können uns an den schönen Phantasien jetzt nicht aufhalten. Nun zu dem Geld, das wir bei der Leiche gefunden haben. Wieviel, sagten Sie, haben Sie ihm für das Haus bezahlt?«

»Sechshundertfünfzig, alles zusammen. Fünfzig zu Beginn der Verhandlungen und die restlichen sechshundert zum nächsten Quartal.«

»Stimmt. Das erklärt die sechshundert Pfund, die er in der Tasche hatte. Er muß das Geld genau an dem Tag von der Bank geholt haben, an dem er umgebracht wurde.«

»Der Quartalstag war Sonntag. Der Scheck wurde bereits am achtundzwanzigsten ausgestellt und abgeschickt. Er muß am Montag angekommen sein.«

»Richtig. Wir werden die Einlösung bei der Bank nachprüfen, ist aber eigentlich nicht nötig. Es würde mich mal interessieren, was *die* sich dabei gedacht haben, als er das Geld in bar mitnahm, statt es aufs Konto einzuzahlen. Hm! Ein Jammer, daß es nicht Aufgabe der Banken ist, uns einen Hinweis zu geben, wenn Leute etwas tun, was nach Fluchtvorbereitung aussieht. Aber das ginge natürlich nicht an.«

»Er muß das Geld demnach in der Tasche gehabt haben, als er dem armen Crutchley weismachte, er habe kein Geld, um ihm die vierzig Pfund zurückzugeben. Da hätte er es ihm doch geben können.«

»Gekonnt hätte er das natürlich, Mylady, wenn er gewollt hätte. Muß ein richtiger Spitzbub gewesen sein, der alte Noakes; ein kleiner Artful Dodger.«

»Charles Dickens!«

»Stimmt. Das war ein Schriftsteller, der von Ganoven was verstand, wie? Muß ganz schön zugegangen sein damals in London, wenn man ihm glaubt. Fagin und Konsorten. Aber heute würde man einen Taschendieb nicht mehr aufknüpfen. Na ja – und nachdem Sie also den Scheck geschickt hatten, sind Sie die Woche darauf einfach hergekommen und haben alles übrige ihm überlassen?«

»Ja. Sehen Sie, hier ist der Brief, in dem er schreibt, er werde alles vorbereiten. Der Brief ist an meinen Agenten gerichtet. Wir hätten wirklich jemanden vorausschicken sollen, der nach dem Rechten sah, aber die Wahrheit ist, wie ich Ihnen schon sagte, daß wir wegen der Zeitungsreporter und diesem und jenem –«

»Diese Burschen machen uns eine Menge Scherereien«, sagte Kirk mitfühlend.

»Und wenn sie einen erst in der Wohnung überfallen«, sagte Harriet, »und das Personal bestechen –«

»Zum Glück ist Bunter ein Meergrüner Unnahbarer –«

»Carlyle«, sagte Mr. Kirk beifällig. »*Die französische Revolution.* Scheint ein guter Mann zu sein, Ihr Bunter. Hat den Kopf richtigherum auf den Schultern.«

»Aber die Mühe hätten wir uns sparen können«, sagte Harriet. »Jetzt werden wir sie nämlich bald alle auf der Pelle haben.«

»Ja, ja«, sagte Mr. Kirk. »Das kommt davon, wenn man eine Persönlichkeit des öffentlichen Lebens ist. Dem grellen Lichte entkommt man nicht, das auf –«

»He!« rief Peter. »Das ist unfair. Sie können Tennyson nicht zweimal bringen. Nun, so steht es jedenfalls, und was geschehn ist, kann – nein, Shakespeare brauche ich vielleicht später noch. Die Ironie an der Geschichte ist, daß wir Mr. Noakes ausdrücklich mitgeteilt haben, wir kämen hierher, um Ruhe und Frieden zu haben, und wünschten nicht, daß es in der ganzen Gegend herumposaunt würde.«

»Na ja, dafür hat er dann ja auch gesorgt«, meinte der Polizeidirektor. »Mein Gott, haben Sie es ihm leicht gemacht, wie? Kinderleicht. Er konnte einfach verschwinden, und niemand würde nachfragen. Aber ich glaube nicht, daß er ganz so weit gehen wollte, wie er jetzt gegangen ist.«

»Sie meinen, es besteht keine Möglichkeit, daß es Selbstmord war?«

»Nicht sehr wahrscheinlich, bei dem vielen Geld in den Taschen, nicht? Außerdem sagt der Arzt, daß davon keine Rede sein kann. Darauf kommen wir aber noch zurück. Nun zu den Türen. Sind Sie sicher, daß beide bei Ihrer Ankunft verschlossen waren?«

»Vollkommen sicher. Die Haustür haben wir selbst mit dem Sicherheitsschlüssel geöffnet, und die Hintertür – mal überlegen –«

»Ich glaube, die hat Bunter geöffnet«, sagte Harriet.

»Dann sollten wir Bunter vielleicht hereinrufen«, sagte Peter. »Er wird es wissen. Er vergißt nie etwas.« Er rief nach Bunter und fügte hinzu: »Was wir hier brauchen, ist eine Glocke.«

»Und Sie haben keine Unordnung angetroffen, außer der bereits erwähnten? Eierschalen und dergleichen, ja. Aber keine Kampfspuren? Keine Waffe? Keine Gegenstände an Stellen, wohin sie nicht gehörten?«

»Ich kann mich jedenfalls an nichts dergleichen erinnern«, sagte Harriet. »Es war nicht besonders hell hier drinnen, aber wir haben natürlich auch nach nichts gesucht. Wir wußten ja nicht, daß es überhaupt etwas zu suchen gab.«

»Moment«, sagte Peter. »Ist mir nicht heute morgen etwas aufgefallen? Ich – nein, ich weiß nicht. Sehen Sie, wir hatten so ein Durcheinander wegen des Schornsteinfegers. Ich weiß nicht mehr, was ich gedacht habe. Ich – wenn da etwas war, ist es jetzt jedenfalls weg. ... Ah, Bunter! Polizeidirektor Kirk möchte wissen, ob die Hintertür verschlossen war, als wir gestern abend ankamen.«

»Verschlossen und verriegelt, Mylord. Oben und unten.«

»Ist Ihnen irgend etwas hier merkwürdig vorgekommen?«

»Abgesehen vom Fehlen gewisser Annehmlichkeiten,

mit denen wir rechnen zu können geglaubt hatten«, sagte Bunter mit Nachdruck, »wie zum Beispiel Licht, Kohlen, Lebensmittel, Hausschlüssel, gemachte Betten und gereinigte Schornsteine, und abgesehen ferner von dem schmutzigen Geschirr in der Küche und dem Vorhandensein von Mr. Noakes' persönlichen Utensilien – nein, Mylord. Das Haus wies keinerlei Anomalien oder Widersprüchlichkeiten auf, von denen ich etwas bemerkt hätte. Außer –«

»Ja?« fragte Mr. Kirk hoffnungsvoll.

»Seinerzeit habe ich dem keine Beachtung geschenkt«, sagte Bunter langsam, als ob er eine Pflichtvergessenheit zu beichten hätte, »aber in diesem Zimmer befanden sich zwei Kerzenhalter auf der Anrichte. Beide Kerzen waren bis zu den Sockeln hinuntergebrannt. Ausgebrannt.«

»Das stimmt«, sagte Peter. »Ich erinnere mich jetzt, gesehen zu haben, wie Sie das Wachs mit einem Taschenmesser entfernt haben. Die Nacht hat ihre Kerzen ausgebrannt.«

Der Polizeidirektor war so mit der Bedeutung von Bunters Aussage beschäftigt, daß ihm die Aufforderung entging, bis Peter ihm einen Rippenstoß gab und das Zitat wiederholte, wobei er hinzufügte: »Ich wußte doch, daß ich Shakespeare noch einmal brauchen würde.«

»Wie?« fragte der Polizeidirektor. »Die Nacht hat ihre Kerzen –? *Romeo und Julia* – davon kann aber hier nicht viel die Rede sein. Ausgebrannt? So. Dann müssen sie gebrannt haben, als er umgebracht wurde. Das heißt, es war schon dunkel.«

»Er starb bei Kerzenlicht. Klingt wie der Titel eines überspannten Kriminalromans. Könnte einer von dir sein, Harriet. Wenn gefunden, mach eine Notiz davon.«

»Captain Cuttle«, sagte Mr. Kirk rasch, um sich nicht noch einmal schlafend erwischen zu lassen. »Zweiter Oktober – da muß die Sonne gegen halb sechs untergegangen sein. Ach nein, da war noch Sommerzeit. Also halb sieben. Ich weiß nicht, ob uns das weiterbringt. Sie haben nichts herumliegen sehen, was als Waffe hätte dienen können? Keinen Hammer oder Knüppel? Nichts in der Art eines –«

»Gleich sagt er's«, flüsterte Peter Harriet zu.

»– stumpfen Gegenstandes?«

»Er hat's gesagt!«

»Ich habe nie geglaubt, daß sie es wirklich sagen.«

»Jetzt weißt du's.«

»Nein«, sagte Bunter nach kurzem Nachdenken. »Nichts in dieser Art. Nichts außer den üblichen Haushaltsgegenständen, und die waren jeweils an den richtigen Plätzen.«

»Haben wir schon irgendeine Vorstellung, nach was für einer Art von stumpfem Gegenstand wir suchen?« erkundigte sich Lord Peter. »Wie groß? Welche Form?«

»Ziemlich schwer, Mylord, mehr kann ich jetzt nicht sagen. Mit einem glatten, stumpfen Kopf. Das heißt, der Schädel war nämlich zertrümmert wie eine Eierschale, aber die Haut war kaum verletzt. Wir haben also kein Blut, das uns weiterhelfen könnte, und schlimmer noch, wir haben nicht einmal den Schimmer einer Ahnung, wo sich das Ganze überhaupt zugetragen hat. Dr. Craven sagt nämlich, daß der Verstorbene – Moment, Joe, wo ist der Brief, den der Doktor geschrieben hat und den ich an den Untersuchungsrichter schicken soll? Lesen Sie ihn Seiner Lordschaft mal vor. Vielleicht kann er was damit anfangen, weil er mehr Erfahrung und Bildung hat als Sie und ich. Ich weiß nicht, was die Ärzte immer mit diesen langen Wörtern wollen. Gebildet klingt das schon, das will ich nicht abstreiten. Ich werde mich mal mit einem Lexikon darangeben, bevor ich schlafen gehe, dann weiß ich, daß ich wieder was dazulerne. Aber um die Wahrheit zu sagen, wir haben hier in der Gegend nicht viel mit Mord und gewaltsamem Tod zu tun, und darum habe ich in diesen technischen Dingen nicht viel Übung.«

»Es ist gut, Bunter«, sagte Peter, als er sah, daß der Polizeidirektor seine Befragung beendet hatte. »Sie können gehen.«

Harriet hatte den Eindruck, daß Bunter ein wenig enttäuscht war. Zweifellos hätte er am gebildeten Vokabular des Arztes seine Freude gehabt.

Konstabler Sellon räusperte sich und begann:

»›Es ist meine Pflicht, Ihnen den Tod des –‹«

»Nicht das«, unterbrach ihn Kirk. »Die Stelle mit dem Verstorbenen.«

Konstabler Sellon fand die Stelle und räusperte sich erneut:

»›Als Ergebnis einer oberflächlichen Untersuchung darf ich feststellen –‹ Ist es das, Sir?«

»Das ist es.«

»›– daß der Verstorbene allem Anschein nach mit einem schweren, stumpfen Gegenstand von großer Oberfläche –‹«

»Damit meint er, wie er mir gesagt hat, daß es nicht irgend etwas Spitziges war, wie die Schmalseite eines Hammers«, erklärte der Polizeidirektor.

»›– an der –‹ – Das kann ich nicht lesen, Sir. Sieht fast aus wie ›Platte‹, und das würde ja auch stimmen, aber so sagt doch ein Arzt nicht dazu.«

»Das heißt es bestimmt nicht, Joe.«

»Könnte auch ›Karotte‹ heißen, aber das paßt ja nun überhaupt nicht.«

»Vielleicht ›Kalotte‹«, schlug Peter vor. »So nennt man die Schädelwölbung.«

»Das wird es sein«, sagte Kirk. »Jedenfalls hat er den Schlag da abbekommen, egal wie der Doktor das nennt.«

»Ja, Sir. ›– etwas hinten über dem linken Ohr, was auf eine Schlagrichtung von links hinten schließen läßt. Eine ausgedehnte Fraktur –‹«

»Hallo!« rief Peter. »Hinten links oben. Das sieht ja ganz nach einem unserer alten Freunde aus.«

»Dem linkshändigen Mörder«, sagte Harriet.

»Eben. Es ist erstaunlich, wie oft man ihnen in der Kriminalliteratur begegnet. Offenbar verdreht das gleich den ganzen Charakter.«

»Es könnte ja auch ein Rückhandschlag gewesen sein.«

»Kaum denkbar. Wer rennt schon herum und fällt seine Opfer mit Rückhandschlägen! Es sei denn, der hiesige Tennismeister wollte sein Können demonstrieren. Oder ein Erdarbeiter hat Mr. Noakes mit einem einzuschlagenden Pfahl verwechselt.«

»Dann hätte er ihn aber mitten auf den Kopf getroffen. Das tun sie immer. Jedesmal meint man, jetzt schlägt er seinem Kollegen, der das Ding festhält, den Schädel ein, aber daraus wird nie etwas. Das ist mir aufgefallen. Aber da ist noch ein Haken. Wenn ich mich recht erinnere, war Mr. Noakes ziemlich groß.«

»Stimmt«, sagte Kirk. »Einsdreiundneunzig. Aber er ging ein bißchen gebeugt. Sagen wir, alles in allem einsneunzig.«

»Dafür würde man einen Mörder brauchen, der auch ganz schön groß ist«, sagte Peter.

»Würde eine Waffe mit langem Stiel es nicht auch tun? Ein Krocket- oder Golfschläger zum Beispiel?«

»Ja, oder ein Cricketschlagholz. Oder ein Holzhammer, versteht sich.«

»Oder ein Spaten – mit der flachen Seite –«

»Oder ein Gewehrkolben. Womöglich sogar ein Schürhaken –«

»Der müßte aber sehr lang und schwer sein und einen dicken Knauf haben. Ich glaube, in der Küche ist so einer. Es könnte wohl sogar ein Besen –«

»Ich glaube nicht, daß der schwer genug wäre, aber möglich ist es. Wie steht es mit einer Axt oder Hacke?«

»Nicht stumpf genug. Die haben immer so scharfe Kanten. Was gibt's denn sonst noch? Ich habe mal von einem Dreschflegel gehört, aber gesehen habe ich noch nie einen. Ein umwickeltes Bleirohr, wenn es lang genug wäre. Kein Sandsack – der würde sich nur plattdrücken.«

»Ein Klumpen Blei in einem Strumpf wäre auch ganz praktisch.«

»Ja – aber sieh mal, Peter, es kann doch eigentlich alles gewesen sein, sogar ein Nudelholz. Immer vorausgesetzt, daß –«

»Daran habe ich auch gedacht. Er könnte gesessen haben.«

»Und dann hätte es ebensogut ein Stein oder Briefbeschwerer sein können, wie der da auf der Fensterbank.«

Mr. Kirk zuckte zusammen.

»Donnerwetter!« rief er. »Sie beide sind ja ganz schön auf Draht. Ihnen entgeht nicht viel, wie? Und die Dame steht dem Herrn in nichts nach.«

»Es ist schließlich ihr Beruf«, sagte Peter. »Sie schreibt nämlich Detektivgeschichten.«

»Nein, wirklich?« wunderte sich der Polizeidirektor. »Also, ich kann ja nicht behaupten, daß ich schon viel in der Art gelesen hätte, aber meine Frau, die liest schon hin und wieder mal gern einen Edgar Wallace. Nur daß so etwas bei einem Mann in meinem Beruf besänftigend aufs Gemüt wirkt, das kann ich nicht sagen. Einmal habe ich so eine amerikanische Geschichte gelesen, und wie die Polizei sich da verhalten hat – also, mir kam das jedenfalls nicht richtig vor. Hier, Joe, bringen Sie mir mal den Briefbeschwerer, ja? He! Nicht so! Haben Sie noch nie was von Fingerabdrücken gehört?«

Sellon stand, die große Hand fest um den Stein gekrampft, verlegen da und kratzte sich mit seinem Bleistift am Kopf. Er war ein kräftiger junger Mann mit rosigem Gesicht und verstand sich offenbar besser auf den Umgang mit Betrunkenen als auf das Vermessen von Fußspuren und die Rekonstruktion von Verbrechen. Zu guter Letzt öffnete er die Hand und brachte den Briefbeschwerer auf dem flachen Handteller an den Tisch.

»Der nimmt sowieso keine Fingerabdrücke an«, sagte Peter. »Viel zu rauhe Oberfläche. Edinburgher Granit, würde ich sagen.«

»Aber der Schlag könnte damit geführt worden sein«, sagte Kirk. »Jedenfalls hier mit der Unterseite des abgerundeten Endes. Soll das ein Gebäude darstellen?«

»Das Schloß von Edinburgh, glaube ich. Haut, Haare oder Ähnliches sind nicht daran zu entdecken. Moment mal.« Er faßte das Schloß bei einem der Kamine, suchte die Oberfläche mit einer Lupe ab und sagte abschließend: »Nein.«

»Hm. So so. Das bringt uns also auch nicht weiter. Dann werden wir uns als nächstes den Schürhaken aus der Küche ansehen.«

»Daran werden Sie natürlich jede Menge Fingerabdrücke finden. Bunters und meine, Mrs. Ruddles – womöglich auch Mr. Puffetts und Crutchleys.«

»Das ist ja das Teuflische daran«, gestand der Polizeidirektor ehrlich ein. »Trotzdem, Joe, werden Sie künftig die Finger von allem lassen, was wie eine Waffe aussieht. Wenn Sie hier irgend etwas herumliegen sehen, wovon Seine Lordschaft und Ihre Ladyschaft vorhin gesprochen haben, lassen Sie es liegen und schreien nur, bis ich da bin. Verstanden?«

»Ja Sir.«

»Um auf den Bericht des Arztes zurückzukommen«, sagte Peter, »können wir daraus also schließen, daß Mr. Noakes sich den Schädel nicht bei dem Treppensturz eingeschlagen haben könnte? Er war doch schon älter, nicht wahr?«

»Fünfundsechzig, Mylord. Aber kerngesund, soviel man jetzt noch sagen kann. Stimmt's, Joe?«

»Stimmt genau, Sir. Richtig angegeben hat er damit. Gott weiß wie geprahlt hat er, daß der Arzt gesagt hat, er kann noch mal ein viertel Jahrhundert leben. Fragen Sie mal Frank Crutchley. Der hat's auch gehört. Drüben in

Pagford, im Schweinehirten. Und Mr. Roberts von der Krone, dem hat er es auch schon oft erzählt.«

»Aha! Na schön, mag sein. Das hat man von der Prahlerei. Des Adels Stolz – na ja, das liegt wohl mehr auf dem Gebiet Eurer Lordschaft, aber des Ruhmes Pfade führen all ins Grab, wie es in Grays Elegie heißt. Jedenfalls ist er nicht bei dem Treppensturz umgekommen, denn er hat einen Bluterguß an der Stirn, wo er auf die unterste Stufe geschlagen ist –«

»Oho!« machte Peter. »Dann lebte er also noch, als er die Treppe hinunterfiel?«

»Ja«, sagte Mr. Kirk ein wenig enttäuscht, weil man ihm zuvorgekommen war. »Das wollte ich gerade sagen. Aber beweisen tut das auch wieder nichts, weil er ja anscheinend nicht sofort tot war. Nach Dr. Cravens Feststellungen –«

»Soll ich das vorlesen, Sir?«

»Sparen Sie sich die Mühe, Joe. Das ist eine ellenlange Litanei, und ich kann es Seiner Lordschaft auch ohne Ihre Platten und Karotten erklären. Es läuft darauf hinaus, daß irgend jemand ihm den Schädel eingeschlagen hat und er zusammengebrochen und bewußtlos liegengeblieben ist – gewissermaßen eine Gehirnerschütterung. Dann ist er sehr wahrscheinlich nach einer Weile wieder zu sich gekommen. Aber er wußte nicht, was mit ihm passiert war. Konnte sich an überhaupt nichts mehr erinnern.«

»Das ist doch klar«, fiel Harriet eifrig ein, denn darüber wußte sie Bescheid – sie hatte sich in ihrem vorletzten Roman ausführlich damit auseinandersetzen müssen. »Alles, was dem Schlag unmittelbar vorausgegangen war, ist weg aus dem Gedächtnis. Es kann sogar sein, daß er aufgestanden ist und sich eine Zeitlang vollkommen wohl gefühlt hat.«

»Bis auf den Brummschädel«, wandte Mr. Kirk mit seiner Vorliebe fürs Detail ein. »Aber allgemein gesprochen ist das schon richtig, das sagt auch der Arzt. Er könnte im

Haus herumgegangen sein und sogar das eine oder andere getan haben –«

»Etwa die Haustür hinter dem Mörder zugeschlossen?«

»*Genau.* Da steckt der Haken.«

»Und dann«, fuhr Harriet fort, »wurde ihm auf einmal ganz komisch und schwindlig, nicht wahr? Er ist hingegangen und wollte sich etwas zu trinken holen oder Hilfe herbeirufen und –«

In der Erinnerung sah sie plötzlich die weit offene Kellertür, gähnend zwischen Hintertür und Spülküche.

»Und dann ist er die Kellertreppe hinuntergefallen und da unten gestorben. Diese Tür stand nämlich offen, als wir ankamen. Ich erinnere mich noch, wie Mrs. Ruddle ihrem Bert zugerufen hat, er soll sie schließen.«

»Pech, daß Sie bei der Gelegenheit nicht einen kurzen Blick nach unten geworfen haben«, knurrte der Polizeidirektor. »Das hätte ihm zwar auch nichts mehr genützt – er war schon lange genug tot – aber wenn Sie Bescheid gewußt hätten, dann hätten Sie das Haus sozusagen im Status quo erhalten können.«

»*Gekonnt* hätten wir das schon«, antwortete Peter betont, »aber ich sage Ihnen ganz offen, daß wir dazu nicht in der Stimmung waren.«

»Nein«, stimmte Mr. Kirk ihm nachdenklich zu, »das glaube ich Ihnen gern. Nein. Alles in allem wäre Ihnen das sehr ungelegen gewesen, das sehe ich ein. Trotzdem ist es Pech. Denn sehen Sie, jetzt haben wir sehr wenig, woran wir uns halten können, das muß ich sagen. Der arme Teufel kann überall umgebracht worden sein – oben, unten, wo auch immer, selbst in meiner Herrin Zimmer –«

»Nein, nein, Mutter Gans«, rief Peter hastig. »Nicht dort, nicht dort, mein Kind! Felicia Hemans. Gehen wir weiter. Wie lange hat er nach dem Schlag noch gelebt?«

»Der Doktor sagt, eine halbe bis eine Stunde«, warf der Konstabler ein, »gemessen an der – äh – Hämo- und noch was.«

»Hämorrhagie?« fragte Kirk, indem er sich des Briefs bemächtigte. »Ja, das heißt es wohl. ›Hämorrhagische Effusion in die Cortex.‹ Ist das ein Ausdruck!«

»Bluterguß in die Hirnrinde«, sagte Peter. »Du lieber Himmel. Da hatte er ja noch eine Menge Zeit. Demnach könnte er sogar außerhalb des Hauses niedergeschlagen worden sein.«

»Aber *wann* soll das denn alles passiert sein?« fragte Harriet. Sie erkannte Peters Bemühungen an, das Haus von jeder Beteiligung an dem Verbrechen reinzuwaschen, und war wütend auf sich selbst, weil sie ihre Empfindlichkeit in dieser Frage verraten hatte. Das beeinflußte ihn. Folglich schlug sie jetzt einen entschieden lässigen und nüchternen Ton an.

»Das müssen wir eben herausbekommen«, sagte der Polizeidirektor. »Irgendwann am vorigen Mittwochabend, wenn man die Feststellungen des Arztes und die übrigen Indizien zusammennimmt. Nach Einbruch der Dunkelheit, wenn man sich auf die Kerzen verlassen will. Und das heißt – hm! Wir sollten wohl lieber noch mal diesen Crutchley hereinrufen. Wie es scheint, könnte er der letzte gewesen sein, der Mr. Noakes lebend gesehen hat.«

»Auftritt des ersten Hauptverdächtigen«, bemerkte Peter obenhin.

»Der erste Hauptverdächtige ist immer unschuldig«, sagte Harriet im selben Ton.

»In Büchern, Mylady«, belehrte Mr. Kirk sie mit einer nachsichtigen kleinen Verneigung, die soviel sagen sollte wie: »Diese Damen! Gott behüte sie!«

»Na, na«, sagte Peter, »wir dürfen unsere professionellen Vorurteile hier nicht ins Spiel bringen. Wie steht's denn nun, Herr Polizeidirektor? Sollen wir hier das Feld räumen?«

»Das können Sie ganz nach Ihrem Belieben halten, Mylord. Ich wäre durchaus froh, wenn Sie noch hierblieben; Sie könnten mir ein bißchen helfen, wo Sie doch sozusagen vom Fach sind. Natürlich, für Sie wäre das ein Reiseleiterurlaub«, fügte er skeptisch hinzu.

»Daran hatte ich auch gerade gedacht«, sagte Harriet. »Ein Reiseleiterurlaub. Erschlagen, daß er –«

»Lord Byron!« rief Mr. Kirk ein bißchen zu prompt. »Erschlagen, daß er einen Reise – ... Nein, das stimmt irgendwie nicht.«

»Versuchen Sie's mal mit ›Römer‹«, sagte Peter. »Also gut, wir werden unser Bestes tun. Rauchen im Gerichtssaal gestattet, nehme ich an? Zum Kuckuck, wo habe ich die Streichhölzer hingetan?«

»Hier, bitte, Mylord«, sagte Sellon. Er nahm eine Schachtel Streichhölzer aus der Tasche und riß eines an. Peter sah ihn neugierig an und bemerkte:

»Nanu! Sie sind ja Linkshänder.«

»Bei manchen Sachen ja, Mylord. Aber nicht beim Schreiben.«

»Nur beim Streichholzanzünden – und beim Umgang mit Edinburgher Granit?«

»Linkshänder?« fragte Kirk. »Das stimmt ja, Joe. Aber Sie sind hoffentlich nicht der große linkshändige Mörder, den wir suchen!«

»Nein, Sir«, antwortete der Konstabler knapp.

»Das wär' ein Ding, wie?« rief sein Vorgesetzter unter herzhaftem Lachen. »Da würden wir vielleicht was zu hören kriegen! So, aber jetzt holen Sie uns mal schnell diesen Crutchley. Ist ein netter Kerl«, fuhr er, an Lord Peter gewandt, fort, nachdem Sellon das Zimmer verlassen hatte. »Fleißig, aber kein Sherlock Holmes, wenn Sie verstehen. Ein bißchen schwer von Begriff. Manchmal habe ich dieser Tage den Eindruck, daß er mit dem Herzen nicht ganz bei der Arbeit ist. Hat zu jung geheiratet, das ist es, und eine Familie gegründet, was für einen jungen Beamten sehr hinderlich ist.«

»Ach ja!« sagte Peter. »Heiraten ist überhaupt ein schwerer Fehler.«

Er legte seiner Frau die Hand auf die Schulter, während Mr. Kirk taktvoll in seinem Notizbuch blätterte.

8

Heller und Pfennig

Seemann: *Vertrauen, Dick Reede, fruchtet nichts: Sein Gewissen ist zu liberal und er zu knauserig, um sich von irgendwas zu trennen, was dir guttun könnte . . .*
Reede: *Wenn Beten und höfliches Bitten es nicht tun und keine Bresche schlagen in sein steinern Herz, so werd' ich dem Burschen fluchen und mal sehen, was das tun wird.*

ARDEN OF FEVERSHAM

Der Gärtner hatte etwas Kampflustiges im Blick, als er an den Tisch trat – als schwante ihm, daß die Polizei einzig und allein zu dem Zweck hier sei, ihn an der Wahrnehmung seines guten Rechts zu hindern, nämlich die Summe von vierzig Pfund in Empfang zu nehmen. Auf Befragung gab er kurz an, daß er Frank Crutchley heiße und regelmäßig einmal die Woche für ein Salär von fünf Shilling *per diem* den Garten von Talboys versorge und im übrigen für Mr. Hancock, der in Pagford eine Garage habe, Lastwagen und Taxis fahre und dieses und jenes tue.

»Gespart habe ich«, sagte Crutchley mit großem Nachdruck, »gespart, um eine eigene Garage aufzumachen, und dann hat mir Mr. Noakes diese vierzig Pfund abgeschwatzt.«

»Lassen wir das jetzt mal beiseite«, sagte der Polizeidirektor. »Dieses Geld ist auf jeden Fall futsch, und es hat keinen Sinn, um verschüttete Milch zu heulen.«

Crutchley ließ sich von dieser Versicherung etwa so bereitwillig überzeugen wie seinerzeit die Alliierten, als

Mr. Keynes ihnen nach Abschluß des Friedensvertrages mitteilte, daß sie ihre Bürgschaften in den Kamin schreiben könnten, da das Geld nicht da sei. Es widerstrebt der menschlichen Natur zu glauben, daß Geld einfach nicht da sei. Es erscheint einem soviel plausibler, daß es sehr wohl da ist und man nur laut genug danach schreien muß.

»Er hat verprochen«, bekräftigte Crutchley, eigensinnig entschlossen, sich gegen Mr. Kirks außerordentliche Beschränktheit durchzusetzen, »mir heute, wenn ich käme, das Geld zu geben.«

»Na ja«, sagte Mr. Kirk, »vielleicht hätte er das sogar getan, wenn nicht jemand dahergekommen wäre und ihm den Schädel eingeschlagen hätte. Sie hätten schlauer sein und es ihm schon vorige Woche abknöpfen sollen.«

Das konnte ja nur schiere Dummheit sein! Crutchley erklärte geduldig: »Da hatte er es doch nicht.«

»So, so, da hatte er es nicht?« meinte der Polizeidirektor. »Meinen Sie?«

Das war ein Tiefschlag. Crutchley wurde blaß.

»Quatsch! Wollen Sie mir etwa erzählen –?«

»Jawohl, er hatte es«, sagte Kirk. Wenn er sich in seinem Geschäft einigermaßen auskannte, würde diese Mitteilung dem Zeugen die Zunge lockern und ihm selbst einige Mühe ersparen. Crutchley wandte sich mit wildem Blick an die übrigen Versammelten. Peter bestätigte kopfnickend Kirks Behauptung. Harriet, die selbst schon Tage gekannt hatte, an denen der Verlust von vierzig Pfund eine Katastrophe gewesen wäre, wie Peter sie durch den Verlust von vierzigtausend Pfund nicht hätte erleiden können, sagte mitfühlend:

»Ja, Crutchley, leider ist es so. Er hatte das Geld die ganze Zeit bei sich.«

»Was! Er hatte das Geld? Sie haben es bei ihm gefunden?«

»Ja, das haben wir«, räumte der Polizeidirektor ein. »Man braucht ja kein Geheimnis daraus zu machen.« Er wartete darauf, daß der Zeuge den naheliegenden Schluß zog.

»Soll das heißen, wenn er nicht umgebracht worden wäre, hätte ich mein Geld womöglich bekommen?«

»Falls Sie schneller gewesen wären als MacBride«, sagte Harriet mit mehr Ehrlichkeit als Rücksicht auf Mr. Kirks Taktik. Crutchley aber zerbrach sich über Mr. MacBride nicht weiter den Kopf. Der Mörder und niemand anders hatte ihn um sein Eigentum gebracht, und er versuchte gar nicht erst, seine Empfindungen zu verbergen.

»Mein Gott! Ich – ich werde – ich möchte –«

»Ja, ja«, sagte der Polizeidirektor, »das verstehen wir sehr gut. Und jetzt ist Ihre Stunde. Wenn Sie uns irgendwelche Tatsachen mitteilen können –«

»Tatsachen! Ich bin aufs Kreuz gelegt worden, das ist eine Tatsache, und ich –«

»Hören Sie mal zu, Crutchley«, sagte Peter. »Wir wissen, daß Ihnen übel mitgespielt wurde, aber daran ist nichts mehr zu ändern. Derjenige, der Mr. Noakes umgebracht hat, hat Ihnen einen Streich gespielt, und er ist derjenige, hinter dem wir her sind. Und nun strengen Sie mal Ihren Kopf an und versuchen Sie uns zu helfen, ihn ausfindig zu machen.«

Der ruhige, bestimmte Ton tat seine Wirkung. So etwas wie ein Leuchten verbreitete sich auf Crutchleys Gesicht.

»Danke, Mylord«, sagte Mr. Kirk. »So ist es tatsächlich, und klarer hätte man es nicht ausdrücken können. Also, die Sache mit Ihrem Geld tut uns ja leid, aber jetzt ist es an Ihnen, uns zu helfen. Verstanden?«

»Ja«, sagte Crutchley mit geradezu wilder Entschlossenheit. »Also, was wollen Sie wissen?«

»Nun, als erstes – wann haben Sie Mr. Noakes zuletzt gesehen?«

»Mittwoch abend, wie ich schon sagte. Kurz vor sechs war ich draußen mit der Arbeit fertig, dann bin ich hier reingekommen, um die Töpfe zu versorgen; und wie ich damit fertig war, hat er mir meine fünf Shilling gegeben, wie sonst auch, und da hab ich dann mal angefangen, nach meinen vierzig Pfund zu fragen.«

»Wo war das? Hier in diesem Zimmer?«

»Nein, in der Küche. Da saß er immer. Ich komme also von hier raus, die Leiter in der Hand –«

»Leiter? Wozu?«

»Na, für den Kaktus da und für die Uhr. Ich ziehe die Uhr jede Woche auf – es ist eine Achttageuhr. Ohne Leiter komme ich an beides nicht ran. Ich gehe also in die Küche, wie gesagt, um die Trittleiter wegzustellen, und da sitzt er. Er gibt mir mein Geld – eine halbe Krone, einen Shilling, zwei halbe Shillinge und dann noch sechs Pence einzeln, wenn Sie's ganz genau wissen wollen, und alles aus verschiedenen Taschen. Er tat nämlich immer gern so, als ob es sein letzter Penny wäre, aber das kannte ich ja schon. Und wie er mit der Schauspielerei fertig ist, frag ich ihn also nach meinen vierzig Pfund. Ich will das Geld haben, sag ich –«

»Eben. Sie wollten das Geld für Ihre Garage haben. Was hat er dazu gesagt?«

»Versprochen hat er, daß er es mir nächstes Mal gibt, wenn ich komme – also heute. Hätte ich mir ja denken können, daß er das gar nicht vorhatte. War ja nicht das erste Mal, daß er es mir versprochen hat, und immer hatte er eine andere Ausrede. Aber diesmal hatte er es mir so hoch und heilig versprochen, der alte Lump – konnte er ja auch, wo er schon drauf und dran war, mit den Taschen voll Geld zu verduften, dieses Miststück!«

»Na, na«, sagte Kirk mißbilligend, wobei er Ihre Ladyschaft abbittend ansah. »Keine Kraftausdrücke, bitte. War er allein in der Küche, als Sie fortgingen?«

»Ja. Er war nicht so einer, zu dem die Leute auf ein Schwätzchen kommen. Ich bin also dann gegangen, und seitdem hab ich nichts mehr von ihm gesehen.«

»Sie sind gegangen«, wiederholte Polizeidirektor Kirk, während Joe Sellons rechte Hand schwerfällig ihre Schnörkel malte, »und haben ihn allein in der Küche zurückgelassen. So, und wann –«

»Nein, das habe ich nicht gesagt. Er ist noch mit mir bis in den Flur gegangen, und immerzu hat er davon geredet, daß er mir heute früh gleich als erstes mein Geld geben will, und dann habe ich noch gehört, wie er hinter mir die Tür zugeschlossen und verriegelt hat.«

»Welche Tür?«

»Die Hintertür. Die hat er fast immer nur benutzt. Die Vordertür war immer verschlossen.«

»Aha! Ist das ein Kastenschloß?«

»Nein, ein Einsteckschloß. Von diesen aufgesetzten Dingern hielt er nichts. Die kann man ohne weiteres mit jedem Stemmeisen knacken, hat er immer gesagt.«

»Das stimmt«, sagte Kirk. »Das heißt also, daß die Vordertür nur mit einem Schlüssel zu öffnen war, von innen oder außen.«

»Richtig. Ich dachte, das hätten Sie schon selbst gesehen, wenn Sie hingeguckt hätten.

Mr. Kirk, der sich die Schlösser beider Türen tatsächlich sehr genau angesehen hatte, fragte unbeirrt weiter:

»Steckte der Schlüssel zur Vordertür je im Schloß?«

»Nein, er hatte ihn immer an seinem Bund; es ist ja kein großer.«

»Gestern abend steckte er jedenfalls nicht im Schloß«, bestätigte Peter hilfsbereit. »Wir sind mit Miss Twittertons Schlüssel auf diesem Wege ins Haus gekommen, und da war das Schloß vollkommen frei.«

»Aha«, sagte der Polizeidirektor. »Wissen Sie, ob es noch einen Schlüssel gibt?«

Crutchley schüttelte den Kopf.

»Mr. Noakes verteilte seine Schlüssel nicht dutzendweise. Hätte ja jemand ins Haus kommen können, nicht wahr, und was klauen.«

»So, so. Nun zurück zum Thema. Sie haben also das Haus vorigen Mittwochabend verlassen – um welche Zeit?«

»Weiß ich nicht mehr«, sagte Crutchley nachdenklich. »Zwanzig nach sechs oder kurz vorher, schätze ich. Jedenfalls war es zehn nach, als ich die Uhr aufgezogen habe. Und die geht ziemlich genau.«

»Jetzt geht sie jedenfalls richtig«, sagte Kirk nach einem Blick auf seine Taschenuhr. Harriets Armbanduhr bestätigte dies, Joe Sellons Uhr auch. Peter sagte nach einem abwesenden Blick auf die seine: »Meine ist stehengeblieben«, und das kam in einem Ton heraus, als hätte man Newtons Apfel von unten nach oben fallen sehen oder einen Ansager der BBC ein schlüpfriges Wort gebrauchen hören.

»Vielleicht«, bot Harriet eine naheliegende Erklärung an, »hast du vergessen, sie aufzuziehen.«

»Das vergesse ich nie«, versetzte ihr Gatte entrüstet. »Aber du hast ganz recht; ich hab's vergessen. Ich muß gestern abend mit den Gedanken woanders gewesen sein.«

»Sehr verständlich bei all der Aufregung«, sagte Kirk. »Erinnern Sie sich, ob die Uhr da drüben ging, als Sie ankamen?«

Die Frage brachte Peter von seiner eigenen Vergeßlichkeit ab. Er steckte die Uhr unaufgezogen wieder in die Tasche und starrte die Wanduhr an.

»Ja«, sagte er endlich, »Sie ging. Ich habe sie ticken hören, als wir hier saßen. Es war das Gemütlichste am ganzen Haus.«

»Und sie ging auch richtig«, sagte Harriet. »Du hast nämlich einmal gesagt, es sei Mitternacht vorbei, und da habe ich hingesehen und festgestellt, daß sie dieselbe Zeit anzeigte wie meine Armbanduhr.«

Peter sagte nichts, sondern pfiff kaum hörbar ein paar Takte Musik. Harriet ließ sich nicht erschüttern; vierundzwanzig Stunden Ehe hatten sie gelehrt, daß man sich durch listige Anspielungen auf Grönlands Küsten oder Ähnliches nicht ablenken lassen durfte, sonst lebte man in einem Zustand unablässiger Verwirrung.

Crutchley sagte:

»Natürlich ging sie. Es ist ja eine Achttageuhr, wie ich schon sagte. Und als ich sie heute morgen aufzog, stimmte sie auch noch. Was soll das überhaupt?«

»Nun ja«, meinte Kirk. »Wir werden also davon ausgehen, daß Sie nach dieser Uhr etwas später als zehn nach sechs hier weggegangen sind, das ist genau genug. Was haben Sie dann getan?«

»Danach bin ich gleich in die Chorprobe gegangen. Hören Sie mal –«

»Chorprobe, so? Müßte leicht genug nachzuprüfen sein. Um wieviel Uhr beginnt die Probe?«

»Halb sieben. Ich war zeitig da, fragen Sie, wen Sie wollen.«

»Schon recht«, beschwichtigte Kirk ihn. »Das sind ja alles nur Routinefragen – um die Zeiten genau festzustellen und so. Sie haben also das Haus nicht früher als zehn nach sechs und nicht später als – na, sagen wir fünf vor halb sieben – verlassen, um pünktlich um halb sieben in der Kirche zu sein. Gut. Und noch eine Routinefrage: Was haben Sie nach der Probe getan?«

»Da hat der Herr Pfarrer mich gebeten, ihn in seinem Wagen nach Pagford zu fahren. Er fährt nicht gern selbst, wenn es dunkel ist. Der Jüngste ist er ja auch nicht mehr. Dann habe ich drüben im Schweinehirten zu Abend gegessen und danach beim Pfeilwerfen zugesehen. Das kann Tom Puffett Ihnen sagen, der war nämlich auch da. Der Herr Pfarrer hat ihn mitgenommen.«

»Ist Puffett ein guter Pfeilwerfer?« erkundigte Peter sich freundlich.

»War mal Meister. Und hat noch immer eine sichere Hand.«

»Aha! Das muß die Kraft sein, die er dahintersetzt. Schwarz stand er wie die Nacht, wild wie zehn Furien, schrecklich wie die Hölle, und schleuderte furchtbare Pfeile.«

»Haha!« rief Kirk, einerseits überrumpelt, andererseits ungemein belustigt. »Das ist gut! Haben Sie das gehört, Joe? Schwarz war er allerdings, wie ich ihn zuletzt gesehen habe, halb im Küchenkamin. Und schleuderte furchtbare Pfeile – das muß ich ihm mal sagen. Das Dumme ist nur, er hat wahrscheinlich noch nie von Milton gehört. Schrecklich wie – o Gott, der arme Tom Puffett!«

Der Polizeidirektor ließ sich den Witz noch einmal genüßlich auf der Zunge zergehen, bevor er sich wieder der Vernehmung erinnerte.

»Wir werden gleich mit Tom Puffett sprechen. Haben Sie Mr. Goodacre auch wieder nach Hause gebracht?«

»Ja«, sagte Crutchley ungehalten; er interessierte sich nicht für Milton. »Halb elf hab ich ihn nach Hause gebracht, oder kurz danach. Dann bin ich mit meinem Fahrrad zurück nach Pagford gefahren. So gegen elf war ich da und bin gleich zu Bett gegangen.«

»Wo schlafen Sie? In Hancocks Garage?«

»Ja. Mit noch einem Kollegen. Williams. Er kann es Ihnen sagen.«

Kirk schickte sich gerade an, Näheres über Williams in Erfahrung zu bringen, aber da schob Mr. Puffett sein rußiges Gesicht zur Tür herein.

»Entschuldigung«, sagte Mr. Puffett, »aber ich komme hier mit dem Kaminaufsatz nicht weiter. Wollen Sie es wieder mit Hochwürdens Gewehr versuchen, Mylord, oder soll ich die Leiter holen, bevor es dunkel wird?«

Kirk öffnete schon den Mund, um den Störenfried zurechtzuweisen, aber da überkam es ihn. »Schwarz stand er wie die Nacht«, flüsterte er vergnügt. Diese neue Art, Zitate anders als zur Erbauung anzubringen, schien es ihm angetan zu haben.

»Ach du liebes bißchen«, sagte Harriet. Sie sah zu Peter. »Ich überlege, ob wir das nicht lieber bis morgen lassen sollen.«

»Ich will Ihnen freiheraus sagen, Mylady«, sagte der Schornsteinfeger, »daß Mr. Bunter ganz erledigt ist, wenn er sich nur schon vorstellt, daß er das Abendessen auf dem mickrigen Ölofen hier kochen soll.«

»Ich komme besser mal mit raus und rede mit Bunter«, sagte Harriet. Sie hatte das Gefühl, Bunter nicht länger leiden sehen zu können. Außerdem würden die Männer ohne sie wahrscheinlich besser zurechtkommen. Im Hinausgehen hörte sie noch, wie Kirk Mr. Puffett ins Zimmer rief.

»Nur einen Augenblick«, sagte Kirk. »Unser Crutchley hier sagt, er war vorigen Mittwochabend ab halb sieben in der Chorprobe. Wissen Sie etwas darüber?«

»Ja, das stimmt, Mr. Kirk. Wir waren beide da. Halb sieben bis halb acht. Das Erntedanklied. ›Denn seine Gnade währet immerdar, immer fest und immer wahr.‹« Mr. Puffett fand seine Stimme nicht so kräftig wie gewöhnlich und räusperte sich. »Hab von dem Ruß geschluckt, das ist es. ›Immer fest und immer wahr.‹ Das stimmt vollkommen.«

»Und im Schweinehirten haben Sie mich auch gesehen«, sagte Crutchley.

»Na klar. Bin doch nicht blind. Du hast mich dort abgesetzt und den Herrn Pfarrer zum Gemeindesaal gefahren, und keine fünf Minuten später warst du wieder da und hast zu Abend gegessen. Käsebrot und viereinhalb Humpen Bier, die hab ich nämlich gezählt. Demnächst ertrinkst du noch mal daran.«

»War Crutchley die ganze Zeit dort?« fragte Kirk.

»Bis zugemacht wurde, um zehn. Dann mußten wir Mr. Goodacre noch abholen. Die Whistrunde war um zehn vorbei, aber wir mußten dann zehn Minuten warten, weil er noch ein Schwätzchen mit Miss Moody hielt. Diese Frau redet sich ja was zusammen! Und dann ist er wieder mit uns zurückgefahren. Stimmt's nicht, Frank?«

»Stimmt.«

»Und«, fuhr Mr. Puffett unter kräftigem Augenzwinkern fort, »wenn Sie vielleicht mich auf dem Kieker haben, können Sie Jinny fragen, wann ich nach Hause gekommen bin. Auch George. Jinny war richtig wütend, weil ich mich noch groß mit George hingesetzt habe, um ihm von dem Spiel zu erzählen. Aber na ja! Sie erwartet nun mal ihr Viertes, und das macht sie ein bißchen zappelig. Ich hab zu ihr gesagt, Sie soll gefälligst nicht so mit ihrem Vater schimpfen, aber sie wird es dann wohl irgendwie an George ausgelassen haben.«

»Sehr schön«, sagte der Polizeidirektor. »Das war alles, was ich wissen wollte.«

»Gut«, sagte Mr. Puffett. »Dann kümmere ich mich jetzt mal um die Leitern.«

Er verzog sich prompt, und Mr. Kirk wandte sich von neuem Crutchley zu.

»So, das scheint in Ordnung zu sein. Sie sind um – sagen wir zwanzig nach sechs – fortgegangen und an diesem Abend nicht mehr zurückgekommen. Sie haben Mr. Noakes allein im Haus zurückgelassen, das vorn und hinten verschlossen und verriegelt war, soweit Sie wissen. Wie stand es mit den Fenstern?«

»Die waren alle schon zu, bevor ich ging. Einbruchsichere Riegel an allen, wie Sie sehen können. Mr. Noakes war kein großer Freund von frischer Luft.«

»Hm!« machte Peter. »Scheint ein vorsichtiger Kunde gewesen zu sein. Haben Sie übrigens den Haustürschlüssel bei der Leiche gefunden, Herr Polizeidirektor?«

»Hier ist der Schlüsselbund«, sagte Kirk.

Peter nahm Miss Twittertons Schlüssel aus der Tasche, sah sich den Schlüsselbund an, suchte das Gegenstück heraus und meinte: »Ja, hier ist er.« Er legte beide Schlüssel nebeneinander auf die Hand, untersuchte sie nachdenklich mit einer Lupe und überreichte das Ganze dann Kirk mit der Bemerkung: »Nichts daran, soweit ich sehen kann.«

Kirk musterte stumm die Schlüssel, dann fragte er Crutchley:

»Sind Sie im Laufe der Woche irgendwann noch einmal hiergewesen?«

»Nein. Mein Tag ist der Mittwoch. Mr. Hancock gibt mir mittwochs immer ab elf frei. Und sonntags natürlich. Aber am Sonntag war ich auch nicht hier. Da war ich in London zu Besuch bei einer jungen Dame.«

»Stammen Sie aus London?« fragte Peter.

»Nein, Mylord. Aber ich habe mal da gearbeitet, und seitdem habe ich noch Freunde dort.«

Peter nickte.

»Und Sie können uns keine weiteren Informationen geben? Sie wüßten niemanden, der hiergewesen sein und Mr. Noakes an diesem Abend besucht haben könnte? Jemand, der vielleicht etwas gegen ihn hatte?«

»*Solche* wüßte ich genug«, antworte Crutchley mit Betonung. »Aber keinen, der sozusagen besonders in Frage kommt.«

Kirk wollte ihn schon mit einer Handbewegung entlassen, da stellte Peter noch eine Frage:

»Wissen Sie etwas von einer Brieftasche, die Noakes vor einiger Zeit verloren hat?«

Kirk, Crutchley und Sellon sahen ihn alle miteinander groß an. Peter grinste.

»Nein, ich bin nicht als Hellseher zur Welt gekommen. Mrs. Ruddle war sehr mitteilsam zu diesem Thema. Was können Sie uns darüber erzählen?«

»Ich weiß nur, daß er ein Riesentheater darum gemacht hat. Zehn Pfund hatte er drin – sagte er zumindest. Wenn er vierzig Pfund verloren hätte wie ich –«

»Das reicht«, sagte Kirk. »Haben wir darüber irgend etwas vorliegen, Joe?«

»Nein, Sir. Nur daß sie wiedergefunden wurde. Wir haben festgestellt, daß sie ihm auf der Straße aus der Tasche gefallen sein muß.«

»Trotzdem«, warf Crutchley ein, »hat er neue Schlösser an den Türen anbringen lassen und auch die Fenster gesichert. Zwei Jahre ist das her. Fragen Sie mal Mrs. Ruddle danach.«

»Vor zwei Jahren also«, sagte Kirk. »Nun – mit diesem Fall hier scheint das jedenfalls nicht viel zu tun zu haben.«

»Es erklärt vielleicht, warum er es mit dem Abschließen so genaunahm«, meinte Peter.

»O ja, natürlich«, pflichtete der Polizeidirektor ihm bei. »Also gut, Crutchley. Das ist im Moment alles. Bleiben Sie in der Nähe, falls Sie noch mal gebraucht werden.«

»Ich bin ja heute sowieso hier«, sagte Crutchley. »Ich arbeite im Garten.«

Kirk sah die Tür hinter ihm zugehen.

»Sieht nicht so aus, als ob er's gewesen sein könnte. Er und Puffett können sich gegenseitig ihre Alibis bestätigen.«

»Puffett? Puffett ist selbst sein bestes Alibi. Den brauchen Sie sich doch nur mal anzusehen. Ein Mann so seelenvoll, so heiter, brav und schlicht, braucht stumpfe Gegenständ' und Zyankali nicht. Horaz, in Wimseyscher Übersetzung.«

»Dann genügt Puffetts Wort, um Crutchley zu entlasten. Das heißt nicht, daß er's nicht später noch getan haben könnte. Der Arzt sagt nur: ›Tot seit ungefähr einer Woche.‹ Angenommen, Crutchley hat es am nächsten Tag getan –«

»Nicht sehr wahrscheinlich. Als Mrs. Ruddle morgens kam, konnte sie schon nicht ins Haus.«

»Das stimmt. Wir müssen aber sein Alibi noch von diesem Williams in Pagford bestätigen lassen. Er könnte ja nach elf wiedergekommen sein und die Sache erledigt haben.«

»Er könnte. Aber bedenken Sie, daß Mr. Noakes noch nicht zu Bett gegangen war. Wie wär's denn mit einem früheren Zeitpunkt? Gegen sechs, bevor er ging?«

»Das paßt nicht zu den Kerzen.«

»Die hatte ich ganz vergessen. Aber wissen Sie, man kann Kerzen auch schon um sechs Uhr anzünden, zum Beispiel um sich genau dieses Alibi zu verschaffen.«

»Könnte man wohl«, räumte Kirk bedächtig ein. Er war es sichtlich nicht gewohnt, es mit Kriminellen von solcher Gerissenheit zu tun zu haben, wie sie dazu nötig gewesen wären. Er grübelte eine Weile, dann fragte er: »Aber die Eier, und der Kakao?«

»Auch das habe ich schon erlebt. Ich habe mal einen Mörder gekannt, der in zwei Betten geschlafen und zwei Frühstücke verzehrt hat, um eine sonst wenig überzeugende Erzählung glaubhaft zu machen.«

»Gilbert und Sullivan«, sagte der Polizeidirektor ein wenig mutlos.

»Vorwiegend Gilbert, vermute ich. Wenn Crutchley es war, halte ich es für wahrscheinlicher, daß es dann geschah, denn ich kann mir nicht vorstellen, daß Noakes ihn nach Einbruch der Dunkelheit noch ins Haus gelassen hätte. Warum auch? Es sei denn, Crutchley hatte *doch* einen Schlüssel.«

»Ah!« sagte Kirk. Er drehte sich schwerfällig auf seinem Sessel um und sah Peter ins Gesicht.

»Wonach haben Sie an diesem Schlüssel gesucht, Mylord?«

»Nach Wachsspuren in den Rillen.«

»Oh!« machte Kirk.

»Wenn ein Nachschlüssel angefertigt wurde«, fuhr Peter fort, »muß das innerhalb der letzten zwei Jahre gewesen sein. Schwierig zu rekonstruieren, aber nicht unmöglich. Besonders wenn einer Freunde in London hat.«

Kirk kratzte sich am Kopf.

»Das wäre eine schöne Arbeit«, meinte er. »Aber passen

Sie mal auf. Ich sehe die Sache so. Wenn Crutchley es getan hat, wieso hat er dann das viele Geld übersehen? Das will mir nicht aus dem Kopf. So etwas widerspricht doch aller Logik.«

»Da haben Sie vollkommen recht. Das ist überhaupt das Rätselhafteste an dem ganzen Fall, egal wer der Mörder war. Es sieht fast so aus, als ob der Mord gar nicht des Geldes wegen begangen wurde. Aber ein anderes Motiv läßt sich auch nicht so leicht finden.«

»Das ist das Komische daran«, sagte Kirk.

»Übrigens, wenn Mr. Noakes irgendwelches Vermögen zu hinterlassen gehabt hätte, wem wäre das zugefallen?«

»Ah!« Des Polizeidirektors Miene hellte sich auf. »Da haben wir was gefunden. Hier das Testament lag in dem alten Schreibtisch in der Küche.« Er zog das Blatt Papier aus der Tasche und faltete es auseinander. »›Nach Begleichung meiner für Rechtens erkannten Schulden –‹«

»So ein alter Zyniker! Eine schöne Erbschaft ist mir das.«

»›– alles, was ich zum Zeitpunkt meines Todes besitze, an meine Nichte und einzige lebende Anverwandte, Miss Agnes Twitterton.‹ Da sind Sie überrascht, wie?«

»Keineswegs. Warum?« Aber Kirk hatte, so begriffsstutzig er wirkte, Peters kurzes Stirnrunzeln gesehen und versuchte seinen Vorteil jetzt zu nutzen.

»Als dieser geldgierige MacBride anfing auszupacken, was hat Miss Twitterton da gesagt?«

»Äh – na ja!« sagte Peter. »Es hat sie aus der Fassung gebracht – das kann man ja verstehen.«

»Klar. Schien ein ziemlicher Schlag für sie gewesen zu sein, nicht?«

»Wie nicht anders zu erwarten. Wer hat das Testament übrigens bezeugt?«

»Simon Goodacre und John Jellyfield. Das ist der Arzt aus Pagford. Alles in bester Ordnung. Was hat Miss Twitterton nun gesagt, als Ihr Diener die Leiche entdeckte?«

»Nun, sie hat herumgeschrien und so weiter, und dann ist sie hysterisch geworden.«

»Hat sie etwas Bestimmtes gesagt, außer herumzuschreien?«

Peter fühlte ein eigenartiges Widerstreben. Theoretisch war er natürlich ebenso bereit, eine Frau an den Galgen zu bringen wie einen Mann, aber die Erinnerung daran, wie Miss Twitterton sich in wilder Verzweiflung an Harriet geklammert hatte, plagte ihn. Er war geneigt, sich Kirks Meinung anzuschließen, daß die Ehe hinderlich für einen jungen Beamten war.

»Sehen Sie mal, Mylord«, sagte Kirk mit mildem, aber unnachgiebigem Blick aus seinen Ochsenaugen, »ich habe doch von den andern schon dies und jenes gehört.«

»Dann fragen Sie doch die andern«, versetzte Peter.

»Das werde ich gleich tun. Joe, bitten Sie Mr. MacBride für eine Minute hier herein. Also, Mylord, Sie sind ein Gentleman und haben natürlich Ihre Gefühle. Das weiß ich, und es macht Ihnen Ehre. Aber ich bin Polizist und kann es mir nicht erlauben, mich Gefühlen hinzugeben. Das ist das Privileg der oberen Klassen.«

»Zum Teufel mit den oberen Klassen!« rief Peter. Der Hieb saß um so mehr, als er wußte, daß er ihn verdiente.

»MacBride hingegen«, fuhr Mr. Kirk unbekümmert fort, »bei ihm kann man von Klasse nicht reden. Wenn ich Sie jetzt fragte, würden Sie wahrheitsgemäß antworten, aber es würde Ihnen weh tun. Aber ich kann es ja ebensogut aus MacBride herausholen, und ihm tut es kein bißchen weh.«

»Verstehe«, sagte Peter, »schmerzlose Extraktionen unsere Spezialität.«

Er ging ans Feuer und trat verdrießlich mit dem Fuß gegen die Holzscheite.

Mr. MacBride war die Bereitwilligkeit selbst, als er ins Zimmer trat; seine Miene verriet, daß er das Ganze nur so schnell wie möglich hinter sich haben wollte, damit er nach London zurückfahren konnte. Er hatte der Polizei bereits die finanzielle Situation eingehend erklärt und zerrte nun wie ein Hund an der amtlichen Leine.

»Ah, Mr. MacBride. Wir haben noch eine Frage an Sie. Haben Sie zufällig mitbekommen, welche Wirkung die Entdeckung der Leiche gewissermaßen auf Angehörige und Freunde hatte?«

»Nun ja«, sagte Mr. MacBride, »sie waren natürlich erregt. Wer wäre das nicht?« (Und wegen so einer dummen Frage ließ man einen Menschen warten!)

»Erinnern Sie sich an etwas Bestimmtes, was gesagt wurde?«

»Oh, ach so!« sagte Mr. MacBride. »Schon verstanden. Also, der Gärtner, der wurde so weiß wie ein Blatt Papier, und der ältere Herr war ganz schön von den Socken. Die Nichte bekam einen hysterischen Anfall – aber *sie* schien gar nicht so überrascht zu sein wie alle andern, nicht?«

Die Frage war an Peter gerichtet, aber der wich seinem scharfen Blick aus, indem er ans Fenster schlenderte und auf die Dahlien hinausblickte.

»Was meinen Sie damit?«

»Nun, als der Diener hereinkam und sagte, Mr. Noakes sei gefunden worden, hat sie gleich losgeschrien: ›Oh! Onkel ist tot!‹«

»Wahrhaftig?« fragte Kirk.

Peter fuhr auf dem Absatz herum.

»Das ist nicht ganz fair, MacBride. Jeder von uns hätte das aus Bunters Benehmen schließen können. Von mir selbst weiß ich das.«

»So?« meinte MacBride. »Sie schienen aber keine Eile zu haben, es zu glauben.« Er sah zu Kirk, der fragte:

»Hat Miss Twitterton sonst noch etwas gesagt?«

»Sie hat gesagt: ›Onkel ist tot, und das ganze Geld ist weg!‹ Einfach so. Dann drehte sie durch. Ach ja, den Leuten geht doch nichts so sehr ans Herz wie das liebe Geld.«

»Stimmt«, sagte Peter. »Wenn ich mich recht erinnere,

haben Sie als erstes gefragt, ob Geld bei der Leiche gefunden wurde.«

»Ganz recht«, gab Mr. MacBride zu. »Er war ja schließlich kein Verwandter von mir, oder?«

Peter, zuckend unter jedem Hieb, senkte die Waffen und gab sich geschlagen.

»Ihr Beruf«, sagte er, »scheint Ihnen ein umfassendes Bild von der christlichen Familie zu geben. Was halten Sie davon?«

»Nicht viel«, antwortete MacBride kurz und bündig. Er drehte sich wieder zum Tisch um. »Sagen Sie, Herr Polizeidirektor, werden Sie mich wohl noch lange brauchen? Ich muß nämlich wieder nach London.«

»Das geht in Ordnung. Wir haben ja Ihre Adresse. Guten Tag, Mr. MacBride, und haben Sie vielen Dank.«

Als die Tür hinter ihm zuging, richtete Kirk seinen Blick auf Peter. »Stimmt das, Mylord?«

»Völlig.«

»Aha. Nun, dann werden wir wohl einmal mit Miss Twitterton reden müssen.«

»Ich werde meine Frau bitten, sie herunterzuholen«, sagte Peter und machte sich davon. Mr. Kirk lehnte sich auf Merlins Platz zurück und rieb sich nachdenklich die Hände.

»Das ist wirklich ein feiner Herr, Joe«, sagte Mr. Kirk. »Direkt aus der obersten Schublade. Nett und freundlich und Küß-die-Hand. Und so gebildet. Aber er sieht, woher der Wind weht, und das gefällt ihm nicht. Kann's ihm kaum verdenken.«

»Aber«, begehrte der Konstabler auf, »er kann sich nun mal nicht vorstellen, daß Aggie Twitterton den alten Noakes mit einem Vorschlaghammer umgebracht hat. Sie ist doch nur so eine halbe Portion.«

»Man kann nie wissen, mein Junge. Das Weibchen dieser Spezies ist todbringender als das Männchen. Rudyard Kipling. Das weiß er auch, aber es ist gegen seine Erziehung, es zu sagen. Natürlich hätte er es viel schöner gesagt, *wenn* er's gesagt hätte, anstatt es Mr. MacBride zu überlassen. Aber bitte! Ich nehme an, er kriegte es einfach nicht über die Lippen. Außerdem wußte er ganz genau, daß ich es am Ende doch aus MacBride herausholen würde.«

»Na ja, viel Gutes hat er ihr nicht getan, wie ich sehe.«

»Bei solchen Gefühlen«, erklärte Mr. Kirk, »kommt meist nichts Gutes heraus; sie machen die Dinge nur komplizierter. Aber schön sind sie, und wenn sie richtig geleitet werden, auch harmlos. Wenn man mit feinen Herrschaften zu tun hat, muß man eben lernen, wie man ihnen beikommt. Und merken Sie sich, was sie *nicht* sagen, ist oft wichtiger, als *was* sie sagen, besonders wenn sie so einen gescheiten Kopf haben wie Seine Lordschaft hier. Er weiß genau, wenn Mr. Noakes wegen seiner Hinterlassenschaft umgebracht wurde –«

»Aber er hatte doch nichts zu hinterlassen.«

»Ich weiß. Aber *sie* wußte das nicht. Aggie Twitterton wußte es nicht. Und *wenn* er wegen seiner Hinterlassenschaft ermordet wurde, erklärt das auch, warum die sechshundert Pfund noch bei der Leiche waren. Vielleicht wußte sie gar nichts von diesem Geld, und wenn sie davon wußte, brauchte sie es auch nicht zu nehmen, weil sie es am Ende doch bekommen würde. Strengen Sie mal Ihren Grips an, Joe Sellon.«

Peter hatte zwischenzeitlich Mr. MacBride an der Schwelle abgefangen.

»Wie kommen Sie zurück?«

»Weiß der Himmel«, antwortete Mr. MacBride ehrlich. »Ich bin mit dem Zug nach Great Pagford gekommen und von dort mit dem Bus weitergefahren. Wenn jetzt kein Bus fährt, werde ich jemanden finden müssen, der mich mitnimmt. Ich hätte nie gedacht, daß es im Umkreis von fünfzig Meilen um London noch solche Nester gibt.

Wie jemand hier leben kann, ist mir unerfindlich. Aber das ist wohl Geschmacksache, wie?«

»Bunter kann Sie mit dem Wagen nach Pagford bringen«, sagte Peter. »Hier wird er vorerst wohl nicht mehr gebraucht. Tut mir leid für Sie, daß Sie hier so gestrandet sind.«

Mr. MacBride nahm dankbar an. »Das gehört zum Geschäft«, fügte er hinzu. »Am schlimmsten kommen ja Sie und Ihre Ladyschaft weg. Mich selbst haben solche Nester noch nie begeistert. Ich glaube, es war die kleine Frau, meinen Sie nicht? Na ja, man kann nie wissen; aber in unserm Beruf muß man schon die Augen aufsperren, wenn's um die liebe Verwandtschaft geht, besonders wenn Geld im Spiel ist. Es gibt so manche Leute, die nie ein Testament machen, weil sie sagen, damit würden sie ihr eigenes Todesurteil unterschreiben. Und so verkehrt ist das nicht. Aber sehen Sie, dieser Noakes war ja irgendwann mal dran, nicht? Vielleicht hat er nebenher noch so ein paar komische Sachen angestellt. Ich habe schon von Leuten gehört, die wegen was anderem als Geld abgemurkst wurden. Also, leben Sie wohl. Meine Empfehlung an die Frau Gemahlin, und vielen Dank noch mal.«

Bunter brachte den Wagen vors Haus, und MacBride stieg ein und winkte noch einmal freundlich zurück. Peter fand Harriet und erklärte ihr, was gewünscht wurde.

»Arme kleine Twitters«, sagte Harriet. »Wirst du dabeisein?«

»Nein. Ich gehe ein bißchen frische Luft schnappen. Bin gleich wieder da.«

»Was ist los? Kirk war doch hoffentlich nicht ungezogen zu dir?

»O nein. Er hat mich mit Glacéhandschuhen angefaßt. Stets die gebührende Rücksichtnahme gegenüber meiner Stellung, meiner Vornehmheit und sonstigen Gebrechen. Selber schuld. Ich hab's ja so gewollt. O Gott, da kommt der Pfarrer! Was will denn der hier?«

»Man hat ihn gebeten, noch einmal herzukommen. Geh hinten hinaus, Peter. Ich nehme mich schon seiner an.«

Kirk und Sellon hatten Mr. MacBrides Abreise durchs Fenster beobachtet.

»Sollte ich Aggie Twitterton nicht lieber selbst runterholen?« fragte Sellon. »Seine Lordschaft wird seiner Frau vielleicht sagen, sie soll sie warnen.«

»Joe«, antwortete der Polizeidirektor, »Ihr Fehler ist, daß Sie nichts von Psychologie verstehen, wie man das heute nennt. So was täten sie nicht, alle beide. Sie würden nie ein Verbrechen begehen oder der Gerechtigkeit in den Arm fallen. Es ist nur so, daß *er* einer Frau nicht weh tun mag, und *sie* mag *ihm* nicht weh tun. Aber beide würden sie keinen Finger rühren, um so etwas zu verhindern, denn das tut man nicht. Und was man nicht tut, das tun sie eben nicht – das ist das ganze Geheimnis.«

Nach diesem erleuchtenden Vortrag über den Verhaltenskodex des höheren und niederen Adels schneuzte Mr. Kirk sich und nahm wieder Platz; woraufhin die Tür aufging und Harriet und Mr. Goodacre eintraten.

9

Tag und Stunde

Wißt Ihr, was Reputation ist?
Ich sag's Euch – zu geringem Nutzen, da die
Unterweisung jetzt zu spät kommt . . .
Ihr habt der Reputation die Hand gedrückt
Und sie unsichtbar gemacht.

JOHN WEBSTER: THE DUCHESS OF MALFI

Hochwürden Simon Goodacre zwinkerte nervös mit den Augenlidern, als er sich den beiden Polizeibeamten gegenübersah, die gewissermaßen in Schlachtordnung angetreten waren, und Harriets kurze Ankündigung auf dem Weg nach oben, er habe »Ihnen etwas mitzuteilen, Herr Polizeidirektor, tat wenig zu seiner Beruhigung.

»Du lieber Gott! Ach ja. Ich bin noch einmal wiedergekommen, um zu fragen, ob Sie mich noch für etwas brauchen. Auf Ihren Wunsch, wohlgemerkt, auf Ihren Wunsch. Und um Miss Twitterton zu sagen – aber ich sehe, daß sie nicht hier ist. – Na ja, nur daß ich mit Lugg gesprochen habe, wegen – mein Gott, ja – wegen des Sarges. Es muß natürlich ein Sarg her – ich kenne die amtlichen Vorschriften in solchen Fällen nicht, aber ein Sarg wird doch sicherlich gestellt werden müssen, nicht?«

»Gewiß«, sagte Kirk.

»O ja, danke. Ich hatte das schon vermutet. Ich habe Lugg an Sie verwiesen, weil ich annehme, daß – daß die Leiche nicht mehr im Haus ist.«

»Sie ist drüben in der Krone«, sagte der Polizeidirektor. »Die Voruntersuchung wird dort stattfinden.«

»Ach ja!« sagte Mr. Goodacre. »Natürlich.«

»Der Gerichtsbeamte wird Ihnen alles Übliche zur Verfügung stellen.«

»O ja, danke, danke. Äh – Crutchley hat mich angesprochen, als ich den Weg heraufkam.«

»Was hat er gesagt?«

»Nun – ich glaube, er meint, daß man ihn verdächtigt.«

»Wie kommt er darauf?«

»Ach du lieber Gott!« rief Mr. Goodacre. »Ich glaube, jetzt bin ich ins Fettnäpfchen getreten. Er hat nicht gesagt, daß er es meint. Ich dachte nur, er könnte es meinen – aus seinen Worten zu schließen. Aber ich versichere Ihnen, Herr Polizeidiektor, daß ich sein Alibi in allen Einzelheiten bestätigen kann. Er war von halb sieben bis halb acht in der Chorprobe, und dann hat er mich nach Pagford zu meiner Whistrunde gefahren und um halb elf wieder nach Hause gebracht. Sie sehen also –«

»Ist schon recht, Sir. Wenn für diese Zeiten ein Alibi benötigt wird, sind Sie und er aus dem Schneider.«

»Ich?« rief Mr. Goodacre. Meiner Seel, Herr Polizeidirektor –«

»War nur ein Scherz, Sir.«

Mr. Goodacre schien den Scherz nicht sehr geschmackvoll zu finden, aber er antwortete nachsichtig:

»Schön, schön. Nun, ich darf aber hoffentlich Crutchley sagen, daß alles in Ordnung ist. Ich habe eine sehr hohe Meinung von diesem jungen Mann. Er ist so strebsam und fleißig. Seinem Kummer wegen der vierzig Pfund dürfen Sie keine allzu große Bedeutung beimessen. Für einen Mann in seiner Stellung ist das eine ansehnliche Summe.«

»Machen Sie sich deswegen keine Sorgen, Sir«, sagte Kirk. »Ich bin sehr froh, daß Sie mir diese Zeiten bestätigen konnten.«

»Ja, o ja. Ich dachte, ich sollte es besser erwähnen. Kann ich Ihnen sonst noch irgendwie helfen?«

»Recht herzlichen Dank, Sir; nicht daß ich wüßte. Sie

sind dann am Mittwoch ab halb elf zu Hause geblieben, nehme ich an?«

»Je nun, natürlich«, antwortete der Pfarrer, nicht sonderlich erbaut von diesem Interesse an seinem Tun und Lassen. »Meine Frau und das Dienstmädchen können meine Aussage bestätigen. Aber Sie werden doch wohl nicht annehmen –«

»Wir sind noch nicht so weit, etwas anzunehmen, Sir. Das kommt später. Vorerst ist das alles Routine. Sie sind nicht zufällig im Laufe der letzten Woche einmal hiergewesen?«

»O nein. Mr. Noakes war doch nicht da.«

»Oh! Sie wußten also, daß er fort war?«

»Nein, nein. Aber ich hab's zumindest angenommen. Das heißt, doch, ich war am Donnerstagmorgen hier, aber es hat niemand aufgemacht, und da habe ich angenommen, daß er fort war, was ja manchmal vorkam. Ich glaube überhaupt, daß Mrs. Ruddle es mir gesagt hat. Ja, so war es.«

»Waren Sie nur dieses eine Mal hier?«

»Mein Gott, ja. Es ging ja auch nur um eine Spende – das war ja eigentlich auch heute der Grund für mein Kommen. Ich kam gerade vorbei und sah den Bestellzettel für Brot und Milch, und da dachte ich, er sei wieder da.«

»Aha. Und als Sie am Donnerstag hier waren, ist Ihnen nichts am Haus merkwürdig vorgekommen?«

»Meine Güte, nein! Überhaupt nichts Ungewöhnliches. Was hätte mir denn merkwürdig vorkommen können?«

»Nun ja –«, begann Kirk; aber was konnte er schließlich von so einem kurzsichtigen alten Herrn erwarten? Daß er Kampfspuren entdeckt hätte? Fingerabdrücke an der Tür? Fußspuren auf dem Weg? Wohl kaum. Mr. Goodacre würde wahrscheinlich eine ausgewachsene Leiche bemerkt haben, wenn er zufällig darüber gestolpert wäre, aber sicher nichts, was kleiner war.

So entließ er mit Dank den Pfarrer, der noch einmal

betonte, daß er für Crutchleys und seine Schritte nach halb sieben voll und ganz geradestehen könne, und unter wiederholtem, aufgeregtem Auf Wiedersehen unsicher aus dem Zimmer ging.

»Hm«, machte Kirk. Er legte die Stirn in Falten. »Was macht den alten Herrn so sicher, daß es gerade auf *diese* Zeiten ankommt? *Wir* wissen das nicht.«

»Nein, Sir«, sagte Sellon.

»Er schien mir mächtig aufgeregt deswegen. Dabei kann er's doch kaum gewesen sein – obwohl er ja, so gesehen, groß genug wäre. Größer als Sie – wohl ungefähr so groß wie Mr. Noakes, schätze ich.«

»Der Pfarrer kann es bestimmt nicht gewesen sein, Sir«, sagte der Konstabler.

»Habe ich das nicht eben selbst gesagt? Wahrscheinlich hat Crutchley sich gedacht, daß diese Zeiten wichtig sind, weil wir ihn so eingehend danach ausgefragt haben. Das Leben ist schwer«, fügte Mr. Kirk seufzend hinzu. »Stellt man Fragen, schon verrät man dem Zeugen, worauf man hinauswill; stellt man keine, so erfährt man auch nichts. Und kaum glaubt man, auf eine Spur gestoßen zu sein, da kommen einem die Dienstvorschriften in die Quere.«

»Ja, Sir«, antwortete Sellon respektvoll. Er stand auf, als Harriet mit Miss Twitterton hereinkam, und brachte noch einen Stuhl.

»O bitte!« flehte Miss Twitterton mit matter Stimme. »Bitte, lassen Sie mich nicht allein, Lady Peter.«

»Nein, nein«, sagte Harriet. Mr. Kirk beeilte sich, die Zeugin zu beruhigen.

»Setzen Sie sich, Miss Twitterton; es gibt gar keinen Grund zur Unruhe. Zunächst also: Ich gehe davon aus, daß Sie nichts von den Vereinbarungen Ihres Onkels mit Lord Peter Wimsey wußten – ich meine, daß er das Haus verkaufen wollte und so weiter. Nein? Eben. Also, wann haben Sie ihn zuletzt gesehen?«

»Oh! Seit –« Miss Twitterton überlegte und zählte gewissenhaft an den Fingern beider Hände ab – »seit ungefähr zehn Tagen nicht mehr. Ich habe vorigen Sonntag nach der Morgenmesse mal reingeschaut. Sonntag vor einer Woche, meine ich natürlich. Ich komme nämlich immer her, um für den lieben Herrn Pfarrer die Orgel zu spielen. Es ist natürlich nur ein ganz kleines Kirchlein, und *nicht* viele Leute darin – in Paggleham spielt niemand Orgel, und ich helfe natürlich gern in jeder Weise aus – und da habe ich also Onkel besucht, und er kam mir *ganz* wie sonst vor – na ja, und da habe ich ihn eben zum letztenmal gesehen. Ach Gott!«

»War Ihnen bekannt, daß er seit vorigem Mittwoch nicht mehr zu Hause war?«

»Aber er war doch gar nicht fort!« rief Miss Twitterton. »Er war die ganze Zeit hier.«

»Richtig«, sagte der Polizeidirektor. »Wußten Sie denn, daß er gar nicht fort war, sondern hier?«

»Natürlich nicht. Er ist ja oft fort. Meist sagt er es mir – ich meine, *hat* es mir gesagt. Aber es war nichts Besonderes dabei, wenn er in Broxford war. Ich meine, wenn ich es gewußt hätte, dann hätte ich mir auch nichts dabei gedacht. Aber ich wußte ja überhaupt nichts davon.«

»Wovon?«

»Von allem. Ich meine, mir hat keiner gesagt, daß er nicht hier ist, und da habe ich gedacht, er ist hier – das war er ja auch.«

»Wenn Ihnen jemand gesagt hätte, daß das Haus abgeschlossen war und Mrs. Ruddle nicht hinein konnte, hätte Sie das weder gewundert noch beunruhigt?«

»O nein. Das kam doch oft vor. Ich hätte nur gedacht, daß er in Broxford ist.«

»Sie haben einen Schlüssel für die Vordertür, nicht wahr?«

»Ja. Und für die Hintertür auch.« Miss Twitterton kramte in einer geräumigen Handtasche von der altmodischen Art. »Aber den Schlüssel für die Hintertür benutze ich nie, denn da ist ja immer der Riegel vor – an der Tür, meine ich.« Sie holte einen großen Schlüsselbund hervor. »Gestern abend habe ich sie alle beide Lord Peter gegeben – von diesem Bund. Ich habe sie immer mit meinen eigenen Schlüsseln zusammen an diesem Ring. Sie kommen mir *nie* aus der Hand. Außer gestern abend natürlich, da hat Lord Peter sie bekommen.«

»Hm«, machte Kirk. Er brachte Peters zwei Schlüssel zum Vorschein. »Sind sie das?«

»Ja, das müssen sie wohl sein, denke ich, wenn Lord Peter sie Ihnen gegeben hat.«

»Sie haben den Schlüssel zur Vordertür noch nie jemand anderem gegeben?«

»Um Gottes willen, *nein*!« begehrte Miss Twitterton auf. »*Niemandem.* Wenn Onkel fort war und Frank Crutchley mittwochs morgens ins Haus wollte, ist er *immer* zu mir gekommen, und ich bin mit ihm hergekommen und habe ihm aufgeschlossen. Onkel war darin ja so *eigen.* Und außerdem wollte ich ja auch selbst nachsehen kommen, ob die Zimmer in Ordnung waren. Überhaupt, wenn Onkel in Broxford war, bin ich *fast* jeden Tag hiergewesen.«

»Aber diesmal wußten Sie nicht, daß er fort war?«

»Nein. Das sage ich Ihnen doch immerzu. Ich wußte es nicht. Da bin ich natürlich nicht hergekommen. Und er *war* ja gar nicht fort.«

»Genau. Und sind Sie sicher, daß Sie diese Schlüssel nie irgendwo haben liegen lassen, wo jemand sie entwenden oder sich ausleihen konnte?«

»Niemals«, antwortete Miss Twitterton entschieden – als ob sie keinen sehnlicheren Wunsch hätte, dachte Harriet, als sich selbst einen Strick zu knüpfen. Sie mußte doch sehen, daß der Schlüssel zum Haus der Schlüssel zum Problem war; konnte denn ein Unschuldiger *so* unschuldig sein? Der Polizeidirektor setzte seine Befragung ungerührt fort.

»Wo haben Sie die Schlüssel nachts?«

»*Immer* bei mir im Schlafzimmer. Die Schlüssel, die silberne Teekanne meiner lieben Mutter und Tante Sophies Essig- und Ölkännchen, die sie meinen Großeltern zur Hochzeit geschenkt hat. Die nehme ich *jeden* Abend mit hinauf und stelle sie auf das Tischchen neben dem Bett, zusammen mit der Tischglocke für den Fall, daß es mal brennt. Und ich bin *sicher*, daß niemand hereinkommen konnte, während ich schlief, weil ich immer einen Liegestuhl oben quer über die Treppe stelle.«

»Sie hatten die Tischglocke bei sich, als Sie uns öffnen kamen«, sagte Harriet, wie zur Bestätigung. Ihre Aufmerksamkeit wurde durch Peters Gesicht abgelenkt, das durch die Rautenscheiben des Fensters hereinschaute. Sie winkte ihm kurz zu. Wahrscheinlich hatte er den Anfall von Befangenheit überwunden und zeigte wieder Interesse.

»Einen Liegestuhl?« fragte Kirk.

»Damit der Einbrecher darüber stolpert«, erklärte Miss Twitterton vollkommen ernst. »Eine *großartige* Idee. Sehen Sie, während er darüber stolperte und Lärm machte, konnte ich ihn hören und durchs Fenster nach der Polizei läuten.«

»Du lieber Himmel!« rief Harriet. (Peters Gesicht war verschwunden – vielleicht kam er wieder herein.) »Wie rücksichtslos von Ihnen, Miss Twitterton. Der arme Mann hätte doch die Treppe hinunterfallen und sich das Genick brechen können.«

»Welcher Mann?«

»Der Einbrecher.«

»Aber liebe Lady Peter, ich versuche doch gerade zu erklären – es war noch nie ein Einbrecher da.«

»Na ja«, sagte Kirk, »jedenfalls sieht es nicht so aus, als ob jemand anders an die Schlüssel hätte herankommen können. Nun, Miss Twitterton – was die Geldschwierigkeiten Ihres Onkels –«

»O Gott, o Gott!« unterbrach Miss Twitterton ihn mit ungespielter Verzweiflung. »Davon wußte ich doch *gar* nichts. Es ist fürchterlich. Das hat mir *so* einen Schlag versetzt. Ich dachte immer – wir *alle* dachten immer – Onkel lebte in so guten Verhältnissen.«

Peter war so still hereingekommen, daß nur Harriet ihn bemerkte. Er blieb bei der Tür stehen, zog seine Taschenuhr auf und stellte sie nach der Uhr an der Wand. Offensichtlich hatte er sich wieder beruhigt, denn sein Gesicht drückte nur waches Interesse aus.

»Wissen Sie, ob er ein Testament gemacht hat?« Mr. Kirk ließ die Frage wie beiläufig fallen; das verräterische Blatt Papier lag unter dem Notizbuch verborgen.

»O ja«, sagte Miss Twitterton, »das hat er bestimmt. Eine Rolle hätte es sicher nicht gespielt, weil ich sowieso die einzige bin, die von der Familie noch übrig ist. Aber ich bin ziemlich sicher, daß er es mir sogar gesagt hat. Immer wenn ich mir um irgend etwas Sorgen machte – ich bin ja nun *gar* nicht wohlhabend –, hat er gesagt: Nun hab's nicht so eilig, Aggie. Ich kann dir jetzt nicht helfen, weil mein Geld im Geschäft festliegt, aber wenn ich mal tot bin, bekommst das alles du.«

»Aha. Sie haben nie daran gedacht, daß er seine Absicht ändern könnte?«

»Nein, warum? Wem hätte er es denn sonst hinterlassen sollen? Ich bin doch die einzige. Jetzt muß ich wohl annehmen, daß gar nichts da ist, nicht?«

»So sieht es leider aus.«

»Ach Gott! So war das dann wohl auch gemeint, als er sagte, sein Geld liege im Geschäft fest? Daß keins da war?«

»So ist das oft gemeint«, sagte Harriet.

»Dann war das also –«, begann Miss Twitterton und unterbrach sich.

»Dann war das also was?« half Kirk nach.

»Nichts«, sagte Miss Twitterton bekümmert. »Mir war

da nur etwas eingefallen. Etwas Privates. Aber er hat einmal gesagt, daß er knapp bei Kasse sei und die Leute ihre Rechnungen nicht bezahlten ... Oh, was *habe* ich nur getan! Wie erkläre ich das nur –«

»Was?« fragte Kirk wieder dazwischen.

»Ach, nichts«, erwiderte Miss Twitterton hastig. »Es klingt nur so dumm von mir.« Harriet gewann den Eindruck, Miss Twitterton habe ursprünglich etwas ganz anderes sagen wollen. »Er hat sich einmal etwas von mir geborgt – nicht viel, denn ich *hatte* ja nicht viel. Ach Gott! Ich glaube, es klingt fürchterlich, daß man in so einem Augenblick an Geld denkt, aber ... ich hatte wirklich gedacht, ich hätte etwas für meine alten Tage ... und die Zeiten sind so schwer ... und ... und ... die Miete für mein Häuschen ... und ...«

Ihre Stimme zitterte, sie war den Tränen nah. Harriet sagte verwirrt:

»Machen Sie sich keine Sorgen. Es wird sich bestimmt etwas ergeben.«

Kirk konnte nicht widerstehen. »Mr. Micawber!« sagte er, gewissermaßen erleichtert. Ein leises Echo hinter ihm lenkte seine Aufmerksamkeit auf Peter, und er schaute sich um. Miss Twitterton kramte in einer Tasche voller Bast, Bleistifte und Zelluloidringe für Hühnerbeine, die in einem kleinen Regenschauer herausflogen, verzweifelt nach einem Taschentuch.

»Ich hatte mich – eigentlich darauf verlassen«, schluchzte Miss Twitterton. »O bitte, entschuldigen Sie. Kümmern Sie sich nicht darum.«

Kirk räusperte sich. Harriet, die mit Taschentüchern für gewöhnlich gut ausgerüstet war, entdeckte zu ihrer Verärgerung, daß sie sich gerade heute morgen nur so ein elegantes Leinentüchlein eingesteckt hatte, dem höchstens die seltenen Glücksträhnchen eines Honigmonds zugedacht waren. Peter eilte mit einer kleinen Friedensfahne zur Rettung herbei.

»Es ist ganz sauber«, sagte er fröhlich. »Ich habe immer eins in Reserve.«

(Sieht dir ähnlich, dachte Harriet bei sich; du bist mir viel zu wohlerzogen.)

Miss Twitterton grub ihr Gesicht in die Seide und schluchzte zum Steinerweichen, während Joe Sellon betulich die letzten Seiten seines Protokolls durchblätterte. Die Situation drohte sich in die Länge zu ziehen.

»Werden Sie Miss Twitterton noch brauchen?« fragte Harriet dann nach einer Weile. »Ich glaube nämlich wirklich, Mr. Kirk –«

»Äh – nun ja«, meinte der Polizeidirektor. »Wenn es Miss Twitterton nichts ausmacht – reine Formsache, verstehen Sie? – uns zu sagen, wo sie vorigen Mittwochabend war.«

Miss Twitterton tauchte aus dem Taschentuch auf.

»Aber mittwochs ist doch *immer* Chorprobe«, erklärte sie, voll Verwunderung ob so einer einfachen Frage.

»Ach ja«, bestätigte Kirk. »Und ich nehme an, Sie gehen hinterher selbstverständlich mal kurz zu Ihrem Onkel, nicht?«

»O nein!« rief Miss Twitterton. »Ich war ganz bestimmt nicht da. Ich bin zum Abendessen nach Hause gegangen. Mittwochs habe ich doch immer soviel zu tun.«

»So?« fragte Kirk.

»Ja, natürlich – weil Donnerstag doch Markttag ist. Ich hatte ja noch ein halbes Dutzend Hühner zu schlachten und zu rupfen, bevor ich zu Bett ging. Darüber wird es immer so spät. Mr. Goodacre – er ist ja immer so nett – hat schon oft gesagt, er weiß, wie ungelegen es mir kommt, daß die Chorprobe immer mittwochs ist, aber es paßt nun mal einigen von den Männern besser, und da –«

»Sechs Hühner zu schlachten und zu rupfen«, sagte Mr. Kirk nachdenklich, als ob er die Zeit auszurechnen versuchte, die man dafür brauchte. Harriet sah die zierliche Miss Twitterton bestürzt an.

»Sie wollen doch nicht etwa sagen, daß Sie die selbst schlachten?«

»O doch«, antwortete Miss Twitterton strahlend. »Es ist ja soviel leichter, als man sich das vorstellt, wenn man es gewöhnt ist.«

Kirk prustete los, und Peter, der sah, daß seine Frau dieser Angelegenheit offenbar etwas zuviel Bedeutung beimaß, meinte belustigt:

»Meine Liebe – Hälse umdrehen ist ein Kinderspiel. Dazu braucht man keine Kraft.«

Er machte rasch eine entsprechende Bewegung mit den Händen, und Kirk, der entweder wirklich vergessen hatte, weswegen er hier war, oder aber boshaft von Natur war, ergänzte:

»Stimmt genau.« Er schlang eine imaginäre Schlinge um seinen Stiernacken. »Mit Strick oder ohne – der kurze, scharfe Ruck dabei ist alles.«

Er ließ unvermittelt den Kopf zur Seite fallen, daß es ein Anblick zum Grausen war. Miss Twitterton kreischte entsetzt auf; sie begriff vielleicht zum erstenmal, worum es hier eigentlich ging. Harriet war wütend, und man sah es ihr an. Männer! Wenn mehrere zusammenkamen, waren sie alle gleich – sogar Peter. Für einen Augenblick standen er und Kirk zusammen auf der anderen Seite einer tiefen Kluft, und sie haßte beide.

»Sachte, Herr Polizeidirektor«, sagte Wimsey. »Wir machen die Damen scheu.«

»O Gott, nein, das geht natürlich nicht«, sagte Kirk; bei aller Leutseligkeit waren seine braunen Ochsenaugen ebenso wachsam wie die grauen. »Also, vielen Dank, Miss Twitterton. Ich glaube, das ist im Moment alles.«

»Also gut«, sagte Harriet. »Dann wäre das überstanden. Kommen Sie mit, wir wollen mal sehen, wie Mr. Puffett mit dem Küchenkamin vorankommt.« Sie zog Miss Twitterton hoch und bugsierte sie aus dem Zimmer. Als Peter ihnen die Tür öffnete, blitzte sie ihn vorwurfsvoll an, aber es ging wie bei Lancelot und Ginevra: Ihre Blicke trafen sich, doch sie ließ den ihren sinken.

»Ach so, noch etwas, Mylady!« rief der Polizeidirektor ungerührt. »Würden Sie so freundlich sein und Mrs. Ruddle sagen, daß sie hier gewünscht wird? Wir müssen diese Zeiten noch etwas genauer feststellen«, fuhr er, an Sellon gewandt, fort, während dieser etwas knurrte und ein Messer hervorholte, um seinen Bleistift zu spitzen.

»Na ja«, sagte Peter in einem Ton, der fast herausfordernd klang, »in dem Punkt war sie jedenfalls ganz ehrlich.«

»Ja, Mylord. Sie wußte darüber Bescheid. Ein wenig Wissen ist ein gefährlich Ding.«

»Nicht Wissen – Bildung!« verbesserte Peter ihn rechthaberisch. »Ein wenig *Bildung* – Alexander Pope.«

»Wirklich?« fragte Mr. Kirk, kein bißchen aus dem Gleichgewicht gebracht. »Das muß ich mir mal merken. So! Es sieht also nicht danach aus, als ob sich jemand anders die Schlüssel hätte beschaffen können, aber man kann nie wissen.«

»Ich glaube, sie hat die Wahrheit gesagt.«

»Vermutlich gibt es mehrere Wahrheiten, Mylord. Es gibt eine Wahrheit, soweit man sie kennt; und es gibt eine Wahrheit, soweit man danach gefragt wird. Aber sie ergeben noch nicht die ganze Wahrheit – nicht notwendigerweise. Zum Beispiel habe ich das kleine Frauchen nicht gefragt, ob sie das Haus vielleicht hinter jemand anderem abgeschlossen hat, nicht wahr? Ich habe nur gefragt, wann sie zuletzt ihren Onkel gesehen hat. Verstehen Sie?«

»Ja, ich verstehe. Ich persönlich ziehe es immer vor, *keinen* Schlüssel zu dem Haus zu besitzen, in dem die Leiche entdeckt wurde.«

»Da ist was dran«, räumte Kirk ein. »Aber es gibt gewisse Umstände, unter denen es Ihnen lieber sein könnte, wenn Sie es selbst sind, und nicht jemand anders, wenn

Sie mich verstehen. Und es gibt Zeiten, da – was glauben Sie, was sie wohl gemeint hat, als sie sagte: Was *habe* ich nur getan? Wie? Vielleicht ist ihr da eingefallen, daß sie den Schlüssel doch einmal herumliegen gelassen hat – absichtliches Versehen. Oder vielleicht –«

»Es ging doch um das Geld.«

»Stimmt. Und vielleicht war ihr noch etwas anderes eingefallen, was sie getan hatte und was weder ihr noch jemand anderem viel nützte, wie sich herausstellte. Irgend etwas hat sie uns verheimlicht, wenn Sie mich fragen. Wenn sie ein Mann wäre, hätte ich es schon schnell genug aus ihr herausgeholt – aber Frauen! Die fangen an zu heulen und zu schluchzen, und dann kann man überhaupt nichts mehr mit ihnen anfangen.«

»Stimmt«, sagte Peter und empfand nun seinerseits eine momentane Abneigung gegenüber dem ganzen Geschlecht, einschließlich seiner Frau. Immerhin hatte sie ihn wegen der Geschichte mit dem Halsumdrehen mehr oder weniger heruntergeputzt. Und die Dame, die sich jetzt beim Eintreten die Hände an der Schürze abwischte und mit wichtigtuerischer Stimme rief: »Haben Sie nach mir gerufen, Mister?« – war auch nicht gerade dazu geeignet, die stumme Saite der Ritterlichkeit in Schwingungen zu versetzen. Kirk dagegen wußte, woran er mit den Mrs. Ruddles dieser Welt war, und griff die Stellung zuversichtlich an.

»Ja. Wir wollten den Zeitpunkt dieses Mordes noch ein wenig genauer einengen. Also, Crutchley sagt, er hat Mr. Noakes am Mittwochabend gegen zwanzig nach sechs noch lebend gesehen. Da waren Sie wohl schon nach Hause gegangen, ja?«

»Ja. Ich war ja immer nur morgens bei Mr. Noakes. Nach dem Mittagessen war ich nie mehr da.«

»Und als Sie andern Morgens kamen, fanden Sie das Haus verschlossen?«

»Ja. Ich hab fest an beide Türen geklopft – er war ja ein

bißchen taub, drum hab ich immer sehr laut geklopft, und dann hab ich unter seinem Schlafzimmerfenster gerufen und dann wieder geklopft, und wie darauf nichts passiert ist, hab ich gesagt: ›Zum Kuckuck mit dem Kerl, der ist ab nach Broxford.‹ Er muß gestern abend den Zehnuhrbus genommen haben, hab ich gedacht. Na so was, sag ich bei mir, er hätte mir doch Bescheid sagen können, und mein Geld für die letzte Woche hat er mir auch noch nicht gegeben.«

»Was haben Sie sonst noch getan?«

»Nichts. Da gab's ja nichts zu tun. Nur den Bäcker und den Milchmann abbestellt. Und die Zeitung. Und bei der Post hab ich Bescheid gesagt, sie sollen seine Briefe zu mir bringen. Aber er hat keine Briefe gekriegt, nur zwei, und das waren Rechnungen, darum hab ich sie nicht weitergeschickt.«

»Aha!« sagte Peter. »Das ist die richtige Art, mit Rechnungen umzugehen. Da lasset sie legen, wie der Dichter grammatikalisch nicht ganz einwandfrei sagt, gleich der Gans mit den goldenen Eiern.«

Mr. Kirk fand dieses Zitat verwirrend und weigerte sich, ihm nachzuspüren.

»Haben Sie nicht daran gedacht, nach Miss Twitterton zu schicken? Sie kam doch gewöhnlich her, wenn Mr. Noakes fort war. Sie müssen sich gewundert haben, sie nicht zu Gesicht zu bekommen.«

»Ist doch nicht meine Sache, nach Leuten zu schicken, wenn sie nicht von selbst kommen«, sagte Mrs. Ruddle. »Wenn Mr. Noakes gewollt hätte, daß Miss Twitterton kommt, hätte er es ihr ja sagen können. So hab ich das wenigstens gesehen. Aber wo er jetzt tot ist, weiß ich natürlich, daß er's ihr nicht sagen konnte, aber das konnte ich da ja nicht wissen, oder? Und ich hab schon Scherereien genug gehabt – nicht mal mein Geld gekriegt – und Sie erwarten doch nicht von mir, daß ich zwei Meilen weit nach Leuten schicke, als wenn ich nicht so schon genug zu tun hätte. Oder daß ich teure Briefmarken verschwende. Und außerdem«, fuhr Mrs. Ruddle energisch fort, »hab ich mir gesagt, wenn er mir nichts davon gesagt hat, daß er weggeht, hat er Aggie Twitterton vielleicht auch nichts gesagt – und ich misch mich doch nicht in andrer Leute Sachen ein, das brauchen Sie nicht denken.«

»Oh!« sagte Kirk. »Soll das heißen, Sie haben sich gedacht, daß er vielleicht einen Grund haben könnte, ohne großes Aufsehen von hier zu verschwinden?«

»Könnte vielleicht sein, vielleicht auch nicht. So hab ich das jedenfalls angesehen, nicht? Sicher, da war noch mein Wochengeld, aber so eilig war das auch wieder nicht. Aggie Twitterton hätte mir das schon gegeben, wenn ich danach gefragt hätte.«

»Natürlich«, sagte Kirk. »Sie haben wohl am Sonntag nicht daran gedacht, sie zu fragen, als sie hier war, um die Orgel zu spielen?«

»Ich?« rief Mrs. Ruddle richtig beleidigt. »In *die* Kirche gehe ich nicht, ich bin protestantisch. Bis wir fertig sind, haben *die* sich doch schon längst wieder verdrückt. Sicher, ab und zu geh ich auch mal zu denen in die Kirche, aber lohnen tut sich das nicht. Auf und nieder und auf und nieder, als wenn die Knie nicht vom Putzen am Wochentag schon genug durchgescheuert wären, und dann nur so ein bißchen Predigt, ohne Schwung. Mr. Goodacre ist ja ein sehr netter Herr und zu allen freundlich, da will ich kein Wort gegen sagen, aber ich war und bin protestantisch, und unsere Kapelle ist am andern Ende vom Dorf, und bis ich von da wieder zurück war, waren die schon alle nach Hause, Aggie Twitterton mit ihrem Fahrrad auch. Also, Sie sehen, ich konnte sie gar nicht abfangen, und wenn ich's noch so sehr gewollt hätte.«

»Natürlich nicht«, sagte Kirk. »Na schön. Sie haben also nicht versucht, Miss Twitterton Bescheid zu geben. Ich nehme aber an, Sie haben im Dorf erwähnt, daß Mr. Noakes fort war?«

»Das hab ich bestimmt«, räumte Mrs. Ruddle ein. »War ja nichts dabei.«

»Sie haben uns gesagt«, mischte Peter sich ein, »er sei abends mit dem Zehnuhrbus gefahren.«

»Das hab ich eben gedacht«, sagte Mrs. Ruddle.

»Und da das völlig natürlich schien, hat niemand Fragen gestellt. Hat im Laufe der Woche mal jemand nach Mr. Noakes gefragt?«

»Nur Mr. Goodacre. Den hab ich am Donnerstagmorgen gesehen, wie er am Haus herumsucht, und wie er mich sieht, fragt er: ›Ist Mr. Noakes fort?‹ – ›Ja‹, sag ich, ›rüber nach Broxford.‹ Darauf sagt er nur: ›Dann komme ich ein andermal vorbei.‹ Ich wüßte nicht, daß danach noch jemand gekommen wäre.«

»Und gestern abend«, fuhr Mr. Kirk fort, »als Sie die Herrschaften einließen, war alles wie gewöhnlich?«

»Stimmt. Bis auf die Sachen vom Abendessen auf dem Tisch, wo er sie stehengelassen hat. Er hat immer um halb acht zu Abend gegessen, ganz regelmäßig. Dann ist er mit der Zeitung in der Küche sitzen geblieben bis halb zehn, wenn die Nachrichten kamen. Bei ihm ging immer alles auf die Minute, jeden Tag.«

Kirk strahlte. Das waren die Informationen, die er haben wollte.

»Er hatte also zu Abend gegessen. Aber in seinem Bett war nicht geschlafen worden?«

»Nein. Aber ich hab natürlich für die Herrschaften saubere Laken aufgelegt. Ich weiß hoffentlich, was sich gehört. Das waren die Laken von der Woche davor«, erklärte Mrs. Ruddle weiter, damit nur ja alles klar war, »die waren schon am Mittwoch gewaschen und getrocknet, ich konnte sie bloß nicht ins Haus bringen, weil das ja abgeschlossen war. Da hab ich sie also bei mir in die Küche gelegt, und so brauchte ich sie nur noch ein Minütchen vors Feuer zu hängen, da waren sie so frisch und ordentlich wie für die Königin von England.«

»Das hilft uns sehr viel weiter«, sagte Kirk. »Wenn Noakes um halb acht zu Abend gegessen hat, war er da vermutlich noch am Leben.« Er sah zu Peter, aber der machte diesmal keine verwirrenden Andeutungen über Mörder, die für ihre Opfer zu Abend aßen, und das ermutigte den Polizeidirektor, fortzufahren: »Er ist nicht zu Bett gegangen, und das gibt uns – Wann ging er denn für gewöhnlich zu Bett, Mrs. Ruddle, wissen Sie das?«

»Um elf, Mr. Kirk, pünktlich wie die Uhr. Da hat er sein Radio ausgeschaltet, und ich hab ihn mit der Kerze nach oben gehen sehen. Ich kann nämlich bei mir hinten raus sein Schlafzimmer ganz genau sehen.«

»Aha! Nun denken Sie mal an vorigen Mittwochabend zurück, Mrs. Ruddle. Können Sie sich erinnern, ob Sie ihn da mit der Kerze haben hinaufgehen sehen?«

»Na so was!« rief Mrs. Ruddle. »Jetzt wo Sie fragen, Mr. Kirk, fällt mir ein, daß ich ihn nicht gesehen hab. Und ich hab noch anderntags zu meinem Bert gesagt: ›Sieh mal‹, sag ich, ›wenn ich doch nur wach geblieben wäre, hätte ich gewußt, daß er fort ist, denn dann hätte ich gesehen, daß kein Licht in seinem Schlafzimmerfenster war. Aber bitte‹, sag ich, ›ich war ja so erschöpft, daß ich gleich eingeschlafen bin, wie ich den Kopf auf dem Kissen hatte.‹«

»Hm«, machte Kirk enttäuscht. »Na ja, so wichtig ist das ja nicht. Da in dem Bett nicht geschlafen wurde, war er wahrscheinlich noch unten, als –«

(Gott sei Dank! dachte Peter. Nicht in meiner Herrin Zimmer.)

Mrs. Ruddle unterbrach ihn mit einem schrillen Ausruf. »Meine Güte, Mr. Kirk! Na so was!«

»Ist Ihnen etwas eingefallen?«

Mrs. Ruddle war etwas eingefallen, und die Miene, mit der sie von Kirk zu Sellon und dann weiter zu Peter schaute, ließ ahnen, daß es nicht nur wichtig, sondern alarmierend war.

»Aber natürlich! Ich weiß gar nicht, warum mir das nicht früher in den Kopf gekommen ist, aber ich war so durcheinander von all den schrecklichen Sachen, die passiert sind. Na klar, jetzt wo ich dran denke – wenn er nicht mit dem Bus um zehn gefahren ist, dann muß er schon vor halb zehn tot gewesen sein.«

Die Hand des Konstablers stockte beim Schreiben. Kirk fragte schneidend:

»Warum nehmen Sie das an?«

»Na, weil sein Radio nicht an war, und ich hab noch zu Bert gesagt –«

»Einen Moment. Was ist mit dem Radio los?«

»Also, Mr. Kirk, wenn Mr. Noakes noch am Leben gewesen wäre, hätte er die Nachrichten um halb zehn nicht verpaßt, um keinen Preis. Er war immer ganz wild auf die Spätnachrichten, der arme Kerl – obwohl ich ja nicht weiß, was es ihm genützt hat. Und ich weiß noch genau, wie ich vorigen Mittwochabend zu Bert gesagt habe: ›Komisch‹, sag ich, ›Mr. Noakes hat heute gar nicht sein Radio an. Sieht ihm gar nicht ähnlich‹, sag ich.«

»Aber Sie konnten doch von Ihrem Cottage aus das Radio gar nicht hören, wenn alle Türen und Fenster zu waren.«

Mrs. Ruddle leckte sich über die Lippen.

»Also, ich will Ihnen nichts vormachen, Mr. Kirk.« Sie schluckte, dann fuhr sie redselig wie eh und je fort; dabei mied ihr Blick den des Polizeidirektors und heftete sich statt dessen auf Joe Sellons Bleistift. »Ich war nur mal eben kurz nach halb zehn rübergelaufen, um mir einen Tropfen Öl aus seinem Schuppen auszuborgen, und wenn da sein Radio angewesen wäre, hätte ich es auf jeden Fall gehört, denn nach hinten sind die Wände ja nur aus Gips, und er hatte es immer mächtig laut an, weil er doch ein bißchen schlecht hörte.«

»Ach so«, sagte Mr. Kirk.

»Ist ja schließlich nichts Schlimmes«, sagte Mrs.

Ruddle, indem sie einen Schritt vom Tisch zurückwich, »wenn man sich 'nen Tropfen Öl ausleiht.«

»Nun ja«, antwortete Mr. Kirk vorsichtig, »das spielt jetzt hier keine Rolle. Die Nachrichten um halb zehn. Die kommen im nationalen Programm.«

»Stimmt. Um die Sechsuhrnachrichten hat er sich nie gekümmert.«

Peter warf Kirk einen fragenden Blick zu, dann ging er zur Radiotruhe und hob den Deckel.

»Der Zeiger«, sagte er, »steht auf dem Regionalprogramm.«

»Nun, falls Sie inzwischen nicht daran gedreht haben –« Peter schüttelte den Kopf, und Kirk fuhr fort. »Scheint so, als ob er es nicht eingeschaltet hätte – jedenfalls nicht für die Nachrichten um halb zehn. Hm. Wir kommen der Sache näher, nicht? Engen die Zeit immer mehr ein. Hier ein wenig, da ein wenig –«

»Jesaja«, sagte Peter, indem er den Deckel wieder schloß. »Oder würde Jeremia hier besser passen?«

»Jesaja, Mylord – und zu Klageliedern besteht kein Anlaß, soweit ich das sehe. Also, das ist ja sehr aufschlußreich. Tot oder bewußtlos um halb zehn – zuletzt lebend gesehen um zwanzig nach sechs – zu Abend gegessen um –«

»Zwanzig nach sechs?« rief Mrs. Ruddle. »Jetzt hören Sie mal. Er war um neun noch springlebendig.«

»Was! Woher wissen Sie das? Warum haben Sie uns das nicht schon eher gesagt?«

»Na, ich hab gedacht, das wissen Sie schon. Sie haben mich nicht gefragt. Und woher ich das weiß? Weil ich ihn gesehen habe, darum. Sie, was haben Sie eigentlich vor? Wollen Sie mir vielleicht was anhängen? Sie wissen so gut wie ich, daß er um neun noch am Leben war. Joe Sellon hat doch da noch mit ihm gesprochen.«

Kirk riß entgeistert den Mund auf. »Wie?« fragte er, den Blick auf seinen Konstabler gerichtet.

»Ja«, murmelte Sellon dumpf. »Das stimmt.«

»Natürlich stimmt es«, sagte Mrs. Ruddle. Ihre kleinen Äuglein blitzten von boshaftem Triumph, hinter dem ein unbehagliches Grausen lauerte. »Auf diese Weise kriegst du mich nicht dran, Joe Sellon. Um neun bin ich gekommen, um mir einen Eimer Wasser zu holen, und da hab ich dich so deutlich gesehen wie die Nase in meinem Gesicht, wie du hier an dem Fenster mit ihm gesprochen hast. Ha! Ich hab dich gehört. Ausdrücke hast du gebraucht – du solltest dich wirklich was schämen – so was dürfte eine anständige Frau gar nicht hören. Ich bin durch den Garten hergekommen, wo die Pumpe ist, das wissen Sie ja, Mr. Kirk, und das ist das einzige Wasser, das man trinken kann, außer wenn man ins Dorf hinuntergeht – ich hab mir immer Wasser von der Pumpe im Garten holen dürfen, außer zum Waschen, dazu nehme ich immer Regenwasser, wegen der Wollsachen, und wie ich da an der Pumpe stehe, hab ich dich gehört – ja, da kannst du ruhig gucken! Und ich sag noch zu mir: ›Meine Güte‹, sag ich, ›was ist denn da los?‹ Und wie ich um die Ecke von dem Haus komme, da seh' ich dich – mit Helm und allem, du brauchst es also gar nicht abzustreiten.«

»Schon gut, Madam«, sagte Mr. Kirk. Bei aller Erschütterung stand er getreulich zu seinem Untergebenen. »Vielen Dank. Das bringt uns sehr nah an die Zeit heran. Neun Uhr war das, sagen Sie?«

»Ein bißchen vor oder nach. Auf meiner Uhr war's zehn nach, aber die geht etwas vor. Fragen Sie doch Joe Sellon. Man soll ja immer die Polizei fragen!«

»Sehr schön«, antwortete der Polizeidirektor. »Diesen Punkt wollten wir nur bestätigt haben. Zwei Zeugen sind besser als einer. Das genügt. So, und nun gehen Sie und – hören Sie mal – Sie werden das bitte nicht aller Welt erzählen.«

Mrs. Ruddle warf sich in die Brust. »Ich bin doch keine Klatschbase!«

»Gewiß nicht«, sagte Peter. »Das ist das Letzte, was man Ihnen unterstellen könnte. Aber Sie sehen, Sie sind eine sehr wichtige Zeugin – Sie und Sellon – und es könnte etliche Leute geben, Zeitungsreporter und dergleichen, die Sie auszuhorchen versuchen. Sie müssen also sehr verschwiegen sein – genau wie Sellon – und sie abblitzen lassen. Sonst machen Sie es Mr. Kirk sehr schwer.«

»Ausgerechnet Joe Sellon!« sagte Mrs. Ruddle verächtlich. »Was der kann, das kann ich schon lange. Ich hoffe, ich weiß was Besseres, als mit Zeitungsleuten zu reden. Schreckliche Leute sind das.«

»Ein sehr unangenehmes Volk«, bestätigte Peter. Er begab sich zur Tür, wobei er sie behutsam vor sich her trieb wie ein verirrtes Huhn. »Wir wissen, daß wir uns auf Sie verlassen können, Mrs. Ruddle, Nährkind von Stille und Zeiten, die vergingen. Und was immer Sie tun«, fuhr er fort, als er sie über die Schwelle bugsierte, »sagen Sie nichts zu Bunter – er ist das größte Plappermaul der Welt.«

»Bestimmt nicht, Mylord«, sagte Mrs. Ruddle. Die Tür ging zu. Kirk richtete sich in dem großen Sessel auf; sein Untergebener saß wie ein Häuflein Elend da und wartete auf den Ausbruch.

»Also, Joe Sellon. Was hat das zu bedeuten?«

»Nun, Sir –«

»Ich bin enttäuscht von Ihnen, Joe«, fuhr Kirk mit einer Stimme fort, in der mehr Verwunderung und Trauer als Zorn lagen. »Ich muß mich wundern. Soll das heißen, daß Sie um neun Uhr noch mit Mr. Noakes gesprochen und uns nichts davon gesagt haben? Haben Sie überhaupt kein Pflichtgefühl?«

»Es tut mir wirklich sehr leid, Sir.«

Lord Peter schlenderte zum Fenster. Man mischte sich nicht ein, wenn einer gerade seinen Untergebenen herunterputzte. Trotzdem –

»*Leid*? Das ist mir ein schönes Wort! Sie – ein Polizeibeamter, und halten wichtige Beweismittel zurück? Und können dazu nur sagen, daß es Ihnen leid tut?«

(Pflichtversäumnis – ja, das war der erste Gedanke.)

»Ich wollte nicht –«, begann Sellon. Dann sagte er wütend: »Ich wußte nicht, daß die alte Schachtel mich gesehen hatte.«

»Was spielt es, zum Teufel noch mal, für eine Rolle, wer Sie gesehen hat?« rief Kirk mit zunehmender Empörung. »Sie hätten mir das gleich als erstes sagen müssen ... Mein Gott, Joe Sellon, ich weiß nicht, was ich von Ihnen halten soll. Auf mein Wort, ich ... Sie können was erleben!«

Der geknickte Sellon wußte nicht, was er mit seinen Händen anfangen sollte, und konnte zur Antwort nur bedrückt wiederholen:

»Es tut mir leid.«

»Und jetzt passen Sie mal auf«, sagte Kirk mit einem drohenden Unterton. »Was hatten Sie da zu suchen, daß Sie es auch noch verheimlichen wollten? ... Reden Sie! ... Halt, Moment, Moment noch.« (Jetzt ist es ihm eingefallen, dachte Peter und drehte sich um.) »Sie sind doch Linkshänder, nicht wahr?«

»O mein Gott, Sir, o mein Gott! Ich hab's nicht getan! Ich schwöre, ich hab's nicht getan! Weiß der Himmel, ich hatte Grund genug dazu, aber ich war's nicht – ich habe ihn nie angerührt –«

»Grund? Was für einen Grund? Los jetzt, heraus damit! Was hatten Sie mit Mr. Noakes zu schaffen?«

Sellon warf verzweifelte Blicke um sich. Hinter ihm stand Peter Wimsey mit undurchdringlicher Miene.

»Ich habe ihn nicht angerührt. Ich habe ihm überhaupt nichts getan. Und wenn ich tot umfallen müßte, Sir, ich bin unschuldig.«

Kirk schüttelte den massigen Kopf wie ein Stier, den die Fliegen ärgern.

»Was hatten Sie um neun Uhr dort zu suchen?«

»Nichts«, sagte Sellon eigensinnig. Die Verzweiflung war von ihm abgefallen. »Ich wollte nur guten Tag sagen.«

»Guten Tag sagen!« äffte Kirk ihn mit solcher Verachtung und Wut nach, daß Peter sich ein Herz faßte und eingriff.

»Hören Sie mal her, Sellon«, sagte er mit einer Stimme, die schon manchen armen Landser dazu gebracht hatte, ihm sein Herz auszuschütten. »Sie sollten Mr. Kirk jetzt lieber reinen Wein einschenken. Egal was es ist.«

»Das ist mir ja eine schöne Geschichte«, grollte Kirk. »Ein Polizeibeamter –«

»Haben Sie Nachsicht, Herr Polizeidirektor«, sagte Peter. »Er ist noch so jung.« Er zögerte. Vielleicht fiel es Sellon leichter, wenn keine Außenstehenden zuhörten. »Ich gehe mal eben in den Garten«, sagte er begütigend. Sellon fuhr herum wie der Blitz.

»Nein, nein! Ich mache reinen Tisch. O mein Gott, Sir! – Gehen Sie bitte nicht, Mylord. *Sie* nicht ... Was habe ich da für einen Blödsinn angestellt!«

»Das passiert jedem hin und wieder«, sagte Peter milde.

»*Sie* werden mir glauben, Mylord ... O Gott, das bricht mir das Genick.«

»Mich würd's nicht wundern«, sagte Kirk grimmig.

Peter warf einen Blick zum Polizeidirektor, sah, daß auch er den Appell an eine Autorität, die höher war als die eigene, erkannte, und setzte sich auf die Tischkante.

»Nun nehmen Sie sich zusammen, Sellon. Mr. Kirk ist nicht der Mann, der hart oder ungerecht zu jemandem wäre. Also, was ist da los?«

»Nun ja ... es geht um diese Brieftasche von Mr. Noakes – die er verloren hat –«

»Vor zwei Jahren – nun gut, was ist damit?«

»Ich habe sie gefunden ... Ich – ich – er hatte sie auf der Straße verloren – zehn Pfund hatte er darin. Ich – meiner Frau ging es so furchtbar elend nach dem Baby –

der Arzt hat gesagt, sie braucht eine besondere Behandlung – ich hatte nichts gespart – und so hoch ist das Gehalt ja nicht, die Beihilfe auch nicht – was bin ich für ein Narr gewesen! Ich hatte es gleich zurückzahlen wollen. Ich dachte, er kann es verschmerzen, weil er doch genug hat. Ich weiß, daß man von unsereinem Ehrlichkeit erwartet, aber wenn man einen Menschen so in Versuchung führt . . .«

»Ja«, sagte Peter, »unser großzügiger Staat erwartet für zwei bis drei Pfund die Woche eine Menge Ehrlichkeit.« Kirk schien es die Sprache verschlagen zu haben, also fuhr er fort:

»Und was ist dann weiter passiert?«

»Er hat es rausgekriegt, Mylord. Ich weiß nicht, wie, aber er hat's rausgekriegt. Hat gedroht, mich anzuzeigen. Das wäre mein Ende gewesen. Entlassen, und wer hätte mir danach noch Arbeit gegeben? Also mußte ich ihm zahlen, was er verlangte, damit er den Mund hielt.«

»Bezahlen?«

»Das ist Erpressung!« Kirk erwachte schlagartig aus seiner Benommenheit. Er sprach die Worte, als ob sie irgendwie die Lösung dieser unglaublichen Situation beinhalteten. »Das ist strafbar. Erpressung. Und Nichtanzeige einer Straftat.«

»Sie können es nennen, wie Sie wollen, Sir – für mich ging es um Leben und Tod. Fünf Shilling pro Woche hat er die ganzen letzten zwei Jahre lang aus mir herausgepreßt.«

»Großer Gott!« sagte Peter angewidert.

»Ich sage Ihnen, Mylord, als ich heute morgen hier in das Zimmer kam und hörte, daß er tot war, das war für mich wie ein Geschenk vom Himmel . . . Aber ich habe ihn nicht umgebracht – das schwöre ich. Sie glauben mir doch? Mylord, *Sie* glauben mir. Ich hab's nicht getan.«

»Ich glaube, ich könnte es Ihnen nicht verdenken, wenn Sie's getan hätten.«

»Aber ich hab's nicht getan«, sagte Sellon eindringlich. Da Peters Miene nichts verriet, wandte er sich wieder an Kirk. »Es ist schon recht, Sir. Ich weiß, daß ich ein Trottel war – und Schlimmeres – und ich werd's ausbaden; aber so gewiß, wie ich hier stehe, ich habe Mr. Noakes nicht getötet.«

»Nun, Joe«, sagte der Polizeidirektor bedächtig, »es ist auch so schlimm genug. Sie waren ein Trottel, das steht fest. Darum werden wir uns später noch kümmern. Jetzt sollten Sie uns lieber sagen, *was* eigentlich passiert ist.«

»Ich war hergekommen, um ihm zu sagen, daß ich diese Woche das Geld nicht habe. Er hat mir ins Gesicht gelacht, dieser Satan. Ich –«

»Um wieviel Uhr war das?«

»Ich bin hier über den Weg heraufgekommen und habe durch das Fenster da hereingeschaut. Der Vorhang war nicht zugezogen, und es war ganz dunkel drinnen. Aber dann hab ich ihn mit der Kerze in der Hand aus der Küche kommen sehen. Er hat die Kerze an die Uhr da drüben gehalten, und da hab ich gesehen, daß es fünf nach neun war.«

Peter trat von einem Fuß auf den andern und fragte rasch:

»Sie haben die Uhr vom Fenster aus gesehen. Sind Sie sicher?«

Dem Zeugen entging der warnende Unterton; er sagte nur knapp: »Ja, Mylord.« Dann leckte er sich nervös über die Lippen und fuhr fort:

»Da hab ich dann ans Fenster geklopft, und er ist rübergekommen und hat es aufgemacht. Ich hab ihm gesagt, ich hab das Geld nicht, und er hat mir ganz häßlich ins Gesicht gelacht. ›Gut‹, sagte er ›dann zeige ich dich morgen früh gleich an.‹ Da hab ich mir ein Herz gefaßt und gesagt: ›Das können Sie gar nicht. Das ist Erpressung. Das ganze Geld, das Sie von mir genommen haben, ist Erpressung, und dafür bringe ich Sie vor den Kadi.‹ Darauf er: ›Geld? Du kannst nicht beweisen, daß du mir Geld gegeben hast. Wo sind denn deine Quittungen? Du hast nichts schriftlich.‹ Und da habe ich ihm einiges an den Kopf geworfen.«

»Kein Wunder«, sagte Peter.

»›Raus‹, sagte er und knallte das Fenster zu. Ich habe die Tür probiert, aber die war zugeschlossen. Also bin ich weggegangen, und seitdem habe ich nichts mehr von ihm gesehen.«

Kirk holte tief Luft.

»Sie sind nicht ins Haus gegangen?«

»Nein, Sir.«

»Sagen Sie die ganze Wahrheit?«

»Gott ist mein Zeuge, ja, Sir.«

»Sellon, sind Sie ganz sicher?«

Diesmal war die Warnung unüberhörbar.

»Es ist bei Gott die Wahrheit, Mylord.«

Peters Gesichtsausdruck veränderte sich. Er stand auf und ging zum Kamin.

»Hm«, machte Kirk. »Also, ich weiß wirklich nicht, *was* ich dazu sagen soll. Hören Sie zu, Joe; Sie gehen jetzt am besten mal geradewegs nach Pagford und überprüfen Crutchleys Alibi. Sprechen Sie mit diesem Williams in der Garage und protokollieren Sie seine Aussage.«

»Jawohl, Sir«, sagte Sellon in gedrücktem Ton.

»Ich rede mit Ihnen, wenn Sie zurück sind.«

Sellon sagte wieder: »Jawohl, Sir.« Er sah zu Peter, der auf die brennenden Scheite starrte und keine Regung zeigte. »Sie werden mich hoffentlich nicht zu hart ins Gericht nehmen, Sir.«

»Das werden wir sehen«, sagte Kirk, keineswegs unfreundlich. Der junge Konstabler ging mit hängenden breiten Schultern hinaus.

»Tja«, meinte der Polizeidirektor. »Und was halten Sie nun davon?«

»Es klang durchaus ehrlich – soweit es die Brieftasche

betraf. Da hätten Sie also ein Motiv – ein hübsches neues Motiv, das grünt und blüht. Es erweitert den Kreis ein bißchen, nicht wahr? Erpresser lassen es gewöhnlich nicht bei einem Opfer bewenden.«

Kirk nahm diesen raffinierten Versuch, von seinem eigenen natürlichen Verdacht abzulenken, kaum zur Kenntnis. Was ihn schmerzte, war die Pflichtvergessenheit eines seiner Beamten. Diebstahl und Unterdrückung von Beweismitteln –! Über diese bittere Enttäuschung kam er nicht hinweg; sie erzürnte ihn um so mehr, weil gerade so etwas nun einmal nicht passieren durfte.

»Warum konnte dieser junge Tölpel nicht zu seinem Sergeanten gehen, wenn er in Schwierigkeiten war – oder zu mir? Es ist zum Heulen. Ich begreife das nicht. Ich hätte es nie geglaubt.«

»Es gibt mehr Ding im Himmel und auf Erden«, sagte Peter in einem Ton melancholischer Belustigung.

»Das ist wahr, Mylord. In *Hamlet* steckt einiges an Wahrheit.«

»Hamlet!« Peters bellendes Lachen setzte den Polizeidirektor in Erstaunen. »Ein kleines Dörfchen nennt man bei uns ›hamlet‹. Rühren Sie mal den Schlick in einem Dorfteich auf, und Sie werden staunen, wie das stinkt.« Er ging ruhelos im Zimmer auf und ab. Das Licht, das soeben auf Mr. Noakes' Umtriebe geworfen worden war, hatte seine eigenen finsteren Vermutungen bestätigt, und wenn es eine Sorte Verbrecher gab, die er freudig mit bloßen Händen hätte erwürgen können, dann war es die der Erpresser. Fünf Shilling pro Woche, zwei Jahre lang! An diesem Teil der Geschichte konnte er kaum zweifeln; niemand würde sich selbst derart belasten, wenn es nicht die Wahrheit war. Dennoch – Er blieb unvermittelt neben Kirk stehen.

»Hören Sie mal«, sagte er, »Sie haben über diesen Diebstahl keine *offizielle* Meldung erhalten, nicht? Und das Geld ist zurückgezahlt worden – mehr als doppelt.«

Kirk sah ihn mit festem Blick an. »*Sie* können sich gut ein weiches Herz erlauben, Mylord. Sie tragen keine Verantwortung.«

Diesmal waren die Glacéhandschuhe abgestreift, und Peter nahm den Schlag voll aufs Kinn.

»Mann!« fuhr Kirk nachdenklich fort. »Dieser Noakes war ja ein regelrechter Halunke.«

»Es ist eine widerwärtige Geschichte. So etwas kann einen Menschen schon –«

Aber das stimmte ja gar nicht. Ein Mord war durch nichts zu rechtfertigen. »Verdammt!« sagte Peter in ohnmächtiger Wut.

»Was gibt's?«

»Herr Polizeidirektor, es tut mir so leid um den armen Teufel, aber – hol's der Kuckuck – ich glaube, ich muß es sagen –«

»Na?«

Kirk wußte, daß etwas kam, und wappnete sich dafür. Wenn man Leute wie Peter an die Wand drückte, sagten sie die Wahrheit. Das hatte er selbst vorhin gesagt, und nun rächten seine Worte sich an ihm; er mußte die Strafe auf sich nehmen.

»Diese Geschichte, die er uns erzählt hat – die klang ja so, als ob sie stimmte ... aber sie stimmte nicht ganz. Etwas darin war gelogen.«

»Gelogen?«

»Ja ... Er hat gesagt, er sei nicht im Haus gewesen ... Er sagt, er habe die Uhr von diesem Fenster aus gesehen ...«

»Und?«

»Genau das habe ich vorhin versucht, als ich draußen im Garten war. Ich wollte meine Uhr stellen. Nun ja ... es geht nicht, das ist alles. ... Dieser gräßliche Kaktus ist im Weg.«

»Was!«

Kirk sprang auf.

»Ich sagte, dieses Teufelsding von einem Kaktus ist im Weg. Er verdeckt das Zifferblatt der Uhr. Man kann vom Fenster aus nicht sehen, wieviel Uhr es ist.«

»Nein?«

Kirk war mit einem Satz beim Fenster, aber er wußte nur zu gut, was er von dort aus sehen würde.

»Sie können es ja versuchen«, sagte Peter. »Aus jeder Lage. Es ist schlicht und einfach unmöglich. Sie können von diesem Fenster aus die Uhr *nicht* sehen.«

10

Im Dorfkrug

»Was hätte ich tun sollen?« rief ich ziemlich hitzig. »Ins nächste Wirtshaus gehen. Da ist der Dorfklatsch zu Hause.«

ARTHUR CONAN DOYLE: DER EINSAME RADFAHRER

Bis zum Nachmittagstee war die Polizei endlich aus dem Haus. Nachdem der unglückliche Mr. Kirk sich vergewissert hatte, daß man sich drehen und wenden, bükken und auf die Zehen stellen und vom Fenster aus dennoch die Uhr nicht sehen konnte, war er auf eine längere Fortsetzung seiner Ermittlungen nur wenig erpicht. Einmal äußerte er halbherzig die Vermutung, Noakes könne den Kaktus vielleicht nach 18.20 Uhr vorübergehend aus dem Topf genommen und vor 21.30 Uhr wieder hineingetan haben; eine plausible Begründung für so ein sinnloses Tun konnte er allerdings selbst nicht geben. Natürlich hatten sie bisher allenfalls Crutchleys Wort dafür, daß die Pflanze um 18.20 Uhr an ihrem Platz gewesen war; Crutchley hatte davon gesprochen, daß er sie gegossen habe – vielleicht hatte er sie zu diesem Zweck heruntergenommen und es Noakes überlassen, sie wieder zurückzutun. Man konnte ihn fragen – aber schon während Mr. Kirk sich dieses Vorhaben notierte, machte er sich hinsichtlich des Ergebnisses wenig Hoffnungen. Entmutigt besichtigte er noch die Schlafzimmer, beschlagnahmte etliche Bücher und Unterlagen aus einem Schrank und fragte noch einmal Mrs. Ruddle zu Sellons Gespräch mit Noakes aus.

Das Ergebnis von dem allen war nicht sehr befriedigend. Es wurde ein Notizbuch entdeckt, das zwischen anderen Eintragungen wöchentliche Geldeingänge von jeweils fünf Shilling mit den Initialen »J. S.« enthielt. Das bestätigte eine Geschichte, die kaum einer Bestätigung bedurfte. Es legte auch die Vermutung nahe, daß Sellons Aufrichtigkeit mehr der Not gefolgt war als der Tugend, denn falls er die Existenz eines solchen Dokuments geahnt hatte, war es ihm vielleicht besser erschienen, ein Geständnis abzulegen als darauf zu warten, daß er damit konfrontiert wurde. Peters Kommentar dazu lautete, wenn Sellon der Mörder wäre, warum habe er dann nicht das Haus nach solch belastenden Dokumenten durchsucht? Mit dieser Überlegung versuchte Kirk sich mühsam zu trösten.

Sonst fand sich nichts, was man als Hinweis auf Erpressungszahlungen von irgendwem deuten konnte, allerdings reichlich Anzeichen dafür, daß Noakes' wirtschaftliche Verhältnisse noch verworrener waren als bisher angenommen. Interessant waren ein Packen Zeitungsausschnitte und Notizen in Noakes' Handschrift, die sich auf billige Häuser an der Westküste Schottlands bezogen – einem Landstrich, wo es bekanntermaßen schwer war, anderswo gemachte Schulden einzutreiben. Daß Noakes der Gauner war, als den Kirk ihn angesehen hatte, stand fest; leider waren es nicht *seine* Missetaten, die es aufzuklären galt.

Mrs. Ruddle konnte nicht weiterhelfen. Sie hatte gehört, wie Noakes das Fenster zugeknallt hatte, und gesehen, wie Sellon sich in Richtung Haustür begab. In der Annahme, das Stück sei vorbei, war sie mit ihrem Eimer Wasser nach Hause geeilt. Ein paar Minuten später hatte sie ein Klopfen an den Türen zu hören geglaubt und bei sich gedacht: ›Na, der hat Hoffnungen!‹ Gefragt, ob sie gehört habe, worum es bei dem Streit ging, gab sie mit Bedauern zu, daß sie das nicht mitbekommen habe, aber (mit boshaftem Grinsen) annehme, Joe Sellon werde »das wohl wissen.« Sellon sei, wie sie hinzufügte, »oft bei Mr. Noakes gewesen« – wenn Kirk dazu ihre Meinung hören wolle, habe er wahrscheinlich »versucht, sich Geld zu leihen«, und Noakes habe es abgelehnt, ihm noch mehr zu geben. Mrs. Sellon sei eine Verschwenderin, das wüßten alle. Kirk hätte sie gern gefragt, ob sie sich, nachdem sie Noakes zuletzt in einen heftigen Streit verwickelt gesehen habe, denn nichts bei seinem anschließenden Verschwinden gedacht habe, doch die Frage blieb ihm in der Kehle stecken. Das hätte doch mit anderen Worten geheißen, daß ein Gesetzeshüter des Mordes verdächtig sein könnte; ohne stichhaltigere Beweise in der Hand zu haben, brachte er das nicht über sich. Seine nächste traurige Aufgabe bestand darin, die Sellons zu vernehmen, und darauf freute er sich gar nicht. Im Zustand schwärzester Bedrückung machte er sich auf den Weg zum Untersuchungsrichter.

Inzwischen hatte Mr. Puffett den Küchenkamin von oben gereinigt, beim Anzünden eines Feuers assistiert, seinen Lohn entgegengenommen und sich unter zahlreichen Bekundungen der Sympathie und Hilfswilligkeit verabschiedet. Schließlich wurde Miss Twitterton, tränenüberströmt, doch geschmeichelt, von Bunter mit dem Wagen nach Pagford gebracht, das Fahrrad »hoch und erhaben« auf dem Rücksitz. Harriet sagte ihr auf Wiedersehen und kehrte ins Wohnzimmer zurück, wo ihr Herr und Gebieter mit finsterer Miene aus einem schmuddeligen alten Kartenspiel, das er in der Etagere gefunden hatte, ein Kartenhaus zu bauen versuchte.

»So!« sagte Harriet in unnatürlich fröhlichem Ton. »Die sind weg. Endlich sind wir allein!«

»Das ist ein Segen«, antwortete er verdrießlich.

»Ja; viel mehr davon hätte ich nicht verkraftet. Du?«

»Gar nichts mehr ... Und ich vertrag's auch jetzt nicht.«

Er hatte das nicht grob gesagt; es klang nur hilflos und erschöpft.

»Ich hatte auch nichts dergleichen vor«, sagte Harriet.

Er antwortete nicht und schien sich ganz darauf zu konzentrieren, seinem Bauwerk eine vierte Etage aufzusetzen. Sie sah ihm ein Weilchen zu, dann fand sie, daß es wohl besser sei, ihn allein zu lassen, und ging nach oben, um Schreibzeug und Papier zu holen. Es konnte nicht schaden, der Herzoginwitwe ein paar Zeilen zu schreiben.

Als sie durch Peters Ankleidezimmer kam, sah sie, daß da jemand am Werk gewesen war. Die Vorhänge waren aufgehängt, die Teppiche ausgelegt und das Bett gemacht. Sie überlegte einen Augenblick, was das wohl zu bedeuten haben könnte – falls überhaupt etwas. In ihrem eigenen Zimmer waren die Spuren von Miss Twittertons vorübergehendem Aufenthalt beseitigt – die Daunendecke war aufgeschüttelt, die Kissen geglättet, die Wärmflasche war fortgenommen, die Unordnung auf Waschständer und Toilettentisch wieder in Ordnung verwandelt. Die Türen und Schubladen, die Kirk offen gelassen hatte, waren zu, und auf der Fensterbank stand eine Vase mit Chrysanthemen. Bunter war wie eine Dampfwalze über alles hinweggerollt und hatte alle Spuren des Aufruhrs eingeebnet. Sie nahm sich die Dinge, die sie benötigte, und begab sich damit nach unten. Das Kartenhaus war inzwischen bis zum sechsten Stock gediehen. Beim Geräusch ihres Schrittes schrak Peter kurz zusammen, seine Hand zuckte, und das ganze zerbrechliche Gebilde sank in Trümmer. Er knurrte etwas und begann eigensinnig mit dem Wiederaufbau.

Harriet sah auf die Uhr. Es war gleich fünf, und sie hatte das Gefühl, ein Täßchen Tee vertragen zu können. Sie hatte Mrs. Ruddle bereits dazu gebracht, Wasser aufzusetzen und sich nützlich zu machen; sehr lange konnte es also nicht mehr dauern. Sie setzte sich aufs Sofa und begann den Brief. Was sie mitzuteilen hatte, war gewiß nicht ganz das, was ihre Schwiegermutter erwartete, aber es war dringend angezeigt, ihr zu schreiben, damit sie Bescheid wußte, bevor es in den Londoner Zeitungen Schlagzeilen machte. Außerdem gab es Dinge, die Harriet ihr gern mitteilen wollte – Dinge, die sie ihr ohnehin erzählt hätte. Sie war mit der ersten Seite fertig und sah auf. Peter saß mit gerunzelter Stirn da; das Haus, erneut bis zum vierten Stock gewachsen, verriet Anzeichen unmittelbar drohenden Zusammenbruchs. Ohne es eigentlich zu wollen, mußte sie lachen.

»Darf ich den Witz auch hören?« fragte Peter. Das wacklige Gebäude löste sich augenblicklich in seine Bestandteile auf, und er fluchte lästerlich. Dann entspannte sich plötzlich sein Gesicht, und das vertraute, verhaltene Lächeln zog seine Mundwinkel nach oben.

»Ich hab's nur mal von der komischen Seite gesehen«, entschuldigte Harriet sich. »Nach Hochzeit sieht das ja nicht gerade aus.«

»Bei Gott, das ist wahr!« sagte er zerknirscht. Er kam zu ihr. »Ich glaube«, bemerkte er in nüchternem, fragendem Ton, »ich benehme mich wie ein Lümmel.«

»So? Dann kann ich nur sagen, daß deine Vorstellung von Lümmelei außerordentlich verschwommen und maßvoll ist. Du wüßtest ja gar nicht, wie du das anstellen solltest.«

Ihr Spott konnte ihn nicht trösten. »Ich wollte nicht, daß es so kommt«, sagte er matt.

»Du dummer Kerl –«

»Ich wollte, daß alles wunderschön für dich wird.«

Sie wartete, daß er darauf selbst die Antwort fand, was er dann auch mit entwaffnender Schnelligkeit tat.

»Das ist wohl reine Eitelkeit. Nimm Feder und Tinte und schreib's auf. Seine Lordschaft erfreut sich außerordentlich gedrückter Stimmung dank seines unerklärlichen Unvermögens, die Vorsehung nach eigenen Bedürfnissen umzugestalten.«

»Soll ich das deiner Mutter schreiben?«

»Schreibst du ihr? Du lieber Gott, daran habe ich gar nicht gedacht, aber ich bin heilfroh, daß du daran denkst. Arme alte Mater! Das wird sie fürchterlich fuchsen. Sie hat sich nun einmal fest in den Kopf gesetzt, daß es ein ungetrübtes Elysium sein muß, mit ihrem Blondschopf verheiratet zu sein, in alle Ewigkeit Amen. Komisch, daß die eigene Mutter einen so wenig kennt.«

»Deine Mutter ist die vernünftigste Frau, die ich je kennengelernt habe. Ihr Wirklichkeitssinn ist viel weiter entwickelt als deiner.«

»So?«

»Ja, natürlich. Übrigens, hast du vor, dein Recht als Ehemann in Ansprch zu nehmen und die Briefe deiner Frau zu lesen?«

»Um Gottes willen, nein!« rief Peter entsetzt.

»Freut mich. Das wäre auch nicht gut für dich. Da kommt Bunter zurück; jetzt bekommen wir vielleicht ein Täßchen Tee. Mrs. Ruddle ist so aufgeregt, daß sie wahrscheinlich die Milch gekocht und die Teeblätter auf die Sandwichs gestreut hat. Ich hätte ihr nicht von der Seite weichen sollen, bis sie fertig war.«

»Mrs. Ruddle soll sich sonstwohin scheren.«

»Unbedingt – aber ich glaube, darum kümmert Bunter sich schon.«

Mrs. Ruddles überhastetes Eintreten mit dem Teetablett schien diese Annahme zu bestätigen.

»Ich wäre ja schon früher damit reingekommen«, sagte Mrs. Ruddle, indem sie ihre Last unüberhörbar auf dem Tischchen vor dem Kamin abstellte, »aber da ist mir dieser Polizist aus Broxford dazwischengeplatzt, gerade wie ich die Toastbrote machte. Mir ist das Herz in den Hals gesprungen, weil ich dachte, es ist irgendwas Schreckliches passiert. Aber das sind nur die Vorladungen vom Untersuchungsrichter. Ein ganzes Bündel davon hat er in der Hand gehabt, und die hier, das sind die für Sie.«

»Aha«, sagte Peter und brach das Siegel auf. »Die waren aber diesmal schnell. ›Zeugenladung – Lord Peter Death Bredon Wimsey – kraft dieser Vorladung, gezeichnet und gesiegelt von John Perkins –‹ schon gut, Mrs. Ruddle, Sie brauchen nicht zu warten.«

»Das ist der Rechtsanwalt Perkins«, erklärte Mrs. Ruddle. »Ein sehr netter Herr, habe ich gehört; gesprochen habe ich allerdings noch nie mit ihm.«

»›. . . von Seiner Majestät zum Untersuchungsrichter für den genannten Bezirk Hertfordshire bestellt . . . Donnerstag, den zehnten Oktober . . .‹ Dann werden Sie ihn ja morgen sehen und hören, Mrs. Ruddle . . . ›pünktlich um elf Uhr vormittags im Gasthaus zur Krone zu Paggleham in persona vor dem Untersuchungsgericht zu erscheinen, daselbst Zeugnis abzulegen und die im Namen Seiner Majestät gestellten Fragen zu beantworten zum Tode des William Noakes . . . und ohne Erlaubnis Ihren Aufenthaltsort nicht zu verlassen.‹«

»Das ist ja schön und gut«, bemerkte Mrs. Ruddle, »aber wer soll meinem Bert sein Essen hinstellen? Zwölf Uhr ist seine Zeit, und ich laß meinen Bert nicht hungern, auch nicht für König Georg.«

»Ich fürchte, Bert wird ohne Sie fertig werden müssen«, sagte Peter ernst. »Lesen Sie mal, was hier steht: ›. . . unter Strafandrohung bei Nichterscheinen . . .‹«

»Du liebes bißchen«, sagte Mrs. Ruddle. »Und womit drohen die?«

»Mit Gefängnis«, sagte Peter mit drohender Stimme.

»*Ich* soll ins Gefängnis?« rief Mrs. Ruddle zutiefst entrüstet. »Das ist ja eine schöne Behandlung für eine anständige Frau.«

»Sie finden doch sicher eine Freundin, die Ihrem Bert etwas zu essen macht«, meinte Harriet.

»Na ja«, sagte Mrs. Ruddle skeptisch, »vielleicht wäre Mrs. Hodges so freundlich. Aber ich glaube, sie will auch zur Untersuchungsverhandlung kommen und hören, was sich da tut. Aber Moment mal! Ich könnte heute abend schon einen Eintopf für Bert machen, den er nur zu wärmen braucht.« Sie zog sich eilig zur Tür zurück, kam aber noch einmal wieder, um in heiserem Flüsterton zu fragen:

»Muß ich da auch das von dem Öl sagen?«

»Das glaube ich nicht.«

»Oh!« sagte Mrs. Ruddle. »Es ist zwar nichts Unrechtes daran, sich mal einen Tropfen Öl auszuleihen, wenn man ihn leicht wieder ersetzen kann, aber diese Polizei verdreht einer Frau ja so das Wort im Mund.«

»Ich glaube, da brauchen Sie sich keine Sorgen zu machen«, sagte Harriet. »Würden Sie bitte die Tür schließen, wenn Sie hinausgehen?«

»Ja, Mylady«, sagte Mrs. Ruddle und verschwand mit unerwarteter Fügsamkeit.

»Wenn ich Kirk richtig einschätze«, sagte Peter, »werden sie die Untersuchungsverhandlung vertagen, so daß es nicht allzu lange dauern dürfte.«

»Nein. Ich bin froh, daß John Perkins so schnell war – da werden nicht so viele Reporter da sein.«

»Würden die Reporter dir sehr viel ausmachen?«

»Lange nicht soviel wie dir. Nimm dir das Ganze nicht so zu Herzen, Peter. Finde dich einfach damit ab, daß diesmal wir den Schaden haben.«

»Den haben wir, das kann man wohl sagen. Helen wird ein großes Triumphgeschrei anstimmen.«

»Soll sie doch. Die Ärmste sieht nicht so aus, als ob sie im Leben viel zu lachen hätte. Und schließlich kann sie an den Tatsachen nichts ändern. Ich meine, hier sitze ich und schenke dir Tee ein – aus einer Kanne mit angeschlagener Tülle, zugegeben – aber hier bin ich.«

»Ich glaube nicht, daß sie dich darum beneidet. Ich bin ganz und gar nicht Helens Fall.«

»Der Tee würde ihr auch gar nicht schmecken – sie würde immer nur die angeschlagene Tülle sehen.«

»Angeschlagene Tüllen gäb's bei Helen nicht.«

»Nein – bei ihr müßte es Silber sein – auch wenn die Kanne leer wäre. Magst du noch eine Tasse? Ich kann's nicht ändern, daß ich die Untertasse volltropfe. Das ist ein Zeichen für eine großzügige Natur oder ein überfließendes Herz oder sonst etwas.«

Peter nahm die Tasse Tee und trank sie schweigend. Er war noch immer recht unzufrieden mit sich. Ihm war, als hätte er die Frau seiner Wahl dazu eingeladen, sich mit ihm zum Festmahl des Lebens hinzusetzen, um dann festzustellen, daß der Tisch nicht für ihn reserviert worden war. Männer finden unter solch demütigenden Umständen meist etwas am Kellner auszusetzen, nörgeln am Essen herum und wehren sich gereizt gegen alle Bemühungen, die Situation doch noch zu retten. Von den schlimmsten Erscheinungsformen gekränkter Eitelkeit konnte ihn gerade noch seine gute Erziehung abhalten, aber die bloße Tatsache, daß er sich seines Unrechts bewußt war, erschwerte es ihm um so mehr, seine Unbefangenheit wiederzufinden. Harriet beobachtete mitfühlend seinen inneren Kampf. Wenn sie beide zehn Jahre jünger gewesen wären, hätte die Situation sich in Streit, Tränen und versöhnlicher Umarmung entspannt; für sie aber standen über diesem Ausweg deutlich die Worte: KEIN DURCHGANG. Da half nichts; er mußte über diese Mißstimmung hinwegkommen, so gut er konnte. Da sie gute fünf Jahre lang ihre eigenen Launen an ihm ausgelassen hatte, war es nicht an ihr, gekränkt zu sein; im Vergleich zu ihr hielt er sich ja sogar noch bemerkenswert gut.

Er schob das Teegeschirr fort und zündete Zigaretten für beide an. Dann rieb er auch noch Salz in die alte Wunde, indem er verdrießlich sagte:

»Du legst eine lobenswerte Geduld mit meiner schlechten Laune an den Tag.«

»*Das* nennst du Laune? *Ich* habe schon Launen gesehen, dagegen ist das hier geradezu ein Ausbruch himmlischer Harmonie.«

»Sei's drum, du versuchst mir jedenfalls darüber hinweg zu schmeicheln.«

»Ganz und gar nicht.« (Na schön, er wollte es so haben; dann lieber gleich zur Schockstrategie greifen und die Festung im Sturm erobern.) »Ich versuche dir nur auf möglichst nette Art beizubringen, daß es mir, solange ich nur bei dir bin, nicht *allzuviel* ausmachen würde, taub, stumm, lahm, blind und schwachsinnig zu sein, an Gürtelrose und Keuchhusten zu leiden und in einem offenen Boot ohne Essen und Kleidung in einen Sturm zu geraten. Du bist nur furchtbar begriffsstutzig.«

»Ach Gott!« rief er verzweifelt, hochrot im Gesicht. »Was soll ich denn darauf in drei Teufels Namen erwidern? Außer daß mir das alles ebensowenig ausmachen würde. Ich kann mich nur nicht des Gefühls erwehren, daß ich selbst der Trottel war, der irgendwie dieses vermaledeite Boot zu Wasser gelassen, den Sturm heraufbeschworen, dich nackt ausgezogen, die Verpflegung über Bord geworfen, dich lahm und dumm geprügelt und mit Keuchhusten und – was war denn das andere noch? – angesteckt hat.«

»Gürtelrose«, sagte Harriet trocken, »und die ist nicht ansteckend.«

»Wieder eins drauf.« Seine Augen blitzten, und auf einmal war ihr, als ob ihr Herz sich geradewegs umdrehte. »O ihr Götter! Macht mich dieser edlen Frau würdig! Trotzdem habe ich das dumme Gefühl, um den Finger gewickelt zu werden. Das würde ich ausgesprochen übelnehmen, wenn ich nicht so voll von Buttertoast und Rührseligkeit wäre – wie du vielleicht schon bemerkt haben wirst, gehen diese beiden Dinge ja gern Hand in Hand. Bei der Gelegenheit – sollten wir vielleicht doch lieber den Wagen nehmen und zum Abendessen nach Broxford fahren? Dort gibt es doch sicher irgendein Gasthaus, und so ein bißchen frische Luft würde vielleicht die Fledermäuse aus meiner Glockenstube verjagen.«

»Das ist eigentlich eine gute Idee. Aber könnten wir nicht Bunter mitnehmen? Ich glaube, er hat seit Jahren nichts mehr gegessen.«

»Immerzu hast du's mit meinem Bunter! Ich habe selbst schon viel durch Liebe gelitten, und das war so ähnlich. Du sollst Bunter haben, aber ich ziehe die Grenze bei einer *partie carrée.* Mrs. Ruddle kommt heute abend *nicht* mit. Ich befolge das Gesetz der Tafelrunde – nur eine zu lieben und ihr anzugehören. Jeweils nur eine, meine ich natürlich. Ich will nicht so tun, als ob ich nicht schon früher einmal gebunden gewesen wäre, aber ich weigere mich entschieden, im Doppelgespann zu gehen.«

»Mrs. Ruddle kann nach Hause gehen und ihren Eintopf kochen. Ich schreibe nur noch meinen Brief fertig, dann können wir ihn in Broxford einwerfen.«

Bunter bat jedoch höflich um Freistellung – sofern Seine Lordschaft nicht seine Dienste wünsche. Er wolle, wenn es gestattet sei, die ihm so gütig gewährte Muße lieber zu einem Besuch in der Krone nutzen. Er sei daran interessiert, die Bekanntschaft einiger Dorfbewohner zu machen, und was sein Abendessen betreffe, habe Mr. Puffett schon freundlicherweise angedeutet, daß er jederzeit willkommen sei, wenn er einmal vorbeikommen und sich mit zu Tisch setzen möchte.

»Das soll heißen«, übersetzte Peter seiner Frau diese Entscheidung, »daß Bunter etwas vom örtlichen Klatsch über Mr. Noakes und seinen Haushalt mitbekommen möchte. Darüber hinaus wünscht er diplomatische Beziehungen zum Wirt, zum Kohlenhändler, zu dem Mann, der das beste Gemüse anbaut, dem Bauern, der zufällig gerade einen Baum gefällt hat und Brennholz liefern kann, dem Fleischer, der sein Fleisch am längsten abhängen läßt, dem Dorfzimmermann und dem Dorfklempner herzustellen. Du wirst mit mir vorlieb nehmen müssen. Es hat noch nie etwas eingebracht, Bunter von seinen eigenen geheimnisvollen Wegen abbringen zu wollen.«

In der Schankstube der Krone herrschte auffallend viel Betrieb, als Bunter eintrat. Zweifellos verlieh die unaufdringliche Anwesenheit des verblichenen Mr. Noakes hinter einer verschlossenen Tür dem Hell- und Dunkelbier eine besondere Blume. Beim Eintreten des Fremden verstummten die bis dahin so lebhaften Stimmen, und Blicke, die sich zunächst zur Tür richteten, wurden rasch abgewandt und hinter erhobenen Krügen versteckt. Das stand durchaus im Einklang mit der Etikette. Bunter begrüßte die anwesende Gesellschaft mit einem höflichen »Guten Abend« und bestellte einen halben Liter Helles und ein Päckchen Players. Mr. Gudgeon, der Wirt, führte die Bestellung in würdevoller Ruhe aus und bemerkte, als er auf die Zehnshillingnote herausgab, daß es ein schöner Tag gewesen sei. Bunter schloß sich dieser Meinung an und fügte hinzu, daß die Landluft wohltuend sei, wenn man aus der Stadt komme. Mr. Gudgeon erklärte, das habe er schon so manchen Herrn aus London sagen hören, und fragte den Gast, ob dies sein erster Besuch in diesem Landesteil sei. Bunter antwortete, er sei zwar schon viele Male durch diese Gegend gefahren, aber noch nie hier abgestiegen, und Paggleham scheine ein hübsches Fleckchen zu sein. Er fügte von sich aus hinzu, daß er in Kent geboren sei. Ach, wirklich? fragte Mr. Gudgeon. Soviel er wisse, baue man dort Hopfen an. Bunter bestätigte, daß dem so sei. Ein sehr untersetzter Mann mit nur einem Auge mischte sich an dieser Stelle ein und sagte, der Vetter seiner Frau wohne in Kent, und dort, wo er wohne, sehe man nichts als Hopfen. Bunter sagte, Hopfen gebe es auch da, wo seine Mutter lebe; er selbst verstehe nicht viel von Hopfenanbau, da er seit dem fünften Lebensjahr in London aufgewachsen sei. Ein magerer Mann mit kummervoller Miene äußerte die Ansicht, daß das Fäßchen Bier, das er vorigen Juni von Mr. Gudgeon gekauft habe, aus Kent komme. Das schien eine Anspielung auf einen stehenden Witz zu sein, denn alle Anwesenden lachten herzlich, und einige Hänseleien flogen hin und her, bis der magere Mann die Diskussion mit dem Satz abschloß: »Na schön, Jim, nenn es Hopfen, wenn dir dann wohler ist.«

Während dieses Wortwechsels hatte der Gast aus London sich still mit seinem Krug auf einen Platz am Fenster zurückgezogen. Man kam jetzt auf Fußball zu sprechen, bis schließlich eine pummelige Frau (die niemand anders war als Mrs. Ruddles Freundin, Mrs. Hodges) mit jener weiblichen Impulsivität, die ungeniert hineinspringt, wo die Herren der Schöpfung auf Zehenspitzen gehen, lauthals meinte:

»Sie haben ja einen Kunden verloren, wie's aussieht, Mr. Gudgeon.«

»Ach Gott!« sagte Mr. Gudgeon. Er warf einen raschen Blick zu dem Fensterplatz, sah aber nur den Hinterkopf des Fremden. »Der eine geht, der andere kommt. Viel Umsatz geht mir dadurch nicht verloren.«

»Da haben Sie recht«, sagte Mrs. Hodges. »Ist auch sonst kein großer Verlust. Aber stimmt es, daß er absichtlich um die Ecke gebracht worden ist?«

»Mag sein oder auch nicht«, antwortete Mr. Gudgeon vorsichtig. »Wir werden's ja morgen hören.«

»Und *das* ist auch nicht schlecht fürs Geschäft, wie?« bemerkte der Einäugige.

»Das weiß ich nicht«, erwiderte der Wirt. »Wir müssen schließen, bis das vorbei ist, das gehört sich nur. Und Mr. Kirk nimmt es da genau.«

Eine dürre Frau unbestimmbaren Alters trompetete plötzlich los:

»Wie sieht er denn aus, George? Kannst du uns nicht mal 'nen Blick darauf werfen lassen?«

»Hört euch mal Katie an!« rief der Mann mit der Leidensmiene, während der Wirt den Kopf schüttelte. »Kann keinen Mann in Ruhe lassen, tot oder lebendig.«

»Tun Sie bloß nicht so, Mr. Puddock!« sagte Katie,

und es wurde wieder gelacht. »Sie sind bei den Geschworenen, nicht? Sie haben einen Logenplatz umsonst.«

»Wir brauchen uns die Leiche heutzutage nicht mehr anzusehen«, verbesserte Mr. Puddock sie. »Nur wenn wir wollen. Da kommt George Lugg; fragt lieber mal ihn.«

Der Leichenbestatter kam aus dem Hinterzimmer, und aller Augen wandten sich ihm zu.

»Wann ist die Beerdigung, George?«

»Freitag«, sagte Mr. Lugg. Er bestellte sich einen Krug Bitterbier und sagte zu dem jungen Mann, der hinter ihm herauskam, die Tür abschloß und den Schlüssel Mr. Gudgeon überreichte:

»Geh du besser schon mal vor, Harry. Ich komme gleich nach. Wir wollen nach der Verhandlung den Sarg schließen. Bis dahin hält er sich noch.«

»Ja«, sagte Harry. »Es ist ja kalt und trocken.« Er bestellte ein kleines Glas Bier, trank es rasch aus und verließ mit den Worten: »Bis gleich dann, Dad«, die Gaststube.

Der Leichenbestatter war sofort Mittelpunkt eines kleinen Zuhörerkreises; alle waren begierig darauf erpicht, Einzelheiten geschildert zu bekommen. Bald ließ sich die Stimme der unbezähmbaren Mrs. Hodges vernehmen:

»Und wie Martha Ruddle sagt, haben die am wenigsten verloren, bei denen er nicht Kunde war.«

»Ha!« sagte ein Mann mit rötlichem Haarkranz und schlauem Blick. »Ich hatte schon immer meine Zweifel. Zu viele Eisen auf einmal im Feuer, denk ich. Nicht daß ich mich groß beklagen müßte. Ich laß nie über den Monat hinaus anschreiben, und ich hab mein Geld gekriegt – mal abgesehen von der Speckseite, wegen der er Theater gemacht hat. Aber das ist genau wie mit Hatry und all den andern großen Firmen, die pleite gehen – man nimmt hier Geld raus und steckt's da rein, bis man überhaupt nicht mehr genau weiß, wo man welches hat.«

»Stimmt«, sagte der Einäugige. »Immer hat er irgendwo investiert. Er wollte einfach zu schlau sein.«

»Und so geschäftstüchtig war er«, sagte Mrs. Hodges. »Wißt ihr noch, wie er meiner armen Schwester mal so ein bißchen Geld geliehen hat? Grausam war das, was sie ihm hat bezahlen müssen. Und dann hat er sie gezwungen, ihr ganzes Mobiliar zu verpfänden.«

»Na ja, an den Möbeln hat er nicht viel verdient«, sagte der mit dem rötlichen Haar. »War ein Hundewetter an dem Tag, als die Versteigerung war. Die war bei Tom Dudden drüben in Pagford, und kein Mensch war da, nur die Händler.«

Ein sehr alter Mann mit langem, grauem Backenbart ließ zum erstenmal seine Stimme ertönen:

»Unrecht Gut gedeihet nicht. Das steht schon in der Bibel. Denn er hat unterdrückt und verlassen den Armen; er hat Häuser an sich gerissen, die er nicht erbaut hat – ha! Und die Möbel auch – darum wird sein gutes Leben keinen Bestand haben. Wenn er auch die Fülle genug hat, wird ihm doch angst werden – stimmt's nicht, Mr. Gudgeon? – Flieht er den eisernen Harnisch – ja, ja – aber das Fliehen nützt ihm nichts, wenn die Hand Gottes gegen den bösen Menschen ist. Ein Fluch liegt auf ihm, und wir haben erlebt, daß er in Erfüllung ging. War da nicht heute morgen ein Herr aus London mit einem Zahlungsbefehl für ihn? In derselben Grube, die er für andere gegraben hatte, ist er selbst mit dem Fuß steckengeblieben. Es soll der Wucherer alles fordern, was er hat – so steht's geschrieben – Ha! Seine Kinder sollen umherirren und betteln –«

»Na, na, Alter!« sagte der Wirt, als er sah, wie der alte Herr sich hineinsteigerte. »Er hat ja keine Kinder, Gott sei Dank.«

»Stimmt«, sagte der Einäugige, »aber eine Nichte hat er. Ein schöner Abstieg für Aggie Twitterton. Dabei saß sie immer so auf dem hohen Roß, weil sie meinte, daß sie mal Geld haben wird.«

»Na ja«, sagte Mrs. Hodges, »die sich immer für was

Besseres halten als andere Leute, die verdienen ja nur, daß sie enttäuscht werden. Ihr Vater war doch letzten Endes nichts anderes als Ted Bakers Kuhhirte, und ein dreckiges, lautes Schandmaul obendrein, wenn er betrunken war, darauf braucht man wirklich nicht stolz zu sein.«

»Richtig«, sagte der Alte. »Und ein Schläger. Seine arme Frau hat er geprügelt, das war grausam.«

»Wenn man einen Menschen wie Dreck behandelt«, meldete sich der Einäugige, »benimmt er sich auch so. Dick Twitterton war ein ganz ordentlicher Kerl, bis er sich in den Kopf setzte, die Schulmeisterin mit ihrem vornehmen Getue zu heiraten. ›Putz dir die Stiefel auf der Matte ab, bevor du ins Wohnzimmer kommst‹, sagt sie zu ihm. Was hat ein Mann von so einer Frau, wenn er schmutzig aus dem Stall kommt und sein Abendessen haben will?«

»Ein hübscher Bursche war er ja auch«, meinte Katie.

»Na, na, Katie!« sagte der mit der Leidensmiene tadelnd. »Ja, gut sah er schon aus, unser Dick Twitterton. Darauf ist die Schulmeisterin ja auch hereingefallen. Gib du mal gut acht, du mit deinem weichen Herz, sonst bringt es dich noch mal in Schwierigkeiten.«

Darauf folgten weitere Hänseleien, bis der Leichenbestatter sagte:

»Aber trotz und alledem tut Aggie Twitterton mir leid.«

»Pah!« machte der Weinerliche. »Die hat ihr Auskommen. Mit ihren Hühnern und der Orgel geht es ihr gar nicht so schlecht. Sie ist zwar nicht mehr die Frischste, aber ein Mann könnte weit suchen und schlechter fahren.«

»Aber, aber, Mr. Puddock!« rief Mrs. Hodges. »Sie werden ihr doch keinen Heiratsantrag machen wollen?«

»Im Reden ist er groß, wie?« rief Katie, erfreut über die Gelegenheit, sich zu revanchieren. Der Alte stimmte feierlich ein:

»Sieh dich vor, was du tust, Ted Puddock. Aggie Twitterton hat schlechtes Blut von beiden Seiten. Ihre Mutter war William Noakes' Schwester, vergiß das nicht; und Dick Twitterton war ein brutaler, gottvergessener Mensch, ein Lästerer und Sabbatschänder –«

Die Tür ging auf, und Frank Crutchley kam herein. Er hatte ein Mädchen bei sich. Bunter, der vergessen in seiner Ecke saß, ordnete sie als ein lebenslustiges junges Ding mit kokettem Blick ein. Das Pärchen schien auf vertrautem, um nicht zu sagen intimem Fuß zu stehen, und Bunter konnte sich des Eindrucks nicht erwehren, daß Crutchley Trost für seinen Verlust in Bacchus' und Aphrodites Armen gleichzeitig suchte. Er spendierte der jungen Dame ein großes Glas Portwein (Bunter schüttelte sich diskret) und ließ gutmütig einen Regen Spötteleien über sich ergehen, als er eine Runde für alle ausgab.

»Du hast wohl eine Erbschaft gemacht, Frank?«

»Mr. Noakes hat ihm seine Schulden vermacht, so ist das.«

»Ich dachte, du hättest gesagt, daß du dich verspekuliert hast.«

»Ja, so ist das mit diesen Kapitalisten. Jedesmal, wenn sie eine Million verlieren, bestellen sie eine Kiste Sekt.«

»He, Polly, weißt du nichts Besseres, als mit einem herumzuziehen, der spekuliert?«

»Sie denkt wohl, sie wird's ihm schon abgewöhnen, wenn er erst sein Geld bei ihr abliefern muß.«

»Das würde ich auch«, erklärte Polly energisch.

»Ah! Denkt ihr zwei vielleicht ans Heiraten?«

»Die Gedanken sind frei«, versetzte Crutchley.

»Was ist denn mit der jungen Dame in London, Frank?«

»Mit welcher?« fragte Crutchley.

»Hört euch den an! Er hat so viele, daß er mit dem Zählen nicht mehr nachkommt.«

»Paß auf, was du tust, Polly. Vielleicht ist er schon dreimal verheiratet.«

»Na und?« meinte Polly wegwerfend.

»Na ja, nach jedem Begräbnis kommt eine Hochzeit. Sag uns, wann es soweit ist, Frank.«

»Da muß ich zuerst das Geld für den Pfarrer zusammensparen, nachdem meine vierzig Pfund futsch sind«, antwortete Crutchley gutmütig. »Aber Aggie Twittertons Gesicht zu sehen war mir das Geld fast wert. ›Oh! Onkel ist tot und das Geld ist weg!‹ sagt sie. ›Oh, und er war doch so reich – wer hätte das gedacht?‹ Blöde alte Kuh!« Crutchley lachte verächtlich. »Beeil dich mit deinem Portwein, Polly, sonst hat der Hauptfilm angefangen, bis wir drüben sind.«

»Aha, das habt ihr vor! Ihr wollt wohl keine Trauerzeit für den alten Mr. Noakes einlegen, wie ihr ausseht, wie?«

»Für den?« meinte Crutchley. »Hab nur keine Bange, für diesen alten Halunken nicht. Und aus dem Lord werde ich mehr herauskitzeln, als bei *ihm* je zu holen war. Die Tasche voll Geld und eine Nase wie'n bleichsüchtiges Karnickel –«

»He!« sagte Mr. Gudgeon mit warnendem Blick.

»Seine Lordschaft wird Ihnen sehr verbunden sein, Mr. Crutchley«, sagte Bunter, indem er aus seiner Nische herauskam.

»Entschuldigung«, sagte Crutchley. »Hab nicht gesehen, daß Sie da waren. Nichts für ungut. War nur ein Witz. Was trinken Sie, Bunter?«

»Bitte keine Vertraulichkeiten«, antwortete der Angesprochene würdevoll. »Für Sie immer noch Mr. Bunter, wenn ich bitten darf. Übrigens, Mr. Gudgeon, ich wollte Sie um die Freundlichkeit bitten, ein neues Vierzigliterfäßchen nach Talboys zu schicken, denn das, was da ist, gehört den Gläubigern, wie wir gehört haben.«

»Wird erledigt«, versprach der Wirt eifrig. »Wann möchten Sie es haben?«

»Gleich morgen früh«, antwortete Bunter, »und noch ein Dutzend Flaschen Bass, solange es sich setzt ... Ah,

Mr. Puffett. Guten Abend! Ich hatte gerade vor, Sie zu besuchen.«

»Herzlich gern«, antwortete Mr. Puffett erfreut. »Ich bin nur hergekommen, um das Bier zum Abendessen zu holen, weil George fortgerufen wurde. Wir haben eine kalte Pastete im Haus, und Jinny wird sich freuen, Sie kennenzulernen. Dann nehme ich einen Liter, Mr. Gudgeon, wenn's recht ist.«

Er reichte den Krug über die Theke, und der Wirt füllte ihn, wobei er zu Bunter sagte:

»Das geht also in Ordnung. Das Bier ist um zehn Uhr da, und später komme ich rüber, um es anzuzapfen.«

»Sehr verbunden, Mr. Gudgeon. Ich werde mich um die Entgegennahme persönlich kümmern.«

Crutchley hatte die Gelegenheit ergriffen, um mit Polly zu gehen. Mr. Puffett schüttelte den Kopf.

»Wieder ab ins Kino. Ich sage, diese Sachen verdrehen den jungen Mädchen heutzutage nur den Kopf. Seidenstrümpfe und so weiter. So was kriegte man zu meiner Zeit nicht zu sehen.«

»Ach, hören Sie auf«, sagte Mrs. Hodges. »Polly geht jetzt schon eine ganze Weile mit Frank. Wird Zeit, daß sie das mal untereinander regeln. Sie ist ein gutes Mädchen, wenn sie auch ein bißchen frech tut.«

»Hat er sich etwa entschlossen?« meinte Mr. Puffett. »Ich dachte immer, er will so eine Frau aus London haben. Aber bitte – vielleicht denkt er, *sie* will jetzt *ihn* nicht mehr haben, nachdem er seine vierzig Pfund verloren hat. Da hat dann Polly gleich das Netz unter ihm aufgespannt – so kommen heutzutage Ehen zustande. Da kann ein Mann machen, was er will, irgendein Mädchen erwischt ihn am Ende doch, da kann er Haken schlagen wie ein Hase. Aber ich sehe gern ein bißchen Geld dabei – die Ehe, wie man so sagt, besteht nicht nur aus vier nackten Beinen im Bett.«

»Hör sich das einer an!« sagte Katie.

»Oder meinetwegen auch Beine in Seidenstrümpfen«, sagte Mr. Puffett.

»Na, Tom«, meinte Mrs. Hodges gemütlich, »Sie sind doch Witwer mit ein bißchen Geld im Rücken – da haben ja ein paar von uns noch Chancen.«

»Meinen Sie?« erwiderte Mr. Puffett. »Also, Sie dürfen es gern mal versuchen. So, Mr. Bunter, wenn Sie fertig wären . . .«

»Stammt Frank Crutchley aus Paggleham?« erkundigte sich Mr. Bunter, als sie langsam, damit das Bier nicht zu schaumig wurde, die Straße hinaufgingen.

»Nein«, sagte Mr. Puffett. »Er kommt aus London. Hat sich auf ein Inserat von Mr. Hancock gemeldet. Jetzt ist er sechs oder sieben Jahre hier. Ich glaube, er hat keine Eltern. Aber er ist ein strebsamer junger Bursche, nur sämtliche Mädchen sind hinter ihm her, und das macht es ihm schwer, seßhaft zu werden. Ich hätte ihn eigentlich für zu vernünftig gehalten, um mit Polly Mason anzubändeln – ernsthaft, meine ich. Er wollte sich immer nach einer Frau umsehen, die ein bißchen was mitbringt. Aber bitte! Man kann vorher sagen, was man will – der Mann denkt, die Frau lenkt, und dann ist es zu spät, um aufzupassen. Sehen Sie sich mal Ihren Herrn an – ich möchte behaupten, daß so manche reiche junge Dame hinter ihm her war. Und vielleicht hat er gesagt, von denen will er keine. Und nun ist er hier in den Flitterwochen, und nach allem, was sie dem Herrn Pfarrer erzählt haben, ist sie nicht einmal eine reiche junge Dame.«

»Seine Lordschaft«, sagte Mr. Bunter, »hat aus Liebe geheiratet.«

»Hab ich mir gedacht«, sagte Mr. Puffett, indem er den Krug in die andere Hand nahm. »Ach ja – er kann es sich wohl leisten.«

Am Ende eines angenehmen und alles in allem profitablen Abends konnte Mr. Bunter sich zu einigen in Angriff genommenen und erledigten Dingen beglückwünschen. Er hatte das Bier bestellt; er hatte (über Mr. Puffetts Tochter Jinny) eine schöne Ente für den nächsten Morgen in Aussicht, und Mr. Puffett kannte jemanden, der morgen früh drei Pfund Späterbsen schicken konnte. Er hatte außerdem Mr. Puffetts Schwiegersohn George engagiert, um das Leck im Wasserkessel zu flicken und zwei gebrochene Scheiben in der Spülküche auszuwechseln. Er hatte den Namen eines Bauern erfahren, der seinen Speck noch selbst räucherte, und eine Bestellung für Kaffee, Fleisch- und Obstkonserven nach London aufgegeben. Bevor er Talboys verließ, hatte er Mrs. Ruddles Sohn Bert geholfen, das Gepäck hinaufzutragen, und nun hatte er die Garderobe Seiner Lordschaft, so gut es ging, in den Schränken untergebracht. Mrs. Ruddle hatte in einem der hinteren Zimmer ein Bett für ihn hergerichtet, und wenn das auch von geringerer Bedeutung war, bereitete es ihm doch eine gewisse Befriedigung. Er ging durchs Haus und schürte alle Feuer, wobei er erfreut bemerkte, daß der Mann von Mrs. Ruddles Freundin, Mr. Hodges, das Holz geliefert hatte, wie gebeten. Er legte den Pyjama seines Herrn zurecht, rührte einmal kurz in dem Schälchen Lavendel im Schlafzimmer Ihrer Ladyschaft, beseitigte das bißchen Unordnung, das sie auf dem Toilettentisch hinterlassen hatte, wischte ein paar Stäubchen Puder fort und steckte die Nagelschere in ihr Etui zurück. Beifällig bemerkte er das Fehlen eines Lippenstifts; Seine Lordschaft hatte eine besondere Abneigung gegen rotgefleckte Zigarettenenden. Und auch ihre Fingernägel emaillierte Ihre Ladyschaft, wie er mit Genugtuung feststellte, nicht zu blutigen Krallen; ein Fläschchen Nagellack stand zwar da, aber er war kaum getönt. Recht stilvoll, dachte Bunter und nahm ein Paar kräftige Schuhe zum Putzen mit. Unten hörte er den Wagen vor der Haustür anhalten und keuchend stehenbleiben. Er huschte über die Lokustreppe hinaus.

»Müde, Domina?«

»Ziemlich – aber die Fahrt hat mir gutgetan. Es ist in letzter Zeit so viel passiert, nicht?«

»Möchtest du etwas trinken?«

»Danke, nein. Ich glaube, ich gehe gleich nach oben.«

»Recht hast du. Ich stelle nur noch den Wagen fort.«

Darum kümmerte sich jedoch schon Bunter. Peter ging in den Schuppen, um sich anzuhören, was er zu erzählen hatte.

»Ja, wir haben Crutchley mit seiner Freundin in Broxford gesehen. Wenn eines Mannes Herz von Sorgen schwer ist und so weiter. Haben Sie das heiße Wasser hinaufgebracht?«

»Ja, Mylord.«

»Dann gehen Sie jetzt zu Bett. Ich kann mich ausnahmsweise einmal selbst versorgen. Bitte den grauen Anzug für morgen – mit Ihrer Erlaubnis und Billigung.«

»Vollkommen angemessen, Mylord, wenn ich mir die Bemerkung gestatten darf.«

»Und schließen Sie noch ab, ja? Wir müssen lernen, gute Hausväter zu werden, Bunter. Demnächst werden wir uns eine Katze anschaffen und sie vor die Tür setzen.«

»Sehr wohl, Mylord.

»Das wäre dann alles. Gute Nacht, Bunter.«

»Gute Nacht, Mylord, und vielen Dank.«

Als Peter an die Tür klopfte, saß seine Frau am Feuer und polierte sich nachdenklich die Fingernägel.

»Sag mal, Harriet, möchtest du heute nacht vielleicht lieber bei mir schlafen?«

»Also –«

»Entschuldige, das klang ein bißchen zweideutig. Ich meine, würdest du das andere Zimmer vorziehen? Ich werde dir nicht lästig fallen, wenn du müde bist. Oder wir können auch die Zimmer tauschen, wenn dir das lieber ist.«

»Das ist lieb von dir, Peter. Aber ich finde, du solltest einfach keine Rücksicht auf mich nehmen, wenn ich mich dumm anstelle. Du wirst doch nicht etwa den gütigen Gatten spielen wollen!«

»Der Himmel bewahre! Launisch und tyrannisch bis zum letzten. Aber auch ich habe meine schwachen Momente – und bin durchaus der menschlichen Narretei teilhaftig.«

Harriet stand auf, löschte die Kerzen, kam zu ihm und schloß die Tür hinter sich.

»Die Narretei scheint ihren Lohn in sich selbst zu tragen«, sagte er. »Gut – dann wollen wir gemeinsam närrisch sein.«

11

Schutzmannslos

Ellbogen: *Was wäre Euer Gnaden Invention, daß ich mit diesem gottlosen Lump anfangen soll?*
Escalus: *Ich denke, Konstabel, weil er allerlei Bosheiten in sich trägt, die du gern herausbrächtest, wenn du könntest, so mag's mit ihm sein Bewenden haben, bis wir erfahren, worin sie bestehen.*

WILLIAM SHAKESPEARE: MASS FÜR MASS

Der geplagte Mr. Kirk hatte derweil einen anstrengenden Abend hinter sich. Er war ein langsam denkender, gütiger Mensch und hatte sich nur sehr widerstrebend und unter Aufbietung aller geistigen Kräfte einen Plan zurechtzuschmieden vermocht, wie er in dieser ungewöhnlichen Situation vorgehen könne.

Sein Sergeant war zurückgekommen, um ihn nach Broxford zu fahren; Kirk war auf den Beifahrersitz gesunken, hatte sich den Hut über die Augen gezogen und schweigend seine Gedanken in dieser Eichhörnchentrommel der Rätselhaftigkeiten kreisen lassen. Eines sah er klar: Er mußte den Untersuchungsrichter dazu bringen, bei der Beweisaufnahme so wenig wie möglich ins einzelne zu gehen und die Verhandlung *sine die* für die Dauer weiterer Ermittlungen zu vertagen. Zum Glück ließ das Gesetz so etwas ja jetzt zu, und wenn nur Mr. Perkins sich nicht querlegte, konnte noch alles gut ausgehen. Der unselige Joe Sellon würde natürlich sagen müssen, daß er Mr. Noakes um neun Uhr abends noch lebend gesehen hatte; aber mit etwas Glück brauchte er sein Gespräch mit ihm wohl nicht in allen Einzelheiten zu schildern. Der eigentliche Stolperstein war Mrs. Ruddle: Sie hatte eine flinke Zunge – und hinzu kam diese unselige Geschichte mit Miss Twittertons Hühnern, die sie seinerzeit sehr gegen die Polizei eingenommen hatte. Unangenehm war natürlich auch, daß einige Leute aus dem Dorf damals, als Mr. Noakes seine Brieftasche verlor, den Kopf geschüttelt und angedeutet hatten, Martha Ruddle wisse vielleicht etwas darüber; sie würde Joe Sellon dieses Mißverständnis nicht so ohne weiteres verzeihen. Konnte man, ohne ihr rundheraus zu drohen oder auf unsaubere Methoden zurückzugreifen, den Hinweis fallen lassen, daß allzu große Mitteilsamkeit im Zeugenstand zu unangenehmen Fragen nach dem Öl führen könne? Oder war es sicherer, nur gegenüber dem Untersuchungsrichter anzudeuten, daß eine allzu redselige Mrs. Ruddle die Polizei an der Durchführung ihrer Aufgabe hindern könne?

(»Moment mal, Blades«, sagte der Polizeidirektor an dieser Stelle seiner Überlegungen laut, »was denkt dieser Kerl sich wohl dabei, den Verkehr so zu behindern? – He, Sie da! – Fällt Ihnen nichts Besseres ein, als Ihren Lastwagen in unübersichtlichen Kurven stehen zu lassen? Wenn Sie Ihren Reifen wechseln wollen, müssen Sie ein Stück weiter auf dem Seitenstreifen halten ... Na schön, mein Junge, das reicht mir jetzt ... Lassen Sie mal Ihren Führerschein sehen ...«)

Nun zurück zu Joe Sellon ... Aber diese Parkerei in Kurven konnte er nun mal nicht leiden. Das war viel gefährlicher, als wenn einer, der fahren konnte, mal zu schnell fuhr. Die Polizei wäre da ja gar nicht so gewesen, nur die Bürokraten kannten eben nur ihre Stundenkilometer. Man hatte an jede Kurve langsam heranzufahren – na schön, es konnte ja irgendein Tölpel mitten auf der Straße sitzen; andererseits hatte aber auch niemand mitten auf der Straße zu sitzen, weil irgendein Tölpel zu schnell um die Ecke kommen konnte. Das mußte man von beiden Seiten sehen, also traf die Schuld auch beide Seiten – das war nur gerecht. In solchen Alltagsfragen blickte man leicht durch. Aber nun zu Joe Sellon ... Nun, was immer geschah, auf jeden Fall mußte Joe *stante pede* von dem Fall Noakes abgezogen werden. Nach Lage der Dinge ging es einfach nicht an, ihn weiter darin ermitteln zu lassen. Dabei fiel Kirk nun auch noch ein, daß seine Frau neulich ein Buch gelesen hatte, in dem einer der Polizisten, die den Fall bearbeiteten, sich am Schluß als der wirkliche Mörder entpuppte. Er wußte noch sehr gut, wie er darüber gelacht und gesagt hatte: »Köstlich, was diesen Schriftstellern alles einfällt!« Diese Lady Peter Wimsey, die solche Bücher schrieb – sie würde so eine Geschichte nur allzu bereitwillig glauben. Und andere zweifellos auch.

(»War das vorhin Bill Skipton, der da über den Viehtritt wollte, Blades? Schien mir ein bißchen arg darauf bedacht zu sein, nicht aufzufallen. Auf den sollten Sie lieber mal ein Auge haben. Mr. Raikes beklagt sich in letzter Zeit wegen seiner Vögel – würde mich nicht wundern, wenn Bill wieder auf seine alte Tour ginge.«

»Ja, Sir.«)

Das alles zeigte nur, daß ein Polizeibeamter sich gar nicht genug bemühen konnte, seine Untergebenen kennenzulernen. Eine freundliche Nachfrage – ein Wort am rechten Platz –, und Sellon hätte sich nie in diese Bredouille hineingeritten. Wie gut wußte Sergeant Foster über Sellon Bescheid? Das galt es in Erfahrung zu bringen. Eigentlich war es schade, daß Foster Junggeselle und Abstinenzler war und irgendeiner strengen Sekte – den Plymouth-Brüdern oder so ähnlich – angehörte. Ein sehr zuverlässiger Beamter, aber nicht der Mann, dem ein junger Untergebener sich so leicht anvertraute. Vielleicht sollte man solche Wesenszüge stärker berücksichtigen. Der Umgang mit Menschen war manchen Leuten angeboren – diesem Lord Peter zum Beispiel. Sellon hatte ihn noch nie im Leben gesehen, und trotzdem wollte er sich lieber vor *ihm* aussprechen als vor seinem eigenen Vorgesetzten. Deswegen durfte man natürlich nicht böse sein; es war ja nur natürlich. Wozu war so ein Gentleman denn sonst da, als daß man mit seinen Sorgen zu ihm ging? Man denke doch nur einmal an den alten Gutsherrn und seine Frau Gemahlin, als Kirk noch ein junger Bursche gewesen war – damals waren alle Leute dort mit ihren Sorgen ein und aus gegangen. Aber leider starb diese Sorte aus. Zu dem neuen Gutsherrn konnte niemand hingehen – zum einen, weil er die halbe Zeit nicht da war, und zum andern, weil er Zeit seines Lebens in der Stadt gewohnt hatte und nicht wußte, wie auf dem Lande das Leben ablief ... Aber wie konnte Joe nur so dämlich sein und Seiner Lordschaft eine Lüge auftischen – das war doch das eine, was Leute dieses Schlages nie übersahen; man hatte richtig beobachten können, wie sein Gesicht sich änderte, als er es hörte. Man brauchte schon einen guten Grund, um einen Herrn zu belügen, der Interesse an einem zeigte – und, na ja, an den Grund, den man dafür haben konnte, dachte man lieber nicht.

Der Wagen hielt vor Mr. Perkins' Haus, und Kirk wuchtete sich mit einem tiefen Seufzer heraus. Vielleicht hatte Joe am Ende doch die Wahrheit gesagt; der Sache mußte man nachgehen. Inzwischen galt es das Nächstliegende zu tun – war das Charles Kingsley oder Longfellow? – und, o Gott o Gott, da sah man eben, was dabei herauskam, wenn man einen lahmen Hund auf seinen eigenen drei Beinen über den Viehtritt humpeln ließ.

Der Untersuchungsrichter war dem Vorschlag nicht abgeneigt, die Untersuchungsverhandlung im Hinblick auf die laufenden Ermittlungen und die bisher vorliegenden Informationen so förmlich wie möglich ablaufen zu lassen. Kirk war froh, daß Mr. Perkins Jurist war; Mediziner als Untersuchungsrichter hatten oft die eigenartigsten Vorstellungen, sowohl von ihrer eigenen Wichtigkeit als auch von ihren rechtlichen Kompetenzen. Der Polizei war nicht etwa daran gelegen, die Rechte eines Untersuchungsrichters einzuschränken; so eine Untersuchungsverhandlung war unter Umständen sehr geeignet, um Informationen zu gewinnen, an die man sonst nicht herankam. Die dumme Öffentlichkeit hatte sich ja so mit den Empfindungen der Zeugen – typisch; immerzu beschützt werden wollen und einem dann Knüppel zwischen die Beine werfen, wenn man es tat. Die Leute wollten immer alles auf einmal haben. Nein, nichts gegen Untersuchungsrichter – sie sollten sich eben nur der polizeilichen Anleitung anvertrauen, fand Kirk. Mr. Perkins schien jedenfalls keine Schwierigkeiten machen zu wollen; außerdem hatte er eine böse Erkältung und würde nur froh sein, wenn die Sache schnell überstanden war. Damit war das geregelt. Aber nun zu Joe Sellon. Am besten ging Kirk zuerst noch einmal kurz aufs Revier, ob dort etwas Besonderes vorlag, worum er sich kümmern mußte.

Als er dort ankam, wurde ihm als erstes Joe Sellons Bericht übergeben. Sellon hatte diesen Williams vernommen, und dieser hatte einwandfrei bestätigt, daß Crutchley kurz vor elf Uhr nach Hause gekommen und sofort zu Bett gegangen war. Die beiden Männer bewohnten ein Zimmer gemeinsam, und Williams' Bett stand zwischen Crutchleys Bett und der Tür. Williams hatte gesagt, er könne sich nicht vorstellen, daß er nicht aufgewacht wäre, wenn Crutchley in der Nacht das Zimmer verlassen hätte, denn die Tür quietsche entsetzlich in den Angeln, und er selbst habe einen leichten Schlaf. Gegen ein Uhr morgens sei er sogar einmal aufgewacht, weil draußen jemand gehupt und an die Garagentür geklopft habe. Das sei ein Handlungsreisender gewesen, der seinen Wagen aufgetankt und ein Leck in der Benzinleitung repariert haben wollte. Als Williams seine Kerze angezündet habe und hinuntergegangen sei, um sich darum zu kümmern, habe er gesehen, daß Crutchley schon geschlafen habe. Das Zimmer habe nur ein kleines Giebelfenster – auf diesem Wege könne niemand hinaus, und es lägen auch keine Anzeichen dafür vor, daß jemand dies versucht habe.

Das schien ja soweit in Ordnung zu sein – aber es brachte auch nichts, denn allem Anschein nach mußte Mr. Noakes ja schon vor halb zehn tot gewesen sein – falls Mrs. Ruddle nicht log. Und dazu hatte sie, wie Kirk es sah, keinen Grund. Schließlich hatte sie unter großer Selbstüberwindung ihre Anwesenheit im Ölschuppen erwähnt, und das bestimmt nicht zum Spaß. Es sei denn, sie log bewußt, um Sellon in Schwierigkeiten zu bringen. Kirk schüttelte den Kopf. Das war nun wirklich zu sehr an den Haaren herbeigezogen. Aber so oder so konnte es nicht schaden, alle Alibis so eingehend wie möglich nachzuprüfen, und Chrutchleys Alibi schien hieb- und stichfest zu sein. Stets vorausgesetzt, daß Joe Sellon nicht wieder log! Zum Henker! Wenn es erst soweit kam, daß man seinen eigenen Leuten nicht mehr über den Weg trauen konnte ... Fest stand jedenfalls, daß Joe Sellon von diesem Fall abgezogen werden mußte. Darüber hinaus mußte auch der Form halber Williams' Aussage noch einmal nachgeprüft und bestätigt werden – welch ärgerliche Zeitverschwendung! Kirk fragte, wo Sellon sei, und bekam zur Antwort, Sellon sei hiergewesen und habe eine Weile gewartet, um den Polizeidirektor zu sprechen, aber vor einer Stunde sei er dann nach Paggleham abgefahren. Demnach mußten sie ihn unterwegs irgendwie verfehlt haben. Warum war er denn nicht nach Talboys gekommen? – O dieser Joe Sellon!

Sonst noch etwas? Nicht viel. Konstabler Jordan war in die Königseiche gerufen worden, um sich eines Gastes anzunehmen, der die Wirtsleute beleidigte und dessen Verhalten die Bezeichnung Hausfriedensbruch verdiente; eine Frau hatte den Verlust ihrer Handtasche mit Inhalt

(9 Shilling, 4 Pence, eine Rückfahrkarte und ein Schlüssel) gemeldet; der Gesundheitsinspektor war dagewesen, weil auf Datchetts Farm ein Fall von Schweinefieber aufgetreten war; von der Alten Brücke war ein Kind in den Fluß gefallen, und Inspektor Goudy, der zufällig vorbeikam, hatte es mit Umsicht gerettet; Konstabler Norman war von einer mangelhaft beaufsichtigten Dänischen Dogge vom Fahrrad gestoßen worden und hatte sich den Daumen verstaucht; der Fall Noakes war dem Polizeipräsidenten telefonisch durchgegeben worden; dieser lag mit Grippe im Bett, wollte jedoch unverzüglich einen schriftlichen Bericht haben; vom Präsidium war die Anweisung gekommen, die Augen nach einem jugendlichen Landstreicher offen zu halten, Alter etwa 17 Jahre (Beschreibung), der verdächtigt wurde, in ein Haus in Saffron Walden eingebrochen zu sein (Einzelheiten) und ein Stück Käse, eine Ingersoll-Uhr und eine Gartenschere im Wert von dreieinhalb Shilling gestohlen zu haben, und der sich vermutlich von Essex nach Hertfordshire aufgemacht hatte; wegen eines Kaminbrandes in der South Avenue mußte eine Vorladung überbracht werden; ein Haushaltsvorstand hatte sich über einen bellenden Hund beschwert; zwei Jungen waren aufs Revier gebracht worden, weil sie auf den Stufen der Wesleyanerkirche Glücksspiele gemacht hatten; und Sergeant Jakes hatte mit Umsicht und Geschick den Missetäter zur Strecke gebracht, der am Montagabend falschen Feueralarm geläutet hatte; ein netter, ruhiger Tag. Mr. Kirk hörte geduldig zu, verteilte Mitgefühl und Lob, wo es angebracht war, und rief dann in Pagford an, um nach Sergeant Foster zu fragen. Sergeant Foster war wegen eines geringfügigen Einbruchs in Snettisley. Ach ja, natürlich. Nun ja, dachte Kirk, während er sorgfältig seine Unterschrift unter eine Anzahl unbedeutender Schriftstücke setzte; Datchetts Farm lag im Bereich Paggleham – er würde den jungen Sellon darauf ansetzen; bei Schweinefieber konnte er

nicht viel falsch machen. Er gab telefonisch die Anweisung durch, daß Sergeant Foster sich bei ihm melden solle, sowie er zurück sei, und da sich mittlerweile sein Magen leer anfühlte, begab er selbst sich nach Hause, um sich, so gut es ging, ein Abendessen aus Fleischpastete, Rosinenkuchen und einem Krug mildem Ale schmecken zu lassen.

Er war gerade mit dem Essen fertig und fühlte sich schon wieder etwas wohler, als Sergeant Foster eintraf, selbstzufrieden ob seiner Fortschritte in den Einbruchsermittlungen, demonstrativ pflichtbewußt ob dieser Einbestellung nach Broxford anstelle seines wohlverdienten Abendessens, sowie sichtlich Anstoß nehmend an seines Vorgesetzten Geschmack an alkoholischen Getränken. Kirk hatte es noch nie leicht gefunden, mit Foster zurechtzukommen. Als erstes störte ihn schon mal seine abstinenzlerische Tugendhaftigkeit; er konnte es nicht leiden, wenn man sein abendliches Gläschen Bier zum Essen als alkoholisches Getränk bezeichnete. Dann verstand Foster, der weitaus Rangniedere, sich besser auszudrücken als er; er war auf einem schlechten Gymnasium statt einer guten Volksschule gewesen und sprach nie dialektgefärbt – allerdings las er keine gute Literatur und konnte auch keine Dichter zitieren, wozu er aber auch gar keine Lust hatte. Drittens war Foster enttäuscht; er fühlte sich seit eh und je um die Beförderung gebracht, die ihm seiner Meinung nach zustand – da er ein sehr guter Beamter war, bei dem es nur immer wieder irgendwie an diesem oder jenem haperte, verstand er seine vergleichsweise Erfolglosigkeit nicht und argwöhnte, daß Kirk etwas gegen ihn hatte. Und viertens tat Foster nie etwas, was nicht absolut korrekt gewesen wäre; das war vielleicht seine eigentliche Schwäche, zeigte es doch, daß es ihm an Phantasie mangelte, sowohl bei der Arbeit als auch im Umgang mit den ihm Unterstellten.

Kirk, der sich trotz seines Alters und Ranges merkwürdig unterlegen fühlte, wartete ab, bis Foster über den Einbruch in Snettisley alles gesagt hatte, was es zu sagen gab, dann erklärte er ihm den Fall Talboys in allen Einzelheiten. In den Grundzügen wußte Foster ja schon Bescheid, weil Paggleham im Distrikt Pagford lag. Eigentlich hatte Sellon ja auch zunächst ihn verständigt, kurz nachdem die Meldung aus Snettisley gekommen war. Da er nicht an zwei Orten gleichzeitig sein konnte, hatte er in Broxford angerufen und um Anweisungen gebeten. Kirk hatte ihm gesagt, er solle nach Snettisley fahren; er (Kirk) werde sich persönlich um den Mordfall kümmern. So stellte Kirk sich immer zwischen ihn und alles Wichtige. Nach seiner Rückkehr nach Pagford hatte er einen eigenartig unbefriedigenden Bericht von Sellon vorgefunden – und keinen Sellon und auch keine Nachricht von ihm. Während er das noch zu verdauen versuchte, hatte dann Kirk nach ihm geschickt. Also bitte, hier war er: bereit, sich alles anzuhören, was der Polizeidirektor ihm zu sagen hatte. Es wurde überhaupt Zeit, *daß* man ihm endlich etwas sagte.

Ihm gefiel dann aber gar nicht, *was* ihm gesagt wurde. Und je länger diese schändliche Geschichte dahindröhnte, desto mehr bekam er das Gefühl, daß *ihm* ein Vorwurf gemacht wurde – wofür? Anscheinend dafür, daß er Joe Sellons Baby nicht trockengelegt hatte. Das war ausgesprochen ungerecht. Erwartete der Polizeidirektor etwa von ihm, daß er das Haushaltsbuch jedes Dorfkonstablers im Distrikt Pagford persönlich kontrollierte? Er hätte sehen müssen, daß dieser junge Mann »etwas auf dem Herzen« hatte – also, das hatte er gern. Junge Konstabler hatten immer etwas auf dem Herzen – meist Frauen, wenn es nicht gerade berufliche Eifersucht war. Er hatte gerade genug zu tun mit den Männern auf der Wache Pagford; aber verheiratete Polizeibeamte in kleinen Dörfern sollten doch gewiß in der Lage sein, sich selbst um ihre Angelegenheiten zu kümmern. Wenn sie von dem sehr großzügigen Gehalt plus Zulagen sich und ihre Familie nicht ernähren konnten, dann hatten sie gefälligst keine Familien zu haben. Er hatte Mrs. Sellon gesehen – ein faules junges Ding, hübsch vor der Heirat, in billigen Tand gekleidet. Er erinnerte sich noch genau, wie er Sellon davor gewarnt hatte, sie zu heiraten. Wenn Sellon, als er in finanzielle Schwierigkeiten geriet, zu ihm gekommen wäre (was er hätte tun sollen, dieser Meinung war er auch), hätte er ihn darauf hingewiesen, daß es ja gar nicht anders kommen konnte, wenn man den Rat seines Vorgesetzten in den Wind schlug. Er hätte ihm auch klargemacht, daß man durch Verzicht auf Bier und Tabak etliches Geld sparen könne – ganz abgesehen von der Rettung der Seele, falls Sellon sich für diesen unsterblichen Teil seiner selbst interessierte. Er (Foster) habe als junger Konstabler jede Woche ein erkleckliches Sümmchen von seinem Gehalt beiseitegelegt.

»Ein gutes Herz ist mehr als Königskronen«, sagte Kirk. »Der das gesagt hat, hat am Ende selbst eine Königskrone getragen. Wohlgemerkt, ich sage nicht, daß Sie auf irgendeine Weise Ihre Pflicht vernachlässigt hätten – aber es ist doch jammerschade, daß einem jungen Beamten die ganze Karriere ruiniert wird, nur weil es ihm an ein wenig Hilfe und Anleitung fehlte. Ganz zu schweigen von dem anderen Verdacht, von dem man nur hoffen kann, daß er sich nicht bestätigt.«

Das war mehr, als Foster stumm ertragen konnte. Er erklärte, daß er seine Hilfe und Anleitung ja angeboten hatte, als Sellon heiraten wollte; dafür war ihm nur nicht gedankt worden. »Ich habe ihm gesagt, daß er da eine Dummheit macht und das Mädchen ihn noch einmal ruinieren wird.«

»So, das haben Sie?« meinte Kirk sanft. »Dann ist es vielleicht kein Wunder, daß er nicht zu Ihnen gekommen ist, als er in die Klemme geriet. Ich weiß nicht, ob ich an seiner Stelle anders gehandelt hätte. Sehen Sie, Foster, wenn so ein junger Bursche sich einmal entschlossen hat, bringt es doch nichts ein, sein Mädchen zu beschimpfen. Damit stoßen Sie ihn nur von den Kopf und bringen sich selbst in eine Lage, in der Sie nichts Gutes mehr tun können. Als ich mit meiner Frau ging, glauben Sie ja nicht, daß ich mir da ein Wort gegen sie angehört hätte, nicht vom Polizeipräsidenten persönlich. Bestimmt nicht. Denken Sie sich doch nur mal an seine Stelle.«

Sergeant Foster erklärte kurz und bündig, er könne sich nicht an die Stelle eines Menschen denken, der sich wegen eines Weiberrocks zum Narren mache – und noch weniger Verständnis habe er dafür, daß jemand anderer Leute Geld nehme, seine Pflichten versäume und seinen Vorgesetzten nicht einmal anständige Berichte liefern könne.

»Aus diesem Bericht, den Sellon abgeliefert hat, war nicht schlau zu werden. Er hat ihn nur abgegeben, dann war er anscheinend nicht in der Lage, dem Wachhabenden Davidson Rechenschaft über sein Tun und Lassen zu geben, und jetzt ist er fort und nirgends zu finden.«

»Wie bitte?«

»Zu Hause war er nicht«, sagte Sergeant Foster, »und er hat sich weder hier gemeldet noch eine Nachricht hinterlassen. Mich würde es nicht wundern, wenn er abgehauen wäre.«

»Er war um fünf Uhr hier und wollte mich sprechen«, sagte Kirk unglücklich. »Da hat er den Bericht aus Pagford gebracht.«

»Den hat er auf der Wache geschrieben, wie ich höre«, antwortete Foster. »Und ein langes Stenogramm hat er dagelassen, das gerade getippt wird. Davidson sagt, es kommt ihm unvollständig vor. Ich glaube, es bricht an der Stelle ab –«

»Was erwarten Sie denn?« versetzte Kirk. »Etwa daß er sein eigenes Geständnis aufnimmt? Denken Sie doch mal nüchtern nach ... Mir macht etwas anderes Sorgen.

Wenn er um fünf hier war, hätten wir ihn auf dem Heimweg zwischen hier und Paggleham irgendwo sehen müssen. Hoffentlich ist er nicht hingegangen und hat etwas Unüberlegtes getan. Das wäre eine schöne Geschichte, wie? Vielleicht ist er mit dem Bus gefahren – aber wenn, wo ist dann sein Fahrrad?«

»Wenn er den Bus genommen hat, ist er jedenfalls nicht damit zu Hause angekommen«, sagte der Sergeant grimmig.

»Seine Frau muß sich Sorgen machen. Wir sollten uns lieber einmal darum kümmern. Wir wollen doch nicht, daß etwas Schlimmes passiert. Also – wohin könnte er gefahren sein? Nehmen Sie Ihr Fahrrad – halt, nein, das bringt nichts ein – dauert zu lange, und Sie hatten so schon einen schweren Tag. Ich schicke Hart mit dem Motorrad; er soll sich mal umhören, ob jemand Sellon in der Gegend von Pillington gesehen hat – da ist ringsherum Wald – und der Fluß –«

»Sie nehmen doch nicht wirklich an – ?«

»Ich weiß nicht, was ich annehmen soll. Jedenfalls fahre ich jetzt zu seiner Frau und rede mit ihr. Soll ich Sie ein Stück mitnehmen? Ihr Fahrrad kann morgen nachgeschickt werden. Sie können in Paggleham den Bus bekommen.«

Sergeant Foster fand an diesem Vorschlag nichts auszusetzen, obschon seine Stimme beleidigt klang, als er ihn annahm. Wenn er es richtig sah, sollte es einen unerfreulichen Wirbel um Joe Sellon geben, und Kirk würde natürlich wieder alles daransetzen, Foster die Schuld an allem, was passierte, in die Schuhe zu schieben. Kirk war erleichtert, als sie kurz vor Paggleham den Bus überholten; somit konnte er seinen mürrischen Gefährten gleich absetzen und brauchte nicht vorzuschlagen, sie könnten Sellons Wohnung gemeinsam aufsuchen.

Er traf Mrs. Sellon »vollkommen fix und fertig« an, wie Mrs. Ruddle es genannt hätte. Als sie die Tür öffnete, sah sie aus, als ob sie vor Angst auf der Stelle umfallen könnte, und allem Anschein nach hatte sie geweint. Sie war blond, hübsch und wirkte hilflos und zerbrechlich; Kirk empfand Mitgefühl und Ärger zugleich, als er sah, daß schon wieder ein Kind unterwegs war. Sie bat ihn in die Wohnung und entschuldigte sich für deren Zustand, der wirklich etwas unordentlich war. Der Zweijährige, dessen Ankunft in der Welt indirekt die Ursache für Joe Sellons Mißgeschick war, rannte lärmend herum und zog ein Holzpferd, dessen Räder quietschten, hinter sich her. Der Tisch war zum Tee gedeckt, der inzwischen längst überfällig war.

»Ist Joe noch nicht zurück?« erkundigte Kirk sich durchaus freundlich.

»Nein«, sagte Mrs. Sellon. »Ich weiß nicht, wo er bleibt. O Arthur, sei doch mal ruhig, bitte! – Er war den ganzen Tag nicht hier, und sein Abendessen ist hin ... Oh, Mr. Kirk! Joe ist doch nicht in Schwierigkeiten, oder? Martha Ruddle hat solche Sachen herumerzählt – Arthur! Böser Junge – wenn du jetzt nicht Ruhe gibst, nehm' ich dir das Pferd weg.«

Kirk schnappte sich Arthur und stellte ihn energisch zwischen seine kräftigen Beine.

»So, nun sei ein braver Junge«, ermahnte er ihn. »Ganz schön gewachsen, nicht? Macht Ihnen wohl viel Arbeit. Also, Mrs. Sellon – ich wollte mal gern ein bißchen mit Ihnen über Joe reden.«

Kirk hatte den Vorteil, in dieser Gegend aufgewachsen zu sein; genauer gesagt, er war in Great Pagford geboren. Er hatte Mrs. Sellon bisher höchstens zwei- oder dreimal gesehen, aber er war wenigstens kein vollkommen Fremder und wirkte darum nicht so einschüchternd. Mrs. Sellon konnte ihm getrost ihre Ängste und Nöte ausschütten. Wie Kirk vermutet hatte, wußte sie von Mr. Noakes und seiner abhandengekommenen Brieftasche. Seinerzeit hatte Joe ihr natürlich nichts davon gesagt, aber später, als die wöchentlichen Zahlungen schwer auf dem Haushaltsbudget zu lasten begannen, hatte sie es ihm »aus der Nase gezogen«. Seitdem lief sie in ständiger Angst herum, daß irgend etwas Schreckliches geschehen könnte. Und dann habe Joe heute vor einer Woche hingehen und Mr. Noakes sagen müssen, er könne diese Woche nicht bezahlen, und als er zurückgekommen sei, habe er »grauenhaft ausgesehen« und gesagt, sie seien »ein für allemal erledigt«. Er sei die ganze Woche »sehr komisch« gewesen, und nun sei Mr. Noakes tot und Joe verschwunden, und Martha Ruddle habe ihr gesagt, es habe einen fürchterlichen Streit gegeben, und »oh, ich weiß nicht, Mr. Kirk, ich habe solche Angst, daß er etwas Unbedachtes getan haben könnte«.

Kirk fragte so behutsam wie möglich, ob Joe ihr etwas über seinen Streit mit Mr. Noakes gesagt habe. Nein, nicht direkt. Er habe nur gesagt, Mr. Noakes habe auf gar nichts gehört, und es sei alles aus. Auf Fragen habe er nicht geantwortet – anscheinend habe er die Nase bis oben voll gehabt. Dann habe er plötzlich gesagt, er glaube, es sei das beste, alles hinzuschmeißen und zu seinem älteren Bruder nach Kanada zu gehen, und ob sie mit ihm komme? Sie habe gesagt, du lieber Himmel, Joe, Mr. Noakes werde doch sicher nicht hingehen und ihn verraten, denn es sei doch schon so lange her – eine Gemeinheit wäre das, erst recht, nachdem er das viele Geld bezahlt habe! Joe habe nur düster geantwortet: »Na ja, du wirst es ja morgen sehen.« Und dann habe er mit dem Kopf in den Händen dagesessen, und es sei nichts mehr aus ihm herauszubekommen gewesen. Anderntags hätte sie gehört, daß Mr. Noakes fortgefahren sei. Sie habe Angst gehabt, er sei nach Broxford gefahren, um Joe anzuzeigen; aber nichts sei gekommen, und Joe habe sich wieder etwas gefangen. Und dann habe sie heute morgen gehört, daß Mr. Noakes tot sei, und sie sei ja so froh gewesen, das könne man sich gar nicht vorstellen. Aber nun sei Joe irgendwohin fort, und Martha Ruddle sei mit ihrem Gerede dahergekommen – und da Mr. Kirk die Geschichte mit der Brieftasche herausbekommen habe, sei wohl sicher alles aus, und ach du lieber Gott, was *solle* sie denn nur tun, und wo war Joe?

Das alles war nicht sehr tröstlich für Mr. Kirk. Es hätte ihn sehr beruhigt, zu hören, daß Sellon mit seiner Frau offen über den Streit gesprochen habe. Und schon gar nicht gefiel ihm die Erwähnung des Bruders in Kanada. Wenn Sellon wirklich Noakes umgebracht hatte, war seine Chance, nach Kanada zu entkommen, etwa so groß wie die, König der Kannibaleninseln zu werden, und das mußte ihm der Verstand auch gesagt haben; aber daß es sein erster blinder Drang gewesen war, das Land zu fliehen, war auf unangenehme Weise bedeutungsvoll. Dabei mußte Kirk kurz daran denken, welch schreckliche Zeit der Mörder durchgemacht haben mußte, gleich wer es war. Es war nämlich sehr unwahrscheinlich, daß er oder sie Noakes die Kellertreppe hinuntergeworfen hatte – warum war sonst die Tür offen gelassen worden? Der Mörder mußte, nachdem er Noakes erschlagen und vermeintlich tot zurückgelassen hatte, erwartet haben, daß – was eigentlich? Nun, wenn er es im Wohnzimmer oder der Küche oder irgendeinem der unteren Zimmer getan hatte, bestand die Gefahr, daß die Leiche entdeckt wurde, sowie irgendwer zufällig zu einem der Fenster hereinsah – Mrs. Ruddle oder der Postbote oder irgendein neugieriger Bengel aus dem Dorf, oder der Pfarrer bei einem seiner Besuche. Oder Aggie Twitterton hätte kommen können, um ihren Onkel zu besuchen. Die Entdeckung hätte jeden Augenblick stattfinden können. Irgendein armer Teufel (Kirk empfand tatsächlich ein vorübergehendes Mitleid mit dem Missetäter) hatte die ganze Woche auf glühenden Kohlen gesessen und gegrübelt! Auf jeden Fall wäre die Leiche am darauffolgenden Mittwoch (also heute) gefunden worden, weil da regelmäßig Crutchley kam.

Vorausgesetzt natürlich, der Mörder wußte das; und das *mußte* er oder sie wissen. Es sei denn, das Verbrechen konnte irgendeinem durchziehenden Landstreicher angelastet werden oder sonst jemandem – ach, wäre das schön!

(Während Kirk über das alles nachdachte, sprach er langsam und in beruhigendem Ton auf Mrs. Sellon ein und sagte, irgend etwas Unerwartetes könne Joe ja fortgerufen haben; er habe jemanden fortgeschickt, ihn zu suchen; ein Konstabler in Uniform könne ja nicht gut verlorengehen; es sei nicht gut, sich irgendwelche Dinge auszumalen.)

Es war schon eigenartig, daß Sellon ...

Ja, bei Gott, dachte Kirk, das *ist* eigenartig; es war eigenartiger, als ihm recht war. Das mußte er erst einmal gründlich durchdenken, wenn er fort war. Wenn Mrs. Sellon einem die Ohren volljammerte, konnte man nicht richtig denken ... Und die Zeit paßte nicht, weil Crutchley schon über eine Stunde im Haus gewesen war, bevor die Leiche entdeckt wurde. Wenn Joe Sellon sich dort schon gegen elf herumgetrieben hätte und nicht erst nach zwölf ... Zufall. Er konnte wieder atmen.

Mrs. Sellon quengelte weiter.

»Wir waren ja so überrascht, als Willy Abbot heute morgen mit der Milch kam und sagte, daß ein Herr Talboys übernommen hat. Wir wußten gar nicht, was wir davon halten sollten. Ich habe zu Joe gesagt: ›Mr. Noakes würde doch sicher nicht so einfach weggehen und das Haus vermieten‹ – wir dachten natürlich, er hat es vermietet, wie schon öfter – ›ohne jemandem Bescheid zu sagen‹, sag ich. Und Joe war ganz aufgeregt. Ich hab gesagt: ›Meinst du, er ist irgendwohin verreist?‹ sag ich. ›Das sieht mir aber komisch aus‹, sag ich, und Joe meint: ›Weiß ich nicht, aber das kriege ich bald raus.‹ Und weg war er. Und hinterher ist er gekommen und hat kaum sein Frühstück runtergekriegt, und dann hat er gemeint: ›Ich kriege nichts raus‹, sagt er, ›nur daß eine Dame und ein Herr angekommen sind und Noakes nicht da war.‹ Dann ist er wieder fortgegangen, und seitdem habe ich nichts mehr von ihm gesehen.«

Na also, dachte Kirk, das macht den Fall klar. Er hatte vergessen, daß die Wimseys kommen und alles durcheinanderbringen würden. Obwohl Kirk von Natur aus nicht viel Phantasie besaß, konnte er sich ausmalen, was für einen Schrecken Joe bekommen haben mußte, als er hörte, daß jemand im Haus war; wie er hingerannt war, um Näheres zu erfahren, und über die Maßen erstaunt gewesen war, daß keine Leiche gefunden worden war; wie er nicht gewagt hatte, hinzugehen und sich ganz offen zu erkundigen, sondern wie er ums Haus geschlichen war und sich irgendeinen Vorwand ausgedacht hatte, um mit Bert Ruddle zu sprechen – dabei konnte er die Ruddles nicht leiden; und wie er gewartet hatte, gewartet auf den Ruf nach der Polizei, von dem er wußte, daß er kommen mußte, zu *ihm* kommen mußte, dem einzigen zuständigen Mann im Dorf; und wie er gehofft hatte, die Leute im Haus würden es ihm überlassen, die Leiche zu untersuchen und alle Beweise zu beseitigen –

Kirk wischte sich über die Stirn und entschuldigte sich damit, daß es ein wenig heiß im Zimmer sei. Er hörte Mrs. Sellons Antwort nicht; er war mit den Gedanken schon wieder weiter.

Was der Mörder (er nannte ihn lieber nicht Sellon) – was der Mörder dann im Haus angetroffen hatte, waren nicht etwa ein paar hilflose Londoner Urlauber, nicht irgendwelche verträumten Künstler ohne gesunden Menschenverstand, nicht irgendeine nette pensionierte Schulmeisterin, die aufs Land gekommen war, um ein paar Wochen frische Luft und frische Eier zu genießen – nein, er traf einen Herzogssohn, der sich um niemanden scherte und genau wußte, welche Befugnisse ein Dorfpolizist hatte; der schon mehr Morde aufgeklärt hatte, als es in Paggleham seit Jahrhunderten gegeben hatte; dessen Frau Kriminalromane schrieb und dessen Diener mal da, mal dort war, schnell und auf leisen Sohlen. Aber angenommen, nur einmal angenommen, die ersten Menschen auf der Szene wären Aggie Twitterton und Frank Crutchley gewesen – wie es von Rechts wegen hätte sein müssen? Mit ihnen konnte selbst ein Dorfpolizist machen, was er wollte; er konnte die Dinge in die Hand nehmen, sie aus dem Haus schicken, alles arrangieren, wie er wollte –

Kirks Verstand arbeitete langsam, aber wenn er sich an etwas festgebissen hatte, arbeitete er so gut, daß seinem Besitzer dabei angst und bange wurde.

Er wollte Mrs. Sellon gerade irgend etwas Belangloses antworten, da hörte man draußen am Gartentor ein Motorrad vorfahren. Er schaute aus dem Fenster und sah, daß es Sergeant Hart mit Joe Sellon auf dem Sozius war – wie zwei Ordensritter auf einem Pferd.

»Tja!« sagte Kirk mit einer Fröhlichkeit, von der er weit entfernt war. »Jedenfalls ist Joe wieder da, gesund und munter.«

Aber Joe Sellons geschlagener, erschöpfter Gesichtsausdruck, als Hart ihn den Gartenweg heraufführte, gefiel ihm nicht. Und er freute sich nicht auf die Vernehmung.

12

Topfgucker

Heda, Gesellen, sagt, was ficht euch an,
Daß ihr nicht Pflicht noch Höflichkeit erkennt?
Sind wir als Hausherr euch gerade recht;
Ist unser Haus zur Schenke euch geworden,
Daß ihr hier anklopft, grad wie es euch paßt?
Was drängt euch so, daß ihr nicht warten könnt?
Seid ihr die Herren dieses großen Reichs,
Und wißt kein besseres Betragen?

JOHN FORD: 'TIS PITY SHE'S A WHORE

Polizeidirektor Kirk blieb der größere Teil seiner Heimsuchung erspart; Sellon war nicht in dem Zustand, sich einem längeren Verhör zu unterziehen. Sergeant Hart hatte seine Spur in Pillington aufgenommen, wo er um halb sieben mit dem Fahrrad durchgefahren war. Dann hatte sich ein Mädchen gefunden, das einen Polizisten zu Fuß den Feldweg in Richtung Blackraven Wood hatte hinaufgehen sehen – in den Sommermonaten ein beliebtes Ziel für Spaziergänger und Kinder. Er war ihr vor allem deshalb aufgefallen, weil man einen Polizisten in Uniform dort so selten zu sehen bekam. Diesem Fingerzeig (wie er es nannte) folgend, hatte Hart am Beginn dieses Weges Sellons Fahrrad an eine Hecke gelehnt gefunden. Er hatte eilig die Verfolgung aufgenommen – mit ziemlich ungutem Gefühl bei dem Gedanken daran, daß der Wald bis zum Ufer des Pagg hinunterführte. Es begann um diese Zeit schon zu dunkeln, und zwischen den Bäumen war es richtig finster. Mit seiner Taschenlampe hatte er eine Zeitlang herumgesucht und aus Leibeskräften gerufen. Nach ungefähr einer dreiviertel Stunde (er räumte ein, daß es ihm sehr viel länger vorgekommen war) war er auf Sellon gestoßen, der auf einem umgestürzten Baum saß. Er tat gar nichts – saß nur da. Fast wie benommen. Hart fragte ihn, was er sich um Himmels willen dabei denke, bekam aber keine vernünftige Antwort aus ihm heraus. Er befahl ihm ziemlich scharf, sofort mitzukommen – der Direktor verlange nach ihm. Sellon widersprach nicht, sondern kam widerstandslos mit. Auf die Frage, was ihn dorthin geführt habe, sagte er, er habe sich »klar zu werden« versucht. Hart, der über den Fall Paggleham nicht genau Bescheid wußte, wurde nicht schlau aus ihm; er fand, daß er Sellon nicht zutrauen konnte, allein zurückzufahren, darum setzte er ihn auf seinen Sozius und brachte ihn geradewegs nach Hause. Kirk sagte, er habe nichts Besseres tun können.

Diese Erklärung wurde im Wohnzimmer abgegeben. Mrs. Sellon hatte Joe in die Küche gebracht und versuchte, ihn zum Essen zu bringen. Kirk schickte Hart nach Broxford zurück und erklärte ihm, Sellon fühle sich nicht wohl und habe gewisse Schwierigkeiten, aber Hart solle den andern nicht zuviel davon sagen. Dann ging er zurück, um sich sein schwarzes Schaf vorzuknöpfen.

Er kam bald zu dem Schluß, daß Sellons Hauptproblem (neben seinen Sorgen) reine Erschöpfung und Hunger war. (Er erinnerte sich jetzt, daß Sellon so gut wie nichts zu Mittag gegessen hatte, obwohl in Talboys großzügig Sandwiches und Käse angeboten worden waren.) Was Kirk aus Sellon herausbekam, war nur, daß er in der Hoffnung, Kirk bereits dort anzutreffen, nach Broxford gefahren war, nachdem er Williams vernommen und seinen Bericht geschrieben hatte. Nach allem, was passiert war, hatte er nicht nach Talboys zurückkehren wollen – er hatte es besser gefunden, dort lieber nicht mehr im Weg zu sein. Er hatte ungefähr eine halbe Stunde auf Kirk gewartet; aber die Kollegen hatten ihn dauernd nach dem Mord gefragt, und wie die Dinge lagen, hatte er das nicht ausgehalten. Darum war er aus dem Revier und zum Kanal hinuntergegangen und eine Weile beim Gaswerk herumspaziert, wohl mit der Absicht, später zurückzugehen. Aber dann war »es über ihn gekommen«, was er da angerichtet hatte, und selbst wenn er den Mordvorwurf von sich abwenden konnte, gab es keine Hoffnung mehr für ihn. Da hatte er sein Fahrrad genommen und war wieder fortgefahren; er konnte sich gar nicht mehr recht erinnern, wohin und warum, weil er keinen klaren Kopf mehr hatte, und er hatte nur gedacht, wenn er irgendwohin fahre und dort ein wenig spazieren gehe, könne er vielleicht besser denken. Er erinnerte sich, daß er durch Pillington gefahren und durch die Felder gegangen war. Er glaubte nicht, daß er einen besonderen Grund dafür gehabt hatte, zum Blackraven Wood zu gehen – er sei nur herumgelaufen. Vielleicht war er auch einmal eingeschlafen. Er hatte kurz daran gedacht, sich in den Fluß zu stürzen, aber dann hatte er gefürchtet, seiner Frau damit etwas anzutun. Es tat ihm alles sehr leid, aber mehr konnte er nicht sagen, nur daß er den Mord nicht begangen hatte. Aber, fügte er eigenartigerweise hinzu, wenn Seine Lordschaft ihm nicht glaube, werde auch sonst niemand ihm glauben.

Dies schien nicht gerade der richtige Augenblick zu sein, ihm zu erklären, warum Lord Peter ihm nicht glaubte. So sagte Kirk ihm nur, daß es ausgesprochen dumm von ihm gewesen sei, einfach so davonzulaufen, und daß alle bereit seien, ihm zu glauben, wenn er nur die Wahrheit sage. Und jetzt solle er lieber zu Bett gehen und versuchen, morgen beim Aufstehen vernünftiger zu sein; er habe seine Frau auch so schon schlimm genug geängstigt, und nun sei es schon fast zehn Uhr (Ach du liebes bißchen; und der Bericht für den Polizeipräsidenten war noch nicht geschrieben!); er werde morgen früh vorbeikommen und vor der Untersuchungsverhandlung noch mit ihm sprechen.

»Sie werden dort nämlich aussagen müssen«, sagte Kirk, »aber ich habe mit dem Untersuchungsrichter gesprochen, und vielleicht wird er Sie nicht allzu hart bedrängen, weil die Ermittlungen noch im Gange sind.«

Sellon legte nur den Kopf in die Hände, und Kirk, der das Gefühl hatte, daß er in diesem Zustand wirklich nicht viel mit ihm anfangen konnte, verabschiedete sich. Im Hinausgehen sagte er noch ein paar aufmunternde Worte zu Mrs. Sellon und riet ihr, ihren Mann nicht allzusehr mit Fragen zu quälen, sondern ihn in Ruhe zu lassen und zu versuchen, den Kopf oben zu behalten.

Auf dem ganzen Rückweg nach Broxford gingen ihm seine neuen Ideen durch den Kopf. Er wurde das Bild nicht los, wie Sellon an Martha Ruddles Haustür gestanden und gewartet hatte –

Nur eines gab ihm einen gewissen Trost – obwohl es dafür eigentlich gar keine Begründung gab: dieser eine merkwürdige Satz: »Wenn Seine Lordschaft mir nicht glaubt, glaubt mir auch sonst niemand.« Wimsey hatte, was das anging, gar keine Veranlassung, Sellon zu glauben – dieser Satz hatte eigentlich überhaupt keinen Sinn – aber er hatte, nun ja, aufrichtig geklungen. Er hörte wieder Sellons verzweifelten Ausruf: »Gehen *Sie* bitte nicht fort, Mylord! *Sie* werden mir glauben!« Kirk kramte in den Schubladen seines Gedächtnisses und fand die Worte, die ihm hier angebracht erschienen: Ihr habt Cäsar angerufen, und zu Cäsar sollt Ihr gehen. Aber Cäsar hatte sich dem Anruf verschlossen.

Erst als Kirk müde und geduldig seinen Bericht für den Polizeipräsidenten schrieb, kam die große Erleuchtung über ihn. Die Feder in der Hand, hielt er mitten im Schreiben inne und starrte die gegenüberliegende Wand an. Ihm war da eine Idee gekommen. Und er war schon vorher ganz nah daran gewesen, nur hatte er den Gedanken da nicht richtig weiterverfolgt. Aber das erklärte natürlich alles. Es erklärte Sellons Aussage und wusch ihn rein; es erklärte, wieso er vom Fenster aus die Uhr gesehen hatte; es erklärte, wie es zugegangen war, daß Noakes hinter verschlossenen Türen ums Leben kam; es erklärte, warum die Leiche nicht beraubt worden war; und es erklärte den Mord – erklärte ihn weg. Denn einen Mord, sagte Kirk triumphierend bei sich, hatte es nie gegeben!

Einen Augenblick, dachte der Polizeidirektor, während er sorgfältig, wie es seine Art war, die Sache von Anfang bis Ende durchdachte; nur nichts überstürzen. Da ist ein großer Haken gleich zu Beginn. Wie können wir den wohl aus dem Weg räumen?

Wenn die Theorie stimmen sollte, mußte man – und das war der Haken – von der Annahme ausgehen, daß der Kaktus von seinem Platz genommen worden war. Kirk hatte diesen Gedanken schon als albern verworfen; aber da hatte er noch nicht gesehen, wieviel damit erklärt wäre. Er war so weit gegangen, noch ein paar Worte mit Crutchley zu reden, draußen zwischen den Chrysanthemen, kurz bevor er von Talboys wegfuhr. Er hatte diese Befragung sehr geschickt vorgenommen, fand er. Er hatte sich gehütet, geradeheraus zu fragen: »Haben Sie den Kaktus wieder an seinen Platz gehängt, bevor Sie gingen?« Das hätte die Aufmerksamkeit auf einen Punkt gelenkt, der vorerst noch ein Geheimnis zwischen ihm und Seiner Lordschaft war. Er wollte nicht, daß Sellon davon etwas zugetragen wurde, ehe er selbst Sellon damit auf seine Art konfrontieren konnte. Darum hatte er so getan, als ob er sich an etwas aus Crutchleys Schilderung seines letzten Gesprächs mit Noakes falsch erinnerte. Hatte das Gespräch in der Küche stattgefunden? Ja. War einer von ihnen danach noch einmal ins Wohnzimmer gegangen? Nein. Aber habe Crutchley denn nicht um diese Zeit dort die Pflanzen gegossen? Nein, er hatte gerade die Pflanzen gegossen und wollte die Trittleiter zurückbringen. Ach so, dann hatte Kirk das mißverstanden. Entschuldigung. Er wolle nur noch etwas genauer feststellen, wie lange der Wortwechsel mit Noakes gedauert habe. War Noakes dabei gewesen, als Crutchley die Pflanzen versorgte? Nein, er war in der Küche. Aber hatte Crutchley denn die Pflanzen nicht in die Küche getragen, um sie zu gießen? Nein, er hatte sie an Ort und Stelle gegossen und die Uhr aufgezogen und war mit der Trittleiter aus dem Wohnzimmer gekommen, und danach erst habe Mr. Noakes ihm sein Geld gegeben und der Streit habe angefangen. Es hatte höchstens so um die zehn Minuten gedauert – nicht der Streit. Na gut, vielleicht fünfzehn. Um sechs Uhr hatte Crutchley von Rechts wegen Feierabend – er bekomme fünf Shilling für einen Achtstundentag abzüglich einer Pause fürs Mittagessen. Kirk entschuldigte sich für den Irrtum: die Trittleiter habe ihn durcheinandergebracht; er habe gedacht, Crutchley brauche die Trittleiter, um die Hängepflanzen aus ihren Töpfen zu nehmen. Nein, die Trittleiter sei dazu da, hinaufzusteigen und sie zu gießen, wie er es heute morgen gemacht habe – sie hingen zu hoch für ihn – und um die Uhr aufzuziehen, wie gesagt. Das war alles. Es war ganz normal, daß er die Trittleiter benutzte; das tat er immer, und hinterher brachte er sie in die Küche zurück. »Sie wollen es doch hoffentlich nicht so hindrehen«, fügte Crutchley ein wenig streitlustig hinzu, »daß ich mit einem Hammer auf der Trittleiter gestanden und dem Alten eins über den Schädel gegeben habe?« Das war eine geniale Idee, auf die noch niemand gekommen war. Kirk erwiderte, er habe noch an gar nichts Bestimmtes gedacht; er versuche nur die Zeiten richtig in seinem Kopf zu ordnen. Er war froh, daß er den Eindruck erweckt hatte, als gälte sein Argwohn der Trittleiter.

Leider konnte er somit aber nicht von der Annahme ausgehen, daß der Kaktus um zwanzig nach sechs nicht in seinem Übertopf gewesen war. Doch nun einmal angenommen, Noakes habe ihn selbst aus irgendeinem Grunde herausgenommen? Aus welchem Grunde? Nun, das war schwer zu sagen. Aber angenommen, Noakes hatte irgend etwas daran entdeckt – einen Flecken Mehltau vielleicht, oder was für Krankheiten diese häßlichen Dinger auch immer bekamen. Er könnte den Kaktus heruntergenommen haben, um ihn abzuwischen, oder – aber das hätte er ja auch ohne weiteres tun können, während er auf der Trittleiter stand oder, da er so groß war, auf einem Stuhl. Kein ausreichender Grund. Was konnte mit Pflanzen sonst noch passieren? Nun, die Wurzeln konnten in den Übertopf hineinwachsen. Kirk wußte nicht, ob so etwas bei Kaktussen (oder hieß das Kakteen?) vorkam, aber angenommen, man wollte einmal nachsehen, ob die Wurzeln aus dem Topf herauswuchsen – dazu mußte man ihn herausnehmen. Oder um nachzusehen, ob – nein, er war ja gegossen worden. Aber halt! Noakes hatte nicht *gesehen*, daß Crutchley ihn gegossen hatte. Vielleicht hatte er Crutchley im Verdacht gehabt, den Kaktus zu vernachlässigen. Vielleicht hatte er die Erde befühlt, und sie war ihm nicht feucht genug vorgekommen, und dann – oder noch wahrscheinlicher hatte er geglaubt, er sei zu stark gegossen worden. Diese stachligen Dinger mochten nicht allzuviel Feuchtigkeit. Oder doch? Es war ärgerlich, nichts von ihren Lebensgewohnheiten zu wissen; Kirks gärtnerisches Wissen beschränkte sich auf normale Blumen- und Küchenbeete.

Jedenfalls lag es nicht außerhalb jeder Möglichkeit, daß Noakes aus irgendeinem Grunde, den nur er selbst kannte, den Kaktus heruntergenommen hatte. Das Gegenteil ließ sich zumindest nicht beweisen. Angenommen also, er hatte. Gut. Dann war um neun Uhr Sellon gekommen und hatte Noakes ins Wohnzimmer kommen sehen ... Hier mußte Kirk wieder innehalten, um nachzudenken. Wenn Noakes für die Nachrichten um halb zehn gekommen war, wie gewöhnlich, dann war er viel zu früh. Er war heimgekommen (sagte Sellon) und hatte auf die Uhr gesehen. Der Tote hatte keine Armband- oder Taschenuhr am Leib gehabt, und Kirk hatte mit Sicherheit angenommen, daß er nur ins Wohnzimmer gegangen war, um zu sehen, wie lange es noch bis zu den Abendnachrichten dauerte. Er konnte aber auch die Absicht gehabt haben, den Kaktus wieder an seinen Platz zu tun, und war aus diesem Grunde etwas früher gekommen. Das ging also klar. Er kommt herein. Er denkt: Na, ob ich wohl noch Zeit habe, diesen Kaktus aus der Spülküche zu holen (oder wo er sich sonst befand), bevor die Nachrichten anfangen? Er schaut auf die Uhr. Da klopft Joe Sellon ans Fenster, und er kommt herüber. Sie reden miteinander, und Joe geht wieder fort. Der Alte holt seinen Kaktus und steigt auf einen Stuhl oder dergleichen, um ihn an seinen Platz zu tun. Oder vielleicht holt er die Trittleiter. Und gerade wie der das tut, sieht er, daß es auf halb zehn zugeht, und das macht ihn ein bißchen nervös. Er beugt sich zu weit vor, oder die Sprossen sind rutschig, oder er steigt zu unvorsichtig herunter, und schon bekommt er das Übergewicht, stürzt und schlägt mit dem Kopf auf dem Boden auf – oder noch besser, gegen eine Kante der Bank. Er ist bewußtlos. Bald darauf kommt er wieder zu sich, stellt den Stuhl oder die Trittleiter wieder fort und – na ja, wie es ihm danach ergangen ist, wissen wir ja. So sieht's also aus. So einfach wie das kleine Einmaleins. Ohne Nachschlüssel oder gestohlene Schlüssel oder versteckte stumpfe Gegenstände oder Lügengespinste – nichts als ein simpler Unfall, und alle haben die Wahrheit gesagt.

Kirk war von der Schönheit, Schlichtheit und Verständigkeit seiner Lösung so angetan wie seinerzeit wahrscheinlich Kopernikus, als er erstmals auf die Idee kam, die Sonne in die Mitte des Solarsystems zu setzen, und nun sah, wie alle Planeten, statt komplizierte und häßliche geometrische Kapriolen zu schlagen, sittsam und würdevoll ihre Kreisbahnen zogen. Zehn Minuten lang saß er da und ließ sie sich liebevoll noch einmal durch den Kopf gehen, bevor er sich daran machte, sie zu überprüfen. Er hatte Angst davor, ihr etwas von ihrer Schönheit zu nehmen.

Aber immerhin war eine Theorie nur eine Theorie; man mußte erst noch etwas Handfestes finden, was sie erhärtete. Zumindest mußte man sich vergewissern, daß nichts gegen sie sprach. Da war zuerst die Frage, ob ein Mensch so einfach durch einen Sturz von einer Trittleiter umkommen konnte.

Schulter an Schulter mit seinen Volksausgaben englischer Dichter und Philosophen, flankiert auf der rechten Seite von Bartletts *Zitatenschatz* und auf der linken von jenem praktischen Polizeihandbuch, das alle Verbrechen nach der Art ihrer Ausführung zerlegte und katalogisierte, standen groß und drohend die beiden blauen Bände von Taylors *Gerichtsmedizin*, jenem Kanon unkanonischen Tuns, dem Baedeker der Hintertüren zum Tod. Kirk hatte dieses Werk oft studiert, um sich pflichtbewußt für das Unerwartete zu wappnen. Jetzt nahm er es vom Regal und blätterte in Band I, bis er an die Überschrift »Intracraniale Hämorrhagie – Gewaltanwendung oder Krankheit« kam. Er suchte nach dem Kapitel über den Mann, der von einer Chaise gefallen war. Ja, da war es. In dem Bericht des Guy's-Krankenhauses von 1859 bekam der Mann regelrecht persönliche Züge:

»Ein Mann stürzte von einer Chaise und fiel so schwer auf den Kopf, daß er bewußtlos war. Nach kurzer Zeit kehrten seine Sinne zurück, und er fühlte sich soviel besser, daß er wieder in die Chaise stieg und sich von seinem Begleiter zum Haus seines Vaters fahren ließ. Er versuchte den Unfall als unbedeutend abzutun, doch bald begann er sich müde und schläfrig zu fühlen, so daß er sich zu Bett begeben mußte. Seine Symptome wurden immer beängstigender, und er starb binnen einer Stunde an einer Blutung im Gehirn.«

So ein exzellenter, unglücklicher Herr, dessen Name nicht genannt wurde, dessen Züge keine Konturen hatten, dessen Leben ein Geheimnis blieb; einbalsamiert für alle Ewigkeit in einem Ruhm, der vergoldete Fürstendenkmäler überdauerte! Er lebte im Hause seines Vaters, war also vermutlich jung und unverheiratet – ein kleiner Geck vielleicht, modisch gekleidet und mit seidigen langen Koteletten, wie sie damals gerade so beliebt wurden. Wie war er von der Chaise gefallen? War das Pferd durchgegangen? Hatte er zu tief ins Glas geschaut? Die Kutsche war, wie wir bemerken, nicht beschädigt und der Begleiter jedenfalls nüchtern genug, um ihn nach Hause zu bringen. Ein couragierter Herr (da er entschlossen wieder in die Chaise stieg), ein rücksichtsvoller Herr (da er seinen Unfall auf die leichte Schulter nahm, um seinen Eltern Sorgen zu ersparen); sein früher Tod mußte in der Damenwelt viel Heulen und Wehklagen hervorgerufen haben. Niemand hatte wohl damals ahnen können, daß fast achtzig Jahre später ein Polizeidirektor in einem ländlichen Bezirk seinen kurzen Nachruf lesen würde: »Ein Mann stürzte von einer Chaise . . .«

Nicht daß Polizeidirektor Kirk mit diesen biographischen Spekulationen sein Hirn belastet hätte! Er ärgerte sich nur darüber, daß in dem Buch die Höhe der Chaise über dem Boden nicht erwähnt war, oder die Geschwindigkeit, mit der sie fuhr. Wie ließ sich hinsichtlich der Wucht des Aufpralls dieser Sturz mit dem eines ältlichen Herrn von einer Trittleiter auf einen Eichenboden vergleichen? Der nächste angeführte Fall tat noch weniger zur Sache: Er handelte von einem achtzehnjährigen Burschen, der bei einer Schlägerei einen Schlag auf den Kopf bekommen hatte, noch zehn Tage lang seiner Arbeit nachgegangen war, am elften Tag Kopfschmerzen bekam und am zwölften starb. Dann kam ein betrunkener Fuhrmann von fünfzig Jahren, der von der Deichsel seines Fuhrwerks gefallen und ums Leben gekommen war. Dieser Fall erschien schon hoffnungsvoller, nur daß diese unglückselige Kreatur drei- oder viermal gestürzt und beim letztenmal von seinem eigenen Fuhrwerk überfahren worden war, weil das Pferd durchging. Immerhin konnte man dem aber entnehmen, daß auch ein Sturz aus geringer Höhe schon schwere Schäden anrichten konnte. Kirk dachte eine Weile nach, dann ging er ans Telefon.

Dr. Craven hörte sich Kirks Theorie geduldig an und gab zu, daß sie bestechend klang. »Nur«, sagte er, »wenn Sie von mir verlangen, daß ich dem Untersuchungsrichter erzähle, der Mann sei auf den Rücken gefallen, das kann ich nicht. Er hat keinerlei Blutergüsse am Rücken oder an der linken Körperseite. Wenn Sie meinen Bericht an den Untersuchungsrichter gelesen haben, müssen Sie gesehen haben, daß alle Verletzungen rechts und vorn waren, außer dem eigentlichen Schlag, der den Tod herbeiführte. Ich nenne Ihnen noch einmal die Verletzungen, um die es sich handelt. Der rechte Unterarm und Ellbogen weisen starke Prellungen mit ausgedehnten Blutergüssen aus den Oberflächengefäßen auf, woraus man ersieht, daß diese Verletzungen erhebliche Zeit vor Eintritt des Todes entstanden sind. Ich würde sagen, als ihn der Schlag hinter dem linken Ohr traf, wurde er von der Wucht des Schlages nach vorn rechts geschleudert und fiel auf die rechte Seite. Sonstige Verletzungen sind nur noch leichte Prellungen und Hautabschürfungen an Schienbeinen, Händen und Stirn. An Händen und Stirn war Staub, woraus man wohl schließen kann, daß er sich diese Verletzungen beim Sturz die Kellertreppe hinunter zugezogen hat. Kurz danach muß er gestorben sein, weil diese Verletzungen mit sehr geringfügigen Blutungen verbunden waren. Ich nehme natürlich die Hypostasen aus, die dadurch entstanden sind, daß er eine Woche lang im Keller auf dem Gesicht gelegen hat. Natürlicherweise befinden alle diese Male sich an der Vorderseite des Körpers.«

Kirk hatte die Bedeutung des Wortes »Hypostase« vergessen, doch der Ton, in dem der Arzt davon sprach, ließ ihn kaum hoffen, daß er sie zur Unterstützung seiner Theorie heranziehen könne. Er fragte, ob Noakes sich auch im Fallen irgendwo den Kopf angeschlagen haben und daran gestorben sein könne.

»Gewiß«, sagte Dr. Craven, »nur müssen Sie dann erklären, wie er sich beim Fallen den Hinterkopf angeschlagen hat und trotzdem auf dem Gesicht gelandet ist.«

Damit mußte Kirk sich zufrieden geben. Es sah ganz nach einem Schönheitsfehler in seiner herrlichen runden Theorie aus. ›Er gleicht dem Riß der Laute, dem geringen‹, dachte er traurig, ›sie wird nicht mehr in holden Tönen klingen.‹ Aber dann schüttelte er zornig den Kopf. Tennyson hin, Tennyson her, er würde die Stellung nicht kampflos räumen. Er rief einen robusteren, erbaulicheren Dichter zu Hilfe: ›Daß wir schlafen, zu erwachen, und wer fällt, zum Kampf ersteht.‹ Dann rief er seiner Frau zu, daß er noch ausgehen müsse, und griff nach Hut und Mantel. Wenn er sich nur noch einmal dieses Wohnzimmer ansehen könnte, würde er vielleicht sehen, wie der Sturz sich zugetragen haben mochte.

Das Wohnzimmer von Talboys lag im Dunkeln, aber aus dem Fenster darüber sowie aus der Küche fiel noch Licht. Kirk klopfte, und wenig später kam Bunter in Hemdsärmeln an die Tür.

»Es tut mir sehr leid, Seine Lordschaft so spät noch einmal stören zu müssen«, begann Kirk, der erst jetzt merkte, daß es schon elf Uhr vorbei war.

»Seine Lordschaft«, sagte Bunter, »ist zu Bett gegangen.«

Kirk erklärte, daß es überraschend notwendig geworden sei, das Wohnzimmer noch einmal zu untersuchen, und daß er dies unbedingt vor der Verhandlung besorgen wolle. Es sei nicht notwendig, daß Seine Lordschaft persönlich herunterkomme. Er begehre nichts als die Erlaubnis, einzutreten.

»Wir möchten den Hütern des Getzes sehr ungern bei der Erfüllung ihrer Pflicht im Wege stehen«, erwiderte Bunter, »aber mit Ihrer gütigen Erlaubnis möchte ich darauf hinweisen, daß die Stunde schon ein wenig fortgeschritten und die vorhandene Beleuchtung unzulänglich ist. Außerdem befindet sich das Wohnzimmer genau unter Seiner Lordschaft –«

»Direktorchen! Direktorchen!« rief eine leise, spöttelnde Stimme aus dem Fenster darüber.

»Mylord?« Mr. Kirk trat von der Veranda zurück, um den Besitzer der Stimme sehen zu können.

»Kaufmann von Venedig, V. Akt, 1. Szene. Still! Luna schläft ja beim Endymion und will nicht aufgeweckt sein.«

»Ich bitte um Verzeihung, Mylord«, sagte Kirk, von Herzen dankbar, daß sein Gesicht die Maske der Nacht trug. Und das vor den Ohren der Dame!

»Keine Ursache. Kann ich irgend etwas für Sie tun?«

»Wenn Sie mich nur rasch noch einen Blick ins Wohnzimmer werfen lassen könnten«, bat Kirk in bedauerndem Ton.

»Wär unser alle Welt und Zeit, Direktor, so lobt' ich diese Emsigkeit. Aber fühlen Sie sich ganz zu Hause. Nur tun Sie's, wie der Dichter singt, auf biegsam klerikalen, körperlosen Zehen. Das erste war Andrew Marvell, das zweite Rupert Brooke.«

»Ich danke ergebenst«, sagte Mr. Kirk, auf die Erlaubnis ebenso wie auf die Belehrung bezogen. »Mir ist da nämlich eine Idee gekommen.«

»Ich wollte, ich hätte nur die Hälfte davon. Möchten Sie mir Ihre Geschichte jetzt gleich erzählen, oder reicht's auch morgen noch?«

Mr. Kirk bat Seine Lordschaft inständig, sich nicht stören zu lassen.

»Na, dann viel Glück und gute Nacht.«

Nichtsdestotrotz zauderte Peter. Seine angeborene Neugier kämpfte mit der Schicklichkeit, die ihm anriet,

Kirk soviel Verstand zuzutrauen, daß er seine Ermittlungen selbst durchführen konnte. Die Schicklichkeit siegte, aber er blieb dann noch eine Viertelstunde auf der Fensterbank sitzen, während von unten ein leises Scharren und Plumpsen herauftönte. Dann wurde die Haustür geschlossen, und Schritte entfernten sich auf dem Weg.

»Er läßt die Schultern hängen«, sagte Peter laut zu seiner Frau. »Anscheinend hat er ein Gemsennest voller Kukkuckseier gefunden.«

Und das stimmte haargenau. Der Riß in Kirks Theorie hatte sich verbreitert und mit alarmierender Schnelligkeit alles zum Verstummen gebracht, was er zu Joe Sellons Gunsten hätte sagen können. Es erwies sich nicht nur als außerordentlich schwierig, sich vorzustellen, wie Noakes es fertiggebracht haben könnte, sich bei dem Sturz vorn und hinten zugleich zu verletzen, nein, es stand jetzt auch eindeutig fest, daß der Kaktus die ganze Zeit unverrückbar an seinem Platz geblieben war.

Kirk hatte sich zwei Möglichkeiten ausgedacht. Entweder war der Übertopf von der Kette genommen oder der innere Topf aus dem Übertopf gehoben worden. Nach sorgfältiger Prüfung hatte er die erste Alternative fallenlassen müssen. Der Übertopf war unten konisch geformt, so daß er, wenn man ihn herunternahm, nicht aufrecht stehenbleiben konnte. Außerdem war der Ring, an dem sich die drei Ketten vereinigten, an denen der Topf hing, mit sechsfach gewickeltem kräftigem Draht noch einmal am letzten Kettenglied über dem Haken befestigt, um die Beanspruchung des letzteren zu verringern, und die Enden dieses Drahts waren mit einer Zange säuberlich nach innen gebogen. Niemand im Vollbesitz seiner geistigen Kräfte hätte sich die Mühe gemacht, diese Aufhängung zu entwirren, wenn er viel leichter den Innentopf herausnehmen konnte. Aber hier nun machte Kirk eine Entdekkung, die zwar seinen kriminalistischen Fähigkeiten zur Ehre gereichte, aber gleichzeitig jede Möglichkeit einer solchen Transaktion ausschloß. Den oberen Rand der glänzenden Messingschale bildete nämlich eine Art Gitter von einem komplizierten Muster, und hinter den Löchern dieses Gitters war der Ton des Innentopfes unverkennbar von Messingpolitur geschwärzt. Wenn der Innentopf seit der letzten Reinigung herausgenommen worden wäre, hätte er unmöglich wieder mit solch mathematischer Genauigkeit hineingesetzt werden können, daß an den Rändern der Gitterlöcher nicht das tönerne Rot zu sehen gewesen wäre. Kirk rief in seiner Enttäuschung Bunter und bat ihn um seine Meinung. Bunter, bei aller Kritik doch jederzeit korrekt und hilfsbereit, gab ihm recht. Mehr noch, als sie gemeinsam versuchten, den inneren Topf im Übertopf zu drehen, zeigte sich, daß dieser außerordentlich fest saß. Niemand hätte ihn nach dem Wiedereinsetzen ohne Hilfe so drehen können, daß die Gitteröffnungen sich wieder genau mit den dunklen Flecken deckten – schon gar nicht ein älterer Mann, der es eilig hatte, im Schein einer weit entfernt stehenden Kerze. Kirk klammerte sich an den letzten Strohhalm und fragte:

»Hat Crutchley heute morgen die Messingschale geputzt?«

»Das glaube ich nicht; er hat keine Messingpolitur mitgebracht und auch die im Küchenschrank vorhandenen Mittel nicht benutzt. Werden Sie heute abend noch etwas brauchen?«

Kirk sah sich verloren im Zimmer um.

»Ich nehme an«, fragte er in letzter Verzweiflung, »daß die Uhr nicht von der Stelle bewegt wurde?«

»Überzeugen Sie sich selbst«, sagte Bunter.

Aber die verputzte Wand zeigte keine Spuren von Haken oder Nägeln, an denen eine Uhr vorübergehend hätte aufgehängt worden sein können. Der nächstgelegene Festpunkt an der Ostseite war der Nagel, an dem »Die erwachenden Seelen« hingen, und an der Westseite ein Sperrholzträger, der eine gipserne Plastik trug – beide zu leicht, um das Gewicht der Uhr auszuhalten, und außerdem vom Fenster her in der falschen Blickrichtung. Kirk gab auf.

»Tja, dann wäre das geklärt. Haben Sie vielen Dank.«

»Ich danke *Ihnen*«, erwiderte Bunter abweisend. Immer noch würdevoll trotz der Hemdsärmel geleitete er den unwillkommenen Gast zur Tür wie eine scheidende Herzogin.

Da auch Kirk nur ein Mensch war, wünschte er sich, er hätte doch bis nach der Verhandlung die Finger von seiner Theorie gelassen. Jetzt hatte er sie lediglich mit endgültiger Sicherheit widerlegt, so daß er sie ehrlichen Gewissens nicht einmal mehr andeutungsweise ins Spiel bringen konnte.

13

Mal so und mal so

»Schlange, sage ich!« wiederholte die Taube ... und fuhr mit einer Art Aufschluchzen fort: »Nun habe ich alles versucht, und nie paßt es ihnen!«
»Ich weiß überhaupt nicht, wovon du redest«, sagte Alice.
»In einer Wurzel hab ichs versucht, am Ufer hab ichs versucht, unter einer Hecke hab ichs versucht«, klagte die Taube, ohne auf Alice zu hören; »aber diese Schlangen! Denen macht es keiner recht!«

LEWIS CARROLL: ALICE IM WUNDERLAND

»Und was wollte der Polizeidirektor gestern nacht?« erkundigte Lord Peter Wimsey sich andern Morgens bei Bunter.

»Er wollte sich vergewissern, Mylord, ob der Hängekaktus im Laufe der Ereignisse der letzten Woche vielleicht aus seinem Behältnis genommen worden sein konnte.«

»Was, schon wieder? Ich dachte, er hätte gesehen, daß dem nicht so war. Die Spuren von der Messingpolitur hätten es ihm auf den ersten Blick sagen müssen. Dazu brauchte er keine Trittleiter zu holen und um Mitternacht herumzupoltern wie eine Hummel im Glas.«

»Ganz recht, Mylord. Aber ich hielt es für besser, mich herauszuhalten, und Eure Lordschaft hatten gewünscht, daß ihm alle Mittel zur Verfügung gestellt werden.«

»O ja, richtig. Sein Verstand arbeitet wie Gottes Mühlen. Aber er hat noch ein paar andere göttliche Eigenschaften; ich weiß, daß er großmütig ist, und habe ihn im Verdacht, sogar barmherzig zu sein. Er versucht mit aller Gewalt, Sellon zu entlasten. Das ist ganz natürlich. Aber er geht die Indizien gegen ihn von der starken statt von der schwachen Seite an.«

»Was hältst du selbst denn eigentlich von Sellon, Peter?«

Sie hatten oben gefrühstückt. Harriet saß angezogen am Fenster und rauchte eine Zigarette. Peter, noch mitten in der Morgenmantelphase, stand mit dem Rücken zum Feuer und wärmte sich die Beine. Der rote Kater war gekommen, um seinen Morgengruß zu entbieten, und hatte es sich auf seiner Schulter gemütlich gemacht.

»Ich weiß überhaupt nicht, was ich denken soll. Wir haben zu wenig in der Hand. Wahrscheinlich ist es auch noch zu früh zum Denken.«

»Sellon sieht nicht wie ein Mörder aus.«

»Sie sehen oft nicht so aus. Er sah auch nicht aus wie einer, der mir eine faustdicke Lüge auftischen würde, zumindest nicht ohne einen sehr triftigen Grund. Aber wenn Leute Angst haben, lügen sie.«

»Wahrscheinlich ist ihm erst, nachdem er das mit der Uhr gesagt hatte, aufgegangen, daß er damit zugab, im Haus gewesen zu sein.«

»Nein. Man muß schon sehr gewitzt sein, um vorauszudenken, wenn man Halbwahrheiten von sich gibt. Eine Geschichte, die von Anfang bis Ende gelogen ist, wird in sich logisch sein. Und da er offenbar überhaupt nicht vorgehabt hatte, die Sache mit diesem Streit zu erzählen, mußte er sich aus dem Augenblick heraus entscheiden. Was mich nicht losläßt, ist die Frage, wie Sellon ins Haus gekommen ist.«

»Noakes muß ihn eingelassen haben.«

»Eben. Da ist ein älterer Mann, der für sich allein und zurückgezogen in einem Haus wohnt. Ein junger Mann kommt daher, groß und stark und mit einer Mordswut im

Bauch, der streitet mit ihm, beschimpft ihn und stößt möglicherweise Drohungen aus. Der alte Mann sagt ihm, er soll verschwinden, und knallt das Fenster zu. Der junge Mann geht an die Türen klopfen und versucht ins Haus zu kommen. Der alte Mann hat nichts zu gewinnen, indem er ihn einläßt; trotzdem tut er es und kehrt ihm freundlicherweise sogar den Rücken zu, eigens damit der zornige junge Mann ihn mit einem stumpfen Gegenstand von hinten angreifen kann. Möglich ist das, aber es ist, wie Aristoteles sagen würde, eine unwahrscheinliche Möglichkeit.«

»Aber wenn Sellon nun zu Noakes gesagt hat, er hat das Geld doch, und Noakes hat ihn eingelassen und sich hingesetzt, um ihm eine – nein, eine Quittung hätte er ihm natürlich nicht ausgestellt. Nichts Schriftliches. Höchstens wenn Sellon ihn bedroht hätte.«

»Wenn Sellon das Geld bei sich gehabt hätte, hätte Noakes ihm gesagt, er solle es durchs Fenster reichen.«

»Also schön, nehmen wir an, er hat es ihm hineingereicht – oder gesagt, er wolle es ihm hineinreichen. Als Noakes dann das Fenster öffnete, könnte Sellon selbst hineingestiegen sein. Oder? Diese Rahmen sind ziemlich eng.«

»Du kannst dir nicht vorstellen«, sagte Peter aus heiterem Himmel, »wie erfrischend es ist, mit jemandem zu reden, der methodisch vorzugehen versteht. Die Polizei hat hervorragende Leute, aber das einzige kriminalistische Prinzip, das sie begriffen haben, ist diese elende Phrase: *Cui bono?* Sie *müssen* hinter dem Motiv herjagen, was eigentlich Aufgabe der Psychologen ist. Geschworene sind genauso. Wenn sie ein Motiv sehen, sind sie gleich mit einem Schuldspruch bei der Hand, da kann ihnen der Richter noch so oft erklären, daß es nicht notwendig ist, nach einem Motiv zu suchen, und daß ein Motiv allein noch lange kein Beweis ist. Man muß aufzeigen, *wie* die Tat begangen wurde, dann kann man, wenn man will, noch ein Motiv zur Unterstützung nachschieben. Wenn eine Tat nur auf eine bestimmte Weise begangen werden konnte, und wenn nur eine einzige Person sie auf diese Weise begehen konnte, dann hat man den Täter, Motiv hin, Motiv her. Es geht um das Wie, Wann, Wo, Warum und Wer – und wenn man das Wie hat, hat man den Wer. Also sprach Zarathustra.«

»Ich glaube, ich habe meinen einzigen intelligenten Leser geheiratet. So konstruiert man ein Verbrechen natürlich von der anderen Seite her. Nach den Regeln der Kunst ist das vollkommen richtig.«

»Mir ist aufgefallen, daß Dinge, die in der Kunst richtig sind, es meist auch in der Praxis sind. Im Grunde ist die Natur ein gewohnheitsmäßiger Plagiator der Kunst, wie irgend jemand einmal gesagt hat. Mach nur weiter mit deiner Theorie – aber bedenke, wenn du dir etwas ausgedacht hast, *wie* eine Tat begangen worden sein *könnte*, ist damit noch lange nicht gesagt, *daß* sie so begangen *wurde*. Wenn du mir die Anmerkung gestattest, ist das eine Unterscheidung, die Leute in deinem Beruf gern übersehen. Sie verwechseln moralische Gewißheit mit rechtskräftigem Beweis.«

»Ich schmeiße dir gleich was nach ... sag mal, hältst du es für möglich, daß etwas nach Noakes *geworfen* wurde? Durchs Fenster? Gemeinheit ... jetzt haben wir zwei Theorien auf einmal! Halt, warte! ... Sellon bringt Noakes dazu, das Fenster zu öffnen, dann versucht er hineinzuklettern. Du bist auf meinen Einwand mit den engen Rahmen noch nicht eingegangen.«

»Ich denke schon, daß ich durchkäme; aber ich bin natürlich etwas schmaler in den Schultern als Sellon. Nach dem Prinzip, daß man überall, wo man mit dem Kopf durchkommt, auch den Körper durchbekommt, würde ich jedoch sagen, daß er's schaffen könnte. Nicht sehr schnell, und nicht ohne Noakes reichlich über seine Absichten vorzuwarnen.«

»Daher die Idee mit dem Werfen. Angenommen, Sellon wollte durchs Fenster hinein, Noakes bekam es mit der Angst zu tun und wollte zur Tür. Dann hat sich Sellon irgend etwas geschnappt . . .«

»Was?«

»Stimmt auch wieder. Er wird kaum einen Stein oder sonst etwas zu diesem Zweck mitgebracht haben. Vielleicht hätte er einen im Garten auflesen können, bevor er zum Fenster zurückging. Oder – ich weiß! Dieser Briefbeschwerer auf der Fensterbank. Den könnte er gepackt und dem flüchtenden Noakes nachgeworfen haben. Ginge das? Ich kenne mich mit Wurfparabeln und dergleichen nicht so gut aus.«

»Es ginge sehr wahrscheinlich. Ich müßte es mir mal ansehen.«

»Na gut. Ach ja, und dann brauchte er nur noch fertig hineinzuklettern, den Briefbeschwerer aufzuheben, ihn an seinen Platz zurückzulegen und wieder durchs Fenster hinauszusteigen.«

»Wirklich?«

»Natürlich nicht. Es war ja von innen verschlossen. Nein. Er hat das Fenster von innen geschlossen, Noakes den Schlüssel aus der Tasche genommen, die Haustür aufgeschlossen, den Schlüssel zurückgetan und – na ja, und dann hätte er hinausgehen und die Tür unverschlossen lassen müssen. Und als Noakes wieder zu sich kam, hat er die Haustür freundlicherweise hinter ihm abgeschlossen. Diese Möglichkeit müssen wir sowieso einräumen, egal wer der Mörder ist.«

»Das ist wirklich genial, Harriet. Sehr schwer, einen Fehler darin zu finden. Und ich will dir noch etwas sagen. Sellon war der einzige Mensch, der relativ gefahrlos die Tür unverschlossen lassen konnte. Es wäre sogar von Vorteil für ihn gewesen.«

»Jetzt bist du mir voraus. Warum?«

»Nun, weil er der Dorfpolizist ist. Überleg mal, was danach geschieht. Mitten in der Nacht setzt er es sich plötzlich in den Kopf, noch einmal die Runde zu machen. Dabei wurde, wie er es in seinem Bericht formulieren würde, seine Aufmerksamkeit dadurch auf das Haus gelenkt, daß im Wohnzimmer noch die Kerzen brannten. Deshalb hat er sie nämlich brennen lassen, was ein Mörder sonst wahrscheinlich nicht täte. Er probiert die Tür und findet sie offen. Er geht hinein, sieht, daß alles so aussieht, wie es soll, und rennt hinaus, um die Nachbarn zu alarmieren und ihnen zu sagen, irgendein Landstreicher habe Mr. Noakes eins über den Schädel gegeben. Es ist ärgerlich, wenn man der letzte ist, der den Ermordeten lebend gesehen hat, aber es ist von unschätzbarem Vorteil, der erste zu sein, der die Leiche entdeckt. Er muß einen bösen Schrecken bekommen haben, als er die Tür dann doch verschlossen fand.«

»Ja. Das wird ihn dann wohl bewogen haben, diesen Plan aufzugeben. Vor allem wenn er einen Blick durchs Fenster geworfen und gesehen hat, daß Noakes nicht mehr da lag, wo er ihn hatte liegen lassen. Die Vorhänge waren doch nicht zugezogen, nicht? Nein – ich weiß es noch – sie waren offen, als wir hier ankamen. Was *muß* er da gedacht haben?«

»Er wird gedacht haben, Noakes ist doch nicht tot, und dann wird er den Morgen abgewartet und sich gefragt haben, wann – und wie –«

»Der arme Kerl! Und als dann gar nichts passierte und auch Noakes nicht aufkreuzte – also, das muß ihn ja schier um den Verstand gebracht haben.«

»Wenn es so zugegangen ist.«

»Und dann kamen wir und – er wird sich wohl den ganzen Morgen hier herumgetrieben und darauf gewartet haben, das Schlimmste zu hören. Er war ja gleich zur Stelle, als die Leiche gefunden wurde, nicht? ... Weißt du, Peter, das klingt alles ziemlich grausig.«

»Es ist ja nur eine Theorie. Bisher haben wir noch kein

Wort davon bewiesen. Das ist das schlimme an euch Schreiberlingen. Jede Lösung ist recht, solange sie nur zusammenhält. Richten wir den Verdacht doch einmal gegen jemand andern. Wen nehmen wir? Wie wär's mit Mrs. Ruddle? Sie ist eine streitbare alte Dame und kein rundherum sympathischer Charakter.«

»Warum in aller Welt sollte Mrs. Ruddle –«

»Frag nicht warum. Das Warum bringt dich nicht weiter. Mrs. Ruddle war hier, um sich einen Tropfen Öl zu borgen. Noakes schnüffelte ums Haus herum und hörte sie. Er rief sie ins Haus und stellte sie zur Rede. Er sagte, er hätte schon oft an ihrer Ehrlichkeit gezweifelt. Sie antwortete, er schulde ihr noch einen Wochenlohn. Ein Wort gab das andere. Er ging auf sie los. Sie schnappte sich den Schürhaken. Er lief weg, und sie warf ihm den Schürhaken nach und traf ihn am Hinterkopf. Wenn Leute in Wut geraten, genügt das als Warum. Es sei denn, du willst lieber davon ausgehen, daß Noakes ihr unsittliche Anträge gemacht und sie ihm dementsprechend eins übergezogen hat.«

»Witzbold!«

»Na, ich weiß nicht. Denk an den alten James Fleming und Jessie MacPherson. Ich selbst wäre auf Mrs. Ruddle nicht sonderlich erpicht, aber ich stelle ja auch hohe Ansprüche. Also gut. Mrs. Ruddle gibt Noakes eins über den Schädel und – Moment! Das paßt wunderbar. Sie läuft furchtbar aufgeregt zu ihrem Cottage und ruft: ›Bert! Bert! Ich habe Mr. Noakes umgebracht!‹ Bert sagt: ›Ach, Quatsch!‹ und geht mit ihr zum Haus zurück, gerade rechtzeitig, um Noakes die Kellertreppe hinunterstürzen zu sehen. Bert geht hinunter –«

»Ohne Fußabdrücke zu hinterlassen?«

»Er hatte seine Stiefel schon ausgezogen und war in Pantoffeln hinübergerannt – es ist ja alles Wiese zwischen dem Haus und dem Cottage. Bert sagt: ›Jetzt ist er also wirklich tot.‹ Daraufhin geht Mrs. Ruddle eine Leiter holen, während Bert die Tür zuschließt und dem Toten den Schlüssel wieder in die Tasche steckt. Er geht nach oben, steigt durch die Luke aufs Dach und über die Leiter hinunter, die Mrs. Ruddle hält.«

»Meinst du das ernst, Peter?«

»Ich kann es nicht ernst meinen, bevor ich mir das Dach angesehen habe. Aber eines fällt ihnen hinterher noch ein – Bert hat die Kellertür offen gelassen – in der Hoffnung, daß es so aussieht, als ob Mr. Noakes verunglückt wäre. Aber als wir dann ankommen, geraten sie ein bißchen in Verlegenheit. Wir sind nicht die Leute, denen die Entdeckung der Leiche zugedacht war. Das sollte Miss Twittertons Aufgabe sein. Daß *sie* leicht ins Bockshorn zu jagen ist, wissen sie, aber über uns wissen Sie nichts. Als erstes hat Mrs. Ruddle es nicht gerade eilig, uns hier überhaupt hineinzulassen – aber als wir darauf bestehen, den Schlüssel zu besorgen und ins Haus zu ziehen, macht sie das Beste daraus. *Aber* – sie ruft Bert zu: ›Mach die Kellertür zu, Bert! Es zieht so kalt herauf.‹ Sie hoffte, die Sache damit noch ein bißchen hinauszuzögern, um sich erst einmal ein Bild von uns machen zu können. Übrigens haben wir nur Mrs. Ruddles Wort dafür, daß Noakes gerade um diese Zeit gestorben sein soll, oder daß er nicht schon zu Bett gegangen war oder sonst irgendwas. Das Ganze könnte sich später in der Nacht abgespielt haben, oder besser noch, als sie andern Morgens herkam; dann wäre er nämlich angezogen gewesen, und sie hätte nur noch sein Bett zu machen brauchen.«

»Was? Am Morgen? Auch die Geschichte auf dem Dach? Stell dir vor, da wäre jemand vorbeigekommen!«

»Dann hätte Bert auf der Leiter gestanden und die Dachrinne gesäubert. Es ist nicht verboten, die Dachrinne zu säubern.«

»Dachrinne? ... Woran erinnert –? ... Rinne – rinnen – herunterrinnendes Wachs: die Kerzen! Beweisen die nicht, daß es nachts passiert sein muß?«

»Sie beweisen es nicht, sie legen es nur nahe. Als erstes wissen wir schon einmal nicht, wie lang die Kerzen waren. Noakes könnte dagesessen und Radio gehört haben, bis sie auf den letzten Stumpf hinuntergebrannt waren. Wirtschaft, Horatio, Wirtschaft! Es war Mrs. Ruddles, die gesagt hat, das Radio sei nicht angewesen – und sie hat die Zeit auf zwischen neun und halb zehn gelegt – kurz nachdem Sellon und Noakes ihren Streit hatten. Es sieht Mrs. Ruddle nicht unbedingt ähnlich, fortzugehen, bevor sie den Streit zu Ende gehört hat, wenn man sich's überlegt. Wenn man die Sache voreingenommen sieht, hat all ihr Tun und Lassen etwas Eigenartiges. Und sie hatte Sellon auf dem Kieker und hat ihm schön eins ausgewischt.«

»Ja«, sagte Harriet nachdenklich. »Und, weißt du, sie hat mir gegenüber immerzu so Andeutungen gemacht, während wir die Sandwichs fürs Abendessen zubereiteten. Und sie hat sich mit allen Mitteln darum gedrückt, Sellons Fragen zu beantworten, bevor der Polizeidirektor da war. Aber mal ehrlich, Peter, traust du ihr und Bert zusammen soviel Grips zu, daß sie sich das mit dem Schlüssel ausgedacht hätten? Und hätten sie soviel Verstand und Selbstbeherrschung gehabt, die Finger von dem Geld zu lassen?«

»Da fragst du mich was. Aber eines weiß ich. Gestern nachmittag hat Bert eine lange Leiter aus der Scheune geholt und ist mit Puffett aufs Dach gestiegen.«

»Stimmt ja, Peter!«

»Wieder eine schöne Spur beim Teufel. Wenigstens wissen wir, daß eine Leiter am Dach war, aber wie sollen wir jetzt noch feststellen, welche Spuren wann hinterlassen wurden?«

»Die Luke!«

Peter lachte resigniert.

»Als ich die beiden traf, wie sie die Leiter holten, hat Puffett mich aufgeklärt, daß Bert soeben auf diesem Wege aufs Dach gestiegen sei, um zu sehen, ob der Schornstein eine Klappe hat, durch die man den Besen schieben kann. Er ist über die Lokustreppe und durch dein Schlafzimmer gegangen, während Miss Twitterton unten verhört wurde. Hast du ihn nicht gehört? Du hast Miss Twitterton heruntergeholt, und da hat er sich rasch nach oben geschlichen.«

Harriet zündete sich eine neue Zigarette an.

»Dann wollen wir jetzt auch noch die Anklageschriften gegen Crutchley und den Pfarrer hören.«

»Hm – da wird's ein bißchen schwierig, wegen des Alibis. Sofern nicht einer von ihnen mit Mrs. Ruddle im Bunde stand, müssen wir eine Erklärung für das Schweigen des Radios finden. Nehmen wir zuerst Crutchley. Wenn er es war, können wir die Geschichte mit dem Einstieg durchs Fenster nicht gut aufrechterhalten, denn er könnte erst ins Haus gegangen sein, nachdem Noakes schon im Bett lag. Er hat den Pfarrer um halb elf am Pfarrhaus abgesetzt und war vor elf wieder in Pagford. Dazwischen war keine Zeit für lange Palaver an Fenstern und raffinierte Manöver mit Schlüsseln. Dabei gehe ich natürlich davon aus, daß Crutchleys Zeitangaben bestätigt worden sind; wenn er der Übeltäter ist, sind sie das natürlich, weil sie dann Teil seines Plans sind. Wenn es Crutchley war, muß die Tat geplant gewesen sein – das heißt, daß er irgendwie einen Schlüssel gestohlen oder sich einen hätte nachmachen lassen müssen. Crutchley müßte die Tat am frühen Morgen begangen haben, denke ich – indem er mit einem Taxi zu einem nichtvorhandenen Kunden gefahren ist oder so etwas. Er läßt den Wagen irgendwo stehen, geht zum Haus, schließt auf und – hm! Danach wird's schwierig. Noakes wäre oben gewesen, entkleidet und im Bett. Darin sehe ich keinen Sinn. Wenn er ihn überfallen hätte, dann um ihn zu berauben – und beraubt hat er ihn nicht.«

»Jetzt fragst aber *du* nach dem Warum. Nimm einmal

an, Crutchley war gekommen, um etwas zu stehlen, und kramte gerade im Schreibtisch herum – in der Küche, wo das Testament gefunden wurde – und Noakes hörte ihn und kam die Treppe herunter –«

»Wozu er sich erst noch in Schlips und Kragen warf und nur ja nicht vergaß, sein ganzes schönes Geld einzustecken.«

»Natürlich nicht. Im Nachtzeug. Er überrascht Crutchley, und der geht auf ihn los. Noakes rennt weg, Crutchley schlägt ihn nieder, hält ihn für tot, bekommt einen Schrecken, läuft weg und schließt die Tür von außen zu. Noakes kommt zu sich, weiß nicht, was er da unten verloren hat, geht ins Schlafzimmer zurück, um sich anzuziehen, fühlt sich komisch, geht zur Hintertür, um Mrs. Ruddle zu rufen, und fällt die Kellertreppe hinunter.«

»Ausgezeichnet. Und wer hat das Bett gemacht?«

»Gemeinheit! Und für die Sache mit dem Radio haben wir auch noch keine Erklärung.«

»Nein. Meine Vorstellung war, daß Crutchley das Radio außer Betrieb gesetzt hat, um sich für den Abend vor dem Mord ein Alibi zu konstruieren. Ich wollte nämlich auf Mord hinaus – aber du hast mich mit deiner Diebstahlstheorie durcheinandergebracht.«

»Entschuldigung. Da habe ich wieder zwei Hasen gleichzeitig auf die Bahn gehetzt. Aber die falsche Fährte namens Crutchley scheint ein leichter Fall zu sein. Funktioniert das Radio übrigens jetzt?«

»Das werden wir gleich feststellen. Falls nicht, beweist das etwas?«

»Höchstens wenn es so aussieht, als ob es absichtlich außer Betrieb gesetzt worden wäre. Ich nehme an, daß es mit Batterien läuft. Nichts leichter, als einen Kontakt zu lockern, so daß es nach Zufall aussieht.«

»So etwas hätte Noakes aber mit Leichtigkeit selbst in Ordnung bringen können.«

»Richtig. Soll ich mal runtergehen und sehen, ob es jetzt funktioniert oder nicht?«

»Frag Bunter. Der weiß es sicher.«

Harriet rief die Treppe hinunter nach Bunter und kehrte mit der Mitteilung zurück:

»Es ist in bester Ordnung. Bunter hat es gestern abend ausprobiert, als wir fort waren.«

»Aha! Dann beweist das so oder so nichts. Noakes könnte versucht haben, es einzuschalten, hat den Fehler erst gefunden, nachdem die Nachrichten schon vorbei waren, hat ihn dann behoben und es dabei belassen.«

»Das könnte er in jedem Fall getan haben.«

»Und damit ist der Zeitplan wieder hinfällig.«

»Sehr entmutigend.«

»Ja, nicht? Damit bliebe als letzte Möglichkeit ein Mordanschlag durch den Pfarrer, verübt zwischen halb elf und elf.«

»Warum sollte denn der –? Entschuldigung! Ich frage immerzu nach dem Warum.«

»In dieser Familie herrscht eine schreckliche Veranlagung zur Neugier auf beiden Seiten. Du solltest dir das mit den Kindern doch noch einmal überlegen, Harriet. Das werden schon in der Wiege unerträgliche Plagegeister sein.«

»Und wie! Fürchterlich. Trotzdem finde ich es netter, ein plausibles Motiv zu haben. Mord aus Spaß an der Freude verstößt gegen sämtliche Regeln des Kriminalromans.«

»Meinetwegen. Also schön, Mr. Goodacre soll ein Motiv haben. Ich werde mir sofort eines einfallen lassen. Er kommt etwa um 22.35 Uhr vom Pfarrhaus herüber und klopft an die Tür. Noakes läßt ihn ein – warum sollte er den Pfarrer nicht einlassen, der ihm immer als ein sanftmütiger, freundlicher Mensch vorgekommen ist? Aber der Pfarrer schleppt unter seiner strengen Soutane einen jener fürchterlichen Komplexe mit sich herum, unter denen

Geistliche in den Augen unserer realistischen Autoren so häufig leiden. Dasselbe gilt natürlich für Noakes. Der Pfarrer wirft unter dem Vorwand, für die Keuschheit zu streiten, Noakes vor, die Dorfjungfer zu verderben, die er im Unterbewußtsein nämlich selbst begehrt.«

»Natürlich«, stimmte Harriet fröhlich ein. »Wie dumm von mir, daß ich darauf nicht gekommen bin. Was könnte mehr auf der Hand liegen? Zwischen den beiden entwikkelt sich so ein richtig häßlicher Altmännerstreit – und in einer Erleuchtung bildet der Pfarrer sich ein, der Hammer Gottes zu sein, wie in der Geschichte von Chesterton. Er schlägt Noakes mit dem Schürhaken nieder und geht von dannen. Noakes kommt zu sich, und von da an geht es weiter wie gehabt. Das erklärt wunderbar, warum das Geld bei der Leiche nicht angerührt wurde; *das* wollte Mr. Goodacre natürlich nicht.«

»Genau. Und daß der Pfarrer sich so nett und unschuldig gibt, liegt daran, daß die Erleuchtung abgeklungen ist und er die ganze Geschichte einfach vergessen hat.«

»Gespaltene Persönlichkeit. Ich glaube, das ist bisher unsere beste Leistung. Jetzt müssen wir nur noch der Dorfjungfer einen Namen geben.«

»Die braucht es nicht einmal zu sein. Der Pfarrer könnte auch eine krankhafte Schwäche für irgend etwas anderes haben – eine *passion à la Plato* für die Aspidistra, oder ein seltsam begehrliches Verlangen nach dem Kaktus. Er ist ja ein großer Gärtner vor dem Herrn, und diese Liebe zu Pflanzen und Mineralen kann sehr düstere Formen annehmen. Denk an diesen Mann in der Geschichte von Eden Phillpotts, der sein Herz an eine eiserne Ananas hängt und so einen Kerl damit erschlägt. Ob du's glaubst oder nicht, der Pfarrer hat sich hier mit finsteren Absichten hereingeschlichen, und als Noakes vor ihm auf die Knie fiel und rief: ›Nehmen Sie mein Leben, aber schonen Sie die Ehre meines Kaktus!‹ hat er mit dem Aspidistratopf zugeschlagen –«

»Bei allem Spaß, Peter – der arme Alte wurde wirklich umgebracht.«

»Ich weiß, mein Herz. Aber solange wir nicht wissen, *wie*, ist eine Theorie so phantasievoll wie die andere. In dieser elenden Welt muß man entweder lachen oder sich zu Tode grämen. Ich werde krank bei dem Gedanken, daß ich am Abend unserer Ankunft nicht in den Keller gegangen bin. Da hätten wir noch etwas anfangen können, wenn das Haus so geblieben wäre, wie es war, ohne daß die Ruddles und Puffetts und Wimseys überall herumtrampelten und alles durcheinanderbrachten. Mein Gott! So einen Murks wie in dieser Nacht habe ich schon lange nicht mehr gemacht!«

Wenn er sie damit zum Lachen hatte bringen wollen, so gelang es ihm diesmal besser, als er sich je hätte träumen lassen.

»Es ist zwecklos«, sagte Harriet, nachdem sie sich wieder gefangen hatte. »Nie, nie werden wir etwas so tun wie andere Leute. Immer werden wir lachen, wenn wir weinen müßten, und lieben, wenn wir arbeiten sollten, und die Leute werden tuscheln und mit Fingern auf uns zeigen. Laß das! Was würde denn Bunter sagen, wenn er dich mit Asche im Haar sähe? Zieh dich lieber fertig an und stelle dich der Situation.« Sie ging zum Fenster zurück. »Sieh mal! Da kommen zwei Männer den Weg herauf; der eine hat eine Kamera.«

»Zum Teufel!«

»Ich werde hingehen und sie unterhalten.«

»Nicht allein«, sagte Peter ritterlich und folgte ihr nach unten.

An der Haustür leistete Bunter wortreichen Widerstand. »Nützt alles nichts«, sagte Peter. »Mord will zur Tür herein. Hallo! Sally, Sie hier? So so. Sind Sie nüchtern?«

»Leider«, antwortete Mr. Salcombe Hardy, ein langjähriger persönlicher Freund. »Stocknüchtern. Haben Sie was im Haus, alter Schwede? Sie schulden uns ja noch etwas nach dieser Behandlung am Dienstag.«

»Bringen Sie den Herren einen Whisky, Bunter; und tun Sie etwas Laudanum hinein. So, Kinder, macht's kurz, denn die Verhandlung beginnt um elf, und ich kann da nicht gut im Morgenmantel erscheinen. Was soll's denn sein? Romanze in Adelskreisen oder mysteriöser Mord in Flitterwochenhaus?«

»Beides«, meinte Mr. Hardy grinsend. »Wir sollten am besten anfangen, indem wir unsere kombinierten Glück- und Beileidwünsche anbringen. Sollen wir erwähnen, daß Sie beide am Rande des Zusammenbruchs sind? Oder sollen wir der großen britischen Öffentlichkeit die Botschaft verkünden, daß Sie trotz widriger Umstände unsagbar glücklich sind?«

»Bitte etwas origineller, Sally. Schreiben Sie, daß wir uns streiten wie Hund und Katze und nur die Aussicht auf ein kleines detektivisches Abenteuer uns vor tödlicher Langeweile bewahrt.«

»Das wäre ein Knüller«, sagte Salcombe Hardy mit bedauerndem Kopfschütteln. »Sie ermitteln also jetzt im Zweigespann?«

»Keineswegs; das soll die Polizei tun. Sagen Sie halt.«

»Vielen Dank. Also, zum Wohl. Natürlich, die Polizei – offiziell. Aber zum Kuckuck, Sie haben doch garantiert die Finger drin. Kommen Sie, Wimsey, sehen Sie das mal mit unsern Augen. Der Knüller des Jahrhunderts. Berühmter Amateurdetektiv heiratet Kriminalschriftstellerin und findet in der Hochzeitsnacht Leiche im Haus.«

»Haben wir ja gar nicht. Das ist der Haken.«

»Ach! Und wieso das?«

»Weil wir den Schornsteinfeger am nächsten Tag im Haus hatten und in dem Durcheinander alle Spuren vernichtet wurden«, sagte Harriet. »Wir sollten es Ihnen wohl lieber erzählen.«

Sie sah Peter an, der nickte. »Besser wir als

Mrs. Ruddle«, dachten beide. Sie erzählten den Hergang so kurz wie möglich.

»Kann ich schreiben, daß Sie schon eine Theorie zu dem Verbrechen haben?«

»Ja«, sagte Peter.

»Prima!« sagte Salcombe Hardy.

»Nach meiner Theorie haben Sie die Leiche hier deponiert, Sally, um an eine schöne Schlagzeile zu kommen.«

»Wäre ich nur auf die Idee gekommen! Sonst nichts?«

»Ich sage doch«, antwortete Peter, »daß alle Spuren vernichtet wurden. Man kann keine Theorie aufstellen, wenn man nichts hat, woran man sich halten kann.«

»Es ist traurig, aber wahr«, sagte Harriet, »daß er vollkommen ratlos ist.«

»Ratlos wie der Ochse vorm Scheunentor«, bestätigte ihr Gatte. »Und meine Frau ist ebenso ratlos. Das ist der einzige Punkt, in dem wir uns einig sind. Immer wenn wir es müde sind, uns gegenseitig das Prozellan nachzuwerfen, sitzen wir da und grinsen hämisch einer über des anderen Ralosigkeit. Auch die Polizei ist ratlos. Oder sie rechnet fest mit einer baldigen Verhaftung. Das eine oder das andere, Sie können es sich aussuchen.«

»Hm«, machte Hardy, »jedenfalls ist das für Sie ganz schön lästig, und jetzt falle ich Ihnen auch noch lästig, aber das kann ich nicht ändern. Haben Sie etwas dagegen, wenn wir ein Photo machen? Hübsches altes Tudor-Bauernhaus mit echtem Sparrenwerk – jungvermählte Frau hübsch arbeitsmäßig in Tweedkostüm und Ehemann in voller Sherlock-Holmes-Montur – Sie brauchten noch eine Pfeife und einen Beutel Shag.«

»Oder eine Spritze und Kokain? Machen Sie rasch, Sally, damit wir's hinter uns haben. Und hören Sie mal, altes Haus – ich weiß ja, daß Sie sich Ihren Lebensunterhalt verdienen müssen, aber seien Sie um Gottes willen ein bißchen taktvoll.«

Salcombe Hardys veilchenblaue Augen leuchteten vor

Aufrichtigkeit, als er das versprach. Aber Harriet hatte das Gefühl, daß sowohl ihr wie Peter durch dieses Interview böse mitgespielt worden war, und Peter war dabei am schlechtesten weggekommen. Er hatte seine Worte sorgsam gewählt, und sein leichter Ton hatte dabei so spröde geklungen wie Glas. Es würde noch mehr von dieser Art kommen – viel mehr. Ein plötzlicher Entschluß ließ sie dem Journalisten nach draußen folgen.

»Hören Sie, Mr. Hardy. Ich weiß, daß man da völlig machtlos ist. Man muß sich mit dem abfinden, was den Zeitungen zu schreiben einfällt. Ich habe allen Grund, das zu wissen. Ich habe das schon alles durchgemacht. Aber wenn Sie irgend etwas Schmieriges über Peter und mich schreiben – Sie wissen was ich meine –, irgend etwas von der Art, wobei man in den Boden versinken möchte und sich wünscht, tot zu sein, wird das sehr häßlich für uns und sehr häßlich von Ihnen sein. Peter – ist nicht gerade ein Rhinozeros, müssen Sie wissen.«

»Meine liebe Miss Vane – Entschuldigung – Lady Peter ... Ach, ich habe übrigens ganz vergessen, zu fragen, ob Sie jetzt, nachdem Sie verheiratet sind, noch weiter schreiben werden.«

»Ja, natürlich.«

»Unter demselben Namen?«

»Selbstverständlich.«

»Darf ich das schreiben?«

»O ja, das dürfen Sie schreiben. Sie dürfen überhaupt alles schreiben, nur lassen Sie diesen ganzen ehelich-romantischen Kitsch wie ›sagte er mit einem lächelnden Blick auf seine frisch Angetraute‹ und ähnlichen Schmus aus der untersten Schublade weg. Ich meine, das alles ist für uns belastend genug; lassen Sie uns wenigstens noch ein bißchen Menschenwürde, wenn es Ihnen eben möglich ist. Passen Sie mal auf. Wenn Sie sich einigermaßen zurückhalten und versuchen, Ihre Kollegen zur Zurückhaltung zu veranlassen, haben Sie viel größere Aussichten, von uns Material zu bekommen. Immerhin sind wir beide immer für eine Schlagzeile gut – und seine Schlagzeilenlieferanten stößt man doch nicht vor den Kopf, oder? Peter hat sich Ihnen gegenüber sehr anständig verhalten; er hat Ihnen alles gesagt, was er Ihnen sagen konnte. Machen Sie ihm jetzt das Leben nicht zur Last.«

»Ehrlich«, sagte Sally, »ich will alles versuchen. Aber Redakteure sind Redakteure –«

»Redakteure sind Leichenfledderer und Kannibalen.«

»Stimmt. Aber ich werde mich wirklich bemühen. Nun zu Ihrer Schriftstellerei – können Sie mir da etwas Exklusives geben? Legt Ihr Mann Wert darauf, daß Sie weiter Ihrem Beruf nachgehen – etwas in der Art? Ist er nicht der Meinung, daß Frauen sich auf den Haushalt beschränken sollten? Hoffen Sie aus seinen Erfahrungen Nutzen für Ihre Kriminalromane ziehen zu können?«

»Menschenskind noch mal!« sagte Harriet. »Müssen Sie denn immer das Privatleben mit hineinziehen? Also, ich werde auf jeden Fall weiter schreiben, und er hat auf jeden Fall nichts dagegen – ich glaube sogar, daß er es voll und ganz billigt. Aber lassen Sie ihn das nicht mit einem stolzen und zärtlichen Blick oder etwas Ähnlichem sagen, wovon einem nur schlecht wird, ja?«

»Klar. Schreiben Sie zur Zeit an etwas?«

»Nein – ich habe gerade erst ein Buch abgeschlossen. Aber ich habe ein neues im Kopf. Es ist mir eigentlich gerade eingefallen.«

»Gut!« sagte Salcombe Hardy.

»Es handelt von einem Mord an einem Journalisten – und der Titel heißt: *Neugier war des Katers Tod.*«

»Prima«, sagte Sally völlig unbeeindruckt.

»Und«, fuhr Harriet fort, als sie zwischen Chrysanthemen den Weg hinuntergingen, »wir haben Ihnen zwar gesagt, daß ich dieses Haus schon als Kind kannte, aber nicht erwähnt, daß hier ein liebes altes Ehepaar wohnte, das mich immer ins Haus bat und mir Gewürzkuchen und

Erdbeeren anbot. Das ist hübsch und menschlich, und die Leute sind tot, es kann ihnen also nicht mehr weh tun.«

»Hervorragend!«

»Und die ganzen häßlichen Möbel und Aspidistras hat Noakes hineingestellt, also lasten Sie die nicht uns an. Und er war so habgierig, daß er die Tudor-Schornsteinaufsätze verkauft hat, um Sonnenuhren daraus zu machen.« Harriet öffnete das Tor, und Sally und der Photograph gingen ergeben hinaus.

»Und *das*«, sprach Harriet triumphierend weiter, »ist irgend jemandes roter Kater, der uns adoptiert hat. Er sitzt beim Frühstück auf Peters Schulter. Tiergeschichten haben alle gern. Sie dürfen den Kater verwenden.«

Sie schloß das Tor und lächelte hinüber.

Salcombe Hardy fand, daß Peter Wimseys Frau fast hübsch war, wenn sie sich erregte. Er hatte Verständnis für ihre Sorgen um Peters Gefühle. Er hatte den Eindruck, daß sie den Kerl wirklich gern hatte. Er war zutiefst gerührt, denn der Whisky war reichlich bemessen gewesen. Er beschloß, alles in seinen Kräften Stehende zu tun, damit die menschliche Seite der Geschichte im Rahmen des guten Geschmacks blieb.

Als er den halben Feldweg schon hinter sich hatte, fiel ihm ein, daß er ganz vergessen hatte, das Personal auszufragen. Er sah sich um, aber Harriet lehnte noch immer am Tor.

Mr. Hector Puncheon vom *Morning Star* hatte weniger Glück. Er kam fünf Minuten nach Salcombe Hardys Abschied und traf Lady Peter Wimsey noch immer am Tor lehnend an. Da er sich kaum mit Gewalt an ihr vorbeidrängen konnte, mußte er die Geschichte an Ort und Stelle aufnehmen und sich mit dem begnügen, was sie ihm zu erzählen bereit war. Mitten im Interview fühlte er plötzlich einen warmen Atem im Nacken und drehte sich erschrocken um.

»Das ist nur ein Stier«, sagte Harriet süß.

Mr. Puncheon, der in der Stadt großgeworden war, erbleichte. Der Stier war von sechs Kühen begleitet, alle gleich neugierig. Daß gerade die Anwesenheit der Kühe die beste Garantie für gutes Betragen des Stiers war, wußte Mr. Puncheon nicht; für ihn waren das alles nur große Tiere mit Hörnern. Es wäre unhöflich von ihm gewesen, sie fortzujagen, weil Lady Peter gedankenverloren dem Stier die Stirn kraulte, während sie ihm ein paar exklusive Einzelheiten aus ihrer Jugend in Great Pagford erzählte. Mannhaft – denn ein Reporter muß in Erfüllung seiner Pflicht jedes Risiko auf sich nehmen – hielt er die Stellung und hörte (notgedrungen) mit geteilter Aufmerksamkeit zu. »Lieben Sie Tiere?« fragte er.

»Ja, sehr«, antwortete Harriet; »das müssen Sie Ihren Lesern erzählen; schließlich ist das ein sympathischer Zug, nicht?«

»Klar«, erwiderte Hector Puncheon. Schön und gut; aber der Stier stand auf seiner Seite des Tors und sie auf der andern. Eine freundliche rot-weiße Kuh leckte an seinem Ohr – er wunderte sich, wie rauh ihre Zunge war.

»Entschuldigen Sie, wenn ich das Tor nicht öffne«, sagte Harriet mit gewinnendem Lächeln. »Ich liebe Kühe, aber nicht im Garten.« Zu seiner Verlegenheit stieg sie über das Tor und geleitete ihn mit fester Hand zu seinem Wagen. Das Interview war vorüber, und er hatte sehr wenig Gelegenheit gehabt, die privaten Aspekte des Mordes zu beleuchten. Die Kühe rannten mit gesenkten Köpfen vor seinem anfahrenden Wagen auseinander.

Kaum war er fort, da wollte es ein erstaunlicher Zufall, daß der unsichtbare Hüter der Kühe aus dem Nichts auftauchte und seine Herde wieder einsammelte. Als er Harriet sah, tippte er grinsend an seine Mütze. Sie schlenderte zum Haus zurück, und noch ehe sie es erreicht hatte, standen die Kühe wieder um das Tor versammelt. Am offenen Küchenfenster stand Bunter und polierte Gläser.

Ganz praktisch«, sagte Harriet, »diese vielen Kühe auf dem Weg.«

»Ja, Mylady«, pflichtete Bunter ihr gemessen bei. »Sie weiden den Grasrand ab, wenn ich es richtig verstehe. Eine sehr befriedigende Regelung, wenn ich das sagen darf.«

Harriet öffnete den Mund und schloß ihn wieder, als ihr ein Gedanke durch den Kopf schoß. Sie ging durch den Flur und öffnete die Hintertür. Es überraschte sie wirklich nicht sonderlich, eine außerordentlich häßliche Bulldogge am Fußabstreifer angebunden zu sehen. Bunter kam aus der Küche und ging auf leisen Sohlen in die Spülküche.

»Ist das unser Hund, Bunter?«

»Der Besitzer hat ihn heute morgen gebracht, Mylady, um sich zu erkundigen, ob Seine Lordschaft vielleicht einen Hund dieser Art zu kaufen wünscht. Wie ich gehört habe, soll er ein ausgezeichneter Wachhund sein. Ich habe ihn gebeten, den Hund hierzulassen, bis Seine Lordschaft eine Entscheidung trifft.«

Harriet sah Bunter an, der ihren Blick unbewegt erwiderte.

»Haben Sie auch an Flugzeuge gedacht, Bunter? Wir könnten einen Schwan aufs Dach setzen.«

»Über einen Schwan konnte ich leider nichts in Erfahrung bringen, Mylady. Aber jemand hier besitzt eine Ziege . . .«

»Mr. Hardy hat ja noch ziemliches Glück gehabt.«

»Der Viehhirte«, sagte Bunter mit plötzlichem Zorn, »hat sich verspätet. Dabei hatte er ganz klare Anweisungen. Der Zeitverzug wird ihm von seinem Lohn abgezogen. Uns hält man nicht zum Narren. Das ist Seine Lordschaft nicht gewöhnt. Verzeihung, Mylady – soeben kommt die Ziege, und ich fürchte, es könnte kleine Schwierigkeiten mit dem Hund auf der Schwelle geben.«

Harriet überließ das ihm.

14

Fragen über Fragen

Liebe? Ob ich liebe?
Ich wandle in eines andern Gedanken Glanz
Gleichwie im Ruhm. Zuvor war ich dunkel
Wie Venus' Tempel im Schwarz der Nacht:
Doch lag etwas Heiliges in diesem Dunkel,
Sanfter und nicht so dicht wie anderwärts,
Und wie dem Blinden vielleicht das Mondlicht:
Unbewußt tröstlich. Dann kam die Liebe,
Dem Ausbruch gleich eines verlosch'nen Sterns.
THOMAS LOVELL BEDDOES: THE SECOND BROTHER

Der Untersuchungsrichter begnügte sich dann doch nicht damit, die Personalien der Beteiligten festzustellen; dafür legte er lobenswerte Diskretion im Umgang mit den Zeugen an den Tag. Miss Twitterton im nagelneuen schwarzen Kleid, ein keckes, engsitzendes Hütchen auf dem Kopf und einen schwarzen Mantel von altmodischem Zuschnitt an, der sichtlich für diese Gelegenheit aus der Versenkung geholt worden war, erklärte unter kleinen Schluchzern, daß der Tote ihr Onkel William Noakes sei und sie ihn seit Sonntag vor einer Woche nicht mehr gesehen habe. Sie schilderte die Gewohnheit ihres Onkels, seine Zeit zwischen Broxford und Paggleham aufzuteilen, sowie die Sache mit den beiden Schlüsselbunden. Ihre Bemühungen, auch den Hausverkauf und die ans Tageslicht gekommenen erstaunlichen finanziellen Verhältnisse zu erklären, wurden freundlich, aber bestimmt unterbunden, woraufhin Lord Peter Wimsey, anmutiger im Auftreten, ihren Platz einnahm und ein kurzes und eher nonchalantes Resümee seiner überraschenden Hochzeitsnachtserlebnisse gab. Er übergab dem Untersuchungsrichter verschiedene Papiere, die den Kauf des Hauses betrafen, und setzte sich unter mitfühlendem Gemurmel der Anwesenden wieder hin. Dann kam ein Buchprüfer aus Broxford, der über den traurigen Zustand des Radiogeschäfts berichtete, soweit sich dieser aus einem ersten Blick in die Bücher ergab. Mr. Bunter schilderte mit wohlgesetzten Worten den Besuch des Schornsteinfegers sowie die anschließende Entdeckung der Leiche. Dr. Craven sagte zur Ursache und dem wahrscheinlichen Zeitpunkt des Todes aus, beschrieb die Verletzungen und tat seine Ansicht kund, daß diese weder auf eigenes Zutun des Getöteten noch auf einen unglücklichen Sturz zurückzuführen sein könnten.

Als nächster trat Joe Sellon auf, sehr blaß, aber selbstbeherrscht und amtlich. Er sagte, er sei gerufen worden, um die Leiche anzusehen, und beschrieb, wie sie im Keller gelegen hatte.

»Sind Sie der Dorfpolizist?«

»Ja, Sir.«

»Wann haben Sie den Verstorbenen zuletzt lebend gesehen?«

»Am Mittwochabend, Sir, um fünf Minuten nach neun.«

»Wollen Sie uns dazu etwas sagen?«

»Ja, Sir. Ich hatte mit dem Verstorbenen über eine bestimmte private Angelegenheit zu sprechen. Ich ging zum Haus und sprach etwa zehn Minuten lang durchs Wohnzimmerfenster mit ihm.«

»Erschien er Ihnen da ganz wie sonst?«

»Ja, Sir; außer daß es zu einem Wortwechsel kam und er sich ein wenig erregte. Nachdem wir unser Gespräch beendet hatten, schloß und verriegelte er das Fenster. Ich probierte beide Türen und fand sie verschlossen. Daraufhin ging ich fort.«

»Sie haben das Haus nicht betreten?«

»Nein, Sir.«

»Und Sie haben ihn um Viertel nach neun lebend und wohlauf verlassen?«

»Ja, Sir.«

»Schön.«

Joe Sellon wollte schon abtreten, aber da erhob sich unter den Geschworenen der Mann mit dem weinerlichen Gesicht, den Bunter bereits im Wirtshaus kennengelernt hatte, und sagte:

»Wir möchten den Zeugen gern fragen, Mr. Perkins, worum es bei dem Wortwechsel mit dem Verstorbenen ging.«

»Sie haben es gehört«, sagte der Untersuchungsrichter ein wenig verlegen. »Die Geschworenen wüßten gern den Grund Ihres Streits mit dem Verstorbenen.«

»Ja, Sir. Der Verstorbene drohte mir, mich wegen einer Pflichtverletzung zu melden.«

»Aha!« sagte der Untersuchungsrichter. »Nun, wir sind nicht hier, um uns mit Ihrem dienstlichen Verhalten zu befassen. Er war es also, der Ihnen drohte, nicht Sie ihm?«

»Richtig, Sir; obwohl ich zugeben muß, daß ich verärgert war und ziemlich böse mit ihm gesprochen habe.«

»So. Sie sind in dieser Nacht nicht mehr zu dem Haus zurückgekehrt?«

»Nein, Sir.«

»Gut, das genügt. Polizeidirektor Kirk.«

Die kleine Erregung, die Sellons Aussage ausgelöst hatte, erstarb sogleich angesichts der ungeheuren Gelassenheit, mit der Mr. Kirk sehr langsam und ausführlich die Lage der Zimmer in dem Haus, die Art der Tür- und Fenstersicherungen sowie die Schwierigkeiten beschrieb, aufgrund der durch die Ankunft der neuen Bewohner verursachten (völlig unbeabsichtigten, aber dennoch bedauerlichen) Unordnung gewisse Fakten festzustellen. Die nächste Zeugin war Martha Ruddle. Sie befand sich in höchster Erregung und war fast übertrieben willens, dem Recht zur Geltung zu verhelfen. Ihr eigner Übereifer machte ihr diese Absicht zunichte.

»... derart erschrocken«, sagte Mrs. Ruddle, »Sie hätten mich umpusten können. Kommen die da sozusagen mitten in der Nacht angefahren, und in so einem großen Wagen, wie ich mein Lebtag noch nie einen gesehen hab, höchstens im Kino – Lord Wie oder Wer? frag ich, weil ich ihm nicht geglaubt hab, was ja auch kein Wunder ist. Hab sie eher für Filmstars gehalten, entschuldigen Sie, und da hab ich mich natürlich geirrt, aber so ein großer Wagen und die Dame im Pelzmantel und der Herr mit einem Glas im Auge, genau wie Ralph Lynn, das war ja alles, was ich sah in der –«

Peter richtete sein Monokel mit solch empörter Verwunderung auf die Zeugin, daß das Gekicher zu lautem Gelächter anschwoll.

»Bleiben Sie bitte freundlicherweise bei der Sache«, sagte Mr. Perkins ärgerlich. »Sie waren also überrascht, als Sie hörten, daß das Haus verkauft worden war. Schön. Wie Sie hineingekommen sind, haben wir schon gehört. Wollen Sie uns nun bitte den Zustand der Wohnung schildern, wie er sich Ihnen bot?«

Aus einem Gewirr von Nebensächlichkeiten konnte der Untersuchungsrichter die Erkenntnisse herauspicken, daß im Bett nicht geschlafen worden war, daß auf dem Tisch noch das Geschirr vom Abendessen stand, und daß die Kellertür offen vorgefunden wurde. Mit einem müden Seufzer (denn seine Erkältung war schlimm, und er wollte fertig werden und nach Hause gehen), brachte er die Zeugin auf die Ereignisse des voraufgegangenen Mittwochs zurück.

»Ja«, sagte Mrs. Ruddle, »ich hab Joe Sellon gesehen, und ein feiner Polizist ist mir das – was der für Ausdrücke gebraucht hat, das kann eine anständige Frau sich gar nicht anhören, und ich wundere mich nicht, daß

Mr. Noakes ihm das Fenster vor der Nase zugeknallt hat . . .«

»Haben Sie ihn gesehen?«

»So deutlich wie Ihre Nase hab ich ihn gesehen. Mit dem Kerzenhalter in der Hand ist er dagestanden, den konnte ich gar nicht übersehen, und kaputtgelacht hat er sich, und mit Recht, wenn Joe Sellon sich so lächerlich aufführt. Na ja, sag ich bei mir, du bist mir ein schöner Polizist, Joe Sellon, und ich muß es ja wissen, wo du schließlich zu mir kommen mußtest, um rauszukriegen, wer Miss Twittertons Hühner geklaut hat . . .«

»Das steht hier nicht zur Untersuchung an«, begann der Untersuchungsrichter, als der Weinerliche sich wieder erhob und sagte:

»Die Geschworenen würden gern wissen, ob die Zeugin gehört hat, worum es bei dem Streit ging.«

»Ja, das hab ich«, sagte die Zeugin, ohne erst auf den Untersuchungsrichter zu warten. »Wegen seiner Frau haben sie gestritten, jawohl, und ich sage, es ist eine –«

»Wessen Frau?« fragte der Untersuchungsrichter, während ein Rascheln der Erwartung durch den ganzen Saal ging.

»Joes Frau natürlich«, sagte Mrs. Ruddle. »Was haben Sie mit meiner Frau gemacht, Sie gemeiner Lump? Hat er gefragt, und dann hat er Ausdrücke gebraucht, die ich nicht in den Mund nehmen würde.«

Joe Sellon sprang auf.

»Das ist gelogen, Sir!«

»Na, na, Joe«, sagte Mr. Kirk.

»Wir werden Sie gleich noch einmal hören«, sagte Mr. Perkins. »Also, Mrs. Ruddle – sind Sie sicher, daß Sie diese Worte gehört haben?«

»Die Schimpfwörter, Sir?«

»Die Worte: ›Was haben Sie mit meiner Frau gemacht?‹«

»O ja, Sir, die hab ich gehört, Sir.«

»Sind irgendwelche Drohungen ausgestoßen worden?«

»N-nein, Sir«, gab Mrs. Ruddle bedauernd zu, »er hat nur gesagt, daß Mr. Noakes mal in die Hölle kommt, Sir.«

»So, so. Er hat sich nicht dazu geäußert, auf welchem Wege er dorthin kommen würde?«

»Sir?«

»Von Mord und Totschlag wurde nichts gesagt?«

»Gehört hab ich davon nichts, Sir, aber wundern würd's mich nicht, wenn er gesagt hat, daß er Mr. Noakes umbringen will. Kein bißchen würd mich das wundern.«

»Aber Sie haben nichts dergleichen tatsächlich gehört?«

»Also, das kann ich nicht guten Gewissens sagen, Sir.«

»Und Mr. Noakes lebte und war wohlauf, als er das Fenster schloß?«

»Ja, Sir.«

Kirk beugte sich über den Tisch und sprach mit dem Untersuchungsrichter, der fragte:

»Haben Sie sonst noch etwas gehört?«

»Ich *wollte* gar nichts mehr weiter hören, Sir. Ich hab nur noch gehört, wie Joe Sellon gegen die Tür gehämmert hat.«

»Haben Sie mitbekommen, ob Mr. Noakes ihn ins Haus gelassen hat?«

»Ins Haus gelassen?« rief Mrs. Ruddle. »Wozu hätte Mr. Noakes ihn denn ins Haus lassen sollen? Mr. Noakes hätte nie jemand ins Haus gelassen, der solche Ausdrücke gebraucht wie Joe Sellon. Er war nämlich sehr ängstlich, Mr. Noakes.«

»Aha. Und als Sie andern Morgens zum Haus kamen, hat Ihnen niemand aufgemacht?«

»Stimmt. Und ich hab mir gesagt, mein Gott, sag ich, Mr. Noakes muß nach Broxford gefahren sein ...«

»Ja, das haben Sie uns schon gesagt. Und obwohl Sie den Abend zuvor diesen ganzen schrecklichen Streit gehört hatten, ist Ihnen nie in den Sinn gekommen, daß Mr. Noakes etwas zugestoßen sein könnte?«

»Also, nein, das nicht. Ich dachte, er ist nach Broxford gefahren, wie so oft . . .«

»Eben. Bevor Mr. Noakes tot aufgefunden wurde, haben Sie sich also gar nichts wegen des Streits gedacht und ihm keine Bedeutung beigemessen?«

»Na ja«, sagte Mrs. Ruddle, »erst wie ich wußte, daß er vor halb zehn gestorben sein muß.«

»Woher wußten Sie das?«

Mrs. Ruddle erzählte mit großen Umschweifen die Geschichte mit dem Radio. Peter Wimsey schrieb ein paar Zeilen auf ein Blatt Papier, das er zusammenfaltete und Mr. Kirk reichte. Der Polizeidirektor nickte und gab es dem Untersuchungsrichter weiter, der nach Beendigung der Erzählung fragte:

»Radios waren doch Mr. Noakes' Geschäft, ja?«

»O ja, Sir.«

»Wenn an seinem Radio etwas kaputt gewesen wäre, hätte er es in Ordnung bringen können?«

»Ja, Sir. Mit den Dingern kannte er sich prima aus.«

»Er selbst hörte aber immer nur die Abendnachrichten?«

»Stimmt, Sir.«

»Wann ging er für gewöhnlich zu Bett?«

»Elf Uhr, Sir. Regelmäßig wie ein Uhrwerk war er; Abendessen um halb acht, Nachrichten um halb zehn, zu Bett um elf – wenn er zu Hause war, heißt das.«

»So. Wie kommt es, daß Sie um halb zehn nah genug bei seinem Haus waren, um zu hören, ob das Radio an war?«

Mrs. Ruddle zögerte.

»Ich war mal eben zum Schuppen rübergegangen, Sir.«

»So?«

»Nur um was zu holen, Sir.«

»Ja?«

»Nur ein paar Tropfen Öl, Sir«, sagte Mrs. Ruddle, »und die hätte ich am andern Morgen treu und brav wieder zurückgebracht, Sir.«

»Aha, so. Nun, das geht uns hier nichts an. Vielen Dank. Nun, Joseph Sellon – Sie wollten noch eine weitere Aussage machen?«

»Ja, Sir. Nur das, Sir. Das mit meiner Frau, davon ist nie ein Wort gesagt worden. Ich hab vielleicht gesagt: ›Melden Sie mich nur ja nicht, Sir, sonst kriege ich großen Ärger, und was soll dann aus meiner Frau werden?‹ Das war alles, Sir.«

»Der Verstorbene hat sich also nie in irgendeiner Weise an Ihre Frau herangemacht?«

»Nein, Sir. Ganz bestimmt nicht, Sir.«

»Ich sollte Sie lieber fragen, ob die vorige Zeugin Ihres Wissens etwas gegen Sie hat.«

»Nun ja, Sir, wegen dieser Hühner von Miss Twitterton. Ich mußte in Ausübung meines Dienstes ihren Sohn Albert befragen, und ich glaube, das hat sie mißverstanden, Sir.«

»Aha. Nun, ich glaube, das ist alles – Ja, Herr Polizeidirektor?«

Mr. Kirk hatte soeben eine weitere Botschaft von seinem aristokratischen Kollegen empfangen. Sie schien ihm nicht einzuleuchten, aber er stellte dennoch getreulich die Frage.

»Hm«, machte Mr. Perkins, »ich hätte gedacht, das hätten Sie ihn selbst fragen können. Also gut. Der Herr Polizeidirektor möchte wissen, wie lang die Kerze war, die der Verstorbene in der Hand hielt, als er ans Fenster kam.«

Joe Sellon machte große Augen.

»Ich weiß nicht, Sir«, sagte er schließlich. »Darauf hab ich nicht geachtet. Ich glaube nicht, daß sie besonders kurz oder lang war.«

Der Untersuchungsrichter wandte sich fragend an

Kirk, der, da er nicht wußte, worauf die Frage abzielte, nur den Kopf schüttelte.

Mr. Perkins schneuzte sich verärgert, entließ den Zeugen und wandte sich an die Geschworenen.

»Also, meine Herren, ich wüßte nicht, wie wir diese Untersuchung heute zu Ende führen sollten. Sie sehen, daß es nicht möglich ist, den genauen Zeitpunkt festzustellen, wann der Verstorbene zu Tode kam, denn er könnte auch durch einen vorübergehenden Defekt an seinem Radio, den er danach vielleicht behoben hat, daran gehindert worden sein, die Abendnachrichten zu hören. Sie haben gehört, daß die Polizei erhebliche Schwierigkeiten bei der Beweissicherung hat, da (infolge eines sehr unglücklichen Zufalls, an dem natürlich niemand die Schuld trägt) mögliche Indizien vernichtet wurden. Ich höre, daß die Polizei eine Vertagung wünscht – ist dem so?«

Kirk antwortete, dem sei so, und der Untersuchungsrichter vertagte die Verhandlung um zwei Wochen und setzte somit einen lahmen Schlußpunkt hinter eine vielversprechende Affäre.

Während das Publikum aus dem kleinen Gerichtssaal drängte, nahm Kirk sich Peter vor.

»Dieser alte Drachen!« sagte er zornig. Mr. Perkins hat sie ja ziemlich scharf abfahren lassen, aber hätte er auf mich gehört, dann hätte er gar keine Beweisaufnahme gemacht, sondern nur die Personalien festgestellt.«

»Und Sie meinen, das wäre klug gewesen? Damit sie die Geschichte im ganzen Dorf herumerzählt und es hinterher heißt, Sie hätten nicht gewagt, sie bei der Untersuchungsverhandlung zur Sprache bringen zu lassen? Er hat ihr zumindest die Gelegenheit gegeben, ihre Bosheit offen zur Schau zu stellen. Ich glaube, er hat Ihnen etwas Besseres getan, als Ihnen jetzt klar ist.«

»Da haben Sie vielleicht recht, Mylord. So habe ich es nicht gesehen. Worauf sollte das mit der Kerze hinaus?«

»Ich wollte nur wissen, an wieviel er sich wirklich erinnert. Wenn er sich bei der Kerze nicht sicher ist, könnte er sich auch die Uhr nur eingebildet haben.«

»Das stimmt«, sagte Kirk langsam. Er war sich nicht ganz klar, was das bedeutet hätte. Aber das hätte Wimsey auch nicht wahrheitsgemäß von sich behaupten können.

»Er könnte auch absichtlich eine falsche Zeit genannt haben«, flüsterte Harriet ihrem Mann ins Ohr.

»Könnte er. Hat er aber nicht, das ist das Komische. Mrs. Ruddles Uhr sagte dasselbe.«

»Hawkshaw der Detektiv in *Wer stellte die Uhr zurück?*«

»O Gott!« rief Mr. Kirk entsetzt; »Sehen Sie sich das an!«

Peter sah hin. Mrs. Ruddle stand auf der Türschwelle und hielt zwischen den Reportern Hof.

»Du meine Güte!« sagte Harriet. »Peter, kannst du die nicht fortholen? Wer war das noch, der in den Abgrund gesprungen ist?«

»Rom schätzt am meisten seine Bürger –«

»Aber jeder Engländer liebt einen Lord. Das meinte ich.«

»Meine Frau«, sagte Peter betrübt, würde mich, wenn's sein muß, frohgemut den Löwen vorwerfen. *Moriturus* – also gut, wir werden's versuchen.«

Er näherte sich entschlossen der Gruppe. Mr. Puncheon sah seine edle Beute auf Gnade und Barmherzigkeit ihm ausgeliefert, ungeschützt durch fette Stiere aus Bashan, und stürzte sich mit einem triumphierenden Schrei darauf. Die andern Bluthunde versammelten sich um sie.

»Menschenskind«, sagte eine verdrossene Stimme in der Nähe, »ich hätte auch aussagen sollen. Das Gericht hätte das mit den vierzig Pfund erfahren müssen. Vertuschen wollen die das, sonst gar nichts.«

»Ich glaube nicht, daß die das für wichtig halten, Frank.«

»Für mich ist es aber wichtig. Außerdem, hat er nicht gesagt, daß er sie mir am Mittwoch zurückzahlen will? Ich finde, das hätte jemand dem Untersuchungsrichter sagen sollen.«

Salcombe Hardy, der schon Gelegenheit gehabt hatte, sein Glück zu versuchen, hatte Mrs. Ruddle nicht so einfach im Stich gelassen. Mißgünstig beschloß Harriet, ihn loszueisen.

»Mr. Hardy – wenn Sie an Hintergründen interessiert sind, sollten Sie sich an den Gärtner halten, Frank Crutchley. Da drüben steht er und unterhält sich mit Miss Twitterton. Er wurde bei der Verhandlung nicht aufgerufen, daher wissen die andern vielleicht nicht, daß er ihnen etwas sagen könnte.«

Sally floß vor Dankbarkeit fast über.

»Wenn Sie dafür sorgen, daß es sich für ihn lohnt«, sagte Harriet mit schlangengleicher Bosheit, »*könnte* es sein, daß er es exklusiv hält.«

»Vielen Dank für den guten Tip«, sagte Sally.

»Das gehört doch zu unserer Abmachung«, meinte Harriet und strahlte ihn an. Mr. Hardy kam immer rascher zu dem Schluß, daß Peter eine überaus faszinierende Frau geheiratet hatte. Er stürzte sich auf Crutchley, und Sekunden später sah man beide in Richtung Dorfkrug davonziehen. Die so plötzlich alleingelassene Mrs. Ruddle sah sich indigniert um.

»Ah, *da* sind Sie, Mrs. Ruddle! Wo ist Bunter? Wir lassen uns besser von ihm nach Hause fahren und Seine Lordschaft später von ihm abholen, sonst bekommen wir kein Mittagessen mehr. Ich stehe kurz vorm Verhungern. Diese Zeitungsleute sind doch ein aufdringliches, lästiges Volk!«

»Da haben Sie recht, Mylady«, sagte Mrs. Ruddle. »Mit so was würd ich gar nicht erst reden.«

Sie warf den Kopf zurück, daß die komischen kleinen Gagatsteinchen an ihrer Haube klapperten, und folgte ihrer Herrin zum Wagen. Wenn sie erst in dieser glitzernden Pracht säße, würde sie sich selbst wie ein Filmstar fühlen. Reporter – aber wirklich!

Als sie anfuhren, klickten sechs Kameraverschlüsse.

»Da, bitte«, sagte Harriet, »jetzt kommen Sie in alle Zeitungen.«

»Na so was aber auch!« sagte Mrs. Ruddle.

»Peter.«

»Madame?«

»Komisch, nach allem, was wir gesagt haben, diese Andeutung über Mrs. Sellon.«

»Dorfmatrone statt Dorfjungfer. Ja, sehr komisch.«

»Da kann doch wohl nichts dran sein?«

»Man kann nie wissen.«

»Du hast aber an so etwas nicht gedacht, als du das sagtest?«

»Ich versuche immerzu etwas so Dummes zu sagen, daß man es nicht glauben kann; aber das schaffe ich nie. Noch ein Kotelett?«

»Danke, ja. Bunter kocht wie ein Engel im Haus. Ich fand, Sellon hat seine Befragung überraschend gut hinter sich gebracht.«

»Es gibt nichts Besseres, als wortwörtlich die Wahrheit zu sagen, aber keine Silbe mehr. Kirk muß ihn gründlich vorbereitet haben. Ich möchte wissen, ob Kirk – Nein, hol's der Kuckuck! Ich will's nicht wissen. Ich mag mir nicht mehr über alle diese Leute den Kopf zerbrechen. Es scheint uns auf merkwürdige Weise nicht gegönnt zu sein, in diesen Flitterwochen einmal ein bißchen Zeit für uns selbst zu haben. Und dabei fällt mir ein – der Pfarrer hat uns für heute abend zu sich zu einer Sherry-Party eingeladen.«

»Sherry-Party? Du lieber Himmel!«

»Wir bilden die Party, und er stellt den Sherry. Seine Frau wird sich ja so sehr freuen, uns zu sehen, und wir möchten bitte entschuldigen, daß sie nicht zuerst zu uns gekommen ist, denn sie hat heute nachmittag den Frauenkreis.«

»Müssen wir hin?«

»Ich glaube, ja. Unser Beispiel hat ihn dazu ermutigt, in dieser Gegend den Sherry in Mode zu bringen, und er hat eigens zu diesem Zweck nach einer Flasche geschickt.«

Harriet sah ihn erschrocken an.

»Woher?«

»Aus dem besten Hotel in Pagford. ... Ich habe freudig in unser beider Namen angenommen. War das falsch?«

»Peter, du bist einfach nicht *normal.* Du hast ein soziales Gewissen, das deinem Geschlecht weit voraus ist. Wirtshaus-Sherry im Pfarrhaus! Normale anständige Männer drucksen herum und flunkern, bis ihre Frauen sie bei den Ohren hinausziehen. Es muß doch *etwas* geben, wogegen du dich sträubst. Wirst du dich wenigstens weigern, ein gestärktes Hemd anzuziehen?«

»Meinst du, ein gestärktes Hemd würde ihn freuen? Vermutlich ja. Außerdem hast du ein neues Kleid, das du mir noch zeigen willst.«

»Du bist entschieden zu gut für dieses Leben. ... Natürlich gehen wir hin und trinken ihren Sherry, und wenn wir daran sterben. Aber könnten wir nicht wenigstens heute nachmittag ganz egoistisch und ungezogen sein?«

»Zum Beispiel wie?«

»Wir fahren ganz für uns allein irgendwohin.«

»Das werden wir, bei Gott! ... Entspricht das wirklich deiner Vorstellung von Glücklichsein?«

»So tief bin ich gesunken. Ich gebe es zu. Tanz nicht auf einer Frau, wenn sie am Boden liegt. Probier mal hiervon – ich weiß nicht, was es ist – Bunter hat das gemacht. Sieht einfach wunderbar aus.«

»Und wie egoistisch darf ich bitte sein? ... Darf ich schnell fahren? ... Ich meine, richtig schnell?«

Harriet unterdrückte ein Schaudern. Sie fuhr gern Auto und ließ sich auch gern fahren, aber alles, was über 70 Meilen pro Stunde ging, machte ihr ein ganz hohles Gefühl im Bauch. Immerhin, wenn man verheiratet war, konnte man nicht alles nach dem eigenen Kopf haben.

»Ja, richtig schnell – wenn dir danach ist.«

»Entschieden zu gut für dieses Leben.«

»Ich würde sagen, entschieden zu gut zum Sterben ... Aber richtig schnell bedeutet Hauptstraßen.«

»Stimmt. Also, dann fahren wir schnell auf den Hauptstraßen, damit wir sie bald hinter uns haben.«

Die Folter dauerte nur bis Great Pagford. Zum Glück begegneten sie keinem vom Polizeidirektor Kirks schwarzen Schafen, die in Kurven parkten, aber kurz vor dem Dorf kamen sie an Frank Crutchley vorbei, der in einem Taxi fuhr, und wurden durch seinen erstaunten und bewundernden Blick belohnt. Nachdem sie den Polizeiposten mit sittsamen dreißig Meilen pro Stunde passiert hatten, wandten sie sich nach Westen aus dem Dorf hinaus und schlugen Nebenstraßen ein. Harriet, die sich nicht mit Sicherheit erinnern konnte, ob sie seit ihrer Abfahrt in Paggleham überhaupt einmal Luft geholt hatte, füllte jetzt die Lungen und bemerkte mit bemüht ruhiger Stimme, daß es ein herrlicher Tag für eine Spazierfahrt sei.

»Ja, nicht? Ist dir diese Straße recht?«

»Sie ist großartig!« sagte Harriet mit Inbrunst. »*Lauter* scharfe Kurven!«

Er lachte.

»*Prière de ne pas brutaliser la machine.* Ich sollte es besser wissen – weiß der Himmel, es gibt genug Dinge, vor denen ich selbst Angst habe. Ich muß doch etwas von meinem Vater in mir haben. Er war so einer von der alten Schule – entweder du sprangst von selbst ins Wasser, oder du wurdest kurzerhand hineingeworfen. Das klappte –

gewissermaßen. Man lernte, so zu tun, als ob man kein Feigling wäre, und das Wechselgeld bekam man in schlechten Träumen heraus.«

»Bisher merkt man dir davon nichts an.«

»Irgendwann dieser Tage wirst du mir wohl dahinterkommen. Ich habe nun einmal zufällig vor Geschwindigkeit keine Angst – darum gebe ich gern damit an. Aber ich gebe dir mein Wort, daß ich es nicht noch einmal tun werde – auf dieser Fahrt.«

Er ließ die Tachometernadel auf Fünfundzwanzig zurückgehen, und sie bummelten schweigend und ohne bestimmtes Ziel über Feldwege dahin. Um die Nachmittagsmitte fanden sie sich in einem Dorf etwa dreißig Meilen von zu Hause wieder – einem alten Dorf mit einer neuen Kirche und einem Weiher neben einer gepflegten Grünanlage, alles zusammengedrängt am Fuß eines kleinen Hügels. Gegenüber der Kirche schien ein schmaler und ziemlich schlechter Weg den Hügel hinaufzuführen.

»Fahren wir da mal hinauf«, sagte Harriet, um Anweisungen gebeten. »Sieht aus, als ob wir von da oben einen schönen Ausblick hätten.«

Der Wagen bog in den Weg ein und schlängelte sich in lässiger Eleganz zwischen niedrigen Hecken hindurch, die schon der Herbst berührt hatte, nach oben. Links unter ihnen lag ausgebreitet die hübsche englische Landschaft, grün und rostrot von Feldern und Wäldern, die sich sanft zu einem Bach hinuntersenkten, der friedlich in der Oktobersonne glitzerte. Da und dort schimmerten Stoppelfelder blaß zwischen dem Grün der Wiesen; oder der blaue Rauch aus den roten Schornsteinen eines Bauernhofs wehte über die Bäume dahin. In einer Wegbiegung sahen sie rechts von sich eine verfallene Kirche, von der nur noch das Eingangsportal und ein Teil des Chorbogens standen. Das übrige Mauerwerk war abgetragen und die Steine zweifellos zum Bau der neuen Kirche in der Dorfmitte verwendet worden; aber die verlassenen Gräber mit ihren alten Steinen waren in gepflegtem Zustand erhalten und nur kurz hinter dem offenen Eingangstor eingeebnet worden, um Platz für eine Art Grünanlage mit Blumenbeeten, einer Sonnenuhr und einer Bank zu machen, auf der Besucher sich ausruhen und den weiten Ausblick genießen konnten. Peter stieß einen leisen Ruf aus und ließ den Wagen auf dem Grasbankett ausrollen.

»Ich will meinen letzten Heller verlieren«, sagte er, »wenn das nicht einer von unsern Kaminaufsätzen ist!«

»Ich glaube, du hast recht«, sagte Harriet und starrte die Sonnenuhr an, deren Säule in der Tat eine bemerkenswerte Ähnlichkeit mit einem Kaminaufsatz im Tudorstil hatte. Sie folgte Peter aus dem Wagen und durchs Tor. Aus der Nähe präsentierte die Sonnenuhr sich als ein Mischmasch: Zifferblatt und Zeiger waren antik; die Grundplatte bildete ein Mühlstein; und wenn man kräftig gegen die Säule klopfte, klang sie hohl.

»Ich will meinen Aufsatz wiederhaben«, erklärte Peter, »und wenn es mein Leben kostet. Wir werden dem Dorf dafür eine hübsche Steinsäule spendieren. Jedem Hans seine Liese, jedem Reiter sein Pferd. Das wird eine neue Sportart: Wir werden unsere verschacherten Kaminaufsätze von einem bis zum andern Ende des Landes suchen wie die römischen Legionen die verlorenen Adler des Varus. Ich glaube nämlich, mit ihnen ist das Glück aus diesem Haus gezogen, und unsere Aufgabe ist es jetzt, es zurückzuholen.«

»Das wird spaßig. Ich habe heute morgen nachgezählt: Es fehlen nur vier. Der hier sieht genauso aus wie die drei, die noch übrig sind.«

»Ich bin sicher, daß es unserer ist. Irgend etwas sagt mir das. Komm, wir machen unsern Anspruch durch einen kleinen Vandalismus geltend, den der erste Regen wegwaschen wird.« Er zückte feierlich einen Bleistift und schrieb auf den Kaminaufsatz: »Talboys, *Suam quisque homo rem meminit.* Peter Wimsey.« Er reichte den Bleistift seiner Frau, die dazuschrieb: »Harriet Wimsey«, und das Datum darunter.

»Hast du das jetzt zum erstenmal geschrieben?«

»Ja. Sieht ein bißchen krakelig aus, aber das kommt nur daher, daß ich dazu in die Hocke gehen mußte.«

»Macht nichts – das muß trotzdem gefeiert werden. Komm, wir nehmen diese hübsche Bank in Beschlag und betrachten die Landschaft. Der Wagen steht weit genug neben der Straße, falls jemand den Weg heraufkommt.«

Die Bank war solide und bequem. Harriet nahm den Hut ab und setzte sich. Der sanfte Wind strich ihr angenehm durchs Haar. Ihr Blick wanderte ziellos über das sonnenbeschienene Tal. Peter hängte seinen Hut an den ausgestreckten Arm eines Cherubs aus dem achtzehnten Jahrhundert, der damit beschäftigt war, ein flechtenüberwachsenes Buch auf dem Grabstein nebenan zu lesen; dann setzte er sich auf das andere Ende der Bank und betrachtete nachdenklich seine Gefährtin.

Er befand sich in einem Zustand der Verwirrung, in den die Entdeckung des Mordes und das Problem mit Joe Sellon und der Uhr nur noch ein paar ergänzende beunruhigende Faktoren hineingebracht hatten. Diese entließ er aus seinen Gedanken und machte sich daran, das Chaos seiner persönlichen Gefühle auf ein gewisses Maß von Ordnung zu reduzieren.

Er hatte bekommen, was er wollte. Fast sechs Jahre lang hatte er sein ganzes Sinnen stur auf ein einziges Ziel gerichtet. Bis zum Augenblick der Erfüllung hatte er sich nie eine Sekunde Zeit genommen, sich über die eventuellen Konsequenzen seines Sieges Gedanken zu machen. Die letzten beiden Tage hatten ihm auch wenig Zeit zum Nachdenken gelassen. Er wußte nur, daß er vor einer gänzlich fremdartigen Situation stand, die eine ganz ungewöhnliche Wirkung auf sein Gefühlsleben hatte.

Er zwang sich, seine Frau mit Abstand zu betrachten.

Ihr Gesicht hatte Charakter, aber niemand würde auf die Idee kommen, es schön zu nennen, und er hatte doch immer – gedankenlos und herablassend – Schönheit als Grundvoraussetzung verlangt. Sie war langgliedrig und stämmig gebaut und hatte etwas Schlaksiges, Ungezwungenes in ihren Bewegungen, das bei etwas mehr kontrollierter Selbstsicherheit zu Eleganz heranwachsen konnte. Dennoch hätte er Dutzende Frauen nennen – und, wenn er gewollt hätte, haben – können, die in Aussehen und Auftreten weit anmutiger waren. Ihre Sprechstimme war tief und anziehend; aber immerhin hatte er einst den besten lyrischen Sopran Europas sein eigen genannt. Was sonst noch? – Eine Haut so hell wie Honig und einen Verstand von einer merkwürdigen Beharrlichkeit, die den seinen beflügelte. Und doch hatte noch nie eine Frau sein Blut so in Wallung gebracht; sie brauchte ihn nur anzusehen oder mit ihm zu sprechen, und es ging ihm durch Mark und Bein.

Er wußte jetzt, daß sie Leidenschaft mit Leidenschaft vergelten konnte, und zwar mit einem Feuer, das alle Erwartungen überstieg – und mit so einer gewissen verwunderten Dankbarkeit, die ihm mehr verriet, als sie ahnte. Während wohlerzogene Zurückhaltung es ihm verbot, den Namen ihres toten Liebhabers je in ihrer Gegenwart zu erwähnen, konnte er doch nicht umhin, gewisse Phänomene im Lichte seiner großen Erfahrung zu betrachten und diesen unglücklichen jungen Mann im Geiste mit allerlei Ausdrücken zu belegen, von denen »täppischer Lümmel« oder »egoistischer Mops« noch die mildesten waren. Aber das leidenschaftliche Geben und Nehmen von Glück war keine neue Erfahrung für ihn. Neu war nur die ungeheure Wichtigkeit der ganzen Beziehung. Das lag nicht nur daran, daß dieses neue Band nicht ohne Skandal und hohe Kosten und ohne die lästige Einmischung von Juristen wieder gelöst werden konnte, nein, es war vielmehr so, daß ihm zum erstenmal, solange er zurückdenken konnte, wirklich daran lag, welcher Art seine Beziehungen zu einer Frau waren. Er hatte sich immer irgendwie vorgestellt, daß, wenn das Ziel aller Sehnsucht erreicht wäre, Verstand und Seele beieinanderliegen würden wie Löwe und Lamm; aber nichts da! Nun, da er Reichsapfel und Zepter endlich in Händen hielt, fürchtete er sich davor, die Macht zu ergreifen und sein Reich sein eigen zu nennen.

Er erinnerte sich, wie er einmal (mit einem Dogmatismus, der einem jüngeren Mann besser angestanden hätte) zu seinem Onkel gesagt hatte: »Natürlich ist es möglich, ebenso mit dem Kopf zu lieben wie mit dem Herzen.« Mr. Delagardie hatte trocken erwidert: »Zweifellos; solange es nur nicht damit endet, daß du mit den Eingeweiden statt mit dem Gehirn denkst.« Und er fühlte, daß ihm genau dies widerfuhr. Sowie er zu denken versuchte, schien eine sanfte, aber unerbittliche Faust sich um seine Gedärme zu schließen. Er war an dem einen Punkt verwundbar geworden, an dem er sich immer, bis jetzt, unangreifbar sicher gefühlt hatte. Das gelöste Gesicht seiner Frau sagte ihm, daß sie auf irgendeine Weise alle die Zuversicht gewonnen hatte, die ihm abhanden gekommen war. Vor ihrer Heirat hatte sie seines Wissens nie so ausgesehen.

»Harriet«, sagte er plötzlich, »was hältst du vom Leben? Ich meine, findest du es ingesamt gut? Lebenswert?«

(Er konnte sich ja zumindest darauf verlassen, daß sie nicht schelmisch zurückfragte: »Wie kannst du einen in den Flitterwochen so etwas fragen?«)

Sie ging so prompt darauf ein, als ob er ihr die Gelegenheit geboten hätte, endlich etwas zu sagen, was sie schon lange einmal hatte sagen wollen.

»Ja. Ich war mir immer vollkommen sicher, daß es gut ist – wenn man nur je damit zu Rande kommt. Mir war bisher immer so ziemlich alles, was ich erlebte, zutiefst zuwider, aber ich *wußte* immer, daß eben nur gewisse

Dinge verkehrt waren, nicht gleich das Ganze. Selbst wenn mir am elendesten zumute war, habe ich nie daran gedacht, mich umzubringen oder sterben zu wollen – immer nur daran, irgendwie aus diesem Schlamassel herauszukommen und von vorn anzufangen.«

»Das ist wirklich bewundernswert. Mit mir war es immer umgekehrt. Ich kann praktisch alles genießen, was des Weges kommt – solange es geschieht. Nur muß ich eben dafür sorgen, *daß* immer etwas geschieht, denn wenn ich einmal stehenbleibe, erscheint mir alles nur noch widerwärtig, und es wäre mir völlig egal, wenn ich morgen draufgehen müßte. Zumindest hätte ich das immer gesagt. Aber jetzt – ich weiß nicht. Allmählich fange ich an zu glauben, daß am Leben vielleicht doch etwas dran ist. Harriet – wenn ich nur irgendwie die Dinge für *dich* geradebiegen könnte ... dieser entsetzliche Schlamassel hier war ja schon mal ein guter Anfang, nicht? Aber wenn wir das erst hinter uns haben, würde ich so gern alles daransetzen ... Na ja, du siehst, es geht schon wieder von vorn los.«

»Aber ich versuche dir das doch die ganze Zeit zu sagen – daß es eigentlich so sein müßte, aber nicht ist. Irgendwie *sind* die Dinge schon geradegebogen. Ich wußte immer, daß sie es eines Tages sein würden, man mußte sich nur lange genug gedulden und auf ein Wunder warten.«

»Ehrlich, Harriet?«

»Nun, jedenfalls *erscheint* es einem wie ein Wunder, wenn man sich plötzlich auf etwas freuen kann – wenn man alle vor einem liegenden Minuten auf einen zukommen und etwas Wunderschönes mitbringen sieht – anstatt sich nur immer wieder zu sagen: Na ja, das hat jetzt mal nicht weh getan, und der nächste Augenblick ist vielleicht auch erträglich, und wenn jetzt nichts gar zu Abscheuliches ...«

»So schlimm?«

»Nein, eigentlich nicht, weil man sich daran gewöhnte – an diesen Zustand, immerzu auf etwas gefaßt zu sein. Aber wenn man das plötzlich nicht mehr muß, ist es schon ein Unterschied – ich kann dir gar nicht sagen, was für einer. Du – du – du ... Ach, zum Kuckuck mit dir, Peter, du weißt *genau*, daß du mir das Gefühl gibst, im Himmel zu sein; wozu muß ich noch groß versuchen, deine Gefühle zu schonen?«

»Ich weiß es nicht und kann es auch nicht glauben, aber komm mal her, dann will ich's versuchen. So ist es besser. Sein Kinn war auf ihr Haupt gepreßt, als wiederkam vom Meer das Schwert. Nein, du bist nicht zu schwer – du brauchst mich nicht gleich zu beleidigen. Hör zu, mein Schatz, wenn das wahr oder nur schon halbwahr ist, fange ich an, mich vor dem Tod zu fürchten. In meinem Alter ist das ziemlich beunruhigend. Schon gut – du brauchst dich nicht zu entschuldigen. Ich liebe das Neue.«

Es hatten schon andere Frauen in seinen Armen das Paradies gefunden – und es ihm auch gesagt, wortreich und emphatisch. Er hatte solche Versicherungen heiteren Gemüts entgegengenommen, weil es ihm nicht wirklich wichtig war, ob sie das Paradies oder nur die Champs-Elysées fanden, solange es eben nur ein erfreulicher Ort war. Jetzt aber war er so sehr verlegen und verwirrt, als ob ihm jemand den Besitz einer Seele zugesprochen hätte. Streng logisch gesehen hätte er natürlich zugeben müssen, daß er ebensosehr das Recht auf eine Seele hatte wie jeder andere, aber das hämische Gleichnis vom Kamel und dem Nadelöhr genügte, um ihm diesen Anspruch als dumme Anmaßung in der Kehle steckenbleiben zu lassen. Solcher war nicht das Himmelreich. Sein waren die irdischen Reiche, und sie hatten ihm zu genügen – obwohl es ja heutzutage als geschmackvoller galt, so zu tun, als ob man sie weder begehrte noch verdiente. Aber sonderbare Bedenken erfüllten ihn, als ob er sich an Dingen zu schaffen gemacht hätte, die für ihn zu hoch waren; als ob er mit

Haut und Haaren durch eine gewaltige Mangel gedreht würde, die irgend etwas aus ihm herausquetschte, was bis dahin gänzlich undifferenziert gewesen und auch jetzt noch über die Maßen verschwommen und ungreifbar war. *Vagula, blandula*, dachte er – angenehm unberechenbar und ganz gewiß unbedeutend – es konnte sich nicht gut zu etwas entwickeln, mit dem man rechnen mußte. Er wischte den Gedanken fort wie eine lästige Motte und faßte dafür ganz körperlich seine Frau fester, wie um sich an die fühlbare Gegenwart des Fleisches zu erinnern. Sie antwortete mit einem zufriedenen kleinen Ton, der wie ein Schnauben klang – es war ein so komischer Ton, daß er gleichsam den Siegelstein wegzuheben und einen Springbrunnen des Lachens tief in seinem Innern zu befreien schien. Dieser kam blubbernd hochgeschossen, sehr in Eile, das Sonnenlicht zu erreichen, so daß all sein Blut mittanzte und seine Lungen vom plötzlichen Schwall dieses Quells der Freude schier erdrückt wurden. Er fühlte sich albern und allmächtig zugleich. Ihm war zum Jubeln zumute. Am liebsten hätte er laut geschrien.

In Wirklichkeit blieb er reglos und stumm. Er saß ganz still da und ließ die geheimnisvolle Verzückung gewähren. Was es auch immer war, es mußte etwas sein, was plötzlich befreit worden und von seiner neugewonnenen Freiheit ganz berauscht war. Es benahm sich jedenfalls sehr albern, und seine Albernheit verzauberte ihn.

»Peter?«

»Madame?«

»Habe ich eigentlich Geld?«

Die lächerliche Banalität dieser Frage ließ die Fontäne himmelhoch schießen.

»Mein Dummchen, natürlich, du hast. Wir haben einen ganzen Vormittag deswegen Dokumente unterschrieben.«

»Ja, das weiß ich. Aber wo ist es? Ich meine, kann ich einfach einen Scheck darauf ausstellen? Mir ist nämlich eben eingefallen, daß ich meiner Sekretärin noch gar nicht ihr Gehalt bezahlt habe, und im Moment besitze ich keinen Penny, der nicht dir gehört.«

»Er gehört nicht mir, sondern dir. Murbles hat dir alles erklärt, aber ich nehme an, du hast gar nicht zugehört. Na ja, ich weiß schon, was du meinst, und darum: ja, es ist da, und ja, du kannst sofort einen Scheck darauf ausstellen. Woher dieser Zustand plötzlicher Verarmung?«

»Weil ich nicht im grauen Alpaka heiraten wollte, Mr. Rochester. Ich mußte den letzten Penny ausgeben, um dir Ehre zu machen, und mehr. Daher habe ich die arme Miss Bracey im Elend zurückgelassen *und* mir in letzter Minute noch zehn Shilling von ihr geborgt, damit ich genug Benzin hatte, um nach Oxford zu kommen. Ja, lach du nur! Ich habe meinen Stolz getötet – aber, wirklich, Peter – er hatte so einen schönen Tod!«

»Mit vollen Opferriten. Harriet, ich glaube, du liebst mich wirklich. So etwas unaussprechlich und göttlich Richtiges kannst du nicht rein zufällig getan haben. *Quelle folie – mais quel geste!*«

»Ich habe mir schon gedacht, daß dich das amüsieren würde. Darum habe ich es dir auch gesagt, anstatt mir von Bunter eine Briefmarke zu leihen und mich in einem förmlichen Brief bei der Bank zu erkundigen.«

»Das heißt, daß du mir meinen Sieg nicht verübelst? Großherzige Frau! Und wenn wir schon dabei sind, sag mir noch etwas anderes. Wie hast du es bei all den andern Ausgaben in drei Teufels Namen geschafft, mir auch noch diese Donne-Handschrift zu schenken?«

»Durch Sondereinsatz. Drei Kurzgeschichten à vierzig Pfund für das *Thrill Magazine.*«

»Was? Die Geschichte von dem jungen Mann, der seine Tante mit einem Bumerang ermordet hat?«

»Ja. Und der unangenehme Börsenmakler, den sie in der Diele des Pfarrhauses mit eingeschlagenem Schädel gefunden haben, wie den alten Noakes – O Gott! Den armen Mr. Noakes hatte ich schon ganz vergessen.«

»Zum Teufel mit Noakes! Das heißt, so was sollte ich vielleicht nicht sagen. Es könnte stimmen. Ja, an den Pfarrer erinnere ich mich. Was war das dritte? Die Köchin, die den Mandelguß mit Blausäure gewürzt hat?«

»Ja. Wie kommst du an so ein ausgesprochen billiges Blatt? Liest Bunter so etwas in seiner Freizeit?«

»Nein. Bunter liest nur Photojournale. Aber es gibt ja auch noch so etwas wie Pressedienste.«

»Was du nicht sagst. Wie lange sammelst du schon Zeitungsausschnitte?«

»Fast sechs Jahre sind das jetzt, wie? Sie fristen ein verschämtes Dasein in einer verschlossenen Schublade, und Bunter tut so, als wisse er nichts davon. Wenn irgend so ein schamloser Kerl von einem hirnlosen Kritiker mir Magengeschwüre verursacht, schiebt er meine schlechte Laune höflicherweise auf das unfreundliche Wetter. Jetzt bist du mit Lachen an der Reihe. Irgend etwas brauchte ich ja, woran ich mich weiden konnte, hol's der Kuckuck, und du hast mich nicht gerade mit Material überschüttet. Einmal habe ich drei Wochen lang von einer verspäteten Notiz im *Punch* gelebt. Bestie, Hexe, Teufelin – du könntest wenigstens sagen, daß es dir leid tut.«

»Mir kann nichts leid tun. Ich habe ganz vergessen, wie das geht.«

Er schwieg. Aus dem Springbrunnen war ein Bach geworden, der glucksend und glitzernd durch sein Bewußtsein strömte und in seinem Lauf zu einem Fluß anschwoll, der ihn mitriß und ihn in seinen Fluten ertränkte. Drüber zu reden, war unmöglich; er hätte sich nur in Trivialitäten flüchten können. Seine Frau sah ihn an, zog rücksichtsvoll die Beine an, wie um ihm ihr Gewicht von den Knien zu nehmen, und schickte sich an, sich seiner Stimmung anzugleichen.

Ob sie, alleingelassen, jemals wieder aus dieser schweigsamen Trance erwacht oder, wie John Donnes entrücktes Paar, wie Grabstatuen stumm in dieser Stellung verblieben wären, bis die Nacht hereinbrach, ist ungewiß. Eine dreiviertel Stunde später kam ein älterer, bärtiger Mann mit einem quietschenden Pferdefuhrwerk den Hügel herauf. Er sah sie mit grüblerischem Blick an, ohne besondere Neugier zu verraten, doch der Zauber war gebrochen. Harriet sprang hastig von Peters Schoß und stand auf. Peter, der in London lieber gestorben wäre, als daß er sich in einer Umarmung der Öffentlichkeit gezeigt hätte, ließ sich erstaunlicherweise keinerlei Verlegenheit anmerken, sondern rief dem Fuhrmann einen herzlichen Gruß zu.

»Steht mein Wagen im Weg?«

»Nein, Sir, danke. Lassen Sie sich nicht stören.«

»War mal ein schöner Tag.« Er schlenderte ans Tor, und der Mann hielt sein Pferd an.

»Stimmt. War wirklich schön.«

»Hübsches Fleckchen hier. Wer hat die Bank aufgestellt?«

»Das war der Gutsherr, Sir; Mr. Trevor aus dem großen Haus drüben. Für die Frauen hat er das gemacht, weil die gern sonntags herkommen, mit Blumen und so. Die neue Kirche steht ja erst fünf Jahre, und es gibt 'ne ganze Menge Leute, die gern noch die Gräber hier auf dem alten Kirchhof pflegen möchten. Begraben wird natürlich jetzt keiner mehr hier, aber der Gutsherr hat gesagt, man kann es hier doch trotzdem nett machen. Ist ein ganz schöner Weg hier herauf, da werden Kinder und alte Leute doch recht müde. Darum hat er das gemacht.«

»Dafür sind wir ihm sehr dankbar. War diese Sonnenuhr schon vorher hier?«

Der Fuhrmann lachte leise.

»Ach du lieber Gott, nein, Sir. Das war so 'ne Sache mit der Sonnenuhr. Der Herr Pfarrer hat das Oberteil im Müll gefunden, wie sie die alte Kirche abgerissen haben, und Bill Muggins hat gesagt: ›Da ist doch noch der alte Mühlstein, der gäbe 'ne schöne Grundplatte dafür ab, wenn wir noch ein Stück altes Regenrohr oder so was hätten, um es dazwischenzustecken.‹ Und Jim Hawtrey, der hat gemeint: ›Ich kenne da einen in Paggleham, der hat ein halbes Dutzend von diesen alten Kaminaufsätzen zu verkaufen. Wir wär's denn damit?‹ Also hat er das dem Herrn Pfarrer gesagt, und der hat's dem Gutsherrn gesagt, und dann haben sie die Sachen zusammengekauft, und Joe Dudden und Harry Gates, die haben das Ding in ihrer Freizeit mit 'ner Handvoll Mörtel zusammengesetzt; dann hat der Herr Pfarrer das Oberteil draufgesetzt, mit der Uhr in der Hand und 'nem kleinen Buch, damit sie die Zeit auch richtig anzeigt. Wenn Sie mal hinsehen, Sir, werden Sie feststellen, daß sie haargenau richtig geht. Natürlich geht sie im Sommer 'ne Stunde nach, weil sie sich nach Gottes Zeit richtet und wir nach der Regierungszeit gehen müssen. Komisch, daß Sie mich gerade nach der Sonnenuhr fragen, Sir, und wissen Sie auch, warum? Weil der Mann, der dem Herrn Pfarrer den Kaminaufsatz verkauft hat, gestern erst tot in seinem Haus gefunden worden ist, und es heißt, das war Mord.«

»Was Sie nicht sagen! Das ist schon eine sonderbare Welt, nicht? Wie heißt dieses Dorf hier eigentlich? Lopsley? Herzlichen Dank. Hier, genehmigen Sie sich einen ... Übrigens, wissen Sie schon, daß Ihr Pferd ein loses Hufeisen links hinten hat?«

Der Fuhrmann hatte das noch nicht bemerkt und dankte dem aufmerksamen Herrn für die Mitteilung. Das Pferd trottete weiter.

»Wird Zeit, daß wir zurückfahren«, sagte Peter mit leichtem Widerstreben im Ton, »wenn wir uns noch rechtzeitig zur Sherry-Party des Pfarrers umziehen wollen. Aber dieser Tage noch werden wir dem Gutsherrn einen Besuch abstatten. Ich will diesen Kaminaufsatz wiederhaben.«

15

Sherry – und Wermutstropfen

Narr, Heuchler, Schurke – Mann! So sollst du mich nicht nennen.«

GEORGE LILLO: TRAGEDY OF GEORGE BARNWELL

Harriet war froh, daß sie sich die Mühe gemacht hatten, sich umzuziehen. Die Pfarrersfrau (an die sie sich noch dunkel von Basaren und Blumenausstellungen her erinnerte – wie stets rundlich, liebenswert und ein bißchen rot im Gesicht) ließ nämlich dem Ereignis die Ehre eines schwarzen Spitzenkleides und eines farbenfrohen Jäckchens aus geblümtem Chiffonsamt widerfahren. Sie kam ihnen strahlend zur Begrüßung entgegen.

»Sie Ärmsten! Daß Sie solchen Ärger haben müssen! Und es ist ja so lieb von Ihnen, daß Sie uns besuchen kommen. Hoffentlich hat Simon mich schon bei Ihnen entschuldigt, daß ich Sie nicht aufgesucht habe, aber mit Haushalt und Pfarrei und Frauengruppe habe ich wirklich den ganzen Tag zu tun. Kommen Sie, nehmen Sie am Feuer Platz. *Sie*, meine Liebe, sind natürlich schon eine alte Bekannte, obwohl ich ja nicht glaube, daß Sie sich noch an mich erinnern. Lassen Sie sich von meinem Mann aus dem Mantel helfen. Was für ein *hübsches* Kleid! So eine wunderschöne Farbe. Es stört Sie hoffentlich nicht, wenn ich das sage, aber ich liebe nun einmal frohe Farben und frohe Gesichter um mich herum. Kommen Sie, setzen Sie sich aufs Sofa, vor das grüne Kissen – da werden Sie sich sehr gut machen ... Nein, nein, Lord Peter, setzen

Sie sich da nicht drauf! Das ist ein Schaukelstuhl; darauf sind die Leute nie gefaßt. Die meisten Männer sitzen gern *hier* drauf, der ist so schön tief. Nun, Simon, wo hast du denn die Zigaretten hingetan?«

»Hier sind sie, hier sind sie. Hoffentlich ist das eine Marke, die Sie mögen. Ich selbst bin ja Pfeifenraucher und verstehe wohl leider nicht viel davon. O danke, danke nein – keine Pfeife jetzt vor dem Essen. Ich werde zur Abwechslung mal eine Zigarette versuchen. Nun, meine Gute, wirst du uns bei dieser kleinen Ausschweifung Gesellschaft leisten?«

»Ach, *eigentlich* rauche ich ja nicht«, sagte Mrs. Goodacre, »wegen der Gemeinde, wissen Sie. Es ist zwar widersinnig, aber man muß Vorbild sein.«

»Die hier anwesenden Gemeindemitglieder«, sagte Peter, indem er einladend ein Streichholz anriß, sind sowieso schon hoffnungslos verdorben und keiner Reue mehr fähig.«

»Nun gut, dann nehme ich eine«, sagte die Pfarrersfrau.

»Bravo!« rief der Pfarrer, »dann haben wir hier so eine richtig verruchte Gesellschaft beieinander. Also. Mein Vorrecht ist es, den Sherry einzuschenken. Ich glaube, ich gehe recht in der Annahme, daß Sherry der einzige Wein ist, mit dem die Göttin Nicotina nicht im Streit liegt.«

»Sehr richtig, Padre.«

»Ah, Sie bestätigen diese Meinung! Freut mich sehr – freut mich wirklich sehr, Sie das sagen zu hören. Und hier – ah, ja! Möchten Sie nicht von diesen Keksen versuchen? Meine Güte, welch erstaunliche Auswahl! Ein regelrechtes *embarras de richesse*!«

»Die sind eben aus einer Gemischpackung«, sagte Mrs. Goodacre schlicht. »Cocktailkekse heißen sie. Die hatten wir auch bei unserer letzten Whist-Runde.«

»Natürlich, natürlich! Und welche sind nun die mit dem Käse darin?«

»Diese, glaube ich«, sagte Harriet aus reichlicher Erfahrung, »und die langen hier.«

»Richtig! Wie klug, daß Sie so etwas wissen. Ich werde mich von Ihnen durch dieses köstliche Labyrinth führen lassen. Ich muß sagen, ich halte so ein kleines Schwätzchen wie dieses vor dem Essen für eine hervorragende Idee.«

»Möchten Sie denn wirklich nicht zum Abendessen bei uns bleiben?« fragte Mrs. Goodacre besorgt. »Oder hier übernachten? Unser Gästezimmer ist immer bereit. Fühlen Sie sich denn *wirklich* noch wohl in Talboys, nach dieser schrecklichen Geschichte? Ich habe zu meinem Mann gesagt, er soll Ihnen bestellen, wenn wir irgend etwas für Sie tun können –«

»Er hat uns diese freundliche Botschaft getreulich überbracht«, sagte Harriet. »Es ist sehr lieb von Ihnen. Aber wirklich und wahrhaftig, wir fühlen uns vollkommen wohl.«

»Na ja«, meinte die Pfarrersfrau, »Sie möchten wohl auch lieber allein sein, da will ich mich also gar nicht aufdrängen. In unserer Stellung mischt man sich ja immerzu in anderer Leute Dinge ein, zu deren eigenem Wohl, versteht sich. Aber es ist bestimmt eine schlechte Angewohnheit. Übrigens, Simon, die arme kleine Mrs. Sellon ist ganz durcheinander. Heute morgen war sie ganz krank, so daß wir schon nach der Bezirksschwester geschickt haben.«

»Ach ja, ach ja!« sagte der Pfarrer. »Die arme Frau! Das war ja auch eine ungeheuerliche Behauptung, die Martha Ruddle bei der Verhandlung aufgestellt hat. Daran kann bestimmt kein wahres Wort sein.«

»Mit Sicherheit nicht. Unsinn. Martha macht sich nur gern ein bißchen wichtig. Allerdings, wenn William Noakes auch tot ist, kann ich doch nichts anderes sagen, als daß er ein ziemlich nichtsnutziger Kerl war.«

»Aber meine Liebe, doch sicher nicht auf *diese* Weise?«

»Das weiß man nie. Aber ich habe nur gemeint, ich kann es Martha nicht verdenken, daß sie ihn nicht mochte. Bei dir ist das ja alles schön und gut, Simon. Du denkst an alle Menschen in Nächstenliebe. Und außerdem hast du mit ihm nie über etwas anderes als über die Gärtnerei gesprochen. Dabei hat ja eigentlich Frank Crutchley die ganze Arbeit gemacht.«

»Frank ist wirklich ein sehr guter Gärtner«, sagte der Pfarrer. »Er ist überhaupt sehr geschickt. Den Fehler an meinem Automotor hat er gleich gefunden. Er bringt es sicher noch einmal weit.«

»Bei dieser Polly geht er mir ein bißchen zu weit, wenn du micht fragst«, antwortete seine Frau. »Es wird höchste Zeit, daß sie das Aufgebot bestellen. Neulich kam mal ihre Mutter zu mir. Nun, Mrs. Mason, hab ich zu ihr gesagt, Sie wissen ja, wie die Mädchen so sind, und ich sehe ein, daß es heutzutage schwer ist, sie in der Hand zu behalten. An Ihrer Stelle würde ich einmal mit Frank sprechen und ihn fragen, was er für Absichten hat. Aber wir sollten jetzt nicht anfangen, über Gemeindeprobleme zu sprechen.«

»Es täte mir sehr leid«, sagte der Pfarrer, »wenn ich schlecht von Frank Crutchley denken müßte. Und auch von dem armen William Noakes. Ich nehme an, das ist alles nichts als Gerede. Mein Gott! Wenn ich mir vorstelle, daß er vorigen Donnerstag morgen, als ich ihn besuchen wollte, schon tot im Haus lag! Ich weiß noch, daß ich einen bestimmten Grund hatte, ihn sprechen zu wollen. Ich hatte ihm eine kleine *Teesdalia nudicaulis* für seinen Steingarten anzubieten – er mochte doch Steinpflanzen so gern. Mir war sehr traurig ums Herz, als ich sie heute morgen selbst hier eingepflanzt habe.«

»Sie sind ja noch ein größerer Pflanzennarr als er«, sagte Harriet, indem sie sich in dem schäbigen Zimmer umsah, das von Topfpflanzen auf Ständern und Tischen nur so überquoll.

»Ich fürchte, ich muß mich zu dieser Schwäche bekennen. Die Gärtnerei ist eine Leidenschaft von mir. Meine Frau sagt, sie geht zu sehr ins Geld, und ich nehme an, da hat sie recht.«

»Ich habe gesagt, er brauchte einmal einen neuen Priesterrock«, sagte Mrs. Goodacre lachend. »Aber wenn ihm Steinpflanzen lieber sind, ist das seine Sache.«

»Ich frage mich«, meinte der Pfarrer wehmütig, »was nun wohl aus William Noakes' Pflanzen wird. Vermutlich gehören sie jetzt Aggie Twitterton.«

»Ich weiß es nicht«, sagte Peter. »Vielleicht muß alles verkauft werden, um die Gläubiger zu befriedigen.«

»Ach Gott, ja!« rief der Pfarrer. »Ich hoffe ja so sehr, daß jemand sich ordentlich darum kümmert. Vor allem um die Kakteen. Das sind empfindliche Wesen, und wir gehen auf den Winter zu. Ich weiß noch, wie ich vorigen Donnerstag zum Fenster hineingesehen und bei mir gedacht habe, daß es kaum unbedenklich für sie ist, sie in diesem Zimmer ohne Feuer zu lassen. Es wird Zeit, daß man sie für den Winter unter Glas stellt. Besonders diesen großen in dem Hängetopf und die neue Art, die er im Fenster stehen hat. Aber *Sie* heizen natürlich gut.«

»Das werden wir wirklich«, sagte Herriet, »nachdem wir doch jetzt mit Ihrer Hilfe die Schornsteine frei haben. Ich hoffe, Ihnen tut die Schulter nicht mehr weh.«

»Ich fühle sie noch. Ein wenig. Aber nicht der Rede wert. Nur ein kleiner Bluterguß, nichts weiter. ... Wenn es zu einer Auktion kommt, hoffe ich sehr, für den Kaktus mitbieten zu können – falls Aggie Twitterton ihn nicht selbst haben möchte. Und natürlich nur mit deiner Erlaubnis, meine Liebe.«

»Ehrlich gesagt, Simon, ich finde die Dinger abscheulich häßlich. Aber ich bin natürlich gern bereit, ihnen ein Dach über dem Kopf zu bieten. Ich weiß doch, daß du schon seit Jahren ganz wild auf diese Kakteen bist.«

»Nicht gerade wild, hoffe ich«, antwortete der Pfarrer.

»Aber ich muß leider gestehen, daß ich eine große Schwäche für Kakteen habe.«

»Eine regelrechte Krankheit ist das«, sagte seine Frau.

»Wirklich, meine Liebe, wirklich – du solltest nicht so übertreiben. Kommen Sie, Lady Peter – noch ein Gläschen Sherry. Nein, Sie dürfen einfach nicht nein sagen!«

»Soll ich die Erbsen aufsetzen, Mr. Bunter?«

Bunter hielt beim Aufräumen des Wohnzimmers inne und begab sich eiligen Schrittes zur Tür.

»Um die Erbsen werde *ich* mich kümmern, Mrs. Ruddle, und zwar zu gegebener Zeit.« Er sah zur Uhr, auf der es fünf Minuten nach sechs war. »Seine Lordschaft nimmt es mit den Erbsen sehr genau.«

»Ist das wahr?« Mrs. Ruddle schien die Bemerkung für den Auftakt zu einem Schwätzchen zu halten, denn gleich erschien sie auf der Schwelle. »Genau wie mein Bert. ›Mama‹, sagt er immer, ›ich mag die Erbsen nicht hart.‹ Komisch, wie oft sie aber hart *sind.* Oder völlig zu Brei gekocht. So oder so.«

Bunter enthielt sich eines Kommentars, und sie nahm einen neuen Anlauf. »Hier sind die Sachen, die ich polieren sollte. Schön geworden, nicht?«

Sie bot ihm eine messingne Röstgabel und das Stück von einem Bratenwender, das so unerwartet durch den Kamin heruntergekommen war, zur Begutachtung.

»Danke«, sagte Bunter. Er hängte die Röstgabel an einen Nagel neben dem Kamin und stellte das andere Utensil nach kurzem Überlegen aufrecht auf die Etagere.

»Komisch«, fuhr Mrs. Ruddle fort, »wie diese feinen Herrschaften es immer mit diesen alten Sachen haben. Komisch. Gerümpel, wenn Sie mich fragen.«

»Das ist ein sehr altes Stück«, sagte Bunter gemessen, indem er einen Schritt zurücktrat, um die Wirkung zu bewundern.

Mrs. Ruddle ließ ein Schnauben ertönen. »Ich find, wer

es da in den Kamin raufgetan hat, wußte, was er tat. Da ist mir doch ein schöner Gasherd alle Tage lieber. Ha, so was hätt ich schon gern – so einen, wie ihn meine Schwester hat, die in Biggleswade wohnt.«

»Man hat schon Leute tot in Gasherden vorgefunden«, sagte Bunter grimmig. Er nahm den Blazer seines Herrn, schüttelte ihn, schien seinen Tascheninhalt am Gewicht abzuschätzen und holte aus einer Tasche eine Pfeife, einen Tabakbeutel und drei Döschen Zündhölzer heraus.

»Meine Güte, Mr. Bunter, reden Sie nicht so was! Haben wir nicht schon genug Leichen im Haus? Wie die hier weiter wohnen können, weiß ich auch nicht.«

»Um für Seine Lordschaft und mich selbst zu sprechen, für uns sind Leichen nichts Ungewohntes.« Er brachte noch mehrere Streichholzdöschen zum Vorschein und entdeckte schließlich auf dem Boden des Nests noch eine Zündkerze und einen Korkenzieher.

»Ach ja«, sagte Mrs. Ruddle mit einem rührseligen Seufzer, »und wo *er* glücklich ist, da ist *sie* glücklich. Man sieht ja, wie ihr der Boden heilig ist, auf den er tritt.«

Bunter fand in einer anderen Tasche zwei Taschentücher, männlich und weiblich, und verglich sie nachdenklich miteinander. »Das ist für eine jungverheiratete Frau ein sehr geziemendes Gefühl.«

»Viel Glück! Aber es ist noch früh am Tage, Mr. Bunter. Mann ist Mann, wenn's darauf ankommt, Mr. Bunter. Ruddle – na ja, der hat mich ganz schön herumgeprügelt, wenn er einen sitzen hatte – und dabei war er ein guter Mann und hat immer das Geld nach Hause gebracht.«

»Ich möchte Sie bitten, Mrs. Ruddle«, sagte Bunter, während er die Streichholzdöschen im Zimmer verteilte, »nicht solche Vergleiche zu ziehen. Ich diene Seiner Lordschaft seit zwanzig Jahren, und einen angenehmeren Herrn könnten Sie kaum zu finden wünschen.«

»Sie sind ja auch nicht mit ihm verheiratet, Mr. Bunter. *Sie* können jeden Tag kündigen.«

»Ich hoffe zu wissen, wo es mir gutgeht, Mrs. Ruddle. Zwanzig Jahre Dienste, und nie ein böses Wort oder eine ungerechte Handlung seinerseits, so lange ich ihn kenne.« Ein Anflug von Rührung schlich sich in seine Stimme. Er legte ein Puderdöschen auf die Etagere; dann faltete er den Blazer liebevoll zusammen und legte ihn sich über den Arm.

»Da können Sie von Glück reden«, sagte Mrs. Ruddle. »Ich könnte das nicht vom armen Mr. Noakes behaupten, denn wenn er auch jetzt tot ist, muß ich sagen, daß er ein launischer, geiziger, mißtrauischer Rohling war, der arme alte Herr.«

»*Herr*, Mrs. Ruddle, würde ich für einen dehnbaren Begriff halten. Seine Lordschaft –«

»Da!« unterbrach ihn Mrs. Ruddle. »Also, wenn da nicht der junge Liebestraum den Weg heraufkommt . . .«

Bunters Stirn legte sich in fürchterliche Falten. »Auf *wen*, Mrs. Ruddle, bezieht sich bitte diese Bemerkung?« fragte er mit einer Stimme wie Jupiter Tonans.

»Na, auf diesen Frank Crutchley natürlich.«

»Ah so!« Jupiter war besänftigt. »Crutchley? Ist er Ihr nächster Auserwählter?«

»Nun machen Sie aber mal 'nen Punkt, Mr. Bunter! Meiner? Keine Bange! Nein, aber Aggie Twitterton ist hinter ihm her wie eine alte Katze hinter ihrem einzigen Jungen.«

»Tatsächlich?«

»Und das in *ihrem* Alter! Hammel als Lamm hergerichtet. Mir kann richtig schlecht werden. Wenn die wüßte, was ich weiß – aber bitte!«

Diese interessante Enthüllung wurde durch das Eintreten von Crutchley persönlich unterbrochen.

»'n Abend«, sagte er zur Allgemeinheit. »Irgendwelche besonderen Aufträge heute abend? Ich bin extra hergefahren, weil ich dachte, vielleicht liegt was an. Mr. Hancock braucht mich für ein, zwei Stunden nicht.«

»Seine Lordschaft hat die Anweisung gegeben, den Wagen zu waschen; aber jetzt ist er wieder fort.«

»Aha!« sagte Crutchley, der das offenbar für einen versteckten Hinweis hielt, daß man jetzt ungestört klatschen könne. »Na ja, einen schönen Tag haben sie ja dafür erwischt.«

Er schickte sich zögernd an, sich hinzusetzen, fing aber Bunters Blick und begnügte sich damit, sich nachlässig ans Ende der Bank zu lehnen.

»Hast du schon gehört, für wann die Beerdigung angesetzt ist?« erkundigte sich Mrs. Ruddle.

»Morgen halb zwölf.«

»Wird ja auch Zeit – wo er schon eine Woche oder länger liegt. Wird nicht viele Tränen geben, wenn ihr mich fragt. Gab so den einen oder andern, der Mr. Noakes nicht leiden konnte, nicht mal den mitgezählt, der ihn um die Ecke gebracht hat.«

»Viel weiter sind die ja bei der Verhandlung nicht gekommen, ist mein Eindruck«, bemerkte Crutchley.

Bunter öffnete die Etagere und begann aus ihrem kunterbunten Inhalt Weingläser herauszusuchen.

»Vertuschen«, sagte Mrs. Ruddle, »das wollten die. Es so hinstellen, als wär' nichts gewesen zwischen Joe Sellon und ihm. Dieser Kirk, dem sein Gesicht war ja Geld wert, als Ted Puddock ihm die ganzen Fragen gestellt hat.«

»Ich hatte den Eindruck, über den Teil sind sie ein bißchen schnell weggegangen.«

»Sollte eben keiner denken, daß ein Bobby was damit zu tun haben könnte. Hast du gesehen, wie mir der Untersuchungsrichter über den Mund gefahren ist, als ich es ihm erzählen wollte? Ha! Aber die Zeitungsleute, die waren schon neugierig darauf.«

»Darf ich fragen, ob Sie ihnen Ihre Meinung dargelegt haben?«

»Hätte ich vielleicht, Mr. Bunter, oder vielleicht nicht, nur ist in dem Moment gerade Seine Lordschaft gekommen, und dann sind sie alle auf ihn los wie die Wespen aufs Marmeladenglas. Er und seine Mylady sind morgen sicher in allen Zeitungen. Von mir haben sie auch ein Photo gemacht, mit Ihrer Ladyschaft. Ist doch schön, wenn man seine Bekannten in der Zeitung sieht, nicht?«

»Die Verletzung der intimsten Gefühle Seiner Lordschaft kann *mir* keine Befriedigung geben«, sagte Mr. Bunter tadelnd.

»Ha! Wenn ich denen alles gesagt hätte, was ich von Joe Sellon halte, hätten sie mich auf der ersten Seite gebracht. Ich wundere mich, daß sie den jungen Burschen noch frei herumlaufen lassen. Nachher werden wir noch alle in unsern Betten ermordet. In dem Moment, wo ich den armen Mr. Noakes hier tot hab' liegen sehen, hab' ich bei mir gedacht: ›Na, was hat wohl Joe Sellon damit zu tun – wo er der letzte war, der den armen Mann lebend gesehen hat?‹«

»Dann wußten Sie also schon, daß die Tat am Mittwochabend begangen wurde?«

»Wie denn, natürlich – Nein, da noch nicht – Hören Sie mal, Mr. Bunter, jetzt fangen Sie nicht an, einer Frau die Worte im Mund herumzudrehen – ich –«

»Ich finde nur«, sagte Bunter, »Sie sollten etwas vorsichtiger sein.«

»Ganz recht, Mrs. Ruddle«, sagte Crutchley. »Wenn Sie sich weiter so Sachen zusammenphantasieren, landen Sie dieser Tage noch mal gehörig in der Tinte.«

»Also«, versetzte Mrs. Ruddle, schon auf dem Rückzug zur Tür, »*ich* hatte ja nun mal nichts gegen Mr. Noakes. Anders als so manch einer, den ich beim Namen nennen könnte – mit ihren vierzig Pfund und so.«

Crutchley starrte der sich entfernenden Gestalt nach. »Allmächtiger, hat die Haare auf den Zähnen! Ob die sich nicht mal an ihrer eigenen Spucke vergiftet? Auf *deren* Aussage hin würde ich nicht mal 'nen Hund aufhängen. Widerliche alte Schwätzerin!«

Bunter enthielt sich jeglichen Kommentars, nahm statt dessen Peters Blazer und noch ein paar andere herumliegende Kleidungsstücke und begab sich damit nach oben. Crutchley, von seinem wachsamen Auge und strengen Benimmverständnis erlöst, schlenderte unauffällig zum Kamin hinüber.

»Oho!« sagte Mrs. Ruddle. Sie kam mit einer brennenden Lampe herein, die sie auf einen Tisch auf der anderen Seite des Zimmers stellte, und wandte sich mit hexengleichem Lächeln an Crutchley. »Da wartet einer auf heimliche Küsse im Dunkeln, wie?«

»Was soll das heißen?« fragte Crutchley mürrisch.

»Aggie Twitterton kommt eben mit dem Fahrrad den Berg runter.«

»Um Gottes willen!« Der junge Mann schickte einen raschen Blick zum Fenster hinaus. »Das ist sie wirklich.« Er rieb sich den Hinterkopf und fluchte leise.

»Ja, so ist das, wenn man das erhörte Gebet einer Jungfrau ist!« sagte Mrs. Ruddle.

»Jetzt hören Sie mal, Mrs. Ruddle. Mein Mädchen ist Polly, das wissen Sie doch. Zwischen mir und Aggie Twitterton war noch nie was.«

»Nicht zwischen dir und ihr – aber es kann ja was sein zwischen ihr und dir«, erwiderte Mrs. Ruddle schlagfertig und ging hinaus, bevor er antworten konnte. Bunter, der soeben die Treppe herunterkam, sah, wie Crutchley nachdenklich den Schürhaken in die Hand nahm.

»Darf ich fragen, was Sie sich hier herumtreiben? Ihre Arbeit ist draußen. Wenn Sie auf Seine Lordschaft warten wollen, können Sie das in der Garage tun.«

»Hören Sie mal, Mr. Bunter«, sagte Crutchley mit ernstem Gesicht. »Lassen Sie mich noch ein bißchen hierbleiben. Aggie Twitterton ist auf der Pirsch, und wenn sie mich zu fassen kriegt – verstehen Sie mich? Sie ist so ein bißchen –«

Er tippte sich bedeutungsvoll an die Stirn.

»Hm!« machte Bunter. Er ging ans Fenster und sah Miss Twitterton soeben am Tor von ihrem Fahrrad steigen. Sie rückte ihren Hut gerade und begann in dem an der Lenkstange befestigten Korb zu kramen. Bunter zog ruckartig den Vorhang zu. »Nun, lange können Sie hier nicht bleiben. Seine Lordschaft und Ihre Ladyschaft können jetzt jeden Augenblick zurückkommen. Was gibt es, Mrs. Ruddle?«

»Ich habe die Teller 'rausgestellt, wie Sie gesagt haben«, meldete die Dame mit demutsvoller Selbstgerechtigkeit. Bunter runzelte die Stirn. Sie hatte etwas in ihre Schürze gewickelt und rieb daran herum, während sie sprach. Er hatte das Gühl, daß er lange brauchen würde, Mrs. Ruddle ein anständiges Dienstbotenbetragen beizubringen.

»Und dann habe ich die andere Gemüseschüssel gefunden – aber sie ist kaputt.«

»Schön. Sie können diese Gläser hinausbringen und spülen. Irgendwelche Karaffen scheint es hier ja nicht zu geben.«

»Ach, das ist nicht so schlimm, Mr. Bunter. Ich hab ja bald die Flaschen sauber.«

»Flaschen?« fragte Bunter. »Was für Flaschen?« Ein furchtbarer Verdacht schoß ihm durch den Kopf. »Was haben Sie da in der Schürze?«

»Ach!« sagte Mrs. Ruddle. »Nur eine von diesen schmutzigen alten Flaschen, die Sie mitgebracht haben.« Sie zeigte triumphierend ihre Beute. »Wie die *aussahen*! Von oben bis unten voll Kalk.«

Bunters Welt drehte sich um ihn herum, und er mußte sich an der Bankecke festhalten.

»Mein Gott!«

»So was kann man doch wohl nicht auf den Tisch stellen, oder?«

»Weib!« schrie Bunter und entriß ihr die Flasche. »Das ist der 96er Cockburn!«

»Autsch – ach ja?« machte Mrs. Ruddle, ohne ein Wort zu verstehen. »Na so was! Ich hab gedacht, da ist was zu trinken drin.«

Bunter behielt sich mit Mühe in der Gewalt. Sie hatten die Kisten sicherheitshalber in der Vorratskammer stehenlassen. Im Keller war die Polizei aus- und eingegangen, aber nach allen Gesetzen Englands ist eines Menschen Vorratskammer heilig. Er sagte mit zitternder Stimme:

»Sie haben doch hoffentlich nicht auch noch welche von den andern Flaschen angefaßt?«

»Nur um sie auszupacken und aufrecht hinzustellen«, versicherte Mrs. Ruddle ihm heiteren Gemüts. »Die Kisten kann man gut als Anmachholz brauchen.«

»Herrgottsapperment!« schrie Bunter. Die Maske fiel in einem Stück von ihm ab, und die Natur, rot an Zähnen und Klauen, sprang wie ein Tiger aus dem Hinterhalt hervor. »Himmelherrgottsapperment! Hält der Mensch das für möglich? Der ganze erlesene Portwein Seiner Lordschaft!« Er hob die bebenden Hände zum Himmel. »Sie elende alte Schnüfflerin! Sie dummer Trampel! Wer hat Ihnen erlaubt, Ihre lange Nase in meine Vorratskammer zu stecken?«

»Aber wirklich, Mr. Bunter!« sagte Mrs. Ruddle.

»Schon kapiert«, sagte Crutchley genüßlich. »Da ist jemand an der Tür.«

»Raus hier!« wütete Mr. Bunter, ohne ihn zu beachten. »Raus, bevor ich Ihnen das Fell abziehe!«

»Also, ich muß schon sagen! Woher sollte ich das wissen?«

»Hinaus!«

Mrs. Ruddle verzog sich, jedoch mit Würde.

»So ein Benehmen!«

»Diesmal haben Sie mitten ins Fettnäpfchen getreten, Mrs. Ruddle«, bemerkte Crutchley grinsend. Mrs. Ruddle drehte sich an der Tür um.

»Von jetzt an können gewisse Leute ihren Dreck alleine machen«, sagte sie mit ersterbender Stimme und entschwand.

Bunter nahm die geschändete Portweinflasche und wiegte sie traurig in den Armen.

»Der ganze Portwein! Der ganze schöne Portwein! Zweieinhalb Dutzend Flaschen, und alle durchgeschüttelt! Und Seine Lordschaft hat ihn im Wagen mitgebracht und ist so vorsichtig gefahren, als ob er ein Baby auf dem Arm gehabt hätte.«

»Na«, sagte Crutchley, »das ist aber ein Wunder, wenn man bedenkt, wie er heute nachmittag nach Pagford hineingebraust ist. Fast hätte er mich mitsamt meinem Taxi von der Straße gefegt.«

»Kein Tropfen trinkbar für die nächsten zwei Wochen! – Und dabei freut er sich immer so auf sein Gläschen nach dem Essen.«

»Na«, sagte Crutchley wieder mit dem Gleichmut, den wir für anderer Leute Unglück aufbringen, »da hat er nun mal Pech gehabt, das ist alles.«

Bunter stieß einen Cassandraruf aus:

»Auf diesem Hause liegt ein Fluch!«

Als er sich gerade umdrehte, flog die Tür heftig auf, und Miss Twitterton trat ein; sie zuckte mit einem kleinen Aufschrei zurück, als diese Schimpfkanonade ihr voll ins Gesicht flog.

»Miss Twitterton«, meldete Mrs. Ruddle unnötigerweise und knallte die Tür wieder zu.

»O Gott!« keuchte die geplagte Miss Twitterton. »Ich bitte um Verzeihung. Äh ... ist Lady Peter zu Hause? ... Ich bringe ihr nur ... Oh, sie sind vermutlich ausgegangen ... Mrs. Ruddle ist ja so dumm. Vielleicht ...« Sie blickte flehend vom einen zum andern. Bunter nahm sich zusammen und setzte seine steinerne Maske wieder auf, und diese Metamorphose brachte Miss Twitterton vollends durcheinander.

»Wenn es Ihnen nicht zuviel Mühe macht, Mr. Bunter,

könnten Sie so freundlich sein und Lady Peter sagen, daß ich ihr ein paar Eier von meinen Hühnern mitgebracht habe?«

»Gewiß, Miss Twitterton.« Das Porzellan war zerschlagen und war nun nicht wieder zu kitten. Bunter nahm den Korb mit der herablassenden Höflichkeit entgegen, die dem Butler des Herrn gegenüber einer Abhängigen des Hauses wohl zu Gesicht stand.

»Meine Braunen Orpingtons«, erklärte Miss Twitterton, »die – legen so hübsche braune Eier, nicht wahr? Und da dachte ich – vielleicht –«

»Ihre Ladyschaft wird diese Aufmerksamkeit sehr zu schätzen wissen. Möchten Sie vielleicht warten?«

»Oh, danke ... ich weiß nicht recht ...«

»Ich erwarte die Herrschaften in aller Kürze zurück. Aus dem Pfarrhaus.«

»Oh!« machte Miss Twitterton. »Ja.« Sie setzte sich hilflos auf den angebotenen Stuhl. Ich wollte ja nur den Korb Mrs. Ruddle geben, aber sie kommt mir ziemlich aufgeregt vor.«

Crutchley lachte kurz auf. Er hatte schon mehrfach zu flüchten versucht, aber Bunter und Miss Twitterton waren zwischen ihm und der Tür, und nun schien er sich abgefunden zu haben. Bunter war offenbar froh um die Gelegenheit, eine Erklärung abgeben zu können.

»*Ich* habe mich sehr aufregen müssen, Miss Twitterton. Mrs. Ruddle hat den ganzen Portwein Seiner Lordschaft durchgeschüttelt, und er hatte sich gerade wieder so schön gesetzt, nach der Reise.«

»Ach, wie schrecklich!« rief Miss Twitterton. Ihre mitfühlende Seele hatte erfaßt, daß es sich um eine, wenn auch noch so unverständliche, Katastrophe erster Größe handeln mußte. »Ist jetzt alles verdorben? Ich glaube, im Schweinehirten gibt es einen guten Portwein zu kaufen – er ist nur ziemlich teuer – sechseinhalb Shilling die Flasche, und nicht mal Flaschenpfand zurück.«

»Ich fürchte«, sagte Bunter, »das dürfte kaum eine Abhilfe sein.«

»Oder wenn sie etwas von meinem Pastinakwein haben möchten, würde ich gern –«

»Huh!« machte Crutchley. Er wies mit dem Daumen auf die Flasche in Bunters Armen. »Was muß man denn dafür so anlegen?«

Bunter ertrug es nicht mehr. Er wandte sich zum Gehen.

»Zweihundertvier Shilling das Dutzend!«

»Alle Wetter!« sagte Crutchley. Miss Twitterton traute ihren Ohren nicht.

»Das Dutzend *was*?«

»Flaschen!« sagte Bunter. Er ging erschüttert, mit hängenden Schultern, hinaus und machte entschieden die Tür hinter sich zu. Miss Twitterton rechnete schnell an den Fingern nach und wandte sich fassungslos an Crutchley, der mit höhnischem Lächeln dastand und keinen weiteren Versuch mehr unternahm, dem Gespräch auszuweichen.

»Zweihundertvier – siebzehn Shilling die Flasche! Das ist doch unmöglich! Das ist ... das gehört sich nicht!«

»Ja. Ein bißchen mehr, als du und ich uns leisten können, wie? Dieser Kerl könnte vierzig Pfund so aus der Westentasche hinlegen und würde sie nicht mal vermissen. Aber tut er das? Nein!«

Er ging zum Kamin und spuckte vielsagend ins Feuer.

»O Frank! Du darfst nicht so verbittert sein. Du kannst von Lord Peter nicht erwarten –«

»›Lord Peter‹! – Wer bist du eigentlich, daß du ihn beim Vornamen nennst? Du hältst dich wohl für Gott weiß was, wie?«

»Das ist nur die korrekte Anredeform«, sagte Miss Twitterton, indem sie sich ein wenig aufrichtete. »Ich weiß sehr wohl, wie man mit Leuten von Stand spricht.«

»O ja!« versetzte der Gärtner hämisch. »Das kann ich mir denken. Und zu seinem Lakaien sagst du ›Mister‹.

Komm mal runter, mein Kind. Für dich heißt das genauso ›Mylord‹ wie für alle andern. ... Ich weiß, daß deine Mutter Lehrerin war, bitte sehr. *Und* dein Vater war der Kuhhirte vom alten Ted Baker. Wenn sie unter ihrem Stand geheiratet hat, ist das auch nichts zum Angeben.«

»Also –« Miss Twittertons Stimme zitterte – »*du* bist der letzte, der so etwas zu mir sagen dürfte.«

Crutchley senkte den Kopf.

»So ist das also? Soll das heißen, daß du dich hinunterbegibst, wenn du dich mit mir gemein machst, ja? Na gut. Geh du nur hin und misch dich unter die feinen Leute. *Lord* Peter!«

Er stieß die Hände tief in die Taschen und ging wütend ans Fenster. Seine Entschlossenheit, einen Streit vom Zaun zu brechen, war so offensichtlich, daß Miss Twitterton sie nicht übersehen konnte. Dafür konnte es nur eine Erklärung geben. Sie hob schelmisch einen drohenden Finger.

»Aber Frank, du dummer Junge, du! Ich glaube fast, du bist eifersüchtig!«

»Eifersüchtig!« Er sah sie an und fing an zu lachen. Es war kein angenehmes Lachen, obwohl man alle seine Zähne dabei sah. »Das ist ja gut! Das ist der Gipfel! Was hast du vor? Willst du jetzt vielleicht Seiner Lordschaft schöne Augen machen?«

»Frank! Das ist doch ein verheirateter Mann. Wie kannst du so etwas nur sagen?«

»O ja, er ist verheiratet. Fest am Wickel. Den Kopf mitten in der Schlinge. ›Ja, Liebling. Nein, Liebling. Gib Küßchen, Liebling!‹ Schön, nicht?«

Miss Twitterton *fand* das schön und sagte es.

»Es ist natürlich schön, zu sehen, wenn zwei Menschen sich so zugetan sind.«

»Romanze am Hof. Du möchtest wohl gern in ihren Schuhen stecken, wie?«

»Du glaubst doch nicht wirklich, daß ich mit irgend jemandem tauschen möchte?« rief Miss Twitterton. »Aber Frank! Wenn du und ich doch nur auf der Stelle heiraten könnten –«

»Ah, ja«, sagte Crutchley mit einer gewissen Befriedigung. »Dein Onkel Noakes hat uns da wohl einen kleinen Knüppel zwischen die Speichen geschoben, nicht?«

»Oh! – Ich habe dich schon den ganzen Tag zu erreichen versucht, damit wir besprechen können, was wir jetzt tun sollen.«

»Was *wir* tun sollen?«

»Es ist mir nicht um mich zu tun, Frank. Ich würde mir für dich die Finger blutig arbeiten.«

»Das würde aber was nützen! Was ist mit meiner Garage? Wenn du mich nicht so beschwatzt hättest, hätte ich meine vierzig Pfund schon vor Monaten aus dem alten Lumpen herausgeholt.«

Miss Twitterton verzagte vor seinem wütenden Blick.

»Bitte, sei doch nicht so böse mit mir. Das konnten wir schließlich beide nicht wissen. Und – oh Gott! Da ist ja noch so etwas Schreckliches –«

»Was ist denn jetzt wieder los?«

»Ich – ich – ich hatte ein bißchen gespart – hier ein bißchen und da ein bißchen, verstehst du – und ich hatte schon fast fünfzig Pfund auf dem Sparkonto –«

»Fünfzig Pfund, so?« fragte Crutchley, und sein Ton wurde schon etwas sanfter. »Na ja, das ist schon ein hübsches Sümmchen . . .«

»Ich hatte das für die Garage gedacht. Es sollte eine Überraschung für dich sein –«

»Na gut, und was ist jetzt damit schiefgegangen?« Der Anblick ihrer flehenden Augen und ihrer zuckenden, knochigen Hände ließ seine Wut wieder hochkommen. »Hat die Post pleite gemacht?«

»Ich – ich – ich hab's Onkel geliehen. Er hat gesagt, er sei knapp an Geld – die Leute hätten ihre Rechnungen nicht bezahlt –«

»Na ja«, sagte Crutchley ungehalten, »du hast doch sicher eine Quittung dafür.« Erregung packte ihn. »Das ist *dein* Geld. An das kommen sie nicht heran. Das läßt du dir von ihnen geben – du hast eine Quittung dafür. Gib mir die Quittung, und ich regele das mit diesem MacBride. Damit sind meine vierzig Pfund jedenfalls abgedeckt.«

»Aber ich habe nie daran gedacht, mir von Onkel eine *Quittung* geben zu lassen. Doch nicht unter Verwandten. Wie hätte ich das denn gekonnt?«

»Du hast nicht daran –? Du hast nichts Schriftliches? Von allen gottverdammten Idioten – !«

»O Frank, lieber Frank! Es tut mir so leid. Alles scheint schiefgegangen zu sein. Aber du weißt doch, du hast dir das doch auch nicht träumen lassen, so wenig wie ich –«

»Nein; sonst hätte ich ein bißchen anders gehandelt, das kann ich dir sagen.«

Er knirschte mit den Zähnen und trat mit dem Absatz gegen ein Scheit im Kamin, daß die Funken flogen. Miss Twitterton beobachtete ihn mit jämmerlichem Gesicht. Dann richtete eine neue Hoffnung sie wieder auf.

»Frank, hör mal zu. Lord Peter könnte dir das Geld vielleicht *leihen*, damit du die Garage aufmachen kannst. Er ist so reich.«

Crutchley dachte darüber nach. Reich geboren und dumm geboren waren für ihn ein und dasselbe. Es war denkbar, wenn er einen guten Eindruck machte – obwohl das bedeutete, daß er vor einem Titel kriechen mußte.

»Das ist richtig«, räumte er ein. »Das könnte er.«

In ihrer Begeisterung sah Miss Twitterton die Möglichkeit bereits als vollendete Tatsache. Ihre sehnlichen Wünsche flogen ihr voran in eine strahlende Zukunft.

»Das tut er ganz sicher. Wir könnten sofort heiraten und dieses kleine Eckhäuschen haben – du weißt ja – das an der Hauptstraße, wo du gesagt hast – und da werden bestimmt ganz viele Wagen anhalten. Und ich könnte mit meinen Orpingtons noch ganz schön was beisteuern!«

»Du und deine Orpingtons!«

»Und ich könnte wieder Klavierstunden geben. Schüler bekäme ich bestimmt. Da ist die kleine Elsie vom Stationsvorsteher –«

»Klein-Elsie soll mich mal! Jetzt hör mal zu, Aggie, es wird Zeit, daß wir Klartext reden. Daß wir beide uns zusammentun wollten mit dem Gedanken, an das Geld von deinem Onkel zu kommen – das war eine Sache, verstanden? Geschäft ist Geschäft. Aber wenn von dir kein Geld kommt, wird nichts daraus. Begreifst du das?«

Miss Twitterton stieß einen leisen Blökton aus. Er fuhr brutal fort:

»Ein Mann, der sein Leben noch vor sich hat, braucht eine Frau, klar? Ein nettes Frauchen, zu dem er nach Hause kommen kann. Eine zum Liebhaben – keine knochige alte Henne mit einem Stallvoll Orpingtons.«

»Wie kannst du so mit mir reden?«

Er packte sie hart bei den Schultern und drehte sie zum Spiegel mit den aufgemalten Rosen.

»Sieh dich doch mal selbst an, du dumme Gans! Man kann von einem Mann nicht verlangen, daß er seine eigene Großmutter heiratet –«

Sie wich zurück und stieß ihn von sich.

»Und mich dann noch immer schulmeistern wollen. ›Frank, deine Manieren!‹ und ›Frank, deine Aussprache!‹ Und immer vor Seiner Lordschaft großtun – ›Frank ist ja so klug‹ – von wegen! Regelrecht zum Narren machst du einen ja.«

»Ich wollte dir doch nur helfen, voranzukommen.«

»Ja – mich vorführen, als wenn ich dein Eigentum wäre. Du willst mich mit ins Schlafzimmer nehmen wie deine silberne Teekanne – und mit einer silbernen Teekanne könntest du genausoviel anfangen, schätze ich.«

Miss Twitterton hielt sich die Ohren mit beiden Händen zu. »Ich höre dir nicht mehr zu – du bist verrückt – du bist –«

»Du hast gedacht, du hast mich mit dem Geld deines Onkels gekauft, wie? Also – wo ist es?«

»Wie kannst du so grausam sein? – nach allem, was ich für dich getan habe!«

»Du hast was für mich getan, o ja! Mich zum Gespött gemacht und in eine ekelhafte Lage gebracht. Wahrscheinlich hast du sogar schon überall herumposaunt, daß wir nur noch beim Pfarrer das Aufgebot bestellen wollen –«

»Ich habe nie ein Wort gesagt – wirklich, wahrhaftig, nie ein Wort.«

»So, hast du nicht? Dann hättest du vorhin mal die alte Ruddle reden hören sollen.«

»Und wenn ich was gesagt hätte«, rief Miss Twitterton mit dem letzten Mut der Verzweiflung, »warum denn nicht? Du hast mir immer wieder gesagt, daß du mich gern hast – du hast gesagt, daß du – daß du –«

»Oh, hör doch auf damit!«

»Aber du hast es gesagt. Du kannst doch nicht so grausam sein, das kannst du nicht! Du weißt ja nicht – du weißt ja nicht – Frank, bitte! Lieber Frank – ich weiß, daß es für dich eine bittere Enttäuschung war – aber du kannst das nicht ernst meinen, das kannst du nicht! Ich – ich – oh, sei doch nett zu mir, Frank – ich liebe dich ja so –«

Sie warf sich wild flehend in seine Arme, und die Berührung ihr feuchten Wangen und ihres mageren Körpers ließ ihn sich in eine häßliche Wut hineinsteigern.

»Verdammt noch mal, verschwinde! Nimm deine häßlichen Klauen von meinem Hals. Halt den Mund! Ich kann dich nicht mehr sehen.«

Er riß sie von sich los und schleuderte sie so heftig auf die Bank, daß sie blaue Flecken davontrug und der Hut ihr komisch über ein Ohr rutschte. Als er auf sie hinuntersah und sich an ihrer hilflosen Lächerlichkeit und wimmernden Demütigung weidete, nahte das tiefe Dröhnen des Daimlers und verstummte vor dem Tor. Das Türschloß klickte, und Schritte kamen den Weg herauf. Miss Twitterton seufzte und schluckte und kramte blind nach ihrem Taschentuch.

»Zum Teufel noch mal!« sagte Crutchley. »Da kommen sie.«

Der Kies knirschte, und dazwischen hörte man zwei Stimmen, die leise miteinander sangen:

»Et ma joli' colombe
Qui chante jour et nuit,
Et ma joli' colombe
Qui chante jour et nuit,
Qui chante pour les filles
Qui n'ont pas de mari –
Auprès de ma blonde
Qu'il fait bon, fait bon, fait bon,
Auprès de ma blonde
Qu'il fait bon dormi.«

»Steh auf, du dumme Pute!« sagte Crutchley, indem er hastig seine Mütze suchte.

»Qui chante pour les filles
Qui n'ont pas de mari,
Qui chante pour les filles
Qui n'not pas de mari –«

Er fand seine Mütze auf der Fensterbank und setzte sie sich mit einem Ruck auf den Kopf. »Mach lieber, daß du hier rauskommst, schnell. Ich bin weg.«

Die Frauenstimme erklang, allein und jubilierend:

Pour moi ne chante guère
Car j'en ai un joli –«

Die Melodie, wenn schon nicht der Text, ließ Miss Twitterton so recht den schamlosen Triumph ins Bewußtsein dringen, und sie wand sich jammervoll auf der harten Bank, während draußen das Duett wieder anhob:

»Auprès de ma blonde
Qu'il fait bon, fait bon, fait bon,
Auprès de ma blonde
Qu'il fait bon dormi.«

Sie hob das verquollene, leiderfüllte Gesicht; aber Crutchley war schon fort – und der Text des Liedes fiel ihr wieder ein. Ihre Mutter, die Schulmeisterin, hatte es in einem Büchlein französischer Lieder stehen gehabt – obwohl das natürlich kein Lied war, das man Schulkindern beibringen konnte. Draußen auf dem Flur waren Stimmen zu hören.

»Oh, Crutchley!« – selbstverständlich und befehlend. »Sie könnten den Wagen in die Garage stellen.«

Und Crutchleys Stimme, farblos und respektvoll, als ob sie solch grausamer Worte gar nicht fähig wäre:

»Sehr wohl, Mylord.«

Wo hinaus? Miss Twitterton tupfte sich die Tränen vom Gesicht. Nicht in den Flur, wo sie alle waren – auch Frank – und womöglich kam Bunter aus der Küche – und was würde Lord Peter denken?

»Haben Mylord heute abend sonst noch Wünsche?«

»Nein, danke, das ist alles. Gute Nacht.«

Der Türknauf bewegte sich unter seiner Hand. Dann die Stimme Ihrer Ladyschaft – warm und freundlich:

»Gute Nacht, Crutchley.«

»Gute Nacht, Mylord. Gute Nacht, Mylady.«

Von Panik ergriffen, flüchtete Miss Twitterton blind die Treppe zu den Schlafzimmern hinauf, als die Tür aufging.

16

Liebeskrone

Norbert:	*Was geschehn, enthülle nicht. Dies ist das Höchste.*
Konstanze:	*Dein, dein!*
Norbert:	*Du und ich – was kümmert uns, wie wir hierher gelangt, ins tiefste Labyrinth? Schon mancher starb, den Ort zu finden, den wir zwei gefunden.*

ROBERT BROWNING: AUF DEM ALTAN

»So so so!« sagte Peter. »Da sind wir also wieder. Er nahm seiner Frau den Mantel von den Schultern und drückte ihr einen sanften Kuß in den Nacken.

»Im stolzen Bewußtsein erfüllter Pflicht.«

Sein Blick folgte ihr durchs Zimmer. »Herrlich anregend, seine Pflicht zu tun. Es gibt einem so ein erhabenes Gefühl. Mir ist ganz schwindlig.«

Sie ließ sich auf die Couch fallen und legte den Arm lässig auf die Rückenlehne.

»Ich fühle mich ein wenig berauscht. Das kann doch nicht des Pfarrers Sherry gewesen sein?«

»Nein«, sagte er entschieden, »der war's nicht. Obwohl ich schon schlechteren getrunken zu haben glaube. Nicht viel, und nicht öfter als einmal. Nein – das ist nur die anregende Wirkung der guten Tat – vielleicht liegt's auch an der Landluft – irgend etwas wird's schon sein.«

»Ein wenig benebelnd, aber nett.«

»O ja, unbedingt.« Er schlang sich den Schal vom Hals, legte ihn mit dem Mantel auf die Bank und suchte unschlüssig einen Platz hinter der Couch. »Ich wollte sagen

– ja, unbedingt. Wie Champagner. Fast wie Verliebtsein. Aber daß es das ist, glaube ich auch nicht. Du vielleicht?«

Sie legte den Kopf nach hinten und lächelte ihn an, so daß er ihr Gesicht in seltsamer, faszinierender Verkehrung sah.

»Ganz bestimmt nicht.« Sie fing seine vagabundierenden Hände, hielt sie stumm protestierend von ihren Brüsten fern, legte sie unter ihr Kinn und hielt sie dort gefangen.

»Habe ich mir gedacht. Schließlich sind wir verheiratet. Oder nicht? Man kann nicht verheiratet *und* verliebt sein. Ich meine, nicht in dieselbe Person, mit der man verheiratet ist. Das gehört sich nicht.«

»Absolut nicht.«

»Schade. Ich fühle mich nämlich heute abend so richtig jugendlich und närrisch. Zart und rankend, wie ein junger Erbsenstrauch. Regelrecht romantisch.«

»Für einen Gentleman in Eurer Stellung ist das absolut schändlich, Mylord.«

»Mein Geisteszustand ist schlicht erschreckend. Ich möchte die Violinen aufspielen und schmeichelnde Musik ertönen lassen, während der Bühnenbeleuchter den Mond aufgehen läßt –«

»Und schmelzende Stimmen schmachtende Lieder singen!«

»Herrgott, ja, warum denn nicht? Ich *will* jetzt meine schmachtende Musik haben. Laß meine Hände los, Frau! Mal sehen, was die BBC uns zu bieten hat.«

Sie ließ ihn los, und nun waren es ihre Augen, die ihm zur Radiotruhe folgten.

»Bleib mal einen Augenblick so stehen, Peter. Nein – dreh dich nicht um.«

»Warum?« fragte er, blieb aber gehorsam stehen. »Beginnt mein unglückseliges Gesicht dir auf die Nerven zu gehen?«

»Nein – ich habe nur eben deinen Rücken bewundert,

nichts weiter. Er hat so etwas Federndes an sich, was mir sehr gefällt. Absolut berückend.«

»Wirklich? Ich kann ihn ja nicht sehen. Aber das muß ich meinem Schneider sagen. Er tut immer so, als ob mein Rücken seine Erfindung wäre.«

»Hält er sich auch für den Erfinder deiner Ohren und deines Hinterkopfs und deines Nasenrückens?«

»Keine Schmeichelei kann für mein armseliges Geschlecht zu dick aufgetragen sein. Ich schnurre wie eine Kaffeemühle. Aber du hättest dir ein paar leichter zugängliche von meinen Zügen aussuchen können. Man kann so schlecht mit dem Hinterkopf Verehrung zum Ausdruck bringen.«

»Das ist es gerade. Ich will mir den Luxus einer hoffnungslosen Leidenschaft gönnen. Dort ist die Hinterseite dieses anbetungswürdigen Kopfes, kann ich mir sagen, und keine Worte von mir werden sie je erweichen können.«

»Da bin ich nicht so sicher. Aber ich werde mich bemühen, deinen Erwartungen gerecht zu werden – mein Herz gehört meiner Liebsten, meine Knochen aber mir. Im Augenblick allerdings gehorchen die unsterblichen Knochen dem sterblichen Fleisch und der sterblichen Seele. Zum Teufel, weswegen bin ich eigentlich hierhergekommen?«

»Wegen der schmeichelnden Musik.«

»Ach ja, richtig. So, meine kleinen Minnesänger vom Portland Place! Schlagt in die Saiten, myrtenbekränzte Knaben, efeugeschmückte Maiden, stimmt an zusammen!«

»Grrr!« machte der Lautsprecher. ». . . und vor dem Betten sollte die Unterlage mit gut verrottetem Pferdemist . . .«

»Hilfe!«

»Das genügt«, sagte Peter, indem er ausschaltete. »Ich will keinen Pferdemist im Bett.«

»Dieser Mann hat eine schmutzige Phantasie.«

»Ekelhaft. Ich werde einen geharnischten Brief an Sir John Reith schreiben. Ist es nicht geradezu himmelschreiend, daß gerade in dem Moment, da man von den reinsten und heiligsten Gefühlen überquillt – da man sich fühlt wie Galahad und Alexander und Clark Gable in einer Person – wenn man sozusagen dahinfährt auf den trägen Wolken und auf der Luft gewölbtem Busen schwebt –«

»Liebster, weißt du auch genau, daß es nicht der Sherry ist?«

»Sherry!« Sein Übermut machte sich in einer schillernden Fontäne Luft. »Ich schwöre, Fräulein, bei dem heil'gen Mond . . .« Er hielt inne und gestikulierte nach der Schattenseite hin. »He, die haben den Mond auf die falsche Seite gehängt.«

»Wie schlampig vom Requisitor!«

»Wieder betrunken, wieder betrunken . . . Vielleicht hast du doch recht mit dem Sherry. Zum Kuckuck mit diesem Mond, er ist undicht. O mehr als Mond, nicht Meere türme auf, um mich in deiner Sphäre zu ertränken!« Er wickelte sein Taschentuch um den Lampenschaft und trug sie zum Tisch hinüber, um sie neben sie zu stellen, so daß ihr orangefarbenes Kleid im Lichtkegel leuchtete wie eine Oriflamme. »So ist es besser. Beginnen wir also noch einmal von vorn. Ich schwöre, Fräulein, bei dem heil'gen Mond, der silbern dieser Bäume Wipfel säumt . . . Es handelt sich bei Shakespeare wohlgemerkt um Obstbäume – in diesem Falle *malus aspidistriensis*. Von der Direktion zu horrenden Kosten eigens importiert . . .«

Die Stimmen drangen leise zu Miss Twitterton hinauf, die zitternd in dem Zimmer über ihnen kauerte. Sie hatte über die Hintertreppe flüchten wollen; aber unten an dieser Treppe stand Mrs. Ruddle und haderte wortreich mit Bunter, dessen Antworten aus der Küche nicht zu vernehmen waren. Immer wieder schien sie sich zum Gehen anzuschicken, und immer wieder kam sie noch einmal zurück, um noch etwas anzumerken. Jeden Augenblick konnte sie sich verziehen, und dann –

Bunter kam so leise heraus, daß Miss Twitterton ihn nicht hörte, bis plötzlich genau unter ihr seine Stimme laut ertönte:

»Ich habe Ihnen nichts weiter zu sagen, Mrs. Ruddle. Gute Nacht.«

Die Hintertür wurde vernehmlich geschlossen, und dann hörte man Geräusche von vorgeschobenen Riegeln. Ungehört zu entkommen war jetzt nicht mehr möglich. Im nächsten Augenblick ließen sich Schritte auf der Treppe vernehmen. Miss Twitterton zog sich hastig in Harriets Schlafzimmer zurück. Die Schritte kamen näher; sie erreichten den Treppenabsatz, kamen weiter; sie kamen herein. Miss Twitterton zog sich noch weiter zurück und fand sich zu ihrem Schrecken im Schlafzimmer eines Herrn wieder, wo es leicht nach Haarwasser und Harris-Tweed duftete. Nebenan hörte sie ein Feuer knisternd angehen, das Rasseln der Vorhänge an ihren Stangen beim Zuziehen, ein gedämpftes Klirren, das Eingießen frischen Wassers in die Kanne. Dann drehte sich der Türknauf, und sie flüchtete atemlos zurück in die Dunkelheit des Treppenhauses.

»... Romeo war ein grüner Junge, und seine Bäume trugen immer grüne Äpfel. Setz dich dahin, Aholibah, und spiele die Königin mit einer Krone aus Weinlaub und einem Zepter aus Pampasgras. Leih mir deinen Mantel, und ich werde die Könige und alle ihre Reitersleute sein. Seid so gut und haltet die Rede, leicht von der Zunge weg: Meine schneeweißen Rosse stampfen und schäumen – Verzeihung, jetzt bin ich ins verkehrte Gedicht geraten, aber ich stampfe und schäume wie sonstwas. Sprich, Dame mit der goldenen Stimme: ›Ich Königin bins Aholibah –‹ «

Sie lachte und ließ volltönend den herrlichen Unsinn erklingen:

»Ich Königin bins Aholibah
Mein Mundkuss küsste stumm das Ah
Auf fremden Lippen seufzersiech.
Mein Königsbette baute Gott,
Und war das Inlett rosinrot,
Und Helfenbein wars auswendig.
Mein hitziger Mund war hitziger Flamm
Von Lust auf Könige und was kam
Mit Reutern reutend königlich.

Peter, du machst diesen Stuhl kaputt. Du bist *doch* ein Verrückter!«

»Liebste, ich muß es sein.« Er warf den Mantel ab und blieb vor ihr stehen. »Wenn ich ernst zu sein versuche, mache ich mich vollends zum Narren. Es ist idiotisch.« Seine Stimme schwankte mit einem ungewissen Unterton. »Stell dir das vor – lach darüber – ein wohlgenährter, wohlgepflegter, wohlhabender Engländer von fünfundvierzig Jahren mit gestärktem Hemd und Monokel geht vor seiner Frau auf die Knie – vor seiner eigenen, was es noch viel komischer macht – und sagt zu ihr – sagt –«

»Sag's mir, Peter.«

»Ich kann nicht. Ich traue mich nicht.«

Sie nahm seinen Kopf zwischen ihre Hände, und was sie in seinem Gesicht sah, ließ ihr das Herz stocken.

»O nein, Lieber, nicht ... Nicht all das ... Es ist fürchterlich, so glücklich zu sein.«

»Nein, das ist es nicht«, sagte er rasch und schöpfte Mut aus ihren Ängsten.

»Ein jedes Ding naht seinem Untergang,
Nur unsere Liebe kennt nicht den Verfall;
Sie hat kein Morgen, hat kein Gestern;
Eilend eilt sie doch nie uns fort,
Bewahret den ersten, letzten, den ewigen Tag.«

»Peter –«

Er schüttelte den Kopf, verzweifelt ob seiner eigenen Ohnmacht.

»Wie kann denn *ich* noch Worte finden? Die Dichter haben sie mir alle schon weggenommen, und mir bleibt nichts mehr, was ich sagen oder tun kann –«

»Außer daß du mich zum erstenmal lehrst, was sie bedeuten.«

Er fand das schwer zu glauben.

»Habe ich das getan?«

»O Peter –« Irgendwie mußte sie es ihn glauben machen, weil es so wichtig war, daß er es glaubte. »Mein ganzes Leben lang bin ich im Dunkeln herumgelaufen – aber jetzt habe ich dein Herz gefunden, und ich bin glücklich und zufrieden.«

»Und worauf laufen alle die großen Worte letzten Endes hinaus als auf dies? – Ich liebe dich – ich finde Ruhe bei dir – ich bin heimgekommen.«

Es herrschte so eine Stille im Zimmer, daß Miss Twitterton glaubte, es müsse leer sein. Leise schlich sie Stufe um Stufe hinunter, voll Angst, daß Bunter sie hören könnte. Die Tür war nur angelehnt, und sie drückte sie zentimeterweise weiter auf. Die Lampe war fortgenommen worden, und sie fand sich im Dunkeln wieder – aber das Zimmer war eben doch nicht leer. Drüben auf der andern Seite, umrahmt vom Lichtkegel der Lampe, harrten die beiden Gestalten, hell und reglos wie ein Bild – die dunkelhaarige Frau mit einem Kleid gleich Flammen, die Arme um die gebeugten Schultern des Mannes geschlungen, seinen goldblonden Kopf auf ihrem Schoß. Sie waren so still und reglos, daß selbst der große Rubin an ihrer linken Hand stetig funkelte, ohne zu glitzern.

Miss Twitterton, zu Stein erstarrt, wagte weder einen Schritt vorwärts noch rückwärts zu machen.

»Lieber.« Das Wort war nur ein Flüstern, gesprochen

ohne eine Bewegung. »Mein ganzes Herz. Mein Geliebter und Gemahl.« Die verschlungenen Hände mußten fester zugefaßt haben, denn der rote Stein sprühte plötzlich Feuer. »Du bist mein, mein, ganz und gar mein.«

Der Kopf ging hoch, und seine Stimme nahm den Triumph dieser Worte auf und schickte ihn in einer sich auftürmenden Woge zurück:

»Dein. Dein wie ich bin. Mit all meinen Fehlern, meinen Narreteien, ganz und auf immer dein. Solange dieser armselige, leidenschaftliche Narrenleib noch Hände hat, dich zu umfassen, und Lippen, um zu sagen: Ich liebe dich –«

»Oh!« entrang es sich Miss Twitterton in einem erstikkenden Schluchzer. »Das ertrage ich nicht! Ich ertrage es nicht!«

Die kleine Szene zerplatzte wie eine Seifenblase. Der Hauptdarsteller sprang auf und sagte deutlich und vernehmlich:

»Verdammt und zugenäht!«

Harriet stand auf. Das plötzliche Aufwachen aus ihrer Verzückung und ein rasch aufwallender, abwehrender Zorn um Peters willen machten ihren Ton ungewollt scharf:

»Wer ist da? Was tun Sie hier?« Sie trat aus dem Lichtkegel und spähte in die Dunkelheit. *»Miss Twitterton?«*

Miss Twitterton, keines Wortes fähig und über alle Maßen erschrocken, konnte nur noch hysterisch schluchzen. Eine Stimme aus der Richtung des Kamins sagte verbittert:

»Ich wußte doch, daß ich mich zum Narren machen würde.«

»Da muß etwas passiert sein«, sagte Harriet, schon freundlicher, und streckte eine begütigende Hand aus. Miss Twitterton fand ihre Sprache wieder.

»Verzeihen Sie mir, bitte – ich wußte nicht – es war nicht meine Absicht –« Die Erinnerung an ihr eigenes

Elend gewann die Oberhand über ihren Schrecken. »Oh, ich bin ja so furchtbar unglücklich!«

»Ich glaube«, sagte Peter, »ich kümmere mich jetzt lieber einmal darum, daß der Portwein umgefüllt wird.«

Er zog sich schnell und leise zurück, ohne auch nur die Tür hinter sich zu schließen. Aber die bedeutungsschweren Worte waren in Miss Twittertons Bewußtsein gedrungen. Eine neue Angst ließ ihren Tränenstrom unversehens versiegen.

»O Gott, o Gott, der Portwein! Jetzt wird er gleich wieder wütend sein!«

»Du lieber Himmel!« rief Harriet, jetzt vollkommen verwirrt. »Was ist denn da wieder schiefgegangen? Was ist hier überhaupt los?«

Miss Twitterton erbebte. Ein Schrei im Flur – »Bunter!« – warnte sie, daß der Ausbruch unmittelbar bevorstand.

»Mrs. Ruddle hat etwas *Schreckliches* mit dem Portwein angestellt.«

»Ach, mein armer Peter!« sagte Harriet. Sie lauschte angstvoll. Jetzt erklang Bunters Stimme, gedämpft, mit einer langen Erklärung. »Ach Gott, ach Gott, ach Gott!« stöhnte Miss Twitterton.

»Aber was *kann* die Frau denn nur angestellt haben?«

Das wußte Miss Twitterton nun nicht so genau.

»Ich *glaube*, sie hat die Flasche geschüttelt«, sagte sie unsicher. »Oh!«

Ein lauter Wutschrei durchzuckte die Atmosphäre. Peters Stimme schwoll zu einem Heulton an:

»Was! *Alle* meine geliebten Kücken mitsamt der Glukke?«

Miss Twitterton mußte die letzten Worte als einen Fluch mißverstanden haben.

»Oooh! *Hoffentlich* wird er jetzt nicht gewalttätig.«

»Gewalttätig?« Harriet war halb belustigt, halb zornig. »O nein, das glaube ich nicht.«

Aber Angst ist ansteckend ... und es sollte ja schon

vorgekommen sein, daß schwer geprüfte Männer ihre Wut an ihren Dienern ausließen. Die beiden Frauen klammerten sich aneinander und warteten auf den großen Knall.

»Also«, sagte eine ferne Stimme, »da kann ich nur sagen, Bunter, lassen Sie so etwas nicht noch einmal vorkommen ... Schon gut ... Großer Gott, Mann, das brauchen Sie mir nicht zu sagen ... natürlich haben Sie das nicht getan ... Wir sollten jetzt wohl mal hingehen und die Leichen in Augenschein nehmen.«

Die Geräusche entfernten sich, und die Frauen atmeten wieder freier. Die dräuende Gefahr männlicher Gewalttätigkeit hatte ihren Schatten vom Haus genommen.«

»Na«, sagte Harriet, »es war also doch nicht so schlimm.« ... Aber meine liebe Miss Twitterton, was *ist* denn nun eigentlich los? Sie zittern ja am ganzen Körper. ... Sie haben doch gewiß nicht *wirklich* angenommen, daß Peter – mit Sachen durch die Gegend schmeißen würde oder so etwas? Kommen Sie, setzen Sie sich ans Feuer. Ihre Hände sind wie Eis.«

Miss Twitterton ließ sich zur Bank führen.

»Entschuldigen Sie, das war dumm von mir. Aber ich habe immer solche Angst, wenn ... wenn Herren wütend werden ... und ... und ... schließlich sind sie doch alle Männer ... und Männer sind so fürchterlich!«

Das Ende des Satzes stieß sie mit Schaudern hervor, und Harriet erkannte, daß hier mehr im Spiel sein mußte als der arme Onkel William und ein paar Dutzend Flaschen Portwein.

»Liebe Miss Twitterton, was haben Sie für Kummer? Kann ich Ihnen helfen? War jemand häßlich zu Ihnen?«

Auch noch Mitleid, das war zuviel für Miss Twitterton. Sie umklammerte die gütigen Hände.

»Oh, Mylady, Mylady – ich schäme mich, es Ihnen zu sagen. Er hat so schreckliche Dinge zu mir gesagt. Oh, bitte verzeihen Sie mir!«

»Wer?« fragte Harriet und setzte sich neben sie.

»Frank. So fürchterliche Dinge ... Und ich weiß ja, daß ich ein bißchen älter bin als er – und sicher war ich auch sehr dumm – aber er *hat* gesagt, daß er mich gern hat.«

»Frank Crutchley?«

»Ja – und das mit Onkels Geld war nicht meine Schuld. »Wir wollten heiraten – wir haben nur noch auf die vierzig Pfund und meine eigenen kleinen Ersparnisse gewartet, die Onkel sich von mir geliehen hat. Und nun ist alles weg, und kein Geld kommt von Onkel – und er sagt jetzt, daß er mich nicht mehr sehen kann – und dabei *liebe* ich ihn so!«

»Das *tut* mir aber leid«, sagte Harriet hilflos. Was sollte sie sonst schon sagen? Die Geschichte war lächerlich und widerwärtig.

»Er – er – er hat mich eine alte Henne genannt!« Das war also das nahezu Unaussprechliche; und nachdem es heraus war, konnte Miss Twitterton wieder leichter reden. »Er war so wütend wegen meiner Ersparnisse – aber ich habe nie daran gedacht, mir von Onkel eine Quittung geben zu lassen.«

»Ach du meine Güte!«

»Ich war so glücklich – ich dachte, wir würden heiraten, sowie er seine Garage aufmachte – wir haben es nur niemandem gesagt, denn sehen Sie, ich *war* ja etwas älter als er, obwohl ich andererseits wieder in einer besseren Position war. Aber er arbeitete ja fleißig an sich und wollte vorwärtskommen –«

Wie verhängnisvoll, dachte Harriet, wie verhängnisvoll! Laut sagte sie:

»Meine Liebe, wenn er Sie so behandelt, habe ich aber nicht den Eindruck, daß er an sich arbeitet. Er kann Ihnen nicht einmal die Schuhe putzen.«

Draußen sang Peter:

»Que donneriez-vous, belle,
Pour avoir votre ami?
Que donneriez-vous, belle,
Pour avoir votre ami?«

(Er scheint es überwunden zu haben, dachte Harriet.)
»Und er sieht so *gut* aus ... Wir haben uns immer auf dem Kirchhof getroffen – da ist eine schöne Bank. ... Abends kommt da nie mehr einer vorbei ... Ich habe mich von ihm küssen lassen. ...«

»Je donnerais Versailles,
Paris et Saint Denis!«

»... und nun haßt er mich ... Ich weiß nicht, was ich tun soll ... Ich gehe ins Wasser ... Niemand weiß, was ich für Frank getan habe ...«

»Auprès de ma blonde
Qu'il fait bon, fait bon, fait bon,
Auprès de ma blonde
Qu'il fait bon dormi!«

»Oh, *Peter*!« sagte Harriet mit einem entrüsteten Unterton. Sie stand auf und schloß die Tür vor diesem herzlosen Auftritt. Miss Twitterton, ganz erschöpft von ihren Gefühlen, saß in einer Ecke der Bank und weinte still vor sich hin. Harriet selbst war sich mehrerer Gefühle zugleich bewußt, in Schichten übereinanderliegend wie bei einem Marmorkuchen.

Was soll ich um Himmels willen nur mit ihr anfangen? ...
Er singt Lieder in französischer Sprache ...
Und es muß fast Abendessenszeit sein ...
Jemand namens Polly ...

Mrs. Ruddle bringt diese Männer noch mal um den Verstand ...

Bonté d'âme ...

Der alte Noakes tot in unserm Keller ...

(Eructavit cor meum!) ...

Armer Bunter! ... Sellon? ...

(Qu'il fait bon dormi) ...

Gewußt wie, heißt gewußt wer ...

Dieses Haus ...

Mein Herz gehört meinem Liebsten, und mir das seine ...

Sie kam zurück und stellte sich neben die Bank. »Hören Sie! Weinen Sie nicht so schrecklich. Das ist er nicht wert. Ehrlich, das kann er nicht wert sein. Es gibt nur einen unter Millionen Männern, der es wert wäre, daß Ihnen seinetwegen das Herz bricht.« (Was nützte es, das jemandem zu sagen?) »Versuchen Sie ihn zu vergessen. Ich weiß, das scheint sehr schwer zu sein ...«

Miss Twitterton sah auf.

»*Ihnen* würde es nicht leichtfallen?«

»Peter zu vergessen?« (Nein, und anderes auch nicht.) »Nun, natürlich, Peter –«

»Ja«, sagte Miss Twitterton ohne Groll. »Sie gehören zu den Glücklichen. Und Sie verdienen es gewiß.«

»Mit Sicherheit nicht.« (Gottseibeiuns, Mann, viel besser ... Ein jeder nach seinem Verdienst?)

»Und was *müssen* Sie nur von mir gedacht haben!« rief Miss Twitterton, plötzlich wieder in die Wirklichkeit zurückgerufen. »Hoffentlich ist er nur nicht allzu böse. Sehen Sie, ich hatte Sie hereinkommen hören – direkt vor der Tür – und konnte einfach niemandem unter die Augen treten – da bin ich die Treppe hinaufgerannt – und dann habe ich nichts mehr gehört und gedacht, Sie seien wieder fortgegangen, darum bin ich heruntergekommen – und wie ich Sie so glücklich zusammen sah ...«

»Das macht doch nicht das allermindeste«, beeilte Harriet sich zu sagen. »*Bitte* denken Sie nicht mehr daran. Er weiß, daß alles nur dumme Umstände waren. So – und jetzt weinen Sie nicht mehr.«

»Ich muß gehen.« Miss Twitterton unternahm den hilflosen Versuch, ihre durcheinandergeratene Frisur zu ordnen und den kecken kleinen Hut aufzusetzen. »Ich sehe wahrscheinlich fürchterlich aus.«

»Nicht im mindesten. Ein Hauch Puder ist alles, was Sie brauchen. Wo ist denn mein – oh, das habe ich in Peters Tasche gelassen. Nein, hier liegt es, auf der Etagere. Das ist echt Bunter. Er räumt immer hinter uns auf. Armer Bunter – das mit dem Portwein muß ein harter Schlag für ihn gewesen sein.«

Miss Twitterton ließ geduldig Hand an sich legen wie ein kleines Kind in den Händen einer energischen Gouvernante. »So, jetzt sind Sie wieder *völlig* in Ordnung. Sehen Sie! Niemand würde Ihnen mehr etwas ansehen.«

Der Spiegel! Miss Twitterton zuckte bei dem bloßen Gedanken zusammen, aber die Neugier trieb sie an. Das war also ihr Gesicht – wie fremd!

»Ich habe noch nie im Leben Puder benutzt. Jetzt komme ich mir – richtig flott vor.«

Sie starrte fasziniert in den Spiegel.

»Nun ja«, meinte Harriet belustigt, »manchmal hilft es. Kommen Sie, ich stecke Ihnen noch diese kleine Locke hinter –«

Ihr eigenes dunkles, glühendes Gesicht tauchte im Spiegel hinter dem von Miss Twitterton auf, und sie sah voller Schrecken, daß sie noch den Kranz aus Weinlaub im Haar hatte. »Meine Güte! Wie dumm sehe ich aus! Wir hatten alberne Spielchen ge-«

»Sie sehen wunderbar aus«, sagte Miss Twitterton. »Ach du meine Güte, hoffentlich denkt jetzt niemand –«

»Niemand wird sich irgend etwas denken. Und nun versprechen Sie mir, daß Sie sich nicht mehr grämen.«

»Gut«, sagte Miss Twitterton traurig. »Ich will es versuchen.« Zwei dicke Tränen erschienen noch in ihren Augen, aber sie dachte rechtzeitig an den Puder und tupfte sie vorsichtig ab. »Sie waren *so* nett zu mir. Aber jetzt *muß* ich eilen.«

»Gute Nacht.« Durch die sich öffnende Tür sah man im Hintergrund Bunter mit einem Tablett auf der Hand.

»*Hoffentlich* habe ich Sie nicht vom Essen abgehalten.«

»Keineswegs«, sagte Harriet, »es ist noch gar nicht soweit. Und nun auf Wiedersehen, und machen Sie sich keine Gedanken. Bunter, begleiten Sie Miss Twitterton bitte hinaus.«

Dann stand sie geistesabwesend vor dem Spiegel und betrachtete ihr Gesicht; der Kranz aus Weinlaub hing an ihrer Hand.

»Arme kleine Seele!«

17

Kaiserkrone

Der schrie: »Gott sei uns gnädig!« jener: »Amen!« –
Als sähn sie mich mit diesen Henkershänden!
WILLIAM SHAKESPEARE: MACBETH

Peter kam vorsichtig mit einer Karaffe ins Zimmer.

»Es ist gut«, sagte Harriet. »Sie ist fort.«

Er stellte die Karaffe in sorgfältig berechnetem Abstand vom Feuer hin und sagte in beiläufigem Ton:

»Wir haben doch noch ein paar Karaffen aufgetrieben.«

»Ja, das sehe ich.«

»Mein Gott, Harriet – was habe ich vorhin eigentlich alles von mir gegeben?«

»Nichts weiter, Lieber – du hast nur Donne zitiert.«

»War das alles? Ich dachte, ich hätte auch einiges von mir aus beigetragen. ... Ach ja, was soll's! Ich liebe dich, und es soll mir egal sein, wer das alles weiß.«

»Bravo!«

»Trotzdem«, sagte er, entschlossen, das peinliche Thema ein für allemal abzuschließen, »dieses Haus macht mich nervös. Skelette in Schornsteinen, Leichen im Keller, späte Mädchen hinter Türen versteckt – heute nacht schaue ich jedenfalls unters Bett – Autsch!«

Er zuckte nervös zusammen, als Bunter mit einer Stehlampe hereinkam, und versuchte seine Verlegenheit zu verbergen, indem er sich unnötigerweise bückte, um noch einmal die Karaffe anzufühlen.

»Ist das doch noch der Portwein?«

»Nein, Bordeaux. Es ist ein noch ziemlich junger, aber recht angenehmer Léoville mit ganz wenig Bodensatz. Er scheint die Reise gut überstanden zu haben – er ist völlig klar.«

Bunter stellte die Lampe neben den Kamin, warf einen Blick stummer Verzweiflung auf die Karaffe und zog sich lautlos zurück.

»Ich bin nicht der einzige, der hier leidet«, sagte sein Herr kopfschüttelnd. »Bunters Nerven sind sehr angegriffen. Dieser Ruddle-Muddel geht ihm sehr nah – zu allem übrigen. Ich habe ja gern ein bißchen Trubel und Bewegung, aber Bunter ist da unnachsichtig.«

»Ja – und so reizend er mir gegenüber ist, muß unsere Heirat doch ein böser Schlag für ihn gewesen sein.«

»Wohl mehr in Gestalt einer emotionalen Anspannung. Er sorgt sich auch ein wenig um diesen Mordfall. Für seinen Geschmack bin ich zuwenig mit den Gedanken dabei. Heute nachmittag zum Beispiel –«

»Ich fürchte, ja, Peter. Die Frau hat dich verleitet –«

»O felix culpa!«

»Vertust du da deine Zeit zwischen Grabsteinen, statt Spuren zu verfolgen. Es sind nur keine Spuren da.«

»Wenn es je welche gab, hat Bunter sie wahrscheinlich eigenhändig beseitigt – er und die Ruddle, seine Komplizin. Die Reue nagt an seiner Seele wie die Raupe am Kohl. ... Aber er hat vollkommen recht, denn bisher habe ich nichts weiter getan, als den Verdacht auf diesen armen jungen Sellon zu lenken – dabei hätte ich ihn, soweit ich es sehe, ebensogut auf jeden andern lenken können.«

»Auf Mr. Goodacre zum Beispiel. Er *hat* eine krankhafte Leidenschaft für Kakteen.«

»Oder auf diese widerliche Ruddle. Übrigens *kann* ich durchs Fenster klettern. Ich hab's auch nach dem Mittagessen ausprobiert.«

»So? Und hast du auch herausgefunden, ob Sellon Mrs. Ruddles Uhr verstellt haben könnte?«

»Aha! Das hast du also gleich gemerkt. Auf Uhrenprobleme springt eine Kriminalschriftstellerin sofort an. Du machst ein Gesicht wie die Katze, die den Kanarienvogel gefressen hat. Heraus damit – was hast du entdeckt?«

»Sie kann höchstens zehn Minuten vor- oder zurückgestellt worden sein.«

»So? Und wie kommt Mrs. Ruddle an eine Uhr mit Viertelstundenläutwerk?«

»Ein Hochzeitsgeschenk.«

»Natürlich. Ja, ich verstehe. Man kann sie vorstellen, aber dann nicht wieder richtig stellen. Und zurückstellen kann man sie überhaupt nicht. Also höchstens etwa zehn Minuten. Sellon sagt, es war fünf nach neun. Dann brauchte er nach allen Regeln ein Alibi für – nein, Harriet! Das ergibt keinen Sinn. Es ist sinnlos, sich ein Alibi für den Zeitpunkt des Mordes zu schaffen, sofern man sich nicht die Mühe macht, den Zeitpunkt des Mordes vorher *festzulegen*. Wenn ein Zehnminutenalibi etwas bringen soll, muß der Zeitpunkt innerhalb dieser zehn Minuten liegen. Er liegt aber nur innerhalb von fünfundzwanzig Minuten – und dabei können wir uns nicht einmal ganz auf das Radio verlassen. Kannst *du* mit dem Radio nichts anfangen? Das ist doch ein Lieblingsthema der Krimi-Schreiber.«

»Nein, ich weiß nichts. Eine Uhr und ein Radio müßten sammen schon zu irgend etwas führen, aber hier tun sie's nicht. Ich habe hin und her überlegt –«

»Na ja, aber wir haben immerhin erst gestern angefangen. Mir kommt es länger vor, aber es ist nicht länger her. Mein Gott, wir sind noch keine fünfundzwanzig Stunden verheiratet.«

»Mir kommt es wie ein ganzes Leben vor – nein, so meine ich das nicht. Ich meine, es ist ein Gefühl, als ob wir schon immer verheiratet gewesen wären.«

»Waren wir auch – seit Anbeginn der Welt – Zum Kuckuck noch mal, Bunter, was wollen Sie?«

»Die Speisefolge, Mylord.«

»Oh! Danke. Schildkrötensuppe ... ein bißchen zu städtisch für Paggleham – etwas aus der Art. Macht aber nichts. Bratente und grüne Erbsen sind schon besser. Landesprodukt? Gut. Champignons auf Toast –«

»Von der Wiese hinter dem Cottage, Mylord.«

»Von der – ? Großer Gott, hoffentlich *sind* es Champignons – wir können nicht auch noch einen Giftmord brauchen.«

»Sie sind nicht giftig, Mylord. Ich habe einige davon selbst gegessen, um mich zu vergewissern.«

»Was Sie nicht sagen. *Getreuer Diener wagt Leben für seinen Herrn.* Schön, Bunter. Ach – waren *Sie* das übrigens, der mit Miss Twitterton auf unserer Treppe Verstecken gespielt hat?«

»Mylord?«

»Schon gut, Bunter«, sagte Harriet rasch.

Bunter verstand den Wink und verzog sich mit einem leise gemurmelten »Sehr wohl.«

»Sie hatte sich vor uns versteckt, weil sie geweint hatte, als wir kamen, und sich so nicht sehen lassen wollte.«

»Aha«, sagte Peter. Die Erklärung genügte ihm, und er widmete seine Aufmerksamkeit wieder dem Wein.

»Crutchley hat sich ihr gegenüber benommen wie ein Schwein.«

»Ach nein!« Er drehte die Karaffe andersherum.

»Er hat dem armen kleinen Ding schöne Augen gemacht.«

Wie um zu beweisen, daß er ein Mann und kein Engel war, reagierte Seine Lordschaft mit einem leicht höhnischen Johlen.

»Peter – das ist nicht zum Lachen.«

»Entschuldige, meine Liebe. Du hast völlig recht. Es ist nicht zum Lachen.« Er richtete sich plötzlich auf und sagte mit einigem Nachdruck: »Es ist alles andere als zum Lachen. Liebt sie den Kerl?«

»Leidenschaftlich. Und sie wollten heiraten und die neue Garage aufmachen – mit den vierzig Pfund und ihren eigenen kleinen Ersparnissen – aber die sind jetzt auch weg. Und nun sieht er, daß sie nicht einmal von ihrem Onkel etwas erbt. ... Was schaust du mich so an?«

»Harriet, das gefällt mir gar nicht.« Er starrte sie mit einem Ausdruck zunehmender Bestürzung an.

»Natürlich hat er sie jetzt sitzenlassen – der Schuft!«

»Ja, ja – aber verstehst du denn nicht, was du mir da sagst? Sie hätte ihm das Geld natürlich gegeben, ja? Sie hätte alles für ihn getan?«

»Sie sagt, niemand weiß, was sie für ihn getan *hat* – O Peter! Du kannst doch nicht *das* meinen! Es *kann* doch nicht die kleine Twitterton gewesen sein!«

»Warum nicht?«

Er stieß die Worte hervor wie eine Herausforderung; und sie nahm sie an, stellte sich ihm, die Hände auf seinen Schultern, so daß ihre Blicke sich auf gleicher Höhe begegneten.

»Es ist ein Motiv – ich sehe ein, daß es ein Motiv ist. Aber gerade du wolltest doch von Motiven nichts wissen.«

»Und du liegst mir in den Ohren damit!« rief er fast erzürnt. »Ein Motiv allein ist noch kein Beweis, aber wenn man erst das Wie kennt, rundet das Warum den Fall vollends ab.«

»Na schön.« Sollte er doch seinen Willen haben. »*Wie* denn? Für sie hast du noch keine Theorie aufgestellt.«

»Das war ja auch nicht nötig. Das Wie ist bei ihr ein Kinderspiel. Sie hatte die Schlüssel zum Haus und kein Alibi für die Zeit nach halb acht. Hühnerschlachten ist kein Alibi für einen Mord.«

»Aber einem Mann mit einem Schlag so den Schädel zu zertrümmern – sie ist so zierlich, und er war groß. Ich könnte dir nicht so den Schädel einschlagen, und dabei bin ich fast so groß wie du.«

»Du bist so ziemlich der einzige Mensch, der es könnte.

Du bist meine Frau. Du könntest mich überraschen – wie eine liebende Nichte ihren Onkel. Ich kann mir nicht vorstellen, daß Noakes ruhig dagesessen hätte, wenn Crutchley oder Sellon hinter ihm herumgeschlichen wären. Aber eine Frau, die man kennt und der man vertraut – das ist etwas anderes.«

Er setzte sich an den Tisch, den Rücken zu ihr, und nahm eine Gabel in die Hand.

»Sieh her! Ich schreibe einen Brief oder mache meine Abrechnungen ... Du machst dir im Hintergrund irgendwie zu schaffen ... Ich nehme nicht weiter Notiz davon; ich bin es so gewöhnt ... Du nimmst leise den Schürhaken ... Angst brauchst du keine zu haben, denn du weißt ja, daß ich leicht schwerhörig bin ... Du kommst von links, wohlgemerkt. Ich halte beim Schreiben den Kopf ein wenig nach rechts geneigt ... Jetzt ... zwei schnelle Schritte und ein kräftiger Schlag auf den Schädel – du brauchst nicht einmal allzu hart zu schlagen – und bist eine unermeßlich reiche Witwe.«

Harriet legte rasch den Schürhaken hin.

»Nichte – Witwe ist ein gräßliches Wort; klingt so alt und klapprig – bleiben wir bei Nichte.«

»Ich sinke zusammen, der Stuhl rutscht weg, so daß ich mir beim Fallen die rechte Körperseite am Tisch prelle. Du wischst alle Fingerabdrücke von der Waffe ab –«

»Ja, und dann gehe ich hinaus und schließe die Tür mit meinem eigenen Schlüssel hinter mir ab. Ganz einfach. Und wenn du zu dir kommst, bist du so nett, die Schreibsachen wegzuräumen –«

»– und mich sogar selbst in den Keller zu räumen. So ist es.«

»Diese Möglichkeit hast du wohl schon die ganze Zeit gesehen?«

»Ja. Ich war nur so unvernünftig, mir einreden zu wollen, das Motiv sei unzureichend. Ich konnte mir nicht vorstellen, daß die Twitterton einen Mord begehen würde, um Geld zur Vergrößerung ihres Hühnerstalls zu bekommen. Geschieht mir ganz recht für meinen Wankelmut. Die Moral: Halte dich an das Wie, und irgend jemand wird dir das Warum auf einem Silbertablett servieren.«

Er las Protest in ihrem Blick und fuhr ernst fort:

»Es ist ein Motiv erster Güte, Harriet. Letzter Anlauf eines späten Mädchens – und das Geld, um mitzubieten.«

»Das war genausogut Crutchleys Motiv. Könnte sie ihn nicht ins Haus gelassen oder ihm den Schlüssel geliehen haben, ohne zu wissen, was er damit wollte?«

»Crutchleys Zeiten stimmen nicht. Er könnte allerdings Mitwisser gewesen sein. In diesem Falle hätte er allen Grund, ihr jetzt den Laufpaß zu geben. Es ist sogar das beste, was er überhaupt tun kann, selbst wenn er nur *vermutet*, daß sie es war.«

Seine Stimme war hart wie Flintstein. Sie tat Harriet weh.

»Schön und gut, Peter. Aber wo sind die Beweise?«

»Nirgends.«

»Wie hast du noch selbst gesagt? Es nützt nichts, aufzuzeigen, wie es gemacht worden sein *könnte*. Jeder *könnte* es getan haben – Sellon, Crutchley, Miss Twitterton, du, ich, der Pfarrer oder Polizeidirektor Kirk. Aber du hast noch nicht bewiesen, wie es wirklich gemacht *wurde*.«

»Mein Gott, weiß ich das nicht selbst? Wir brauchen Beweise, wir brauchen Fakten. Wie? Wie? Wie?« Er sprang auf und fuchtelte wild mit den Armen in der Luft herum. »Dieses Haus würde es uns sagen, wenn Dach und Wände nur reden könnten. Alle Menschen sind Lügner! Gebt mir einen stummen Zeugen, der nicht lügen kann!«

»Das Haus? ... Das Haus haben wir selbst zum Schweigen gebracht, Peter. Gefesselt und geknebelt. Hätten wir es am Dienstagabend gefragt – aber jetzt ist es hoffnungslos.«

»Das ist es ja, was mich so fuchst. Ich hasse es, mit

Vielleicht und Könnte-sein herumzuspielen. Und Kirk wird der Sache nicht allzu tief auf den Grund gehen. Er wird so heilfroh sein, einen geeigneteren Verdächtigen zu haben als Sellon, daß er sich ganz auf das Crutchley-Twitterton-Motiv konzentrieren wird.«

»Aber, Peter –«

»Und dann«, fuhr er fort, ganz vertieft in die verfahrenstechnische Seite der Angelegenheit, »wird er mangels eindeutiger Beweise vor Gericht damit auf den Bauch fallen. Wenn wir doch nur –«

»Aber, Peter – du wirst doch Kirk nichts von Crutchley und Miss Twitterton erzählen!«

»Er muß es natürlich wissen. Es ist ein Indiz, bis hierher zumindest. Die Frage ist, ob er verstehen wird –«

»Peter – nein! Das kannst du nicht tun! Diese arme kleine Frau und ihre armselige Liebesaffäre. Du kannst nicht so grausam sein und das der Polizei erzählen – der Polizei, mein Gott!«

Zum erstenmal schien er zu begreifen, was sie sagte. »Oh!« sagte er leise und wandte sich ab, das Gesicht zum Feuer. »Ich hatte gefürchtet, daß es dahin kommen würde.« Und dann über die Schulter:

»Indizien darf man nicht unterdrücken, Harriet. Du hast zu mir gesagt: ›Mach nur zu.‹ «

»Da *kannten* wir diese Leute noch nicht. Sie hat es mir im Vertrauen erzählt. Sie – war mir so dankbar. Sie hat mir das im Vertrauen erzählt. Man kann doch Leuten nicht aus dem Vertrauen, das sie einem entgegenbringen, einen Strick drehen. Peter –«

Er stand vor dem Feuer und starrte in die Flammen. »Das ist abscheulich!« rief Harriet fassungslos. Ihre Erregung brach sich an seiner Starrheit wie Wasser an einem Stein. »Es ist – es ist brutal.«

»Mord ist auch brutal.«

»Ich weiß – aber –«

»Du hast schon gesehen, wie Ermordete aussehen. Also, ich habe die Leiche dieses Mannes gesehen.« Er fuhr herum und sah sie an. »Ein Jammer, daß die Toten so still sind; das läßt uns sie allzuleicht vergessen.«

»Die Toten – die Toten. Wir sollten anständig zu den Lebenden sein.«

»Ich denke an die Lebenden. Bis wir die Wahrheit ergründen, ist jede lebende Seele in diesem Dorf verdächtig. Willst du Sellon gebrochen und gehängt sehen, weil wir nicht reden wollten? Muß Crutchley unter Verdacht bleiben, weil das Verbrechen nie einem andern angelastet wurde? Sollen sie alle in Angst herumlaufen, weil sie wissen, daß ein unentdeckter Mörder unter ihnen ist?«

»Aber wir haben keinen Beweis – keinen Beweis!«

»Aber ein Indiz. Wir können uns nicht aussuchen, was uns paßt. Wenn auch jemand darunter leiden muß, wir *müssen* die Wahrheit herausfinden. Alles andere ist völlig belanglos.«

Sie konnte das nicht leugnen. In ihrer Verzweiflung sprach sie das an, worum es ihr wirklich ging:

»Aber müssen es *deine* Hände sein – ?«

»Aha!« sagte er in verändertem Ton. »Ja. Ich habe dir das Recht gegeben, mich das zu fragen. Du hast dir Ärger angeheiratet, als du mich und meine Arbeit heiratetest.«

Er breitete die Hände aus, wie um sie aufzufordern, sie sich anzusehen. Es wollte ihr seltsam erscheinen, daß dies dieselben Hände waren, die erst letzte Nacht ... Ihre geschmeidige Kraft faszinierte sie. Gib meinen suchenden Händen Erlaubnis und lasse sie vor, hinter, zwischen – Seine Hände, so sonderbar sanft und erfahren ... erfahren worin?

»Es sind Henkershände«, sagte er, indem er sie beobachtete. »Das wußtest du doch, nicht wahr?«

Natürlich hatte sie es gewußt, aber – sie platzte mit der Wahrheit heraus.

»Da war ich noch nicht mit dir verheiratet!«

»Nein ... und das macht den Unterschied, nicht wahr?

... Nun, Harriet, aber jetzt *sind* wir verheiratet. Wir sind aneinander gebunden. Ich fürchte, jetzt ist der Augenblick gekommen, daß jemand oder etwas nachgeben muß – du, ich – oder unsere Bindung.«

(So bald schon? ... Dein, ganz und gar dein und für immer – er war der ihre, sonst war alle Treue nur Hohn.)

»Nein – nein! ... Liebster, was ist nur mit uns los? Was ist aus unserm Frieden geworden?«

»Er wurde gebrochen«, sagte er. »Das hat Gewalt so an sich. Hat sie erst einmal begonnen, so gibt es kein Halten mehr. Sie holt uns alle früher oder später ein.«

»Das darf sie nicht. Können wir nicht entrinnen?«

»Nur indem wir fortlaufen.« Er ließ mit einer hoffnungslosen Geste die Hände sinken. »Vielleicht wäre es besser für uns, fortzulaufen. Ich habe nicht das Recht, irgendeine Frau in diesen Schlamassel mit hineinzuziehen, am allerwenigsten meine eigene. Verzeih mir. Ich war so lange mein eigener Herr – ich glaube, ich habe vergessen, was Verpflichtung heißt.« Ihre verzweifelte Blässe erschreckte ihn. »Liebste – nimm es dir nicht so sehr zu Herzen. Sag ein Wort, und wir gehen auf der Stelle fort. Wir lassen diese elende Geschichte in Ruhe und mischen uns nie mehr irgendwo ein.«

»Ist das wirklich dein Ernst?« fragte sie ungläubig.

»Natürlich ist das mein Ernst. Ich habe es ja gesagt.« Seine Stimme war die Stimme eines geschlagenen Mannes. Sie sah mit Entsetzen, was sie da angerichtet hatte.

»Peter, du bist von Sinnen. Untersteh dich nie, so einen Vorschlag zu machen. Was immer die Ehe ist, *das* ist sie nicht.«

»Was ist sie nicht, Harriet?«

»Sie darf dich nicht dazu bringen, deine Urteilsfähigkeit durch deine Zuneigung beeinträchtigen zu lassen. Was für ein Leben würden wir führen, wenn ich wüßte, daß du durch die Heirat mit mir weniger geworden wärst, als du warst?«

Er wandte sich wieder ab, und als er sprach, klang seine Stimme sonderbar erschüttert:

»Meine liebe Harriet, die meisten Frauen würden das als Triumph ansehen.«

»Ich weiß. Ich habe sie reden hören.« Ihre eigene Verachtung geißelte jetzt sie selbst – das Selbst, das sie eben erst gesehen hatte. »Sie geben damit an – ›Mein Mann würde *alles* für mich tun ...‹ Das ist so entwürdigend. Kein Mensch dürfte solche Macht über einen anderen Menschen haben.«

»Es ist eine sehr reale Macht, Harriet.«

»Dann«, gab sie leidenschaftlich zurück, »werden wir keinen Gebrauch davon machen. Wenn wir verschiedener Meinung sind, werden wir fair um eine Lösung ringen. Auf eheliche Erpressung lassen wir uns nicht ein.«

Er stand eine Weile an den Kaminsims gelehnt und schwieg. Dann sagte er mit einer Leichtigkeit in der Stimme, die ihn verriet:

»Harriet, du scheinst keinen Sinn fürs Dramatische zu haben. Willst du etwa sagen, wir sollten unsere Ehekomödie ohne die große Schlafzimmerszene spielen?«

»Gewiß. So etwas Vulgäres spielen wir nicht.«

»Harriet – dem Himmel sei Dank dafür.«

Auf seinem angespannten Gesicht brach sich plötzlich das nichtsnutzige Lächeln wieder Bahn. Aber sie hatte zu große Angst ausgestanden, um schon zurücklächeln zu können.

»Bunter ist nicht der einzige, der Maßstäbe anlegt. Du mußt tun, was du für richtig hältst. Versprich mir das. Wie ich dastehe, spielt keine Rolle. Ich schwöre, daß es nie etwas zu bedeuten haben wird.«

Er nahm ihre Hand und küßte sie feierlich.

»Danke, Harriet. Das ist Liebe in Ehren.«

Sie blieben einen Augenblick so stehen, beide in dem Bewußtsein, daß etwas von großer, von übermächtiger Bedeutung erreicht war. Dann sagte Harriet nüchtern:

»Auf jeden Fall hattest du recht und ich unrecht. Es muß sein. Es muß auf jeden Fall sein, solange wir der Sache nur auf den Grund kommen. Das ist deine Aufgabe, und sie ist es wert.«

»Immer vorausgesetzt, daß ich sie erfüllen kann. Im Augenblick fühle ich mich nicht besonders weise.«

»Du wirst es schon noch schaffen. Es ist ja alles *gut*, Peter.«

Er lachte – und Bunter kam mit der Suppe herein.

»Ich bedaure, daß das Essen ein wenig spät kommt, Mylady.«

Harriet sah auf die Uhr. Es kam ihr vor, als ob sie Unendlichkeiten an Emotionen durchlebt hätte. Aber die Zeiger standen auf Viertel nach acht. Erst eineinhalb Stunden waren vergangen, seit sie ins Haus gekommen waren.

18

Stroh im Haar

Dem Schelm setzt nach und nehmt die Metze fort!
WILLIAM SHAKESPEARE: 2. KÖNIG HEINRICH VI

»Das wirklich Wichtige hier«, sagte Peter, indem er mit seinem Löffelstiel eine Skizze auf das Tischtuch malte, »ist der Einbau einer funktionierenden Warmwasserversorgung und eines Bads über der Spülküche. Den Heizraum können wir *hier* einrichten, damit das Wasser direkt *hier* vom Kessel herunterkommt. Damit bekommen wir dann auch einen direkten Abfluß vom Bad zur Kanalisation – wenn ich das Ding mit diesem Namen beehren darf. Ich denke, es müßte dann noch Platz für ein weiteres Schlafzimmer neben dem Bad sein; und falls wir mehr Platz brauchen, können wir das Dachgeschoß ausbauen. Der Elektrogenerator darf im Stall wohnen.«

Harriet stimmte zu und leistete noch einen eigenen Beitrag:

»Bunter spricht nicht sehr freundlich vom Küchenherd. Er sagt, es sei ein altes Stück, Mylady, aber wenn ich ihm die Bemerkung gestatte, aus einer nicht sehr guten Zeit. Ich halte ihn für mittviktorianisch.«

»Wir versetzen ihn noch ein paar Perioden weiter zurück und einigen uns auf Tudor. Ich schlage vor, einen offenen Kamin mit Bratspieß einzubauen und so recht feudal zu leben.«

»Mit einem Küchenjungen, der den Spieß dreht? Oder

nehmen wir dafür so ein krummbeiniges antikes Hündchen?«

»Hm – nein; da bin ich kompromißbereit und will den Spieß elektrisch drehen lassen. Dazu einen Elektroherd für die Zeiten, da uns weniger antik zumute ist. Ich will aus beiden Welten das Beste – gegen Romantik habe ich wirklich nichts, aber bei Unbequemlichkeit und harter Arbeit ist für mich die Grenze. Und es wäre sicherlich ein hartes Stück Arbeit, einen modernen Hund dazu abzurichten, den Spieß zu drehen.«

»Apropos Hunde – wollen wir diese schreckliche Bulldogge behalten?«

»Wir haben sie nur bis nach dem Begräbnis gemietet. Es sei denn, er hat es dir besonders angetan. Er ist beinahe lästig liebevoll und anhänglich; aber um mit den Kindern zu spielen, wäre er gerade recht. Die Ziege hingegen habe ich nach Hause geschickt. Sie hat sich losgerissen, als wir fort waren, und eine Reihe Kohl und Mrs. Ruddles Schürze gefressen.«

»Willst du sie wirklich nicht behalten, damit wir Milch für die Kinder haben?«

»Wirklich nicht. Es ist ein Geißbock.«

»Oh! Na, diese Biester sind nutzlos und stinken. Bin froh, daß er fort ist. Werden wir Tiere halten?«

»Was für welche möchtest du denn? Pfauen?«

»Pfauen brauchen eine Terrasse. Ich dachte an Schweine. Die sind bequem zu halten, und wenn dir nach Träumen und Nichtstun zumute ist, kannst du hingehen und ihnen den Rücken kratzen. Und Enten geben so nette Töne von sich. Aber Hühner mag ich nicht.«

»Hühner haben so gehässige Gesichter. Übrigens bin ich mir nicht so sicher, ob du vor dem Essen nicht doch recht hattest. Im Prinzip wäre es das Richtige, Kirk zu informieren, aber ich wollte, man wüßte, was er mit den Informationen anfangen wird. Wenn er sich erst einmal etwas in den Kopf setzt –«

»Da ist jemand an der Tür. Wenn das Kirk ist, werden wir uns schnell entscheiden müssen.«

Bunter trat ein und brachte einen Hauch – aber nur einen Hauch – von Salbei und Zwiebeln mit.

»Mylord, da ist ein Individuum –«

»Schicken Sie es weg! Ich ertrage heute keine Individuen mehr.«

»Mylord –«

»Wir sind beim Essen. Schicken Sie den Kerl fort und sagen Sie ihm, er soll später wiederkommen.«

Draußen auf dem Kiesweg waren schnelle Schritte zu vernehmen; im nächsten Moment stürzte ein korpulenter älterer Mann ins Zimmer.

»Bedaure die Störung«, sagte er atemlos vor Hast. »Möchte Ihnen keine Ungelegenheiten bereiten. Ich bin«, fügte er erklärend hinzu, »Moss & Isaacs –«

»Sie haben sich geirrt, Bunter. Es ist kein Individuum – es ist eine Firma.«

»Und hier bei mir habe ich –«

»Bunter, nehmen Sie der Firma den Hut ab.«

»Bitte vielmals um Vergebung«, sagte die Firma, deren Versäumnis, das Haupt zu entblößen, wohl mehr auf Vergeßlichkeit denn auf unhöfliche Veranlagung zurückging. »Nichts für ungut. Aber ich habe hier einen Pfändungsbeschluß für das Mobiliar und bin weit gelaufen –«

Ein donnerartiges Klopfen an der Tür ließ ihn verzweifelt die Hände hochreißen. Bunter eilte hinaus.

»Einen Pfändungsbeschluß?« rief Harriet.

Der Eindringling klärte sie bereitwillig auf:

»Wegen einer Schuld in Höhe von dreiundsiebzig Pfund, sechzehn Shilling und sechs Pence«, sagte er mit vor Erregung halberstickter Stimme, »und ich bin den ganzen Weg von der Bushaltestelle bis hierher gelaufen – den ganzen Weg – und da ist ein Mann –«

Er hatte recht; da war ein Mann. Er schob sich an Bunter vorbei und rief in vorwurfsvollem Ton:

»Mr. Solomons, Mr. Solomons! Das ist nicht fair. Alles in diesem Haus ist Eigentum meiner Klienten, und die Testamentsvollstreckerin hat ihre Zustimmung gegeben –«

»Guten Abend, Mr. MacBride«, sagte der Hausherr höflich.

»Dafür kann ich nichts«, sagte Mr. Solomons, Mr. MacBrides Antwort mit seiner Stimme ertränkend. Er wischte sich mit seinem Taschentuch die Stirn ab. »Wir haben einen Pfändungsbeschluß auf die Möbel – sehen Sie sich das Datum dieses Schriftstücks an –«

Mr. MacBride sagte fest:

»Unsere Forderung läuft seit fünf Jahren.«

»Das ist mir gleich«, erwiderte Mr. Solomons, »und wenn sie so lange läuft wie Charleys Tante.«

»Meine Herren, meine Herren!« rief Peter in besänftigendem Ton. »Kann denn diese Angelegenheit nicht freundschaftlich geregelt werden?«

»Unser Lieferwagen«, sagte Mr. Solomons, »wird die Sachen morgen abholen kommen.«

»Der Wagen unserer Klienten«, versetzte Mr. MacBride, »ist jetzt schon auf dem Weg.«

Mr. Solomons ließ ein lautes Protestgeheul ertönen, und Peter versuchte es erneut:

»Ich bitte Sie inständig, meine Herren, nehmen Sie doch ein wenig Rücksicht, wenn schon nicht auf mich, dann wenigstens auf meine Frau. Wir sind hier mitten beim Essen, und Sie reden davon, uns Tisch und Stühle fortzuholen. Wir müssen auch schlafen – wollen Sie uns nicht einmal ein Bett dalassen, in das wir uns legen können? Außerdem haben wir, wenn es dahin kommt, auch einen gewissen Anspruch auf die Möbel, denn wir haben sie gemietet. Bitte seien Sie nicht so voreilig ... Mr. MacBride, Sie kennen uns schon lange – Sie werden doch gewiß ein wenig Mitleid mit unsern Nerven haben und es nicht fertigbringen, uns hungrig zum Schlafen in den nächsten Heuschober zu schicken.«

»Mylord«, sagte Mr. MacBride, zwar in gewisser Weise ob dieses Appells gerührt, aber dennoch seiner Pflicht bewußt, »im Interesse unserer Klienten –«

»Im Interesse unserer Firma«, sagte Mr. Solomons.

»In unser aller Interesse«, sagte Peter, »könnten Sie sich jetzt hinsetzen und von unserer mit Salbei und Zwiebel gefüllten Ente mit Apfelmus kosten. Sie, Mr. Solomons, sind schnell und weit gelaufen – wir müssen Sie bei Kräften halten. Sie, Mr. MacBride, haben gestern so gefühlvoll vom englischen Familienleben gesprochen – wollen Sie es nicht wenigstens einmal von seiner besten Seite betrachten? Zerrstören Sie nicht dieses häusliche Glück! Bei einem Stückchen Brust und einem Gläschen vom Besten lassen sich alle Streitigkeiten schlichten.«

»Ja, wirklich«, sagte Harriet. »Essen Sie mit uns. Es würde Bunter das Herz brechen, wenn die Ente im Backofen trocken würde.«

Mr. MacBride zögerte.

»Das ist sehr nett von Ihnen«, begann Mr. Solomons nachdenklich. »Wenn Ihre Ladyschaft –«

»Nein, nein, Solly«, sagte Mr. MacBride; »das kann man nicht machen.«

»Mein Verehrtester«, sagte Peter in höflichem Ton, »Sie wissen genau, daß Ehemänner die unausrottbare Angewohnheit haben, in jeder Lage und so kurzfristig wie möglich ihre Geschäftsfreunde einzuladen. Ohne diese Angewohnheit wäre das Familienleben nicht, was es ist. Darum lasse ich keine Entschuldigung gelten.«

»Natürlich nicht«, sagte Harriet. »Bunter, die Herren werden mit uns essen.«

»Sehr wohl, Mylady.« Er legte geschickt Hand an Mr. Solomon und befreite ihn von seinem Mantel. »Gestatten Sie.« Mr. MacBride half Peter, noch zwei Stühle an den Tisch zu rücken, wobei er bemerkte: »Ich weiß nicht, was Sie darauf vorgeschossen haben, Solly, aber wert waren sie es sicher nicht.«

»Was uns betrifft«, sagte Peter, »können Sie den ganzen Kram morgen gern haben. So – haben alle Platz genommen? Mr. Solomons rechts, Mr. MacBride links. Bunter – den Bordeaux!«

Mr. Solomons und Mr. MacBride, besänftigt von Wein und guten Zigarren, verabschiedeten sich einträchtig um Viertel vor zehn, nachdem sie zuvor noch kurz durchs Haus gegangen waren, um das Inventar gemeinsam in Augenschein zu nehmen. Peter, der sie begleitet hatte, um sein Anrecht an seinen eigenen Besitztümern zu wahren, kam mit einem dieser kleinen Wigwams aus Stroh zurück, wie man sie zum Schutz von Weinflaschen auf dem Transport benutzt.

»Wofür ist das, Peter?«

»Für mich«, antwortete Seine Lordschaft. Er pflückte die Strohhalme heraus, einen um den andern, und begann sie sich ins Haar zu flechten. Er hatte sich bereits in ein ganz passables Vogelnest verwandelt, als Polizeidirektor Kirk gemeldet wurde.

»Guten Abend, Mr. Kirk«, begrüßte Harriet ihn so herzlich, wie sie nur konnte.

»Guten Abend«, sagte der Polizeidirektor. »Ich fürchte, ich störe.« Er sah Peter an, der ihm eine fürchterliche Grimasse schnitt. »Es ist schon ein wenig spät für einen Besuch.«

»Das ist der böse Feind Flibbertigibbet«, sagte Peter wütend; »er kommt mit der Abendglocke und geht um bis zum ersten Hahnenschrei. Nehmen Sie einen Strohhalm, Herr Polizeidirektor. Den werden Sie brauchen, bis Sie hier fertig sind.«

»Nehmen Sie nichts dergleichen«, sagte Harriet. »Sie sehen müde aus. Trinken Sie ein Glas Bier oder einen Schluck Whisky oder sonst irgendwas und kümmern Sie sich nicht um meinen Mann. Er bekommt manchmal solche Anfälle.«

Der Polizeidirektor dankte ihr geistesabwesend; er schien mit einer Idee in den Wehen zu liegen. Langsam öffnete er den Mund und sah Peter wieder an.

»Nehmen Sie Platz, nehmen Sie Platz«, sagte dieser gastfreundlich. »Ein Wort mit diesem kundigen Thebaner.«

»Ich hab's!« rief Mr. Kirk. »König Lear! ›Befahlen sie mir gleich, die Tür zu schließen, Euch preiszugeben der tyrann'schen Nacht: doch hab ichs drauf gewagt, Euch auszuspähn.‹ «

»Damit haben Sie beinahe recht«, sagte Harriet. »Wir dachten wirklich schon, wir würden der tyrannischen Nacht preisgegeben. Daher die Verzweiflung und das Stroh.«

Mr. Kirk erkundigte sich, wie das denn zugehe.

»Nun«, sagte Harriet, indem sie ihm einen Platz anbot, »da ist zum einen ein gewisser Mr. Solomons von der Firma Moss & Isaacs, der einen Pfändungsbeschluß für die Möbel hat, und Ihr alter Freund Mr. MacBride, der die Möbel aufgrund des Zahlungsbefehls sicherstellen wollte, und beide kamen gleichzeitig hier an und wollten die Möbel fortholen. Aber wir haben ihnen ein Abendessen vorgesetzt, und dann sind sie friedlich wieder abgezogen.«

»Sie könnten fragen«, ergänzte Peter, »wieso sie lieber ein Gewicht von schnödem Fleisch haben wollten, als dreitausend Dukaten zu empfangen – ich kann es Ihnen nicht sagen, aber so war es.«

Mr. Kirk brauchte diesmal so lange, daß Peter und Harriet schon beide dachten, er müsse plötzlich die Sprache verloren haben; endlich aber gab er mit einem breiten Lächeln des Triumphes doch noch Laut:

»Wer wohl zufrieden ist, ist wohl bezahlt! Kaufmann von Venedig!«

»Ein Daniel kommt zu richten! Harriet, der Herr Polizeidirektor versteht sich auf unsere Albernheiten. Er ist ein Mann, nehmt alles nur in allem, wir werden nimmer seinesgleichen sehen. Gib ihm sein Glas, er hat es verdient. Sagen Sie Halt. Soll Geistern ich befehlen, mir zu bringen, wonach der Sinn mir steht, von aller Doppeldeutigkeit mich zu befrein?«

»Danke«, sagte der Polizeidirektor, »nicht zu stark, Mylord, wenn es Ihnen nichts ausmacht. Sanft soll er sein, und so gemischt die Elemente in ihm –«

»Daß ein Löffel darin stehenbleibt«, ergänzte Peter.

»Nein«, sagte Kirk, »das scheint mir nicht ganz der richtige Schluß zu sein. Trotzdem vielen Dank. Auf Ihr Wohl.«

»Und was haben Sie den ganzen Nachmittag getrieben?« erkundigte sich Lord Peter, indem er einen Schemel ans Feuer zog und zwischen Mr. Kirk und seiner Frau Platz nahm.

»Also, Mylord«, sagte Kirk, »ich war in London.«

»In London?« fragte Harriet. »Ist ja gut, Peter – komm mal ein Stückchen näher und laß dir das Stroh aus den Haaren nehmen. *Il m'aime – un peu – beaucoup –*«

»Aber nicht um die Königin zu sehen«, fuhr der Polizeidirektor fort. »Ich habe Frank Crutchleys Freundin aufgesucht. In Clerkenwell.«

»Hat er dort eine?«

»*Passionément – à la folie –*«

»Er *hatte*«, sagte Kirk.

»*Pas du tout. Il m'aime –*«

»Ich hatte die Adresse von Williams in Hancocks Garage. Scheint eine hübsche junge Dame zu sein –«

»*Un peu – beaucoup –*«

»Mit etwas Geld –«

»*Passionément –*«

»Wohnte bei ihrem Herrn Papa und schien auf Crutchley ganz versessen zu sein. Aber dann –«

»*A la folie –*«

»Sie wissen ja, wie junge Mädchen sind. Ein andrer kam daher –«

Harriet hielt mit dem zwölften Strohhalm in der Hand inne.

»Und der langen Rede kurzer Sinn ist, daß sie vor drei Monaten einen andern geheiratet hat.«

»Pas du tout!« sagte Harriet und warf die Halme ins Feuer.

»Da hört sich doch alles auf!« sagte Peter. Er fing Harriets Blick.

»Aber richtig aufgehorcht habe ich erst«, sagte Kirk, »als ich hörte, was ihr Vater war.«

»Sie war die Tochter eines Räubers, und ihr Name war Alice Brown. Ihr Vater war der Schrecken einer italienischen Kleinstadt.«

»Keineswegs. Er ist – zum Wohl!« sagte Mr. Kirk und führte das Glas halb zum Mund. »Von allen Berufen, die einem Menschen offen stehen – was würden Sie sagen, was er ist?«

»Nachdem Sie ein Gesicht machen«, antwortete Peter, »als hätten Sie sozusagen den Schlüssel gefunden, der den gordischen Knoten zerschneidet –«

»Ich habe keine Ahnung«, sagte Harriet rasch. »Wir geben es auf.«

»Na, dann«, meinte Kirk, indem er Peter ein wenig skeptisch betrachtete, »wenn Sie es aufgeben, will ich es Ihnen sagen. Ihr Vater ist Eisenwarenhändler und Schlosser und fertigt auf Wunsch Schlüssel an.«

»Großer Gott, was Sie nicht sagen!«

Kirk trank einen Schluck und nickte bedeutungsvoll.

»Und was noch mehr ist«, fuhr er fort, indem er das Glas vernehmlich auf den Tisch stellte, »was noch mehr ist – vor gar nicht allzu langer Zeit – um die sechs Monate herum – kam Crutchley zu ihm, wie er leibte und lebte, und wollte einen Schlüssel von ihm gemacht haben.«

»Vor sechs Monaten! So, so!«

»Vor sechs Monaten. Aber«, nahm der Polizeidirektor den Faden wieder auf, »was ich Ihnen *jetzt* sage, wird Sie *doch* überraschen. Ich will nicht leugnen, daß es auch mich überrascht hat ... Danke, ich sage nicht nein. ... Also, der alte Herr hat um den Schlüssel überhaupt kein Geheimnis gemacht. Es muß wohl ein paar kleine Reibereien zwischen den jungen Leuten gegeben haben, bevor sie Schluß machten. Jedenfalls schien er sich nicht besonders dazu aufgerufen zu fühlen, für Crutchley eine Lanze zu brechen. Also antwortete er ohne Umschweife und führte mich sogar noch in seine Werkstatt. Er ist ein sehr penibler Mensch und behält von jedem Schlüssel, den er anfertigt, einen Abdruck zurück. Er sagt, die Leute verlieren oft ihre Schlüssel, und dann ist es gut, wenn man etwas in der Hand hat. Ich weiß nicht – aber wundern würd's mich nicht, wenn schon öfter amtliche Erkundigungen bei ihm eingezogen worden wären. Tut aber nichts zur Sache. Jedenfalls hat er mich hingeführt und mir den Abdruck von dem Schlüssel gezeigt. Und was meinen Sie, was für ein Schlüssel das war?«

Nachdem Peter schon einmal einen Rüffel eingesteckt hatte, versuchte er jetzt nicht einmal andeutungsweise zu raten. Aber diesmal fand Harriet eine Antwort schon angebracht. Mit allem Erstaunen, dessen die menschliche Stimme fähig ist, sagte sie: »Sie *werden* doch nicht sagen wollen, daß es ein Schlüssel zu diesem Haus hier war?«

Mr. Kirk klatschte sich mit seiner großen Hand auf den Schenkel.

»Ha!« rief er. »Was habe ich gesagt? Ich wußte doch, daß Sie mir diesmal auf den Leim gehen würden! Nein – es war *nicht* so einer, nicht einmal so ein ähnlicher. So! Und was sagen Sie nun?«

Peter klaubte die Reste der Flaschenverkleidung auf und begann sich einen neuen Kopfputz zu knüpfen. Harriet konnte sich des Gefühls nicht erwehren, daß sie besser geschauspielert hatte, als sie eigentlich wollte.

»Das ist aber erstaunlich!«

»Nicht einmal ähnlich«, wiederholte der Polizeidirektor. »Das Ding war riesengroß, eher wie ein Kirchenschlüssel.«

»Wurde er nach einem Wachsabdruck gefertigt«, fragte Peter, während seine Finger rasch durchs Stroh glitten, »oder nach einem Schlüssel?«

»Nach einem Schlüssel. Crutchley hatte ihn mitgebracht. Es sei der Schlüssel zu einer Scheune, hat er gesagt, die er gemietet habe, um ein paar Sachen darin unterzustellen. Der Schlüssel gehöre dem Eigentümer und er möchte einen eigenen haben.«

»Ich dachte, es sei Sache des Eigentümers, dem Mieter einen Schlüssel zu stellen«, meinte Harriet.

»Würde ich auch meinen. Crutchley erklärte, er habe einen gehabt, aber verloren. Und das könnte, wohlgemerkt, sogar wahr sein. Jedenfalls war das der einzige Schlüssel, den der Alte für ihn angefertigt hat – sagt er zumindest, und ich glaube nicht einmal, daß er mich angelogen hat. Also bin ich mit dem Abendzug wieder zurückgekommen, so klug wie zuvor. Aber nachdem ich dann zu Abend gegessen hatte, habe ich mir gesagt: Also, sag ich, es ist ein Hinweis – tu einen Hinweis niemals ab, bevor du ihm nachgegangen bist. Ich also hin nach Pagford, um mir unsern jungen Freud vorzunehmen. Na ja, in der Garage war er nicht, aber Williams sagte, er hätte ihn mit seinem Fahrrad auf der Straße nach Ambledon Overbrook gesehen – das kennen Sie vielleicht –, etwa anderthalb Meilen aus Pagford raus in Richtung Lopsley.«

»Da sind wir heute nachmittag durchgefahren. Hübsche kleine Kirche mit spitzem Turm.«

»Ja, einen Turm hat sie. Also, ich dachte mir, ich schaue mich mal nach unserm jungen Mann um, also bin ich losgefahren und – erinnern Sie sich, dort eine große alte Scheune mit Ziegeldach gesehen zu haben, etwa eine dreiviertel Meile außerhalb von Pagford?«

»Die ist mir aufgefallen«, sagte Harriet. »Steht ganz für sich allein in den Feldern.«

»Stimmt. Und wie ich da also vorbeifahre, sehe ich ein Licht, als wenn's eine Fahrradlampe sein könnte, durch die Felder wandern, und da fällt mir ganz plötzlich ein, daß Crutchley vor etwa sechs Monaten für Mr. Moffatt, dem die Scheune gehört, etwas an einem Traktor gemacht hat. Verstehen Sie? Ich habe nur zwei und zwei zusammengezählt. Also, ich steige aus dem Wagen und gehe dem Licht nach über die Felder. Er ging nicht sehr schnell – eher gemächlich – und ich ging ziemlich schnell, und wie er ungefähr halb da war, muß er mich kommen gehört haben, denn er blieb auf einmal stehen. Ich komme also näher und sehe, wer es ist.«

Der Polizeidirektor machte wieder eine Kunstpause.

»Nur weiter«, sagte Peter, »diesmal kaufen wir's Ihnen ab. Es war nicht Crutchley. Es war Mr. Goodacre oder der Wirt zur Krone.«

»Wieder reingelegt«, erklärte Mr. Kirk leutselig. »Es war eben doch Crutchley. Ich fragte ihn, was er da zu suchen hätte, und er sagte, das sei seine Sache, und wir stritten ein bißchen herum, und ich sagte, ich wüßte gern, was er mit einem Schlüssel zu Mr. Moffatts Scheune tue, worauf er wissen wollte, was ich damit meinte, und – jedenfalls, um es kurz zu machen, ich sagte, ich wolle sehen, was in der Scheune sei, und er werde gefälligst mitkommen. Wir gingen also weiter, und er brummelte ein bißchen herum und sagte dann: ›Sie sind auf dem falschen Dampfer‹, und ich antwortete: ›Wir werden ja sehen.‹ Wir kamen also an die Tür, und ich sagte: ›Geben Sie mir mal den Schlüssel‹, und darauf er: ›Ich sag Ihnen doch, ich hab keinen Schlüssel‹, und ich fragte: ›Was suchen Sie dann hier? Dieser Weg führt sonst nirgendshin‹, sagte ich, ›und so oder so, ich will sehen, was da los ist.‹ Damit fasse ich die Tür an, und die geht ganz von selbst auf. Und was meinen Sie, was in der Scheune war?«

Peter begutachtete seinen Strohzopf und knüpfte ihn an den Enden zu einem Kranz zusammen.

»Wenn ich raten müßte«, sagte er, »würde ich sagen, Polly Mason.«

»Na so was!« rief der Polizeidirektor. »Und gerade wollte ich Sie wieder reinlegen! Jawohl, Polly Mason, und sie war nicht mal erschrocken, als sie mich sah. ›So, mein Mädchen‹, sage ich zu ihr, ›das gefällt mir aber nicht, dich hier zu sehen‹, sage ich. ›Was geht hier eigentlich vor?‹ Darauf Crutchley: ›Das geht Sie überhaupt nichts an, Sie komischer Büttel. Polly ist volljährig.‹ – ›Kann sein‹, sage ich, ›aber sie hat eine Mutter, die sie anständig erzogen hat; und außerdem‹, sage ich, ›ist das hier Hausfriedensbruch, und dazu wird Mr. Moffatt auch noch was zu sagen haben.‹ Es gab also noch einiges Hin und Her, und ich sage zu dem Mädchen: ›Gib mal den Schlüssel her, auf den hast du nämlich kein Recht, und wenn du ein bißchen Vernunft oder Anstand besitzt, kommst du jetzt mit mir nach Hause.‹ Na ja, das Ende vom Lied war, daß ich sie nach Hause gebracht habe – und was für Frechheiten sie mir noch an den Kopf geworfen hat, das junge Ding! Seine Lordschaft habe ich einfach dastehen und Däumchen drehen lassen – Verzeihung, Mylord – das ging nicht gegen Sie.«

Peter hatte seinen Kranz fertig und setzte ihn auf.

»Es ist doch merkwürdig«, bemerkte er, »daß solche Männer wie Crutchley, mit dem Mund voll weißer Zähne, nahezu allesamt lustige Lotharios sind.«

»Und nicht einmal frivol lustig«, sagte Harriet. »Zwei Eisen im Feuer zum Gebrauch und eines zum Vergnügen.«

»Frank Crutchley«, sagte Kirk, »hat einfach zuviel von dem, womit die Katze ihre Pfoten putzt. Von wegen komischer Büttel! Dem werde ich dieser Tage einen Büttel geben, dem unverschämten Lümmel.«

»Es ist ein gewisser Mangel an Feingefühl festzustellen«, sagte Peter. »Euphelia dient meinem Lied zur Zier, doch Chloe ist mein wahres Glück. Aber sich von Euphelias Vater den Schlüssel für Chloe anfertigen zu lassen, das ist taktlos.«

»Ich bin ja kein Sonntagsschulprediger«, sagte der Polizeidirektor, »aber diese Polly Mason fordert ihr Unglück heraus. ›Nächsten Sonntag wird das Aufgebot ausgehängt‹, sagt sie, frech wie Rotz. ›So?‹ sage ich. ›Also, wenn ich du wäre, mein Kind, würde ich auf der Stelle damit zum Pfarrer gehen, bevor der junge Mann es sich doch noch anders überlegt. Wenn ihr beide euch so benehmt, wie sich das gehört, braucht ihr keinen Schlüssel zu anderer Leute Scheunen.‹ Von der jungen Dame in London habe ich nichts gesagt, weil die Sache erledigt und vorbei ist, aber wo eine ist, da könnten auch zwei sein.«

»Es waren zwei«, sagte Harriet entschlossen. »Und die andere war hier in Pagford.«

»*Wie* ist das?« fragte Kirk.

Harriet erzählte die Geschichte zum zweitenmal an diesem Abend.

»Also, ich werd verrückt!« rief Mr. Kirk unter herzhaftem Lachen. »Arme alte Aggie Twitterton! Trifft sich zum Küssen mit Frank Crutchley auf dem Friedhof. Das ist gut!«

Keiner der beiden andern gab einen Kommentar dazu, und bald legte sich Kirks Heiterkeit und machte allen Anzeichen geistiger Tätigkeit Platz. Sein Blick wurde starr, und seine Lippen bewegten sich stumm. »Momentchen mal, Momentchen«, sagte Kirk, während sie ihn atemlos beobachteten. »Aggie Twitterton? Und der junge Crutchley? Also, das erinnert mich doch an etwas ... Nein, sagen Sie es mir nicht ... Na bitte! Ich wußte doch, daß ich draufkommen würde.«

»Ich hab's mir schon gedacht«, sagte Peter halblaut.

»Was ihr wollt!« rief Mr. Kirk jubilierend. »Orsino, jawohl! ›Zu alt, beim Himmel! Wähle doch das Weib sich einen ältern stets!‹ – Ich wußte doch, daß an Shakespeare was dran ist.« Er verstummte wieder. »Hallo«, sagte er in verändertem Ton, »das ist ja alles gut und schön, aber passen Sie mal auf! Wenn Aggie Twitterton das Geld für Crutchley wollte und den Schlüssel zum Haus hatte, was hätte sie daran hindern können – wie?«

»Gar nichts«, antwortete Peter. »Aber das müssen Sie erst mal beweisen, nicht wahr?«

»Ich hatte schon die ganze Zeit Aggie Twitterton im Auge«, sagte der Polizeidirektor. »Schließlich kann man die Sachen, die sie von sich gegeben hat, nicht einfach übersehen. Und sie wußte über das Testament Bescheid und so weiter. Und bei Licht besehen – wer es auch immer war, er mußte ins Haus, oder etwa nicht?«

»Warum?« fragte Peter. »Woher wollen Sie wissen, daß Noakes nicht herausgekommen ist und im Garten ermordet wurde?«

»O nein«, sagte Mr. Kirk, »das ist das einzige, was er nicht getan haben kann, und das wissen Sie so gut wie ich. Warum? Weil er weder Erde noch Kies an den Schuhen und auch nicht an den Kleidern hatte, wo er darauf gefallen war. Und um diese Jahreszeit und bei dem Regen, den wir letzte Woche hatten, ging das nicht. Nein, Mylord – Sprenkel für die Drosseln! So kriegen Sie mich nicht.«

»Hamlet«, sagte Peter matt. »Na gut. Dann sollten wir Ihnen besser sagen, was wir uns alles ausgedacht haben, wie jemand ins Haus hätte kommen können.«

Nach fast einer Stunde war der Polizeidirektor erschüttert, aber noch nicht überzeugt.

»Sehen Sie mal, Mylord«, sagte er schließlich. »Ich verstehe ja, worauf Sie hinauswollen, und da haben Sie auch völlig recht. Es führt zu nichts, daß man sagt, *er* könnte oder *sie* könnte, denn da würde sich immer ein gerissener Verteidiger finden, der sagt, *könnte* heißt noch lange nicht *hat.* Und ich gebe auch zu, daß es voreilig von mir war, das Fenster und die Dachluke zu übersehen, oder die Möglichkeit, daß jemand Noakes etwas nachgeworfen hat. Besser spät als nie. Ich komme morgen noch mal wieder, und dann sehen wir uns diese Möglichkeiten an. Und noch etwas. Ich werde Sellon mitbringen, und dann können Sie an ihm selbst ausprobieren, ob er durchs Fenster hätte kommen können. Denn mal ohne Umschweife gesagt, Mylord, Sie passen in ihn zweimal rein – und außerdem bin ich überzeugt, daß *Sie* überall durchkämen – auch vor Gericht, wenn Sie mir's nicht übelnehmen ... Nein, mißverstehen Sie mich nicht. Ich will Aggie Twitterton nichts anhängen – ich will nur herausbekommen, wer Noakes umgebracht hat, und es beweisen. Und ich *werde* es beweisen, und wenn ich das ganze Haus mit dem Staubkamm absuchen muß.«

»Dann müssen Sie aber morgen sehr früh aufstehen«, sagte Peter, »um unsere Londoner Freunde daran zu hindern, das Mobiliar mit allem Drum und Dran fortzuschaffen.«

»Ich werde dafür sorgen, daß sie die Dachluke hierlassen«, erwiderte der Polizeidirektor. »Und die Türen und Fenster auch. Und jetzt fahre ich nach Hause, und entschuldigen Sie nochmals, daß ich Sie und Ihre Ladyschaft so lange aufgehalten habe.«

»Keine Ursache«, sagte Peter. »So süß ist Trennungsweh – wir hatten ja heute einen regelrechten Shakespeare-Abend, was?«

»Also«, sagte Harriet, nachdem ihr Herr und Gebieter den Polizeidirektor zur Tür gebracht hatte, »ganz unvernünftig hat er sich ja doch nicht gestellt. Aber ich wünschte wirklich, heute abend käme niemand mehr!«

»*Nous menons une vie assez mouvementée.* So einen Tag habe ich noch nicht erlebt. Bunter sieht fix und fertig aus – ich habe ihn zu Bett geschickt. Ich selbst habe das Gefühl, gar nicht mehr derselbe Mensch zu sein wie vor dem Frühstück.«

»Ich fühle mich nicht einmal mehr als derselbe Mensch

wie vor dem Abendessen. Peter – zu diesem Thema. Das hat mich sehr erschreckt. Ich habe doch immer jede Form von Besitzanspruch so verabscheut. Du weißt, wie sehr ich immer davor weggelaufen bin.«

»Ich habe allen Grund, das zu wissen.« Er zog eine Grimasse. »Du bist gelaufen wie die Schwarze Königin.«

»Ich weiß es. Und jetzt – fange ausgerechnet ich selbst damit an! Ich weiß einfach nicht, was da über mich gekommen ist. Es ist beängstigend. Wird mir so etwas immer wieder passieren?«

»Das weiß ich nicht«, antwortete er leichthin. »Ich kann es mir nicht vorstellen. In all meiner Erfahrung mit Frauen, die sich wie beim guten Dr. Watson über viele Länder und drei einzelne Kontinente erstreckt –«

»Wieso einzeln? Treten Kontinente sonst in Schwärmen auf wie Sardinen?«

»Weiß ich nicht. So steht's jedenfalls geschrieben. Drei einzelne Kontinente. In meiner ganzen Erfahrung bist du ohne Vorbild. Ich habe noch nie jemanden wie dich gekannt.«

»Wie denn das? Besitzanspruch ist nicht ohne Vorbild.«

»Im Gegenteil – er ist so alltäglich wie Dreck. Aber ihn an sich selbst zu erkennen und über Bord zu werfen, das ist – ungewöhnlich. Wenn du ein normaler Mensch werden willst, meine Liebe, mußt du ihm freien Lauf lassen und dir und andern damit das Leben schwer machen. Und einen andern Namen müßtest du ihm auch noch geben – Liebe oder Selbstaufopferung oder so. Wenn du dich dagegen weiter so vernünftig und großmütig verhältst, denkt nachher noch alle Welt, wir wären einander völlig schnuppe.«

»Nun ja – aber wenn ich so etwas je wieder tun sollte – gib mir um Himmels willen nicht nach. ... Eigentlich hättest du das ja auch nicht getan, oder?«

»Wenn es zum Schwur gekommen wäre – doch. Ich ertrage keinen Streit – jedenfalls nicht mit dir.«

»Ich hätte nie geglaubt, daß du so schwach sein könntest. Als ob man herrschsüchtige Menschen je zufriedenstellen könnte! Laß ihnen einmal ihren Willen, und du mußt es immer wieder tun. Das ist wie mit dem Dänengeld.«

»Geh nicht so hart mit mir ins Gericht, Domina. Wenn es noch einmal vorkommt, kriegst du's mit dem Stock, das ist abgemacht. Ich wußte nur nicht so genau, womit ich es zu tun hatte – mit einer *femme jalouse de l'oeuvre*, oder mit einem völlig vernünftigen Einwand, oder mit der Ehe an sich. Man kann ja nicht verheiratet sein und so dahinleben, als ob man es nicht wäre, oder? Ich dachte wirklich, ich wäre vielleicht auf dem Holzweg. Oder ich dachte, wenn ich dir zeigen könnte, wo der Haken steckte – ach, ich weiß nicht, was ich gedacht habe. Ist ja auch egal. Ich weiß nur noch, was du gesagt hast, und daß es mir den Atem verschlagen hat.«

»Und ich weiß, daß ich Anstalten gemacht habe, mich wie eine dumme Kuh zu benehmen, aber ich habe mich eines Besseren besonnen. Peter – es hat doch das andere nicht kaputtgemacht – das, was du davor gesagt hast? Es hat nichts zerstört?«

»Zu wissen, daß ich dir mehr vertrauen kann als mir? Was denkst du denn? ... Aber hör zu, mein Schatz – laß uns das Wort ›Besitz‹ um Gottes willen packen, ihm einen Stein um den Hals hängen und es ertränken. Ich will es weder selbst benutzen noch jemals hören – auch nicht im plattesten physischen Sinne. Es ist ein bedeutungsloses Wort. Wir können einander nicht besitzen. Wir können nur geben und unser Alles dranwagen – Shakespeare, würde Kirk jetzt sagen ... Ich weiß nicht, was heute abend in mich gefahren ist. Ich habe Dinge gesagt, die zu sagen ich mir nie hätte träumen lassen, und wenn ich darüber hundert Jahre hätte werden müssen – dann würden sie sich aber sowieso nicht mehr zu sagen lohnen.«

»Das muß an diesem Tag liegen. Ich habe auch Dinge gesagt ... Ich glaube, ich habe alles, gesagt, außer –«

»Stimmt. Das hast du nie gesagt. Du hast immer einen anderen Ausdruck dafür gefunden. *Un peu d'audace, que diable!* ... Also?«

»Ich liebe dich.«

»Tapfer gesagt, obwohl ich es aus dir herausziehen mußte wie den Korken aus der Flasche. Warum sollte dieser Satz so schwer sein? Ich – persönliches Fürwort, Subjekt; L-I-E-B-E, liebe, Verb, aktiv, mit der Bedeutung – Also, nach Mr. Squeers' Prinzip: Geh zu Bett und krieg es selbst heraus.«

Das Fenster stand noch offen. Die Luft war für Oktober sonderbar mild und ruhig. Irgendwo in der Nähe erhob eine Katze – wahrscheinlich der rote Kater – die Stimme zu einem langgezogenen Heulen unstillbaren Sehnens. Peters rechte Hand tastete die Fensterbank ab und schloß sich um den steinernen Briefbeschwerer. Doch mitten im Tun besann er sich eines andern, ließ den Stein los, zog mit der andern Hand das Fenster herunter und verriegelte es.

»Wer bin ich«, fragte er laut, »daß ich Steine nach meinen Mitgeschöpfen werfe?«

Er zündete eine Kerze an, löschte die Lampen und begab sich nach oben.

Zwei Minuten später warf Bunter, von Gott weiß welchen wüsten Trieben erregt, einen Stiefel aus dem hinteren Schlafzimmer, und der Gesang erstarb.

19

Kaktusland

Dies ist das tote Land
Dies ist das Kaktusland
Hier sind aufgerichtet
Die steinernen Bilder, zu denen
Betet die Hand eines Toten, darüber
Funkelt ein verblassender Stern . . .

Zwischen Idee
Und Wirklichkeit
Zwischen Regung
Und Tat
Fällt der Schatten

T. S. ELIOT: DIE HOHLEN MÄNNER

»Peter, was hast du eigentlich heute früh geträumt? Es klang ziemlich schrecklich.«

Er machte ein bestürztes Gesicht.

»O mein Gott, fange ich damit schon wieder an? Ich dachte, ich hätte gelernt, meine Träume für mich zu behalten. Habe ich etwas gesagt? Du brauchst es mir nicht schonend beizubringen.«

»Ich konnte nicht verstehen, was du sagtest. Aber es klang, als ob dir – gelinde ausgedrückt – etwas auf der Seele läge.«

»Was muß ich für angenehme Gesellschaft sein«, sagte er bitter. »Ich weiß es. Man hat es mir schon gesagt. Der vollkommene Bettgenosse – solange ich wach bleibe. Was mußte ich es auch darauf ankommen lassen! Aber man hofft ja immer, daß es irgendeinmal besser mit einem wird. Künftig werde ich mich zurückziehen.«

»Sei nicht albern, Peter. Du hast dann aufgehört zu träumen, nachdem ich dich in den Arm genommen hatte.«

»Stimmt. Und jetzt fällt es mir wieder ein. Wir marschierten durch eine stachlige Wüste und waren alle aneinandergekettet. Ich hatte irgend etwas vergessen – zu tun oder jemandem zu sagen – aber ich konnte nicht anhalten, wegen der Kette. Unsere Münder waren voll Sand, und die Fliegen und anderes ... Wir trugen dunkelblaue Uniformen, und wir mußten immer weiter ...«

Er unterbrach sich. »Ich weiß nicht, warum blaue Uniformen – gewöhnlich hat es etwas mit dem Krieg zu tun. Und jemandem seine Träume zu erzählen ist der Gipfel des Egoismus.«

»Ich möchte ihn aber hören; er muß schrecklich gewesen sein.«

»Ja, das war er auch, auf eine Weise ... Unsere Stiefel waren durchgelaufen ... Wenn ich an mir hinunterschaute, sah ich die Knochen meiner eigenen Füße, und die waren schwarz, weil wir schon vor langer Zeit in Ketten gelegt worden waren und allmählich auseinanderfielen.«

»Mais priez dieu que tous nous veuille absoudre.«

»Ja, das ist es. Ganz wie die *Ballade des Pendus.* Nur daß es heiß war, und ein Himmel wie Bronze – und wir wußten, daß es am Ende des Marsches schlimmer sein würde als am Anfang. Und alles war meine Schuld, weil ich vergessen hatte – was auch immer.«

»Wie ging der Traum zu Ende?«

»Er ging nicht zu Ende. Er wurde anders, als du mich in den Arm nahmst – etwas mit Regen und einem Chrysanthemenstrauß. Es war nur wieder einer von diesen Verantwortungsträumen, und ein recht milder dazu. Das Komische ist, daß es wirklich etwas *gibt,* was ich vergessen habe, das weiß ich. Als ich aufwachte, lag es mir auf der Zunge – aber jetzt ist es weg.«

»Es wird schon wiederkommen, wenn du es in Ruhe läßt.«

»Ich wollte, es wäre so; dann würde ich mich nicht mehr so schuldig deswegen fühlen ... Hallo, Bunter, was gibt's? Die Post? Der Himmel steh uns bei, Mann, was haben Sie denn da?«

»Unseren Zylinder, Mylord.«

»Zylinder? Machen Sie sich nicht lächerlich, Bunter, So was brauchen wir auf dem Lande nicht.«

»Die Beerdigung ist heute vormittag, Mylord. Ich hielt es für denkbar, daß Eure Lordschaft ihr beiwohnen möchten. Die Gebetbücher sind in dem andern Päckchen bei dem schwarzen Anzug.«

»Aber zu einem ländlichen Begräbnis werde ich doch ohne Trauerkleidung und Zylinder gehen können!«

»Die konventionellen Zeichen der Hochachtung werden gerade in ländlichen Gemeinden besonders geschätzt, Mylord. Aber ganz wie Eure Lordschaft wünschen. Es sind zwei Wagen gekommen, um die Möbel abzuholen, Mylord, und Polizeidirektor Kirk ist unten mit Mr. MacBride und Mr. Solomons. Ich würde mit Erlaubnis Eurer Lordschaft vorschlagen, daß ich mit dem Wagen nach Broxford fahre und ein paar provisorische Notwendigkeiten bestelle – ein paar Feldbetten zum Beispiel, und einen Kessel.«

»Peter«, sagte Harriet, von ihrer Korrespondenz aufblickend, »hier ist ein Brief von deiner Mutter dabei. Sie schreibt, daß sie heute morgen nach Denver fährt. Die Jagdgesellschaft ist abgereist, und Gerald und Helen fahren fürs Wochenende zu Lord Attenbury. Sie fragt, ob wir ihr für ein, zwei Tage Gesellschaft leisten möchten. Sie meint, wir brauchten vielleicht etwas Ruhe und Abwechslung – nicht voneinander, wie sie ausdrücklich betont, sondern vom Haushalten, wie sie es nennt.«

»Meine Mutter ist eine ungewöhnliche Frau. Ihre Gabe, immer den richtigen Nagel auf den Kopf zu treffen, ist geradezu wundersam – zumal ihre Schläge immer so etwas scheinbar Wahlloses an sich haben. Haushalten!

Das Haus ist wahrscheinlich das einzige, was wir hier behalten werden, wie es aussieht.«

»Was hältst du von ihrem Vorschlag?«

»Das liegt eher bei dir. Irgendwohin müssen wir, sofern du nicht wirklich den Kessel und die Feldbetten vorziehst, auf die Bunter so taktvoll anspielt. Aber es soll ja unklug sein, die schwiegermütterlichen Komplikationen zu früh ins Spiel zu bringen.«

»Es gibt Schwiegermütter und Schwiegermütter.«

»Wie wahr! Und du hättest dich nicht mit dem übrigen Schwiegerzeug abzugeben, was schon eine Menge ausmacht. Wir haben einmal davon gesprochen, uns das alte Gemäuer einmal anzusehen, wenn wir dabei unter uns wären.«

»Von mir aus gern, Peter.«

»Schön, dann tun wir das. Bunter, schicken Sie ein Telegramm an Ihre Gnaden, daß wir heute abend kommen.«

»Sehr wohl, Mylord.«

»Tiefste Genugtuung«, sagte Peter, als Bunter gegangen war. Er wird es sehr bedauern, die Ermittlungen abzubrechen, aber die Feldbetten und der Kessel würden selbst Bunter das Herz brechen. Auf eine Weise bin ich Mr. Solomons eigentlich dankbar dafür, daß er die Sache so beschleunigt. Wir werden nicht das Feld geräumt haben; wir haben den Befehl zum Rückzug erhalten und können mit allen militärischen Ehren abziehen.«

»Empfindest du das wirklich so?«

»Ich glaube, ja. Doch.«

Harriet sah ihn an und fühlte sich bedrückt, wie man sich oft bedrückt fühlt, wenn man bekommt, was man sich zu wünschen glaubte.

»Du wirst nie wieder in dieses Haus zurückkehren wollen.«

Er wand sich verlegen. »Oh, das weiß ich nicht. Ich könnte in einer Nußschale wohnen ... wären diese schlechten Träume nicht.«

Aber er würde in diesem Haus immer schlecht träumen, solange der Schatten des Versagens darauf lag ... Er schob das Thema beiseite, indem er fragte:

»Schreibt meine Mutter sonst noch etwas?«

»Nichts Neues eigentlich. Natürlich tut es ihr furchtbar leid, daß wir hier solchen Ärger haben. Sie glaubt, sie hat zwei sehr geeignete Hausmädchen für uns gefunden, die im November bei uns anfangen können. Der Kronleuchter hängt, und jeder Glastropfen wurde einzeln zum Schweigen gebracht, damit er nicht klimpert; sie hat den Klavierstimmer eine Stunde lang darunter Klavier spielen lassen, und er hat nicht ein einziges Tingeling von sich gegeben. Ahasverus hat Dienstag nacht eine Maus gefangen und in Franklins Pantoffel gelegt. Dein Neffe Jerry hatte eine kleine Meinungsverschiedenheit mit einem Polizisten, aber er hat ihm erklärt, daß er soben seinen Onkel verheiratet habe, und ist mit einer Geldstrafe und einer Verwarnung davongekommen. Das ist alles. Der Rest ist – na ja, es läuft mehr oder weniger darauf hinaus, daß sie sich freut, wenn ich dir ein gutes Zeugnis ausstellen kann, und daß es vielleicht gar nicht so schlecht ist, mit einem kleinen Mißgeschick anzufangen.«

»Da hat sie vielleicht recht. Jedenfalls bin ich dankbar, daß es ein gutes Zeugnis war. Hier ist übrigens ein Briefchen an dich von Onkel Pandarus – ich meine Onkel Paul – eingelegt in einen Brief an mich, in dem er die Unverfrorenheit besitzt, zu hoffen, daß mein Hang der letzten Jahre zu ›unmäßigen Orgien der Tugendhaftigkeit'‹ wie er sich ausdrückt, mich für mein *métier d'époux* nicht zu sehr aus der Übung gebracht hat. Er empfiehlt *une vie réglée* und bittet mich, nicht zu *émotionné* zu werden, da Emotionen allzugern die *forces vitales* beeinträchtigen. Ich kenne niemanden, der so viele zynische Anzüglichkeiten in einem Brief voll guter Ratschläge unterbringen kann wie Onkel Pandarus.«

»Der Brief an mich ist auch voll guter Ratschläge; aber

er ist nicht direkt zynisch.«

(Mr. Delagardie hatte wörtlich geschrieben:

»Meine liebe Nichte – ich hoffe, daß mein komischer, alles in allem aber ganz annehmbarer Neffe sich bemüht, Ihren Becher mit dem Wein des Lebens zu füllen. Mag ein alter Mann, der ihn gut kennt, Sie daran erinnern dürfen, daß, was für Sie Wein ist, für ihn Brot ist. Sie sind zu vernünftig, um ob *cette franchise* gekränkt zu sein. Mein Neffe ist in keiner Weise vernünftig – il n'est que sensible et passablement sensuel. Il a plus besoin de vous que vous de lui; soyez généreuse – c'est une nature qu'on ne saurait gâter. Il sent le besoin de se donner – de s'épancher; vous ne lui refuserez certes pas ce modeste plaisir. La froideur, la coquetterie même, le tuent; il ne sait pas s'imposer; la lutte lui répugne. Tout cela, vous le savez déjà – Pardon! je vous trouve extrèmement sympathique, et je crois que son bien-être nous est cher à tous deux. Avec cela, il est marchand du bonheur à qui en veut; j'espère que vous trouverez en lui ce qui pourra vous plaire. Pour le rendre heureux, vous n'avez qu'à être heureuse; il supporte mal les souffrances d'autrui. Recevez, ma chère nièce, mes voeux les plus sincères.«)

Peter grinste.

»Ich will ja nicht fragen, was er schreibt. Je weniger Worte man über Onkel Pandarus' gute Ratschläge verliert, desto besser. Er ist ein sehr schlimmer alter Knabe, und seine Ansichten sind abstoßend vernünftig. Laut ihm leide ich an einem romantischen Herzen, das mit meinem realistischen Verstand Katz und Maus spielt.«

(Mr. Delagardie hatte wörtlich geschrieben:

». . . Cette femme te sera un point d'appui. Elle n'a connu jusqu'ici que les chagrins de l'amour; tu lui en apprendra les délices. Elle trouvera en toi des délicatesses imprévues, et qu'elle saura apprécier. Mais surtout, mon ami, pas de faiblesse! Ce n'est pas une jeune fille niaise et étourdie; c'est une intelligence forte, qui aime à résoudre les problèmes par la tête. Il ne faut pas être trop soumis; elle ne t'en saura pas gré. Il faut encore moins l'enjôler; elle pourra se raviser. Il faut convaincre; je suis persuadé qu'elle se montrera magnanime. Tâche de comprimer les élans d'un coeur chaleureux – ou plutôt réserve-les pour ces moments d'intimité conjugale où ils ne seront pas déplacés et pourront te servir à quelque chose. Dans toutes les autres circonstances, fais valoir cet esprit raisonneur dont tu n'es pas entièrement dépourvu. A vos âges, il est nécessaire de préciser; on ne vient plus à bout d'une situation en se livrant à des étreintes effrénées et en poussant des cris déchirants. Raidis-toi, afin d'inspirer le respect à ta femme; en lui tenant tête tu lui fourniras le meilleur moyen de ne pas s'ennuyer . . .«)

Peter faltete seinen Brief zusammen, steckte ihn mit einer Grimasse ein und fragte:

»Hast du vor, zum Begräbnis zu gehen?«

»Ich glaube nicht. Ich habe kein schwarzes Kleid bei mir, um für deinen Zylinder Ehre einzulegen, und außerdem bleibe ich besser hier, um auf Solomons, MacBride & Co. ein Auge zu haben.«

»Das kann Bunter tun.«

»Aber nein! Er lechzt danach, der Aussegnung beizuwohnen. Ich habe ihn eben seine beste Melone abbürsten sehen. Kommst du mit nach unten?«

»Im Moment noch nicht. Ich habe hier einen Brief von meinem Agenten, um den ich mich einfach kümmern muß. Ich dachte, ich hätte alles bestens geregelt gehabt, aber ausgerechnet jetzt gefällt es einem der Mieter, Schwierigkeiten zu machen. Und Jerry hat sich mit einer Frau eingelassen und bedauert es wirklich außerordentlich, mich damit zu belästigen, aber ihr Mann ist plötzlich dazugekommen, Erpressung im Blick, und was in aller Welt soll er jetzt tun?«

»Meine Güte! Schon wieder der Junge?«

»Auf *keinen* Fall werde ich ihm einen Scheck schicken. Zufällig weiß ich über die fragliche Dame und den Herrn bestens Bescheid, und es bedarf nur eines deutlichen Briefs und der Adresse meines Anwalts, der ebenfalls bestens über sie Bescheid weiß. Aber unten kann ich nicht schreiben, während Kirk sich durch Fenster zu quetschen versucht und die Makler sich um die Etagere balgen.«

»Das geht natürlich nicht. Ich kümmere mich um alles. Sei schön fleißig ... Und ich dachte immer, du wärst Gottes größter Müßiggänger und hättest überhaupt nichts auf der Welt zu tun.«

»Leider verwaltet Besitz sich nicht von ganz allein. Neffen auch nicht. Ha! – Wenn Onkel Pandarus schon nicht mit seinen Ratschlägen spart, verlaß dich drauf, daß *ich* meine onkelhaften Ratschläge dahin schicke, wo sie am meisten nützen! Jedem Tierchen sein Pläsierchen ... *C'est bien, embrasse-moi ... Ah! non! voyons, tu me dépeignes ... Allons, hop! il faut être sérieux.«*

Nachdem Peter seine Korrespondenz erledigt und sich unter heftigem Protest zu einem schwarzen Anzug und steifen Kragen hatte überreden lassen, kam er herunter und traf Mr. Kirk gerade im Fortgehen an; Mr. MacBride war soeben aus einem hitzigen dreiseitigen Streit zwischen ihm, Mr. Solomons und einer staubig aussehenden Amtsperson, die sich als Beauftragter der Testamentsvollstreckerin ausgab, als Sieger hervorgegangen. Was für eine geschäftliche Regelung getroffen worden war, fragte Peter nicht und erfuhr er auch nie. Das Ergebnis schien jedenfalls zu sein, daß die Möbel fortgeschafft werden sollten, nachdem Harriet (in Peters Namen) auf alle Ansprüche darauf verzichtet hatte, weil (a) sie bisher nichts für ihre Benutzung bezahlt hatten, (b) sie nichts davon geschenkt haben wollten, selbst wenn sie ein Pfund Tee als Zugabe bekämen, (c) sie ohnehin übers Wochenende verreisen wollten und (d) froh sein würden, sie so rasch wie möglich aus dem Haus zu haben, um Platz für ihre eigenen Sachen zu bekommen.

Nachdem dieser Punkt erledigt war, bat Mr. MacBride den Polizeidirektor um die Erlaubnis, weitermachen zu dürfen. Kirk nickte verdrießlich.

»Kein Glück gehabt?« fragte Peter.

»Nicht für einen halben Penny«, antwortete Kirk. »Es ist genau, wie Sie sagten. Puffett und Bert Ruddle haben oben überall ihre Spuren hinterlassen, und es läßt sich nicht feststellen, ob einige davon schon von voriger Woche stammen. Im Fußboden ist keine Delle zu finden, die darauf schließen ließe, daß dort ein Stein hingefallen sein könnte – aber andererseits sind diese alten Eichendielen derart hart, daß man sie wochenlang mit Steinen bewerfen könnte, ohne Dellen hineinzumachen. Ich weiß es jedenfalls nicht. Mir ist so ein Fall noch nie untergekommen. Es scheint überhaupt nichts zu geben, worauf man konkret den Finger legen könnte.«

»Haben Sie schon versucht, Sellon durchs Fenster zu quetschen?«

»Joe Sellon?« Kirk schnaubte verächtlich. »Gehen Sie mal runter ins Dorf, da können Sie Joe Sellon sehen. Puh! – ist das ein Verkehrswirrwarr! So was habe ich mein Lebtag noch nicht erlebt. Halb Pagford ist hier, und fast ganz Broxford, und all die Zeitungsleute aus London und von der *Broxford and Pagford Gazette* und dem *North Herts Advertiser* und so ein Kerl mit einer Filmkamera, und vor der Krone stehen die Autos so dichtgedrängt, daß niemand hineinkann, und um die Bar herrscht ein solches Gedränge, daß die, die drin sind, nicht bedient werden. Joe hat alle Hände mehr als voll zu tun. Ich habe schon meinen Sergeanten dagelassen, damit er ihm zur Hand geht. Und«, fuhr der Polizeidirektor entrüstet fort, »gerade als wir zwanzig Wagen schön in den Weg neben Mr. Giddys Acker gestellt hatten, kommt so ein kleiner Knirps vorbei und piepst: ›Bitte, Mister – könnten Sie mich nicht vorbeilassen? Ich hab gerade die Kuh zum Stier gebracht‹ – und wir durften sie alle wieder wegstellen. Zum Heulen ist gar kein Ausdruck dafür. Aber bitte! Auch das geht mal vorbei, das ist der einzige Trost. Ich werde Joe Sellon herbringen, sowie das Begräbnis vorbei ist und uns nicht mehr in die Quere kommen kann.«

Mr. MacBrides Leute gingen kundig zu Werke. Harriet sah, wie ihr Flitterwochenhaus sich schnell in eine staubige Wüste aus Stroh, Packkisten, zusammengerollten Vorhängen und abgehängten Bildern auflöste, die ihre losen Drähte spinnenartig von sich streckten wie Schlingen, und sie fragte sich, ob wohl ihr ganzes Eheleben so kaleidoskopartig ablaufen würde. Charakter ist Schicksal: Wahrscheinlich steckte etwas in ihr und Peter, was sie dazu verurteilte, nie ein Abenteuer ohne die absonderlichsten Störungen und plötzliche Glücksumschwünge zu Ende zu bringen. Sie mußte lachen, während sie dem Ablauf der Dinge auch noch Vorschub leistete, indem sie ein Bündel Schürhaken zusammenband, und erinnerte sich, was eine Freundin ihr einmal über ihre Flitterwochen anvertraut hatte:

»Jim wünschte sich ein ruhiges Plätzchen, also sind wir in ein kleines Fischerdorf in der Bretagne gefahren. Es war natürlich herrlich, aber es hat sehr viel geregnet, und ich glaube, es war doch ein Fehler, daß wir so wenig zu tun hatten. Wir waren sehr verliebt, daran lag es also nicht – aber es gab so viele lange Stunden totzuschlagen, und uns einfach still hinzusetzen und ein Buch zu lesen erschien uns irgendwie nicht angebracht. Es spricht wohl doch etwas für die übliche Hochzeitsreise – sie gibt einem sozusagen ein Programm.«

Nun, die Dinge liefen nicht immer nach Programm. Harriet blickte von ihren Schürhaken auf und sah zu ihrer gelinden Überraschung Frank Crutchley.

»Brauchen Sie vielleicht ein bißchen Hilfe, Mylady?«

»Hm, ich weiß nicht, Crutchley. Haben Sie denn heute morgen frei?«

Crutchley erklärte, er habe eine Gesellschaft aus Great Pagford zum Begräbnis hergebracht; die Leute würden aber noch in der Krone essen und ihn erst später wieder brauchen.

»Aber gehen Sie denn nicht auch zum Begräbnis? Sie singen doch im Kirchenchor von Paggleham, nicht? Und der Pfarrer hat etwas von einem Chorgottesdienst gesagt.«

Crutchley schüttelte den Kopf.

»Ich hatte eine Auseinandersetzung mit Mrs. Goodacre – das heißt, sie mit mir. Dieser Kirk ... immer muß er sich einmischen. Was zwischen mir und Polly Mason ist, das geht doch die Pfarrersfrau nichts an. Ich bin hingegangen, um das Aufgebot zu bestellen, und da ist Mrs. Goodacre auf mich losgegangen.«

»Oho!« sagte Harriet. Sie war ja selbst von Crutchley nicht sonderlich angetan; da er aber offensichtlich nicht ahnte, daß Miss Twitterton mit ihrem Kummer hausieren gegangen war, erschien es ihr besser, das Thema jetzt nicht anzuschneiden. Inzwischen bereute Miss Twitterton es wahrscheinlich, daß sie geredet hatte. Und jetzt mit Crutchley darüber zu reden hätte die Demütigung der armen kleinen Frau nur noch verschlimmert, indem es ihr eine unangemessene Bedeutung gegeben hätte. Außerdem kniete einer der Möbelpacker am Fenster und legte die bronzenen Reiter und andere Kunstgegenstände liebevoll in eine Kiste, während ein anderer, auf der Trittleiter stehend, soeben die Wand von dem bemalten Spiegel befreit hatte und zur Zeit einen Angriff auf die Uhr plante.

»Schön, Crutchley, Sie können den Leuten zur Hand gehen, wenn sie Hilfe brauchen.«

»Ja, Mylady. Soll ich schon welche von den Sachen hier raustragen?«

»Hm – nein, im Augenblick noch nicht.« Sie wandte sich an den Mann am Fenster, der gerade die letzte Scheußlichkeit in der Kiste untergebracht hatte und den Deckel zuklappte.

»Würde es Ihnen etwas ausmachen, dieses Zimmer bis zuletzt zu lassen? Mein Mann kommt nach dem Begräbnis hierher zurück und bringt vielleicht ein paar Leute mit. Wir brauchten dann ein paar Sitzgelegenheiten.«

»Alles klar, Mylady. Können wir oben schon anfangen?«

»Ja, gewiß. Und lange werden wir dieses Zimmer sowieso nicht brauchen.«

»In Ordnung, Mylady. Komm, Bill, hier lang.«

Bill, ein magerer Mann mit traurigem Schnurrbart, kam gehorsam von der Trittleiter herunter.

»Klar, George, wir brauchen sowieso 'ne Weile, um das Himmelbett runterzubringen.«

»Kann der Mann hier Ihnen helfen? Er ist unser Gärtner.«

George musterte Crutchley, der die Trittleiter genommen hatte und sie in die Zimmermitte zurücktrug. »Da wären die Pflanzen im Gewächshaus«, sagte George. »Dafür haben wir keine besonderen Anweisungen, aber man hat uns gesagt, wir sollen alles mitnehmen.«

»Ja, die Pflanzen kommen auch fort, und die hier drinnen ebenso. Aber die können auch noch warten. Kümmern Sie sich mal ums Gewächshaus, Crutchley.«

»Und dann liegt noch so ein Haufen Zeug im Schuppen«, sagte George. »Jack ist da draußen; der freut sich bestimmt, wenn einer mit anfaßt.«

Crutchley stellte die Trittleiter wieder an die Wand und ging hinaus. George und Bill begaben sich nach oben. Harriet erinnerte sich, daß Peter seinen Tabak und die Zigarren in die Etagere gelegt hatte und nahm sie heraus. Plötzlich schoß ihr ein schrecklicher Gedanke durch den Kopf, und sie stürzte in die Vorratskammer. Alles kahl und leer. Wie von Furien gehetzt lief sie die Kellertreppe hinunter, ohne auch nur einen Gedanken daran zu verschwenden, was da unten gelegen hatte. Unten herrschte ägyptische Finsternis, aber sie zündete ein Streichholz an und konnte aufatmen. Alles in Ordnung. Die zweieinhalb Dutzend Flaschen Portwein lagen säuberlich aufgereiht auf dem Regal, und an dieses war ein Blatt Papier geheftet, auf dem in großen Lettern stand: EIGENTUM SEINER LORDSCHAFT – NICHT ANRÜHREN. Als sie wieder ans Tageslicht kam, begegnete sie Crutchley, der soeben zur Hintertür hereinkam. Er erschrak, als er sie sah.

»Ich habe nur nachgesehen, ob mit dem Wein alles in Ordnung ist. Wie ich sehe, hat Bunter ein Schild davorgehängt. Aber schärfen Sie den Leuten bitte noch einmal ein, daß sie diese Flaschen um keinen Preis anzurühren haben.«

Crutchley verzog den Mund zu einem breiten Lächeln, das Harriet zeigte, wie hübsch sein Gesicht sein konnte und wie verständlich Miss Twittertons und Polly Masons Unbesonnenheit war.

»Das werden die bestimmt nicht vergessen, Mylady. Mr. Bunter hat es ihnen schon selbst gesagt – sehr nachdrücklich. Er legt auf diesen Wein anscheinend großen Wert. Sie hätten ihn gestern hören sollen, wie er Martha Ruddle heruntergeputzt hat –«

Harriet hätte es liebend gern gehört und war versucht, sich die Szene von einem Augenzeugen schildern zu lassen; aber sie sagte sich, daß man Crutchleys Vorwitz nicht noch fördern dürfe; außerdem war er ja schlecht bei ihr angeschrieben, ob er's wußte oder nicht. Sie sagte abwehrend:

»Na ja – aber dann sorgen Sie dafür, daß sie es nicht vergessen.«

»Gut. Aber das Faß können sie doch mitnehmen, oder?«

»O ja – das gehört uns nicht. Nur das Flaschenbier.«

»Sehr wohl, Mylady.«

Crutchley ging wieder hinaus, ohne das, weswegen er gekommen war, mitzunehmen, und Harriet kehrte ins Wohnzimmer zurück. Mit einer Mischung aus Nachsicht und Mitleid nahm sie die Aspidistras aus den Übertöpfen und baute sie nebst einem abstoßend häßlichen kleinen Kaktus, der aussah wie ein zu vollgestopftes Nadelkissen, sowie einem jungen Gummibaum, zu einer traurigen kleinen Gruppe auf dem Fußboden auf. Selten hatte sie Pflanzen gesehen, für die sie sich wenigern begeistern konnte, und doch waren sie ihr durch sentimentale Erinnerung irgendwie heilig: Peter hatte über sie gelacht. Peter mußte ihr völlig den Kopf verdreht haben, fand sie, wenn sein Lachen sogar schon eine Aspidistra heiligen konnte.

»Na schön«, sagte sie laut bei sich; *»soll* doch mein Kopf verdreht sein.« Sie nahm die größte Aspidistra und küßte sie auf eines ihrer geduldigen, glänzenden Blätter. »Aber«, wandte sie sich fröhlich an den Kaktus, »*dich* küsse ich erst, wenn du dich rasiert hast.« Ein Gesicht erschien plötzlich im Fenster und erschreckte sie.

»Entschuldigung«, sagte das Gesicht, »aber ist der Kinderwagen im Schuppen vielleicht Ihrer?«

»Wie? O Gott, nein«, sagte Harriet, wobei sie Peters Gefühle von gestern abend *(Ich wußte doch, daß ich mich zum Narren machen würde)* lebhaft nachempfand (das schien ihrer beider Schicksal zu sein). »Den muß der frühere Hausbesitzer auf einer Auktion erstanden haben.«

»Geht in Ordnung, Mylady«, sagte der Kopf – er gehörte vermutlich Jack – und verschwand pfeifend.

Ihre eigenen Sachen zum Anziehen waren schon gepackt. Bunter war nach dem Frühstück heraufgekommen – während Peter seine Briefe schrieb – und hatte sie mit ihrem orangefarbenen Kleid kämpfen sehen. Er hatte ihr nachdenklich ein paar Sekunden zugeschaut und ihr dann seine Hilfe angeboten, die sie mit großer Erleichterung angenommen hatte. Für die intimeren Kleidungsstücke hatte sie ja schon vorher Sorge getragen – allerdings konnte Harriet sich später, als sie ihre Unterwäsche wieder auspackte, nicht mehr erinnern, soviel Seidenpapier verwendet zu haben, und sie hatte auch gar nicht gewußt, daß sie so eine geschickte Packerin war.

Jedenfalls war alles erledigt.

Crutchley kam mit einem Tablett voller Gläser ins Wohnzimmer.

»Ich dachte, die würden Sie vielleicht brauchen, Mylady.«

»O ja, danke, Crutchley. Sehr auferksam von Ihnen. Ja, wahrscheinlich werden wir sie brauchen. Stellen Sie sie nur da drüben hin, ja?«

»Jawohl, Mylady.« Er schien es mit dem Gehen nicht eilig zu haben.

»Dieser Jack«, sagte er nach einer Weile plötzlich, »will wissen, was er mit den Konserven und Flaschen tun soll.«

»Sagen Sie ihm, er soll sie in der Vorratskammer lassen.«

»Er weiß nicht, welche davon Ihnen gehören, Mylady.«

»Alles, wo Fortnum & Mason draufsteht. Wenn noch andere Sachen da sind, gehören sie wahrscheinlich zum Haus.«

»Sehr wohl, Mylady ... Werden Sie und Seine Lordschaft später wieder hierherkommen, wenn ich fragen darf?«

»Aber ja, Crutchley – ganz sicher. Dachten Sie an Ihre Stellung hier? Natürlich. Wir gehen vielleicht für eine Weile fort, solange hier umgebaut wird, aber wir möchten schon, daß der Garten in Ordnung gehalten wird.«

»Danke, Mylady. Sehr wohl.« Eine leicht verlegene Stille trat ein. Dann:

»Verzeihung, Mylady. Ich habe schon mal gedacht –« Er hatte die Mütze in der Hand und drehte sie verlegen herum ... »ich meine, weil doch Polly Mason und ich demnächst heiraten werden, ob Seine Lordschaft ... Wir wollten doch diese Garage aufmachen, aber nachdem ich die vierzig Pfund verloren habe ... als Kredit, Mylady, und wir würden ihn pünktlich zurückzahlen –«

»Ach so, verstehe. Nun Crutchley, dazu kann ich nichts sagen. Darüber müssen Sie schon selbst mit Seiner Lordschaft sprechen.«

»Ja, Mylady ... Aber wenn Sie vielleicht ein gutes Wort für mich einlegen könnten ...«

»Ich werde es mir überlegen.«

Sie brachte es um ihr Leben nicht fertig, echte Wärme in ihre Stimme zu legen; am liebsten hätte sie gefragt: »Sollen wir Ihnen Miss Twittertons Ersparnisse nicht auch gleich vorschießen?« Aber andererseits war an der Bitte nichts Unvernünftiges, denn Crutchley konnte nicht wissen, wieviel sie wußte. Die Unterredung war beendet, aber der junge Mann machte noch immer keine Anstalten, zu gehen, so daß sie erleichtert war, als sie endlich den Wagen am Tor hörte.

»Da sind sie schon zurück. Lange waren sie aber nicht fort.«

»Nein, Mylady; das dauert nie lange.«

Crutchley zögerte noch eine Sekunde, dann ging er.

Es war eine recht große Gesellschaft, die da eintrat – wenn sie alle im Daimler gekommen waren, mußten sie gesessen haben wie die Ölsardinen. Aber nein – der Pfarrer war ja auch dabei; sicher hatte er ein paar von ihnen in seinem kleinen Wagen mitgebracht. Er kam herein, im Priesterrock, das Chorhemd und den Universitätstalar über dem einen Arm, während er mit dem andern Miss Twitterton väterlich stützte. Diese war, wie Harriet auf den ersten Blick sah, in weitaus besserer Stimmung als gestern abend. Obschon ihre Augen rot von Trauertränen waren und sie ein schwarzgerändertes Taschentuch in der schwarzbehandschuhten Hand hielt, hatte das erregende Gefühl, als Hauptleidtragende hinter so einem bedeutenden Sarg zu gehen, ihr doch offenbar ihr ganzes verlorengegangenes Selbstwertgefühl zurückgegeben. Ihr folgte Mrs. Ruddle. Ihr Umhang von fremdartigem, altertümlichem Schnitt glitzerte von schwarzen Perlen, und der Gagatschmuck an ihrem Hut tanzte noch lustiger als bei der Untersuchungsverhandlung. Sie strahlte übers ganze Gesicht. Bunter, der ihr mit einem Stapel Gebetbücher und einer streng aussehenden Melone auf den Fersen folgte, hätte dagegen des Verstorbenen nächster und liebster Anverwandter sein können, so entschieden zeigte seine Miene angemessene Trauer. Hinter Bunter kam, reichlich unerwartet, Mr. Puffett in einem eigenartigen grünlichschwarzen Cut von unvorstellbarem Alter, mit Mühe über den Pullovern zugeknöpft, die er über seiner Arbeitshose trug. Harriet war überzeugt, daß er in diesem Cut schon geheiratet hatte. Seine Melone war nicht die von Mittwoch morgen, sondern eine mit so einer flotten, aufwärtsgebogenen Krempe, wonach die Mädchen in den Neunzigern sich die Hälse verrenkt hatten.

»So!« sagte Harriet. »Da sind ja alle wieder.«

Sie eilte, um Miss Twitterton zu begrüßen, wurde aber auf halbem Wege aufgehalten durch das Eintreten ihres Gemahls, der noch eine Decke über den Kühler des Wagens gelegt hatte. Die Forschheit, mit der er ins Haus kam, beruhte wahrscheinlich auf Verlegenheit. Der Eindruck, den sein feierlicher Anzug und Schal, der tadellos geschneiderte schwarze Mantel und der fest zusammengerollte Seidenschirm machten, wurde durch den waghalsig schiefsitzenden Zylinder leicht getrübt.

»Hallo-allo-allo«, rief Seine Lordschaft gutgelaunt. Er stellte den Schirm ab, lächelte verlegen und riß sich schwungvoll den Zylinder vom Kopf.

»Kommen Sie herein und nehmen Sie Platz«, sagte Harriet, nachdem sie sich wieder gefangen hatte, und geleitete Miss Twitterton zu einem Stuhl. Sie nahm die behandschuhte Hand und drückte sie mitfühlend.

»Jerusalem, meine glückliche Heimstatt!« Seine Lordschaft ließ den Blick über sein Reich schweifen und apostrophierte es mit Rührung in der Stimme: »Ist dies die Stadt, von Menschen genannt der Schönheit Vollendung? Weh dem Verderber – den Streitwagen Israels und ihren Reitern!«

Er schien in unberechenbarer Stimmung zu sein, wie sie oft auf Begräbnisse und andere feierliche Ereignisse folgt. Harriet sagte streng: »Benimm dich, Peter«, und wandte sich rasch an Mr. Goodacre:

»Waren viele Leute beim Begräbnis?«

»Es war eine große Beerdigung«, antwortete der Pfarrer. »Wirklich eine sehr große Beerdigung.«

»Es war *sehr* erhebend«, rief Miss Twitterton, »– so ein großes Trauergeleit für Onkel.« Ein rosiger Schimmer huschte über ihre Wangen – sie sah beinahe hübsch aus. »Und solche *Unmengen* von Blumen! Sechzehn Kränze – darunter Ihr *wunderschönes* Gebinde, liebe Lady Peter.«

»Sechzehn!« rief Harriet. »Das muß man sich vorstellen!« Sie hatte ein Gefühl, als ob sie einen kräftigen Schlag in die Magengrube erhalten hätte.

»Und die Chorvorträge!« fuhr Miss Twitterton fort. So *rührende* Lieder. Und der *liebe* Mr. Goodacre –«

»Ihre Worte, Herr Pfarrer«, verkündete Mr. Puffett, »gingen direkt zu Herzen, wenn ich das sagen darf.«

Er zückte ein großes rotes Baumwolltaschentuch mit weißen Tupfern und trompetete munter hinein.

»O ja«, bestätigte Mrs. Ruddle. »Es war einfach wunderschön. Ich hab mein Lebtag noch kein Begräbnis gesehen, das da auch nur drankam, und dabei gehe ich seit vierzig Jahren zu jeder Beerdigung in Paggleham.«

Sie wandte sich um Bestätigung an Mr. Puffett, und Harriet nutzte die Gelegenheit, Peter zu fragen:

»Peter – *haben* wir einen Kranz geschickt?«

»Weiß der Himmel. Bunter – *haben* wir einen Kranz geschickt?«

»Jawohl, Mylord. Gewächshauslilien und weiße Hyazinthen.«

»Wie keusch und schicklich!«

Bunter sagte, er sei sehr verbunden.

»*Alle* waren da«, sagte Miss Twitterton. »Dr. Craven war gekommen, und der alte Mr. Sowerton mit seiner Frau, und die Jenkins aus Broxford und dieser recht merkwürdige junge Mann, der gekommen war, um uns von Onkel Williams Mißgeschick zu berichten, und Miss Grant hatte all ihren Schulkindern Blumen in die Hand –«

»Und ganz Fleet Street in voller Kriegsstärke«, sagte Peter. »Bunter, ich sehe Gläser auf der Radiotruhe stehen. Wir könnten etwas zu trinken vertragen.«

»Sehr wohl, Mylord.«

»Ich fürchte, das Fäßchen Bier ist schon beschlagnahmt«, sagte Harriet mit einem Blick zu Mr. Puffett.

»Wie unangenehm«, sagte Peter. Er streifte seinen Mantel ab und mit ihm den letzten Anschein von Ernst. »Nun, Puffett, ich denke, Sie können ausnahmsweise einmal mit Flaschenbier vorlieb nehmen, erstmals entdeckt, wie es heißt , von Izaak Walton, der eines Tages beim Angeln –«

Mitten in diesen Vortrag hinein kamen unerwartet Bill und George die Treppe herunter, der eine mit einem Ankleidespiegel und einer Waschschüssel beladen, der andere mit einer Kanne und einem kleinen Bukett Schlafzimmergerätschaften. Sie schienen sich zu freuen, das Zimmer so voller Gäste vorzufinden, und George näherte sich Peter übermütig.

»Entschuldigung, Chef«, sagte er, indem er mit den Utensilien in Miss Twittertons Richtung hinüberwedelte, die nah bei der Treppe saß. »Diese ganzen Rasiermesser und die Pinsel mit den silbernen Griffen da oben –«

»Nicht doch!« versetzte Seine Lordschaft würdevoll. »Mit Anzüglichkeiten ist hier nichts gewonnen.« Er legte seinen Mantel züchtig über das anstößige Geschirr, tat seinen Schal dazu, krönte die Kanne mit seinem Zylinder und vervollständigte das Bild, indem er seinen Schirm an Georges ausgestreckten Arm hängte. »Hurtig springet, hierhin, dorthin – zur andern Tür bitte hinaus, und sagen Sie meinem Diener, er soll sofort herkommen und Ihnen sagen, welche Dinge was sind.«

»Wird gemacht, Chef«, sagte George und zog ein wenig unbeholfen davon – denn der Zylinder drohte das Übergewicht zu bekommen. Zur Überraschung aller überspielte der Pfarrer die allgemeine Verlegenheit, indem er mit erinnerungsseligem Lächeln bemerkte:

»Ob Sie's glauben oder nicht – aber als ich in Oxford war, habe ich so ein Ding einmal aufs Märtyrerdenkmal gestellt.«

»So?« rief Peter. »Und ich war einer von denen, die über den Cäsaren Regenschirme aufgespannt haben, einen über jedem – und das waren die Schirme unserer Professoren. Ah, da kommt etwas zu trinken!«

»Danke«, sagte Miss Twitterton. Sie betrachtete ihr Glas und schüttelte traurig den Kopf. »Wenn man bedenkt, daß wir das letztemal, als wir von Lord Peters Sherry kosteten –«

»Ach Gott, ja«, sagte Mr. Goodacre. »Danke sehr. Ach ja, wirklich.«

Er ließ den Wein bedächtig auf der Zunge umgehen und schien einen vorteilhaften Vergleich zwischen diesem und dem besten Sherry von Pagford zu ziehen.

»Bunter, Sie haben doch sicher noch Bier für Mr. Puffett in der Küche?«

»Ja, Mylord.«

Mr. Puffett, auf diese Weise daran erinnert, daß er hier gewissermaßen am falschen Platz war, nahm seine schmissige Melone und sagte volltönend:

»Sehr freundlich von Ihnen, Mylord. Komm, Martha, nimm das Häubchen und den Schal ab, und wir gehen den Jungs da draußen zur Hand.«

»Ja«, sagte Harriet, »Bunter wird Sie sicher brauchen, Mrs. Ruddle, damit etwas zu essen auf den Tisch kommt. Möchten Sie hierbleiben und mit uns essen, Miss Twitterton?«

»O nein, wirklich nicht, ich muß nach Hause. Es ist sehr lieb von Ihnen –«

»Aber Sie brauchen sich nicht zu beeilen«, sagte Harriet, als Puffett und Mrs. Ruddle verschwanden. »Ich habe das nur gesagt, weil Mrs. Ruddle – obwohl sie auf ihre Weise eine ausgezeichnete Haushälterin ist – manchmal eine kleine Erinnerung braucht. Mr. Goodacre, möchten Sie nicht noch ein Schlückchen Sherry?«

»Nein, wirklich nicht – ich muß mich auf den Heimweg machen.«

»Aber nicht ohne Ihre Pflanzen«, sagte Peter. »Mr. Goodacre hat nämlich Mr. MacBride überredet, Harriet, den Kakteen ein gutes Zuhause zu gönnen.«

»Zweifellos gegen Entgelt?«

»Natürlich, natürlich«, sagte der Pfarrer. »Ich habe ihm etwas dafür bezahlt. Das war ja nur recht. Er muß doch an seine Klienten denken. Dieser andere – Solomons heißt er, glaube ich – wollte gewisse Schwierigkeiten machen, aber die haben wir schließlich überwunden.«

»Wie haben Sie das gemacht?«

»Nun«, gestand der Pfarrer, »ich habe ihm auch etwas bezahlt. Aber es war eine kleine Summe. Wirklich eine ganz kleine Summe. Weniger als die Pflanzen wert sind. Ich mochte mir nicht vorstellen, daß sie in ein Lagerhaus kommen, wo sich niemand um sie kümmern würde. Crutchley hat sie immer so gut versorgt. Er versteht etwas von Kakteen.«

»Ach, wirklich?« fragte Miss Twitterton in so spitzem Ton, daß der Pfarrer sie mit mildem Erstaunen ansah. »Das *freut* mich aber, zu hören, daß Frank Crutchley wenigstens *einigen* seiner Verpflichtungen nachgekommen ist.«

»Na ja, Padre«, sagte Peter, »besser Sie als ich. Ich mag diese Dinger nicht.«

»Sie sind vielleicht nicht nach jedermanns Geschmack. Aber der da zum Beispiel – Sie müssen doch zugeben, daß er ein herrliches Exemplar seiner Gattung ist.«

Er näherte sich kurzsichtig dem von der Decke hängenden Kaktus und betrachtete ihn mit vorweggenommenem Besitzerstolz.

»Onkel William«, sagte Miss Twitterton mit bebender Stimme, »war immer sehr stolz auf diesen Kaktus.«

Ihre Augen füllten sich mit Tränen, und der Pfarrer wandte sich rasch ihr zu.

»Ich weiß, Miss Twitterton. Wirklich, er wird es bei mir sehr gut haben.«

Miss Twitterton nickte stumm; doch jeder weitere Gefühlsausbruch wurde durch das Eintreten Bunters unterbunden, der auf sie zuging und sagte:

»Entschuldigung. Die Möbelpacker sind dabei, den Speicher zu räumen, und haben mich gebeten, zu fragen, was sie mit den verschiedenen Kisten und anderen Gegenständen tun sollen, auf denen ›Twitterton‹ steht.«

»Ach du lieber Gott! Ja, natürlich. Ach je – ja, sagen Sie ihnen bitte – ich glaube, ich komme lieber nach oben und kümmere mich selbst darum ... Sehen Sie – ach Gott! – wie konnte ich das nur vergessen! – es sind ja etliche von meinen Sachen hier.« Sie flatterte auf Harriet zu. »*Hoffentlich* macht es Ihnen wirklich nichts aus – ich werde Ihre Zeit *bestimmt* nicht in Anspruch nehmen – aber ich sehe *wirklich* lieber selbst nach, was mir gehört und was nicht. Sehen Sie, mein Häuschen ist doch so *klein*, und Onkel hat mir freundlicherweise erlaubt, meine kleinen Habseligkeiten hier unterzubringen – auch ein paar Sachen von meiner lieben Mutter –«

»Aber natürlich«, sagte Harriet. »Sie können überallhin – und wenn Sie Hilfe brauchen –«

»Oh, danke sehr. Mr. Goodacre, vielen Dank.«

Der Pfarrer hielt ihr höflich die Tür zur Treppe auf und streckte ihr die Hand hin.

»Da ich gleich gehen muß, sage ich Ihnen jetzt schon auf Wiedersehen. Für diesmal. Ich komme Sie natürlich noch besuchen. Und jetzt dürfen Sie sich nicht so sehr der Trübsal hingeben. Wissen Sie, eigentlich wollte ich Sie bitten, tapfer und vernünftig zu sein und sonntags weiter für uns die Orgel zu spielen wie bisher. Tun Sie das, ja? Wir verlassen uns doch alle inzwischen so auf Sie.«

»O ja – am Sonntag. Natürlich, Mr. Goodacre, wenn Sie es wünschen, will ich mein Bestes tun –«

»Es wird mir eine große Freude sein.«

»Oh, danke. Ich – Sie – alle sind so lieb zu mir.«

Miss Twitterton entschwand in einem kleinen Wirbelsturm von Dankbarkeit und Verwirrung die Treppe hinauf.

»Armes kleines Ding! Arme kleine Seele!« sagte der Pfarrer. »Es ist so bedrückend. Dieses ungelöste Geheimnis, das über uns hängt –«

»Ja«, sagte Peter abwesend. »Nicht sehr schön.«

Es erschreckte Harriet, als sie seinen Blick sah, kalt und überlegend und immer noch auf die Tür gerichtet, durch die Miss Twitterton hinausgegangen war. Sie dachte an die Luke auf dem Speicher – an die Kisten. Hatte Kirk diese Kisten durchsucht? Wenn nicht – nun, was dann? Konnte etwas in einer dieser Kisten sein? Ein stumpfer Gegenstand, an dem vielleicht ein bißchen Haut und Haare klebten? Es kam ihr so vor, als ob sie alle eine ganze Weile schweigend dagestanden hätten, als Mr. Goodacre, der wieder in stumme Betrachtung seines Kaktus versunken war, plötzlich sagte:

»Also, das ist aber merkwürdig – wahrhaftig, sehr merkwürdig!«

Sie sah Peter zusammenzucken, als ob er aus einer Trance erwacht wäre, und das Zimmer durchqueren, um sich die Merkwürdigkeit anzusehen. Der Pfarrer starrte mit zutiefst verwundertem Blick auf das alptraumhäßliche Gewächs über seinem Kopf. Peter starrte ebenso, doch da der Topf eine Handbreit über seinem Kopf hing, konnte er wenig sehen.

»Sehen Sie sich das an!« sagte Mr. Goodacre mit einer Stimme, die regelrecht zitterte. »Sehen Sie, was das ist?«

Er kramte in seinen Taschen nach einem Bleistift, mit dem er erregt auf etwas in der Mitte des Kaktus zeigte.

»Von hier aus«, sagte Peter, indem er zurücktrat, »sieht es aus wie ein Flecken Mehltau, obwohl ich es aus dieser Entfernung nicht so gut sehen kann. Aber vielleicht ist das bei einem Kaktus nur der Schmelz eines gesunden Teints.«

»Es *ist* Mehltau«, sagte der Pfarrer erbittert. Harriet, die das Gefühl hatte, daß hier verständige Anteilnahme am Platz war, stieg auf die Bank, um den Kaktus aus gleicher Höhe besichtigen zu können.

»Es ist noch mehr davon auf der Oberseite der Blätter – falls das Blätter sind und keine Stengel.«

»Irgend jemand«, sagte Mr. Goodacre, »hat ihm zuviel Wasser gegeben.« Er sah anklagend von Ehemann zu Ehefrau.

»Von uns hat niemand ihn angerührt«, sagte Harriet. Dann stockte sie, weil ihr einfiel, daß Bunter und Mr. Kirk damit hantiert hatten. Aber sie hatten ihn doch sicher nicht gegossen!

»Ich bin ein humaner Mensch«, begann Peter, »und wenn ich diese stachligen Biester auch nicht leiden kann –«

Dann unterbrach auch er sich, und Harriet sah, wie sein Gesichtsausdruck sich veränderte. Es machte ihr Angst. Dieses Gesicht mochte zu dem geängstigten Träumer der Morgenstunden gehören.

»Was ist los, Peter?«

Er antwortete, halb im Flüsterton:

»Wir tanzen um den Stachelbaum, Stachelbaum, Stachelbaum –«

»Wenn der Sommer erst vorbei ist«, begann der Pfarrer wieder, »darf man nur noch sehr sparsam gießen, wirklich sehr sparsam.«

»Es kann doch sicher nicht Crutchley gewesen sein«, meinte Harriet, »denn der versteht doch etwas davon.«

»Ich glaube aber, er war es«, sagte Peter in einem Ton, als ob er von einer langen Reise zu ihnen zurückgekehrt wäre. »Harriet – du hast gehört, wie Crutchley zu Kirk sagte, daß er ihn vorigen Mittwoch gegossen und die Uhr aufgezogen hat, bevor er sich bei Noakes sein Geld abholen ging.«

»Ja.«

»Und vorgestern hast du gesehen, wie er ihn wieder gegossen hat.«

»Natürlich; das haben wir alle gesehen.«

Mr. Goodacre war entsetzt.

»Aber liebe Lady Peter, das kann er doch unmöglich getan haben. Der Kaktus ist eine Wüstenpflanze. Sie braucht in der kühleren Jahreszeit nur etwa einmal im Monat gegossen zu werden.«

Peter schien nur kurz aufgetaucht zu sein, um dieses unbedeutende Rätsel zu lösen, und wandelte jetzt allem Anschein nach wieder auf den Spuren seines Alptraums. »Ich kann mich nicht mehr erinnern –« flüsterte er, aber der Pfarrer beachtete ihn nicht.

»Jemand *hat* sich in letzter Zeit damit abgegeben«, sagte er. »Wie ich sehe, haben Sie ihn an eine längere Kette gehängt.«

Peter schnappte so nach Luft, daß es fast wie ein Schluchzen klang.

»Das ist es! Die Kette! Wir waren alle zusammengekettet.«

Der gequälte Ausdruck verschwand aus seinem Gesicht und ließ es leer wie eine Maske zurück. »*Was* ist mit der Kette, Hochwürden?«

20

Gewußt wie – gewußt wer

Und hier ein Instrument so wie ichs brauche!
WILLIAM SHAKESPEARE: DIE BEIDEN VERONESER

Auf dem Höhepunkt der Spannung gestört zu werden war in Talboys so sehr zur Alltäglichkeit geworden, daß es Harriet eigentlich gar nicht überraschte, als auf diese Worte hin, als wären sie sein Stichwort gewesen, Bunter eintrat. Hinter ihm sah man die Gestalten Mr. Puffetts und Crutchleys.

»Wenn es Eurer Lordschaft nicht ungelegen ist, möchten die Männer jetzt gern die Möbel hier herausholen.«

»Sehen Sie«, sagte Mr. Puffett, indem er einen Schritt vortrat, »die Leute sind bestellt. Wenn wir ihnen nur schon das eine oder andere hinausstellen könnten –« Seine dicke Hand wies vielsagend auf die Anrichte, die eigentlich eine massiv gebaute Kredenz war, aus einem Stück gearbeitet und ungemein schwer.

»Na schön«, sagte Peter, »aber beeilen Sie sich. Nehmen Sie die Sachen, und gehen Sie.«

Bunter und Puffett näherten sich dem einen Ende der Kredenz, die sich schwerfällig von der Wand entfernte und eine spinnwebengeschmückte Hinterseite zeigte. Crutchley nahm das andere Ende und bewegte sich damit rückwärts auf die Tür zu.

»Ja«, fuhr Mr. Goodacre fort, dessen Gedanken, wenn sie sich erst an etwas festgesetzt hatten, mit der sanften

Zähigkeit einer Seeanemone daran festhielten, »ja. Ich nehme an, daß die alte Kette zu unsicher geworden war. Diese hier ist besser. Da bekommt man mehr von dem Kaktus zu sehen.«

Die Kredenz bewegte sich langsam über die Schwelle, aber die Herren Amateure machten ihre Sache nicht besonders gut und blieben damit stecken. Peter, plötzlich ungeduldig, zog sein Jackett aus.

»Er kann es nicht leiden«, dachte Harriet, »Murksarbeit zu sehen.«

»Immer langsam«, sagte Mr. Puffett.

Ob es nun Glück oder überlegene Führung war, Peter hatte jedenfalls kaum Hand angelegt, da räumte das kopflastige Monstrum die Stellung und ging glatt durch die Tür.

»Das wär's«, sagte Peter. Er schloß die Tür und blieb davor stehen, das Gesicht von der Anstrengung leicht gerötet. »Also, Hochwürden – Sie sagten etwas über die Kette. War sie denn mal kürzer?«

»Aber ja. Da bin ich sicher. Ganz sicher. Warten Sie mal – die Unterseite der Schale war ungefähr hier.«

Er hob die Hand ein Stückchen über seinen Kopf.

Peter trat zu ihm.

»Ungefähr eine Handbreit höher. Sind Sie sicher?«

»O ja durchaus. Ja – und die –«

Durch die jetzt unbewachte Tür kam Bunter noch einmal herein, mit einer Kleiderbürste bewaffnet. Er näherte sich Peter, packte ihn von hinten und begann den Staub von seiner Hose zu bürsten. Mr. Goodacre sah diesem Vorgang mit großem Interesse zu.

»Ach ja«, sagte er und sprang rasch aus dem Weg, als Puffett und Crutchley wieder hereinkamen, um die Bank neben dem Fenster zu holen, »das ist das Schlimmste an diesen schweren Kredenzen. Es ist so schwierig, hinter ihnen sauberzumachen. Meine Frau beschwert sich schon immer über unsere.«

»Das genügt, Bunter. Darf ich nicht mal staubig sein, wenn ich mag?«

Bunter lächelte sanft und machte sich über das andere Hosenbein her.

»Ich fürchte«, fuhr der Pfarrer fort, »ich würde Ihrem ausgezeichneten Diener das Leben sehr schwer machen, wenn er in meinen Diensten stände. Ich werde ständig ob meiner Unordentlichkeit gescholten.« Aus dem Augenwinkel sah er die Tür hinter den beiden anderen Männern zugehen, und seine Gedanken, die hinter den Wahrnehmungen seiner Augen immer etwas herhinkten, machten plötzlich einen Satz, um diese einzuholen. »War das nicht Crutchley? Wir hätten ihn fragen sollen –«

»Bunter«, sagte Peter, »Sie haben gehört, was ich gesagt habe. Sie können Mr. Goodacre abbürsten, wenn er mag. *Ich* will *nicht* gebürstet werden. Ich weigere mich.«

In seinem leichten Ton schwang mehr Schärfe mit, als Harriet je bei ihm gehört hatte. Sie dachte: »Zum erstenmal, seit wir verheiratet sind, hat er vergessen, daß es mich gibt.« Sie ging zu dem Jackett, das er abgelegt hatte, und suchte darin nach Zigaretten; dabei entging ihr dennoch Bunters rascher Aufwärtsblick nicht, auch nicht Peters fast unmerkliche Kopfbewegung.

Bunter ging wortlos den Pfarrer abbürsten, und Peter, erlöst, ging geradewegs zum Kamin. Dort blieb er stehen, und sein Blick suchte im Zimmer umher.

»Also wirklich«, sagte Mr. Goodacre mit erfrischender Freude am Neuen, »bedient zu werden ist für mich etwas ganz und gar Ungewohntes.«

»Die Kette«, sagte Peter. »Also, wohin –?«

»Ach ja!« nahm der Pfarrer seinen Faden wieder auf. »Ich wollte eben sagen, daß diese Kette ganz bestimmt neu ist. Die alte war aus Messing, damit sie zum Topf paßte, während diese hier –«

»Peter!« entfuhr es Harriet unwillkürlich.

»Ja«, sagte er, »jetzt weiß ich es.« Er stürzte sich auf

das ornamentale Tonrohr, warf das Pampasgras hinaus und wollte es gerade nach vorn kippen, als Crutchley wieder hereinkam – diesmal mit dem Mann namens Bill – und auf die andere Bank zuging.

»Wenn Sie nichts dagegen haben, Chef.«

Peter stieß das Rohr rasch wieder in seine Position zurück und setzte sich auf die Bank.

»Doch«, sagte er. »Wir sind hier noch nicht fertig. Gehen Sie bitte. Wir brauchen irgend etwas zum Sitzen. Ich regle das mit Ihrem Arbeitgeber.«

»Oh!« machte Bill. »Na ja – ist gut, Chef. Aber wir müssen heute fertig werden, klar?«

»Werden Sie auch«, sagte Peter.

George hätte vielleicht Schwierigkeiten gemacht; Bill aber besaß offenbar ein ausgewogeneres Temperament oder ein wacheres Auge für Chancen. Er sagte untertänig: »Geht in Ordnung, Chef«, dann ging er hinaus und nahm Crutchley mit.

Als die Tür zuging, hob Peter das Rohr an. Auf seinem Boden lag, zusammengeringelt wie eine schlafende Schlange, eine Messingkette.

Harriet sagte: »Die Kette ist den Schornstein heruntergekommen.«

Peters Blick glitt an ihr auf und ab, als ob sie eine Fremde sei.

»Eine neue Kette wurde angebracht und die andere im Schornstein versteckt. Warum?« Er hob die Kette hoch und sah den Kaktus an, der haargenau über der Mitte der Radiotruhe hing. Mr. Goodacre war mit jeder Faser gespannt.

»Hm«, sagte er, indem er das Ende der Kette in die Hand nahm. »Sie sieht der ursprünglichen Kette erstaunlich ähnlich. Sehen Sie mal – sie ist zwar vom Ruß geschwärzt, aber wenn man daran reibt, glänzt sie darunter.«

Peter ließ sein Ende der Kette los, so daß sie jetzt in

der Hand des Pfarrers baumelte. Sein Blick fiel auf Harriet, und er fragte sie in einem Ton, als stelle er der offenbar aufgewecktesten Schülerin einer sonst nicht sehr hoffnungsvollen Klasse eine Aufgabe:

»Als Crutchley den Kaktus goß, den er schon eine Woche zuvor gegossen hatte und der eigentlich nur einmal im Monat gegossen werden dürfte –«

» – *in* der kühleren Jahreszeit«, sagte Mr. Goodacre.

» – stand er hier auf der Trittleiter. Er wischte die Schale ab. Er stieg herunter. Er stellte die Trittleiter drüben bei der Uhr ab. Er kam hierher zur Radiotruhe zurück. Kannst du dich noch erinnern, was er danach getan hat?«

Harriet schloß die Augen und versuchte sich das Zimmer noch einmal so vorzustellen, wie es an jenem denkwürdigen Morgen ausgesehen hatte.

»Ich glaube –«

Sie öffnete die Augen wieder. Peter legte die Hände, ganz langsam, beiderseits auf die Radiotruhe.

»Ja – das hat er getan. Ich weiß es wieder. Er hat die Radiotruhe nach vorn gezogen, um sie genau mitten unter den Topf zu bringen. Ich saß ganz nah dabei, auf dieser Seite der Bank, darum ist es mir aufgefallen.«

»Mir ist es auch aufgefallen. Und das war es, woran ich mich nicht mehr erinnern konnte.«

Er schob die Truhe vorsichtig zurück und ging selbst mit so weit vor, bis der Kaktus genau über seinem Kopf hing, eine knappe Handbreit darüber.

»Ach du meine Güte«, sagte Mr. Goodacre, der staunend begriff, daß hier etwas offenbar Wichtiges vor sich ging, »das ist ja alles sehr geheimnisvoll.«

Peter antwortete nicht; er stand nur da, hob bedächtig den Deckel der Radiotruhe an und ließ ihn wieder fallen. »Etwa so«, sagte er leise. »Etwa so . . . Hier spricht London.«

»Ich glaube, ich bin ziemlich dumm«, versuchte der Pfarrer einen neuen Anlauf.

Diesmal sah Peter auf und lächelte ihn an.

»Sehen Sie mal!« sagte er. Damit griff er nach der Kaktusschale und versetzte sie am Ende ihrer zweieinhalb Meter langen Kette in eine langsam schwingende Bewegung. »Es ist möglich«, sagte er. »Mein Gott, es ist möglich! Mr. Noakes war ungefähr so groß wie Sie, nicht wahr, Hochwürden?«

»Ungefähr. Ungefähr. Ich bin vielleicht zwei Zentimeter größer, mehr aber nicht.«

»Hätte ich selbst ein paar Zentimeter mehr«, sagte Peter bedauernd (denn seine Körpergröße war sein wunder Punkt), »hätte ich vielleicht auch etwas mehr Verstand. Aber besser spät als nie.« Sein Blick wanderte durchs Zimmer, streifte Harriet und den Pfarrer und blieb an Bunter hängen. »Sie sehen«, sagte er, »wir haben das erste und das letzte Glied der Gleichung – wenn wir jetzt nur noch die Mitte ausfüllen könnten!«

»Ja, Mylord«, pflichtete Bunter ihm mit ausdrucksloser Stimme bei. Sein Herz hüpfte in die Höhe. Diesmal nicht die neue Frau, sondern der altvertraute Gefährte in hundert Kriminalfällen – an ihn war der Anruf ergangen! Er hüstelte. »Wenn ich einen Vorschlag machen dürfte, wäre es vielleicht ganz nützlich, den Unterschied in der Länge der Ketten festzustellen, bevor wir fortfahren.«

»Sehr richtig, Bunter. Klar. Holen Sie die Leiter.«

Harriet sah Bunter zu, wie er auf die Trittleiter stieg und die Messingkette annahm, die der Pfarrer ihm mechanisch reichte. Aber es war Peter, der den Schritt auf der Treppe hörte. Noch ehe Miss Twitterton im Zimmer war, hatte er es halb durchquert, und als sie die Tür zu hatte und sich umdrehte, stand er neben ihr.

»So, *das* wäre erledigt«, sagte Miss Twitterton strahlend. »Oh, Mr. Goodacre – ich hatte nicht gedacht, daß ich Sie noch antreffen würde. Es *ist* so schön, sich vorzustellen, daß Sie Onkels Williams Kaktus bekommen sollen.«

»Bunter besorgt das gerade«, sagte Peter. Er stand zwischen ihr und der Trittleiter, und seine Einsfünfundsiebzig boten eine ausreichende Sichtblende für ihre Einszweiundvierzig. »Miss Twitterton, wenn Sie wirklich fertig sind – könnten Sie mir dann vielleicht einen Gefallen tun?«

»Aber *natürlich* – wenn ich *kann!*«

»Ich glaube, ich habe meinen Füllfederhalter irgendwo im Schlafzimmer liegenlassen, und ich habe ein bißchen Angst, einer von diesen Kerlen könnte darauf treten. Wenn ich Ihnen diese Mühe zumuten – «

»Aber mit *Vergnügen!*« rief Miss Twitterton, hocherfreut, daß die Aufgabe ihre Kräfte nicht überstieg. »Ich laufe sofort nach oben und suche ihn. Ich sage immer, daß ich im Finden von Sachen ganz *erstaunlich* gut bin.«

»Das ist ungemein lieb von Ihnen«, sagte Peter. Er lotste sie behutsam zur Tür, öffnete diese und schloß sie wieder hinter ihr. Harriet sagte nichts. Sie wußte, wo Peters Füllfederhalter war, denn sie hatte ihn in der Brusttasche seines Jacketts gesehen, als sie darin nach Zigaretten suchte. Sie fühlte ein kaltes Gewicht in der Magengrube. Bunter, der geschwind von der Leiter gestiegen war, stand mit der Kette in der Hand da, als ob er sich bereit halte, auf Kommando einen Schurken damit in Fesseln zu schlagen. Peter kam eilenden Schrittes zurück.

»Zehn Zentimeter Differenz, Mylord.«

Sein Herr nickte.

»Bunter – nein, Sie brauche ich.« Er sah Harriet und sprach sie an, als ob sie seine Dienerin wäre. »Du, paß mal auf, du gehst nach oben und schließt die Tür oberhalb der Hintertreppe ab. Sieh zu, daß sie dich möglichst nicht dabei hört. Hier sind die Hausschlüssel. Schließe die Türen vorn und hinten zu. Sorge dafür, daß Mrs. Ruddle und Puffett und Crutchley alle im Haus sind. Wenn jemand etwas sagt – es sind meine Anweisungen. Bring dann die Schlüssel wieder her – verstanden? ... Bunter, nehmen Sie die Trittleiter und suchen Sie, ob Sie an dieser Seite des Kamins irgend etwas wie einen Haken oder Nagel in der Wand oder Decke finden.«

Harriet war schon aus dem Zimmer und schlich auf Zehenspitzen über den Flur. Stimmen in der Küche und ein gedämpftes Klappern sagten ihr, daß ein Mittagessen in Vorbereitung war – und wahrscheinlich schon gegessen wurde. Durch die offene Tür sah sie Crutchleys Hinterkopf – er führte gerade einen Krug zum Mund. Dahinter sah man Mr. Puffett mit vollem Mund langsam und kräftig kauen. Mrs. Ruddle sah sie nicht, dafür ertönte im nächsten Augenblick ihre Stimme aus der Spülküche: ». . . da seh ich doch, daß es dieser Joe Sellon ist; ich seh ihn so deutlich wie die Nase in seinem Gesicht, und die ist ja weiß Gott groß genug, aber bitte! . . . er steht zu sehr bei der Liebsten unterm Pantoffel . . .« Jemand lachte. Harriet glaubte, daß es George war. Sie huschte an der Küche vorbei, rannte die Lokustreppe hinauf, schloß im Vorbeigehen die Hintertür zu und fand sich schließlich keuchend – wenn auch mehr vor Aufregung denn aus Eile – vor ihrer eigenen Zimmertür wieder. Der Schlüssel steckte innen. Leise drehte sie den Knauf und schlich hinein. Drinnen befanden sich nur noch ihre eigenen Kisten nebst den abholbereiten Teilen des ehemaligen Betts. Im Zimmer nebenan hörte sie leise huschende Schritte und dann Miss Twittertons aufgeregtes Tschilpen (wie das Weiße Kaninchen, dachte Harriet): »O Gott, o Gott, wo hat er ihn nur verloren?« (Oder hieß das: »Ich bin verloren«?) Für einen Sekundenbruchteil stand Harriet mit der Hand am Schlüssel da. Wenn sie nun hineinginge und sagte: »Miss Twitterton, *er weiß*, wer Ihren Onkel getötet hat, und . . .« Wie das Weiße Kaninchen – ein weißes Kaninchen im Käfig . . .

Dann war sie draußen und schloß die Tür hinter sich zu.

Wieder unten im Gang . . . und still an dieser offenen

Tür vorbei. Niemand schien etwas zu merken. Sie schloß die Haustür ab, und das Haus war verriegelt und verrammelt wie am Mordabend.

Sie ging ins Wohnzimmer zurück, wo sie feststellte, daß sie sehr schnell gewesen sein mußte, denn Bunter stand noch immer neben dem Kamin auf der Trittleiter und suchte mit einer Taschenlampe das dunkle Gebälk ab.

»Ein Haken, Mylord, schwarz angemalt und in den Balken geschraubt.«

»Aha!« Peter maß mit den Augen die Entfernung vom Haken zur Truhe und zurück. Harriet reichte ihm die Schlüssel, und er steckte sie geistesabwesend in die Tasche, ohne auch nur einmal zu nicken.

»Der Beweis«, sagte er. »Endlich ein Beweis für irgend etwas. Aber wo ist der –?«

Der Pfarrer, der in Gedanken sorgsam zwei und zwei susammengezählt zu haben schien, räusperte sich.

»Verstehe ich recht«, fragte er, »daß Sie, wie man so sagt, den *Schlüssel* zum Geheimnis entdeckt haben?«

»Nein«, sagte Peter, »den suchen wir noch. Den Schlüssel. Ariadnes Faden durch das Labyrinth – Moment, ja: Faden. Bindfaden. Wer hat von Bindfaden gesprochen? Puffett, beim Zeus! Puffett ist unser Mann!«

»Tom Puffett!« rief der Pfarrer. »O nein, ich mag mir nicht vorstellen, daß Puffett –«

»Holen Sie ihn her«, sagte Peter.

Bunter war schon von der Trittleiter, ehe er gesprochen hatte. »Jawohl, Mylord«, sagte er und war draußen wie der Blitz. Harriets Blick fiel auf die Kette, die noch auf dem Deckel der Radiotruhe lag, wo Bunter sie hingelegt hatte. Sie hob sie hoch, und das Klirren der Glieder machte Peter auf sie aufmerksam.

»Besser fort damit«, sagte er. »Gib her.« Er suchte das Zimmer nach einem Versteck ab – dann ging er mit einem leisen Lachen auf den Kamin zu.

»Wir tun sie dahin zurück, wo sie hergekommen ist«,

sagte er, während er unter den Vorsprung tauchte. »Gut wegstecken, damit man es immer wiederfindet, wie Puffett so gern sagt.« Er kam wieder zum Vorschein und wischte sich die Hände ab.

»Da drinnen ist wohl ein Mauervorsprung, nicht?« fragte Harriet.

»Ja. Der Schuß hat die Kette herunterfallen lassen. Wenn Noakes seine Schornsteine immer schön sauber gehalten hätte, wäre sein Mörder in Sicherheit gewesen. Wie ist das, Hochwürden, mit dem ›Böses tun, daß Gutes daraus werde‹?«

Dem Pfarrer blieb die Diskussion dieses Lehrsatzes erspart, denn soeben trat Puffett ein, geführt von Bunter. »Sie wollen mich sprechen, Mylord?«

»Ja, Puffett. Als Sie am Mittwochmorgen, nachdem wir den Ruß gelöst hatten, hier das Zimmer aufräumten, erinnern Sie sich noch, wie Sie da ein Stück Bindfaden vom Boden aufgehoben haben?«

»Bindfaden?« fragte Mr. Puffett. »Also, wenn Sie ein Stück Bindfaden brauchen, Mylord, dann sind Sie an den Richtigen gekommen. Wenn ich irgendwo ein Stück Bindfaden herumliegen sehe, hebe ich's immer auf und steck's weg, dann ist es da, wenn es gebraucht wird.« Er zog ächzend seine Pullover hoch und holte Rollen um Rollen Schnur aus den Hosentaschen wie ein Zauberkünstler buntes Papier. »Von allen Sorten etwas, da können Sie sich's aussuchen. Wie ich schon zu Frank Crutchley sagte: Immer gut wegstecken, sag ich . . .«

Da ging es doch um ein Stück Bindfaden, nicht?«

»Richtig«, sagte Mr. Puffett, während er mit einiger Mühe ein Stück dicke Kordel aus der Tasche zog. »Hier von diesem Fußboden hab ich ein Stück Bindfaden aufgehoben, und da hab ich noch zu ihm gesagt – was eine Anspielung auf seine vierzig Pfund sein sollte – sag ich also zu ihm –«

»Ich dachte mir auch, daß ich Sie etwas hätte aufheben

sehen. Sie können wohl jetzt nicht mehr sagen, *welches* Stück Schnur das war?«

»Oh!« rief Mr. Puffett, plötzlich erleuchtet. »Jetzt verstehe ich, Mylord. Sie wollen ein *bestimmtes* Stück Bindfaden. Hm, also, das kann ich nun nicht mit Sicherheit sagen, welches Stück das gerade war. Welcher *Bindfaden,* das weiß ich nicht. War aber ein guter Bindfaden, das weiß ich noch – ziemlich dick war er, ungefähr einen Meter lang ohne Knoten. Aber ob es nun *das* Stück war oder *das,* da will ich mich nicht festlegen.«

»Einen Meter lang?« fragte Peter. »Es muß doch länger gewesen sein.«

»Nein«, sagte Mr. Puffett. »Der Bindfaden nicht – na ja, es könnte ein Meter zwanzig gewesen sein, aber nicht mehr. Ich hab auch noch ein schönes Stück schwarze Angelschnur gefunden, vielleicht sechs Meter lang, aber Sie suchen ja einen Bindfaden.«

»Irrtum meinerseits«, sagte Peter. »Ich hätte natürlich Angelschnur sagen sollen. Klar, daß es Angelschnur war. Und schwarz. Geht ja nicht anders. Haben Sie die bei sich?«

»Oh!« machte Mr. Puffett. »Wenn Sie Angelschnur suchen, warum sagen Sie das nicht gleich? Gut weggesteckt –«

»Danke«, sagte Peter. Er schnappte geschwind das Knäuel schwarze Angelschnur aus den langsamen Fingern des Schornsteinfegers. »Ja, das ist sie. Die hält einen zwanzigpfündigen Lachs. Und ich wette, sie hat einen Senker an jedem Ende. Hab ich mir doch gedacht – ja.« Er führte das Ende der Schnur durch einen der Ringe am Schalenrand, brachte die beiden Enden mit ihren Senkern zusammen und reichte sie Bunter an, der sie wortlos nahm, auf die Trittleiter stieg und die doppelte Schnur über den Haken in der Decke führte.

»Oh!« sagte Harriet. »Jetzt verstehe ich. Peter, wie entsetzlich!«

»Hochziehen«, sagte Peter, ohne sie zu beachten. »Geben Sie acht, daß Sie die Schnur nicht verwickeln.«

Bunter zog an der Schnur und ächzte leise auf, als sie ihm in die Finger schnitt. Die Kaktusschale, von unten durch Peters Hand gestützt, bewegte sich, hob sich, stieg weiter und weiter, bis er nicht mehr darankam, beschrieb einen großen Viertelkreis am Ende der eisernen Kette.

»Nur zu«, sagte Peter. »Der Kaktus fällt schon nicht heraus. Der sitzt unverrückbar fest – wie *Sie* ja wissen. Weiterziehen!«

Er ging hin und nahm das lose Ende der Schnur, als es über den Haken kam. Die Kaktusschale hing jetzt waagerecht unter dem Dachgebälk, der Kaktus selbst ragte seitlich daraus hervor, so daß er aussah wie ein ungeheurer Einsiedlerkrebs, der gierig aus seiner Schale winkte.

Der Pfarrer, der von unten zusah, konnte sich eine Ermahnung nicht verkneifen:

»Seien Sie vorsichtig, guter Mann. Wenn Ihnen das Ding aus den Händen gleitet und heruntergesaust kommt, kann es ohne weiteres jemanden erschlagen.»

»Mit Leichtigkeit«, sagte Peter. »Das war mein Gedanke.« Er ging rückwärts zur Radiotruhe, die straff gespannte Angelschnur fest in der Hand.

»Das Ganze dürfte ungefähr vierzehn Pfund wiegen«, sagte Bunter.

»Das fühle ich«, antwortete Peter verbissen. »Wie kommt es eigentlich, daß Sie das Gewicht nicht bemerkt haben, als Sie und Kirk den Topf untersuchten? Er ist mit irgend etwas beschwert worden – Bleischrot, wie sich's anfühlt. Die Sache muß schon länger geplant gewesen sein.«

»Und so«, sagte Harriet, »hätte auch eine Frau einem großen Mann den Schädel einschlagen können. Eine Frau mit kräftigen Händen.«

»Oder«, sagte Peter, »irgendwer sonst, der um die Tatzeit nicht da war. Jemand mit gußeisernem Alibi. Gott schuf die Kraft, Hochwürden, der Mensch die Maschinen.«

Er führte die beiden Enden der Angelschnur bis zur Radiotruhe, bis wohin sie genau reichten. Er hob den Deckel an und schob sie darunter; dann drückte er den Deckel darüber zu. Der Federverschluß hielt dem Zug stand, und die Senker klemmten an der Randleiste fest; allerdings bemerkte Harriet, daß der schwere Topf dabei das eine Ende der Radiotruhe ein Stückchen vom Boden hob. Aber sehr hoch konnte es sich nicht heben, da die Füße sich gegen die Seite der Bank stemmten, über der die dünne schwarze Schnur sich straff und fast unsichtbar zu dem Hakem im Deckenbalken spannte.

Ein lautes Klopfen am Fenster ließ sie alle zusammenfahren. Kirk und Sellon standen draußen und winkten aufgeregt. Peter ging rasch hin und öffnete das Fenster, während Bunter von der Trittleiter stieg, sie zusammenklappte und ruhig an die Wand lehnte.

»Ja?« fragte Peter.

»Mylord!« rief Sellon mit aufgeregter Stimme. »Mylord, ich habe Sie nicht angelogen. Man *kann* die Uhr vom Fenster aus sehen. Mr. Kirk hat mir eben gesagt –«

»Stimmt«, sagte Kirk. »Halb eins, deutlicher geht's nicht mehr . . . Hallo!« fügte er hinzu, denn jetzt, nachdem das Fenster offen war, konnte er besser sehen. »Die haben ja den Kaktus runtergenommen.«

»Nein«, sagte Peter. »Der Kaktus ist noch da. Kommen Sie am besten mal rein. Die Haustür ist zugeschlossen. Hier ist der Schlüssel, und schließen Sie hinter sich wieder ab . . . Ist schon gut«, flüsterte er Kirk dann noch ins Ohr. »Aber kommen Sie leise herein. Kann sein, daß Sie eine Verhaftung vornehmen müssen.«

Die beiden Polizisten verschwanden erstaunlich schnell.

Mr. Puffett, der sich nachdenklich am Kopf gekratzt hatte, wandte sich an Peter.

»Das sieht aber gefährlich aus, was Sie da gemacht haben, Mylord. Sind Sie ganz sicher, daß das nicht runterkommt?«

Wie um sich gegen diese Gefahr zu schützen, setzte er seine Melone auf.

»Nur wenn jemand den Deckel der Radiotruhe öffnet, um die Schallplattenorgie um halb eins zu ... Um Gottes willen, Hochwürden, bleiben Sie von diesem Deckel weg!«

Der Pfarrer, der auf die Radiotruhe zugegangen war, machte bei dem gebieterischen Ton einen schuldbewußten Satz rückwärts.

»Ich wollte mir nur die Schnur aus der Nähe ansehen«, erklärte er. »Man sieht sie nämlich überhaupt nicht vor der Holztäfelung. Ganz erstaunlich. Sicher weil sie so schwarz und dünn ist.«

»Das ist ja der Witz bei Angelschnüren«, sagte Peter. »Entschuldigen Sie, daß ich Sie so angeschrien habe. Aber halten Sie Abstand, damit es kein Unglück gibt. Ist Ihnen eigentlich klar, daß Sie der einzige in diesem Zimmer sind, der vor dem Ding nicht sicher ist?«

Der Pfarrer verzog sich in eine Ecke, um darüber nachzudenken. Da flog die Tür auf, und Mrs. Ruddle, ungerufen und unerwünscht, verkündete mit lauter Stimme:

»Da ist die Polizei!«

»He!« sagte Mr. Puffett. Er versuchte sie hinauszudrängen, aber Mrs. Ruddle war fest entschlossen, zu erfahren, worum es bei dieser langen Konferenz ging. Sie baute sich energisch bei der Tür auf, die Hände in die Seiten gestemmt.

Kirks Ochsenaugen wanderten zu Peter und folgten dessen Blick zur Decke, wo sie dem Phänomen eines schwebenden Kaktus begegneten, der wie Houdini ohne sichtbaren Halt hoch in der Luft hing.

»Ja«, sagte Peter, »da ist er. Aber rühren Sie die Radiotruhe nicht an, sonst komme ich für die Folgen nicht auf. Ich denke mir, daß der Kaktus dort auch am Mittwoch voriger Woche abends um fünf nach neun war, und daß Sellon darum die Uhr sehen konnte. So etwas nennt man Rekonstruktion des Verbrechens.«

»Des Verbrechens, so?« fragte Kirk.

»Sie suchen doch einen stumpfen Gegenstand, der einem großen Mann von hinten oben den Kopf zertrümmern kann. Da ist er. Der könnte einem Ochsen den Schädel einschlagen – mit der Kraft, die wir dahintersetzen.«

Kirk sah sich noch einmal den Topf an.

»Hm«, machte er bedächtig. »Ganz hübsch – aber ein Beweis wäre mir ganz recht. Als ich den Topf zuletzt gesehen habe, waren keine Haare und kein Blut daran.«

»Natürlich nicht!« rief Harriet. »Er wurde ja abgewaschen.«

»Wann und wie?« fragte Peter, indem er ruckartig zu ihr herumfuhr.

»Jedenfalls nicht vor Mittwoch. Vorgestern. Du selbst hast uns eben erst daran erinnert. Am Mittwoch morgen, vor unser aller Augen, während wir dasaßen und zuschauten. Damit haben wir das Wie, Peter. Das ist das Wie!«

»Ja«, sagte er und mußte über ihre Erregung lächeln. »Das ist das Wie. Und nachdem wir wissen wie, wissen wir auch wer.«

»Gott sei Dank, daß wir endlich *etwas* wissen«, sagte Harriet. Im Augenblick bedeutete ihr das Wie und Wer nicht viel. Ihr Jubel galt Peters munter zurückgeworfenem Kopf, wie er vor ihr stand und sie anlächelte, sich leicht in den Hüften wiegend und auf den Zehen wippend. Eine Aufgabe war gelöst – der Mißerfolg zuletzt doch ausgeblieben – die qualvollen Träume von Männern in Ketten, geschlagenen Männern, die in einer heißen, kaktusstarrenden Wüste nach einer verlorenen Erinnerung suchten, hatten sich nicht erfüllt.

Aber der Pfarrer war nicht Peters Frau und sah die Sache anders.

»Sie meinen«, rief er zutiefst erschrocken, »daß Frank Crutchley, als er den Kaktus goß und die Schale abwischte – o Gott! Aber das ist ja eine grauenhafte Schlußfolgerung! Frank Crutchley – einer meiner Chorsänger!«

Kirk zeigte sich da schon zufriedener.

»Crutchley?« fragte er. »Ah, *jetzt* kommen wir der Sache näher. Er hatte eine Wut wegen seiner vierzig Pfund – und da dachte er wohl, er kann's dem Alten heimzahlen und dann die Erbin heiraten – zwei Fliegen mit einem stumpfen Gegenstand, wie?«

»Die Erbin?« rief der Pfarrer in neuer Bestürzung. »Aber er will doch Polly Mason heiraten – er war erst heute morgen wegen des Aufgebots da.«

»Das ist eine ziemlich traurige Geschichte, Mr. Goodacre«, sagte Harriet. »Er war heimlich mit Miss Twitterton verlobt und – pst!«

»Meinen Sie, die beiden steckten unter einer Decke?« begann Kirk – bis ihm plötzlich bewußt wurde, daß Miss Twitterton bei ihnen im Zimmer war.

»Ich konnte Ihren Füllfederhalter *nirgends* finden«, sagte sie mit ernstem, bekümmertem Blick. »Hoffentlich –« Sie spürte mit einemmal die merkwürdig gespannte Atmosphäre, und ihr Blick fiel auf Joe Sellon, der mit dämlich aufgerissenem Mund genau in die Richtung starrte, die alle anderen gerade mieden.

»*Großer* Gott!« rief Miss Twitterton. »Was ist denn *das?* Wie kommt Onkels Kaktus nur da oben hin?«

Sie schoß geradewegs auf die Radiotruhe zu. Peter fing sie ab und riß sie zurück.

»Ich glaube nicht«, sagte er vieldeutig über die Schulter zurück zu Mr. Kirk, während er Miss Twitterton in die Ecke führte, wo der Pfarrer noch immer wie versteinert vor Staunen stand.

»Also«, sagte Kirk, »nun wollen wir es genau wissen. *Wie* soll er das nach Ihrer Vorstellung gemacht haben?«

»Wenn die Falle am Abend des Mordes, als Crutchley

um zwanzig nach sechs das Haus verließ, so aufgebaut war wie jetzt –« (Miss Twitterton ließ ein schwaches Quieken vernehmen) »– und Noakes dann wie immer um halb zehn hereinkam, um das Radio einzuschalten und die Nachrichten zu hören –«

»Was er jeden Abend tat«, sagte Mrs. Ruddle, »pünktlich wie die Uhr.«

»Nun, dann –«

Harriet war ein Einwand eingefallen, und mochte Peter von ihr denken, was er wollte, sie mußte ihn vorbringen.

»Peter – kann es denn sein, daß jemand – selbst bei Kerzenlicht – auf die Radiotruhe zugeht, ohne zu merken, daß der Kaktus nicht da ist?«

»Ich glaube –«, sagte Peter.

Die Tür wurde so schnell aufgestoßen, daß sie Mrs. Ruddle schmerzhaft am Ellbogen traf – und Crutchley kam herein. In der einen Hand hielt er die Stehlampe, und offenbar war er hereingekommen, um auf dem Weg zum Möbelwagen draußen noch etwas zu holen, denn er rief einer unsichtbaren Person hinter ihm zu:

»Gut – ich hole ihn und schließe sie für dich ab.«

Er war schon auf der Höhe der Radiotruhe, ehe Peter fragen konnte:

»Was wollen Sie, Crutchley?«

Sein Ton ließ Crutchley den Kopf drehen.

»Den Schlüssel vom Radio, Mylord«, sagte er knapp, und während er immer noch Peter dabei ansah, hob er den Deckel.

Für den millionsten Teil einer Sekunde stand die Welt still. Die schwere Schale kam heruntergesaust wie ein Dreschflegel. Sie blitzte im Sturz. Sie verfehlte Crutchleys Kopf um Zentimeter, ließ im Vorbeifliegen bleiches Entsetzen in sein Gesicht treten und zerschlug den gläsernen Lampenschirm in tausend klirrende Scherben.

Und da erst merkte Harriet, daß sie alle aufgeschrien hatten, auch sie selbst. Dann trat sekundenlange Stille ein, während das große Pendel in einem blitzenden Bogen über ihnen schwang.

Peter sagte warnend:

»Bleiben Sie da, Hochwürden.«

Seine Stimme löste die Spannung. Crutchley fuhr zu ihm herum, sein Gesicht war das eines wilden Tieres.

»Sie Teufel! Sie hinterhältiger Teufel! Woher wußten Sie das? Verflucht – wie sind Sie darauf gekommen, daß ich es war? Ich drehe Ihnen den Hals um!«

Er machte einen Satz nach vorn, und Harriet sah, wie Peter in Abwehrstellung ging; aber Kirk und Sellon hatten Crutchley schon gepackt, als er unter dem Todespendel hervorkam. Fauchend und keuchend kämpfte er mit ihnen.

»Laßt mich los, verdammt noch mal! Laßt mich hin zu ihm! Sie haben mir eine Falle gestellt, ja? Na schön, ich habe ihn umgebracht, jawohl! Das Schwein hat mich betrogen. Und du auch, Aggie Twitterton, hol dich der Teufel! Ich bin um mein Recht betrogen worden. Ja, ich habe ihn umgebracht, sage ich, und alles umsonst!«

Bunter ging ruhig hin, fing die schwingende Kaktusschale und hielt sie fest.

Kirk sagte soeben:

Frank Crutchley, ich verhafte Sie . . .«

Die weiteren Worte gingen im wütenden Gebrüll des Verhafteten unter. Harriet ging ans Fenster. Peter hatte sich nicht gerührt. Er überließ es Bunter und Puffett, der Polizei zu helfen. Selbst mit dieser Verstärkung hatten sie alle Hände voll zu tun, Crutchley aus dem Zimmer zu schleifen.

»Ach Gott!« sagte Mr. Goodacre. »Das ist ja ganz fürchterlich.« Er nahm sein Chorhemd und die Stola.

»Haltet ihn von mir weg!« kreischte Miss Twitterton, als die kämpfende Gruppe an ihr vorbeiwankte. »Wie grauenhaft! Haltet ihn weg von mir! Wenn ich mir vorstelle, daß ich ihn an mich herangelassen habe!« Ihr kleines Gesichtchen war vor Wut verzerrt. Sie rannte hinter ihnen her, schüttelte die geballten Fäuste und schrie wie von Sinnen: »Du Scheusal! Du Scheusal! Wie konntest du nur meinen armen Onkel umbringen!«

Der Pfarrer wandte sich an Harriet.

»Verzeihen Sie mir, Lady Peter. Meine Pflicht ruft mich jetzt zu diesem unglücklichen jungen Mann.«

Sie nickte, und er folgte den übrigen aus dem Zimmer. Mrs. Ruddle war auf dem Weg zur Tür, als der Anblick der von der Kaktusschale herunterhängenden Angelschnur ihr eine plötzliche Erleuchtung gab.

»Na so was!« rief sie triumphierend. »Das ist aber komisch, muß ich sagen. Genauso war es, wie ich am Mittwochmorgen hier reingekommen bin, um für den Schornsteinfeger sauberzumachen. Ich hab sie noch selbst abgenommen und auf den Boden geworfen.«

Sie sah sich beifallheischend um, aber Harriet war keines Kommentars mehr fähig, und Peter stand immer noch reglos da. Nach und nach begriff Mrs. Ruddle, daß der Moment für den Applaus verpaßt war, und schlurfte hinaus. Dann löste Sellon sich aus der Gruppe bei der Tür und kam zurück, den Helm schief auf dem Kopf und den Uniformrock am Hals aufgerissen.

»Mylord – ich weiß gar nicht, wie ich Ihnen richtig danken soll. Dadurch stehe ich jetzt nicht mehr unter Verdacht.«

»Schon gut, Sellon. Lassen Sie's gut sein. Und jetzt seien Sie ein netter Kerl und gehen Sie.«

Sellon ging, und es wurde still.

»Peter«, sagte Harriet.

Er drehte sich um, gerade im rechten Augenblick, um zu sehen, wie Crutchley, von vier Männern kaum gebändigt, am Fenster vorbeigezerrt wurde.

»Komm, halte mir die Hand«, sagte er. »Dieser Teil der Geschichte macht mich immer fertig.«

Epithalamion

I

London: Amende Honorable

SCHLEHWEIN: *Ihr habt doch immer für einen sanftmütigen Mann gegolten, Kamerad.*
HOLZAPFEL: *Das ist wahr, mit meinem Willen möcht ich keinen Hund hängen, wieviel mehr denn einen Menschen . . .*

WILLIAM SHAKESPEARE: VIEL LÄRM UM NICHTS

Miss Harriet Vane pflegte es in den köstlichen Detektivgeschichten, mit denen sie die Herzen aller Freunde des Mordes zu erfreuen gewohnt war, stets so einzurichten, daß sie mit einem brausenden Akkord endeten. Mr. Robert Templeton, jener berühmte, wenngleich exzentrische Detektiv, entlarvte den Mörder im letzten Kapitel mit einem großen Tusch und trat sofort inmitten donnernden Beifalls von der Bühne ab; die Zusammenstellung des Beweismaterials für die Anklage und derlei Nebensächlichkeiten mehr überließ er anderen.

Im wirklichen Leben mußte sie nun feststellen, daß der berühmte Detektiv, nachdem er hastig ein paar Bissen Brot und Käse zum Mittagessen hinuntergeschlungen hatte, wobei er die ganze Zeit mit den Gedanken woanders war, den restlichen Nachmittag auf dem Polizeirevier zubrachte und endlose Erklärungen abgab. Seine Frau und sein Diener machten ebenfalls ihre Aussagen, dann wurden alle drei ohne Umschweife vor die Tür gesetzt, während die Aussagen des Schornsteinfegers, des Pfarrers und der Zugehfrau protokolliert wurden; woraufhin die Polizei, wenn bis dahin alles gut voranging, die ganze Nacht aufzubleiben bereit war, um den Gefangenen zu verhören. Ein weiterer erfreulicher Aspekt bestand in der Belehrung, daß weder der Detektiv noch irgend jemand aus seiner Gefolgschaft das Land verlassen oder überhaupt den Ort wechseln dürfe, ohne zuvor die Polizei zu informieren, da der Fortgang der Ereignisse eine Reihe von Vorladungen vor den Ermittlungsrichter beinhalten konnte. Als die Detektivfamilie vom Polizeirevier nach Hause kam, fand sie das Haus von etlichen Konstablern besetzt, die photographierten und maßen, bevor sie die Radiotruhe, die Messingkette, den Haken und den Kaktus als Beweisstücke A bis D mitnahmen. Diese waren inzwischen die letzten beweglichen Gegenstände im Haus, abgesehen vom persönlichen Eigentum des Besitzers, denn George und Bill hatten ihre Arbeit beendet und waren mit ihrem Möbelwagen fortgefahren. Es hatte Mühe und Zeit gekostet, ihnen klarzumachen, daß sie die Finger von der Radiotruhe zu lassen hätten, doch hier hatte der Arm des Gesetzes zu guter Letzt obsiegt. Schließlich fuhr auch noch der Polizeiwagen ab, und sie waren allein.

Harriet schaute sich mit einem merkwürdig leeren Gefühl in dem kahlen Wohnzimmer um. Es war keine Sitzgelegenheit mehr da, nur noch die Fensterbank, also setzte sie sich darauf. Bunter war oben, um Kisten und Koffer zu schließen. Peter ging ziellos im Zimmer auf und ab.

»Ich fahre nach London«, sagte er unvermittelt. Er sah Harriet mit leerem Blick an. »Was du tun möchtest, weiß ich nicht.«

Das war beunruhigend, denn seinem Ton war nicht zu entnehmen, ob er sie in London gern bei sich haben wollte oder nicht. Sie fragte:

»Bleibst du über Nacht in London?«

»Glaube ich nicht. Ich muß Impey Biggs sprechen.«

Da lag also der Haken. Sir Impey Biggs war ihr Verteidiger gewesen, als sie vor Gericht stand, und nun wußte Peter nicht, wie sie auf die Nennung seines Namens reagieren würde.

»Will man ihn als Anklagevertreter haben?«

»Nein; ich will ihn für die Verteidigung haben.«

Natürlich – dumme Frage.

»Crutchley muß natürlich verteidigt werden«, fuhr Peter fort, »obschon er im Moment nicht in dem Zustand ist, über irgend etwas sprechen zu können. Aber man hat ihn überredet, einen Zivilanwalt für ihn tätig werden zu lassen. Ich habe den Mann gesprochen und ihm angeboten, Biggy für ihn zu gewinnen. Crutchley muß ja nicht wissen, daß wir etwas damit zu tun haben. Wahrscheinlich wird er gar nicht danach fragen.«

»Mußt du Sir Impey heute noch sprechen?«

»Möchte ich eigentlich. Ich habe ihn von Broxford aus angerufen. Er ist heute abend im Oberhaus, aber er kann mich kurz empfangen, wenn ich nach der Debatte über irgendein Gesetz hinkomme, das ihm wichtig ist. Da dürfte es für dich ziemlich spät werden, fürchte ich.«

»Nun gut«, sagte Harriet, denn was immer geschah, sie wollte auf jeden Fall vernünftig sein. »Dann nimm mich am besten mit nach London. Wir können in einem Hotel schlafen, wenn du magst, oder im Haus deiner Mutter, wenn die Dienstboten da sind; oder wenn du lieber in deinem Club übernachten möchtest, kann ich jederzeit eine Freundin anrufen, oder ich nehme meinen Wagen und fahre schon nach Denver voraus.«

»Wie bist du doch findig! Also, wir fahren nach London und sehen dann weiter.«

Er schien sehr erleichtert ob ihrer Bereitschaft zu sein, sich selbst um ihr Wohlergehen zu kümmern; kurz darauf ging er hinaus, um irgend etwas am Wagen zu machen. Bunter kam mit besorgter Miene herunter.

»Haben Mylady einen Wunsch, was mit dem schweren Gepäck geschehen soll?«

»Ich weiß nicht, Bunter. Wir können es nicht gut mit nach Denver nehmen, und in London können wir es eigentlich nirgends unterbringen, außer im neuen Haus –

und ich glaube nicht, daß wir vorerst dort schon einziehen werden. Und hier möchte ich es nicht gern lassen, wo niemand danach sehen kann, denn wir bleiben womöglich eine ganze Weile fort. Selbst wenn Seine Lordschaft – das heißt, wir müßten hier ein paar Möbel hineinstellen.«

»So ist es, Mylady.«

»Sie haben vermutlich keine Ahnung, wie Seine Lordschaft sich voraussichtlich entscheiden wird?«

»Nein, Mylady. Bedauerlicherweise nicht.«

Seit nahezu zwanzig Jahren hatte Bunter keine Pläne gekannt, die nicht die Wohnung in Piccadilly einbezogen; zum erstenmal im Leben wußte er sich keinen Rat.

»Wissen Sie was?« sagte Harriet. »Gehen Sie zum Pfarrhaus und fragen Sie Mrs. Goodacre, ob wir das Gepäck ein paar Tage bei ihr unterstellen dürfen, bis wir unsere Pläne gemacht haben. Sie kann es uns dann unter Frachtnachnahme nachschicken. Entschuldigen Sie mich bei ihr, daß ich nicht selbst komme. Oder bringen Sie mir ein Blatt Papier, dann schreibe ich ihr ein paar Zeilen. Es wäre mir nämlich lieber, wenn Seine Lordschaft mich hier finden könnte, falls er mich braucht.«

»Ich verstehe vollkommen, Mylady. Wenn ich es mir erlauben darf, möchte ich sagen, daß ich dies für eine ausgezeichnete Regelung halte.«

Man kam sich vielleicht ein bißchen schäbig vor, daß man nicht persönlich hinging, um sich von den Goodacres zu verabschieden. Aber abgesehen von der Frage, was Peter wollte oder nicht wollte, schreckte auch der Gedanke an Mrs. Goodacres Fragen und Mr. Goodacres Wehklagen ein wenig ab. Als Bunter mit einer herzlich gern gegebenen Zusage von der Pfarrersfrau wiederkam, berichtete er, daß auch Miss Twitterton im Pfarrhaus sei, und Harriet war noch froher, davongekommen zu sein.

Mrs. Ruddle schien verschwunden zu sein. (In Wahrheit saßen sie und Bert mit Mrs. Hodges und einigen Nachbarn, die das Neueste gern brandheiß erfahren wollten, bei einem üppigen Sechsuhrtee.) Der einzige Mensch, der noch da war, um ihnen Lebewohl zu sagen, war Mr. Puffett. Er drängte sich aber nicht auf; erst als der Wagen auf den Feldweg einbog, machte er sich bemerkbar, indem er vom Tor zu einem nachbarlichen Anwesen sprang, wo er gesessen und scheinbar nur in Ruhe ein Pfeifchen geraucht hatte.

»Ich will Ihnen nur noch rasch alles Gute wünschen, Mylord und Mylady«, sagte Mr. Puffett, »und ich hoffe, wir sehen Sie bald mal wieder hier. Es war ja nicht so schön für Sie, wie Sie vielleicht gehofft hatten, aber mehr als einem hier würd's leid tun, wenn Sie jetzt deswegen eine Abneigung gegen Paggleham hätten. Und wenn Sie die Schornsteine vielleicht mal gründlich überholt haben wollen oder sonst was zu fegen oder zu bauen haben, brauchen Sie nur ein Wörtchen zu sagen, und schon bin ich gern da.«

Harriet dankte ihm sehr herzlich.

»Da wäre eines«, sagte Peter. »Drüben in Lopsley steht auf dem alten Friedhof eine Sonnenuhr, die aus einem unserer Kaminaufsätze gemacht ist. Ich will dem Gutsherrn schreiben und ihm im Tausch eine neue Sonnenuhr anbieten. Darf ich ihm schreiben, daß Sie deswegen bei ihm vorsprechen und dafür sorgen werden, daß die alte hierher zurückgebracht wird?«

»Aber mit Vergnügen«, sagte Mr. Puffett.

»Und wenn Sie herausfinden, wo die andern geblieben sind, könnten Sie es mich wissen lassen.«

Mr. Puffett versprach das gern. Sie verabschiedeten sich mit Handschlag von ihm und ließen ihn mitten auf dem Weg stehen und seine Melone schwenken, bis der Wagen um die Ecke verschwunden war.

Sie fuhren etwa fünf Meilen weit schweigend dahin. Dann sagte Peter:

»Ich kenne da einen kleinen Architekten, der für diesen Badezimmeranbau gerade richtig wäre. Sein Name ist

Thipps. Ein gewöhnlicher kleiner Kerl, aber für so nostalgische Sachen hat er das richtige Gefühl. Er hat unsere Kirche in Duke's Denver restauriert, und vor ungefähr dreizehn Jahren haben er und ich uns regelrecht angefreundet, als ihm eine Leiche in der Badewanne Scherereien machte. Ich denke, ich schreibe ihm eine Zeile.«

»Er scheint mir gerade richtig zu sein ... Demnach hast du also nicht, wie Puffett es nennt, eine Abneigung gegen Talboys gefaßt? Ich hatte schon Angst, du würdest es loswerden wollen.«

»Solange ich lebe«, sagte er, »soll kein anderer Besitzer als wir seinen Fuß hineinsetzen.«

Sie war's zufrieden und sagte nichts weiter. Gerade rechtzeitig zum Abendessen kamen sie in London an.

Sir Impey Biggs konnte sich gegen Mitternacht aus der Debatte zurückziehen. Er begrüßte Harriet mit gutgelaunter Freundlichkeit, Peter als den lebenslangen Freund und Weggefährten, der er war, und beide mit geziemenden Glückwünschen zu ihrer Heirat. Obwohl über das Thema nicht weiter gesprochen worden war, stand es inzwischen überhaupt nicht mehr zur Debatte, daß Harriet bei einer Freundin übernachten oder allein nach Denver vorausfahren könne. Nach dem Abendessen hatte Peter lediglich gesagt: »Es hat noch keinen Sinn, ins Oberhaus zu gehen«, und sie waren ins Kino gegangen und hatten einen Mickymaus- und einen Kulturfilm über die Eisen- und Stahlindustrie gesehen.

»So, so«, sagte Sir Impey. »Sie wollen mich also als Verteidiger einspannen. Für diese Geschichte da unten in Hertfordshire, nehme ich an.«

»Ja, und ich möchte Sie schon im voraus warnen, daß es kein guter Fall für Sie wird.«

»Macht nichts. Wir haben schon so manchen ziemlich hoffnungslosen Fall gewonnen. Mit Ihnen zur Seite weiß ich, daß wir eine gute Partie liefern werden.«

»Ich bin aber nicht an Ihrer Seite, Biggy. Ich bin Zeuge der Anklage.«

Der Kronanwalt stieß einen Pfiff aus.

»Den Teufel sind Sie! Warum setzen Sie sich dann mit dem Verteidiger des Angeklagten zusammen? Gewissenserleichterung?«

»Mehr oder weniger. Das Ganze ist eine ziemlich scheußliche Angelegenheit, und wir möchten für den Mann tun, was wir können. Ich meine – sehen Sie, da waren wir nun, frisch verheiratet, und ringsum eitel Sonnenschein. Und dann passiert das, und die dortige Polizei weiß nichts damit anzufangen. Schon greifen wir ein, geschniegelt und gestriegelt, und weisen das Verbrechen so einem armen Teufel nach, der keinen Heller besitzt und *uns* nichts gean hat – außer den Garten umzugraben ... Na ja, jedenfalls möchten wir gern, daß Sie ihn verteidigen.«

»Dann fangen Sie am besten mal ganz von vorn an.«

Peter fing also von vorn an und erzählte die Geschichte, unterbrochen nur von den scharfsinnigen Fragen des Älteren, bis zu Ende. Das dauerte recht lange.

»Da laden Sie mir ja ein hübsches Problemchen auf, Peter. Mitsamt dem Geständnis des Angeklagten.«

»Das hat er nicht unter Eid abgelegt. Schock – Nerven – eingeschüchtert durch meinen unfairen Trick mit der Kaktusschale.«

»Und wenn er es bei der Polizei wiederholt hat?«

»Durch Fangfragen unsicher gemacht. Über solche Kleinigkeiten werden Sie sich doch nicht den Kopf zerbrechen.«

»Hinzu kommt die Kette und der Haken und das Blei in der Schale.«

»Wer sagt, daß Crutchley sie dorthin getan hat? Der alte Noakes könnte solche Spielchen getrieben haben.«

»Und daß er den Kaktus gegossen und die Schale abgewaschen hat?«

»Bagatellen! Wir kennen nur die Ansichten des Pfarrers über den Stoffwechsel der Kakteen.«

»Können Sie das Motiv auch so leicht abtun?«

»Motive beweisen noch nichts.«

»Für neun von zehn Geschworenen doch.«

»Na schön – aber ein Motiv hatten auch noch etliche andere Leute.«

»Ihre Miss Twitterton zum Beispiel. Soll ich anzudeuten versuchen, daß sie es auch gewesen sein könnte?«

»Wenn Sie ihr den Grips zutrauen, zu begreifen, daß ein Pendel stets direkt unter seinem Aufhängungspunkt hindurchschwingen muß.«

»Hm! – Übrigens, wenn Sie beide nicht dort aufgekreuzt wären, was wäre dann der nächste Schritt des Mörders gewesen? Wie wäre es seiner Meinung nach weitergegangen?«

»Wenn Crutchley der Mörder war?«

»Hm, ja. Er muß ja damit gerechnet haben, daß der Tote von der nächsten Person, die ins Haus kam, auf dem Boden des Wohnzimmers liegend gefunden worden wäre.«

»Darüber habe ich nachgedacht. Die nächste Person, die das Haus betreten hätte, wäre normalerweise Miss Twitterton gewesen, die den Schlüssel hatte. Er hatte sie vollständig unterm Pantoffel. Sie erinnern sich, daß die beiden sich abends auf dem Friedhof von Great Pagford zu treffen pflegten. Es wäre nicht schwierig für ihn gewesen, herauszubekommen, ob sie irgendwann im Laufe der Woche ihren Onkel zu besuchen beabsichtigte. Wenn sie eine solche Absicht kundgetan hätte, wäre ihm schon etwas eingefallen – er hätte sich in der Garage wegen privater Geschäfte eine Stunde frei geben lassen und wäre Miss Twitterton auf dem Weg zum Haus rein zufällig begegnet. Falls es Mrs. Ruddle eingefallen wäre, Miss Twitterton Bescheid zu geben, daß Noakes verschwunden war, wäre es sogar noch einfacher gewesen. Der erste, an den sie sich gewandt hätte, wäre Frank gewesen, der sich in allem auskannte. Und das Beste von allem wäre das gewesen, was beinahe eingetreten wäre – daß Mrs. Ruddle sich gar nichts dabei dachte und niemandem etwas sagte. Dann wäre Crutchley wie gewöhnlich am Mittwochmorgen nach Talboys gekommen, hätte (zu seiner großen Überraschung) festgestellt, daß er nicht ins Haus konnte, wäre zu Miss Twitterton gefahren, um den Schlüssel zu holen, und hätte die Leiche selbst entdeckt. Auf jeden Fall wäre er der erste am Tatort gewesen, mit oder ohne Miss Twitterton. Wenn er allein gewesen wäre – sehr gut. Wenn nicht, hätte er sie mit ihrem Fahrrad fortgeschickt, die Polizei zu holen, und kaum hätte sie sich umgedreht gehabt, hätte er die Gelegenheit beim Schopf ergriffen und die Schnur geborgen, den Topf abgewaschen, die andere Kette aus dem Kamin genommen und ansonsten dafür gesorgt, daß alles so unschuldig wie möglich aussah. Ich weiß auch nicht, warum er die Kette zunächst überhaupt im Kamin versteckt hat – ich nehme an, der alte Noakes kam überraschend dazu, als er gerade den Tausch vornahm, und er mußte sie rasch verschwinden lassen. Wahrscheinlich hat er auch geglaubt, sie sei dort gut aufgehoben, und hat sich keine weiteren Gedanken darüber gemacht.«

»Und wenn Noakes nun schon zwischen zwanzig nach sechs und neun Uhr ins Wohnzimmer gekommen wäre?«

»Das war ein Risiko. Aber der alte Noakes war ja ›so pünktlich wie die Uhr.‹ Um halb acht aß er zu Abend. Die Sonne war um 18.38 Uhr untergegangen, und das Zimmer hat niedrige Fenster und ist ziemlich düster. Ab 19 Uhr bestand alle Aussicht, daß er nichts merken würde. Aber machen Sie daraus, was Sie wollen.«

»Er muß am Tag Ihrer Ankunft einen unerfreulichen Vormittag verlebt haben«, sagte Sir Impey. »Immer vorausgesetzt natürlich, daß die Anklage begründet ist. Ich frage mich, warum er nach Entdeckung des Verbrechens nichts unternommen hat, um die Kette in Sicherheit zu bringen.«

»Das hat er«, sagte Harriet. »Dreimal ist er hereingekommen, während die Möbelpacker da waren; und er hat alles versucht, mich aus dem Zimmer zu schicken – ich sollte mich um irgendwelche Konserven kümmern. Einmal bin ich wirklich hinausgegangen, und da traf ich ihn auf dem Gang, wie er gerade aufs Wohnzimmer zustrebte.«

»Aha!« sagte Sir Impey. »Und Sie sind natürlich bereit, das vor Gericht zu beschwören. Sie beide lassen mir nicht viele Chancen. Wenn Sie ein bißchen Rücksicht auf mich genommen hätten, Peter, hätten Sie eine weniger intelligente Frau geheiratet.«

»Ich fürchte, da war ich egoistisch. Aber Sie übernehmen den Fall, Biggy, und tun, was Sie können?«

»Ihnen zum Gefallen. Ich werde Sie mit Vergnügen ins Kreuzverhör nehmen. Wenn Ihnen irgendwelche kniffligen Fragen einfallen, die ich Ihnen stellen könnte, sagen Sir mir Bescheid. Und jetzt ab mit Ihnen. Ich werde alt und gehöre ins Bett.«

»So, das wär's gewesen«, sagte Peter. Sie standen auf der Straße und froren ein bißchen. Es war fast drei Uhr morgens, und die Luft war schneidend. »Was nun? Suchen wir uns ein Hotel?«

(Welche Antwort war darauf die richtige? Er wirkte müde und ruhelos zugleich – ein physischer Zustand, in dem nahezu jede Antwort die falsche ist. Sie beschloß, es frisch zu wagen.)

»Wie weit ist es bis Duke's Denver?«

»Etwas über neunzig Meilen – sagen wir fünfundneunzig. Möchtest du gleich hinfahren? Wir könnten den Wagen holen und wären bis halb vier aus der Stadt. Ich würde dir versprechen, nicht schnell zu fahren – und du könntest unterwegs ein bißchen schlafen.«

Wie durch ein Wunder war es die richtige Antwort gewesen. Sie sagte: »Gut, tun wir das.« Sie fanden ein Taxi. Peter nannte die Adresse der Garage, wo er seinen Wagen abgestellt hatte, und sie rollten durch die stillen Straßen dahin.

»Wo ist Bunter?«

»Er ist mit dem Zug vorausgefahren, um Bescheid zu sagen, daß es bei uns ein bißchen spät werden könnte.«

»Wird deine Mutter böse sein?«

»Nein. Sie kennt mich seit fünfundvierzig Jahren.«

II

Denver Ducis: Die Macht und die Herrlichkeit

»Und die Moral davon ist«, sagte die Herzogin ...
LEWIS CARROLL: ALICE IM WUNDERLAND

Wieder die große Straße nach Norden, Meile um Meile, durch Hatfield, Stevenage, Baldock, Biggleswade, nach Nordosten zur Grenze von Hertfordshire – dieselbe Straße, die sie vor vier Tagen gefahren waren, mit Bunter auf dem Rücksitz und zweieinhalb Dutzend Flaschen Portwein unter seinen Füßen in einer Daunendecke. Harriet döste. Einmal berührte Peter ihren Arm und weckte sie, und sie hörte ihn sagen: »Hier ist die Abzweigung nach Pagford.« Huntingdon, Chatteris, March – immer weiter nach Nordosten, immer schärfer wehte der Wind von der kalten Nordsee her über die weiten Ebenen, und vor ihnen kündete das Grau des Himmels die nahende Morgendämmerung an.

»Wo sind wir jetzt?«

»Wir kommen gerade nach Downham Market. Eben sind wir durch Denver gefahren – das eigentliche Denver. Bis Duke's Denver sind es noch fünfzehn Meilen.«

Der Wagen kurvte durch das kleine Städtchen und wandte sich direkt nach Osten.

»Wie spät ist es?«

»Kurz vor sechs. Ich bin nur einen Schnitt von fünfunddreißig Meilen gefahren.«

Die Fenmoore lagen jetzt hinter ihnen, und die Landschaft wurde waldiger. Als die Sonne aufging, kamen sie durch ein winziges Dörfchen mit einer Kirche, von deren Turm die Uhr gerade die Viertelstunde schlug.

»Denver Ducis«, sagte Peter. Er ließ den Wagen gemächlich die schmale Straße hinunterrollen. In den Häuschen zeigten erhellte Fenster an, wo Männer und Frauen früh aufgestanden waren, um zur Arbeit zu gehen. Ein Mann kam aus einem Gartentor, starrte den Wagen an und tippte an seinen Hut. Peter erwiderte den Gruß. Jetzt waren sie aus dem Dorf heraus und fuhren an einer niedrigen Mauer entlang, über die hohe Bäume ihre Äste streckten.

»Das Witwenhaus steht auf der andern Seite«, sagte Peter. »Es geht schneller, durch den Park zu fahren.« Sie bogen in eine hohe Einfahrt ein, neben der ein Pförtnerhäuschen stand. Im zunehmenden Tageslicht sah man die steinernen Tiere geduckt auf den Pfeilern sitzen, jedes mit einem Wappenschild. Peters Hupen rief einen Mann in Hemdsärmeln aus dem Pförtnerhaus, und die Torflügel schwenkten auf.

»Morgen, Jenkins«, sagte Peter und ließ den Wagen anhalten. Tut mir leid, Sie so früh herauszutrommeln.«

»Keine Ursache, Mylord.« Der Pförtner wandte den Kopf und rief über die Schulter: »Mutter! Seine Lordschaft ist da!« Er war schon ein älterer Mann und sprach mit der Vertraulichkeit langjährigen Dienstes. »Wir haben Sie schon jeden Moment erwartet, und je früher, desto besser für uns. Ist das wohl Ihre Ladyschaft?«

»Auf Anhieb erraten, Jenkins.«

Eine Frau erschien. Sie legte sich einen Schal um die Schultern und machte einen Knicks. Harriet gab beiden die Hand.

»Das ist aber keine Art, die Braut heimzuführen, Mylord«, sagte Jenkins vorwurfsvoll. »Am Dienstag haben wir für Sie die Glocken läuten lassen, und wir wollten Ihnen einen schönen Empfang bereiten, wenn Sie kämen.«

»Ich weiß, ich weiß«, sagte Peter, »aber ich habe schon als Junge nie was richtig machen können, wissen Sie nicht mehr? Apropos Jungen – was machen die Ihren?«

»Danke der Nachfrage, Mylord, ausgezeichnet. Bill ist vorige Woche zum Sergeanten befördert worden.«

»Gratuliere«, sagte Peter herzlich und ließ die Kupplung kommen. Sie fuhren eine breite Buchenallee hinauf.

»Das ist ja mindestens eine Meile vom Tor bis vors Haus, stimmt's?«

»Ungefähr.«

»Haltet ihr Wild im Park?«

»Ja.«

»Und Pfauen auf der Terrasse?«

»Ich fürchte, ja. Alles wie's im Märchenbuch steht.« Am Ende der Allee ragte das große Haus grau vor dem Sonnenlicht in die Höhe – eine breite palladianische Front mit Fenstern, die noch schliefen, und dahinter die Schornsteine und Türmchen weiträumiger Flügel und die phantastischen Auswüchse architektonischer Eingebung.

»Es ist nicht sehr alt«, sagte Peter entschuldigend, als sie abbogen und das Haus links liegen ließen. »Nichts aus vorelisabethanischer Zeit. Kern Bergfried, kein Burggraben. Die Burg ist dankenswerterweise vor vielen Jahren eingestürzt, aber nun haben wir aus allen schlechten Epochen seitdem ein bißchen und hier und da auch etwas aus den guten. Und das Witwenhaus ist untadeliger Inigo Jones.«

Als Harriet schlaftrunken hinter einem hochgewachsenen Diener her die untadelige Inigo-Jones-Treppe hinaufwankte, hörte sie plötzlich auf dem Treppenabsatz das eilige Klappern hoher Absätze und einen Freudenschrei. Der Diener drückte sich geistesgegenwärtig an die Wand, und schon schoß die Herzoginwitwe in einem rosaroten Morgenmantel an ihm vorbei, daß ihre weißen Zöpfe flogen und Ahasverus sich um sein Leben an ihre Schultern krallen mußte.

»Ach, ihr Lieben, wie schön, daß ihr da seid! Morton – holen Sie Franklin aus dem Bett und schicken Sie sie sofort zu Ihrer Ladyschaft. Ihr müßt ja hundemüde und halbverhungert sein ... Was für eine scheußliche Geschichte mit diesem armen jungen Mann! – Deine Hände sind ja ganz erfroren, meine Liebe – ich will nicht hoffen, daß Peter an diesem schrecklich kalten Morgen wieder so gerast ist – Morton, Sie dummer Kerl, sehen Sie denn nicht, daß Ahasverus mich kratzt? Nehmen Sie ihn mir sofort ab – ich habe euch im Gobelinzimmer untergebracht, da ist es wärmer – Mein Gott, ich habe das Gefühl, euch seit einem Monat nicht mehr gesehen zu haben – Morton, sagen Sie unten Bescheid, sie sollen sofort das Frühstück heraufbringen – und was *du* jetzt brauchst, Peter, ist ein heißes Bad.«

»Ein Bad«, sagte Peter, »ein richtiges Bad für uns beide, das ist mit Sicherheit eine gute Idee.«

Sie kamen über einen breiten Treppenabsatz mit Aquatintastichen an der Wand und drei Tischchen in Queen-Anne-Chinoiserie mit Famille-Rose-Vasen darauf. An der Tür zum Gobelinzimmer stand Bunter – er mußte entweder sehr früh aufgestanden oder gar nicht erst zu Bett gegangen sein, denn er war mit einer Makellosigkeit gekleidert, die eines Inigo Jones würdig war. Franklin, ebenso makellos, wenngleich ein wenig aufgeregt, traf fast im selben Moment ein. Das Rauschen einlaufenden Badewassers drang erfrischend an ihre dankbaren Ohren. Die Herzoginwitwe küßte sie beide und sagte ihnen, sie sollten tun und lassen, was sie wollten, und sie werde sie nicht mehr stören. Und noch ehe die Tür zu war, hörten sie ein Donnerwetter über Morton losgehen, weil er nicht beim Zahnarzt gewesen war, und wenn er sich weiter benehme wie ein kleines Kind, werde er mit Zahngeschwüren, Parodontose, Blutvergiftung, Verstopfung und einem kompletten falschen Gebiß enden.

»Dieser hier«, sagte Peter, »ist einer von den präsentableren Wimseys – Lord Roger; er war mit Sidney befreundet, schrieb Gedichte und starb jung an einem zehrenden Fieber und so weiter. Das da ist, wie du siehst, Königin Elisabeth; sie hat hier mal auf die übliche Weise übernachtet und dabei fast die Familienfinanzen ruiniert. Das Portrait soll von Zucchero sein, ist es aber nicht. Der damalige Herzog ist dagegen wirklich von Antonio Moro, und das ist das Beste an ihm. Er war einer von den langweiligen Wimseys, und Habgier war seine hervorstechendste Eigenschaft. Diese alte Vettel hier war seine Schwester, Lady Stavesacre, die einmal Fancis Bacon eine Ohrfeige verpaßt hat. Sie gehört eigentlich nicht hierher, aber die Stavesacres sind knapp bei Kasse, und da haben wir sie aufgekauft . . .«

Die Nachmittagssonne fiel schräg durch die hohen Galeriefenster und beleuchtete hier einen blauen Hosenbandorden, da eine scharlachrote Uniform, ließ ein Paar schlanke, von van Dyck gemalte Hände aufleuchten, spielte in den gepuderten Locken eines Gainsborough oder überzog irgendein hartes weißes, von einer feierlichen schwarzen Perücke umrahmtes Gesicht mit plötzlichem, unerwartetem Glanz.

»Dieses schrecklich bösartig dreinblickende Ungeheuer ist der – ich weiß nicht mehr welcher Herzog, aber sein Name wahr Thomas, und er ist etwa 1775 gestorben – sein Sohn ist eine bedauerlich unkluge Ehe mit einer Strumpfmacherswitwe eingegangen – hier ist sie; sieht aus, als ob sie ziemlich die Nase voll hätte. Und das ist der verlorene Sohn – hat ziemliche Ähnlichkeit mit Jerry, findest du nicht?«

»Doch, er sieht ihm sehr ähnlich. Und wer ist das? Er hat so ein eigenartiges, seherisches Gesicht, aber recht nett.«

»Das ist ihr jüngerer Sohn Mortimer; er war total verrückt und hat eine neue Religion gegründet, deren einziger Anhänger er war. Das ist Dr. Gervase Wimsey, Dekan von St. Paul; er wurde unter Königin Maria zum Märtyrer. Hier ist sein Bruder Henry – er hat in Norfolk bei der Thronbesteigung Königin Marias ihre Fahne hochgehalten. Unsere Familie hat es schon immer gut verstanden, einen Fuß in beiden Lagern zu haben. Das ist mein Vater, genau wie Gerald, nur daß er viel besser aussieht . . . Das hier ist ein Sargent, und das ist auch schon seine einzige Daseinsberechtigung.«

»Wie alt warst du damals, Peter?«

»Einundzwanzig; voller Illusionen und stets bemüht, ein kluges Gesicht zu machen. Sargent hat das aber durchschaut, der Kuckuck soll ihn holen! Hier ist Gerald mit einem Pferd, gemalt von Furse; und unten in dem schrecklichen Zimmer, das er sein Arbeitszimmer nennt, hängt ein Bild von Munnings – Pferd mit Gerald. Hier ist meine Mutter, gemalt von Laszlo – ein erstklassiges Porträt von ihr, natürlich schon etliche Jahre alt. Allerdings könnte nur ein Bild, das sich sehr schnell bewegt, ihre Persönlichkeit wirklich ganz einfangen.«

»Ich bin von ihr restlos begeistert. Als ich kurz vor dem Mittagessen herunterkam, traf ich sie in der Halle dabei an, wie sie Bunter Jod auf die Nase tat, weil Ahasverus ihn gekratzt hatte.«

»Dieses Vieh kratzt jeden. Ich habe Bunter gesehen – es war ihm sehr peinlich. ›Ich bin dankbar, sagen zu dürfen, Mylord, daß die Farbe dieses Mittels außerordentlich schnell vergeht.‹ Meine Mutter ist in so einem kleinen Haushalt regelrecht verschwendet. Ihre besten Tage hatte sie drüben im Haupthaus mit den vielen Dienstboten, die alle eine Heidenangst vor ihr hatten. Es geht die Mär, daß sie einmal unserm alten Butler, als er einen Hexenschuß hatte, eigenhändig den Rücken gebügelt habe; sie sagt aber, es sei kein Bügeleisen gewesen, sondern ein Senfpflaster. Hast du jetzt genug von diesem Gruselkabinett gesehen?«

»Ich schaue mir die Bilder gern an, obwohl ich mit der Zeit die Strumpfmacherswitwe ganz gut verstehen kann. Und ich würde gern noch etwas mehr über ihre Geschichte hören.«

»Dann mußt du dich einmal an Mrs. Sweetapple wenden. Sie ist hier die Haushälterin und kennt ihre Lebensläufe alle auswendig. Ich zeige dir jetzt lieber die Bibliothek, obwohl die nicht ist, was sie sein sollte. Vollgestopft mit dem fürchterlichsten Schund, und die guten Sachen sind nicht anständig katalogisiert. Weder mein Vater noch mein Großvater haben etwas daran getan, und bei Gerald ist Hopfen und Malz verloren. Wir lassen jetzt so einen alten komischen Kauz darin herumwerkeln – er ist ein Vetter dritten Grades von mir, aber nicht der in Nizza, der meschugge ist, sondern sein jüngerer Bruder. Er ist arm wie eine Kirchenmaus und ganz froh, daß er sich hier ein bißchen nützlich machen kann; er tut sein Bestes und versteht eigentlich eine ganze Menge von antiquarischen Sachen, nur daß er sehr kurzsichtig und kein bißchen methodisch ist und nie längere Zeit bei der Sache bleiben kann. Das hier ist der große Ballsaal – eigentlich recht schön, wenn du nicht aus Prinzip gegen Pomp bist. Von hier hat man einen schönen Ausblick über die Terrassen zu den Wasserspielen, die natürlich viel mehr Eindruck machen, wenn die Springbrunnen an sind. Das etwas albern aussehende Ding zwischen den Bäumen ist eine von Sir William Chambers' Pagoden, und du kannst gerade noch das Dach der Orangerie sehen . . . Oh, sieh mal! Na bitte – du wolltest doch unbedingt Pfauen haben; sag nicht, wir hätten sie dir zuliebe nicht angeschafft.«

»Du hast recht, Peter – es *ist* ein Märchenschloß.«

Sie gingen die Treppe hinunter, kamen durch eine kalt wirkende Halle voller Plastiken und von dort durch eine lange Arkade in eine weitere Halle. Ein Diener holte sie ein, als sie vor einer mit klassischen Pilastern und einer geschnitzten Kranzleiste verzierten Tür stehenblieben.

»Hier ist die Bibliothek«, sagte Peter. »Ja, Bates, was gibt's?«

»Mr. Leggatt, Mylord. Er möchte dringend Seine Gnaden sprechen. Ich habe ihm gesagt, daß er nicht da ist, aber Eure Lordschaft seien da, und er läßt fragen, ob Sie einen Augenblick Zeit für ihn hätten.«

»Es geht wahrscheinlich um diese Hypothek – aber da kann *ich* nichts machen. Darüber muß er mit meinem Bruder sprechen.«

»Er scheint sehr großen Wert darauf zu legen, mit Eurer Lordschaft zu sprechen.«

»Oh – na gut, dann will ich mal. Du hast nichts dagegen, Harriet? – Es dauert nicht lange. Du kannst dich inzwischen in der Bibliothek umsehen – vielleicht begegnest du dort Vetter Matthew, aber er ist ganz harmlos, nur sehr schüchtern und ein bißchen taub.«

Die Bibliothek mit ihren großen Büchernischen und der Bildergalerie darüber lag nach Osten, und es war schon ziemlich dunkel darin. Harriet fand das sehr erholsam. Sie spazierte umher, zog da und dort willkürlich einen in Kalbsleder gebundenen Band heraus, sog den süßlichen, etwas modrigen Geruch alter Bücher ein und lächelte über ein geschnitztes Paneel an einem der Kamine, auf dem die Wimseyschen Mäuse dem Wappen enflohen waren und zwischen tief eingekerbten Blumen und Weizenähren herumspielten. Einen großen Tisch mit hohen Stapeln von Büchern und Papieren ordnete sie Vetter Matthew zu – ein halb vollgeschriebenes Blatt in der etwas zittrigen Schrift eines älteren Herrn schien Teil einer Familienchronik zu sein. Daneben lag offen auf einem Stehpult ein dickes Manuskriptheft, in dem die Haushaltsausgaben des Jahres 1587 aufgeführt waren. Sie studierte ein paar Sekunden darin und identifizierte ein paar Dinge wie »zu I: zween kyssen avs rotem Sansenett für unser Lady Joans kämmerlin« und »zu II: zween spannhaken und III zween nagelin für selbigs«, dann setzte sie ihren Rundgang fort, bis sie um ein Bücherregal in die letzte Nische einbog und sich erschrocken einem älteren Mann im Morgenmantel gegenübersah. Er stand am Fenster, ein Buch in der Hand, und die Familienähnlichkeit war so deutlich – besonders die Nase –, daß sie an seiner Identität keine Sekunde zweifelte.

»Oh!« sagte Harriet. »Ich wußte nicht, daß jemand hier war. Sind Sie –« Vetter Matthew mußte natürlich auch einen Nachnamen haben; der überspannte Vetter in Nizza war, wie sie sich erinnerte, nach Geralds und Peters Nachkommenschaft der nächste Titelerbe, demnach mußten sie Wimseys sein. »Sind Sie Mr. Wimsey?« – Dabei konnte er natürlich auch Oberst Wimsey oder Sir Matthew Wimsey oder gar Lord Irgendwas sein. »Ich bin Peters Frau«, fügte sie hinzu, um damit ihre Gegenwart zu erklären.

Der ältere Herr lächelte sie recht freundlich an und verneigte sich mit einer leichten Handbewegung, als wollte er sagen: »Fühlen Sie sich wie zu Hause.« Er war schon ziemlich kahl, und seine grauen Haare waren über den Ohren und an den Schläfen sehr kurz geschoren. Sie schätzte ihn auf etwa fünfundsechzig Jahre. Nachdem er ihr dergestalt die Erlaubnis gegeben hatte, sich hier frei zu bewegen, wandte er sich wieder seinem Buch zu, und Harriet, die den Eindruck hatte, daß er zu einer Unterhaltung nicht aufgelegt zu sein schien, und sich außerdem erinnerte, daß er taub und schüchtern war, beschloß, ihn nicht weiter zu belästigen. Fünf Minuten später, als sie von einer Vitrine mit einer Anzahl Miniaturen aufschaute, sah sie, daß er sich aus dem Staub gemacht hatte und nun von einer kleinen Treppe, die zur Galerie emporführte, zu ihr herunterstarrte. Er verneigte sich wieder, dann verschwand der geblümte Morgenmantel vollends nach oben, gerade als jemand an der Innenwand des Zimmers das Licht anknipste.

»So im Dunkeln, Madame? Entschuldige, daß es so

lange gedauert hat. Komm mit zum Tee. Dieser Kerl hat mich einfach nicht fortgelassen. Ich kann doch Gerald nicht daran hindern, eine Hypothek für verfallen zu – genaugenommen habe ich ihm sogar dazu geraten. Meine Mutter ist übrigens hergekommen, und im Blauen Salon wird Tee serviert. Sie möchte gern, daß du dort ein paar Porzellansachen bewunderst. Sie hat für Porzellan etwas übrig.«

Bei der Herzogin im Blauen Zimmer befand sich ein schmächtiger älterer Mann, leicht gebeugt, im adretten, altmodischen Knickerbockeranzug, mit Brille und dünnem grauem Ziegenbart. Als Harriet eintrat, erhob er sich von seinem Stuhl und kam mit ausgestreckter Hand auf sie zu, wobei er einen leisen, nervösen Meckerton von sich gab.

»Ah, Vetter Matthew!« rief Peter herzlich, indem er dem alten Herrn kräftig auf die Schulter schlug. »Komm, laß dich mit meiner Frau bekannt machen. Das ist mein Vetter, Mr. Matthew Wimsey, der dafür sorgt, daß Geralds Bücher nicht vor Alter und Verwahrlosung auseinanderfallen. Er schreibt die Geschichte der Familie ab Karl dem Großen und ist gerade so ungefähr bei der Schlacht von Roncevaux angekommen.«

»Guten Tag«, sagte Vetter Matthew. »Ich - ich hoffe, Sie hatten eine angenehme Reise. Es weht heute ein recht kalter Wind. Peter, mein Lieber, wie geht es dir denn?«

»Besonders gut, seitdem ich dich wiedersehe. Hast du mir ein neues Kapitel zu zeigen?«

»Kein *Kapitel*«, antwortete Vetter Matthew. »Nein. Nur ein paar neue Seiten. Ich fürchte, ich habe mich bei meinen Nachforschungen auf ein Nebengleis locken lassen. Ich *glaube*, ich bin dem entschwundenen Simon auf der Spur – dem Zwilling, du weißt ja, der von der Bildfläche verschwand und von dem man annahm, daß er Pirat geworden sei.«

»Donnerwetter, gute Arbeit! Sind das Muffins? Harriet, ich will hoffen, daß du meine Leidenschaft für Muffins teilst. Das wollte ich eigentlich herausfinden, bevor ich dich heiratete, aber die Gelegenheit ergab sich nie.«

Harriet nahm ein Muffin und wandte sich an Vetter Matthew:

»Mir ist vorhin ein dummer Irrtum unterlaufen. Ich bin in der Bibliothek jemandem begegnet, den ich für Sie gehalten und mit Mr. Wimsey angesprochen habe.«

»Wie?« meinte Vetter Matthew. »Was war denn das? Jemand in der Bibliothek?«

»Und ich dachte, alle wären fort«, sagte Peter.

»Vielleicht war Mr. Liddell da, um etwas in der *Geschichte der Grafschaft* nachzusehen«, mutmaßte die Herzogin. »Warum hat er nicht darum gebeten, ihm Tee zu bringen?«

»Ich meine, es müßte jemand gewesen sein, der im Haus wohnt«, sagte Harriet, »denn er war im Morgenmantel. Er ist um die Sechzig, oben ziemlich kahl und trägt die restlichen Haare sehr kurz, und außerdem sieht er dir recht ähnlich, Peter – im Profil zumindest.«

»Ach du meine Güte!« rief die Herzogin. »Das muß der alte Gregory gewesen sein.«

»Großer Gott, ja! Das war er bestimmt«, bestätigte Peter, den Mund voll Muffin. »Aber wirklich, das finde ich sehr nett vom alten Gregory. Normalerweise traut er sich nicht so früh am Tag heraus – wenigstens nicht für Besucher. Das war ein Kompliment an dich, Harriet. Sehr anständig von dem alten Knaben.«

»Wer ist der alte Gregory?«

»Mal überlegen – irgendein Vetter des achten – neunten – welcher Herzog war es denn nun, Vetter Matthew? – der aus Williams und Marys Zeit jedenfalls. Gesprochen hat er wohl nicht, wie? ... Nein, das tut er nie, aber wir hoffen alle, daß er sich eines Tages dazu entschließen wird.«

»Ich dachte vorigen Montagabend schon, jetzt sagt er

gleich was«, sagte Mr. Wimsey. »Da stand er in der vierten Nische vor den Regalen, und ich *mußte* ihn einfach stören, um an die Bredon-Briefe heranzukommen. Ich sagte: ›Bitte, entschuldige mich, nur einen Augenblick‹, und da lächelte er und nickte und schien drauf und dran zu sein, etwas zu sagen. Aber dann hat er es sich doch anders überlegt und ist verschwunden. Ich hatte schon Angst, ich könnte ihn gekränkt haben, aber er tauchte dann Minuten später wieder auf, die Freundlichkeit in Person, direkt vor dem Kamin, um zu zeigen, daß er nichts übelgenommen hatte.«

»Man vertut viel Zeit mit Entschuldigungen und Verneigungen vor den Familiengespenstern«, sagte Peter. »Man sollte einfach durch sie hindurchgehen wie Gerald. Das ist soviel einfacher und scheint keiner Seite weh zu tun.«

»*Du* brauchst ja gar nichts zu sagen«, versetzte die Herzogin. »Ich habe neulich ganz deutlich gesehen, wie du auf der Terrasse vor Lady Susan den Hut gezogen hast.«

»Hör auf, Mutter! Das ist reine Erfindung. Warum in aller Welt sollte ich auf der Terrasse einen Hut aufhaben?«

Wäre es überhaupt möglich gewesen, Peter oder seine Mutter einer Unhöflichkeit für fähig zu halten, so hätte Harriet jetzt geargwöhnt, sie würde nach allen Regeln der Kunst auf den Arm genommen. Sie meinte zögernd:

»Das klingt mir nun wieder zu sehr nach Märchenbuch.«

»Eigentlich nicht«, sagte Peter, »denn dafür kommt zuwenig dabei heraus. Sie sagen weder Todesfälle voraus, noch finden sie verborgene Schätze, noch warten sie mit Enthüllungen auf oder erschrecken jemanden. Nein, selbst die Dienstboten lassen sich nicht von ihnen stören. Manche Leute sehen sie nicht einmal – Helen zum Beispiel.«

»Na also!« sagte die Herzogin. »Ich wußte doch, daß ich dir noch etwas erzählen wollte. *Kannst* du das glauben? Helen mußte unbedingt im Westflügel ein neues Gästebadezimmer einbauen lassen, genau da, wo Onkel Roger immer umgeht. So etwas Dummes und Gedankenloses! Denn wenn man auch noch so gut weiß, daß sie körperlos sind, *muß* es doch für jemanden wie Mrs. Ambrose recht unangenehm sein, wenn plötzlich ein Gardehauptmann aus dem Handtuchschrank steigt und sie weder in einem Zustand ist, ihn zu empfangen, noch sich auf den Flur zu flüchten. Außerdem *kann* ich mir nicht vorstellen, daß diese feuchte Hitze gut für seine Vibrationen ist, oder wie man das sonst nennt – als ich ihn das letztemal sah, kam er mir schon ganz neblig vor, der Ärmste!«

»Helen ist manchmal ein wenig taktlos«, sagte Mr. Wimsey. »Das Bad ist sicherlich notwendig, aber sie hätte es durchaus ein wenig versetzen und Onkel Roger den Anrichteraum lassen können.«

»Das habe ich ihr ja auch gesagt«, antwortete die Herzogin; und das Gespräch nahm einen anderen Lauf.

Also nein, dachte Harriet, während sie ihre zweite Tasse Tee trank; die Vorstellung, vom Geist des alten Noakes verfolgt zu werden, würde Peter nicht sonderlich stören. ». . . denn weißt du, wenn ich mich je einmischen sollte«, sagte die Herzogin, »würde man mich lieber gleich in die Sterbekammer legen, wie den armen Agag – ich meine natürlich nicht den biblischen, sondern den Vorgänger von Ahasverus, das war ein blauer Perserkater – und warum das nicht jeder dürfen soll, wenn ihm danach ist, weiß ich nicht, wenn sie doch alt und krank werden und sich selbst lästig sind – aber ich hatte Angst, du könntest das ein wenig beunruhigend finden, wenn es zum erstenmal passierte, darum habe ich es erwähnt . . . obwohl ja das Verheiratetsein alles ändern kann und es vielleicht überhaupt nie mehr vorkommt . . . Ja, das ist Rockingham – einer der guten Entwürfe – die meisten davon sind so billig in den Farben, aber das ist eine Landschaft von Brameld ... Man würde sich nicht vorstellen, daß einer, der soviel redet, in Wirklichkeit so unnahbar sein könnte, aber ich sage mir immer, das ist diese dumme Angewohnheit, stets so zu tun, als ob man keine Schwächen hätte – so dumm, weil wir doch alle welche haben, nur mein Mann wollte davon nie etwas wissen ... Also, ist diese Vase nicht ulkig? ... Daß es Derby ist, sieht man an der Glasur, aber die Bemalung ist von Lady Sarah Wimsey, die in die Severn-und-Thames-Familie geheiratet hat – es ist ein Gruppenbild von ihr und ihrem Bruder und ihrem kleinen Hündchen, und man erkennt sogar noch diesen komischen kleinen Tempel – das ist der unten am See ... Sie haben für gewöhnlich das weiße Porzellan verkauft, an Amateurkünstler, und dann ging es zum Brennen zurück in die Fabrik. Eine sensible Arbeit, nicht? Die Wimseys sind in Sachen Malerei und Musik entweder sehr sensibel oder überhaupt nicht.«

Sie legte den Kopf schief und sah mit leuchtenden braunen Augen, wie Vogelaugen, über den Rand der Vase zu Harriet auf.

»Ich hatte es mir schon so ungefähr gedacht«, kam Harriet auf das zurück, was die Herzogin eigentlich gesagt hatte. »Ich weiß noch, wie wir einmal, nachdem er gerade einen Fall abgeschlossen hatte, zum Essen ausgegangen sind und er mir regelrecht krank vorkam.«

»Weißt du, er mag keine Verantwortung tragen«, sagte die Herzogin, »und der Krieg mit all diesem Drum und Dran war für solche Menschen schlecht ... Es hat anderthalb Jahre gedauert ... wobei ich nicht einmal glaube, daß er es dir je erzählen wird, oder wenn er es tut, wirst du wissen, daß er geheilt ist ... Ich meine damit nicht, daß er den Verstand verloren hatte oder so etwas, und er hat es rührend nett getragen, nur daß er so furchtbare Angst vor dem Zubettgehen hatte ... und er konnte einfach keine Befehle erteilen, nicht einmal dem Personal, was dem Ärmsten das Leben sehr erschwerte! ... Ich glaube, wenn man fast vier Jahre lang Leuten befohlen hat, hinzugehen und sich in die Luft jagen zu lassen, gibt einem das – wie nennt man das heutzutage? – Sperrungen oder Zerrungen, jedenfalls etwas mit den Nerven ... Du brauchst nicht dazusitzen und die Teekanne festzuhalten, Liebes – gib sie mir, ich stelle sie zurück ... Aber ich rede jetzt eigentlich ins Blaue hinein, weil ich nicht *weiß*, wie er mit diesen Dingen heute fertig wird, und ich glaube nicht, daß irgendwer es weiß, außer Bunter – und wenn man bedenkt, wieviel wir Bunter zu verdanken haben, hätte Ahasverus sich eigentlich etwas Besseres einfallen lassen sollen, als ihn so zu kratzen. Ich hoffe übrigens nicht, daß Bunter sich schwierig stellt oder irgendwas.«

»Er ist das reinste Wunder – und unvorstellbar taktvoll.«

»Na, das ist aber wirklich nett von ihm«, sagte die Herzogin ehrlich, »denn manchmal *sind* diese anhänglichen Menschen schwierig ... und wenn man bedenkt, daß man, wenn überhaupt, dann höchstens von Bunter behaupten kann, daß er Peter wieder auf die Beine gebracht hat, müßte man ihm sogar einiges nachsehen.«

Harriet bat, mehr über Bunter zu erfahren.

»Nun«, begann die Herzogin, »vor dem Krieg stand er bei Sir John Sanderton in Diensten, und *im* Krieg war er in Peters Einheit ... zuletzt als Sergeant oder so etwas ... aber sie gerieten jedenfalls in – wie heißt dieses Modewort dafür? – Bredouille, nicht? – ja, sie gerieten also zusammen in eine Bredouille und lernten sich dabei sehr schätzen ... und da hat Peter Bunter versprochen, wenn sie beide lebend aus dem Krieg zurückkämen, solle Bunter zu ihm kommen ... Und im Januar 1919 war es, glaube ich – ja, da war es, denn ich weiß noch, daß es ein entsetzlich kalter Tag war – da tauchte Bunter plötzlich hier auf und sagte, er habe sich davongestohlen ...«

»Das hat Bunter *nie* gesagt, Herzogin!«

»Nein, meine Liebe, das ist nur meine ordinäre Art, es auszudrücken. Er sagte, es sei ihm gelungen, seinen Abschied zu erhalten, und er sei sofort gekommen, um die Stelle anzutreten, die Peter ihm versprochen habe. Tja, meine Liebe, und zufällig war das gerade einer von Peters schlimmsten Tagen, wo er nur dasitzen und zittern konnte ... Mir gefiel der Mann vom Ansehen, und da habe ich gesagt: ›Bitte, Sie können es versuchen, aber ich glaube nicht, daß er in der Lage sein wird, sich so oder so zu entscheiden.‹ Ich habe also Bunter zu ihm geführt, und es war ganz dunkel im Zimmer, denn Peter hatte, wie ich glaube, nicht einmal die Willenskraft gehabt, das Licht einzuschalten ... er mußte also fragen, wer da war. Bunter sagte: ›Sergeant Bunter, Mylord, meldet sich zum Dienstantritt bei Eurer Lordschaft, wie vereinbart‹ – und schon schaltete er das Licht ein, zog die Vorhänge vor und nahm von diesem Moment an die Dinge in die Hand. Ich glaube, er hat das so gut gemacht, daß Peter monatelang keine Befehle mehr zu geben brauchte, nicht einmal um ein Sodasiphon gereicht zu bekommen ... Er hat diese Wohnung gefunden und Peter nach London gebracht und alles getan ... Ich kann mich noch erinnern – hoffentlich langweile ich dich nicht mit Bunter, meine Liebe, aber es war wirklich sehr rührend – einmal war ich morgens früh in die Stadt gekommen und schaute bei ihm rein. Bunter brachte Peter gerade das Frühstück ... er stand damals immer sehr spät auf, weil er doch so schlecht schlief ... und Bunter kam mit einem Teller in der Hand heraus und sagte: ›Oh, Euer Gnaden! Seine Lordschaft hat soeben zu mir gesagt, ich soll diese dämlichen Eier wegnehmen und ihm Würstchen bringen.‹ ... Er war so überwältigt, daß er den heißen Teller auf den Wohnzimmertisch stellte und die ganze Politur ruinierte ... Seit diesen Würstchen«, schloß die Herzogin triumphierend, »hat Peter, wie ich glaube, nie mehr zurückgeschaut!«

Harriet dankte ihrer Schwiegermutter für diese Erklärungen. »Wenn es einmal zu einer Krise kommt«, sagte sie, »zum Beispiel wenn die Gerichtsverhandlung näherrückt, werde ich Bunters Rat einholen. Jedenfalls bin ich Ihnen sehr dankbar für die Warnung. Ich verspreche, daß ich nicht die besorgte Ehefrau spielen werde – das wäre wahrscheinlich das Letzte, was noch fehlte.«

»Übrigens«, sagte Peter am nächsten Morgen, »es tut mir ja entsetzlich leid, aber könntest du es möglicherweise ertragen, dich in die Kirche schleppen zu lassen? ... Ich meine, es würde gewissermaßen gut ankommen, wenn wir uns auf der Familienbank blicken ließen ... das gibt den Leuten etwas, worüber sie reden können und so weiter. Natürlich nicht, wenn du dich dabei *absolut* wie der heilige Dingsda auf dem Scheiterhaufen fühlst – ganz heiß, und die Ränder fangen an, sich langsam zu kräuseln – nein, nur wenn es eine halbwegs erträgliche Marter ist, wie der Pranger oder Stock.«

»Natürlich komme ich mit in die Kirche.«

Es war trotzdem ein eigenartiges Gefühl, so sittsam mit Peter unten in der Halle zu stehen und darauf zu warten, daß einen die Schwiegermutter in die Kirche führte. Es machte einen vor allem so viele Jahre jünger. Die Herzogin zog sich im Herunterkommen die Handschuhe an, genau wie früher die eigene Mutter, und sagte: »Vergeßt nicht, Kinder, daß heute Kollekte ist«, während sie ihrem Sohn die Gebetbücher zum Tragen gab.

»Ach ja!« sagte die Herzogin. »Und der Herr Pfarrer hat ausrichten lassen, daß sein Asthma wieder recht schlimm und der Substitut nicht da ist; und da Gerald auch nicht hier ist, wäre er dir sehr dankbar, wenn du die Lesung übernähmst.«

Peter antwortete liebenswürdig, das wolle er tun, nur hoffe er, daß es nichts mit Jakob zu tun habe, dessen Persönlichkeit er irritierend finde.

»Nein, Lieber; ein hübsch trübsinniges Stückchen aus

Jeremia. Du machst das soviel besser als Mr. Jones, denn auf Polypen habe ich immer gut geachtet und dafür gesorgt, daß du durch die Nase atmetest. Wir nehmen unterwegs noch Vetter Matthew mit.«

Die kleine Kirche war überfüllt. »Gutes Haus« , sagte Peter, während er vom Portal aus die Gemeinde überblickte. »Und ich stelle fest, daß die Pfefferminzsaison begonnen hat.« Er nahm seinen Hut ab und folgte seinem weiblichen Anhang mit unnatürlicher Schicklichkeit das Kirchenschiff hinauf.

». . . Welt ohne Ende, Amen.«

Die Gemeinde nahm unter Bänkeknarren und Füßescharren Platz, um beifällig Seiner Lordschaft Vortrag jüdischer Weissagung zu lauschen. Peter hantierte mit den rotseidenen Lesezeichen, sah sich im Kirchenschiff um, wartete, bis er die Aufmerksamkeit auch der hinteren Bänke besaß, faßte den bronzenen Adler fest an beiden Schwingen, öffnete den Mund und hielt inne, um sein Monokel drohend auf einen kleinen Jungen zu richten, der unmittelbar unterhalb des Chorpults saß.

»Ist das Willy Blodgett?«

Willy Blodgett erstarrte zu Stein.

»Kneif mir nur ja nicht noch einmal deine Schwester. Das ist keine Art.«

»Da, siehst du«, flüsterte Willy Blodgetts Mutter vernehmlich. »Sitz still! Ich muß sagen, daß ich mich für dich schäme.«

»Hier beginnet das fünfte Kapitel im Buche des Propheten Jeremia.

Gehet durch die Gassen zu Jerusalem, und schauet, und erfahret, und sucht auf ihrer Straße, ob ihr jemand findet, der recht thue . . .«

(O ja! Frank Crutchley im Ortsgefängnis – ob er sich jetzt auch diese Frage stellte? Oder brauchte man dem Gottesdienst nicht beizuwohnen, solange man nicht abgeurteilt war?)

»Darum wird sie auch der Löwe, der aus dem Walde kommt, zerreißen, und der Wolf aus der Wüste wird sie verderben, und der Pardel wird um ihre Städte lauern ...«

(Peter schien an diesem Zoo so recht seinen Spaß zu haben. Harriet bemerkte, daß zum Sprung geduckte Katzen statt der gewohnten Mohnkapseln die Familienbank zierten, zweifellos zu Ehren des Wimseyschen Wappens. Am Ostende des Südschiffs befand sich eine Votivkapelle mit Grabstätten unter Baldachinen. Sicher auch wieder Wimseys ...)

»Höret zu, ihr tolles Volk, das keinen Verstand hat, die da Augen haben, und nicht sehen ...«

(Sich vorzustellen, wie sie alle zugeschaut hatten, als diese Kaktusschale abgewaschen wurde! ... Der Leser, von solchen Gedankenverbindungen unbeirrt, war schon unbekümmert zum nächsten Vers übergegangen, dem aufregenden von den tobenden Wellen.)

»Denn man findet unter meinem Volk Gottlose, die den Leuten nachstellen, und Fallen zurichten, sie zu fahen ...«

(Harriet sah auf. Hatte sie sich dieses kurze Stocken nur eingebildet? Peters Blick war fest auf das Buch geheftet.)

»... und mein Volk hat's gern also. Wie will es euch zuletzt drob gehen?

Hiermit endet die erste Lesung.«

»Sehr gut vorgetragen«, sagte Mr. Wimsey, wobei er sich an Harriet vorbeilehnte; »ausgezeichnet. Ich verstehe immer jedes Wort, das du sprichst.«

Peter flüsterte in Harriets Ohr:

»Du solltest mal Gerald hören, wenn er von den Hevitern und Pheresitern und Girgasitern anfängt.«

Als das Te Deum einsetzte, dachte Harriet wieder an Paggleham und fragte sich, ob Miss Twitterton wohl den Mut gefunden hatte, auf der Orgel zu begleiten.

III

Talboys: Himmelskrone

So werd ich warten, wachen durch die Nacht
Bis wieder scheint der neue Tag
Wann wir die Glocken schlagen hören acht
Nicht aber mehr den neunten Schlag.

A. E. HOUSMAN: A SHROPSHIRE LAD

Nach der Anhörung vor dem Magistratsgericht waren sie frei bis zum Beginn des Prozesses vor dem Assisengericht, und so verbrachten sie den Rest ihrer Flitterwochen doch noch in Spanien.

Die Herzoginwitwe schrieb, daß die Möbel vom Schloß nach Talboys geschickt worden und die Gipser und Anstreicher mit der Arbeit fertig seien. Die Arbeiten am neuen Bad lasse man besser bis zum Ende der Frostperiode ruhen. Das Haus sei jedoch bewohnbar.

Und Harriet schrieb zurück, daß sie rechtzeitig zum Prozeß zurückkommen würden, und nie sei eine Ehe glücklicher gewesen als die ihre – nur daß Peter wieder träume.

Sir Impey Biggs beim Kreuzverhör:

»Und Sie verlangen allen Ernstes von den Geschworenen, zu glauben, daß dieser raffinierte Mechanismus zwischen zwanzig nach sechs und neun Uhr von dem Verstorbenen nicht bemerkt wurde?«

»Ich verlange gar nichts. Ich habe den Mechanismus nur so beschrieben, wie wir ihn konstruiert haben.«

Dann der Richter:

»Der Zeuge kann sich nur zu den ihm bekannten Tatsachen äußern, Sir Impey.«

»Sehr wohl, Mylord.«

Die Pointe war angebracht – der Eindruck erweckt, daß der Zeuge wohl nicht ganz ernst zu nehmen sei ...

»Nun zu dieser Todesfalle, die Sie dem Angeklagten gestellt haben ...«

»Soweit ich den Zeugen verstanden habe, wurde die Falle im Zuge eines Experiments aufgebaut, und der Angeklagte kam unerwartet dazu und löste sie aus, bevor er gewarnt werden konnte.«

»So ist es, Mylord.«

»Ich bin Eurer Lordschaft sehr verbunden ... Wie wirkte die versehentliche Auslösung des Todesmechanismus auf den Angeklagten?«

»Er schien sehr erschrocken zu sein.«

»Das glauben wir gern. Auch erstaunt?«

»Ja.«

»War er unter dem Einfluß dieses sehr verständlichen Erstaunens und Erschreckens in der Lage, ruhig und überlegt zu sprechen?«

»Er war alles andere als ruhig und überlegt.«

»Meinen Sie, daß er überhaupt wußte, was er sagte?«

»Das kann ich kaum beurteilen. Er war sehr erregt.«

»Würden Sie so weit gehen und sein Gebaren als Raserei bezeichnen?«

»Ja; das ist eine sehr zutreffende Beschreibung.«

»War er von Sinnen vor Schrecken?«

»Das zu sagen bin ich nicht befähigt.«

»Nun, Lord Peter, Sie haben uns sehr genau geschildert, daß dieses Todespendel sich am niedrigsten Punkt seiner Bahn noch mindestens einen Meter achtzig hoch über dem Boden befand, nicht wahr?«

»So ist es.«

»Wer kleiner als einsachtzig ist, hätte also nichts von ihm zu fürchten?«

»Sehr richtig.«

»Wir haben vernommen, daß der Angeklagte einen Meter achtundsiebzig groß ist. Er war folglich zu keinem Zeitpunkt durch das Pendel in Lebensgefahr?«

»Nicht im allermindesten.«

»Wenn der Angeklagte selbst den Topf und die Kette so angeordnet hätte, wie es die Anklage ja behauptet, so hätte niemand besser als er gewußt, daß der Mechanismus ihm nichts anhaben konnte?«

»In diesem Falle müßte er das sicher gewußt haben.«

»Trotzdem war er sehr erschrocken?«

»Allerdings, er war sehr erschrocken.«

Ein präziser und neutraler Zeuge.

Agnes Twitterton, eine aufgeregte und gehässige Zeugin, deren sehr offenkundige Wut auf den Angeklagten ihm eher nützte als schadete. Dr. James Craven, ein sehr sachverständiger Zeuge. Martha Ruddle, eine redselige und weitschweifige Zeugin. Thomas Puffett, ein überlegter, prägnanter Zeuge. Hochwürden Simon Goodacre, ein widerstrebender Zeuge. Lady Peter Wimsey, eine sehr ruhige Zeugin. Mervyn Bunter, ein respektvoller Zeuge. Konstabler Jospeh Sellon, ein wortkarger Zeuge. Polizeidirektor Kirk, ein von Amts wegen unparteiischer Zeuge. Ein fremder Eisenwarenhändler aus Clerkenwell, der dem Angeklagten Bleischrot und eine Eisenkette verkauft hatte – ein vernichtender Zeuge.

Dann der Angeklagte selbst als Zeuge zu seiner eigenen Verteidigung: wahrhaftig ein sehr schlechter Zeuge, abwechselnd mürrisch und unverschämt.

Sir Impey Biggs, ein wortgewaltiger Fürsprecher des Angeklagten – »dieser fleißige und strebsame junge Mann«; Anspielungen auf Vorurteile – »eine Dame, die einen gewissen Grund haben mag, sich schlecht behandelt zu fühlen«; nachsichtige Skepsis hinsichtlich des Tötungsinstruments, so »malerisch konstruiert von einem Herrn, der für seinen Erfindungsreichtum bekannt ist«; aufrichtig empört ob der Schlußfolgerungen aus den »unüberlegt geäußerten Worten eines zu Tode geängstigten Menschen«; sehr verwundert darüber, in den Beweisanträgen der Anklage »nicht den Hauch eines eindeutigen Beweises« zu finden; eindringlich beschwörend in seinem Appell an die Geschworenen, ein so junges und kostbares Leben nicht aufgrund von Indizien zu opfern, die auf so tönernen Füßen ständen.

Dann der Anklagevertreter, der die von Sir Impey so gekonnt durcheinandergebrachten Fäden der Beweisführung wieder zusammenklaubte und einen Strick so dick wie ein Ankertau daraus drehte.

Der Richter, der das Seil wieder aufknotete, um den Geschworenen genau zu zeigen, wo die Stärke einer jeden einzelnen Faser lag, und ihnen das Material säuberlich sortiert zu übergeben.

Die Geschworenen, eine Stunde abwesend.

Sir Impey Biggs kam herüber. »Wenn die so lange brauchen, sprechen sie ihn womöglich trotz seines Benehmens noch frei.«

»Sie hätten ihn nicht als Zeugen auftreten lassen sollen.«

»Wir haben ihm auch davon abgeraten. Er kam sich wohl ganz groß vor.«

»Da kommen sie.«

»Meine Damen und Herren Geschworenen, sind Sie zu einem Spruch gekommen?«

»Ja.«

»Finden Sie den Angeklagten schuldig oder nicht schuldig des Mordes an William Noakes?«

»Schuldig.«

»Sie nennen den Angeklagten schuldig. Sind Sie einmütig zu diesem Schluß gelangt?«

»Ja.«

»Angeklagter, Sie wurden des Mordes angeklagt und haben sich der Gerichtsbarkeit dieses Landes unterstellt. Das Land spricht Sie schuldig. Haben Sie Umstände vorzubringen, die einem dem Gesetz entsprechenden Todesurteil gegen Sie im Wege stehen?«

»Ich sage nur, daß ich auf euch alle pfeife! Ihr könnt mir überhaupt nichts beweisen. Seine Lordschaft ist ein reicher Mann und hat was gegen mich – er und Aggie Twitterton.«

»Angeklagter, die Geschworenen haben Sie nach sorgfältiger und geduldiger Anhörung des Mordes schuldig befunden. Ich schließe mich diesem Spruch voll an. Das Urteil des Gerichts gegen Sie lautet, daß Sie von hier zu dem Ort zurückgebracht werden, von dem Sie gekommen sind, und von dort zu einer Hinrichtungsstätte, und dort sollen Sie am Halse aufgehängt werden, bis daß Sie tot sind, und Ihr Leichnam soll auf dem Gelände desjenigen Gefängnisses beigesetzt werden, wo Sie zuletzt in Haft gehalten wurden, und möge der Herr Ihrer Seele gnädig sein.«

»Amen.«

Einer der bewunderswertesten Züge der englischen Justiz soll ihre Schnelligkeit sein. Man wird so bald als möglich nach seiner Verhaftung vor Gericht gestellt, der Prozeß dauert höchstens drei bis vier Tage, und nach seiner Aburteilung wird man (sofern man nicht Berufung einlegt) binnen drei Wochen hingerichtet.

Crutchley weigerte sich, Berufung einzulegen, und zog es statt dessen vor, zu sagen, daß er es getan habe, daß er es auch wieder tun würde, und nun sollten die Dinge ihren Lauf nehmen, ihm sei es sowieso egal.

Harriet durfte infolgedessen zu dem Schluß gelangen,

daß drei Wochen des Wartens die schlimmste Zeit im Leben waren. Ein Verurteilter sollte unmittelbar am Morgen nach seiner Verurteilung hingerichtet werden, wie nach einem Kriegsgerichtsverfahren, so daß man das ganze Elend auf einen Sitz hinter sich bringen könne. Oder die Geschichte sollte sich über Monate oder Jahre hinziehen können, wie in Amerika, bis man ihrer so müde war, daß alle Gefühle in einem erstarben.

Das Schlimmste an diesen drei Wochen, fand sie, war Peters entschiedene Freundlichkeit und Fröhlichkeit. Wann immer er sich nicht gerade im Grafschaftsgefängnis befand, um sich geduldig zu erkundigen, ob er irgend etwas für den Gefangenen tun könne, war er in Talboys, die Rücksichtnahme in Person, bewunderte Hauseinrichtung und Möbel oder stellte sich seiner Frau zu Fahrten durch die Gegend auf der Suche nach vermißten Schornsteinaufsätzen oder anderen Dingen von Interesse zur Verfügung. Diese herzzerreißende Höflichkeit wurde unterstrichen von Episoden verlangender, verzehrender Leidenschaft, die sie nicht nur durch ihre rückhaltlose Selbstaufgabe erschreckten, sondern vor allem dadurch, daß sie augenscheinlich automatisch und nahezu unpersönlich waren. Sie war froh darum, weil er danach immer schlief wie betäubt, aber jeder neue Tag sah ihn nur noch fester verschanzt hinter irgendeinem Schutzwall, und sie selbst war für ihn immer weniger ein eigener Mensch. In seiner gegenwärtigen Stimmung hatte sie das unglückliche Gefühl, daß ihm fast jede Frau genügt hätte.

Sie war der Herzogin, die sie davor gewarnt und somit bis zu einem gewissen Grade gewappnet hatte, unsäglich dankbar. Sie fragte sich, ob ihre eigene Entscheidung, »nicht die besorgte Ehefrau zu spielen«, klug gewesen war. Sie schrieb der Herzogin und bat sie um Rat. Deren Antwort, die sich über eine ganze Reihe von Themen erstreckte, lautete kurzgefaßt: »Laß ihn seinen eigenen Weg da heraus finden.« In einem Postscriptum ergänzte sie:

»Noch eines, meine Liebe – *er ist noch da,* und das ist sehr ermutigend. Es ist so leicht für einen Mann, einfach woanders zu sein.«

Etwa eine Woche vor der Hinrichtung kam Mrs. Goodacre im Zustand höchster Erregung an. »Dieser elende Crutchley!« sagte sie. »Ich *wußte* doch, daß er Polly Mason in Schwierigkeiten bringen würde, und das *hat* er. Und was nun? Selbst wenn er die Erlaubnis bekäme, sie noch zu heiraten, und es auch wollte – und ich glaube nicht, daß ihm für einen Pfifferling an dem Mädchen liegt –, wäre es dann eigentlich besser für das Kind, keinen Vater zu haben oder einen, der wegen Mordes gehängt wurde? *Ich* weiß es jedenfalls nicht! Sogar Simon weiß es nicht – obwohl er natürlich sagt, er solle sie heiraten. Ich wüßte nicht, warum er es nicht tun sollte – für ihn ändert es ja nicht mehr das allermindeste. Aber jetzt will ja auch das Mädchen nicht mehr – sie sagt, sie will nicht mit einem Mörder verheiratet sein, und das kann ich ihr bestimmt nicht verdenken. Ihre Mutter ist natürlich außer sich. Sie hätte Polly eben zu Hause behalten oder in eine gute Stellung schicken sollen – ich habe ihr gesagt, daß sie viel zu jung sei, um in dieser Tuchhandlung in Pagford zu arbeiten, und so *gar* nicht gefestigt, aber es ist natürlich jetzt zu spät, das zu sagen.«

Peter fragte, ob Crutchley etwas von dieser Entwicklung wisse.

»Das Mädchen sagt nein . . . Und – ach du meine Güte!« rief Mrs. Goodacre, der mit einemmal eine ganze Reihe von Möglichkeiten aufging. »Man stelle sich vor, der alte Noakes hätte sein Geld gar nicht verloren und man wäre Crutchley nicht auf die Schliche gekommen, was wäre dann aus Polly geworden? Er wollte ja dieses Geld auf Biegen und Brechen haben . . . also, wenn Sie mich fragen, liebe Lady Peter, ist Polly knapper davongekommen, als sie sich träumen läßt.«

»Nun, dazu wäre es vielleicht nicht gekommen«, sagte Harriet.

»Vielleicht nicht, aber ein unentdeckter Mord führt zu weiteren. Darum geht es jedoch jetzt nicht. Es geht darum, was mit dem Baby geschehen soll, das da unterwegs ist.«

Peter sagte, er finde, man müsse Crutchley auf jeden Fall Bescheid sagen. Er halte es für nicht mehr als fair, dem Mann die Chance zu geben, sein Möglichstes zu tun. Er bot sich an, mit Mrs. Mason zum Gefängnisdirektor zu gehen. Mrs. Goodacre sagte, das sei sehr freundlich von ihm.

Harriet, die Mrs. Goodacre den Gartenweg hinunter bis zum Tor begleitete, sagte, es werde ihrem Mann guttun, etwas Konkretes für Crutchley unternehmen zu können; er nehme es sehr schwer.

»Das glaube ich gern«, sagte Mrs. Goodacre. »Man sieht ihm an, daß er so einer ist. Simon ist ja genauso, wenn er einmal mit jemandem streng sein muß. Aber so sind die Männer. Sie wollen immer, daß etwas geschieht, aber dann gefallen ihnen natürlich die Konsequenzen nicht. Die Ärmsten, sie können nichts dafür. Sie können nun einmal nicht logisch denken.«

Peter berichtete am Abend, daß Crutchley sehr wütend gewesen sei und es kategorisch abgelehnt habe, mit Polly oder irgendeinem anderen verdammten Frauenzimmer noch etwas zu tun zu haben. Er habe sich sogar rundheraus geweigert, mit Mrs. Mason oder Peter oder wem auch immer zu sprechen, und zum Gefängnisdirektor habe er gesagt, er solle ihn gefälligst in Ruhe lassen. Peter begann sich jetzt darüber den Kopf zu zerbrechen, was man denn für das Mädchen tun könne. Harriet ließ ihn allein mit diesem Problem ringen (das wenigstens den Vorzug hatte, praktischer Art zu sein) und sagte dann:

»Könntest du damit nicht Miss Climpson beauftragen?

Sie mit all ihren hochkirchlichen Beziehungen müßte doch in der Lage sein, irgendwo von einer geeigneten Stelle zu hören. Ich habe das Mädchen besucht, und sie macht auf mich wirklich keinen schlechten Eindruck. Und du könntest mit Geld helfen und dergleichen.«

Er schaute sie an, als sähe er sie zum erstenmal seit vierzehn Tagen.

»Aber ja, natürlich. Ich scheine an Gehirnerweichung zu leiden. Miss Climpson ist doch die Person, die sich geradezu anbietet. Ich schreibe ihr sofort.«

Er holte Papier und Feder, schrieb die Adresse und »Liebe Miss Climpson« und saß dann mit leerem Blick da, die Feder in der Hand.

»Paß mal auf – ich glaube, das kannst du besser schreiben als ich. Du hast das Mädchen kennengelernt. Du kannst alles erklären ... O Gott, ich bin so müde!«

Das war der erste Riß im Schutzwall.

Den letzten Versuch, mit Crutchley zu sprechen, unternahm er am Abend vor der Hinrichtung. Er war mit einem Brief von Miss Climpson bewaffnet, der die Grundzüge einer ganz ausgezeichneten und vernünftigen Regelung für Polly Mason enthielt.

»Ich weiß nicht, wann ich zurück sein werde«, sagte er. »Du brauchst für mich nicht aufzubleiben.«

»O Peter –«

»Ich sage, du sollst um Gottes willen nicht für mich aufbleiben.«

»Gut, Peter.«

Harriet ging auf die Suche nach Bunter und fand ihn beim Wagen, den er von der vorderen bis zur hinteren Stoßstange polierte.

»Nimmt Seine Lordschaft Sie mit?«

»Ich weiß es nicht, Mylady. Ich habe noch keine Instruktionen erhalten.«

»Versuchen Sie mitzufahren.«

»Ich werde mein Möglichstes tun, Mylady.«

»Bunter – wie läuft das für gewöhnlich ab?«

»Das kommt darauf an, Mylady. Wenn der Verurteilte imstande ist, eine freundliche Haltung einzunehmen, ist es für alle Beteiligten weniger schmerzlich. Andererseits habe ich schon erlebt, daß wir das nächste Schiff oder Flugzeug in ein weit entferntes Land genommen haben. Aber da waren die Umstände natürlich andere.«

»Ja. Bunter, Seine Lordschaft hat ausdrücklich gesagt, er wünsche nicht, daß ich für ihn aufbleibe. Aber wenn er heute nacht wiederkommt und nicht ... wenn er sehr unruhig sein sollte ...« Irgendwie schien dieser Satz nicht richtig zu enden. Harriet begann von vorn. »Ich werde nach oben gehen, aber ich kann mir unmöglich vorstellen, wie ich schlafen soll. Ich werde in meinem Zimmer am Feuer sitzen.«

»Sehr wohl, Mylady.«

Ihre Blicke trafen sich, und sie verstanden sich vollkommen.

Der Wagen wurde vor die Haustür gebracht.

»Gut, Bunter. Das genügt.«

»Werden Eure Lordschaft meine Dienste nicht benötigen?«

»Offensichtlich nicht. Sie können doch Ihre Ladyschaft nicht allein im Haus zurücklassen.«

»Ihre Ladyschaft war so freundlich, mir die Erlaubnis zu geben.«

»Oh!«

Eine Pause, in der Harriet, die auf der Veranda stand, Zeit zum Denken hatte: Wenn er mich nun fragt, ob ich mir einbilde, er brauche einen Aufpasser?

Dann Bunters Stimme, genau im richtigen Ton würdevollen Gekränktseins:

»Ich hatte angenommen, Eure Lordschaft würden meine Begleitung wünschen wie gewöhnlich.«

»Aha. Na schön. Springen Sie rein.«

Das alte Haus war Harriets Wachgefährte. Es wartete mit ihr, nachdem seine bösen Geister gebannt waren und es selbst gekehrt und geschmückt war, bereit für den Besuch eines Teufels oder Engels.

Es war zwei Uhr vorbei, als sie den Wagen zurückkommen hörte. Schritte erschollen auf dem Kiesweg, die Tür ging auf und zu, kurzes Stimmengemurmel – dann Stille. Dann, ohne daß auch nur das leiseste Füßescharren auf der Treppe zu hören gewesen wäre, plötzlich Bunters leises Klopfen an der kleinen Tür.

»Ja, Bunter?«

»Es wurde alles getan, was getan werden konnte, Mylady.« Sie sprachen mit gedämpften Stimmen, als ob der Verurteilte schon tot sei. »Es hat recht lange gedauert, bevor er überhaupt bereit war, Seine Lordschaft zu sprechen. Zuletzt hat ihn der Gefängnisdirektor überredet, und Seine Lordschaft konnte ihm die Botschaft überbringen und ihm die für die Zukunft der jungen Frau getroffenen Regelungen auseinandersetzen. Ich bekam den Eindruck, daß er für die Angelegenheit sehr wenig Interesse aufbrachte; man hat mir dort gesagt, daß er auch weiterhin mürrisch und halsstarrig gewesen sei. Seine Lordschaft kam sehr betroffen zurück. Es ist unter solchen Umständen seine Gewohnheit, den Verurteilten um Verzeihung zu bitten. Sein Gebaren läßt nicht darauf schließen, daß er sie erhalten hat.«

»Sind Sie sofort zurückgekommen?«

»Nein, Mylady. Nachdem wir das Gefängnis verlassen hatten, ist Seine Lordschaft in westlicher Richtung gefahren, sehr schnell, etwa fünfzig Meilen weit. Das ist nicht ungewöhnlich; ich habe schon häufig erlebt, daß er die ganze Nacht fuhr. Dann hat er plötzlich an einer Straßenkreuzung angehalten und ein paar Minuten gewartet, als ringe er um eine Entscheidung, hat dann gewendet und ist geradewegs hierher zurückgekommen, wobei er noch schneller fuhr. Als wir hier ankamen, zitterte er sehr heftig, aber er lehnte es strikt ab, etwas zu essen oder zu trinken. Da er sagte, er könne nicht schlafen, habe ich im Wohnzimmer für ein gutes Feuer gesorgt. Als ich ihn verließ, saß er auf dem Sofa. Ich bin über die Hintertreppe heraufgekommen, Mylady, weil mir schien, er möchte nicht das Gefühl haben, daß Sie sich Sorgen um ihn machen.«

»Ganz recht, Bunter – darüber bin ich froh. Wo kann man Sie erreichen?«

»Ich werde in der Küche bleiben, Mylady, in Rufweite. Seine Lordschaft wird mich wahrscheinlich nicht brauchen, aber sollte das doch der Fall sein, so würde er mich in der Nähe finden, weil ich mir gerade zufällig einen Abendimbiß mache.«

»Eine ausgezeichnete Idee. Ich nehme an, Seine Lordschaft möchte lieber allein bleiben, aber sollte er nach mir fragen – um Himmels willen aber nur dann –, sagen Sie ihm bitte –«

»Ja, Mylady?«

»Sagen Sie ihm dann, in meinem Zimmer sei noch Licht, und Sie hätten den Eindruck, daß ich mir Gedanken um Crutchley mache.«

»Sehr wohl, Mylady. Wünschen Eure Ladyschaft, daß ich Ihnen eine Tasse Tee bringe?«

»Oh, danke, Bunter. Ja, sehr gern.«

Als der Tee kam, trank sie ihn durstig, dann saß sie da und lauschte. Alles war still, nur die Kirchenuhr schlug die Viertelstunden; doch als sie einmal ins Nebenzimmer ging, hörte sie ganz von fern ruhelose Schritte von unten.

Sie ging zurück und wartete. Sie konnte nur eines denken, und das wieder und wieder: Ich darf nicht zu ihm gehen; er muß zu mir kommen. Wenn er mich jetzt nicht will, habe ich versagt, und dieses Versagen wird uns durch unser ganzes Leben begleiten. Aber die Entscheidung muß von ihm kommen, nicht von mir. Ich kann sie nur akzeptieren. Ich muß Geduld haben. Was immer geschieht, ich darf nicht zu ihm gehen.

Nach der Kirchenuhr war es vier, als sie den Ton hörte, auf den sie gewartet hatte: Die Tür am Fuß der Treppe knarrte. Ein paar Sekunden lang geschah noch nichts, und sie dachte schon, er habe es sich wieder anders überlegt. Sie hielt den Atem an, bis sie die Schritte langsam und zögernd heraufkommen und ins Nebenzimmer gehen hörte. Sie fürchtete, dort könnten sie enden, doch diesmal kam er geradewegs weiter und stieß die Tür auf, die sie nur angelehnt gelassen hatte.

»Harriet . . .«

»Komm herein, Lieber.«

Er kam und blieb neben ihr stehen, stumm und zitternd. Sie streckte ihm die Hand entgegen, und er griff rasch danach und legte seine andere Hand unsicher tastend auf ihre Schulter.

»Du frierst ja, Peter. Komm näher ans Feuer.«

»Das ist nicht die Kälte«, sagte er , halb zornig, »es sind meine elenden Nerven. Ich kann nichts dafür. Ich glaube, ich war seit dem Krieg nie mehr richtig in Ordnung. Wie ich es hasse, mich so zu benehmen! Ich habe versucht, allein damit fertig zu werden.«

»Aber warum solltest du das?«

»Es ist diese verdammte Warterei, bis sie endlich damit fertig . . .«

»Ich weiß. Ich konnte ja auch nicht schlafen.«

Er stand da und hielt mechanisch die Hände ans Feuer, bis er wenigstens das Klappern seiner Zähne unter Kontrolle hatte.

»Es ist auch für dich entsetzlich. Entschuldige. Das hatte ich ganz vergessen. Es klingt idiotisch. Aber ich war doch immer allein.«

»Natürlich. Ich bin doch auch so. Am liebsten verkrieche ich mich in eine Ecke.«

»Ja«, sagte er, und ein Hauch seiner selbst schimmerte flüchtig durch. »Und du bist meine Ecke, und ich bin gekommen, um mich zu verkriechen.«

»Ja, mein Liebster.«

(Und die Trompeten erschollen für sie auf der andern Seite.)

»Es ist nicht so schlimm, wie es hätte sein können. Am schlimmsten ist es, wenn sie nicht gestanden haben und man sich die ganze Beweisführung noch einmal durch den Kopf gehen läßt und sich fragt, ob man sich am Ende nicht doch geirrt hat. Und manchmal sind sie so verdammt anständig zu einem . . .«

»Wie war denn Crutchley?«

»Er scheint sich um niemanden zu scheren und nichts zu bereuen, höchstens daß es ihm nicht geglückt ist. Er haßt den alten Noakes noch genauso wie an dem Tag, an dem er ihn umgebracht hat. Polly interessierte ihn überhaupt nicht – er sagte nur, sie sei eine dumme Gans und ein Luder, und ich sei noch dümmer, wenn ich Zeit und Geld für sie verschwendete. Und Aggie Twitterton könne mitsamt uns andern allen hingehen und krepieren, je eher desto besser.«

»Peter, wie schrecklich!«

»*Wenn* es einen Gott und eine Gerechtigkeit gibt, was dann weiter? Was haben wir getan?«

»Ich weiß es nicht. Aber ich glaube nicht, daß irgend etwas, was wir tun könnten, die Verteidigung präjudizieren würde.«

»Das glaube ich auch nicht. Ich wollte, wir wüßten mehr darüber.«

Fünf Uhr. Er stand auf und sah in die Dunkelheit hinaus, die noch nichts vom Nahen des Tages verriet.

»Noch drei Stunden . . . Man gibt ihnen etwas zum Schlafen . . . Es ist ein gnädiger Tod, verglichen mit den meisten natürlichen Toden ... Es ist nur das Warten und das Vorherwissen ... Und das Häßliche daran ... Der alte Johnson hatte recht; der Zug nach Tyburn war freundlicher ... ›Und der Henker mit den Gärtnerhandschuhen kommt durch die Polstertür.‹ ... Ich habe einmal die Genehmigung erhalten, bei einer Hinrichtung zuzusehen ... Ich dachte, ich sollte lieber Bescheid wissen ... Aber es hat mich nicht davon geheilt, meine Nase hineinzustekken.«

»Wenn du deine Nase nicht hineingesteckt hättest, wäre es jetzt vielleicht Joe Sellon oder Aggie Twitteron.«

»Das weiß ich ja. Ich sage es mir immer wieder selbst.«

»Und wenn du vor sechs Jahren deine Nase nicht hineingesteckt hättest, wäre es fast mit Sicherheit *ich* gewesen.«

Das ließ ihn in seinem rastlosen Auf- und Abgehen innehalten.

»Wenn du diese Nacht hättest durchleben müssen, Harriet, wissend, was auf dich zukam, ich hätte sie mit demselben Wissen durchlebt. Der Tod wäre nichts dagegen gewesen, obwohl du mir damals wenig bedeutetest gegenüber heute ... Was zum Teufel fällt mir ein, dich an dieses Grauen zu erinnern?«

»Ohne das wären wir jetzt nicht hier – wir wären uns nie begegnet. Wäre Philip nicht ermordet worden, wir wären jetzt nicht hier. Wenn ich nie mit Philip zusammengelebt hätte, wäre ich jetzt nicht mit dir verheiratet. Alle Fehler, alles Elend – es hat alles irgendwie dazu geführt, daß ich *dich* bekam. Wie soll man denn das verstehen?«

»Gar nicht. Ich glaube, da gibt es nichts zu verstehen.«

Er warf das Problem von sich und begann seine ruhelose Wanderschaft von neuem.

Wenig später sagte er:

»Mein lieblich Schweigen – wer hat seine Frau so genannt?«

»Coriolan.«

»Auch so ein armer geplagter Teufel ... Ich bin dir so dankbar, Harriet – Halt, nein, das ist nicht richtig; du bist nicht gütig, du bist nur du selbst. Bist du nicht furchtbar müde?«

»Kein bißchen.«

Es fiel ihr schwer, an Crutchley zu denken, wie er gegen den Tod die Zähne bleckte gleich einer gefangenen Ratte. Sie sah seine Qualen nur mittelbar durch die Seele, die voll davon war. Und durch die Qualen dieser Seele und die eigenen hindurch brach sich ununterdrückbar eine Gewißheit Bahn, die wie ein ferner Trompetenstoß war.

»Weißt du, in den Gefängnissen hat man Hinrichtungen nicht gern. Sie regen die anderen Häftlinge auf. Sie hämmern an die Türen und spielen verrückt. Alle sind nervös ... Eingesperrt wie die Tiere, jeder für sich ... Das ist das Teuflische ... wir sitzen jeder für sich in einer Zelle ... Ich kann nicht heraus, sagte der Star ... Wenn man nur für einen Augenblick herauskönnte, oder schlafen, oder aufhören zu denken ... Oh, zum Teufel mit dieser Uhr! ... Harriet, um Gottes willen, halt mich fest ... hol mich hier heraus ... schlag die Tür ein ...«

»Still, Liebster. Ich bin ja da. Wir bestehen das gemeinsam.«

Im östlichen Teil des Fensters wurde der Himmel blasser und kündigte das Morgengrauen an.

»Laß mich nicht los.«

Während sie warteten, wurde es heller.

Ganz plötzlich sagte er: »O verdammt!« und begann zu weinen – unbeholfen zuerst, ungeübt, dann freier. Und Sie hielt ihn fest, wie er zu ihren Füßen kauerte, an ihre Brust gedrängt, und barg seinen Kopf in ihren Armen, damit er es nicht acht Uhr schlagen hörte.

Jetzt, wie in Tullias Grab ein helles Licht
In fünfzehnhundert Jahren nicht erlischt,
So soll das Liebeslicht in diesem Schrein
Gleich sein dem Gotteslicht an Glanz und Schein.
Feuer drängt ungeheuer,
Und macht sich alles gleich, aus allem Feuer,
Und wird zu Asche doch; das gilt von diesen nicht,
Da sie nicht brennbar sind, und dennoch Licht.
Das ist ein Freudenfeuer, wenn der Liebe Kraft
Vier Augenpaare voller Leidenschaft,
Zwei Herzen auch, zu einer Flamme schafft.

JOHN DONNE: HOCHZEITSGEDICHT FÜR DEN EARL OF SOMERSET

Nach(!)wort

Busmans Honeymoon (1937) macht das Dutzend der Detektivgeschichten voll, die aus der Feder von Dorothy L. Sayers stammen. Es ist der letzte, in den Augen vieler Liebhaber der Gattung der vollkommenste der Romane, die mit *Whose Body* (1923) begannen und Lord Peter Wimsey als glanzvollen, aber keineswegs heroischen Helden präsentieren. Wenn er in *Gaudy Night* (1937) endlich das Jawort von Harriet Vane erhält, die er schon in *Strong Poison* (1930) vor dem Galgen gerettet hatte, so ist *Busman's Honeymoon* mit Hochzeit und Heimführung gleichsam der Schlußgesang des Wimsey-Epos: nach vielen Prüfungen wird der Held mit der Geliebten vereint, und wenn sie nicht gestorben sind, so leben sie heute noch. Lord Peters Ruhm jedenfalls lebt fort und hat die Probe bestanden, die ihm seine Erzeugerin selbst auferlegt hat – sie wollte erst daran glauben, wenn fünfzig Jahre vergangen seien und er sich noch bewähre. Der Sproß einer englischen Herzogsfamilie ist immer noch so lebensvoll wie bei seinem ersten Auftritt, und weder die Unwahrscheinlichkeit seiner Erscheinung noch die mäkelnde Kritik vor allem britischer Literaten haben ihn beeinträchtigen können. In *Busman's Honeymoon* löst er zum letzten Mal ein detektivisches Rätsel, ohne über mehr Hilfsmittel zu verfügen als der Leser, der ihm mit wachsender Teilnahme folgt. Aber es wäre ungenügend, die Vorzüge des

Buches allein in dieser Anwendung der klassischen Regeln der *detective story* zu sehen – es will mehr und vermag mehr, als von diesem Genuß gewöhnlich erwartet wird. Nicht ohne Ironie, aber auch nicht ohne Ernst hat die Autorin einen Untertitel hinzugesetzt: *Eine Liebesgeschichte mit detektivischen Unterbrechungen.*

Der Liebesgeschichte also kommt besondere Aufmerksamkeit zu und der Anspruch, daß der Leser einen Roman in Händen halte, nicht »nur« einen »Krimi«, wird unüberhörbar angemeldet. Er hatte sich bereits in *Gaudy Night* angekündigt, wo eine humane Seelenkunde nicht geringeren Raum einnahm als die Wiederherstellung der gestörten Ordnung im College. In *Busman's Honeymoon* hat diese Seelenkunde ihre ganze Reife erlangt, wie überhaupt das Werk noch einmal alles zusammenfaßt, was seine Vorgänger an Fragen und Kunstverstand entwickelt hatten. Es mag tunlich sein, einen Blick zurückzuwerfen jedenfalls auf die Geschichten, die in dieser Ausgabe einer näheren Betrachtung unterworfen worden sind. Er wird zeigen, daß der letzte Roman eine Summe aller voraufgegangenen darstellt, und es spricht für das selbstkritische Bewußtsein seiner Autorin, daß sie mit ihm nicht nur von Lord Peter Abschied nahm, sondern von der Gattung überhaupt. Sie hatte zuviel Kunstverstand, um sich zu wiederholen, und es waren gewiß nicht nur und nicht vorwiegend religiöse Skrupel, die sie zu diesem Abschied nötigten. Sie hatte die Bedingungen ihres Handwerks und seine Grenzen bedacht.

Wie sehr, das wurde erstmals ganz deutlich in *Murder Must Advertise.* Zwar verfuhr das Buch wie seine Vorgänger durchaus nach den Regeln der klassischen Detektiv-Geschichte, die darauf besteht, dem Leser jede Information zukommen zu lassen, die der Detektiv selbst zur Lösung des Rätsels, zur Antwort auf die Frage *whodunnit* benötigt. Aber die ganze Veranstaltung geschah in dem Bewußtsein, daß die Bedingungen der Gattung künstliche

Bedingungen seien, von denen des Lebens durchaus unterschieden und eben deshalb befriedigend für den Leser. Er konnte wenigstens im Buche das schlimmste, niemals aufgehende Lebensrätsel, den Tod, für einmal gelöst sehen und zwar so, als ob er's auch selber, unter Aufbietung von einigem Scharfsinn, hätte lösen können. Damit folgte Miss Sayers der von ihr selbst formulierten Maxime: *Das Detektivproblem ist stets lösbar. Es ist tatsächlich zu dem ausdrücklichen Zweck konstruiert, gelöst zu werden, und wenn die Lösung gefunden ist, existiert das Problem nicht mehr.* Insoweit verfuhr sie nicht anders, als jeder gute Autor dieser goldenen Zeit des Kriminalromans verfahren war, aber sie begnügte sich nicht damit. Vielmehr gab sie der Erzählung gleichsam einen doppelten Boden: auf einer Ebene war sie herkömmliche Detektivgeschichte, eine Scheinwelt zwischen zwei Buchdeckeln, in der nur zugelassen ist, war zur Erklärung dient und am Ende Aufklärung findet. Auf einer anderen Ebene aber, von der ersten kaum zu unterscheiden, machte sie die Scheinwelt selbst zum Gegenstand. Der Schauplatz der Werbeagentur, die Schein verkauft, und die Drogenwelt der *Bright Young People,* die sich flüchtigen Schein einhandelt, gaben den Stoff her für die Handlung, deren Zweck es ist, allen Anschein aus der Welt zu schaffen zugunsten eines unwiderleglichen Tatbestandes. Es war die Unwahrhaftigkeit des Lebens, die den Tod herbeiführte und der Wahrheitsdrang des Detektivs, der diesen Zusammenhang durchschaubar macht. Insofern schritt Miss Sayers – wir haben das an seinem Ort dargelegt – über den geschlossenen Rahmen der *detective story* hinaus, indem sie deren Endlichkeit aufgehen ließ in der Unendlichkeit der Lebensprobleme.

Was sich so andeutete in *Murder Must Advertise,* eine Problematisierung, welche die Reinheit der Gattung dennoch unbeeinträchtigt läßt, wurde in *Gaudy Night* weitaus virtuoser gehandhabt. Die Autorin hat dies – auch davon war schon an seinem Ort die Rede – selbst ex post ausgedrückt, wenn sie in dieser College-Geschichte drei sich durchdringende Schichten benannte. Diejenige einer bloßen Denkaufgabe, diejenige, in der die Komplexität menschlicher Verhältnisse sich darstellt; und schließlich diejenige, in der absolute Werte miteinander konfrontiert werden und jegliche »richtige« Lösung unmöglich bleibt. Die erste wurde als lösbare Detektivaufgabe realisiert; die zweite bestand in der Lord Peter und Harriet Vane gestellten, subjektiven Lebensaufgabe, miteinander ins reine zu kommen, der Liebesgeschichte also; die dritte warf die Frage auf, ob wissenschaftlicher Wahrheitsliebe ein höherer Rang zukomme als der Rücksicht auf Menschlichkeit. Alle diese sehr verschiedenen Handlungsstränge waren so ineinander verflochten, daß das Ganze des Romans empfindlich gestört würde, wollte man einen von ihnen fortdenken. Wiederum war, unbeschadet des Zugewinns von Dimensionen, die »Reinheit der Gattung« bewahrt, freilich um einen problematischen Preis – auf Mord war verzichtet, Miss Sayers begnügte sich gleichsam mit psychologischer Vernichtung.

In *Busman's Honeymoon* wird die Detektivgeschichte endgültig aufgehoben im Roman, sie führt zurück ins Leben. Sie gibt jenem die Struktur, aber sie ist nicht mehr die Hauptsache, obgleich sie sich auf die klassischste aller denkbaren Kriminalaufgaben, auf das *locked room mystery* gründet. Sie war mit Umsicht gestellt: wie konnte Mr. Noakes zu Tode kommen, wenn alle Zugänge des Hauses von innen verschlossen waren? Für diese Veranstaltung zog Miss Sayers sämtliche Register und kündigte sie gleichsam an mit dem Shakespeare-Motto: *Wenn ichs mache, laßt die Zuschauer nach ihren Augen sehn! Ich will Sturm erregen, ich will einigermaßen lamentieren ... ich könnte einen Herakles kostbarlich spielen ... ein Liebhaber ist schon mehr lamentabel.* Mit diesen Worten inszeniert

Zettel im Sommernachtstraum das ganze folgende kunstvolle Spiel, und der Inszenierungscharakter, nach den Regeln der Kunst, wird auf derart literarisch-ironische Weise angekündigt. Das Zitat aber, mit dem das Buch schließt, sein letztes Wort also, ist ganz anderer Art. Es stammt aus der Feder des Größten der *Metaphysical Poets,* des von Miss Sayers hochverehrten John Donne und ist die letzte von elf Strophen eines Hochzeitsgedichtes, eine Strophe allerdings, welche den konventionellen Witz der voraufgegangenen aufgehen läßt im flammenden Preis der Liebe als einer Himmelsmacht.

Mit den beiden herausgehobenen Zitaten hatte die Autorin den Rahmen gesetzt, innerhalb dessen sich das Ganze entfaltet. Die Kriminalgeschichte ist das Substrat der Liebesgeschichte. Die Helden beider sind identisch, aber sie haben sich weit entfernt von der lupenrein auf Aufklärung gerichteten Rolle des herkömmlichen Detektivs. Hier ist er ein Mann, der liebt und zugleich sich der Aufgabe nicht entziehen kann, die der Zufall ihm in dem Augenblick in den Weg wirft, als er einen Anspruch auf Glück nicht für sich allein einlösen möchte: *Wer zum Teufel bin ich, daß ich mir auswählen kann, wo ich mich einmische?* Und diese Einmischung ist an sich problematisch geworden, am wenigsten, weil sie die Hochzeitsreise zu einem *Busman's Honeymoon* werden läßt. Das Lexikon macht den Romantitel erklärlich, der aus einer Variation der Wendung *Busman's Holiday* besteht: *Ferien oder ein arbeitsfreier Tag, der mit einer der eigenen Arbeit sehr ähnlichen Tätigkeit verbracht wird, zum Beispiel ein Busfahrer, der seinen Wagen fährt.* Soweit ginge es eher um einen Störfall; aber aus ihm erwächst eine existentielle Verstörtheit, eine erschütternde Beeinträchtigung der scheinbar unerschütterlichen Sicherheit der Hauptfigur. Indem er seine Pflicht tut nach dem Muster der Kriminalgeschichte und den Täter der Gerechtigkeit überantwortet, liefert er ihn dem Galgen aus. Was heißt Gerechtigkeit, wenn ihr

Opfer von jeher vom Leben benachteiligt war, woher nimmt der Günstling des Schicksals die Legitimation, *das Verbrechen einem armen Teufel anzulasten, der nicht die Bohne besitzt in dieser Welt und uns nichts getan hat außer den Garten umzugraben?* Zweierlei tritt in den Blick, um der Kriminalgeschichte ihren eindimensionalen Verlauf zwischen Rätsel und Auflösung zu nehmen: die Endgültigkeit des Todes, die der Gattung sonst Anlaß zum Spiel ist; und die Problematik eines Systems, das armselige Existenzen wie Miss Twitterton und in ihrer Benachteiligung bösartige wie Mr. Noakes und Frank Crutchley nicht allein duldet, sondern ermöglicht. Zwischen der Märchenwelt von Duke's Denver und der Armut dieser Armen herrscht ein brutaler Gegensatz, der durch das Märchenmuster Gestörte Ordnung – Wiederherstellung der Ordnung nicht zu vermitteln ist. Es gibt, so scheint es, nur eine Kraft, welche das Inkommensurable erträglich macht: eben das ist der Grund für den Untertitel des Romans, und eben deshalb hat ein Liebesgedicht das letzte Wort, nachdem die Inszenierung abgelaufen ist.

Die Leistung dieses Romans besteht darin, daß die Kriminalhandlung unbeeinträchtigt bleibt, ohne daß das Buch in ihr aufginge. Es gewährt – und dadurch ist es ein Fazit aller bisherigen Produktionen – mehr als die unterhaltliche Auflösung eines Rätsels. Unvermerkt stellt sich ein Problemhorizont dar, dessen Allgemeinheit seinen Ernst nicht beeinträchtigen kann. Die lösbaren Fragen werfen die unlösbaren auf, eben die nach der Gerechtigkeit und die andere nach der Liebe, die sich nicht bewährt, indem zwei sich kriegen, sondern indem sie sich erst dann das Leben ermöglichen. Beides tritt ohne den zudringlichen Ernst des deutschen Weltanschauungsromans in den Blick und ohne das Vergnügen zu beschränken, das von guter Unterhaltung mit Recht erwartet wird. Erkenntnis ist hier so wenig die Hauptsache, wie der Kriminalfall oder die Liebeshandlung Hauptsache wären. Eine Balance wird erzielt, ein notwendiger Bezug aller Komponenten aufeinander, der dem Buch Tiefgang gibt ohne Tiefsinn, Heiterkeit ohne Albernheit und eine befriedigende Integration aller Teile in das Ganze. Es enthält nichts, was nicht mitwirkt, dieses Kunstganze zu konstituieren.

Dorothy L. Sayers ist auf ihr Handwerk stolz gewesen, dessen Handwerklichkeit man hier studieren kann. Sie zeigt sich zunächst an der Vorbereitung des Detektivfalles; schon bei der nächtlichen Ankunft der Hochzeitsreisenden spricht die robuste Mrs. Ruddle von der Brieftasche des unerfreulichen Mr. Noakes, die späterhin Ursache von Verdacht und nicht nur Instrument der Erpressung, sondern auch der Aufklärung werden wird. Der Kamin, der nicht zieht, die armselige Einrichtung von Noakes' Zimmer mit Aspidistra, Kaktus, Uhr und Radio repräsentieren ein Ambiente, das nicht passender sein könnte. Aber sie sind nicht nur Ambiente, sondern haben ihre Funktionen im Mordfall, sind Fragmente nicht nur eines schäbigen Lebens, sondern notwendige Teile des Kausalnexus, den es zu enträtseln gilt, bis sie endlich als *Beweisstücke A–D* figurieren. Alle Teile dieses Nexus, Kette, Fischleine, Kerzen, Blick durch das niedrige Fenster, Uhrzeit und was sonst noch an Bruchstücken auf einen unerkannten Zusammenhang hinweist, stehen in einem Kontext, der mit dem Fortgang der Erzählung natürlich verknüpft ist. Es ist dies ein (keineswegs immer realisiertes) Verfahren der Detektivgeschichte, aber unter der Feder dieser Autorin wird in diesem Buch mehr daraus.

Es entsteht nämlich Leben, indem an die Traditionen des englischen Romans angeknüpft wird, der – im Unterschied zum deutschen – Realität hervorbringt, auch wenn er scheinbar »nur« Typen abbildet. Unsere Literatur hat, sieht man von dem einzigen Fontane ab, niemals einen Thackeray oder Trollope, und schon gar keinen Dickens hervorgebracht. In deren Schule ist Miss Sayers gegangen und bringt Gestalten hervor, die man nicht vergißt, so charakteristisch schauen sie aus, so charakteristisch reden sie und so genau entspricht ihr Verhalten ihrem Aussehen und ihrer Rede. Beim Wiederlesen freut sich der Leser, Puffett wiederzusehen in seinen Pullovern, hat wieder Zweifel an Mrs. Ruddle, hat ein mitleidiges Lächeln für Miss Twitterton und deren selbstgemachten Wein, erkennt, daß der Pfarrer mit seinem Sherry keineswegs nur komisch ist und wird den rechtlichen Polizeidirektor Kirk bei jeder Begegnung höher schätzen, vor allem aber der Herzoginwitwe seinen Respekt nicht versagen. Sie alle sind mit einem Schuß liebenswürdig-menschlicher Ironie dargestellt, welcher sie gleichsam als Typus entschuldigt und den Entwurf einer Gesellschaft glaubhaft macht, die es so vielleicht nie gegeben hat und die sich doch eben so verstehen will. Niemals wird die Glaubhaftigkeit von den unveränderlichen typischen Zügen verstellt, sie sind wie sie sind und dokumentieren ihre eigene Beständigkeit, die dem Leser willkommen ist in einer unbeständigen Welt.

Allerdings liegen die Dinge etwas komplizierter mit Peter und Harriet und in manchem Betracht auch mit Bunter, der ehestens zu erschüttern ist, wenn der Portwein seiner Lordschaft erschüttert wird. Peter, *ce blond cadet de famille ducale anglaise,* ist bei seinem letzten Auftritt nicht mehr nur der Märchenprinz, der er vordem war, ausgestattet mit den umfassendsten Eigenschaften und in der Lage, jegliche Ordnung wiederherzustellen. Er hat immer noch die vielfältigen Gaben, intellektuelle und materielle, mit denen ihn der Himmel und Miss Sayers ausgestattet und die den unverständigen Zorn seiner Kritiker hervorgerufen haben – man kann das im Nachwort zu *Gaudy Night* lesen. Aber auch er hat eine Dimension hinzugewonnen, die des Zweifels. Nicht etwa des Zweifels an seinem Schlußvermögen und seinem Raisonnement, wohl aber an den Zwecken, denen diese dienstbar gemacht werden und an den Rangordnungen der Pflichten. Bei Harriet liegt das anders, und lag anders auch in den voraufgegangenen Erzählungen; ihr ist keine Lebensprüfung erspart geblieben, und sie hat sich behaupten müssen. Der kritische Vorwurf, sie sei nichts anderes als eine Projektion, mit der die Kriminalautorin Sayers ihr eigenes Idealbild in der Kriminalautorin Vane entworfen habe, verfängt nicht; vielmehr erklärt er deren Existenz, und es ist nicht einzusehen, warum bei soviel Identifikationsangeboten der Autor nicht eines an sich selbst machen sollte.

Zweifellos gehört auch der vortreffliche Bunter zu den Identifikationsangeboten, nicht, indem dem Leser die Dienerrolle angetragen wird, sondern als Teil seines Herrn. Das unzertrennliche Paar Herr und Diener, einander auf Hegelische Weise bestimmend so, daß der eine nichts wäre ohne den anderen, gehört zur Elementarausstattung der Weltliteratur und zeigt allein schon dadurch auch ein elementares Bedürfnis an. Es ist dasjenige nach vollkommener Verläßlichkeit, *der Mann ist an Freunden reich, der ein gutes Weib und einen guten Diener hat.* Bunter ist ein Bestandteil von Peters Vollkommenheit und immer gleich, weil die Treue immer gleich bleibt und die nicht von den Turbulenzen des Geschlechts bedrängte Liebe immer beständig. Von diesen Turbulenzen wäre auch noch ein Wort zu sagen, zumal die englische Kritik des Jahres 1937 Peters erotische Verhaltensweisen als durchaus anstößig empfunden hat. Das ist heute nur noch interessant als sozialgeschichtliches Datum, welches zeigt, wie lang das viktorianische Zeitalter angedauert hat, und selbst bei Miss Sayers sind Reste erkennbar, gerade wenn sie sich von ihm emanzipieren will. Dabei ist nicht an den Onkel Paul Delagardie zu denken als Typus des Lebemanns aus der Vorkriegszeit mit französischen Erfahrungen, die dem Neffen weitergegeben werden. Es geht vielmehr um Sätze wie *Sie nahm seinen Kopf zwischen ihre Hände, und was sie in seinem Gesicht sah, ließ ihr das Herz stocken ... seine Stimme nahm den Triumph dieser Worte auf und gab ihn zurück wie eine steigende Woge.* Das Unbehagen, das sie erregen, wird von einem einfachen Sachverhalt verursacht: an den Stellen, da Peters und Harriets eheliches Glück mit solchen Worten geschildert wird, sieht sich die Verfasserin von ihrem vorzüglichsten Kunstmittel, der humanen Ironie, verlassen.

Diese Ironie waltet sonst durchaus und nichts wäre unsinniger, als sie für destruktiv zu halten, wie man das bei uns zulande (man denke nur an die Schicksale von Tucholskys Prosa) gar zu gerne tut. Die liebenswürdige Ironie erleichtert das Schwere. Schon die Typen, die gesamte Typologie dieser Gesellschaft, entbehren nicht der Ironie und gewinnen an lebendiger Glaubhaftigkeit durch das wacherhaltene Bewußtsein, daß hier in Reinkultur dargestellt wird, was so *true to type* nicht oder nicht mehr existiert – eine Diskrepanz, die etwas Versöhnliches mit sich bringt. Ironisch zu nehmen sind *all the story-book things,* Reichtum und Souveränität, Gespräch mit dem Papst und der künftige Hausstand mit elf Dienstboten, zu schweigen vom herzoglichen Schloß und seinen Pfauen. Wer es noch nicht bemerkt hat, wird durch Old Gregory und Lady Susan unmißverständlich darauf hingewiesen. Ironisch schließlich ist der Gebrauch der Literatur, die in diesem Buch eine so große Rolle spielt. Von den Zitaten, die ihm voran- und nachgestellt sind, ist schon die Rede gewesen, eine genauere Betrachtung der Motti wäre wohl eine vergnügliche Mühe wert. Sie bringen die Handlung in doppeltem Sinne in einen Traditionszusammenhang: insofern sie aus dem Bildungsschatz des belesenen Engländers schöpfen, siedeln sie das Ganze bewußt an in der nun zu Ende gegangenen bürgerlich-literarischen Kultur des späten 19. und des frühen 20. Jahrhunderts. Insofern sie halb rätselhaft, halb Neugier anreizend, vorausdeuten auf den Inhalt eines Kapitels, erinnern sie auf witzige Weise daran, daß im Grunde alles schon dagewesen, alles schon gesagt und womöglich besser gesagt worden sei. Wer im 3. Kapitel *(er konnte nackt seine Schlacht schlagen)* an Restbeständen viktorianischer Erotik Anstoß nehmen sollte, der findet sich schon erleichtert durch die Überschrift *Jordan River*; sie zeigt an, daß die Grenze zum Gelobten Land überschritten wird. Noch witziger aber ist das Motto, aus zwei Strophen wiederum eines Hochzeitsgedichts von Donne entnommen und keine einfache Aufgabe für den Übersetzer:

The feast with gluttonous delays
Is eaten ...
...night ist come; and yet we see
Formalities retarding thee ...
A bride, before a »Good-night« could be said,
Should vanish from her clothes into her bed,
As souls from bodies steal, and are not spied.
But now she's laid; what though she be?
Yet there are more delays, for where is he?
He comes and passeth through sphere after sphere;
First her sheets, then her arms, then anywhere.
Let not this day, then, but this night be thine;
Thy day was but the eve to this, O Valentine.

Es kann, so hieß es in dem berüchtigten Verriß des Romans durch Q. D. Leavis, *kaum einen Donne-Leser außer Miss Sayers geben, der dessen Poesie mit Lord Peters Gefühlen in Verbindung bringen möchte.* Nichts lag weniger in der Absicht der Autorin; die literarischen Überschriften und Anspielungen sind dem Leser des Romans zugedacht, um ihn gleichsam über die bloße Handlung zu erheben und daran zu erinnern, daß nichts zu ernst genommen werden sollte. In das Zitatenspiel aber, das Lord Peter mit Superintendant Kirk spielt, wird er sich gern hineinziehen lassen, aus Vergnügen am Raten, und finden, bewundernd, wie Kirks Zitierwesen die ironische Zitierkunst der

Autorin nochmals ironisiert: *Was du brauchst, Sam Kirk, ist die Berührung mit einem Großen Geist, oder so, nach dem Essen.*

Derart heiter-menschliche Zwischenspiele haben eine Funktion im Ganzen des Buches. Seine Verfasserin nennt nicht nur ein hohes Maß an Lebensklugheit ihr eigen, sondern auch einen ausgebildeten ästhetischen Sinn. Sie weiß, wie man einen Roman anlegt. Das ist schon deutlich geworden an der Art, mit der sie die Realien zum notwendigen Bestandteil der vorschreitenden Erzählung gemacht hat. Es wird noch deutlicher am Wechsel der »Farben« und Tempi. Erst nachdem sie fast das gesamte Personal eingeführt und eine Fülle von Hinweisen und Daten gegeben hat, die sich Phantasie und Scharfsinn des Lesers aneignen sollten, wird Noakes im 6. Kapitel aufgefunden; und wenn der Fall gelöst und Crutchley entlarvt ist, folgen noch die drei Kapitel des Epithalamion, des Hochzeits-Abgesangs. Dem Leser wird ein angenehmer Wechsel zwischen Vorschreiten und Verweilen, zwischen Ernst und Heiterkeit, zwischen Spannung und Bedächtigkeit zugespielt. Hier ist ein Handwerkssinn tätig, der in Ländern vorwaltet, in welchen das Schreiben als etwas Erlernbares gilt und große Vorbilder gelesen werden, um ihnen nachzueifern und nicht, um sie als altes Eisen beiseite zu legen. Zu den schönsten Vergnügen der Lektüre gehört die – wenn man's so nennen darf – Erfahrung epischer Verhältnisse, ein beständiger, ruhiger Fortgang, der das Interesse des Lesers nährt und die Formen seiner Anteilnahme variiert. Man wird finden, daß Dorothy L. Sayers ein Meister ist dieser Kunst. Ihr Ehrgeiz war groß, und es mag neben den erörterten Gründen auch diesem Ehrgeiz zuzurechnen sein, daß sie sich anderen literarischen Interessen zuwandte, nachdem *Gaudy Night* und *Busman's Honeymoon* vollendet waren – sie ließen keine Steigerung mehr zu. Von ihr gilt bis heute, was sie von ihren britischen Kollegen gesagt hat, deren Werken verdankt werde, *daß die Detektivgeschichte in England ein viel höheres Niveau erreicht hat als in irgendeinem anderen Lande. Auf Schritt und Tritt verrät die Qualität des Schreibens und die Rücksicht auf Schönheit der Form und Struktur die Hand des geübten Erzählers.* Die Sätze stehen als bescheidene Fußnote unter dem glanzvollen Essay, mit dem Miss Sayers die Anthologie *Omnibus of Crime* (1928) eingeleitet hat. Wenn irgendeiner, so hat sie alles getan, um das Urteil zu bewahrheiten.

Walther Killy